시르트의 바닷가

Le Rivage des Syrtes

LE RIVAGE DES SYRTES
by Julien Gracq

세계문학전집 131

시르트의 바닷가

Le Rivage des Syrtes

쥘리앙 그라크

송진석 옮김

민음사

차례

1 부임

나는 오르세나의 가장 오래된 가문 출신이다. 어린 시절에 대해 나는 산 도메니코 가(街)의 오래된 궁전과 여름이면 우리가 가곤 하던 젠타 강가의 저택 사이에서 흘러간 고요와 충만의 평온한 나날을 기억한다. 젠타 강가에 머물 때면 나는 벌써 아버지를 따라 말을 타고 그의 토지들로 다니며 집사들의 장부를 확인하곤 했다. 도시의 오래된 명문 대학에서 공부를 마친 나는 꽤 몽상적인 성격과 어머니가 돌아가시면서 상속한 재산 덕분에 서둘러 장래를 결정하지 않아도 되었다. 도시국가인 오르세나는 지난 세기에 이교도들을 상대로 이룩한 군사적 성공, 그리고 동양과의 무역에서 거둔 전설적인 부(富)가 마련해 준 영광의 그늘 아래 살고 있는 것 같다. 도시는 마치, 이제 은퇴했으며 신용을 잃고 파산했지만 아직은 위신 덕분에 빚쟁이들의 모욕으로부터 무사한, 몹시 늙고 몹시 고귀한 사람과도 흡사하다. 미약하지만 여전히 평온하며 심지어 위엄스럽기까지 한 도시의 활동은, 강건한 외모가 속에서 일어나는 죽음의 진전을 오래도록 보지 못하게 만드는 노인의 활동에 비견될 수 있다. 국가의 공무와 요직은 예전에 오르세나의 귀족들 사이에서 가히 전설적인 열성의 대상이었지만 지금의 허약한 상태에서는 혈기 방장하며 한계라고는 모르는 충동적인 젊은 세대에게 별 매력을 갖지 못한다. 그리하여 이제는 노쇠기에 접어들 때나 되어서야 공직을 맡는 게 가장 적당한 것이 되어버렸다. 공상적이고 무위(無爲)적인 무엇인가가, 도시에서 젊은 귀족들이 이어가던 자유분방하고 여러 모로 건설적이지 못한 삶 위에 감돌았다. 나는 기꺼이 그들의 열띤 쾌락과 하루면 사라지는 열광과 일주일이면 끝나버리는 정열에 끼어들었다. 때 이른 하품은 너무 오랫동안 정상에 자리를 틀고 앉은 계급이 치러야 하는 대가인 것이다. 나는 금세 도시의 귀공자들이 치켜세워 마지않는 상위의 권태를 맛보았다. 나의 일상은 시 읽기와 전원에서의 고독한 산책으로 이루어져 있었다. 폭풍우가 감도는 하늘이 납으로 된 외투처럼 오르세나를 짓누르는 여름 저녁이면 나는 도시를 둘러싼 숲에 틀어박히기를 좋아했다. 말을 타고 이리저리 달리는 기쁨은 나를 태운 관대한 짐승의 질주 속도와 함께 시간이 갈수록 배가되었다. 종종 나는 황혼 녘이 되어서야 말고삐를 돌렸다. 나는 땅거미가 질 무렵에 돌아오는 것을 특히 좋아했다. 오르세나 깃발들의 정수리가 세기(世紀)의 안개로부터 떠오르는 까닭에 우리 눈앞에서 더욱 값진 위광으로 고귀해지듯, 도시의 돔과 지붕들은 안개로 인해 한층 선명하게 솟아오르고 있었다. 도시로 향하는 내 말의 차분해진 발걸음은 어떤 비밀로 무거워진 듯했다. 밤의 일과는 그보다 경박했다. 나는 상원(上院)이 빌수록 더욱 성황을 이루는 아카데미에서 내 또래의 젊은이들과 관념적인 논쟁을 벌였다. 나는 사랑에 열심이었으며 누구 못지않게 열정적이고 자유분방했다. 그러던 차에 애인이 내 곁을 떠났다. 일단 나는 기분이 좀 나빴다. 그러나 나를 정말로 놀라게 한 것은 다른 여자를 찾을 마음이 솜처럼 일지 않는다는 사실이었다. 이 대단치 않은 사건은 나도 모르는 사이에 차차 올들이 엉성해진 나의 일상에 흠집을 냈고, 며칠 전까지만 해도 그럭저럭 받아들일 만한 삶으로 간주되던 것이 별안간 내 눈앞에서 갈가리 찢어져 버리고 말았다. 나의 삶은 치유될 수 없이 공허해 보였다. 내가 그 위에 건성으로 집을 지었던 지반이 발아래에서 허물어져 내리는 것만 같았다. 불현듯 여행이 하고 싶어졌다. 나는 먼 지방에 자리를 하나 마련해 줄 것을 정청(政廳)에 요청했다.

모든 상업 국가가 그렇지만, 군대와 함대의 사령관은 물론이고 심지어 하급 장교들에 대한 오르세나 정청의 경계는 유별났다. 계속되는 전쟁 때문에 막대한 병력을 유지해야 했던 시절, 오르세나의 귀족들은 군부 지도자들을 민간 권력에 철저히 복종시키는 것만으로는 음모나 군사 쿠데타를 예방하기에 충분하지 않다고 생각했다. 그리하여 아주 오래전부터 명문 귀족들은 기꺼이 자제들을 군부 지도자들 곁에 배치할 뿐 아니라 그것을 조금도 불명예스럽게 여기지 않는다. 스파이에 가까운 이들의 역할은 무장 음모의 기도를 초기에 질식시키는 것이다. 이들이 바로 그 유명한 정청의 '눈'이다. 권한은 명확히 규정되지 않았으나 고귀한 이름의 무게와 명문가의 위신을 한 몸에 지니고 있는 그들은 심지어 전투에서도 폭넓은 주도권을 행사한다. 이 같은 행태는 자연히 불신을 조장하며 명령 체계를 약화시켰고, 전쟁을 치를 때 오르세나는 이따금 결집력의 부족을 겪어야 했다. 그러나 젊은이들이 체험하는 이 같은 애매한 상황이야말로 정청이 장차 최고위직에 배치하려는 그들의 정치적 기지와 외교적 감각을 일찍부터 계발하는 데 더없이 효과적인 것으로 간주된다. 이 위세 등등한 스파이로서의 수상쩍은 데뷔는 오랫동안 최고위직에 이르기 위해 반드시 거쳐야 하는 과정이었다. 그렇다 해도 도시의 힘이 쇠락하고, 또 신경질적이 된 오늘날에 와서는 의심으로 가득 찬 이 경계를 늦추어도 별 위험이 없으리라. 하지만 허물어져 내리는 모든 제국이 그러하듯, 오르세나에서는 통치와 경제의 톱니바퀴에서 관성의 지배적인 작용이 점점 더 노골적으로 드러나는 동시에 전통의 힘 또한 증대했다. 그리하여 명문가의 젊은이들을 정청의 '눈' 자리에 파견하되 이는 그들로 하여금 외국을 여행하게 하거나 대대적인 사냥에 참가하게 할 때와 같은 대수롭지 않은 마음 자세에서 이루어진다. 어떻든 그들을 계속해서 '눈'으로 파견한다. 그리고 오랜 세월을 거치며 반쯤 우스꽝스러워진, 그러나 세심하게 보존된 하나의 의식이 일종의 성년복 착용 같은 그 파견에 변함없이 수반된다. 절반은 은퇴한 아버지는 그렇지 않아도 내 방탕한 생활을 걱정하고 있었다. 그는 내 결정을 반겼고, 아직은 상당한 그의 신용을 다해 정청에서의 수속을 도왔다. 그가 원칙적인 수락을 통보받은 지 며칠이 지난 뒤, 상원은 칙령을 통해 정청이 시르트 해(海)에 보유하고 있던 유격 함대의 감찰장교 자리에 나를 임명했다.

나를 수도로부터 멀리 떼어놓고, 또 고된 생활의 피로로 단련시키겠다고 굳게 마음먹은 아버지는 변화를 향한 나의 막연한 욕구를 한층 넘어서는 봉사를 해준 셈이었다. 남쪽 오지에 위치한 시르트 지방은 오르세나 영토의 극지(極地)에 해당하기 때문이다. 제대로 유지되지 않는 몇 개의 길이 반쯤 사막화된 지역을 가로지르며 이 지방을 수도에 연결하고 있다. 그곳의 연안은 바닥이 얕고, 위험한 암초들이 가득하기 때문에 쓸 만한 항구의 건설이 불가능하다. 바다는 비어 있고, 고대의 유적과 폐허들은 주변의 황량함을 한층 두드러지게 한다. 그 불모의 사막은 그러나 아랍인들이 침입하여 그들의 관개술로 땅을 비옥하게 했던 시절, 풍요로운 문명이 이룩된 자리이기도 하다. 하지만 그 이후로 삶은 이 머나먼 땅 끝에서 멀어졌다. 미라화된 정치적 몸체의 너무나 빈약한 혈액이 더 이상 거기까지 미치지 못하는 듯 말이다. 또한 그곳의 기후가 점차 건조해지고, 얼마 안 되는 반점 같은 녹지들이 사막에서 불어오는 바람에 갉아 먹히기라도 하듯 한 해, 두 해 제풀에 줄어들기 때문이라고 하는 사람들도 있다. 관리들의 경우, 공무상의 과오를 수년간의 지긋지긋한 권태로 갚는 연옥 정도로 시르트를 생각한다. 취미로 거기에 머무르는 사람은 오르세나에서 촌스럽거나 반쯤 야만적인 인간으로 간주된다. 어쩔 수 없이 그곳으로 떠나게 될 때, '시르트 벽지'로의 여행에는 일련의 끝없는 농담이 뒤따른다. 이런 농담은 내가 떠나기 전날 함께 놀던 친구들에게 제공한 고별연에도 없지 않았다. 그러나 건배와 웃음들 사이사이에 식탁 둘레로 이따금 감지할 수 없는 어색함이나 메우기 힘든 침묵 같은 것이 맴돌았고, 그리로 우울의 그림자가 지나가는 듯 여겨졌다. 나의 유형(流刑)은 처음 생각했던 것보다 더욱 진지하고 더욱 멀어 보였다. 친구들은 내 삶이 정말로 바뀌려 한다는 것을 느끼는 듯했다. 벌써 시르트라는 야만적인 이름이 나를 유쾌한 동아리로부터 떼어놓고 있었다. 처음으로 결정적인 균열 하나가 그 젊은 우정의 동아리에서 입을 벌리려 했고(그것은 벌써 이루어졌다.) 그 균열을 너무 잘 보이게 함으로써 나는 벌써 그들을 불편하게 만들고 있었다. 그들은 균열을 보지 않기 위해 내가 사라져주기를 막연히 원했다. 아카데미 문간에서 친구들과 헤어질 때, 오를란도는 연회에서의 가벼운 잡담과 대조되는 긴장하고 골똘한 태도로 불쑥 나를 껴안으며 심각하게 "시르트 전선에서 행운이 있길 비네."라고 말했다. 다음 날 아침 일찍 나는 시르트까지 공문서를 운송하는 자동차에 올라 오르세나를 떠났다.

모르는 곳을 향해 새벽에 정든 도시를 떠나는 것에는 커다란 매력이 있다. 깊이 잠든 오르세나의 골목길에서는 아직 아무것도 움직이지 않았고, 눈먼 담벼락 위로는 커다란 종려나무 잎들이 더욱 넓게 펼쳐져 있었다. 대성당으로부터 울려 퍼지는 종소리는 오래된 건물들의 전면 위로 은밀하고 주의 깊은 떨림을 잠 깨웠다. 우리는 친숙한 길을 미끄러져 갔다. 하지만 그 길은, 그것의 방향이 아직 규정되지 않은 먼 곳에서 결연히 선택하는 듯한 모든 것으로 이미 낯설어 보였다. 내게 작별은 가벼웠다. 나는 산성(酸性)의 공기와, 거리의 막연한 졸음에서 이미 벗어나 있던 상쾌한 두 눈의 즐거움을 한껏 맛보았다. 우리는 규정된 시각에 떠났다. 아무런 치장도 하지 않은 교외의 정원들이 비껴갔다. 싸늘한 공기가 축축한 들판 위에 고여 있었다. 자동차 구석에 몸을 쪼그린 나는 전날 사무국에서 선서를 하고 받은 커다란 가죽 서류 가방의 내용물을 호기심을 갖고 검토하기 시작했다. 내가 손에 들고 있는 것은 나의 새로운 중요성을 구체적으로 증명하는 표지였다. 아직 너무 젊었던 까닭에 나는 그것의 무게를 가늠해 보는 데서 유치한 기쁨을 느끼지 않을 수 없었다. 가방은 나의 임명에 관련된 다양한 문서들(그것은 여럿이었고 이는 나를 즐겁게 했다.) 그리고 나의 임무 및 내 지위에서 따라야 할 행동지침이 명시된 서류들을 담고 있었다. 나는 그것들을 머리가 가라앉은 뒤에 읽기로 했다. 마지막으로 나온 것은 정청의 문장(紋章)으로 봉인된 튼튼한 노란색 봉투였다. 겉봉에 손으로 정성스럽게 쓴 문구가 문득 나의 시선을 붙잡았다. '긴급 특별명령이 하달되기 전에는 절대로 열지 말 것.' 그것은 비밀 명령이었다. 나도 모르게 몸을 바로 세운 나는 결연한 시선으로 지평선을 둘러보았다. 궁벽한 시르트에 임명된 이래로 나를 은근히 고무했던, 부조리한 동시에 신비로운 빛을 띤 기억이 천천히 되살아 왔다. 내가 합류하려는 국경에서 오르세나는 전쟁을 하고 있었다. 이런 사실에서 심각성을 제거하는 게 있다면, 그것은 이 전쟁이 삼백 년 전부터 계속되고 있다는 점이었다.

시르트 해를 사이에 두고 오르세나의 영토와 마주 보는 파르게스탄에 대해서는 정청에서도 아는 바가 거의 없다. 고대로부터 쉴 새 없이 외침에 시달리다 보니(마지막으로 있었던 것은 몽골인들의 침략이다.) 국민들은 하나의 파도가 형성되자마자 금방 다른 파도에 의해 뒤덮이고 지워지는 유사(流砂)와 같고, 문명은 동양의 지극한 섬세함이 유목 민족의 야만성과 병존하는 하나의 원시적인 모자이크를 연상시킨다. 이처럼 불안정한 토대 위에서 전개된 정치는 거친 만큼이나 황당한 파동(波動)의 연속이었다. 어떤 때는 분열에 휩싸인 나라가 그대로 주저앉으면서 봉건적 부족들로 나뉘어 종족 간의 처절한 증오로 대립할 것처럼 보이는가 하면, 어떤 때는 사막의 공동(空洞)에서 생겨난 신비로운 물결이 모든 정열들을 결집하여 어느 한순간 파르게스탄을 야심 찬 정복자의 손에 불타오르는 횃불로 만든다. 오르세나에서는 파르게스탄에 대해 두 나라가 공식적으로 교전 상태에 있다는 사실(이는 교실에서 배우는 것이다.)을 제외하고는 더 알지 못한다.(더 알려고 하지도 않는다.) 지금으로부터 삼 세기 전—그러니까 시르트 해에 아직 배가 운항되고 있을 무렵—파르게스탄 사람들이 연안에서 해적질을 멈추지 않자 오르세나 측에서는 보복 원정을 감행하여 적의 연안까지 가서 항구들을 사정없이 폭격한 일이 있었다. 그 후 몇 차례의 소규모 접전이 잇따랐지만, 쌍방 모두에게 별다른 중요성을 갖지 못하는 전쟁은 일단 소강 국면에 접어들었다가 제풀에 사그라졌다. 게다가 파르게스탄 쪽 항구들에서는 부족 간의 전쟁으로 인해 오랫동안 항해가 마비되었다. 오르세나 쪽에서도 항해는 서서히 가사 상태에 빠졌다. 눈에 띄지 않게 왕래가 줄어드는 바다를 배들이 버렸던 것이다. 그리하여 시르트 해는 차츰차츰 죽은 바다가 되었다. 이제 그것을 건넌다는 것은 상상하기조차 힘들었다. 모래가 들어찬 항구에는 작은 톤수의 연안 선박만이 들어올 수 있었다. 오늘날 오르세나는 퇴락한 해군기지에 결코 공격적이라고 할 수 없을 통보함(通報艦) 몇 척만을 유지하고 있었는데, 이들의 유일한 기능이란 고작 늦봄부터 여름까지 해면(海綿) 채취나 감시하는 것이었다. 이러한 전반적인 마비 상태 속에서는 분쟁을 합법적으로 종결시키고자 하는 욕구도, 무기를 통해 그것을 연장하고자 하는 의지도 생겨나지 않았다. 둘 다 완전히 쇠락하여 힘을 잃었지만 자존심 강한 나라로 남은 오르세나와 파르게스탄은 영광스러운 긴 과거에 집착하면서 그들의 권리를 결코 포기하려 하지 않았거니와, 사실 이 권리를 유지하는 데는 별다른 노력이 필요하지 않았다. 상대방보다 먼저 평화협정을 제의할 마음이 조금도 없었던 두 나라는 앞을 다투어 오만하고 까탈스러운 태도를 보였고, 일종의 암묵적인 합의에 따라 일체의 접촉을 피하려 애썼다. 오르세나는 연안 수역 밖에서의 항해를 금지했고, 미루어 짐작건대 파르게스탄 또한 비슷한 시기에 비슷한 조치를 취했을 것이었다. 그토록 손쉬운 전쟁이 해를 거듭하며 지속되다 보니 오르세나에서는 차차 평화적 외교 협상 자체를 지나치게 극단적이고 과격한 행동으로, 이를테면 오래전에 자연스레 숨이 멈추어 조용히 무덤 속에서 잠자는 전쟁의 시체를 공교롭게 건드릴 위험이 있는 경솔한 행위로 간주하기에 이르렀다. 유예된 결말은 오르세나의 위대한 승리와 온전한 명예를 기탄없이, 그리고 극도로 자유분방하게 찬양할 수 있도록 했고, 이는 한편으로 전반적인 평온의 또 다른 보증이 되었다. 전쟁의 마지막 숨결은 아직도 계속해서 거행되는 폭격 기념일 축제에서 손쉬운 배출구를 찾았다. 원래는 한 대사관에 배정된 예산을 상원이 생각을 바꾸어 파르게스탄 전쟁을 지휘했던 제독의 동상 건립에 돌렸을 때, 오르세나 사람들은 본질적으로 현명한 그 결정에 갈채를 보내며 파르게스탄 전쟁이 동상의 청동 입술을 통해 정말로 숨을 거두었다고 생각했다.

오르세나에서 파르게스탄 문제는 이처럼 안온하고, 또 농담 섞인 익살이 조금 가미된 측면에서 고려되었다. 하지만 또 다른 측면도 있었다.

오르세나 시인들의 시를 읽을 때면, 이 유산된 전쟁, 어디를 봐도 극히 진부할뿐더러 상상력을 자극할 만한 그 어떤 정취 가득한 일화도 갖지 못한 이 전쟁이 그들의 글 속에서는 역사 교과서와 비교가 안 될 정도로 엄청나게 큰 자리를 차지하고 있는 것을 보고 놀라지 않을 수 없었다. 정말로 놀라운 것은, 서정적 비약 가운데 전쟁을 재검토하면서 그들이 드러내는 고집스러운 집착보다, 이 삼류 전쟁에 끊임없이 일화를 덧붙이고 이미 알려진 것들에 근거 없는 사실들을 무분별하게 첨가하는 데서 확인되는 과도한 자유분방함이었다. 그들은 이 전쟁에서 그들의 천재적 재능을 위한 마르지 않는 청춘의 샘을 발견한 듯했다. 이 유식한 시인들은 한편으로 민중 전통 속에서 강력한 호응을 발견했다. 학자들은 파르게스탄에 관련된 민담에 대해서만도 아주 방대한 목록을 작성할 수 있을 정도였다. 이미신장한 것은, 일상적인 공문서의 상투어들조차 시구들 가운데 교묘하게 되살아난 이 역사적 시체의 유해를 고스란히 보존하기 위해 안간힘을 쓴다는 사실이었다. 정청에서는 그럴싸한 논리를 핑계 삼아 실제 전쟁 당시의 용어들을 한마디도 바꾸려 하지 않았다. 그리하여 관료들은 계속해서 시르트 해변을 '시르트 전선'으로, 내가 앞으로 감시하게 될 한심한 고철 덩어리들을 '시르트 함대'로, 남부로 가는 도로를 따라 드문드문 박혀 있는 마을들을 '시르트 보급기지'로 불렀다. 삼 세기 전 정청 사무국에서 작성한 서류는 단 한 쪽도 유실됨 없이 고스란히 보존되어 있었다. 외교법학원에 다니던 시절 관청 현장 실습을 하면서 나는 그것을 열람할 수 있었는데, 그 옛날 파르게스탄을 겨냥하여 작성된 항의서가 당시의 첨예함을 고스란히 간직한 채 잠자고 있었다. "모두 일흔두 통입니다." 큰 함대의 대포 수를 헤아리듯 남부 담당 국장은 말했고, 나는 그가 목소리의 절묘한 굴절을 통해 이 일흔두 통의 항의서를 오르세나의 공동 유산 속에 영원히 통합시키고 있다는 것, 그리고 그 소중한 공탁물을 지키기 위해서라면 죽음도 마다하지 않으리라는 것을 알 수 있었다. 이런 어렴풋한 단서들을 통해 나는 다분히 몽상적인 방식으로, 사실은 치유할 수 없는 혈압 저하를 나타내는 전쟁의 미완 상태가 여전히 바로크적인 상상력에 양분을 제공하는 본질적인 기이함임을 알아차릴 수 있었다. 그것은 마치 닫히는 사건의 입술을 부조리하게 열어놓고자 하는 고집스러운 손이 여기저기에서 어떤 잠재적인 음모를 꾸미고 있는 것 같은가 하면, 에너지를 다 방출하지도 못하고 정기를 모두 소진하지도 않은, 때를 잘못 만난 한 역사적 사건의 비정상적인 괴상함이 이해할 수 없는 방식으로 애지중지되고 있는 것 같기도 했다.

이제 우리는 오르세나 벌판을 남쪽에서 막아주는, 숲이 우거진 산악 지방을 지나고 있었다. 로마 시대의 포석이 좁은 길에 군데군데 박혀 있었고, 이따금 포도 덩굴이 얽힌 빽빽한 나뭇가지가 요람 같은 모양으로 길 위에 궁륭을 드리운 게 보였다. 앞을 향해 총구처럼 겨누어진 길 끝 먼 곳에서는 아침의 푸른빛이 감도는 계곡들이 품을 벌리는 듯했다. 가을을 담뿍 머금은 벌판에서 피어오르는 오르세나의 성숙한 찬란함과 풍만함이 가슴을 뭉클하게 했다. 우리 위에서는 차가운 기운이 나뭇가지로부터 천천히 빠지며 투명한 공기 속에 향기처럼 용해되었고, 커다란 햇살의 격자들이 지면까지 스며들었다. 고요한 충만과 팔을 벌리는 순수한 젊음이 이 깊은 아침으로부터 솟아올랐다. 나는 열린 벌판을 가로지르는 그 부드러운 질주를 마치 가벼운 술처럼 마셨다. 그러나 내 가슴을 가득 채우고 있던 것은 크게 입을 벌린 미래이기보다 아직도 계속해서 내 곁에 머무르는 확고하고 친숙한 존재, 하지만 벌써 단죄된 존재인 오르세나였다. 그로부터 전속력으로 멀어지며 나는 숨을 다하여 오르세나를 호흡하고 있었던 것이다. 나는 나를 그 고장에 연결하는 감정이 얼마나 깊은지 깨달았다. 그것은 너무나도 성숙하고 너무나도 부드러운 아름다움으로 우리를 포로로 만드는 여인과도 같았다. 그러나 이따금 그 우울한 연민 위로, 마치 포근한 밤에 불어 닥치는 매섭고 위태로운 바람처럼, '전쟁'이라는 불안한 단어가 미끄러지듯 다가왔고, 나를 둘러싼 풍경의 맑디맑은 색깔은 문득 감지할 수 없는 폭풍우의 기미를 띠는 것이었다. 신경질적이고 두서없는 몽상은 어느덧 나를 진력나게 했고 (우리는 메르칸차에 닿았다.) 나는 더 큰 관심을 갖고 경치를 바라보기 시작했다.

노르만 족의 옛 요새를 지나자 초목이 점차 줄어들면서 벌써 남녘의 숨결이 느껴졌다. 오르세나의 축축한 숲에 구르던 수증기는 이제 청명하고 딱딱한 메마름으로 바뀌고, 외딴 농가들의 희고 낮은 벽들이 멀리서 선명하게 빛났다. 지면이 급격히 평평해지면서, 태양 아래로 도로가 약간 더 깊은 골을 파고 있는 거대하고 헐벗은 스텝이 우리 앞에 나타났다. 자유롭게 달리는 바람은 이 고동치는 평원에서 한결 더 넓은 파장으로 다가와 우리의 귀를 때렸다. 거대한 구름 떼가 뛰노는 이 훤히 트인 지평은 이따금 모습을 드러내는 높은 노르만 망루들 때문에 오히려 넓은 바다에 가까웠다. 짧은 초목의 스텝 위로 불규칙하게 흩어진 그 망루들은 마치 등대처럼 헐벗은 평원을 감시하고 있었다. 거의 길들여지지 않은 물소 떼들이 진흙 밭에서 나타나 뿔을 높이 쳐들고 질주했다. 바람이 문득 그 거대한 무리를 곤두서게 하고 있었다. 그곳은 자유롭고 원시적인 고장이었다. 거기에서 대지는 순수한 표면을 드러내는 한편 우리의 속도감을 증가시킴으로써 자신의 준엄한 굴곡을 손으로 만지는 것처럼 실감 나게 만들고, 또 전속력으로 달리는 우리의 자동차를 흡입함으로써 우리가 자신의 지평을 무한히 요동치게 하도록 권유하는 듯했다. 밤이 동쪽에서 떠올라 폭풍우의 벽처럼 우리를 덮었다. 어둠 속에서 쿠션 위로 머리를 젖힌 나는 말 없는 흥분 가운데 고요한 별들 속에 잠겼다. 우리의 마지막 별들은 시르트에서 빛날 것이었다.

시르트에서 체류하기 시작할 무렵을 회상할 때면 거기에 도착하던 순간부터 느꼈던 비정상적으로 강한 낯선 인상이 언제나 강렬하도록 생생하게 되살아나곤 하는데, 내게 그것은 언제나 이 빠른 여행에 우선적으로 결부된다. 우리는 차가운 공기의 강줄기를 따라 미끄러지는 듯했고, 희미한 창백함이 군데군데 먼지 낀 길의 흐름을 표시했다. 그러나 곧 어둠이 길 양쪽을 불투명함으로 에워쌌다. 어떤 만남도 있을 것 같지 않은 그 후미진 길에서, 어둠으로부터 드러나다가 금세 다시 들어가 버리는 형체들의 불분명한 막연함에 견줄 수 있는 것은 아무것도 없었다. 아무런 지표도 보이지 않는 가운데, 마치 잃어버린 길 한가운데에서 어떤 얼떨떨한 불편함이 느껴지기 시작하듯, 나는 내 속에서 사람을 얼어붙게 만드는 방향 및 거리 감각의 가볍고도 점진적인 이완이 올라오는 것을 느꼈다. 꿈도 없는 잠 가운데 마비된 이 대지 위에서 별들의 거대하고 놀라운 반짝임은 밀물처럼 사방으로 펼쳐지며 대지의 폭을 줄였고, 마치 아주 먼 곳에 예감된 바다를 향해 자신도 모르게 귀를 곤두세울 때처럼, 타닥타닥 튀는 푸르고 건조한 빛은 청각을 거의 병적이도록 예민하게 만들었다. 순수한 어둠의 가장 깊은 곳에서 열광적인 질주에 몸을 맡긴 나는 통과제의의 물에 몸을 담그듯 난생처음으로 오르세나 남녘의 모르는 밤에 내 존재를 적셨다. 무엇인가가 내게 약속되었고, 무엇인가가 내게 계시되었다. 나는 아무런 설명도 제공받지 못한 상태에서 거의 곤혹스러운 내밀함 속으로 들어갔다. 멀어버린 두 눈을 이미 봉헌한 나는 두 눈을 가린 채 계시의 장소를 향해 나아가듯 아침을 기다렸다.

해는 비 머금은 덤불과 고적한 평원 위로 낮게 드리워진 구름 뒤에서 떠올랐다. 상처 나고 옴이 오른, 빈약한 잡초의 커다랗고 병적인 반점들이 갉아먹고 있는 길 위에서 차가 심하게 요동쳤다. 길은 얕은 참호와도 같았다. 그것은 사람의 키만 한 높이로 펼쳐진 빽빽한 회색의 골풀 바다를 직각으로 날카롭게 도려낸 것 같았다. 눈은 구역질이 나도록 그 표면을 응시했고, 계속해서 구부러지는 길목은 매번 출구를 막아서는 듯했다. 눈이 닿는 한, 물먹은 안개 아래로 나무 한 그루, 집 한 채 보이지 않았다. 해면질의 물렁물렁한 새벽은 이따금 수상쩍은 빛줄기들로 구멍이 뚫려 있었는데, 이 빛줄기들은 마치 무엇인가를 더듬는 등댓불처럼 낮은 구름 위를 절룩이며 지나갔다. 미심쩍으며 파고드는 듯한 비의 내밀함, 그리고 주저하는 소나기의 맨 처음 방울들과의 곤혹스러운 대면(對面)은 막연한 고독의 틈새를 메우면서 축축한 나뭇잎과 고인 물의 숨 막힐 듯한 내음을 더한층 짙게 만들었다. 펠트처럼 소리를 먹는 모래 위로, 마치 비가 내릴 때 나뭇잎에서 떨어지는 한결 살아 있는 물방울들이 비로부터 구별되듯, 각각의 빗방울이 섬세한 명료함을 띠고 새겨졌다. 길 왼쪽 얼마 떨어지지 않은 곳에서 골풀은 개펄과 빈 석호에 가두리를 쳤고, 바다 쪽으로 이 석호를 막아주는 회색 모래톱 위로는 거품의 혓바닥이 안개 아래 희미하게 미끄러졌다. 풍경의 수상쩍은 침묵은, 갑자기 멈추었다 주저하듯 다시 시작하는 비와, 그것의 불균등한 간격이 낳는 기이한 유예의 느낌 때문에 한층 더 뚜렷이 감지되었다. 그을린 듯한 하늘 아래, 잠든 습기와 미지근한 비 속을 자동차는 한결 조심스레 나아가며 이 의심스러운 여행 위로 틈입의 덧없는 뉘앙스를 던졌다. 악몽이 끝날 때 느끼는, 그 펠트처럼 나른한 막막함은 세월을 거슬러 올라가며 뜨겁고 축축한 숨결 아래에서 간략한 선과 불분명한 막연함, 그리고 매복의 높은 수풀이 우거진 태초의 초원의 비밀을 되찾고 있었다.

우리는 오랜 시간 동안 그 수면(睡眠)의 땅을 가로질러 차를 달렸다. 이따금 회색빛의 새 한 마리가 골풀 바다에서 화살처럼 솟아올라 하늘 위로 아득히 사라지며 마치 분수 물줄기 위의 공처럼 스스로의 단조로운 울음 꼭대기에서 부르르 전율했다. 높은 바닥에 좌초한 안개 경계 고동

(鼓動)이 졸음에 빠진 커다란 송풍기처럼 조용한 두 음을 내며 안개 낀 하늘로 울려 퍼졌다. 바람이 가끔 골풀 위를 슬프게 지나갔고, 잠시 간석지의 물은 흐릿한 거울 위로, 반영 없는 죽은 피부 위로 수증기를 증발했다. 베개 밑에 깔린 입처럼, 그 막막한 땅의 안개 뒤에서 무엇인가 숨막혀하고 있었다. 비포장도로는 문득 포장도로로 바뀌고, 회색 탑이 짙은 안개에서 튀어나오고, 도처에서 우리를 향해 달려오는 간석지가 수면과 거의 같은 높이에 있는 차도의 양쪽 옆구리를 씻고, 환영 같은 건물 몇 채가 형체를 드러냈다. 여행이 끝난 것이었다. 우리는 해군기지에 도착했다. 젖은 도로가 희미하게 빛났다. 안개의 벽 속에서 교통정리를 하기 위해 램프를 흔드는 실루엣 옆으로 해군 방수복과 오래된 모자와 빗방울 맺힌 억세고 짧은 콧수염이 나타났다. 시르트 해군기지의 사령관인 마리노 대위였다.

오르세나에서는 그에 대해 많은 것을 이야기해 주지 않았다. 게다가 이마저도 (여기서 정보국의 경박함이 그 적나라한 모습을 드러낸다.) 어떤 '따분한' 사람에 대해 그리하듯, 막연한 사교적 관계의 뉘앙스를 정의할 때 동원하는 거침없이 방만하고 불쾌하게 피상적인 어조였다. 이런 간단한 폄하는 그를 이곳으로, 무척이나 막막한 뒷전으로 밀어내기에 충분한 것이었다. 그런 그가 이제 내 앞에 있었다. 비에서 솟아오른 육중한 실루엣은 환상적인 안개의 끝에서 이제 정말로 실재적인 것이었다. 우리는 함께 살 것이었다. 나는 문득 모르는 사람과 악수를 한다는 강렬한 느낌이 들었다. 손은 강하고 호의적이었으며 태도는 정중했다. 목소리를 통해 드러나는, 어떤 비웃음 같은 것을 가장한 어짊은 그러한 대면이 내포한 껄끄러움에도 불구하고 처음부터 나를 편하게 해주었다. 나의 기이한 직무와 관련하여 우리 사이에 아무런 충돌도 생기지 않으리라는 것을 나는 즉시 알 수 있었다. 그것은 큰 것이었다. 하지만 동시에 그 이상을 알기까지는 오래 걸릴 듯하다는 생각이 들었다. 빠르고 날카로운 시선 속에는, 상대방을 안심시키는 굵고 강한 목소리와 대조를 이루는 숨은 투시력 같은 것이 있었고, 평온한 얼굴과 침착한 입에는 눈에 띄는 절제와 신중함이 있었다. 낮게 눌러쓴 모자로 어두워진 눈은 차가운 바다 같은 회색이었다. 유난히 오래 악수를 지연하는 햇볕에 그을린 손은 손가락 두 개가 모자랐다. 마리노 대위는 과연 안개에서 나왔으며, 이제 더 이상 그를 그리 쉽게 그 속에 빠뜨리지는 못할 거라고 무엇인가가 내 속에서 속삭였다.

황량한 초원의 환상적인 안개에서 솟아올라 텅 빈 바닷가에 자리 잡은 해군기지는 기이한 곳이었다. 우리 앞쪽, 몇 채의 길고 낮은 건물들을 옆에 끼고 엉겅퀴로 좀 먹힌 한 조각의 평지 너머에서 안개는 일종의 폐허에 가까운 성채의 윤곽을 실제보다 커 보이게 했다. 시간에 의해 반쯤 메워진 해자 뒤에서 요새는 강력하고 묵직한 회색 덩어리처럼 보였지만, 그 미끄러운 벽에는 활 쏘는 구멍과 포안(砲眼) 몇 개만이 뚫려 있을 뿐이었다. 비가 이 빛나는 돌들에 갑옷을 입히고 있었다. 침묵은 버려진 잔해의 것이었다. 진창이 된 순시로(巡視路)에는 보초의 발소리조차 들리지 않았다. 물방울 맺힌 잡초 덤불들이 회색 이끼 낀 흉벽(胸壁) 여기저기를 파 들어가고 있었다. 해자로 미끄러져 내리는 파편 더미에는 뒤틀린 쇠붙이와 그릇 조각들이 섞여 있었다. 출입문에서는 엄청나게 두꺼운 벽이 모습을 드러냈다. 초창기 오르세나가 옛 힘과 세월의 숨결이 감도는 이 빚고 거대한 공동에 그 표지를 남긴 것이다. 포석과 같은 높이에 뚫린 포안을 통해, 옛 행정 장관들의 문장이 새겨진 대포들이 안개의 차가운 숨결이 오르는 움직임 없는 흰 수증기의 심연 위로 입을 벌리고 있었다. 초석(梢石)이 길게 흘러내리는 텅 빈 복도들을 따라 거의 강박적인 방치의 분위기가 스미는 게 보였다. 우리는 이 불수가 된 거상(巨像)의, 이 사람이 사는 폐허의 슬픈 꿈에 묻힌 듯 말없이 침묵을 지켰다. 이제 비웃음거리가 되고 만 해군기지라는 이름은 그 위로 꿈같은 유산의 아이러니를 던지는 것 같았다. 마비를 부르는 침묵은 결국 우리를 한 포안 맞은편에 멈추게 했고, 바로 여기에 몸짓 하나가 자리 잡는데, 그것은 뒤에 가서 극도로 의미심장한 것이 될 터였다. 바다에 고정된 우리의 눈은 좀 더 편하게 서로를 피할 수 있었다. 비웃듯 친밀하게 포가(砲架)에 몸을 기댄 마리노는 주머니에서 파이프를 꺼내어 포신 뒤쪽 끝의 단추에 대고 오래 두드렸다. 누런 광선 하나가 안개를 헤치고 우리에게까지 미끄러져 왔고, 안뜰로부터 문득 평온한 닭 울음소리가 울려 퍼지며 이 키클롭스의 폐허를 터무니없이 길들이려 했다. 지금도 여전히 내 귓전에 기이하게 되살아나는 아주 짧고 무뚝뚝한 "이상이오!"를 통해 마리노는 성채 방문을 끝내고 마법을 깨려는 듯 장화 뒤축을 힘껏 굴렀다.

벌써 안개는 잉크를 풀어놓은 듯했다. 밤이 내리고 있었다. 마리노 대위는 자신의 휘하에서 복무하는 세 장교를 내게 소개했다. 시르트 함대의 간부들이 모두 모인 셈이었다. 내 도착을 축하하는 저녁 식사는 예외적으로 성채의 한 포곽(砲郭)*에서 있었다. 일상적 관례는 본능적으로 한 걸음 물러서며 감히 그 꿈을 훼방하지 못했다. 이 전설적인 보루가 친숙한 삶을 겁에 질리게 한다고 해도 옳을 듯싶었다. 불안한 메아리가 울려 퍼지는 궁륭 밑에서 대화는 여의치 않았다. 전날 떠나온 오르세나에 대한 질문들이 쏟아졌다. 오르세나는 아주 멀었다. 나는 촛불의 연기가 낮고 헐벗은 돌을 향해 곧게 오르는 것을 바라보며 지하실과 눅눅한 포석의 차가운 냄새를 들이마셨고, 장식 징이 박힌 무거운 문들이 복도에 메아리를 울리는 소리를 들었다. 희미하고 연극적인 조명 아래 잘 구별되지 않는 얼굴들 둘레로 안개의 훈륜이 떠돌던 것이 지금도 생생하다. 나를 엄습하던 비현실적인 이상한 느낌은 첫 대면의 경직되고 주저하는 어색함으로 더욱 증대되었다. 마리노가 결코 깨려하지 않는 침묵의 순간에 회식자들의 얼굴은 돌이 되며 한 순간 오르세나의 궁전들에 걸린 영웅시대의 오랜 초상화들에서 볼 수 있는 굳은 프로필과 엄격한 마스크를 되찾았다. 건배의 순간이 왔다. 가장 젊은 장교가 '시르트 전선'

---

* 적탄(敵彈)을 막으며 아군의 대포 사격에 유리하도록 콘크리트나 돌 따위로 튼튼히 쌓아서 만든 축조물.

에 온 것을 환영한다고 했다. 규정된 그 문구에 화답하여 마리노는 자신의 눈에 띄게 아이러니컬한 미소 근처까지 잔을 쳐들었다. 내 숙소는 여러 소박한 낮은 집 가운데 하나인 사령부 건물에 마련되어 있었다. 투박한 타일이 깔리고 거의 비다시피 한 길고 눅눅한 방들에는 차가운 곰팡이 냄새가 감돌았다. 나는 어둠을 향해 내 방 창문을 열었다. 그것은 바나에 면해 있었다. 희미한 고동이 간석지로부터 불투명한 어둠을 넘어왔다. 흔들리는 빛을 따라 벽 위를 날아다니는 커다란 그림자들이 신경에 거슬렸다. 나는 불을 끄고, 수의처럼 희미한 곰팡이 냄새가 나는 깔깔하고 오톨도톨한 시트 속으로 들어갔다. 되돌아온 어둠 속에서 희미한 파도 소리가 나에게까지 미끄러져 왔다. 저녁때 시작된 가벼운 얼떨떨함이 계속되었다. 팔을 꼬집었다. 나는 정말로 시르트에 있었다. 개 짖는 소리, 닭장의 한바탕 소란과 짹짹 소리가 침묵을 가로질러 나에게까지 또렷이 전해졌다. 거의 즉시 나는 잠이 들었다.

2 해도실

정청의 째째한 스파이 정책이 얼마나 노후한 것인지는 그 어느 곳보다 해군기지에서 쉽게 확인할 수 있었다. 신호탑 꼭대기에서 '시르트 기지'를 내려다보는 시선 속에는 돌이킬 수 없는 퇴락의 이미지가 담겨 있었다. 성채 맞은편에서 무너져 내리는 잡초투성이 방파제가 볼품없는 항구를 막아주었고, 간조 때면 항구 안쪽으로 넓은 개펄이 모습을 드러냈다. 방파제가 끝나는 넓은 곳에는 거대한 석탄더미가 피라미드 모양으로 쌓여 있었는데, 거기서 석탄을 퍼내는 일이 하도 드물다 보니 무성한 잡초와 작은 관목들이 마침내 그것을 식민지 삼고, 기이한 형태의 언덕으로 보이는 폐광의 경석장*처럼 그것을 풍경에 완전히 동화시

---

* 탄광의 채탄공을 통해 나온 굴착물로부터 석탄을 가려내는 선탄 작업 이후 남겨진 쓸모없는 돌멩이나 흙 등을 쌓아두는 곳.

키기에 이르렀다. 작은 톤수의 노후한 쾌속 전투함 두 척이 방파제를 따라 정박해 있었고, 서너 척의 모터보트가 간조 때면 개펄 위에 드러누웠다. 항구 안쪽에는 보트를 끌어올리는 비탈이 있고, 그것은 선체를 수리하는 창고에 이르렀다. 난바다 쪽으로는 회색빛 개펄로 가두리가 쳐진 수로가 골풀 사이로 구불대며, 간석지의 뾰족한 끝을 가로지르는 수문을 통해 바다에 도달했다. 항구는 통상적으로 깊은 잠의 양상을 띠었다. 겨우살이에 앞서 여전히 따사로운 가을날 오후 한창때면 뜨거운 수증기만이 적막한 방파제의 누런 잔디밭을 아지랑이처럼 가물댔다. 그 주위로는 출렁이는 물결 소리조차 들리지 않았고, 순찰을 예고하는 연기가 르두타블 호의 굴뚝에서 몸을 비트는 일은 극히 드물었다. 해군기지의 험한 입들은 그것이—시르트에서 예외적인—폭풍우의 전조라고 했으며, 마리노 대위의 안온한 철학은 거기서 아무런 악의도 찾으려 하지 않았다. 병력의 일부는 뭍에서, 그러니까 성채 옆에 붙은 건물 가운데 하나에서 숙식하고 있었다. 군무의 필요가 점점 줄고, 동시에 이 적막한 국경 지대에서 일손 또한 감소하다 보니 잉여 병력은 보통 시르트 벽지에 존속하는 몇 안 되는 요새화된 농장에 흩어져 반야생 상태의 양 떼들을 길렀다. 지리멸렬한 해군기지의 경영에 그것이 가져다주는 알찬 이득에 매혹된 오르세나 당국은 오래전부터 별로 용맹스럽지 않은 이 상황을 눈감아 주고 있었다. 그리하여 이제는 마리노 대위가 르두타블 함교 위에 서 있는 모습보다는 이른 아침부터 장화에 박차를 달고 말에 올라 스텝을 오래 돌아다니며 악착같은 농장주들과 맞붙어 숙소니 보수니 하는 까다로운 문제들을 따지는 모습을 더 자주 볼 수 있었고, 그럴 때마다 마리노 안의 뱃사람은 태평한 개척 회사 관리인에게 자리를 내어주는 것이었다. 예산과 회계에 관계되는 모든 것은 어느덧 해군기지 사람들의 뇌리 속에서 핵심적인 자리를 차지하게 되었다. 시르트 기지는 이윤을 남기는 이상한 기업이 되어, 수도의 사무국 앞에서 무훈보다는 이윤에 대해 더 우쭐해할 정도였다. 꼼꼼한 회계 처리와 올바른 인력 임대는 차츰차츰 정청이 장교들의 역량을 평가하는 시금석이 되었다. 돈을 밝히는 오르세나의 정신은 이렇듯 종국에 가서는 본질적으로 그것에 가장 단호하게 맞서야 할 분야에서까지 이익을 끌어내고 있었다. 그러나 이 작은 관측소에서조차 모험적인 삶이 후퇴하는 대신 안락하고 제한된 대지의 부름이 음험하게 목소리를 높이는 가운데 불안스러운 마비 증세가 진행되는 것을 관찰할 수 있었다. 시르트의 가을의 아름다움을 이루는 주름 하나 없는 아침나절이면 나는 성채의 포안에 앉아 한편으로는 태양 아래로 문둥병 걸린 듯한 개펄이 잠식하는 버려진 항구와 텅 빈 바다를, 다른 한편으로는 일단의 임대 목동들을 이끌고 전원으로 말을 달리는 마리노를 볼 수 있었다. 나는 포탄의 숨결을 겪은 뜨겁고 무거운 돌에 손을 댔고, 내 속에서 우울의 물결이 오르는 것을 느꼈다. 눈먼 거인은 배반이라는 두 번째 죽음으로 고통스러워하는 듯했다.

이러한 정체 상태에서 감찰장교라는 내 임무는 아무런 신경 쓸 거리를 주지 않았다. 얼마 가지 않아, 해군기지에는 감시할 게 아무것도 없다는 생각이 들었다. 우스꽝스러워지는 것을 피하기 위해, 그리고 따돌림을 당하지 않기 위해 일단은 무해해 보이는 경계심을 길들이는 것만이 남아 있었다. 로베르토, 파브리치오 그리고 지오반니, 마리노의 이 세 부관은 내 또래의 젊은이들로서 그곳에서의 유형을 시시워하며 해군기지의 자동차가 가까운 촌락인 마렘마로 데려다 줄 외출에 미리부터 온 정신을 쏟았다. 수수께끼 같은 그 외출은 식사 때마다 하염없는 토론과 농담의 주제를 이루었는데, 여기서 지적해야 할 것은 해군기지에 여자라고는 없었다는 점이다. 나는 금세 이들 셋과 친해졌고, 특히 나와 마찬가지로 오르세나로부터 금방 도착하여 시골 주둔부대의 몽롱한 무사안일에 갈피를 잡지 못하는 파브리치오와 어울리길 좋아했다. 로베르토와 지오반니는 그들 하루의 가장 중요한 부분을 골풀 숲에 허리춤까지 담근 채 늪지대에 번식하는 철새들을 사냥하며 보냈다. 파브리치오와 더불어 햇볕이 내리쬐는 성벽의 포안에 앉아 책을 읽으면서 나는 그들의 보이지 않는 움직임을 평화로운 총성의 궤적으로 미루어 짐작할 수 있었다. 가벼운 푸른 연기가 미동도 하지 않는 골풀 위로 곧게 피어올랐고, 총성이 울릴 때마다 한 다발씩 용출하는 바닷새의 쉰 울음소리는 늦가을의 황금빛 대기 속에 야생의 균열 같은 것을 열어놓았다. 저녁이 오면 간석지 사이의 포석 위로 먼 농장에서 돌아오는 마리노의 말발굽 소리가 울렸고, 저녁 식사 시간에 병영을 뒤흔드는 가벼운 웅성거림이 해군기지에 마지막 덧없는 생기를 띠게 했다. 밤은 우리 다섯을 호사스럽게 쌓인 황금빛 불치 둘레에 모았다. 우리는 식탁 주위로 떠들썩한 다정함이 감도는 이 저녁 식사를 무척 좋아했다. 우리 둘레로 수십 리, 수백 리 펼쳐진 공허한 어둠은 따스한 내밀함이 감도는 숲 속 빈 터 한가운데의 우리를 서로서로 더욱 밀착시켰다. 마리노의 신중한 태도와 약간 수도승 같은 침묵은 이 강렬한 젊음의 탕(湯)에 용해되었다. 그는 우리의 명랑함을 좋아했고, 안개가 우리의 작은 항구를 포위하며 우리를 막막함과 우울 속에 빠뜨리는 날이면 제일 먼저, 아직도 옛날식으로 기름 층 아래 보존하는 야수(野獸)의 향이 풍기는 시르트 포도주를 한 동이 요청했다. 식사가 끝나면 사냥꾼 지오반니가 시가 연기로 탁해진 공기 속에서 기침을 한 뒤 방파제를 한 바퀴 돌자고 제안했다. 소금기 섞인 싸늘함이 죽은 물 위로 움직임을 잃은 채 얹혀 있었다. 방파제 끝에서는 신호등이 희미하게 깜박였다. 석호 위에 드리워진 성채의 그림자가 우리 뒤로 마치 하나의 현존(現存)처럼 강박적으로 무게를 더해갔다. 우리는 물결이 가볍게 찰랑대는 방파제 끝에 다리를 내려뜨리고 앉았다. 파이프에 불을 붙인 마리노는 눈을 가늘게 뜨고 구름을 응시한 뒤 직업적인 어조로 다음 날의 날씨를 예고했다. 깃발을 내리는 순간 잠시 상념에 잠기듯, 잠깐 동안의 깊은 침묵이 절대 빗나가지 않는 이 예보를 뒤따랐고, 그것이 바로 저녁 의식(儀式)의 끝이었다. 목소리들은 한층 더 느릿해졌다. 공터를 따라 우리의 빈약한 그림자 송이가 한 알, 한 알 흩어졌다. 벽의 침묵 위로 문이 번갈아 소리 내며 닫혔다. 나는 소금기 낀 어둠을 향해 창문을 열었다. 오백 리 해변의 모든 것이 휴식을 취하고 있었다. 잠자는 물 위에 드리워진 방파제의 표지등은 납골당 안에 잊힌 작은 전등처럼 무용하게 타올랐다.

나는 이 단절된 삶에서 매력을 발견했다. 내가 이따금 오르세나에 보내는 보고서는 짧았지만 친구들에게 보내는 편지는 길었다. 청명하고 고요한 오후, 사막의 가장자리에서 떨며 조는 이 작은 단위의 삶의 미약한 박동이 별 노력 없이 내 가슴에 담기는 듯한 순간이 종종 있었다. 허공 위로 바른 꽃이 몇 줌 걸려 있는 성벽 한구석에 팔을 괸 나는 위협받는 풍경을 단번에 포착할 수 있었다. 개미의 움직임 같은 드문 왕래, 수레가 삐걱대는 소리, 창고에서 외따로이 울리는 맑은 망치 소리 등이 종(鐘)의 진동을 머금은 대기를 타고 나에게까지 또렷하게 올라왔다. 그 친숙하고 익히 잘 아는 내밀함은 부드러웠다. 하지만 이 시골의 순진한 활동으로부터 어떤 불안 혹은 부름 같은 것이 오르고 있었다. 내가 구름 한가운데에서 내려다보듯 성벽 위에서 관찰하는 그토록 초라한 왕래의 몽롱함 위로 어떤 꿈이 무겁게 얹혀 있는 것 같았다. 평소보다 더 오래 그 움직임을 관찰하다 보면, 들린 굽 아래로 개미집의 순수하게 무의식적인 소란을 들여다볼 때 우리를 잠시 정지시키는 듯한 기이한 매혹이 내 속에 올라오는 것이 느껴졌다. 그럴 때면 내 사념(思念)은 종종 마리노에게로, 나의 첫 성채 방문으로 되돌아가곤 했다. 나는 대포의 엉덩이에 파이프를 두드리며 액운을 쫓는 마리노의 안심시키는 몸짓이 내 눈앞으로 지나가는 것을 보았고, 문득 그 작은 식민지의 중심에 서 있는 그의 보호하는 듯한 육중한 존재를 내밀하게 느끼기에 이르렀다. 그는 이 땅의 고요한 박동 그 자체였다. 나는 그의 서투르고 솔직한 손이 순진한 삶을 지향하면서 그 앞의 그림자들을 조심스레 걷어내는 것을 보았다. 나는 내가 그와 얼마나 다른지, 그리고 내가 얼마나 그를 사랑하는지 느꼈다.

나는 규칙 없이 살았다. 시간표는 해군기지의 모두에게 단조롭지 않았다. 날씨의 우연과 바다의 변덕에 좌우되며, 느리고 매우 모호한 활동 가운데 시간표는 거의 농부들의 것에 가까운 다양함과 불연속성을 띠었고, 나는 그 누구보다도 쉽게 그것의 미미한 제한에서 벗어났다. 처음 며칠 동안 나는 자유와 공허에서 오는 일종의 얼떨떨함으로 고생했다. 나는 동료들이 즐길뿐더러 견디기 어려운 고독의 시간을 짧게 해주는 격렬한 운동에 맹렬히 뛰어들었다. 우리는 작살로 간석지에 감히 들어온 큰 물고기를 잡았고, 헐벗은 스텝 위로 말을 달리며 토끼들을 쫓았다. 때때로 우리는 근처 농장에서 열리는 몰이사냥에 초대받기도 했다. 이 사냥은 그렇지 않아도 빈약한 방목지를 휩쓰는 토끼들을 주기적으로 소탕하기 위한 것이었다. 사냥이 끝나면 성대한 향연이 베풀어졌고, 사람들은 횃불 아래 모여 밤이 깊도록 떠들고 마셔댔다. 마당에 높이 쌓인 그날의 전리품은 저녁 내내 강렬한 야수 냄새를 풍겼다. 우리는 지친 나머지 말 위에서 졸며 돌아왔다. 스텝 위로 낮은 해가 떠오르는 가운데, 지평선 위에서 희미해지는 불빛이 또 다른 몰이사냥의 끝을 알리고 있었다. 나는 별로 튼튼하지 못했던지라 이 거나한 기분 전환이 끝나고 나면 몸이 부서지고 가슴이 텅 비는 것 같았다. 나는 오르세나를 떠나 이 거칠고도 건강한 삶으로 내가 생각한 만큼 들어가지 못하고 있었다. 그러나 조금씩 조금씩 이런 삶은 내게 기이한 빛깔로 물들기 시작했다. 초기의 할 일 없음은 내가 더 이상 신비스러운 구심점으로 인정하지 않을 수 없는 것을 중심으로 나도 모르게 조직되었다. 폐허에서 발견한 비밀 장소에 골몰하는 아이처럼 하나의 비밀이 나를 성채에 매어 놓고 있었다. 오후가 시작될 무렵, 낮잠 시간과 함께 해군기지에는 따가운 태양 아래 공허가 자리 잡았고, 나는 엉겅퀴를 헤치며 아무에게도 들키지 않은 채 해자를 따라 암도(暗道)까지 갔다. 궁륭 덮인 긴 복도와 축축하고 간헐적인 계단들은 나를 성채의 내부로 이끌어주었고 (무덤 같은 냉기는 내 어깨 위로 식탁보처럼 떨어져 내렸다.) 나는 해도실(海圖室)로 들어갔다.

안뜰과 포곽들이 이루는 미궁 속을 돌아보던 중 단순한 호기심에 떠밀려 처음 그 문을 연 순간, 우리가 안락한 삶으로부터 탈선하지 않게 해주는 보이지 않는 자침(磁針)을 마비시키는(중앙 러시아의 절망적으로 단조로운 스텝을 지나다 보면 나침반의 바늘이 제자리를 잃는 일이 일어난다고 사람들이 말하는 것처럼) 혹은 모든 종류의 합리화를 넘어 끌림의 장소, 왈가왈부할 것 없이 거기 서 있어야 할 장소를 우리에게 가리키는 그런 감정들 가운데 하나로 규정할 수밖에 없는 어떤 감정이 점진적으로 엄습하는 것을 나는 느꼈다. 파괴된 성채의 먼지 낀 잔해 한가운데 위치한 낮은 궁륭이 덮인 긴 방에서 나를 우선 놀라게 한 것은 청결과 질서——꼼꼼하고 심지어 편집증적이기까지 한 질서——의 기이한 양상, 매몰과 퇴락에 대한 오만한 거부, 홀로 무기를 든 채 남아 있으려는 호사스러운 동시에 치명적인 외양, 흘끗 보기만 해도 알 수 있는, 폐허 한가운데에서 고집스레 사용 가능한 상태로 남아 있고자 하는 의외의 태도였다. 회식자들이 연회장의 연극적이고도 위압적인 분위기를 향해 문을 열 듯, 스스로 감시된 그 고독 위로 경첩을 삐걱대면서 나는 매번 가벼운 충격을 느끼지 않을 수 없었다. 그것은 겉으로 보기에 빈 방의 문을 소경의 것보다 더 음산한 얼굴 위로, 부재하는, 용해된, 망보기의 빨아들이는 듯한 긴장 속에 석화(石化)된 얼굴 위로 문득 밀면서 겪는 것 같은 충격이었다.

방은 꼭 어둡다고만은 할 수 없었다. 하지만 유리에 곰보처럼 붙은 수많은 기포들로 거의 반투명이 된 창문에서 떨어지는 빛은 불확실하며 지속적으로 이우는 것 같은 성질을 갖고 있었다. 그 어슴푸레한 빛은 하루 종일 황혼의 정체된 슬픔을 용해하는 듯했다. 방은 윤기 나는 떡갈나무로 만든 작업대들을 비롯하여 간소한 가구를 갖추고 있었다. 헐벗은 벽면의 어두운 나무 벽장은 책(거의 모두 묵직한 이절판들로서 장정은 빛이 바래 있었다.)과 구식 항해 도구들을 담고 있었다. 방 안쪽 벽 중간 높이에는 좁고 얕은 회랑이 열려 있었고, 철망이 쳐진 또 다른 일련의 벽장이 그 밑에 나란히 배치되어 있었다. 헐벗은 벽, 세계지도, 먼지 냄새, 오래 닦여 반들반들하고 손바닥처럼 불규칙하게 마모된 탁자는 연구실을 연상시켰다. 다만 벽의 두께와 수도원 같은 침묵과 의심스러운 빛이 이제는 잊힌 어떤 기이한 분야의 연구를 생각하게 했다. 물질적인 그 느낌은 거의 즉시 한층 더 어리둥절한 다른 느낌으로 전염되었는데, 거기에서는 봉납물을 두는 장소에 있기 마련인 묵직한 분위기, 또는 시들고 썩은 사념 같은 어떤 것이 떠노는 듯한 느낌이 들었다. 방의 중앙을 향해 몇 걸음 떼어놓으면—마치 막연한 유추의 끈에 의해 인도되듯—잉크의 번시의 빛바랜 색깔 한가운데에서 눈은 문득 오른쪽 벽 위로 튀어 오르는 커다란 선혈 자국에 매혹되었다. 그것은 경직된 주름을 이루며 벽 위로 길게 드리워진 붉은 비단의 큰 깃발로서 파르게스탄과의 전투 당시 기함(旗艦) 고물에 나부낀 바 있는—오르세나의 상징인—성 유다 기였다. 그 앞에는 탁자와 단 하나의 의자를 갖춘 낮은 연단이 있었는데, 깃발은 마치 그것을 조준점으로, 혹은 함정 같은 이 방의 빛나는 중심으로 지시하고 있는 듯했다. 우리로 하여금 생각해 보고 말고 할 것도 없이 용도 변경된 궁전에 있는 왕좌나 빈 법정의 재판장 의자에 앉아보도록 하는 마술적 청원이 나를 의자로 이끌었다. 탁자 위에는 시르트 해도가 펼쳐져 있었다.

의자에 앉을 때마다 나는 늘 청중을 부르는 듯한 이 연단에 의해 약간 심란해지곤 했지만 금세 마술에라도 걸린 듯 그곳에 사로잡히고 말았다. 외딴 농장들이 반점처럼 드물게 찍혀 있고 섬세한 기퓌르* 모양의 간석지 모래톱이 가두리를 두른 시르트의 척박한 땅이 내 앞으로 흰 식탁보처럼 펼쳐져 있었다. 해안에서 얼마 떨어진 바다 위로 검은 점선이 해안과 평행으로 달리고 있었다. 초계 구역 한계선이었다. 좀 더 먼 곳에는 강렬한 붉은 실선이 그어져 있었다. 이는 오래전부터 암묵적인 동의에 의해 국경선으로 받아들여지고 있고, 항해 지침이 그 어떤 경우에도 넘기를 금지하고 있는 선이었다. 오르세나와 사람이 살 수 있는 세계는 바로 이 경계선에서 끝나고 있었는데, 그 선은 그것에 포함된 묘하게 추상적인 모든 것으로써 내 상상력을 가일층 자극했다. 그토록 여러 차례 일종의 전적인 확신 속에서 눈으로 그 붉은 선을 따라가다 보면, 마치 지면 위에 드리워진 선이 새를 어리둥절케 하는 것처럼, 그 선은 이내 내게서 이상한 실재의 성격을 띠는 것이었다. 그것을 나 스스로에게조차 고백할 마음은 없었지만, 나는 그 위험천만한 이행에 구체적인 기적을 부여하고, 나아가 바다의 균열을, 경보를, 홍해 건너기를 상상할 준비가 되어 있었다. 경계선 너머 아주 멀리, 마법적 금기 저편으로 멀어지는 덕분에 경이로운 빛을 띠게 된 곳에 파르게스탄의 미지의 공간들이 탱그리 화산의 그림자 아래 성지(聖地)처럼 빼곡하게 펼쳐져 있었다. 항구도시인 라게스와 트란게스, 그리고 강박적인 음절들이 내 기억을 가로지르며 꽃줄 모양 고리를 엮는 도시들, 곧 게라, 미르페, 타르갈라, 우르가손테, 아믹토, 살마노에, 디르세타.

지도 위에 양손을 짚은 채 탁자에 몸을 기울이고 선 나

---

* 동일한 모양을 연달아 이어 만든 두터운 레이스 장식.

는 이따금 최면에라도 걸린 듯 몇 시간이고 미동도 하지 않았다. 심지어 손바닥이 저려와도 나는 꼼짝하지 않았다. 가벼운 살랑거림 같은 것이 지도로부터 솟아올라 닫힌 방과 매복의 침묵을 채우는 듯했다. 나무 뒤틀리는 소리가 때때로 눈을 들게 했고, 불편해진 나는 밤중에 자기 보화를 보러 와서 어둠 속에 우글대며 희미하게 빛나는 보석들을 손 아래 느끼는 구두쇠처럼 시선을 들어 어둠 속을 뒤졌다. 나도 모르는 사이에 수도원 같은 침묵 속에서 신비롭게 잠 깬 무엇인가를 찾고 있었던 듯 말이다. 머리가 텅 빈 채, 나는 어둠이 내 주위로부터 실내로 스며들며, 잠 속으로 뒤집히는 머리통 혹은 침몰하는 배의 응낙하는 무게로 그것을 납봉하는 것을 느꼈다. 나는 선 채로, 깊은 바다의 침묵을 머금은 잔해물처럼 해도실과 함께 가라앉고 있었다.

어느 날 저녁 평소보다 긴 방문 뒤 방을 막 떠나려고 할 때 포석 위의 무거운 발소리가 나를 소스라치도록 놀라게 했다. 무엇을 생각하기에 앞서 짐짓 호기심에 찬 태도를 가장했지만, 거기서 드러나는 화급함 탓에 이 방에 내가 있다는 현행범으로서의 느낌은 떨쳐버릴 수가 없었다. 마리노 대위는 나를 쳐다보지도 않은 채 들어와서는 야간 경비원들에게서 관찰되는, 공허와의 오랜 친밀함에서 생겨난 자연스러움으로 나를 편히 해주려는 듯 등을 돌린 채 느릿느릿 문을 닫았다. 한순간 나는, 이 방의 모든 것이 내밀한 격렬함으로 그를 밀어내는 것을 보면서, 다리를 절룩이며 박물관을 가로지르는 야간 경비원 앞에서 느끼게 되는 온 정신을 빨아들이는 듯한 어떤 기이한 감정을 느꼈다. 그는 뱃사람의 느리고 서툰 걸음으로 몇 발짝 더 다가와 등불을 쳐들고 나를 보았다. 우리는 잠시 아무 말도 하지 않고 서로를 바라보았다. 그 무겁고 닫힌 얼굴에 나타나고 있는 것은 놀라움이라기보다는 얼굴의 빛을 송두리째 거두는 어떤 갑작스러운 슬픔의 표현, 마지막 병(病)이 다가올 때 노인들에게서 보게 되는, 신비로운 앎의 광선에 의해 조명되기라도 한 것처럼 조예 깊고 명민해 보이는 어떤 기이한 슬픔의 표현이었다. 그는 눈길을 돌리며 탁자 하나에 램프를 올려놓고는 실내의 어슴푸레한 빛보다 한결 더 짓눌린 목소리로 말했다.

"너무 열심히 일하는군, 알도. 식사하러 가세."

그의 램프가 궁륭들 위에 던지는 거대한 그림자 사이로 일렁이며 우리는 어색한 가운데 성채의 문으로 향했다.

이 미미한 사건은 어찌나 집요하게 나의 뇌리에 되살아났던지 나는 결국 놀라지 않을 수 없었다. 무덤 같은 침묵 속에서 침대에 길게 누운 채 내가 특히 다시 떠올리려 했던 것은 문득 얼굴을 덧문처럼 닫아버리는 급작스러운 슬픔의 표현, 그리고 암시로 무거운 문장처럼 귀를 곧추세우도록 하는 목소리의 기이하게 의미심장한 억양이었다. 오랜 시간 동안 나는 그의 메아리 없는 중얼거림을 기억 속에서 되풀이했다. 그러던 어느 날 아침 나는 눈부심처럼 갑작스러운 방식으로 너무나도 분명한 그것의 의미와 대면했다. 마리노는 나의 잦은 해도실 출입을 알며 그것을 은근히 반대하고 있었던 것이다.

이 작은 사건에 대해 나는 필요 이상으로 신경을 쓰기에 이르렀고, 적어도 나의 상상 속에서 마리노와 나 사이에는 일종의 공모 의식 같은 것이 생겨나게 되었다. 나는 나도 모르게 그 가장 미약한 표지까지 살피기 시작했다. 나는 곧—비록 우리 사이에서 그날 밤의 만남이 다시 문제된 적은 한번도 없었지만—마리노가 잊지 않았나는 것을 확신할 수 있었다. 식사가 끝날 무렵이면 그가 즐겨 유발하고 계속되게 하며 그의 볕에 탄 얼굴이 가벼이 물드는 웃음의 와중에, 나는 내 위로 미끄러지는 그의 시선 속에 불현듯 가벼운 홈 같은 것이 자리 잡는 것을, 즐거운 무리의 화합으로부터 나를 말소하고 건너뛰고 제외하는 불편함의 그림자가 지나가는 것을 보았다. 이제부터 우리는 움직이든 가만히 있든 한결 불편한 차원에서만 서로에게 볼일이 있을 것처럼 생각되었다.

내 삶은 보이지 않게 변해 갔다. 내가 갑작스러운 절제의 필요에서 요청했던 이 유형은 내게 균형을 가져다주었다. 잃어버린 오르세나의 쾌락에 대해 나는 아무런 후회도 느끼지 않았다. 나는 좀처럼 해군기지를 떠나지 않았다. 나는 파브리치오가 거의 매주 마렘마에 가서 구하는 쉬운 쾌락들과 한 시간짜리의 사랑까지 거부함으로써 그를 놀라게 했다. 나는 더 이상 그런 것이 필요하지 않았다. 시르트의 고립된 삶에 결부되는 제대로 합리화되지 못한 빈한함, 그리고 그것이 내포하는 순전한 소실 가운데 동의된 희생은 그 안에 어떤 막연한 보상을 보증하고 있는 듯했다. 공허, 절제, 그리고 엄격한 규칙 가운데 있는 시르트의 삶은 오르세나의 홍청대는 삶이 내게 제공했던 범용하고 세련된 모든 것보다 훨씬 격렬한 감동의 보상을 부르고 또 그것을 누릴 자격이 있는 것 같았다. 이 빈한한 삶은 무용성 자체의 자명함 속에서 마침내 취할 만한 가치가 있는 어떤 것에 제공되고 있었다. 천박한 지탱을 무시하며 입을 벌린 심연 위로 감히 불쑥 튀어 나간 그 삶은 공허를 향한 도약에 걸맞은 버팀목을 요구했다. 그것의 황량한 매력은 파수꾼의 기다림을 달래는 것이었고, 대지의 안온한 향기에 무심한 그것의 촉수는 바다의 숨결에 대한 간구였으며, 파수꾼의 것과 같은 그것의 외침은 청각의 극단적인 정지 가운데 벌써 잠재력을 얻은 메아리의 부름이었다. 마리노가 대지에 그토록 잘 묶어두는 잠든 군함은 나의 새로운 시선 아래 스스로 수평선을 향해 출범하는 듯했다. 움직임 없는 그 항해는 암암리에 약속된 것처럼 보였다. 좋은 배가 문득 모험가 선장의 발소리를 알아보듯, 나는 그것이 내 아래에서 부르르 떠는 것을 느꼈다. 해군기지에서는 모든 것이 잠자고 있었다. 하지만 그 잠은 예언과 기적을 잉태한 밤의 불안하고 겁에 질린 잠이었다. 나는 인내심으로 그 늘어진 삶을 고양했다. 나는 끝없이 좌절되는 기다림이 오히려 그 강력한 원천으로부터 사건의 확실성을 배양하는 파수꾼의 종족에 내가 속한다는 사실을 느꼈다.

나는 조바심을 내며 휴일을 기다렸다. 마렘마로 가는 자동차가 몇 시간 동안 해군기지를 비움으로써 나를 비밀의 땅의 유일한 주인으로 만들어주었기 때문이다. 그 땅에 묻힌 보화의 희미한 광택은 오로지 나에게만 비치는 듯했다.

돌의 엄청난 두께 속에 갱도처럼 파묻힌 복도들과 빈 포곽의 침묵 가운데 무관심한 시선들을 씻어낸 성채는 꿈의 차원을 되찾았다. 가볍고 미약해진 나의 발걸음은 주저하는 동시에 무엇인가에 의해 인도되며 길을 다시 배우는 유령처럼 복도를 배회했다. 나는 성채 안에서 마치 미약한 생명체처럼 움직였다. 이 생명체는 그러니 기술의 유희 속에서 문득 그 힘이 신비로운 광원과 일치하는 빛처럼 사방으로 퍼져 나가는 것이었다. 내 발걸음은 첫 방문 때 마리노와 머물렀던 포안 쪽으로 나를 데려갔다. 당시 그것을 막고 있던 음울한 안개는 종종, 지면을 스치며 마치 화덕의 아가리 같은 혹독한 빛의 타오르는 사각형으로 드러나는 거대한 석양에 자리를 내주곤 했다. 하늘에 걸린 그 어슴푸레한 구석에서, 키클롭스의 돌로 된 그 헐벗은 틀에서, 나는 다이아몬드를 뿌린 듯한 어둡고도 눈부신 푸른색 천이 흔들리는 것을 구역질이 나도록 바라보았다. 그것은 마치 바다 속 동굴에서처럼 회색 벽들을 따라 빛의 그물들을 묶었다 풀었다 했다. 나는 포신 뒤쪽 끝에 앉았다. 내 시선은 거대한 청동 포신을 타고 미끄러지면서 그것의 용솟음, 그리고 벌거벗음과 결합하여 금속의 경직된 도약을 연장했고, 굳게 고정된 가운데 수평선을 겨누었다. 나는 눈을 빈 바다에 고정시켰다. 거기에서는 각각의 파도가 혓바닥처럼 소리 없이 미끄러지면서 언제나 미완인 순수한 지움의 몸짓을 통해 모든 흔적의 부재의 속을 고집스레 파내고 있었다. 나도 모르는 사이에, 나는 그 과도한 기다림 속에서 어떤 기적의 확증을 펴 올릴 신호를 기다렸다. 나는 바다의 공허로부터 범선이 돋아나는 것을 꿈꾸었다. 이 욕망된 범선의 이름을 나는 찾고 있었다. 어쩌면 그것을 이미 찾았는지도 몰랐다.

이 말 없는 응시의 시간은 순식간에 흘러갔다. 바다는 어두워졌고 가벼운 안개가 수평선을 막았다. 나는 마치 비밀스러운 만남에서 돌아오듯 순시로를 따라 돌아왔다. 성채 뒤로는 시르트의 불타는 들판이 벌써 온통 회색빛으로 펼쳐져 있었다. 나는 성벽 위에서 멀리 마렘마로부터 돌아오는 차가 길을 따라 일으키는 먼지 줄기를 기다렸다. 차는 빈약한 덤불 사이로 미세하고 친밀하게, 그리고 완전히 길들여진 모습으로 오랫동안 지그재그로 다가왔다. 내가 성채 위에서 마치 망루의 파수꾼처럼 이 평화로운 귀환을 향해 던지는 환영(歡迎)의 몸짓을 마리노는 별로 좋아하지 않았다.

겉으로 보기에 그토록 공허한 이 나날을 돌이켜볼 때마다, 나를 그다지도 기이한 긴장 속에 유지했던 자극의 눈에 띄는 상처나 흔적을 찾아봐도 헛수고일 뿐이다. 아무 일도 일어나지 않고 있었던 것이다. 그것은 가볍고도 열에 들뜬 긴장으로서, 망원경에 포착된 것을 느꼈을 때의, 감지되지는 않지만 지속적인 경계에 대한 명령 같은 것—빈 집에서 복도를 향해 열린 문을 등지고 책상에 앉아 일을 할 때 어깨 사이로 느껴지는 근질근질함 같은 것이었다. 가장 투명한 수정 구슬에서 미래를 읽으려 하듯, 나는 하나의 차원으로서, 청각의 부수적 깊이로서 텅 빈 일요일을 불렀다. 그것은 내게 기사의 철야식(徹夜式)*이나 청음 초소의 침묵을, 불확실하고 낙담케 하는 바다의 소리에 흡반처럼 달라붙은 딱딱한 돌 귀의 정체를 드러내주었다.

이 은밀한 대면은 나를 동료들로부터 눈에 띄지 않게 멀어지도록 했다. 그들이 마렘마에서 돌아올 때면 으레 저녁 식탁 둘레로 자기들끼리의 수근거림이나, 억눌린 웃음과 신비의 베일을 곁들인 암시적인 말들이 오갔다. 귀족 계급의 약간 광적인 기질을 드러내는 변덕에 의해, 오르세나의 몇몇 가문이 여름의 끝을 나기 위해 이 궁벽한 도시에 와 있었고, 파브리치오와 지오반니는 이들 가문을 집요하게 드나들었다. 그리하여 내게 친숙한 이름들이 대화에 스며들었다. 파브리치오가 아이러니컬한 공손함을 갖고 발음하는 그 이름들 위로는, 잠시 손바닥 위에 놓고 굴려보는 유명한 보석처럼, 유서 깊은 귀족과 한층 고양된 삶의 낭만적 광채가 내려앉는 게 느껴졌다. 심지어 마리노의 눈조차 한순간 더 주의 깊어졌다. 그러나 그 마모된 음절들은 이제 내 귀에 따분함과 기이한 환멸의 음향 그 자체로서 다가왔다. 대화에 미끄러져 들어온 그 이름들을 들으면서 나는 예기치 않게 시골 이웃을 만난 탐험가처럼 어떤 거슬림이나 어색함 같은 것을 느꼈다. 나는 간석지에서의 피크닉이나 뱃놀이에 대한 파브리치오의 이야기를 퉁명스레 끊어버리고, 그의 우상인 귀족들 가운데 하나를 그가 쌓아 올린 좌대로부터 심술궂게 끌어내리기도 했다. 나는 오르세

* 중세 유럽에서 기사 서임에 앞서 후보자가 제단 위에 무구를 안치해 놓고 밤을 새우는 의식.

나를 경멸했다. 나는 그보다 백 리나 더 높은 곳에서 내려다보고 있었다. 내 은밀한 삶의 외관을 공유하는 파브리치오와 마리노를 내가 원망했다면, 그것은 더 높아 보이는 삶의 지리멸렬한 희화(戱畵) 앞에서 자신들과 함께 나를 끌어내리기 때문이었다. 어느 날 저녁, 알도브란디 집안의 별장에 대한 존경에 찬 묘사 앞에서 나는 평소보다 더욱 흥분했고, 거의 눈물이 그렁그렁해져서 식당을 떠났다. 파브리치오가 공터까지 달려와 나를 붙들었다.

"무슨 일이야, 알도? 화났어?"

"그냥 내버려둬. 자네는 이해할 수 없어."

"나는 자네가 생각하는 것보다 자네를 더 잘 이해해."

"정말로?"

나는 대뜸 몸을 돌렸다. 수증기에 젖은 달빛 아래 그의 얼굴은 희미했지만, 어둠 속에서도 눈은 기이하게 열려 있었으며, 목소리는 예리하고 신중했다.

"자네는 오만해, 알도. 여기에 처음 도착했을 때와 달라. 무엇인가가 자네를 변하게 만들었어."

"그렇지 않아, 파브리치오. 안심해. 우리 사이에 문제가 되는 것은 아무것도 없어. 고독 때문에 내 신경이 예민해졌을 뿐이야."

"하지만 자네는 혼자 있는 걸 좋아하고 또 그러기 위해 애쓰잖아. 자네는 무엇인가를 찾고 있고 그것을 우리와 나누려고 하지 않지. 자네는 언제나 성채에 올라가 있어. 자네는 이 오래된 돌 더미에서 보배라도 찾은 것 같아."

나는 약간 지나치게 초연한 웃음을 터뜨렸다.

"내가 그렇게 인색한 사람이 아니라는 것은 자네도 잘 알 텐데?"

"분명히 말하지만 자네는 변했어. 자네는 내 친구야. 그래. 하지만 자네는 나를 약간 멸시하기도 하지. 자네는 땅에 코를 박고 사는 우리를 동정해. 심지어 마리노조차……."

"나는 마리노에 대해 아무런 반감도 없어. 내 명예를 걸고 말하지. 내가 그보다 더 좋아하고 높게 평가하는 사람은 해군기지에 아무도 없어."

"자네는 우리로부터 멀어지고 있어, 알도. 나는 그것을 분명히 느껴. 나는 그것이 마음 아파. 모든 것에 대해 자네는 어찌나 무심한지……."

당혹해진 나머지 나는 눈썹을 치켜세웠다. 그러나 다음에 온 말은 변명할 필요조차 없는 것이었다.

"다른 데로 가고 싶어?"

나는 약간 모욕적인 웃음을 터뜨렸다.

"아주 큰 승진을 기다리고 있지, 파브리치오. 수도의 살롱들이 나를 불러. 사람들은 나를 해군 총사령관의 부관으로 임명하려고 하지. 모든 무도회에 참석하여 군대의 우아함을 선전해야 할 거야. 어떻게 생각해, 파브리치오? 내 경력에서 큰 걸음을 떼어놓는 셈인데."

"운이 좋다고 해야겠지. 웃지 마. 무엇을 하건 이 시골구석보다는 낫겠지."

"그런데, 나는 거절이야, 파브리치오. 생각해 봐. 나는 거절이야."

그는 풀 죽은 어깻짓을 하고는 슬프게 웃었다.

“우습군, 알도. 일 년 뒤에 자네는 다시 생각할 거야.”

“벌써 다 생각했어.”

이번에는 내가 어깻짓을 했다. 파브리치오의 목소리가 갑자기 긴장했다. 그것은 어둠 속에서 내 어깨를 잡는 목소리였다.

“여기서 찾는 게 뭐지? 자네가 여기에 온 것은 참으로 이상한 일이야. 자네가 누구인지 모르는 사람은 아무도 없어. 자네는 임지를 고를 수 있었지.”

“심문하는 건가……?”

나는 다시 분노했다. 너무나도 어린, 하지만 몹시 거슬리는 이 심문의 목소리에 자극된 나는 가장 모욕적인 말을 찾았다. 내 의식은—정말이지—평온하지 못했다.

“마리노가 그렇게 물어보라고 그래?”

“마리노는 절대 질문하는 법이 없지. 하지만 마리노는 시인들을 좋아하지 않아. 적어도 해군기지 안에서는 말이야. 그가 그리 말하는 것을 들은 적이 있어. 그런데 알도, 자네는 시인이야.”

목소리는 마리노의 이름 위로, 해군기지에서는 의례적인 것이 된 애무하는 듯한 존경의 뉘앙스와 함께 얹혔고, 그날 저녁 그것은 내게 참을 수 없는 것이었다.

“아니면 그보다 더 나쁜 부류지, 아니야? 그가 그리 말하지 않았어?”

“아니야, 알도. 마리노는 자네를 좋아해. 그러나 그는 자네를 두려워하지.”

나는 흥분하고야 말았다.

"내가 그를 고발할 테니까, 아니야? 나는 그를 염탐한단 말이지! 모두에게 나는 결국 그런 인간이었어! 내가 성채 안을 돌아다니는 것은 바로 이런 이유 때문이지. 아주 간단해. 모든 게 분명해지네. 일요일마다 나는 복도로 다니며 냄새를 맡았던 거야. 사람들은 일을 쉽게 해주었지. 너무 성중해! 얼마든시 뒤지십시오. 자리를 비켜드리겠습니다. 나는 적이란 말이야! 나는 접근해서는 안 될 밀정이란 말이지."

파브리치오의 얼굴이 다정하고도 슬픈 표정으로 고정되었다.

"미쳤군, 알도. 나를 봐! 마리노는 우리 모두보다 자네를 더 사랑해. 하지만 그는 자네를 두려워해. 그는 그 이유를 알고 있지. 그러나 나는 몰라……."

파브리치오는 곰곰이 생각하기 위해 순진하고도 연극적인 노력을 기울이며 눈썹을 찌푸렸다. 어린애 같은 그 태도는 내 주름을 펴는 한편 그를 단숨에 어린 시절로 되돌려 놓았다.

"……가끔 나는 그가 옳다고 생각해."

나는 벌써 반쯤 웃으며 그의 어깨를 쳤다.

"좋아, 파브리치오. 내게 원한을 품지는 마. 그토록 흥미진진한 두려움이 자네의 잠을 방해하지 않길 바라. 나는 사실 모래 장수 발소리가 들리는걸. 아이들에게는 벌써 늦은 시각이야."

우리 사이의 농담은 정형화되어 있었다. 파브리치오는 공터 위로 나를 쫓아오는 시늉을 했고 장난으로 주먹질을 했다. 우리는 아직 아이에 가까웠다. 나는 그보다 겨우 두 살 많았다. 화해는 우리 가슴을 따뜻하게 했다. 하지만 마리노…… 그는 전혀 다른 문제였다. 파브리치오는 결코 없는 말을 하는 법이 없었고, 마리노는 절대 가볍게 말하는 사람이 아니었다.

저녁은 고요했다. 부상당한 짐승이 덤불 속으로 처박히듯, 나는 미지근한 어둠 속에 잠겨 들었다. 발걸음은 나를 바다 쪽으로 이끌었다. 나는 집단으로부터 추방당한 뒤 고독에 미쳐 밤 속으로 뛰어드는 짐승처럼 해군기지로부터 멀어져 갔다. 사람들은 내 속을 헤아려보고, 내가 다른 종족에, 영원히 유리된 종족에 속한다고 생각한 것이다. 나는, 마리노가 파이프를 입에 물고 무엇인가에 몰두한 회색 눈을 막연함 가운데 떠돌게 하며 나를 도려내는 판결을 선고하는 모습을 상상해 보았다. 그 순간 나는 스스로가 끔찍하게 여겨졌다. 사지가 고통스럽게 마비되는 듯했다. 나는 해군기지에서 가장 순진한 삶을 산다고 믿었다. 그런데 모든 것이 나를 거부하고 있었던 것이다. 마리노의 무심한 회색 시선, 묵직한 강렬함이 얼굴보다는 얼굴 너머에 보이지 않게 집중되는 그 시선이 이 시각 내 눈앞에 준엄한 지표로서 지나갔다. 나로서는 우리의 첫 대면 이래 내 행동이 포함했던 자발적으로 완곡한 모든 것을 거기에 비춰보지 않을 수 없었다. 사실 나는 신비로울 것이라고는 없는 이 삶에서의 모든 말, 모든 몸짓을 본의 아니게 그에게 숨기고자 했고, 그의 앞에서는 늘 무엇인가 잘못하고 있다는 느낌이 들었다.

어디로 가는지 의식조차 못하는 사이에 나는 석호를 막으며 바다를 따라 혓바닥 모양으로 뻗어 있는 좁은 모랫길에 와 있었다. 달빛을 받아 반들반들하고 골풀이 비죽비죽 늘어선 물 한가운데로 어두운 모피의 긴 자락처럼 누운 모랫길은 어둠으로 한결 가까워진 수평선 쪽으로 달음질치며 사라지고 있었다. 내 뒤에서 해군기지는 석호의 안개 위로 온통 하얗게 솟아올랐다. 나는 모래가 움푹 들어간 곳에 길게 누워 바다 쪽으로 얼굴을 돌렸다. 상념에 지쳐 정신이 텅 빈 나는 시시각각 깊어지는 침묵 속에서 하릴없는 시선으로 오랫동안 바다 위의 달빛을 바라보았다. 나는 꽤 오랫동안 그 같은 응시 가운데 몽롱하게 있었던 듯싶다. 어느덧 한밤중의 냉기가 느껴지기 시작했기 때문이다. 나는 잠시 몸을 일으켜 어깨 위의 외투를 바로잡았다. 바로 그때였다. 내 앞으로 얼마 떨어진 바다 위에서 어렵사리 구별되는 작은 배 그림자 하나가 달빛 받은 수면을 가로지르며 미끄러지는 게 보였다. 그림자는 한동안 해변을 따라 가더니 항구의 수로와 직각으로 방향을 틀어 초계 한계선을 넘은 뒤 난바다를 향해 달리다가 이내 수평선 너머로 사라졌다.

3 대화

다음 날 아침 일찍 나는 마리노에게 찾아가겠다는 기별을 했다. 나는 잠을 거의 자지 못했다. 미묘한 회견에 대비하여 생각을 정리하려 할 때는 어젯밤의 발견으로 내가 비정상적인 흥분 상태에 빠져 있다는 사실을 깨닫기도 했다. 나는 어서 빨리 이 수상쩍은 출현의 실재 자체(그것은 의심할 바 없는 것이었다.)를 마리노에게 담금질해 보고 싶었다. 나도 모르는 사이에 나는 그의 용해성 강한 평온한 신중함에 기이한 힘을 부여하여 혹시 그것이 배의 출현을 무화하거나 위협당하는 질서 속으로 다시 들어가게 할지도 모른다고 생각했다. 동시에 나는 이 발견이 그에게 달가울 리 없다는 사실을 예견하고 있었다. 내가 그를 도발한다는, 그의 은밀한 금지에 도전한다는, 그로 하여금 패를 보이도록 강요한다는 느낌을 떨칠 수가 없었다. 그를 직접 만난다는 사실만으로도 그 간단한 회견은 무게와 모호함을 지녔다. 쌀쌀한 아침 어슴푸레한 복도를 걸어가는 동안 그가 문득 두렵고, 또 내 생각과 행동에 대해 강력한 힘을 지닌 존재처럼 여겨졌다. 그가 내 생각과 행동에 영향을 미쳐서가 아니라 내 뜻과는 별도로 나로서는 감당하기 힘든 돌이킬 수 없는 무게를 그것들에 얹을 수 있기 때문이었다.

그는 성채 지하에 위치한 자신의 사무실에 있었다. 거기서 그는 아침마다 오르세나로 가는 공문을 처리했다. 신중하고 수도사적인 어떤 것이 감도는 그 방은 조개껍데기처럼 그의 몸에 맞추어 변형된 듯했고, 의자에 앉은 그의 묵직한 실루엣이 화룡점정을 하며 공간 배치의 인상적인 걸작을 완성하고 있었다. 그에게 틀 구실을 해주는 좁은 복도 안쪽에서는, 그리하여 마치 있음 직하지 않은 균형의 절정으로부터 마법이 떠오르는 유화를 볼 때처럼 그가 기적적으로 움직이는 것을 보지나 않을까 기대하게 되는 것이었다. 그러나 현재 내 앞에 있고, 내가 맞붙어 싸우려 하는 것은 진짜 마리노였다. 친숙한 사물들과 내통하며, 그것들에 기대는 동시에 보호하는 몸집으로 그것들을 지탱하는 그는 예기치 못한 것, 갑작스러운 것, 다른 곳을 부드럽고도 끈질긴 집요함으로 막아서는 일종의 방책(防柵)이었다. 서류 더미 위에 올려놓은 파이프는 화약통에 대한 도발과도 같은 것이었다. 농부의 것처럼 느리되 열심인 그의 손이 페이지들을 가로지르며 일상의 이랑에 굵직한 잉크로 꽃줄을 엮었다. 한결같은 나날, 사건도 비밀도 없는 나날의 긴 연속은, 그것이 닿기만 해도 환영이 사라질 항구적인 갑주(甲冑)를 주조하고, 매혹적인 습관의 신비가 성취되는—언제나 마치 아무 일도 없었던 것처럼—종(鐘) 모양의 잠수기(潛水器)를 만들어내기에 이르렀다.

포석을 울리는 내 발소리를 들은 마리노의 시선은 재빠른 눈길을 통해 멀리서 나를 알아본 뒤 곧 불을 줄인 램프처럼 빛을 끄고 다시 서류 속에 잠겼다. 그는 내가 오는 것을 보고 있었다. 그것 역시 그의 방어의 일부를 이루었다. 그는 기습당하는 것을 좋아하지 않았다. 그는 내가 가까이 가기를 기다렸다. 회색 눈을 채 들기도 전에 무의식적으로 펜을 놓는 손이 오늘 아침 일은 어쩔 도리 없이 끝났다는 것을 말했다. 그는 나를 기다리고 있었던 것이다. 이 기이한 선견지명은 나를 당황케 했다.

"일찍 일어났군, 알도. 오늘 아침엔 안개가 고약한걸. 안 그런가? 여기서 안개는 일찍 잠을 깨게 하지, 목이 아프거든. 로베르토에게 늘 말하지만, 아침 안개는 해군기지에서 겨울의 시작을 의미해."

그는 김이 서린 창문으로 흐뭇한 눈길을 길게 던졌다. 나는 그가 이 뿌연 창문들을 좋아한다고 느꼈다. 그는 그의 회색 눈에 떠도는 가벼운 각막백반을 통해 바라보았다. 그것은 보아서는 안 될 것을 가려주었다.

"자네가 여기 도착하던 날의 날씨를 기억하나? ……나는 기억해. 오랜 직업적 습벽이라고나 할까. 나는 친숙한 얼굴을 언제나 그를 처음 보았을 때의 하늘 배경과 결부시켜 기억하지. 물론 그림자, 구름, 바람, 열기도 함께. 구름들…… 나는 그것을 전부 다 그려낼 수 있을 거야. 자네의 경우 나는 언제나 안개를 배경으로 해서 자네를 본다네. 머리 뒤의 후광과 함께. 그것은 진짜 후광이었어—웃지 말게—가로등이 안개 속에 둥글게 빛나면서 낸 효과였지."

약간 꾸민 듯한 웃음이 어색한 망설임 가운데 잦아들었다. 정담을 나누는 것은 우리 둘에게 늘 어려웠다. 마리노의 반발조차도 드러나지 않게 의도된 그 무엇으로 인해, 즉 친밀함보다 규율에 입각한 그 무엇으로 인해 우리 사이에 거리를 만들었고, 그 어떤 선이도 쫓아버리기 힘든 어색함을 불러일으켰다. 차가워진 목소리가 약간 경직되면서 물었다.

"담소를 나누러 와주다니 고맙군."

"그보다 더 심각한 용무가 아닐까 염려되는군요."

마리노의 얼굴이 눈에 보이지 않게 긴장했다.

"아! ……업무 때문이군. 그래서?"

"판단을 내려주셔야 하겠습니다."

나는 가능한 한 정확히 하려 애쓰며 전날 밤의 발견을 무미건조하게 이야기했다. 이야기가 진행됨에 따라 나는 내 목소리가 금속적이고 공격적인 단단함을 띠는 것을 느꼈다. 시시각각 내 앞에서 이야기의 신빙성이 달아나는 것을 느끼기라도 하듯 말이다. 마리노는 굳은 얼굴로 나를 뚫어지게 쳐다보았다. 상냥한 태도를 견지하되 고르지 못한 목소리와 경련하는 얼굴 근육에서 포착하기 어려운 병의 징후를 읽어내는 의사처럼, 그가 듣고 있는 것은—그의 사냥꾼의 본능을 일깨우길 바랐던 유령선의 출현이 아니라—바로 나였다.

"좋아!" 하고 잠시 적당한 침묵이 흐른 뒤 그가 결론지었다. "오늘 저녁 수로 근처의 초계를 명령하겠네. 그 배가 매일 밤 지나갈 것 같지는 않지만."

그의 목소리가 작별을 고하고 있었다. 이는 내가 가장 두려워하던 바였다. 직업적인 한결같은 어조는 정체불명 선박의 출현을 세부적 업무의 수준으로 떨어뜨리고 그 차원을 낮추면서, 그것에 고작 위반 딱지나 붙이려 하고 있었다. 그러나 지나치게 초연한 그의 태도는 오히려 의혹을 불러일으켰다. 그의 태도에는 너무 완벽하게 연기된 무엇인가가 있었다. 나는 집요하게 말을 이어갔다.

"중요한 점은 그 배가 다시 지나가는 것이 아니라 정말로 떠났다는 것입니다."

"떠나다니? 무슨 말을 하는 건지 모르겠군."

"분명하지 않습니까."

나는 조금씩 흥분하기 시작했다.

"그 배가 어디로 갔다는 말인가? 삼천 리 인근에 마렘마 말고 항구라고는 없네. 마렘마의 홍청대는 사람들이 밤 뱃놀이를 즐겼을 거야."

"초계 수역을 넘어서 말입니까?"

"아마도 취했겠지."

"아니면 맨정신으로 더 멀리 가려고 작정했을 수도 있지요."

처음으로 마리노는 원한과 적개심을 갖고 나를 노려보았다. 그는 마치 마지막 순간까지 실수를 피하도록 하기 위해 애를 썼으나 헛수고로 돌아간 사람을 대하듯 했다.

"나는 그렇게 생각하지 않아. 바다 한가운데로? 말도 안 돼."

"우리 맞은편에는 항구가 있습니다. 파르게스탄 해안이 있어요."

말은 파국의 침묵 속으로 떨어졌다. 그것을 발설한 것은 나였다. 사실 우리 사이에 문제가 된 것은 오로지 그것뿐이었다. 마리노는 침묵했다. 나는 신랄해졌다.

"여기서는 이 이름이 좀처럼 통용되지 않는 것 같군요."

대답은 내게 차가운 적대감의 벽을 드리웠다.

"그렇지. 여기서는 통용되지 않는 이름이지."

"그러나 제가 감히 그것을 입에 올리는 걸 용서하시기 바랍니다. 여기에 오면서 저는 군사적인 책임을 맡는다고 생각했습니다. 모든 것이 아주 평온합니다. 그렇게 생각하고 싶습니다. 제가 여기에 온 뒤로 더더욱 그러합니다. 하지만 눈을 감아도 소용없습니다. 어쨌거나 우리는 전쟁 중에 있으니까요."

나는 마지막 문장을 전통적인 조소의 억양을 곁들여 발음했다. 그러나 마리노의 목소리는 문득 단호한 자부심의 어조를 띠었다. 그가 그런 어조로 말한 것은 처음이었다.

"해군기지에 비난받을 만한 것이 있다면 보고를 하게. 그것은 자네의 의무야. 하지만 경고해 두는데 자네의 조소는 전혀 계제에 맞지 않아, 알도. 나는 정청을 위해 손가락들을 잃었어. 나는 이 해안에서 정청의 안전을 지키기 위해 있고, 의무를 다하고 있다고 생각하네. 그것을 지키는 방법은 내가 결정할 문제일세. 자네는 그 일에 간여하기엔 너무나 젊어……."

그의 시선이 조금씩 나보다 더 높은 곳을 향했고, 결연한 어조는 얼굴에 돌연한 아름다움을 주었다.

"……그 선박에 대해서는 내 편에서도 보고를 하겠네."

무모할 정도로 심각한 그의 어조에 의해 극도로 혼란스러워진 나는 기이한 불편함을 느꼈다. 하지만 벌써 마리노는 내 눈에서 스스로의 오해를 읽고 있었다. 일순간 경계를 늦춘 그는 그에게 익숙한, 평온한 조소의 어조를 되찾았다.

"불법으로 돌아다니는 망할 배 한 척 때문에 우리가 너무 멀리까지 갔군. 바보짓 때문에 싸워서는 안 되겠지. 안 그래, 알도?"

느린 말의 장막 뒤에서 회색 눈이 의혹을 쫓아줄 동의를 구하며, 갑작스러운 혼란을 내가 어디까지 읽어냈는지 가늠하려 했다.

"아시다시피 기분을 상하게 해드리려는 건 아니었습니다."

"자네는 젊어. 이해하네. 나도 자네 같았어. 일에 대한 열정으로 가득 차 있었지. 아니 오히려 매우 이기적인 열정으로 가득 차 있었다고나 할까. 나도 자네처럼 무엇인가 기이한 일들이 일어날 거라고 생각했지. 그게 내 운명이라고 믿었어. 자네도 나처럼 언젠가 늙을 걸세, 알도. 그리고 나를 이해하게 될 거야. 기이한 일이란 일어나지 않네. 아무것도 일어나지 않아. 무엇인가가 일어난다는 것은 아마도 좋은 일이 아니야. 해군기지에서 자네는 권태를 느끼고 있어. 자네는 저 빈 수평선에서 무엇인가가 떠오르는 걸 보기를 원하고 있을 거야. 나는 이미 자네 같은 친구들을 많이 보아왔네. 자네와 마찬가지로 젊었고, 유령선이 지나가는 것을 보기 위해 밤중에 자리에서 일어나곤 했지. 그리고 그들은 마침내 그것을 보고야 말았어. 여기에서는 그것이 익히 잘 알려져 있는데, 사람들은 그것을 남녘의 신기루라 부르지. 그러나 그것도 한때뿐, 곧 지나가 버린다네. 분명히 일러두지만, 상상력은 시르트에서 불필요한 것이네. 어하튼 그것 또한 끝이 있어서 결국에는 소모되어 버리지. 근처에서 날개가 퇴화되어 스텝을 뛰어다니는 새들을 보았을 걸세. 좋은 예야. 앉을 나무도 없고 쫓아오는 매도 없는 곳에서는 날 필요가 없지. 새들은 환경에 적응한 것일세. 해군기지에도 곧 적응하기 마련이고, 만사는 그렇게 굴러가네. 만사는 그렇게 잘 굴러가네. 그리고 그렇게 해서 편하게 살지. 만약 자네가 너무나도 권태롭다면, 만약 자네가 권태에, 다시 말해 이곳의 좋은 조언자인 단조로움에 함몰되고 싶지 않다면—내 말 잘 듣게—친구나 아버지가 해줄 수 있는 조언을 하나 하겠네. 자네도 잘 알다시피, 나는 자네를 몹시 좋아하니까, 알도. 자네의 이름은 드높고 가문은 정청에서 좋은 신용을 확보하고 있어. 그러니만치 나로서는 자네에게 이곳을 떠나라는 조언을 하고 싶네."

"떠나라고요?"

잡을 수 없는 지표를 찾아 난바다를 뒤지듯 마리노의 눈이 멀찌감치 떠돌았다.

"여기서 나는 하나의 균형을 유지하고 있네. 그것은 어려운 일이야. 그것은 어느 한쪽으로 기울게 하는 것을 제거하라고 요구하지."

"무엇이 지나치게 무겁단 말입니까?"

"자네."

대답에 앞서 나는 잠시 숨을 가다듬었다. 마리노의 어조에는 오해의 여지가 없었다. 그 순간 그는 나를 사랑하고 있었고, 나는 그것을 깊이 느끼고 있었다. 하지만 나는 좀 더 멀리까지 나아가 보리라 작심한 터였다.

"저를 쫓아내시는 겁니까? 그렇게 하기 위해서는 무엇인가 심각한 사유가 있어야 할 텐데요. 여기에서의 제 행동 가운데 특별히 마음에 안 드신 점이 무엇인지 알고 싶습니다."

"역할을 뒤바꾸지 말게. 이해를 거부하는 것은 너무나도 쉬운 일이야. 내 목은 자네한테 달려 있어. 자네가 오르세나에 한마디 말만 하면 나는 여기서 영영 쫓겨날 거야. 자네와 일에 대해 말하고자 하는 게 아니라 남자 대 남자로서 대화하자는 것일세. 자네가 이미 그것을 이해하고 있다고 믿었는데. 내가 자네에게서 원망하는 것, 그것은 자네의 존재야. 자네의 의지와는 상관없이 말이야. 나는 자네가 여기에서 동요의 원인이라는 사실 때문에, 그리고 얼마든지 위험의 근원이 될 수 있다는 사실 때문에 자네를 원망하지."

"제가 그토록 엄청난 힘을 지닌 것 같지는 않은데요. 제가 끼친 해악이 무엇인지 제대로 가르쳐주지 않으시겠습니까?"

자기 생각을 정돈하기 위해 어려운 열쇠라도 찾듯 마리노는 한동안 침묵했다.

"방금 균형에 대해 말했지. 균형이란 게 편안하다면 그것은 아무것도 움직이지 않기 때문이야. 균형의 진실, 그것은 숨결만 더해도 모든 게 움직인다는 데 있어. 여기서는 아무것도 움직이지 않아. 그것도 삼백 년 전부터. 변한 거라고는 아무것도 없지. 그로부터 시선을 거두어들이는 어떤 방법을 제외하고 말이야. 물론 로드리고(파르게스탄을 포격했던 제독을 가리킨다.)와 나 사이에 많은 차이가 있긴 하지. 이곳에서 사물들은 무겁고 잘 자리 잡혀 있어서, 매일 매일 해자로 굴러 떨어지는 돌을 자네가 다시 세우려 애써봤자 헛수고일세. 그보다 더한 일을 한대도 결과는 마찬가지야. 이곳에서는 삼 세기 전부터 관성의 포화 상태가 부동의 폐허를 지탱하고 있어. 다른 곳 같으면 그것은 붕괴를 일으킬 테지. 이런 까닭에 나는 이곳에서 숨을 죽인 채 조용히 살고 있다네. 나는 이 조개껍데기 같은 해군기지가 나무꾼의 두터운 잠을 위한 침대가 되게 하고, 이는 자네의 눈살을 찌푸리게 만들지. 나는 자네가 파브리치오와 마찬가지로 줄에서 풀려난 강아지처럼 소란을 떤다고 비난하는 게 아니네. 여기에는 뛰놀기에 충분한 공간이 있을뿐더러 사막은 가장 튼튼한 친구들마저 지치게 만들지. 내가 자네를 비난하는 것은 자네가 충분히 겸손하지 않기 때문이야. 다시 말해 이 돌들의 잠에 꿈을 부여하기 때문이야……. 그것들은 격렬해……. 나는 이제 늙었고, 죽는 게 무엇인지를 알아. 그것은 길고도 어려운 것으로 도움과 이해를 필요로 하지. 나는 자네에게 이것을 말해 주고 싶어, 알도. 모든 것은 두 번 죽네. 한 번은 기능에서, 다른 한 번은 기호에서. 즉 한 번은 그것이 소용 닿는 것에서, 다른 한 번은 그것이 우리를 통해 지속하는 욕망에서. 내가 자네를 나무라는 것은 이해의 부분이야."

"사령관님은 관대하고 또, 죄송합니다만, 약간 공상적이신 듯하군요. 해군기지에서의 삶이 그토록 환상적인 측면을 감추고 있으리라고는 미처 생각하지 못했습니다. 아마도 조금 과장하시는 게 아닌가 싶군요."

문득 나는 우월한 위치를 점하겠다는 어리석은 욕심을 차린 참이었다. 나는 곧 우리의 대화가 위기점을 지났다는 사실을 깨달았다. 마리노가 단 한 가지 바라는 것은 안심하는 것이었다.

"뱃사람이란 죄다 조금씩 공상적이지……."

그는 소탈하게 웃었다.

"……공기 냄새만 맡고도 폭풍우가 다가오는 것을 느끼려면 좀 그래야 하기도 해. 그러나 안심하게, 알도. 폭풍우는 없을 거야. 그것은 오지 않을 걸세. 아무 일도 일어나지 않을 거야. 이성적인 사람들에게는 아무 일도 일어나지 않아……."

나를 지분대는 그 목소리는 그러나 약간 동요하고 있었다.

"그리고 아마도 자네는 이곳에 익숙해질 거야. 겨우살이에 매력이 전혀 없는 것은 아니네. 그리고 말이지—깜빡 잊을 뻔했군—자네를 위해 축제의 삶이 준비되고 있는 듯하네. 마렘마에 친구들이 있는데, 그들은 자네를 무척 보고 싶어 해. 심지어 나는 자네에게 정식으로 초대의 말을 전달해 주기로 약속까지 했다네."

"제가 여기서 꼼짝도 하지 않는다는 걸 잘 아시지 않습니까."

"자네가 잘못하는 거지. 어쨌거나 그것은 자네 일이야. 알노브란니 공주께서 내일 베푸는 야회에 자네를 초대하셨네. 그분은 자네를 몹시 보고 싶어 하셔. 간곡히 일러달라고 부탁하셨네. 자네 마음대로 하게나. 자네는 그분을 익히 잘 아니까. 여하튼 젊은 신참에게 승진에 유리한 조언을 하듯 자네에게 이런저런 충고를 하지는 않으려네. 자네는 충분히 어른이야……. 오늘 저녁은 이미 말한 대로네. 초계 준비를 명령해 놓도록 하지……."

그는 절반쯤 즐거워진 시선을 내게 던졌다.

"함께 가지. 따분함을 잊을 수 있을 거야."

마리노와 작별한 나는 이상한 기분에 빠졌다. 긴장되고 어떤 면에서는 내게 무거운 의미를 지닐 수 있는 이 대화에서 갑작스러운 한 줄기 바람이 마지막 순간에 폭풍우의 구름을 몰아내어 버렸다. 마리노가 나를 시르트에서 쫓아내고자 했는데도, 성채의 문을 지나는 나는 스스로의 태평함에 더 이상 놀라지도 않고 있었다. 한꺼번에 몰려온 추억이 넘쳐흐르는 아침 바람으로 어두운 구름을 몰아냈던 것이다. 나는 바네사 알도브란디를 생각하고 있었다.

언덕 위로 돌출한 인조석과 대리석으로 만든 미로를 빠져나오면 5월의 셀바지 정원은 단 한 장의 밝은 유황색 천을 펼쳐놓은 듯했다. 그것은 비탈 아래까지 작열하는 흰색으로 타오르며, 오르세나를 벽처럼 막아주는 맞은편 벼랑의 어두운 숲 언저리에서 파도처럼 부서졌다. 정오에 도시의 친밀한 소음으로부터 정원을 격리하는 언덕바지를 지나면 수선화와 히아신스 내음이 핑 도는 현기증처럼 계곡으로 밀려오는데, 그것은 귀를 때리는 예리한, 하지만 미처 귀를 채우기도 전에 더욱 예리하고 더욱 날카로운 음정을 갈망케 하는 그런 음정과도 흡사했다. 바다로 들어가는 계단처럼 만발한 꽃 가운데 잠겨 드는 대리석 계단 끝에는 사시나무 잎이 마치 벽 위로 흔들리는 물의 반영처럼 생기 넘치는 그림자를 드리우고 있었다. 거리의 소음과 대조되는 갑작스러운 고요는 마법의 장소, 예컨대 모든 것의 가볍고 느슨한 유예가 한 마리 벌의 윙윙거림에 오르간의 충만함 또는 신의 발현(發現)의 심각한 무게를 부여하는 버려진 묘지의 고요에 가까웠다. 오르세나에서 반쯤 버려진 이 정원을 아는 사람은 별로 없었다. 나는 종종 정오에 그곳으로 갔다. 그 시간에 거기에는 아무도 없으리라고 확신할 수 있었기 때문이다. 매번 나는, 은밀한 공모(共謀)의 문을 열면서 느끼기 마련인 언제나 새로운 매혹을 맛보곤 했다. 정원은 오로지 나 한 사람을 위해 작열 가운데 소생한 듯—꾸준히, 하염없이 베푸는 약속의 하찮고 순간적인 피안 가운데 소생한 듯 거기에 있었다.

그날 아침 나는 일찌감치 대학을 나와 정원으로부터 얼마 떨어진 곳에서 오를란도와 헤어졌다. 그는 나로 하여금 이 비밀스러운 산보에 대해 얼굴을 붉히게 만드는 비법을 갖고 있었다. 벌써 나의 전망대로 가는 마지막 계단을 내려가고 있을 때, 나는 문득 예기치 못한 출현에 한편으로는 당황하고 한편으로는 언짢아져서 걸음을 멈추었다. 내가 팔을 기대는 난간이 있는 자리에 한 여인이 서 있었던 것이다.

어색하지 않게 물러서기는 힘들었고, 그날 아침 나는 특히 외로운 기분이었다. 어정쩡한 자세로 어찌할 바를 모르던 나는 걸음을 멈추고 호흡을 정지한 채 실루엣으로부터 몇 계단 떨어진 곳에 꼼짝 않고 서 있었다. 실루엣은 소녀 혹은 매우 젊은 여인의 것이었다. 약간 굽어보는 내 위치에서 옆으로 조금 비껴 바라본 그녀의 뒷모습은 설원의 반영이 만들어내는 듯한 공기처럼 가볍고 부드러운 윤곽을 흐드러지게 핀 꽃의 흐름 위로 부각시키고 있었다. 그러나 반쯤 가려진 그 얼굴의 아름다움은 내 안에 시시각각 커지고 있던 고양된 박탈의 느낌보다는 덜 놀라운 것이었다. 지배하는 그 실루엣과 특권적 공간 사이의 기이한 일치 속에서, 부름 받은 존재가 지금 여기 있다는 점점 분명해지는 어떤 느낌 속에서, 정원의 여왕이 자신의 고독한 영지를 점유했다는 나의 확신은 점차 강해졌다. 도시의 소음에 등을 돌린 그녀는 마치 조상(彫像)처럼 꼼짝도 하지 않은 채 갑작스러운 장엄함을 정원 위로 내려오게 했다. 그것은 추방된 사람의 시선 아래 풍경이 띠는 장엄함이었다. 그녀는 계곡의 고독한 정령이었다. 주제가 곧 시작되리라는 예감이 드높은 구름 그림자를 던지는 순간의 오케스트라처럼 주위의 꽃밭은 불현듯 더욱 심각한 색조로 물들었다. 소녀는 문득 몸을 돌려 나를 향해 짓궂은 미소를 지었다. 그렇게 나는 바네사를 알게 되었다.

어떤 풍경 또는 사물을 자신과 떨어질 수 없는 것으로 만든 뒤 자신이 거기 있다는 사실만으로도 그것을 내밀한 열망의 해방을 향해 열거나, 의미심장한 표장(標章)의 역할로 축소하고 고양하는 그녀의 특권적 능력을 내가 이해하게 된 것은 훨씬 뒤에 가서였다. 나중에 그 마술 걸린 손의 가공할 포획 능력을 생각할 때마다 내 머리에 떠오르는 것은 '해변의 목욕하는 여인', '물레 돌리는 성주 부인', '탑 위의 공주' 같은 거의 문장(紋章)에 가까운 표현들이었다. 바네사에게 사물은 투과할 수 있는 것이었다. 몸짓을 통해 혹은 경이롭도록 수월하되 예측할 수 없는 목소리의 굴절을 통해, 그녀는 손을 들어 군중을 자화(磁化)하는 지도자처럼 내밀하게 동의된 사랑의 폭력으로 마치 시인의 말이 어김없이 달라붙듯 사물을 장악하는 것이었다.

알도브란디 옹(翁)은 오르세나에서 불안하고 모험적인 정신으로 유명한 가문의 수장이었다. 이 가문의 이름은 정청을 뿌리째 뒤흔든 모든 귀족의 음모와 거리의 폭동에 거의 전설적인 방식으로 연루되곤 했다. 파렴치한 배반, 음모, 낭만적인 납치, 암살, 드높은 무훈으로 점철된 이 왕자(王者) 혈통 가문의 오만하고 무절제한 격렬함은 사생활에서뿐 아니라 공적인 삶에서도 고스란히 유지되어 국가 최고의 요직을 맡는가 하면 중대한 모반의 주동자로 밝혀지기도 했다. 어떤 알도브란디가 지극히 현명한 조처로써 토지 문제와 관련한 폭동과 메르칸차 지방의 독립 문제를 해결했다면, 다른 알도브란디는 대(大)포격 당시 파르게스탄의 성채를 방어한 것으로 전해진다. 빈민가 한가운데 있는 보르고 외곽의 궁전에 자리 잡은 모양새 그대로 자기 둘레에 오만의 벽을 둘러친 이 인정도 없고 법도 없으며 아득하고 강한 기질을 지닌 종족은 오르세나 위에 독수리 둥지를 틀고 앉아 마치 폭풍우처럼 그것을 파괴하고 비옥하게 했다. 오르세나에서는 "나의 한계까지도 넘어가리라." 하는 이 가문의 오만하고 도발적인 명구가 사람들의 입에 곧잘 오르내렸다. 그럴 때면 사람들은 얼마나 많은 알도브란디가 추방당했고 그들에게 이 명구가 얼마나 쓰리도록 구체적인 의미를 띠었는지 상기하면서 언술에 아이러니컬한 뉘앙스 덧붙이기를 잊지 않았다. 음모가이자 선동가로서 자신의 막대한 재산을 동원하여 교외의 폭동을 일으킨 것으로 간주되는 바네사의 아버지는 되풀이되는 추방령의 마지막 희생자였다. 이런 사정은 젊은이 특유의 상상력에 의해 부풀려져서 바네사와의 관계에 고양되고 낭만적인 존경의 뉘앙스를 부여했다. 도시에서 가장 부유한 신부감 가운데 하나였던 그녀는 한 번 봤을까 말까 한 아버지에 대해 거의 아무런 걱정도 하지 않았다. 나는 그녀 안에서 위협받는 고아를 보호하는 동시에 경배했다. 우리는 우리를 위해 비밀스러운 꽃의 향연을 연장하는 그 정원에서만 만났고, 지금 생각해 보면 우리가 도대체 말을 나누었던가 싶다. 우리는 오랜 시간 아무 말도 하지 않은 채 바네사가 나를 위해 세상 쪽으로 활짝 열어놓은 그 불타는 대양을 마주하고 있었다.(그녀의 눈 속에서는 추방당한 그녀의 아버지가 건너간 머나먼 바다들의 혼란스러운 반영이 지나가는 것 같았다.) 내가 과장하던 그녀의 불행은 내 즐거움에 은밀한 자제의 뒷생각이 스며들게 했고, 또 나를 찾아오던 별로 정숙하지 못한 사념에 신성모독의 금기를 던졌다. 나는 그녀가 나와 더 이상 가까워지기를 원치 않은 채 부재(不在) 속에서 그녀를 사랑했다. 그녀의 비물질적이고 사념에 잠긴 듯한 손은 무한히 깊어진 원경 속에 내 꿈의 전망을 배열하기 위해서만 존재하는 것처럼 말이다. 그녀는 종종 자기 아버지가 편지를 보내오는 고장들에 대해 이야기했다. 그럴 때면 그녀의 목소리는 문득 목구멍에서 나오는 듯한 짧은 목소리로 변하여 평온한 고양의 감정을 드러내곤 했다. 오르세나와 일상사에 대한 그녀의 초연함은 극단적이고 경멸 섞인 것이었다. 스스로의 부유함 속에 그토록 흡족하게 자리를 틀고 앉은, 바네사로서는 꼼짝없이 이방인일 수밖에 없는 도시의 중심에서 이루어진 그 긴 만남들은 나를 은근한 해체의 표류로 이끌었다. 수긍된 범용한 삶에 저주를 던지는 연약하되 드높은 그 실루엣 앞에서 나는 정신적으로나마 오르세나와 그의 넉넉하고 증오스러운 건강을 부인했다. 나는 마법이 풀린 듯한 음침한 길들을 따라 셀바지 정원에서 집으로 돌아왔고, 나의 오후는 끝없는 권태 속으로 빠져 들어갔다. 이따금 나는 황혼 무렵에 불법적인 방문객처럼 조심스럽게 정원 문을 열고, 지금은 비어 있는 우리 자리까지 미끄러져 들어가곤 했다. 먹물을 뿌린 듯한 검은 숲 뒤편에서는 해가 지고 있었다. 안개가 벌써 정원 아래쪽 비탈을 덮으며 우리 전망대를 향해 밀물처럼 차올랐다. 팽팽하게 긴장된 부동성 속에서 나는 지평선 위에 드리워진 빛의 띠 위로 뚜렷하게 드러나는 어두운 나무들의 실루엣을 마지막 미광(微光)이 사라질 때까지 응시했다. 바네사의 마지막 시선이 바로 그 지점에 멈추었던 것이다. 나는 그 시선이 내게 신비롭게 지시한 것이 마침내 나타나, 그 모습을 볼 수 있기를 고대했다. 정원은 수도원 같은 적대적인 침묵 속으로 잦아들며 나를 내쫓았다. 나는 바네사가 팔꿈치를 기대었던 차가운 돌에 입을 맞춘 뒤, 높이 드리운 주목과 사이프러스 아래 잔뜩 짓눌린, 불을 환히 밝힌 무덤 같은 흰 집들의 낮은 실루엣 사이로 난 교외의 검은 길을 따라 집으로 돌아왔다.

차츰차츰 나는 사건도 열기도 없는 생활에서 떨어져 나왔다. 바네사는 나의 모든 쾌락을 고사(枯死)시켰고, 나를 미묘한 환멸에 눈뜨게 했다. 그녀는 나에게 사막을 열어주었고, 이 사막은 일종의 음험한 문둥병처럼 얼룩으로 반점으로 퍼져나갔다. 나는 조금씩 조금씩 공부에서 멀어졌다. 나는 점점 더 자주 친구들과의 만남을 거절했다. 이제 바네사와의 정오의 만남에 의해 허리가 끊긴 텅 빈 하루의 전망만큼 내 마음에 드는 것은 아무것도 없었다. 규칙적인 일과는 이제 진절머리 나는 것이 되어버렸다. 한창때의 젊음이 갖는 도발적인 강경함에 의해 나는 염오의 표출을 부조리한 지경에까지 밀고 나갔다. 나는 오르세나가 늪의 냄새를 풍긴다고 주장하면서 가족들을 아연실색게 했고, 바네사와의 짧은 만남을 제외하곤 대낮에 외출하기를 거부했다. 나는 밤늦은 시각에 도시를 쏘다녔다. 낮이 한동안 기계적인 것으로 만들었던, 그러나 깊은 밤이 마치 무자비한

경주가 끝났을 때처럼 길을 따라 거대한 야수나 절름대는 짐승의 비극적 헐벗음 가운데 떨어뜨려 놓은, 감지할 수 없을 정도로 더 빠르거나 느린 실루엣들과 스치는 것을 나는 좋아했다. 그 헐벗은 피로의 순간 오르세나의 거리에는 수상쩍고 상처 입은 그 무엇이 떠돌고 있었다. 마치 도시 낮은 구역의 필로티*를 적시는 썩은 물이 바닥을 드러내면서 도시를 지탱하는, 악성 열기에 의해 좀 먹힌 이탄질(泥炭質) 숲을 백일하에 드러내는 것과도 같았다. 나는 환희를 느끼며 그 부패하는 깊이 속에 잠겨 들었다. 환시가(幻視家)가 그런 것처럼, 일종의 본능이 문득 내 눈앞에 위협받는 도시를, 너무 무거운 발아래 늪으로 허물어져 내리는 좀 먹힌 껍질을 드러냈고, 도시는 그 늪에서 피어오른 최후의 꽃이었다. 여전히 아름답지만 돌이킬 수 없이 늙어버린, 새벽의 불길한 빛 속에서 문득 허물어지는 여인의 얼굴처럼 오르세나의 얼굴은 내게 자신의 고단함을 고백했다. 아득한 예고의 숨결이 내 속을 관통하며 도시는 너무 오래 살았노라고, 마지막 시간이 왔노라고 일러주었고, 앞다투어 변절을 선언하는 혼란의 시간에 도발적인 자세로 도시에 몸을 기댄 나는 지금까지 그것을 지탱하던 힘이 진영을 바꾸는 것을 느꼈다.

이따금, 내가 찾는 것은 얼마든지 실현될 수 있는 어린아이의 꿈을 위한 고백되지 않은 합리화 같은 것일지도 모른다는 생각이 들기도 했다. 선입견 없는 눈으로 바라보는

---

* 수중 혹은 연약한 지반에 건축할 때 사용하는 기초 말뚝.

사람에게 도시는 종종 백일하에 졸고 있는 듯했다. 하루하루 이어가기가 더욱 힘들어지는 느슨한 습관의 망에 사로잡히기라도 한 것처럼 말이다. 이제 시르트 여행이 가져다준 거리는 내게 더 큰 통찰력을 선사했다. 일정한 거리 너머의 기억이 일상의 소란에 끝없이 뒤섞이고 용해되는 느낌들을 차분히 가라앉힌 덕분이다. 일상의 소란은 사실 우리를 가벼운 흥분 속에 빠뜨리지 않는가. 나에게 바네사는 보이지 않는 수정의 깊이를 헤아리게 해주는 미세한 균열 같은 존재였다. 오르세나의 겉모습 자체도—마치 우리에게 친숙한 얼굴에서 병의 악화를 제일 먼저 감지해 내는 것은 낯선 사람이듯이—거리를 두고 보면 더 이상 건강한 상태가 아니었다. 축제 날—언제나 화려하고 언제나 충실하게 지켜지는—서민들의 표정은 지나치게 세심한 쾌락의 모방 아래 드러나는 권태의 표정이었다. 축제의 의상에는 장롱의 먼지 낀 주름을 고스란히 간직한 노병의 군복처럼 퇴색하고 실망스러운 무엇이 있었다. 거의 편집증에 가까운 전통에 대한 충실함은 재생이 불가능한 혈액의 빈약함을 말했다. 이는 때때로 나이에 비해 젊어 보이는 마른 노인이 차츰 생명이 물러남에 따라 매년 더욱 분명하고 더욱 두드러진 빈자리를 뼈대의 강하고 설득력 있는 현실로 상쇄하며 오래도록 사람들을 속이는 것을 연상시켰다. 심지어 여러 해외 국가들은 정청의 헌정 메커니즘을 하나의 모델로 인용하기도 했다. 하지만 그것은 박물관에 전시된 물건의 지리멸렬한 완전함으로 일종의 불안한 진공상태 가운데 기능하며 전문가들을 만족시킬 뿐, 그것이 돌아가게 하는 용수철의 힘은 더 이상 환상을 품을 여지가 없는 것이었다. 공무의 세밀한 규칙들이 훨씬 까다로워지고 한층 더 가차 없는 책임이 규칙의 엄격한 집행에 결부되면서 상류계급의 회의주의 또한 깊어졌다. 곰곰이 생각해 보면 특별히 불안하게 여겨질 수 있는 하나의 증후가 생겨났으니, 그것은 여행에 대한 취미, 세계주의 정신, 너무나도 교묘하게 조성된 흰개미집 곳곳을 비우는 이상한 도주, 그리고—마치 혈액이 스스로를 식히기 위해 피부 쪽으로 몰려가듯이—가장 교양 있는 모임들을 사로잡은 유목적 취향의 형태로 나타났다. 나 자신도 한 예였던 셈이다. 나는 파브리치오가 그토록 열렬히 섬기는 마렘마라는 기이한 공간에 대해 좀 더 주의 깊게 생각하기 시작했다. 그렇다. 바네사는 거기에서 미리 표시된 자신의 자리를 발견했던 것이다.

르두타블이 차차 속도를 내는 동안 나는 곧 있을 만남이 오로지 나에게만 가져다줄 어떤 놀라움을 생각하며 미소 지었다. 나는 바네사를 못 본 지 오래였다. 망명 생활에 죽도록 따분해진 알도브란디 옹이 돌연히 가족들을 불렀던 것이다. 나는 몹시 젊었고—그녀를 잊었다. 아니 잊었다고 믿었다. 그 후 나는 알도브란디의 귀국과 갑작스러운 복권을 별다른 열의 없이 접했고, 아이러니컬한 미소와 함께 모든 일이 잘 진행되고 있으며 오르세나는 이제 자신을 좋은 길로 이끌 리 만무한 세력과 결탁하고 있다고 결론지었다.

밤은 몹시 캄캄했다. 함교 위에 나와 함께 있던 마리노의 시선은 배의 전방에 고정되어 있었다. 그의 몸통은 어두운 방수복의 번쩍이는 빛 아래 묻혀 있었다. 얼굴은 이상하게 고립되었고, 그 윤곽은 파수꾼의 긴장 속에서 한껏 날카로워져 있었다. 나는 그가 이 진부한 야간 항해로부터 아무것도 기대하지 않는다는 사실을 잘 알고 있었다. 하지만 마리노는 일을 대충 해치우는 법이 결코 없었다. 르두타블은 승무원들에게 비상경계령을 내리고 대포를 장전하는 등 만일의 전투에 대비하여 만반의 준비를 갖춘 채 평온한 바다 위를 나아갔다. 아무리 하찮은 것이라 해도, 앞이 보이지 않는 어둠을 가로질러 나아가는, 그리고 내가 그토록 경솔하게 풀어놓은 그 작은 군인 세계의 긴장된 현실 앞에서 나는 불안과 혼란을 느끼지 않을 수 없었다. 나는 우선 아주 천천히, 그리고 믿어지지 않는 깊은 놀라움 속에서, 잘못 조작된 모든 것이 육중한 위엄 가운데 움직이기 시작하는 순간 마법사의 조수가 겪기 마련인 때늦은 후회 혹은 공황 같은 것을 느꼈다. 잠에서 깬 짐승의 투덜대는 뒤뚱거림 같은 배의 움직임 속에서 나는 가벼운 현기증을 느끼는 한편 마법적 시동 장치의 고양된 느낌에 사로잡혔다. 나는 르두타블을 바다로 나오게 했고, 부릅뜬 열 개 가량의 눈이 바다를 향한 나의 불확실한 시선과 교대했다. 일종의 어렴풋한 망(網)을 이루는 드문 목소리—모험의 수평선을 향해 돌진하는 배에 몸을 맡긴 인간의 목구멍에서 솟아오르는, 운명을 반영하며 마음을 사로잡는 짧은 목소리—가 불투명한 어둠을 가로지르며 간헐적인 짧은 명령들이 울려 퍼지게 했다. 감시당하고 긴장되고 경계하는 효율성이 어둠을 가로질러 우리 주위로 결집되었다. 나는 배가 내 손에 고삐를 맡기고, 작동되는 기계의 정확한 리듬에 따라 타닥타닥 소리를 내는 것을 느꼈다. 마리노의 차분하고 또 차갑도록 냉철한 시선조차 민감하게 자화된 행동의 첫 번째 발산에 반응하듯 가벼운 열기를 띠었다. 이 전투준비는 언제든지 심각해질 수 있는 모호한 유희 그 자체로서 간밤의 의심스러운 출현에 일관성과 실재성을 부여하며 어떤 미묘한 톱니바퀴를 돌아가게 했다. 나는 내 앞에 그 수수께끼 같은 실루엣이 다시 나타나기를 기대하고 있었다. 시시각각 나는 한층 더 몰두한 시선으로 어둠 속을 헤집었다. 한 번 혹은 두 번 파도 위를 노니는 밝은 반영에 나는 신경질적으로 마리노의 팔을 움켜쥐려는 내 손을 다잡았다. 그것은 나의 착각이었을까? 이 순간 나의 그런 몸짓은 공모자에게 건네는 내통의 신호였는지도 모른다. 마리노에게는 오랜 뱃사람의 피가 끓어오르고 있었다. 나는 내 옆에 선 그가 갑자기 나만큼이나 긴장한 것을 느꼈다. 이 순간 우리는 밤을 가로질러 질주하는 두 명의 사냥꾼이었다. 발아래에서는 돌풍처럼 갑작스러운 모험의 열기에라도 휩싸인 듯 배 전체가 부르르 몸을 떨었다.

"아름다운 밤이야, 알도. 안 그런가?"

그의 목소리에는, 갑자기 물을 만난 것처럼 자기 의지와는 상관없는 불가해한 방식으로 제 기량을 발휘하게 하는 일종의 억제된 떨림 같은 것이 있었다. 나는 내일 그가 그에게서는 좀처럼 보기 힘든 이런 감정 표출에 대해 나를 원망할 것이라고 생각했다. 하지만 저녁은 우리 안에서 내밀한 두 적을 가까워지게 만들고 있었다. 발아래 떨며 질주하는 배를 통해 우리는 깊은 곳에서 교통하고 있었다.

"아름다운 밤이야. 내가 시르트에서 보낸 가장 멋진 밤이야."

이때 함교의 어슴푸레한 빛 속에서 아주 엄청난 일이 일어났다. 시선을 돌리지도 않은 채, 마리노의 손이 내 팔을 찾아 거기에 잠시 머물렀던 것이다. 나는 어떤 특별한 허락이라도 받은 것처럼 내 가슴이 부풀어 오르는 것을 느꼈다. 그것은 감히 두드리지도 못한 문이 열리는 것과도 같았다.

"하지만 사령관님은 르두타블을 외출시키는 것을 좋아하시지 않습니다."

"자주는 안 돼, 알도. 자주는 안 되지. 가능한 최소한으로……. 나는 봉급만큼 일하지 않네……. 나는 꼭 휴가 중인 것 같아."

절대적으로 고요한 바다 위로 달이 떠올랐다. 밤은 어찌나 투명했던지 우리의 항적에 놀란 늪에 사는 새들의 경계하는 듯한 희미한 울음이 해안의 갈대 덤불로 퍼져나가는 소리가 들려왔다. 우리가 따라가는 해안에는 부동의 창 같은 갈대의 검은 벽이 달을 향해 비죽비죽 솟아 있었다. 야간에 배회하는 사람처럼 조용한 르두타블의 평평한 용골은 선장의 어김없는 솜씨를 드러내며 얕은 수로를 안전하게 미끄러져 갔다. 어두운 해안 가장자리 뒤쪽에서는 끝없이 펼쳐진 시르트의 적막한 땅이 장엄한 별 밭을 반사하고 있었다. 이 저녁 마리노와 함께 바다에 있는 것은 좋았다. 그와 더불어 포근한 밤의 모르는 곳으로 끝없이 빠져 들어가는 것은 고무적이었다.

4 사그라의 폐허

다음 날 아침 일찍 파브리치오가 모든 것을 다 안다는 듯 빈정대는 태도로 내 방에 들어오면서 나를 깨웠다.

“야간 원정에 대한 자세한 이야기를 알고 싶어 헐떡대고 있는 중이야. 허탕을 쳤나 보던데…….”

이 기상나팔은 달갑지 않은 것이었다. 그 혼란스러운 밤에 대해 파브리치오에게 무엇이고 말할 생각은 전혀 없었다. 그러기에는 넘어야 할 벽이 너무 많았다.

“빌어먹을 파브리치오! 최소한 진지한 일에 전념하는 사람들의 휴식은 존중할 줄 알아야지. 다른 데 가 놀아……. 잠 좀 자게 내버려두고.”

파브리치오는 물러설 기미를 보이지 않았다. 싸늘한 공기를 피해 통명스럽게 이불 속에 몸을 웅크린 나는, 방을 돌아다니며 차가운 아침을 향해 창문을 열고 책상 위에 펼쳐진 시르트 해도를 훑어보는 그를 노골적인 적개심을 드러내며 바라보았다.

"으! ……자네 방은 결코 따뜻하지 않군, 알도……. 열심히 일하네……. 정말로 재미있었을 거야, 확실해……. '초계선'……." 하고 호기심 어린 태도로 지도를 응시하며 과장된 어조로 그가 힘주어 말했다. "마리노와 함께라면 그것을 넘었을 리 없을 거라 생각하는데. 아마 해안에서 별로 멀리 벗어나지도 않았을 거야." 하고 영악한 표정으로 코를 쳐들며 그가 말했다.

"마리노는 자신이 해야 할 바를 아는 만큼 자네 같은 어린아이의 조언은 없어도 돼. 그 창문 좀 닫아, 파브리치오. 닫아, 안 그러면 가만있지 않을 거야. 나를 죽이려 하는군……. 나는 자야 해, 알겠어? 나는 자야 한다고. 내쫓아 버릴까 보다." 하고 확신 없는 목소리로 내가 덧붙였다.

"'내쫓는다.' ……다정하기도 하셔라! ……좋아, 좋아, 좋도록 하라고. 시간은 충분하니까. 조금 있다가 걸어가면서 듣도록 하지."

"이런 아침에 산책을 하느니 차라리 목을 매겠다. 파브리치오, 그 문 좀 잘 닫아……. 열린 것 안 보여?"

파브리치오는 손목시계를 보았다.

"우리 둘이 저 문지방을 넘어가기까지 정확히 십오 분 남았어. 아니면 우리는 늦을 거야. 서두르는 게 좋을걸."

"정말 마지막으로 말하는데, 꺼져버려!"

파브리치오가 기분이 상했다는 듯 과장된 몸짓으로 눈과 어깨를 움찔했다.

"알도, 정신 좀 잘 추슬러봐. 기념식은 바로 오늘 아침이야."

일어나야 한다는 사실이 즐거울 리 없으나 실제로 당장 일어나야 할 판이었다. 해군기지에서 관례가 된 위령제에 대해 마리노는 공식적인 어조로 내게 직접 일렀고, 나는 감찰장교로서 거기에 빠질 수 없는 노릇이었다. 나는 투덜대며 옷을 입었다. 그러나 나로서는 그것이 단순한 고역일 뿐이라고 생각할 수 없었다. 거기에는 마리노가 있을 것이기 때문이었다. 기념식은 내 안에 막연한 호기심을 일깨웠다.

얼어붙은 아침 길은 우리의 발아래에서 딱딱하고 가볍게 울렸다. 파브리치오가 나를 안내했다. 골풀 한가운데 묻힌 해군기지 묘지는 불과 수백 미터 떨어진 곳에 있었다. 깨끗이 씻긴 태양이 시르트를 비추고 있었다. 가장 멋진 군복을 우스꽝스럽도록 어색하게 차려입은 파브리치오와 나란히 걸어가면서 내 기분은 한결 평온해졌다. 발아래로 서리가 부서지는 이 마른 아침 길을 걸으니 살아 있다는 사실 자체가 강렬한 즐거움으로 음미되었다.

우리는 침묵했다. 파브리치오는 때때로 비스듬한 시선을 내게 던졌다. 그의 호기심이 내게 달라붙기 위한 구실을 찾고 있음이 완연했다. 우리는 바다를 굽어보는 작은 둔덕을 지났다.

"사블 곶에서 물새 소리를 들었겠지. 수천 마리는 될 것 같아. 겨울이 추울 건가 봐. 지오반니는 올해만큼 많은 물새를 본 적이 없다는데."

"그래, 사블 곶 쪽으로 지나갔어, 됐나? 그리고 자네를 즐겁게 해주기 위해 말하지만, 그것도 해안에 닿을 듯이 지나갔어……."

이번에는 내가 파브리치오를 공격하고 싶어졌다.

"……오늘 아침에 무슨 근거로 우리가 절대로 초계선을 넘지 않았을 거라고 말한 거야?"

파브리치오는 점잔 빼는 태도를 취했다.

"미리노가 결코 찬성하지 않을 테니까. 그가 어떤 사람인데."

"자네는 혹시 넘은 적 있나?"

"한 번 그랬던 것 같아."

이 기억이 파브리치오에게는 특별히 불유쾌한 것임이 분명했다.

"그에게 혼났구먼?"

"오! 하느님. 난리였지! 마리노는 머리끝까지 화를 냈어. 중요한 때 그가 취하는 그 딱딱한 어투라니, 피가 얼어붙는 것 같았어. 나는 벌벌 떨었지. '자넨 자신의 행동이 어떤 결과를 초래할지도 가늠할 줄 모르는 지각없는 어린애에 불과해…….' 어떤 식인지 알겠어? 천둥 치는 것 같았지, 뭐! 자네한테 분명히 말하지만 그런 실수는 다시 되풀이하지 않을 거야……. 물론 이 이야기를 자네에게 털어놓는 것은 친구이기 때문이야. 이것이 정보국에 보고될 필요는 없겠지."

"믿어주니 고맙군. 그런데 무엇이 자네로 하여금 그런 실수를 하게 했을까?"

파브리치오는 후회하는 표정을 보였다.

"어쩌겠어, 나는 처음으로 르두타블을 몰고 나갔는데.

함교 위에 홀로 선 나는 스스로가 무척 자랑스러웠어. 나는 무엇인가 혁혁한 일을 하고 싶었지. 사실 바다로 나갈 수 있는 전함이 개펄에 코나 문질러대는 게 뱃사람 보기에 자연스럽지 않은 건 고사하고 우스운 일 아니야."

"그래 바다로 나갔어?"

"응. 나는 개펄이 안 보이는 곳으로 가고 싶었어. 그래서 항로를 정동향으로 잡았지. 늙은 갑판장들은 희한한 얼굴을 하더군."

"희한한 얼굴?"

"정확히 설명하기 힘들어. 이도 저도 아니었다고나 할까. 그들은 무슨 말을 해야 할지 몰랐지. 인간이 바뀌는 거야, 이해하겠어? 갈대밭이 눈에 보이지 않으니까 당혹스러웠던가 봐……."

파브리치오는 한순간 몽상에 잠긴 듯 가만히 있었다.

"……하지만 시간이 흐르면서 그들이 새로운 상황에 재빨리 맛을 들이고 있다는 느낌이 들었어. 습관을 믿어서는 안 돼. 자네도 알다시피 그들은 이따금 시르트에서 권태를 느끼고 있어."

나는 돌연히 파브리치오의 눈을 똑바로 쳐다보며 도발적이고 뜨거운 억양이 두드러지는 목소리로 말했다.

"맞은편 해안에 대해 가끔 생각해 봤어?"

파브리치오는 어리둥절한 표정으로 멈춰 섰다. 내 생각에 그는 질문 자체보다 입술을 깨무는 듯한 모진 어조에 놀란 것 같았다.

"아니, 별로 생각하지 않아. 자네도 알다시피 나는 무엇이고 머리에 담아두는 사람이 아니거든. 그건 중학생의 반항 같은 것이었지. 고백하지만, 파르게스탄 전쟁에 대해 나는 아무런 감흥도 느끼지 않아. 그것은 이미 오래전에 끝난 일 아니야? 그들은 야만인들이야, 좋아. 하지만 그들은 우리를 귀찮게 하지도 않아. 여하튼 그들이 다시 온다면 나 또한 나는 모든 사람들처럼 마땅한 방식으로 그들을 맞아줄 준비가 되어 있다는 것을 기억해 두게. 멋질 거야, 알도! ……저 늙은 로두타븜이 간석지에서 불을 뿜어대는 것을 상상할 수 있겠나. 성 유다 축일의 불꽃놀이처럼 멋진 광경일 거야. 유감스럽게도 오르세나에서는 그것이 아이들에게 들려주는 동화에 불과할 테지만 적어도 재미는 있을 거야."

"자네는 아주 긍정적으로 생각하는구먼."

"자네처럼 골치 아프게 오래 생각하지 않을 뿐이야, 알도. 지난 일은 지난 일이야. 내 생각을 말할까. 파르게스탄은 도깨비야. 즉 그것은 아이들에게 겁을 주는 데나 유용할 뿐이지."

"그렇게 미미한 것은 아니야."

파브리치오는 장난스럽게 귀를 틀어막았다.

"아, 거창한 논증을 하시는군. 자네는 그곳에 대해 생각해. 알아. 하지만 그것을 내게 말할 필요는 없어."

"그래, 나는 가끔 그곳에 대해 생각하지."

"하지만 자네는 나와 다른 방식으로 생각하는 것 같아."

"그게 무슨 말이야?"

"맞은편 땅에 대해 나는 다른 땅들처럼, 다른 모든 땅들과 다를 바 없는 하나의 땅처럼 생각해. 반면에 자네는 그것을 하나의 악(惡)으로 만들고 있어. 자네가 그것을 생각한다면 그것은 자네 자신을 위해서야. 자네는 그것이 필요해. 경우에 따라 자네는 그것을 만들어내기라도 할 거야. 자네는 스스로에게 공포를 불러일으키기 위해 도깨비를 날조해 내고 있어."

파브리치오는 손으로 입을 가린 채 괴상한 몸짓과 함께 길 가장자리로 몸을 돌리며 속삭였다.

"뭐 하는 거야?"

"미다스 왕처럼 갈대에게 엄청난 비밀을 털어놓고 있지. '알도는 파르게스탄을 날조했다! 알도는 파-르-게-스-탄을 날조했다!'"

"바보짓 그만 해."

"자네를 화나게 하려는 건 아니었어. 여하튼 누구나 나름의 엉뚱한 욕망이 있기 마련이지. 게다가 그곳에 대해 생각하는 것은 자네 혼자만이 아니야."

"정말로?"

파브리치오는 다시 진지해졌다.

"마리노 역시 그곳에 대해 생각해. 그것은 일종의 전염병임에 틀림없어. 어쩌면 그는 자네 이상으로 그곳에 대해 생각하는지도 몰라."

"그렇게 생각해?"

"응. 내 말해 주지. 재미있는 걸 발견했거든. 어느 날 나는 저녁 시간이 비었고, 도서관에서 파르게스탄에 대한 책을 찾았어. 한 권도 없는 거야. 목록에는 여러 권이 기재되어 있는데 말이지. 죄다 사라져버렸어. 지오반니가 그것들의 소재를 말해 줬지. 그것들은 모두 마리노의 방에 있었어."

"그래서?"

나도 모르는 사이에 나는 놀라우리만치 불쾌한 어조로 말하고 있었다. 파브리치오 앞에서 나는 문득 마리노를 옹호하고 있었던 것이다.

"그래서? 아무것도. 자네가 이런 식으로 나온다면…… 나는 이 이야기가 자네의 관심을 끌 거라 생각했어. 자네도 알다시피, 자네에게서 파르게스탄을 훔치고자 하는 사람은 아무도 없어." 하고 기분이 상한 그가 덧붙였다.

그러나 파브리치오의 기분쯤에는 아무런 신경도 쓰이지 않았다. 나는 마리노의 자르는 듯한 목소리, "자넨 자신의 행동이 어떤 결과를 초래할지도 가늠할 줄 모르는 지각없는 어린애에 불과해."라고 말하는, 내게 무척 낯선 목소리를 떠올렸다.

묘지는 바다를 굽어보는 언덕 위에 있었다. 그것은 낮은 담으로 둘러싸인 사각형의 구역으로 한쪽 끝에서 다른 쪽 끝까지 바닷바람에 쓸리며 넘실대는 갈대 소리로 가득 차 있었다. 꽃 한 송이 없는 무덤들의 경직된 직각 정렬, 나무 한 그루 없는 무덤 샛길의 차가운 헐벗음, 정규 공동묘지의 소박하고 세심한 보존은 그 외진 묘혈들에 사막의 고립된 무덤에서는 볼 수 없는 거칠고 음울한 슬픔을 더했다. 죽음이라는 관념조차 지나치게 생생한 어떤 것이 솟아오르게 하는 그 통제된 공허 앞에서 나는 구역질이 가슴을 죄는 것을 느꼈다. 마치 삼 세기에 걸친 익명의 사역이 교대를 거듭하며 차례차례 모래의 익명성 속에 흡수되어 완벽한 지워짐의 자리를 고르고 있는 것처럼 느껴졌다.

오르세나의 수호자들은 정렬된 상태로 썩고 있었다. 도시를 지탱하는 필로티 숲이 받들어총 자세로 수많은 팔을 내뻗으며 늪에서 나타나는 모습을 보았던 것과 마찬가지로 나는 거기에서 삼 세기 동안 다져진 조국의 토대를 평행 투시도의 형태 아래 볼 수 있었다. 모래에 흡입되어 엄격한 수직으로 차례차례 쌓이는 육체들은 묵직하고 물렁물렁한 덩어리들의 거듭된 충격을 통해 수직 필로티 숲을 땅 밑으로 내리박는 것처럼 보였다. 도시의 을씨년스러운 정령은 이 먼 곳에서까지 특유의 끈질긴 절단(切斷)을 통해 스스로의 얼굴을 드러냈다. 그는 순진하게 팽창하는 새로운 생명들을 집요하게 전지(剪枝)하여 꼭 맞는 골조물과 음산한 틀을 다듬어냈던 것이다. 연속되는 세대들은 정확한 벌집 구멍에 자신들을 끼워 넣는 데, 모래 속으로 깊어지는 미리 예비된 구멍의 크기에 자신들을 맞추는 데 삶을 소모한 셈이었다. 탐욕스러운 도시는 괴물 정원의 까마득한 정수리에, 뼈를 깎아 만든 골조물의 꼭대기에 머물며 스스로를 지표면에 유지했다. 도시는 송두리째 미친, 거대한 괴저(壞疽)에 온통 사로잡힌 살아 있는 얇은 막으로 존재하고 지속하며 체액의 마지막 한 방울까지 뼈를 만드는 데 사용함으로써 지질학적 시대가 평평하게 층 지우는 끔찍한 해골 무더기를 악몽 같은 수직으로 땅속 깊이 잡아 늘이고 있었다.

파브리치오와 내가 이 음울한 무덤길을 느긋하게 훑어보

는 동안 총을 든 일단의 병사들이 묘지 입구에 조용히 집결했다. 상륙 소대원들, 르두타블 승무원 일부, 그리고 어색한 몸짓과 외양간에서 더럽혀진, 채 떼어내지 못한 지푸라기가 붙어 있는 윗도리로 미루어 쉽게 알아볼 수 있는 농장 노동자 분견대 소속 병사들이었다. 짤막한 구령이 울려 퍼지자 그들은 받들어총 자세를 취했고 마리노가 철문 앞에서 말을 내렸다.

우리는 입구에서 그에게 경례했다. 커다란 장화를 신고 무겁고 느리게 걷는, 마치 성장한 농부처럼 보이는 대위는 정청이 드물게 수여하는 영예인 무공훈장 메달을 회색 상의에 부착하고 있었다. 그는 무거운 발걸음으로 우리를 묘지 안쪽으로 데려갔다. 최근에 다시 만든 석축에 끼워 넣은 낡은 벽면 한쪽 구석에는 묘지를 세운 행정 장관의 문장과 취임 연도가 아직도 남아 있었다. 소박하면서도 오만한 도시의 기질은 과녁의 중심처럼 시선을 매혹하는 그 헐벗은 벽에 단적으로 드러나 있었다. 그것은 오르세나의 문장과, 그의 영원한 정신이 응축된 이상한 명구 "나는 산 자들의 피와 죽은 자들의 지혜 속에서 산다."만을 보여주었다. 병사들이 벽 앞에 정렬했다. 성 유다 깃발이 회색 유니폼을 입고 두 줄로 늘어선 그들 위로 붉은 빛을 끼얹었다. 선임 갑판장이 시르트에서 꺾은 도금양(桃金孃)*과 월계수로 엮은 화환을 마리노에게 건넸다. 대위는 힘들게

* 높이 2미터 정도로 자라고 줄기는 곧게 서며 전체에 흰 털이 빽빽이 나는 상록관목. 그리스 신화에 많이 등장하며 월계수와 함께 엮은 화환은 영예를 상징한다.

허리를 굽혀 기념비 발치에 화환을 세운 뒤 다시 일어나 모자를 벗었다. 묵념이 있었다. 깊은 부동성 속에서 오직 바닷바람에 흐트러진, 미약하게 살아 있는 한 다발의 회색 머리칼만이 움직였다. 잠든 것 같은 침묵 가운데 나는 문득 기념비 발치의 돌을 적신 뒤 푹신푹신한 검은 낙엽 더미 속으로 스며드는 길고 더러운 물줄기를 보았다. 시든 화환이 해마다 그 흡입력 강한 쿠션 위로 미끄러져 내리면서 오르세나의 문장이 함축하는 썩어가는 부드러운 연속성을 상기하고 있었다. 매년 보충되는 이 거름은 존엄한 콧구멍을 즐겁게 했다. 상징에 있어서조차 오르세나는 묘지 흙 만들기를 계속하고 있었던 셈이다.

돌풍처럼 거칠게 폭발하는 트럼펫 소리가 울려 퍼진 것은 바로 그 순간이었다. 그것은 오르세나의 오랜 국가(國歌)로서 그것의 영웅적인 선율에서 무겁고 뻣뻣한 비단, 야만인들의 왕관, 대리석 계단 위의 엄숙한 옷자락, 개선 횃불의 요동, 바다 위로 돛을 펼친 갤리선들이 가득 찬 붉게 타오르는 저녁 같은 것이 되살아났다. 그 찬란하고 고귀한 분출은 감축되지 않는 동양의 물결무늬가 일렁이는 끝없이 길고 뻣뻣한 대관식 휘장의 긴 주름들이 하나 둘 펼쳐지는 모양과도 흡사했다. 부드러운 벼락이 은(銀) 비처럼 묘지 위로 내렸다. 길고 짧고 긴 음정들이 초인적인 부름으로, 엉긴 핏덩어리처럼 숨 막히고 뜨거운 붉은 환희의 흐름으로 계속되었다. 국가는 마침내 끝났고, 마치 껐던 불이 다시 켜지는 듯했다. 무엇 하나 꼼짝하지 않았다. 지평선 끝까지 시르트는 윤기 없는 회색빛으로 펼쳐져 있었다. 화환은 여전히 걸쇠에 매달려 있었다. 어쩔 줄 몰라 하는 마리노의 손가락들이 모자 가장자리를 맴돌았다. 트럼펫 연주자들은 케이스에 악기를 집어넣기에 앞서 악기의 튜브 둘레로, 마치 해독하기 어려운 양피지를 접듯, 도시의 문장이 그려진 작은 깃발을 감았다.

해군기지에서는 성대한 점심 식사가 있었고, 마리노는 외교적인 배려로 부유한 목축업자 몇 사람을 이 향연에 초대했다. 이들은 이리저리 옮겨 다니며 품을 파는 우리 병력의 가장 확실한 고객이었다. 그들의 촌스럽고 아첨하는 듯한 몸가짐과 마리노가 보여주는 지나친 공손함은 나를 불쾌하게 했다. 나는 비록 마리노가 가장 까다로운 정직함으로 자신이 거느린 병력을 운영한다는 사실을 잘 알고 있었지만, 후식이 나올 무렵 윤곽을 드러낸 협잡에 가까운 몇몇 거래는 내 신경을 극도로 자극했다. 접대의 호사는 마리노가 농장주들에게 성채 방문을 제의하면서 절정에 달했다. 돈이 궁한 나머지 징세 청부인들에게 베르사유 정원을 구경시켜 주는 태양왕*도 이보다 더 나를 분노케 하지는 않았으리라. 나는 사람을 보내어 말에 안장을 얹게 한 뒤 몸이 불편하다는 핑계를 대고 자리를 떴다. 사실 나는 정말로 몸이 불편했다. 마구간의 지푸라기도 제대로 닦아내지 않은 장화를 고귀한 포석 위로 끌고 다니는 모양을 상상하니 구역질이 났다. 그것은 내게 막연히 신성모독으

* 17세기에 절대왕정 체제를 완성하고 베르사유 궁전을 건축한 루이 14세를 가리킨다.

로 보였다. 파브리치오는 눈치를 채고, 내가 방을 나올 때 요령껏 내 곁으로 왔다.

"오늘이 알도브란디 궁전에 가는 날이란 걸 잊지 마. 오늘 저녁 우리는 자네만 믿고 있으니까. 자동차는 6시에 떠날 거야."

"망할 것들!" 하고 더 이상 억누를 수 없는 분노로 흥분한 내가 그에게 속삭였다. 이 순간에는 바네사조차 저 더러운 무리와 한통속인 듯 여겨졌다. 나는 민간인들에게 그토록 상냥한 것에 대해 마리노를 원망하고 있었는데, 그녀는 그들처럼 민간인이었던 것이다.

"미쳐도 단단히 미쳤군."

파브리치오는 아침에 했던 것처럼 눈과 어깨를 움찔했다. 나는 그의 설교를 다소 거칠게 뿌리치고 마구간으로 달려갔다. 한시라도 빨리 혼자 있고 싶었다.

내 앞에는 맑고 긴 오후가 기다리고 있었다. 나는 그것을 오래 미루어온, 먼 곳에 위치한 사그라의 폐허를 방문하는 데 활용하기로 했다. 지오반니는 사냥을 하다가 이따금 마주친 이 죽은 도시에 대해, 원시적인 고립으로 석화되었으며 길모퉁이에서 큰 사냥감을 발견하고 총을 쏠 수 있는 일종의 깊은 숲처럼 이야기했다. 그 같은 고독의 전망은 내 마음에 드는 것이었다. 해는 아직 하늘 높이 빛나고 있었다. 나는 가죽 주머니에 사냥총을 쑤셔 넣고 길을 나섰다.

골풀 사이로 구불대며 폐허에 이르는 반쯤 지워진 길은 시르트의 가장 음울한 지역을 지나갔다. 그 일대에는 푸른 갯골풀이라 불리는 딱딱한 줄기의 갈대가 빼곡한 무리를 이루며 자라고 있었다. 봄에 잠깐 푸르렀다가 일 년 내내 바싹 마른 누런빛을 띠는 그 풀은 바람이 조금만 불어도 서로 부딪치며 가벼운 뼈 소리를 냈다. 이 불모의 땅에서 개간이 시도된 적은 한번도 없었다. 잔뼈 부딪치는 소리가 고독에 을씨년스러운 생기를 불어넣는 가운데, 나는 마른 줄기들을 베어낸 좁은 구덩이를 나아가며 이따금 왼쪽으로 주석 판처럼 흐릿한, 그리고 강박적인 갈대의 한층 더 흐릿한 노란색이 불분명하게 잦아드는 누런 가두리를 댄 간석지를 바라보았다. 하지만 이 죽은 땅 위로 타오르는 태양의 슬픔조차 내 안에 있는 행복과 가벼움의 내밀한 떨림을 잠재우지는 못했다. 나는 절대적 헐벗음을 향해 미끄러져 가는 이 풍경의 기울기에 합치된 느낌이 들었다. 그것은 끝이자 시작이었다. 넓게 펼쳐진 음산한 골풀 너머에 더욱 척박한 사막의 모래가 누워 있었다. 그리고 그 너머—마치 가로지르는 죽음과도 흡사한—신기루 같은 안개 뒤로, 내가 더 이상 이름을 거절할 수 없는 봉우리가 빛나고 있었다. 특정 방향에서 힘을 발견하는 원시인들처럼 나는 남쪽을 향해 한층 민활하게 걸었다. 어떤 비밀스러운 자력이 나를 좋은 방향으로 이끌고 있었다.

그동안 해는 벌써 기울고 있었다. 오랜 시간 걸었지만, 아직 이 탁 트인 평원의 어떤 것도 가까이에 폐허가 있음을 알리지 않았다. 나는 평평한 지평선 먼 곳에서 그 굴절된 실루엣을 짐작하려 애썼다. 얼마 전부터 나는 간석지 가장자리에 있는 제법 빽빽한 외딴 작은 숲을 향해 걷고 있었다. 그런데 놀랍게도 자동차의 오래되지 않은 흔적이 그리로 향하고 있는 것이 눈에 들어왔다. 자동차는 좁은 길을 가며 지나는 길에 골풀을 쓰러뜨렸던 듯 으깨어진 줄기가 도처에 보였다. 마리노와 그의 장교들을 이 외진 숲으로 이끈 게 무엇이었을까 생각하던 나는 얼마 떨어지지 않은 곳에서 예기치 못한 시냇물의 중얼거림을 또렷이 지각했다. 골풀은 뒤얽힌 관목으로, 빽빽하게 우거진 나무들의 숲으로 바뀌었고, 나는 문득 사그라의 길 한가운데에 들어와 있음을 깨달았다.

과연 지오반니의 말은 틀리지 않았다. 사그라는 바로크적 경이로서 자연과 예술의 있음 직하지 않은 불안한 충돌을 보여주고 있었다. 아주 오래된 지하 수로의 벌어진 돌 사이로, 수 마일 떨어진 곳에서 끌어 온 물이 압력을 이기지 못하고 흘러넘쳐 길을 적셨다. 세기들을 거쳐오면서 죽은 도시는 어느덧 포석을 깐 정글, 야만적인 나뭇등걸의 공중 정원, 나무와 돌의 고삐 풀린 거대한 싸움터가 되어 있었다. 육중하고 고귀한 재료, 예컨대 화강암과 대리석에 대한 오르세나의 기호는 싸움이 도처에서 보여주는 넘쳐나는 격렬함을, 심지어 기이한 노출증적 양상을 설명해 주었다. 여기서 나뭇가지의 얽힘을 발코니와 마주 세우고, 저기서 팽창하는 줄기를 반쯤 들려 허공에 기운 벽과 겨루게 하는 과시적인 저항 또는 위태로움은 장터의 씨름꾼이 보여주는 과장된 근육의 효과를 연상시켰다. 그것은 중력을 교란할 정도였다. 또는 폭발의 슬로모션이나 지진의 한순간을 담은 스냅사진의 불안한 강박관념을 부과할 정도였다.

나는 놀라움에 사로잡힌 채, 움직임을 잃은 나뭇가지가 습기 찬 포석 위로 태양의 그물이 내려오게 하는 어슴푸레한 녹색 빛 속을 나아갔다. 지면 위를 맴도는 무거운 습기가 이끼로 돌을 덮어 소리를 죽였으므로 오로지 사방에서 빠른 줄기를 이루며 돌 위로 떨어지는 매우 맑은 물소리만이 들려왔다. 그것은 마치 폭격이나 화재가 끝난 곳에서 방울방울 떨어지는 나른한 물소리 같았다.

나는 반쯤 떨어져 나간 문틀에 말을 맨 뒤 두껍고 푹신푹신한 펠트 같은 썩은 나뭇잎 더미를 딛고 이따금 비트적거리며 되는대로 길을 헤매기 시작했다. 사그라는 분명 매우 엉성한 도시였던 듯싶었다. 길 몇 개를 바둑판 모양으로 교차시키고 있는 석호 주변의 진부한 교역지라고나 할까. 견실한 궁륭이 덮인 뒷방들과, 길 한쪽의 포석이 그 위로 무너져 내린 넓은 지하실이 보이는 단층 건물들은 창고와 상점을 연상시켰다. 유복한 빌라들의 환영이 광란하는 듯한 정원 속에, 또는 성채 같은 덤불 뒤에 웅크린 채 윤곽을 드러냈다. 그러나 어렴풋한 빛과 닫힌 부동성이 마술 수정 안에 그 보잘것없는 잔해들을 가두었고, 몽상이 샘물 소리를 따라 실을 잣기 시작했는데, 이 샘물 소리는 사라진 주민들을 여전히 그들의 초라한 일들로 부르면서 우물과 빨래터 둘레로, 가슴에 생명의 영원성의 소름 끼치는 감정 같은 것이 솟구치도록 하는 깊은 몸짓들을 말 없는 꽃줄처럼 둘러치는 듯했다. 한순간 그 길의 메아리를 깨우고픈, 그 침묵의 미로 속에 잊힌 살아 있는 영혼을 소리쳐 부르고픈 갑작스럽고도 불안한 욕구가 나를 사로잡았다.

하지만 분명 그곳에는 아무도 없었다. 그렇지 않아도 몹시 어두운 길이 캄캄해지기 시작했다. 이제 돌아가야겠다고 생각하던 참에 나는 가벼운 물결 소리 같은 것을 감지한 듯싶었고, 그와 거의 동시에 물이 찰랑거리는 불규칙한 모양의 항구 가장자리로 대뜸 나갔다. 사그라의 옛 항구였다. 에워싼 커다란 나무들이 낮은 가지를 수면에 드리우고 있는 까닭에 항구 한가운데만이 좀 더 밝은 반점으로 환할 뿐이었다. 그러나 늘어진 나뭇가지에 반쯤 가리어진 이상한 실루엣 하나가 금속의 광택 위로 잔광을 끌어 모으고 있었다. 그것은 무너진 방파제에 매인 작은 선박이었다.

그 순간 눈에 띄지 않는 것이 특히 중요하다는 사실을 느끼기라도 한 것처럼 나는 본능적인 몸짓으로 나무 뒤로 한 걸음 물러섰다. 나는 문득 길의 바퀴자국을 떠올렸다. 그러나 또 다른 기억이 한결 또렷한 목소리로 내게 말하고 있었다. 막연하고 거의 짐작에 가까운 실루엣의 무엇인가가 해변 모래사장에서의 출현을 상기시켰던 것이다.

다행히 수풀은 항구 가장자리에 빽빽하게 자라 있었고, 나는 관찰하기에 유리한 곳으로 옮겨 갈 수 있었다. 나뭇가지에 가려 제대로 분별할 수 없는 보잘것없는 크기의 배는 유람선 같아 보였으나 난바다에 충분히 나갈 수 있을 정도로 견고했다. 고물만이 분명히 보였고, 나는 스스로의 신중함을 치하했다. 고물의 표지판에 이름은 고사하고 오르세나의 정규 선박 등록 번호조차 없었다. 나는 사냥꾼의 흥분과 함께, 나를 정당화해 주는 일종의 내밀한 환희가 가슴에 차오르는 것을 느꼈다. 내가 마리노를 누른 것이다. 무엇인가 잘못된 게 있었다.

나는 뒤꿈치를 세우고 나뭇잎 사이로 훤히 보이는 배에 시선을 고정했다. 그것은—열띠게 희망하던 출현처럼—사냥총의 망원경이 손에 잡힐 듯 당신 앞에 내던지는, 하지만 신비로 둘러싸인 찾을 길 없는 사냥감처럼 나를 매혹했다. 나는 그것을 내 마음대로 할 수 있었다. 만약 번쩍이는 구리와 선명한 칠이 최근에 수선되었음을 말하지 않았다면 이 정글의 침묵 속에서 그것은 버려진 배처럼 보일 수도 있었으리라. 한순간 나는 배 위로 뛰어올라 좋은 포획임이 확실한 그것을 샅샅이 뒤져보고 싶은 강렬한 욕구에 굴복하려는 나 자신을 느꼈다. 그러나 바로 그때 나는 문득 기슭에서 누군가가 배를 감시할 수도 있다는 생각을 했고, 날은 이미 저물었지만 무너진 방파제를 덮은 빽빽한 덤불 속을 살폈다. 나는 얼마 떨어지지 않은 나무 밑에서 절반쯤 무너져 내린 작은 집의 실루엣을 분간해 냈다. 한 줄기 연기가 이 폐허에서 피어오르는 것이 보였다. 나는 숨은 곳에서 나가지 못하는 데 언짢은 기분을 느꼈다.

이 예기치 못한 장애를 피할 방도를 생각하고 있는데 느닷없이 내 뒤에서 계제 나쁜 말 울음소리가 숲을 가로질러 들려왔고, 그와 거의 동시에 손에 총을 든 사내의 실루엣이 작은 집에서 튀어나왔다. 그는 불확실한 걸음에 불안하고 불분명한 태도로 마치 반사작용에 의한 것처럼 배를 향해 나아가다 이따금 귀를 기울이기 위해 걸음을 멈추곤 했다. 그는 배를 감시할 임무를 지녔음이 분명했다. 잠깐이지만 나는 덤불이 없는 곳을 통해 한결 분명하게 그를 바라볼 수 있었다. 그는 시르트 목동의 차림새를 하고 있었다. 그러나 곧 나에게 강렬한 충격을 준 것은 그의 거동에서 발견되는 물결치는 듯하며 기이하게 유연한 어떤 것, 특히 얼굴과 손의 매우 어둡고 이국적인 색조였다. 하지만 그림자는 벌써 겨우 엿본 실루엣을 숨기며 거의 규정할 수 없는 느낌이나마 흩뜨려 버렸다. 그러나 (아니다, 그것은 놀라움으로 흥분된 상상력의 장난이 아니었다.) 사내가 시르트에서 흔히 볼 수 있는 사람이 아니라는 사실은 확신할 수 있었다. 한동안 꼼짝 않고 주위를 살피던 사내는 안심했는지 특유의 물결치는 듯한 민첩함을 보이며 다시 폐허 속으로 스며들었다.

배는 의심의 여지없이 잘 감시되고 있었고, 나는 그곳을 떠나는 것밖에 다른 도리가 없었다. 나는 가능한 한 조용히 어둠 속으로 미끄러져 들어가 환영 같은 길들 가운데 하나로 향했다. 폐허의 입구를 가리키는 어렴풋한 빛의 터널을 향해 말을 이끌면서 나는 소리 없이 그 수상쩍은 사그라를 떠났다.

제법 밝은 밤이었는지라 길을 잃을 염려는 없었다. 나는 골풀 사이로 참호처럼 난 길에 이르러 고삐를 놓았다. 레일 같은 길이 말을 해군기지로 이끌어줄 것이었다. 배의 존재와 자동차 바퀴자국 사이에는 명백한 연관이 있었다. 그것을 생각할수록 나는 그 은밀한 왕래의 열쇠를 마렘마 쪽에서 찾으려 했다. 밀수의 가능성이 머리에 떠올랐지만 유람선의 외양이 그런 가능성을 부정했다. 사그라에 배가 있다는 사실은 수많은 진부한 이유로 설명될 수 있었다.

하지만 그런 이유를 납득하는 데 나는 본능적인 거부감을 느꼈다. 내 가정들은 스스로 방향을 잡으며, 진부한 삶의 틀을 벗어나는 모든 것이 굴절되는 집요한 방향으로 투사되고 있었다.

나는 더 이상 멀든 가깝든 파르게스탄과 관련되는 모든 것이 취하기 시작한 과도한 중요성을 인정하지 않을 수 없었다. 파르게스탄은 해군기지에서의 무료한 내 삶에서 막연한 몽상의 대상이었다. 나는 공허의 부름을 받쳐줄 지주를 우선 손 닿는 데서 찾았던 것이다. 장황한 기억의 침입을 제대로 막아내지 못하는 노인의 잠처럼 집요한 추억의 공세에 너무 쉽게 허물어지는 오르세나의 잠은 나의 모험적인 꿈에 대한 승인이었다. 의미심장한 것은 내가 본능적으로 나의 꿈을 꿈으로서 취급하고, 또 파르게스탄을 해도실의 침묵 속에서 내 멋대로 발굴했다가 다시 처박는 마음에 드는 하나의 상(像)으로 삼았다는 점이었다. 이렇게 몽유병자처럼 무기력하게 방황하던 나의 눈을 열어준 것은 바로 그날 아침 파브리치오와 나눈 대화였다. 그것은 지나치게 안심시키는 안개를 몰아내어 버렸다. 내 앞에는 배가 접근할 수 있는 해안이, 나와 다른 인간들이 상상하고 기억하고 살아가는 땅이 있었다.

기이할 정도로 거침없이 항해 규정을 무시하는 그 배에 대해 생각하던 나는 이번 발견을 마리노에게 알리지 않기로 작정했다. 이러한 새로운 전망 속에서 나는 그 밖에 취해야 할 행동과 관련하여 벌써부터 어떤 결정을 해야 한다는 조급함을 느끼지 못했다. 이틀 전부터 나는 나를 이끄는 일련의 사건들과 지속적인 접촉 상태에 있다는 느낌이 들었다. 사그라에서의 내 발견은 그 사건들을 연결하는 고리였다. 해군기지를 향해 말을 재촉하면서 놀라움으로 가득 찬 미래의 예감에 자극된 나는 바네사가 내게 보내온 신호에 대해 생각했다. 파브리치오에게 화를 낸 것이 몹시 후회되기 시작했다. 나는 문득 자동차의 출발이 지연되었을 수도 있다는 희망에 전속력으로 말을 몰았다. 그러나 간석지 길을 빠져나온 나는 안타까운 심정으로 텅 빈 공터와 벌써 어둠에 잠긴 해군기지 건물의 한가운데 홀로 서 있는 나 자신을 발견했다.

5 방문

나는 무척 속이 상했다. 처음으로 해군기지에서의 고독이 무겁게 느껴졌다. 무거운 안개가 밤과 함께 석호 위에 내려와 있었다. 헐벗은 벽 위로 습기가 줄줄 흘러내렸다. 공터를 가로지르는 동안 램프의 빛은 마리노가 말한 비현실적인 후광을 그렸다. 나는 불안하고 신경질적인 상태가 되었고, 갑자기 어두운 방에서 파티의 빛과 열기를 동경하는 꾸지람 들은 아이의 버림받은 기분을 느꼈다. 나는 처음으로 바네사와 마리노가 서로 안다는 황당한 사실에 놀랐다. 우리 삶의 서로 다른 일화에 관련된 두 존재가 우리로부터 멀리 떨어진 곳에서 관계를 맺을 때면 언제나 그렇듯, 수상쩍은 공모의 느낌이 먼 야회의 빛에 그늘을 던지며 그것을 비밀의 베일로 감쌌다. 내가 멀리 떨어진 곳에서 그려보는, 바네사의 예감된 입장(入場)에 의해 갑작스레 긴장된 극적인 배경 위로 무거운 의미를 담은 장면이 나의 몽상을 통해 연출되었고, 여기에서 모종의 방식으로 나의 운명이 결정될 것 같은 심란한 느낌이 들었다.

이 불안한 예감은 매우 음울한 저녁의 권태를 부추겼다. 나는 오랫동안 내 방을 서성거렸다. 기계적인 왕복으로 정신이 마비된 가운데 몹시 어두운 방은 마침내 낯설어 보이기에 이르렀고, 그 원인을 정확히 포착하지 못하는 가운데, 어느 가구의 위치가 바뀌었는지를 간파해 내지 못하는 친숙한 방이 낳는 듯한 가벼운 불안을 느꼈다. 나는 문득 오후에 가져와 책상을 어지럽히고 있는 사그라의 지도가 그 앞을 지날 때마다 매번 기계적으로 내 시선을 이끌고 있다는 사실을 깨달았다. 혹은 한 시간 전부터 해도실에 들어가고픈 욕구가 나를 괴롭히고 있다는 사실을 깨달았다.

공터를 가로질러 내 앞으로 일어서는 성채의 몸집은 불투명한 어둠 속에서 더욱 막대해 보였다. 그것은 성채가 내게 주는 환상, 곧 어둠 한가운데에서조차 그림자를 던지는 듯한 환상, 그리고 밤의 이면에서 무겁고 강력하게 뛰는 어둠의 심장의 겨우 감지되는 미약한 박동을 이 잠든 야영지에 전해 주는 듯한 환상에 말미암은 것이었다. 포안에서 휘휘 소리를 내는 바닷바람을 막아주는 이 육중한 벽에 몸을 숨긴 나는 무겁고 납봉된 부동성 한가운데를 나아갔다. 포근하고 축축하며 너무나도 무른 밤은 벽 사이에 갇힌 공기에 빠끔히 열린 감옥의 슬픔을 보태었다. 습기는 회랑의 벽을 동굴의 벽처럼 차갑게 만들었다. 램프가 터널에 던지는, 도깨비불처럼 빙빙 도는 빛 아래에서 나는 그 어느 때보다 더 그곳의 비상한 불친절에 놀랐다. 침묵은 오만한 적대감을 의미했다. 다가오는 어떤 위협이 이 획책된 그림자 뒤에, 검은 심장 주위로 꽁꽁 묶인 혈관들 속에 숨어 있는 듯했다.

램프의 희미한 빛은 깨어남의 지극히 가벼운 떨림을 이제 거의 물질적인 방식으로 해도실의 벽 위에 움직이게 했다. 나는 맨 처음 그곳을 방문했을 때 이미 예민해진 신경을 통해 그 팽팽한 진동을 느낄 수 있었다. 불 켜진 램프의 해빙 기운이 세기의 진흙 아래로부터 해방하는, 어둠에 의해 얼어붙은 동굴 조각(彫刻)의 외침처럼, 여러 벌의 번들대는 지도들이 밤을 가로질러 생기를 띠며 인내와 수면의 문장(紋章)으로 장식된 마법적인 벽화 군데군데를 바로잡았다. 늦은 밤 시간과 오후의 기마 여행에서 오는 피로를 틈타 에너지는 내 정신을 떠나 그 불분명한 윤곽들을 재충전했고—그것의 진부한 의미 작용을 봉쇄하면서—동시에 상형문자 같은 매혹으로 나를 이끌며 수수께끼 같은 명령에 대한 저항을 하나하나 해체했다. 나는 조금씩 조금씩 나쁜 꿈으로 가득 찬 잠 속으로 미끄러져 들어갔고, 가수 상태에서 잠든 성채의 시계가 10시를 치는 소리를 들었다.

나를 사로잡은 불안은 쉽게 가시지 않았다. 짧은 잠에서 빠져나온 내게 방은 이상하게 변한 듯 여겨졌다. 갑작스러운 공포가 엄습하는 가운데 이제 확실히 잠을 깬 내 시선 아래에서도 벽은 계속해서 가볍게 움직였다. 마치 제대로 방어되지 않는 이 방 둘레에서 꿈이 허물어지지 않으려고 저항이라도 하는 것처럼 말이다. 어깨에 차가움을 느낀 나는 가벼운 바람이 실내에 한차례 들어온 이래 줄곧 불어댔고, 춤추는 그림자들이 내가 들고 온 램프의 불꽃과 함께 벽 위에 일렁이고 있으며, 내 뒤의 문이 얼마 전부터 소리 없이 열려 있다는 사실을 문득 깨달았다.

나는 몸을 획 돌렸고 내 뺨에 여인의 옷이 구겨지는 것을 느끼며 소스라치게 놀랐다. 가볍고 음악적인 웃음이 어둠 속에 부서지며 나를 바다에 내던져 꿈의 마지막 물결 속에 구르게 했다. 나는 경련하듯 옷자락을 움켜쥐며 어둠에 잠긴 얼굴을 향해 눈을 들었다. 바네사가 내 앞에 있었다.

"해군기지가 너무나도 잘 경비되고 있다고 말할 수는 없겠는데. 대위한테 말해야지. 아, 자기가 최고의 여자 친구를 방치하는 이유가 바로 여기에 있군." 하고 덧붙이며 그녀가 호기심 어린 얼굴로 테이블 위에 몸을 굽혔다.

그녀는 벌써 의자의 팔걸이에 걸터앉아 한쪽 발을 흔들면서 마치 무료함을 달래기 위해 시골 이웃의 문을 밀고 들어가듯 천천히 지도를 펼쳤다. 나는 첫 순간부터 대뜸 본론으로 들어가는 그 흉내 낼 수 없는 수월함, 자신의 천막을 돌연히 바람 한가운데에 세우는 그 편안함을 알아보았다.

"그런데 손님들은 어쩌고? ……어떻게 여기 온 거야?" 하고 내가 마침내 자신 없는 어조로 물었다.

이렇듯 가파르게 서두가 생략되고 보니 나는 왠지 자루에 손을 넣은 채로 들킨 것 같은 느낌이 들었다.

"내 손님들은 잘 지내고 자기에게 감사하고 있어. 그들은 지금 마렘마에서 내 건강을 위해 축배를 들고 있지."

"하지만…… 바네사?"

"오, 분명 내 이름을 말했어. 모든 걸 다 잊은 건 아닌가 보네……."

가벼운 웃음이 또 한 번 터졌다. 그것은 문득 이 울림 깊은 방에서, 마치 꺼진 각광 뒤에서 누군가 터뜨리는 연극적인 웃음처럼 기이하게 들렸다. 바네사는 내 이마에 손을 얹은 뒤 심각하고 고정된 표정으로 나를 바라보았다.

"……자기는 어린아이로 남아 있네." 하고 좀 더 부드러운 억양으로 그녀가 덧붙였다. "자기는 이곳이 마음에 들어?"

그녀는 느릿한 시선으로 어두운 방을 둘러보았다.

"……마리노 말이 자기를 해군기지에서 떼어놓을 수가 없다는군. 사실이야?"

고요한 실내에서 타오르는 촛불의 완벽한 고정성, 그리고 정적과 더불어 그녀는 이제 놀라움으로 흐려진 내 눈앞에서 조금씩 조금씩 형체를 갖춰가고 있었다. 그 방의 먼지 낀 혼잡 속에서 그녀의 팔과 목덜미의 매우 창백하고 한결같은 살색은 밤 정원을 거니는 여인의 흰옷처럼 놀랍도록 귀한 빛나는 물질을 눈에 암시했다.

"사실 나는 여기서 꼼짝하지 않지. 나는 여기가 좋아, 정말이야."

"셀바지 정원보다는 덜 즐거운걸. 하지만 과연 매력이 없지는 않아."

이제 어둠에 익숙해진 그녀의 시선이 문득 고정되었다. 그녀는 램프를 쳐들었다. 복잡하게 우글대는 지도가 어둠으로부터 튀어나왔다. 놀란 얼굴이 어린아이처럼 강렬한 호기심 속에서 굳어졌다.

"자기가 여기 오는 것은 이 지도들을 바라보기 위해서야?"

"심문하는 거야, 지금?"

"단지 칭찬해 주고 싶을 뿐이야. 이 지도처럼 멋진 장식은 세상에 없을 거야."

램프의 불빛이 구불대는 이상한 글씨들로 뒤덮인 옛 지도 위에 멈추었다. 바네사의 목소리가 문득 직접적인 도발의 억양을 띠었다.

"마렘마의 내 방에도 이것과 똑같은 지도가 있어. 보게 될 거야."

"마렘마에는 무엇 하러 왔어?"

"오르세나에서는 요즈음 시르트가 크게 유행하려는 참이야. 우리는 마렘마에 폐허가 되어가는 궁전을 하나 가지고 있지. 나는 권태를 느꼈고, 그것을 수리하러 올 생각을 한 거야. 이런 사실을 모르는 것은 자기 한 사람뿐인 것 같아. 하지만 내 궁전에서는 즐거운 사람들을 만날 수 있지. 예를 들면 자기 친구 파브리치오, 그리고……."

마치 우물 속에 돌멩이 떨어지는 소리를 듣듯 바네사의 얼굴이 보이지 않게 긴장했다.

"……마리노 대위."

그 이름은 저녁 무렵의 후회를 되살아나게 했고, 내 안에 갑자기 혼란스러운 물결을 일으켰다.

"나로서는 마리노 대위를 즐거운 사람이라고 부르지 않

겠어."

"아니야, 알도. 그는 자기를 몹시 좋아해. 확실해."

"바네사를 시켜 인증서를 보내주다니, 고맙군."

바네사는 내 말을 무시했다.

"자기의 열심에 비하면 그의 찬사는 오히려 부족하지. 다만 그는 자기가 조금 지나치게 흥분해 있고 또 너무 공상적이라고 생각해……."

그녀는 내 눈에 자신의 눈을 집요하게 고정했다.

"……그래서 나는 그에게 자기가 너무 젊다는 것, 젊은 사람들의 혈기를 탓해서는 안 된다는 것, 그리고 자기가 얌전해지리라는 것을 상기시켰지……."

빈정대는 얼굴 속에 고정된 시선은 겉으로의 장난과 달리 기이한 방식으로 나를 심문하고 있었다.

"……이렇듯 마리노와 나는 매우 심각한 대화를 나눠."

"당신들은 또 무엇에 대해 말하지?"

"우리는 많은 흥미로운 이야깃거리를 공유하고 있어."

"마리노는 오로지 일에만 관심이 있는걸."

"그것이 우리의 대화를 짧게 만들지는 않아."

바네사는 목적한 바에 도달하고 있었다. 화가 난 나는 얼굴이 붉어지는 것을 느꼈던 것이다.

"좋아. 당신이 그토록 군무(軍務)에 정통하다면 그것에는 또한 제약도 따른다는 것을 알 거야. 오늘 저녁을 당신에게 할애할 수 없어 마음이 아파, 진심이야."

"좀 더 우아하게 쫓을 수 없을까. 나는 순진하게도 내 방문이 자기를 기쁘게 할 거라고 생각했는데. 나는 자기가 그렇게 바쁜 줄 몰랐어. 마리노에게 말해야지. 자기를 저녁때 어두운 포곽에 가두어놓는다고 따질 거야. 자기를 진짜 신데렐라로 만들었다고."

그녀의 웃음은 드러내놓고 나를 도발했다.

"나는 내가 원할 때, 그리고 내 마음에 드는 곳에서 일할 뿐이야."

바네사는 미친 듯한 웃음을 억누르지 못했다. 그녀의 이 넉넉한 웃음, 이 부드러운 즐거움의 소나기는 내 고약한 기분을 누그러뜨리며 나를 셀바지 정원으로 이끌었다. 그녀는 남은 웃음기로 여전히 흔들리는 램프를 내 얼굴에 들이댔고, 나는 내 머리칼을 흐트러뜨리는 그녀의 낯익은 손가락을, 그리고 거기 감도는 원기 돋우는 감촉과 모든 것을 용해하는 따뜻함을 이마에 느꼈다.

"이렇게! 응! 이렇게 해야지. 분명히 말하지만 자기는 잘 토라지는 귀여운 꼬마야. 정말로 사랑스러워, 알도."

그녀의 가쁜 목소리가 어렴풋한 억양 위로 부서졌고, 이는 순식간에 내 손과 입술에 저리도록 피가 몰리게 했다. 가벼운 밀고 당김이 우리를 밀착시켰다. 나는 내 머리칼을 어루만지던 손을 움켜쥐었고, 램프가 떨어지며 사방이 칠흑같이 어두워졌다. 나는 뜨거운 손바닥의 오목한 곳에 머리를 묻고 오래오래 입을 맞추었다. 바네사는 어둠 속에서 자기 손을 내 입술에 부드럽게 밀착시켰다. 그녀는 갑자기 잠에서 깨어나기라도 한 듯 내게서 떨어지며 시선을 외면했다.

"사그라의 폐허는 어떻게 발견했어?"

"사그라의 폐허? ……정말이지 당신은 알아맞히는 신통한 재주가 있군, 바네사. 그렇잖아도 그게 당신에게 긍정적인 흥미를 불러일으킬 거라고 생각하고 있었어."

바네사는 일어나서 외투를 몸에 두르고 단호한 눈빛으로 내 시선을 찾았다.

"나를 사랑한다면, 알도, 자기의 느낌을 아무에게도 말하지 마."

가쁜 목소리와 모순되는 짧은 어조는 일체의 논평을 가로막는 것이었고, 나는 어찌할 바를 모르며 자리에서 일어났다. 바네사는 추운 듯 모피로 몸을 감쌌다. 드레스의 흰 반점이 사라지며 그녀를 실내의 어둠에 잠기게 했다.

"물론 자기를 데려갈 거야."

"마렘마로? 이렇게 늦게!"

나는 이미 무조건 항복하고 있었다. 나는 더 이상 그녀를 떠나고 싶지 않았다.

"어린애처럼 굴지 마. 자기를 데려오마고 약속했어. 그러잖으면 자기는 내 평판을 해칠 거야……." 짓궂은 미소를 지으며 그녀가 덧붙였다. "나는 자기가 내 파티를 보길 원해. 반드시 그렇게 되어야만 해……. 내가 이 파티를 연 것은 자기를 위해서야."

나는 그녀의 목소리 속에 내가 익히 잘 아는 어린아이의 것 같은 열광이 오르는 것에 귀를 기울였다. 나는 그녀를 되찾고 있었다. 남달리 섬세한 조직의 그 얼굴에서 감정과 생각은 형성되기보다 태어난다고 해야 옳았다. 바다에서 솟아나는 별들처럼, 바네사의 욕망이 새로운 신선함과 함께 눈동자 속에 떠올랐다.

"자, 응석받이 아이의 심기를 건드렸다는 소리를 듣지는 않겠지."

파티보다 바네사와 단둘이 여행한다는 생각이 나를 결심하게 만들었다. 바네사가 운전했다. 나는 포근한 모피 속에서 그녀에게 팔을 둘렀다. 부드럽게 휘어들며 동의하는 무게가 느껴졌다. 우리는 이따금 시르트의 포근한 어둠 속에 잠든 방어 시설을 갖춘 대농장 옆을 지나가곤 했다. 모래가 깔린 길 가장자리의 회색 벽이 자동차 앞에서 잠시 번쩍이기도 했다. 전조등의 이상한 빛에 착각한 수탉들이 길게 목청을 울렸다. 요동치는 전조등은 울퉁불퉁한 길의 요철과 회색 흙빛으로 석화된 짐승들을 뒤섞으며 그들의 눈으로부터 보석처럼 날카로운 빛을 낚아챘다. 바네사는 나를 가벼운 밤 속으로 데려가고 있었다. 나는 그녀 안에서 영혼을 집중했다. 내 곁의 그녀는 야성의 물길이 예감하는 더 깊은 하상(河床)처럼, 혹은 온 존재의 무게를 고스란히 얹은 채 눈을 감고 전속력으로 비탈을 내리닫을 때 이마에 느껴지는 강렬한 바람처럼 감지되었다. 그 고독 속에서 나는 그녀에게 나를 맡겼다. 마치 바다로 향하는 것이 예감되는 길에 스스로를 맡기듯이.

우리가 마렘마에 도착했을 때 간석지 위에는 고요한 은빛 수면 위로 퍼지는 빛을 머금은 안개와 달빛의 우윳빛 어둠이 떠돌고 있었다. 백야를 관통하는 비현실적인 감정은 좀처럼 사라질 줄 몰랐다. 어둠에 온통 뒤엉킨 마렘마는 일종의 성운 같은 도시로서, 우리가 지나가는 순간 자동차의 요동으로부터 생겨났다가 이내 분해되는 희미한 안개 덩어리와 흡사해 보였다. 차가 별안간 멈추었다. 발아래로 미끄럽고 축축한 포석이 느껴졌고, 얼굴 위로는 따뜻한 열차에서 나온 잠에 취한 승객의 축축한 피부를 닦아내는 생생한 바람이 감촉되었다. 검은 물 위에 직각으로 솟아오른 방파제가 우리 앞으로 열렸다. 바네사는 뒤도 돌아보지 않은 채 빠른 동작으로 가장자리를 향해 곧장 나아갔다. 안개 낀 밤 다리의 난간에 기어오르는 행인을 보듯 놀라움에 말을 잃은 나는 텅 빈 방파제 위의 그녀를 바라보았다. 혼자임을 알고 깜짝 놀라 몸을 돌린 바네사는 나를 바라보며 폭소를 터뜨렸다. 나룻배 하나가 방파제에서 우리를 기다리고 있었다.

정신을 차린 나는 불현듯 '시르트의 베네치아'라는 매우 호의적으로 아이러니컬한 마렘마의 별명을 떠올렸다. 해도실의 지도에서 종종 내 주의를 끌곤 했던, 손가락 끝이 하늘하늘 풀린 손의 이미지가 되살아났다. 그것은 석호를 가로질러 나아가는, 시르트 지방을 통틀어 몇 안 되는 바다에 이르는 우에드* 가운데 하나의 질퍽하고 불안정한 삼각주였다. 파르게스탄의 침입 때문에 육지가 불안하던 시절, 해안의 식민들은 진흙으로 된 이곳으로 피신했다. 간석지가 침식되는 것을 막기 위해 물길을 돌렸고, 운하는 삼각주를 그 밑둥에서 분리했다. 마렘마는 베네치아처럼 육지에서 떨어져 나오며 닻줄을 풀어버렸다. 떨리는 진흙 위에

---

* 북아프리카 사막 지대에서 볼 수 있는 일시적인 강.

도사린 그 도시는 떠다니는 섬이 되었다. 또는 바다 너머에서 오는 어떤 영기(靈氣)에 순응하는 마법의 손이 되었다. 시르트가 평화로웠던 시절에는 짧으나마 번영의 시대가 열렸고, 해안 전역에 자리 잡은 어부와 식민들은 멀리 떨어진 오아시스의 양모와 과일을 바다 쪽으로 내가는 한편 파르게스탄의 황금과 천연 보석을 갤리선 하나 가득 들여오곤 했다. 그러나 전쟁이 닥쳤고 삶은 그 일대를 떠났다. 오늘날 마렘마는 죽은 도시로서 자신의 추억 위로 경련하며 닫히는 손이 되었다. 개밀과 쐐기풀이 좀먹는 광장들과 허물어진 창고들이 고름과 딱지처럼 혹을 붙이는 주름살투성이의 나병 걸린 손이 되었다.

홍수로 해안에 밀려온 대도시의 태반과도 같은 이 바다의 잔해가 내 눈 아래로 지나가는 것을 나는 몽상 속에서 바라보고 있었다. 버려진 운하들로부터 열기 띤 고인 물 냄새가 올라왔다. 무겁고 끈끈한 물이 노깃에 들러붙었다. 허물어지는 담벼락 위로 말라 비틀어진 나무 한 그루가 폐허를 매혹하는 죽은 물을 향해 머리를 기울이고 있었다. 수도원의 담처럼 보이는 높은 벽들이 여기저기 작은 섬 위에 보루들을 드리우고 있었다. 그것들은 마치 재난을 맞은 마지막 방진들처럼, 보존되었지만 적대적인 인상을 풍겼다. 밋밋하고 묽은 노 젓는 소리와 달빛 어린 안개는 페스트의 침묵을 더욱 파고들었고, 나는 미약하게 반사되는 운하의 수면이 잔 삼각형들로 끊임없이 흔들리는 것을 보았다. 꾸르륵거리는 미세한 소리와 물에 잠긴 해자에서 오르는 과도하게 내밀한 소리들 속에서 물 쥐가 묘지를 점령하고 있었다.

나는 배의 난간에 걸쳐 있는 바네사의 손에 내 손을 얹었다. 그녀의 침묵으로 미루어, 그녀 또한 나와 마찬가지로 그 죽은 물의 묘지에, 최후의 침몰에 면한 도시의 그 가슴 에는 파멸에 사로잡혀 있음을 짐작할 수 있었다. 이 침묵은 사랑의 침묵처럼 그녀를 드러냈다. 바네사는 나를 그녀의 왕국으로 맞아들이고 있었다. 나는 셀바지 정원을 기억했고, 그녀를 이 곰팡이 낀 진흙 소굴로 이끄는 부름의 정체를 알 수 있었다. 마렘마는 오르세나의 비탈이었다. 도시의 심장을 얼어붙게 하는 마지막 비전이자 썩은 피의 더러운 현시이고 마지막 단말마의 외설스러운 꾸르륵 소리였다. 벌써 관 속에 누워 있는 원수를 상상하듯, 암살자의 것 같은 어떤 매혹이 바네사로 하여금 이 시체 위로 몸을 구부리게 했다. 썩은 내음은 하나의 보증이자 약속이었다. 내게 길을 열어주는 선수상(船首像) 같은 실루엣이 내 옆에 서 있음을 느끼면서, 나는 바네사가, 잃어버린 그 가슴에서 자신이 특히 좋아하는 비전을 찾았다는 사실을 깨달았다.

옛 정원의 흔적이 짐작되는 널따란 공터에 의해 도시와 절연된 알도브란디 궁전은 열린 손가락 가운데 하나의 끝에 그 실루엣을 드리우고 있었다. 간석지의 수로와 넓어진 운하 끝이 만나는 곳에 고립된 형세는 궁전을 자신의 이미지에 맞추어 건축한 가문의 불안한 기질을 기이한 방식으로 형상화하는 듯 보였다. 열기로 덜덜 떠는 물 위에 비웃음처럼 던져진 그 별장은 여전히 중세의 강성(强城)에 대한 기억을 보존하고 있었다. 나무다리가 걸린 좁은 운하에 의해 모래톱으로부터 유리된 궁전은 물 위에 웅크린 채 방파제 같은 낮은 선을 운하 가장자리에 늘어뜨리고 있었고, 그 한쪽 끝에는 오르세나 초기의 귀족 궁전을 특징짓는 뾰족하게 솟아오른 장방형 감시탑이 서 있었다. 디테일을 지우는 희미한 달빛 아래, 군사적인 굳은 선은 유동하는 진흙 위에 이빨처럼 박힌 땅과 지반의 강한 토대를, 견고함과 육중함을 상기시켰다. 낮은 아케이드가 강한 빛의 물결을 화덕 아가리처럼 수면 위로 쏟아 붓는 동안 달빛 가득한 테라스 아래 깊이 잠든 위층은 한쪽 끝에서 다른 쪽 끝까지 눈가리개 모양으로 길게 누운 채, 적대적인 신중함 또는 어둠 속의 비밀스러운 호흡의 지배적인 인상을 주었다.

파티는 눈에 띄게 수그러들고 있었다. 열기는 이미 한풀 꺾인 뒤였다. 무리 지은 그룹에서 오르는 목소리들에는 정체의 뉘앙스가, 혹은 사고 후 현장에 도착할 때 채 가라앉지 않은 거리의 대화에서 두드러지는 무심한 진정의 어조가 묻어 나왔다. 나는 약간 어색한 태도로 마리노에게 인사하며 그의 짓궂은 시선을 피하려 했다. 대위는 매우 좋은 기분이었다. 나는 그것이 아침의 협상이 잘 끝난 때문이라고 생각했다. 그러나 어울리지 않는 지나치게 친밀한 태도로 내 팔을 잡는 그를 보고 놀라지 않을 수 없었다. 우리가 천천히 무리들 사이를 걸어 다니는 동안 나는 여기저기서 주고받는 말들에 그가 각별한 주의를 기울이는 것을 눈치챘다. 르두타블의 함교 위에서 암초 사이로 길을 틀 때 그에게서 보았던 섬세한 긴장이 그의 얼굴에 다시 나타났다.

나는 문득 겉보기와 달리 그가 무척 고심하고 있음을 알아차렸다.

"이들이 어떤 사람들인지 아나?" 하고 나를 멈춰 세운 뒤 막연한 몸짓으로 방들을 가리키며 그가 진지한 어조로 갑자기 물었다.

마리노에게서 좀처럼 찾아보기 힘든 이 불안한 어조에 놀란 나는 좀 더 주의 깊은 눈으로 모인 사람들을 바라보기 시작했다. 지나는 길에 나는 몇몇 눈에서 갑작스러운 주의의 빛이 이는 것을 보았고, 미처 확인할 수 없는 이미 본 느낌 때문에 갈피를 잃은 나는 여기저기 우정의 표시에 서툴게 답했다. 몇몇 기억이 이제 좀 더 분명히 되살아났다. 거기에는 내 어머니의 죽음이 아버지로 하여금 모든 사교 생활을 중단하게 만들기 전 아마도 아버지의 집에서 만났던 사람들이 있었고, 나는 즉석에서 오르세나의 권세 높은 이름들, 오르세나의 살롱에 그것을 알리는 것만으로도 야회의 격이 올라가는 그런 이름들을 마리노의 귀에 흘려 넣을 수 있었다. 오르세나에서 시르트가 유행하려 한다는 바네사의 말은 거짓이 아니었다. 그러나 거기서 보는 것은 어떤 유행이라기보다 이상야릇한 변덕에 가까웠고, 제법 많은 초대 손님들이 주는 느낌은 몇몇 고귀한 이름들이 가져다주는 보증에 전혀 부합되지 않았다. 과도하게 빛나며 공통의 강박관념에 사로잡힌 듯 보이는 그 시선들은 사교적 모임의 홍청거림보다는 오히려 중병을 치료하기 위해 모여드는 온천 도시의 자발적인 의형제 관계나 내밀한 비밀결사를 연상시켰다. 나는 마리노의 건강이 이 무리들 속에서는 잉여라는 사실에 더 이상 놀라지 않았다. 다른 한편 나는 그들이 얼마나 서로 이질적인지, 그리고 오르세나에서는 절대로 인사하지 않았을 사람들이 어떤 친밀함 속에서 어울리고 있는지 확인할 수 있었다.

"알도브란디 가문은 언제나 이상한 사람들만 상대합니다. 저들은 열병에 걸리기 위해 마렘마에 온 것 같아요."

"그래, 여기서는 숨 쉬기가 힘들어. 오늘 저녁 해군기지를 떠나지 말았어야 하는데. 뷔페로 갈까."

마리노는 나를 안내했다. 우리는 조용히 잔을 들었다. 골똘한 표정은 그를 떠나지 않았다.

"들어가 봐야 할 것 같아, 알도. 자네는 공주님께서 데려다 주실 거야. 나는 걱정할 필요가 없지. 여기는 자네 집이나 마찬가지고……." 하고 눈을 가볍게 찌푸리며 그가 덧붙였다.

"파브리치오는요?"

"그 친구는 벌써 차에서 나를 기다리고 있어……."

마리노가 유감스러운 몸짓으로 뷔페를 가리켰다.

"……술탈이 났어……. 자네가 남아서 함대의 명예를 지켜주게." 하고 그가 민망스럽게 얼굴을 찡그리며 덧붙였다.

나는 기꺼운 마음으로 웃었다. 마리노의 서투른 사람 좋음이 며칠 전의 회견을 후회하는 마음으로 돌아보며 수줍은 정표(情表) 같은 것을 내게 내밀고 있었다. 그는 온전히 거기에 있었고, 나는 내가 얼마나 그를 사랑하는지 깨달았다.

"바네사가 아쉬워할 텐데요. 사령관님에 대해 많은 이야기를 했어요. 진지한 대화를 나누셨다면서요."

마리노는 기침을 하며 얼굴을 붉혔고, 그 순진함은 내 마음에 와 닿았다.

"대단한 분이야, 알도. 아주, 아주 대단해."

나는 좀 어색했다.

"그녀와 말이 통한다는 건 행운이라고 봐야겠네요. 바네사는 쉬운 성격이 아닌데."

"내가 말하고 싶은 건 그게 아니야."

마리노의 목소리가 평온하고 고르게 높아졌다.

"……그녀는 나를 증오해. 자, 이제 떠나야 할 시간이군." 말을 서둘러 맺기 위해 그가 연이어 말했다. "내일 보세. 좋은 저녁 되게나."

그는 잠시 주저했다.

"아침 안개를 조심하게. 열병에 걸릴 수 있으니까."

나는 이 갑작스러운 출발을 지연시키기 위해 아무것도 하지 않았다. 마리노가 떠난다는 것은 내가 귀찮은 시선에서 해방되는 것을 의미했다. 졸음에 꿋꿋하게 맞서던 어머니가 마침내 물러나기로 작정한 순간 첫 무도회에 나온 소녀가 그렇게 느끼듯, 나는 전혀 새로운 기분 속에서 갑자기 어깨가 가벼워지는 것을 느꼈다. 바네사가 곧 나를 찾을 것을 알았지만 급한 일이라곤 아무것도 없었고, 나는 마렘마의 모호한 피서객들을 좀 더 가까이에서 바라보고픈 생각이 들었다. 바다에 길게 면해 있는, 음악이 들려오는 방으로 걸음을 옮겼다. 나는 음악이 잠시 멈춘 틈을 이용하여 사람들의 얼굴을 관찰했다. 거기는 그 어느 곳보다도 자신을 드러내지 않고 관찰하기에 유리했다.

바네사의 파티는 과연 호사스러운 탕진의 평판에 걸맞은 것이었다. 석호에 곧장 면한 모든 아케이드 창이 활짝 열려 있었다. 머리를 아프게 하는 썩은 물 냄새가 커다란 꽃다발의 향기를 밀물처럼 부풀어 오르게 하며, 빈소에서 관자놀이를 서늘하게 하는 음산하고 축축한 불투명성을 그것에 부여했다. 어두운 만을 가득 채운 숱한 나룻배들은 꽃과 빛을 싣고 바다 위를 맴돌았다. 고개 숙인 빽빽한 나뭇잎들에 의해 걸러진 빛은 이끼 낀 동굴이나 사람이 살 수 있는 연못 같은 끈끈하고 푸르스름한 반광 속에 방을 부유하게 하면서 움직임을 끈적끈적하게 잡아당겼다. 그리고 반짝이는 손목 뒤로 은(銀) 얼룩 같은 감지 가능한 궤적이 끌리게 하면서 음악 둘레로 액체성에 가까운 공기로부터 온전히 전이된 떨림을, 이를테면 더욱 깊고 더욱 내밀한 요동의 지대를 감싸고 있었다. 나는 지나치게 사적인 광경을 향해 문을 열기라도 한 듯 뒷걸음치려는 나 자신을 억눌렀다. 실내에는 사람들이 별로 많지 않았다. 그러나 음악실보다는 아편굴이나 비밀 의식을 연상시키면서 내게 어서 빨리 자리를 찾으라고 충고하는 듯한, 무리들의 배치와 태도에서 드러나는 어떤 것에 나는 놀라지 않을 수 없었다. 나는 어슴푸레한 곳의 의자에 서둘러 앉으며 나도 모르게 숨을 죽였다.

아주 무겁고 어두운 음악과 베일을 씌운 듯한 빛, 그리고 빨아들이는 듯한 향기는 나를 어리둥절하게 했다. 나는 마치 뚜껑문으로 떨어진 뒤 천천히 감각을 회복하는 것 같았다. 그것도 우선 그 호리는 듯한 음악의 끈에 매달려,

그리고 열기를 머금은 향기들의 폭발 가운데 팽창되어 하나씩 하나씩 회복하는 것 같았다. 실내가 좀 더 잘 보이기 시작했고, 상대적 고립의 보장 덕분에 자연스럽게 유발된 남녀들의 자유분방한 태도와 몸짓에 나는 다시 한 번 놀랐다. 미묘한 분위기의 도발과 은근한 자력을 띤 관능이 문득 여기저기 너무 호의적으로 함몰된 목덜미 선에서, 지나치게 무거운 시선에서, 반광 속에 벌어지는 부풀어 오른 빛나는 입술에서 불붙고 있었다. 이따금 가벼운 동작들이 깨어나곤 했다. 그것은 희미하게 드러나며 겨우 감지될까 말까 했지만 잠든 사람의 몸짓과 같은 깊이에서 다른 것들보다 한결 순수한 모양으로 눈에 비쳤다. 그러나 이 잠 깬 바다 동굴 한가운데에서 나는 문득 더욱 긴장되고 더욱 가까운 현존의 느낌을 마치 목덜미에 와 닿는 숨결처럼 또렷하게 느꼈다. 나는 얼른 내 주위로 시선을 던졌다. 거의 나와 맞닥뜨릴 것 같은 거리에서(그토록 갑작스럽게 나는 문에 부딪치듯 그것에 부딪쳤다.) 한 젊은 여인의 얼굴이 나를 향하고 있었다. 스캔들의 지고한 저편에서 내 시선을 덥석 무는 그 벌거벗은 태도로 미루어볼 때, 나는 이 눈으로부터 시선을 돌리는 것이 불가능하다는 사실을 깨달았다.

심연의 생명으로부터 솟아오를 수 있는 가장 어둡고 가장 깊은 곳에 웅크린 무엇이 그 눈동자 속에서 나를 보고 있었다. 그 눈은 깜빡이지도 빛나지도 심지어 바라보지도 않았다. 고르게 빛나는 물기는 시선보다는 오히려 어둠 속에서 크게 입을 벌린 조개를 생각게 했다. 그것은 다만 미역이 휘감긴 희고 이상한 달 같은 바위 위에 떠돌며 거기에 벌어져 있었다. 바람에 곡식이 쓰러진 밭처럼 혼란스러운 머리칼 속에서 그 고요한 덩어리의 움푹 들어간 자리는 마치 별이 빛나는 하늘을 향하듯 열려 있었다. 입 또한 해파리의 작은 분화구처럼 헐벗은 모양을 한 채 마치 손가락 아래서처럼 수축하며 떨었다. 갑자기 심한 한기가 느껴졌다. 어리둥절한 가운데 감긴 뱀의 똬리를 확인하듯, 이 메두사의 머리 둘레로 기이한 형체가 발작적으로 형성되는 것이 보였다. 얼굴은 어두운 천으로 덮인 어깨의 움푹한 곳에 박혀 있었다. 가득 찬 구유 속을 휘젓듯 블라우스 속을 뒤지는 두 팔이 그 얼굴에 일종의 스톨 구실을, 혹은 헐떡이는 안락함으로 마비된 목걸이 구실을 해주었다. 그리고 이 모든 것은 거대한 압력 아래 깊은 곳으로부터 떨어져 나와 마치 만월이 나뭇잎들을 가로지르듯 평온의 하늘을 향해 물끄러미 솟아오르고 있었다.

독한 술을 마시고 사람들에 밀려 축제의 가장 명징한 쪽으로 가보아도 소용없었다. 정신은 아주 천천히 돌아왔다. 너무 강렬한 태양에 잠시 눈이 멀기라도 한 듯 반짝이는 빛을 바라보는 내 눈앞에 검은 반점이 어른댔다. 그런 자리에서 그토록 내밀한 사랑의 의식을 드러내놓고 거행하는 것이 아무리 있음 직하지 않다 해도 스캔들의 느낌은 들지 않았다. 나를 바라보던 그 시선은 옳고 그름을 판단하지 않았다. 그것은 증언할 뿐이었다. 나를 그 시선에 문득 고정시켰던 이상한 무게를 돌이켜보려 할 때마다 하나의 강박적인 이미지가 떠올랐다. 그것은 돌 떨어지는 소리에 헛되이 귀 기울이는, 담이 둘러쳐져 있지 않은 천연 우물의 이미지였다. 메울 길 없는, 구역질을 일으키는 그 공허 위에서는 정신을 딴 데 두고 비트적거릴 수 있었다. 그러나 아무 일도 없었던 것처럼 생각하고 절대 그 길로 다시 접어들어서는 안 될 것이었다. 그 눈은 내 곁을 걸어 다녔다. 그 심연에서 오는 희미한 바람은 등불을 꺼뜨렸다. 그것은 축제를 악몽의 바닥 위로 서서히 기울게 했다.

바네사가 거기에 불러 모은 기이한 손님들에 대해 생각하며 무리들 사이를 할 일 없이 돌아다니고 있는데, 내가 이름을 떠올리려고 하는 얼굴들 가운데 하나가 다른 것들보다 더 자주 내 눈앞에 나타나는 듯한 느낌이 들었다. 마르고 매끈한 얼굴에 각막백반에 가린 듯한 눈은 그러나 더욱 날카롭고 더욱 각성된 시선을 간직하고 있었다. 내게 낯설지 않은 그 얼굴은 집요하게 나타나면서 내 소매를 잡아끄는 듯했다. 그의 존재는 막연하게 내 마음에 걸렸고, 나는 모퉁이에 등을 기댄 채 이따금 인사를 하며 흘러가는 사람들 속에서 그가 다시 나타나길 기다렸다. 목소리가 내 바로 옆에서 들려왔다. 그것은 명료하나 펠트를 씌운 듯하며 의도적으로 낮춘, 벌써 일대일 면담의 어조를 띤 목소리였다. 얼굴이 내 앞에 나타났다.

"성대한 파티군요. 안 그렇습니까, 감찰장교님……. 제 이름을 알려드리기에 앞서 장교님의 아버님과 저의 우정을 상기시켜도 될까요?" 조금도 당황하지 않은 채 내 얼굴에 나타나는 놀라움을 읽으며, 그리고 가볍게 미소 지으며 그가 덧붙였다. "저는 줄리오 벨센차입니다……. 처음 뵈었을 때 장교님은 아주 어렸지요……."

그의 목소리가 공모의 억양을 띠었다.

"……즐거운 시간에 일에 대해 이야기하자니 좀 그렇습니다만, 장교님과 제 일은 오늘 저녁 우리를 가깝게 만들어주리라 생각합니다."

불현듯 그의 이름이 생각났다. 출발할 때 내가 받은 지침서는 그를 정청이 마렘마에 배치한 비밀 요원으로 소개하고 있었다. 내 인사는 짤막했고 가능한 한 비직업적이었다. 그의 표정 속의 무엇인가가 경찰들 특유의 수근거림을 연상시켰고, 그것을 바네사의 살롱에서 듣는다는 사실이 내게 달가울 리 없었다.

"……예." 하고 그늘을 띠는 기색 없이 목소리는 계속했다. "제가 예의 따위는 집어치우기로 작정한 것을 용서하십시오! 오늘 저녁 정보와 밀접히 관련된 분을 만나는 행운을 누리고 있는 만큼…… 마렘마에서 저는 매우 외롭습니다. 저는 아무런 명령도 지침도 하달받지 못하고 있는 상태입니다."

그의 목소리는 씁쓸함을 강조하고 있었다. 그는 문득 나를 향해 탐욕에 찬 눈을 쳐들었다.

"……소문 말인데요……."

갑작스럽게 고정된 그의 시선에 드러나는 일말의 고뇌가 그의 미소를 부인했다. 나는 방심한 상태에서 완전히 벗어났다.

"저는 당신이 생각하는 것만큼 알고 있지 못한 듯싶군요……."

"해군기지에서 아무것도 모른다고요? 다행이군요."

미소는 집요하게 아이러니컬했다. 나는 갑자기 짜증이 났다.

"그래요, 고백건대, 저는 아는 게 없어요……. 이곳에서 저는 별로 할 일이 없을뿐더러 소문 따위는 상관하지 않습니다." 하고 나는 경멸적인 어조로 덧붙였다.

"마렘마에서는 많은 것이 이야기되고 있지요. 어쩌면 지나치게 많은 것이 이야기되고 있는지도 모르겠습니다."

"해군기지에 관해서 말입니까?"

"파르게스탄에 대해서요."

극히 짧은 순간 동안 목소리는 다른 단어들보다 더 무거운 단어의 무게를 마치 손으로 재듯 가늠했다. 나는 고요한 수면에 찌가 움직이는 것을 보는 낚시꾼처럼 가벼운 물결이 온몸을 훑고 지나가는 것을, 그리고 단번에 완벽하게 초탈해지는 나 자신을 느꼈다.

"정말입니까? 마렘마에서는 자신과 아무런 상관도 없는 사변(思辨)을 하는 게 유행인가 보군요. 달에 대해서는 말하지 않던가요?"

벨센차는 교활한 태도로 나를 바라보았다.

"나름대로 그럴 수도 있겠지요. 그것을 도와줄 점성술사들이 없지도 않을 겁니다. 문제의 야릇한 점은 바로 이것입니다. 즉 소문의 진원지를 추적하는 것만큼이나 그것을 근절시키기가 어렵다는 사실이지요. 아마도 잘 아시겠지만, 감찰장교님, 마렘마는 건강한 도시가 아닙니다……. 제가 월급을 받는 것은(보잘것없는 월급이라고 목소리는 가능한 한 분명히 말하고 있었다. 누런 안색, 금욕적이기보다 찌든 용모, 아랫사람 특유의 표정이 비로소 눈에 들어왔다. '스스로를 돌보지 않는 식민지 거주민' 하고 나는 언뜻 생각했다. 몇 년 있으면 벨센차는 불쌍한 인간이 되어버릴 것이었다.) 이 모든 것을 알기 위해서이고, 저는 마침내 이 열(熱)이 죄다 늪으로부터 오는 게 아닐지도 모른다고 생각하기에 이르렀습니다."

"정말이지 매우 놀랍군요. 하지만 사실을 보다 정확히 설명해 주셨으면 좋겠습니다."

벨센차의 눈이 막연해졌다. 그는 포착하기 어려운 느낌들을 어렵사리 모으려 애쓰는 사람의 태도로—마치 자신의 꿈을 이야기하기 위해 잠자는 몸짓 속으로 빠져 드는 사람처럼—두 손을 마주 잡았다.

"소문이라고 하면 틀리고 열이라고 하면 옳을 것 같습니다. 어떤 면에서 보면 그것은 시시하다 못해 아무것도 아닌 것이나 진배없습니다. 열 그 자체로 보면 아무것도 아닙니다. 하나의 징후에 불과하지요……. 저 또한 열병에 걸렸다고는 생각하지 마십시오……. 보시다시피 저는 여기에 살고, 제가 느끼는 바를 이해시키기란 쉽지 않습니다. 하지만 저는 압니다. 특히 장교님이 오늘 이 자리에 계신 걸 보니 모든 것이 더 잘 이해됩니다. 오늘 저녁 장교님과 더불어 이야기하고 싶은 것이 과연 무엇일까 따져보니 그렇다는 것입니다. 장교님은 마렘마 사람이 아닙니다. 장교님과 이야기하는 것은—제 말을 믿으실지 모르겠지만 우리가 제대로 이야기를 나누기는 어렵습니다—환자가 있는 방의 창문을 여는 것과도 같습니다. 마렘마에서는 숨

쉬기가 힘듭니다. 공기를 갈구하지요. 예, 제대로 된 표현이군요, 공기를 갈구합니다."

"전염병 환자의 방 치고는 사람이 많군요."

벨센차의 표정이 나를 향해 의미심장한 기색을 띠었다.

"황당하기 짝이 없지요, 감찰장교님. 오르세나 사람들은 제정신이 아니에요, 정말이지…… 말씀드릴게요, 말씀드립니다!" 하고, 내가 조바심을 내자 그가 서둘러 말을 이었다. "일이 시작된 것은, 다시 말해 제가 무엇인가 일어나고 있다는 사실을 알아차린 것은 거의 일 년 전입니다. 분명히 말씀드리지만, 이곳에서는 파르게스탄에 대해 아무런 말도 없었습니다. 그것은 존재하지 않는 것이나 다름없었지요. 지도에서 지워지거나 말소되었다고 할까요……. 사람들은 다른 걱정거리를 가지고 있었습니다. 이곳의 삶은 어렵습니다. 가난하게들 살지요. 겉모습에 속아서는 안 됩니다……. 원하신다면 도시를 구경시켜 드리지요." 쓰라린 몸짓으로 살롱을 가리키며 그가 덧붙였다. "그것은 알도브란디 궁전만큼 으리으리하지 않습니다."

"압니다. 오늘 저녁엔 달빛이 밝더군요."

"아! 보셨군요. 밤이라고는 하지만, 아시다시피…… 특히 정취가 있지요. 궁전 사람들은 밤에 돌아다니길 좋아합니다. 이야기가 빗나갔군요." 손짓으로 나를 안심시키며 그가 서둘러 말했다. "이제 사람들은 저쪽에 대해 말하고 있습니다. 그들은 무엇인가 아는 것 같아요."

"저쪽?"

"장교님은 이곳 사람이 아니시란 걸 잊었군요. 결국에는 버릇이 들기 마련입니다. 더 이상 신경을 쓰지 않게 되지요. 여기서는 좀처럼, 아니면 전혀 '파르게스탄'이란 말을 사용하지 않습니다. '저쪽'이라고 하지요."

"이상하군요. 그토록 멀리 떨어진 곳에 대해 그 같은 친밀함을 두다니."

"멀리서는 아무것도 상상하지 않겠지요. 그러나 여기서는 많은 것을 생각합니다. 적어도 제가 판단하기로는 그래요. 어쩌면 그게 더 안심이 될지도 모르겠네요. 뭐랄까……."

"정확히 무얼 말하려는 겁니까?"

이번에는 정말로 짜증이 났다. 벨센차는 움직임을 거두었다. 그의 두 눈썹이 어려운 문제를 생각하듯 가까워졌다.

"정확히 말하자면, 감찰장교님, 당신은 지금 어려운 질문을 던지고 계십니다. 저 또한 문제를 명백히 하길 좋아합니다. 그러나 보고서를 시작할라치면 펜이 손에서 떨어져 나갑니다. 문제를 정확히 파악하려 하자마자 소문은 즉시 다른 형태를 띱니다. 마치 잡혀서 확인되는 것을 겁내기라도 하듯 말입니다. 퍼져나가면서 사람들에게 숨 돌릴 겨를을 주지 않는 것이 방해될까 봐 두려워하는 것처럼 말입니다. 특히 소문이 그칠까 겁내는 것처럼 말입니다."

벨센차는 언짢음과 가소로움이 섞인 불만스러운 표정을 지었다.

"……그것은—축소하고자 한다면—아주 하찮은 것으로, 아무것도 아닌 것으로 축소됩니다. 아무것도 아닌 것보다 못한 것으로 말이지요. 그것은 거의 이런 겁니다. 파르게스탄에서는 커다란 변화가 있었다. 누군가, 아니 오히려 무엇인가 권력을 잡았다. 그런데—이 점에 대해서는 모두들 단호하게 동의합니다—그 누군가는…… 그 무엇인가는…… 그 변화는…… 오르세나에게 결코 좋은 징조가 아니다."

"소문들이라니! ……그것은 전혀 황당한 이야기들에 불과한 것 같군요."

벨센차는 도발하는 눈길로 나를 응시했다.

"저도 장교님처럼 생각하고 싶습니다. 그러나 분명히 말씀드릴 수 있는 건 그 소문을 증명하는 것이, 그것을 단지 말하는 것보다 훨씬 낫기는 하겠지만, 그것들을 멈추게 하는 데 아무런 도움도 되지 않는다는 사실입니다."

"공식적인 반박 성명을 낼 수 있을 텐데요."

"그럴까 생각해 보았습니다만…… 안 됩니다. 확신하건대 이제는 너무 늦었습니다. 불이 은근히 살아 있고, 무엇이든 그것을 타오르게 할 수 있어요. 반박 성명은 소문에 날개를 달아줄 겁니다. 이제 문제는 그 불이 얼마나 뜨거운가 하는 것이에요."

"누가 떠들고 다닙니까?"

"요즈음엔 모든 사람들이 소문을 말하지요. 초기에는 (벨센차는 목소리를 낮추었다.) 특히 이방인들이 말하는 것 같았습니다. 또 깜빡했군요." 그가 재빨리 말을 이었다. "여기서 이방인들이란 오르세나 사람들을 가리킵니다. '누가 말하는가?'를 물을 때는, 제 말 잘 들으세요, 이 물음을 깊이 생각해야 합니다. 사실 사람들은 별로 말하지 않습니다. 심지어 거의 말하지 않는다고나 할까요. 오히려 암시나 생략을 통해 말합니다. 구체적인 건 아무것도 없어요. 모든 게 감싸여 있고 간접적이지요. 모든 게 소문으로 되돌아가되 아무것도 그 소문을 분명히 밝히지 않지요. 그것은 마치 말들이, 하루 동안의 모든 말들이 집요하게 어떤 거푸집—무엇인가의 거푸집—을 그리지만 그 거푸집은 텅 비어 있는 것과도 같습니다. 설명하기가 쉽지 않군요. 이미지를 통해 설명해 볼까요. 족제비 찾기 놀이 아시지요. 모두들 둥글게 둘러앉아 줄을 잡습니다. 각자의 손에 무엇이 있는지 보이지 않지요. 그러나 손들이 서로 내통하는 가운데 족제비는 달리며 줄을 따라 미끄러지고 다시 한 번 지나가고 지칠 줄 모르게 돕니다. 그것은 늘 움직입니다. 각각의 손은 비어 있습니다. 그러나 그 손은 족제비를 맞아들였거나 맞아들이려 하는 따뜻한 빈자리입니다. 자, 이게 바로 마렘마가 하루 종일 벌이는 놀이입니다. 문제는 그게 과연 하나의 놀이에 불과한 것인지 확신할 수 없다는 사실입니다."

"……아니에요. 반박 성명은 부질없는 것입니다." 하고 벨센차는 결론지었다. "줄을 끊어야 해요. 그러나 그에 앞서 그것을 찾아야겠지요."

"줄이라니요?"

"족제비가 미끄러지는 줄 말입니다."

무엇인가에 빨려 든 듯한 표정으로 벨센차가 미소 지었다. 나는 잠시 침묵을 지켰다. 나는 웃고 싶은 기분이 아니었다. 벨센차의 말은 내가 아마도 원했던 것처럼 지리멸렬하지 않았다.

"알겠습니다. 하지만 줄을 찾지 않고도 족제비를 잡는 일이 가능할 수도 있겠지요. 누군가를 체포했습니까?"

"아뇨. 반박 성명을 내지 않은 것과 마찬가지로 아무도 체포하지 않았습니다. 둘 다 같은 이유 때문이라고 할 수 있겠지요. 더군다나……."

벨센차는 용의주도한 눈빛으로 살롱을 바라보았다.

"……저는 오르세나에서 배경도 신용도 없습니다. 잘못하면 곤란한 지경에 빠지기 십상이지요."

나는 내 목소리가 가볍게 떨리는 것을 느꼈다.

"벨센차, 나 또한 당신처럼 정청을 위해 일하는 사람입니다. 우정은 나중 일이에요. 좀 더 명쾌하게 이야기해 주었으면 좋겠어요. 족제비 줄이 당신을 이 궁전으로 이끌지는 않았는가 우려하고 계십니까?"

"아마도."

"느낌인가요, 아니면 확신인가요?"

벨센차의 목소리가 솔직한 억양으로 울렸다.

"느낌입니다. 다시 한 번 되풀이하지만 이 모든 게 느낌일 따름입니다. 그것을 떠들어대는 건 아마도 잘못일 겁니다. 제가 흥분하고 있는 것인지도 몰라요."

"제가 보기엔 이 모든 것에 심각할 것이 별로 없는 듯싶은데요. 마렘마는 재미있는 도시가 아니에요. 그런 것들이 권태를 덜어줄 수도 있겠지요."

"그랬으면 저도 좋겠습니다, 감찰장교님."

목소리는 공식적이고 중성적인 뉘앙스를 되찾았고, 나는 내 눈이 붙들고 있던 틈새가 막히려 한다는 사실을 감지했다.

"방금 전의 한 단어에 저는 놀랐습니다. 말이 잘못 나온 게 아니라면 말입니다. '저쪽'에서 일어난 소위 쿠데타의 주체에 대해 말하면서 당신은 '누군가…… 혹은 무엇인가'라고 했어요."

"분명히 그렇게 말했지요. 그것은 실수가 아닙니다. 그 또한 이상한 일이지요……."

벨센차는 뜻하지 않은 장애물에 부딪힌 듯한 태도를 보였다.

"……그것은, 감찰장교님, 모든 반박 성명이 얼마나 쓸모없는 것인가를 잘 보여준다고 하겠습니다. 소문은 생겨나면서부터 모든 물증에 대한 면역 기능을 가지고 있는 듯싶습니다. 쿠데타란 말은 아주 부정확하지요. 소문에 따르면 저쪽에서 일어난 일 가운데 눈으로 볼 수 있는 건 아무것도 없어요. 표면적으로는 아무것도 바뀌지 않았습니다. 하지만 표면적으로 아무것도 일어나지 않았다는 사실을 강조하는 만큼 소문은 더욱 불안한 양상을 띱니다. 우리가 알 수 있는 확실한 것은 그 목적이 분명하지 않은—그러나 필경 밝힐 수 없고 상궤를 벗어난—일종의 비밀 권력, 이를테면 비밀결사가 나라를 장악하는 데 성공하여 그것을 자기 것으로 만든 뒤 정부의 모든 톱니바퀴를 드러나지 않게 조작하고 있다는 사실입니다."

"지나치게 공상적이군요! 내가 그런 이야기를 믿을 거라고는 생각하지 않으시겠지요……."

"믿어지지 않는 게 사실입니다. 그러나 한 가지 지적하고 싶은 게 있습니다. 방금 전에 열과 병에 대해 말했지요. 병의 효과가 이상합니다. 저는 오르세나에서 돌팔이와 치료사들을 수사할 기회가 있었습니다. 그것도 최악의 부류들을 말입니다. 조금의 과장도 없이 말하지요. 그들의 고객 가운데에는 십중팔구 도시의 가장 뛰어나고 가장 식견 있는 사람들이 끼여 있었습니다. 원하신다면 이름을 댈 수도 있어요……."

나는 알고 싶지 않았다. 또 한 번 벨센차의 목소리에서 불쾌하게 느껴지는 암시가 묻어났다.

"우리 주위에 중환자는 보이지 않는데요."

벨센차는 사람들을 향해 몽롱한 눈길을 던졌고, 나는 문득 마리노를 생각했다.

"제 눈에도 보이지 않는군요. 하지만……."

그는 신경질적인 몸짓으로 내게 바싹 다가섰다.

"……보시다시피, 감찰장교님, 저는 이 도시를 잘 압니다. 어떤 면에서 그것은 예나 지금이나 똑같습니다. 눈을 비비고 들여다보아도 아무것도 보이지 않습니다. 모든 게 제자리에 있습니다. 하지만 무엇인가 바뀐 게 있어요. 무엇인가……."

다시 한 번 그의 눈이 멍하니 떠돌았다.

"……무엇인가 삐걱대는 게 있어요."

망연자실한 벨센차의 표정과 그의 억양에서 배어 나오는 고뇌가 나를 불안하게 했다. 사그라 방문이 갑자기 내 기억에 강하게 되살아왔다.

"여하튼 그것은 당신의 문제요. 하지만 이 소문들이 저절로 생겨났다고는 생각할 수 없군요. 나로서는 근원이 궁금합니다. 물론 마렘마의 누군가가 이런저런 경로로 파르게스탄과 관계하고 있을지도 모른다는 생각은 해보셨겠지요?"

벨센차의 얼굴은 대경실색 그 자체가 되었고, 내가 바보짓을 했음을 확신할 수 있었다.

"관계한다고요? ……그건 불가능합니다."

나는 흥분했다.

"금지되어 있지요. 그러나 금지와 불가능은 다릅니다."

벨센차의 얼굴에 기이한 표정이 나타났다. 그것은 충격을 받고 내밀하게 분노한, 그러나 예의 때문에 입을 다무는 사람의 표정이었다. 그의 면전에서 나는 문득 이방인이 된 느낌이었다. 무언의 어색한 몸짓을 통해 설명하기 까다로운 결례를 피하게 해주려 애쓰는 이방인 말이다.

"그것은 완전히 불가능합니다. 보세요……."

벨센차는 기침을 하고 나서 굳어진 미소와 함께 내 눈을 바라보았다.

"……저보다 더 잘 아시지 않습니까. 장교님이 해군기지에 계시다는 사실 하나만으로도 그쪽으로 조사를 하는 것은 하나의 무례가 됩니다."

"죄송하지만, 그렇다면 당신이 왜 내게 이 모든 이야기를 하는지 이해할 수 없군요."

벨센차의 어조는 다시 가볍고 사교적인 것으로 바뀌었다. 나는 그가 다시 한 번, 그러나 이번에는 결정적으로 이야기를 끊는 것을 느꼈다. 의심스러운 대목으로 가득한 이 대화 내내 그는 내게 투우장에서 붉은 천 조각 뒤로 울화가 터지도록 나타남과 사라짐을 반복하는 짜증스러운 실루엣과도 같았다.

“오! 하나의 대화였을 뿐 절대로 일에 관계되는 것은 아니었습니다. 다시 한 번 말하지만 일과는 상관없습니다. 해군기지가 이따위 바보짓들을 유념치 않으리라고 진작에 예상하고 있었습니다. 이제 모든 게 확실하군요. 더 이상 문제될 게 없습니다.”

파티의 흥분은 이제 완전히 수그러들고 있었다. 벨센차의 말은 내게 별다른 충격을 주지 못했다. 그것에 대해 나는 동요되기보다 차라리 무심했다. 그것은 멀리서 총을 쏘는 사냥꾼에게서 볼 수 있는, 폭발음이 전해지기 전의 무의미한 몸짓 같았다. 불분명한 목소리들이 뒤섞이면서 하염없이 엉켰다가 풀어지는 밀물 소리처럼 내 귀에 들려왔다. 나는 내가 그 목소리들의 적대적인 기슭인 듯 느껴졌다. 이 군중 한가운데에서 나는 암호를 모르는, 그리고 각각의 얼굴이 견딜 수 없는 심문으로 다가오는 침입자처럼 서 있었다. 주도면밀하며 무엇인가에 몰입한 듯한 벨센차의 목소리는 마치 불빛을 낮추듯 파티의 광채를 흐리게 했다. 바네사를 만나러 갈 시간이었다.

군중의 소란과 강렬한 빛에서 벗어난 궁전의 위층 회랑은 깊이 잠든 것처럼 보였다. 포석이 깔린 침묵 가득한 복도가 내 앞의 어둠 속으로 사라지고 있었다. 가까운 물에서 오르는 그물 무늬 달빛이 간석지를 향해 열린 암청색 드높은 창문을 통해 들어와 가녀린 맑은 중얼거림처럼 궁륭 위를 움직였다. 나는 열린 창문에 잠시 팔꿈치를 기댔다. 밤은 그 위로 램프를 들어 올린 양 고요했다. 내 앞으로 겨우 보이는 먼 곳에서 모랫둑 위로 부서지는 가느다란 흰색 파도 자락이 간석지 수로의 입구를 가리키고 있었다. 벽 위로 희미하게 어른대는 반영, 여기저기 수면을 스치며 교차하는 빛 자락, 깊고 혼미한 웅성거림 위에서 잠자는 함교 같은 그곳의 어둠 속에 팽팽하게 긴장된 침묵은 내게 르두타블의 밤을 떠올리게 했고, 모든 불이 꺼진 암흑 속에서의 출발과 항해를 상기시켰다. 궁전은 졸음에 빠진 밤 한가운데에서 마렘마를 위해 불침번을 서고 있었다. 아주 먼 길 위에서 마리노의 차가 시선을 확장하는 텅 빈 밤을 가로지르며 작은 별처럼 달려가는 게 보였다. 도시에서는 소음이 그치고, 벨센차는 열에 들뜬 자신의 숙소로 돌아가고 있었다. 얼마나 애매한 거북함과 함께 그가 내게 모호한 소문들의 근원지로서 이 궁전을 지목했던가를 돌이키며 나는 미소 지었다. 나는 해군기지에서 바네사가 내게 했던 아이러니컬한 약속을 생각하며 신경질적인 손짓으로 그녀의 방문을 열었다.

바네사의 방은 바다 쪽을 바라보는 궁전의 날개 끝 부분 전체를 차지하고 있었다. 그 커다란 방은 헐벗은 벽의 삼면에 열린 창문들을 통해 들어온 가볍게 스치는 석호 물소리로 가득 차 있었다. 방의 한쪽 구석만이 희미한 빛 속에 모습을 드러냈다. 나는 들어가는 순간부터 동양(東洋)의 광채로 빛나는 양탄자와 대리석 내장의 화려함에도 불구하고 방에 감도는 내밀한 황폐의 느낌에 놀라지 않을 수 없었다. 오래전에 잊힌 삶의 규모에 맞추어 재단된 그 방에서 뒤늦게 되돌아온 삶은 움츠러들며 너무 큰 옷 속에서 헐렁대는 듯 보였다. 공허의 연못이 방 한가운데에 파이는 것 같았다. 거대한 용골이 흔들리는 대로 이리 쌓이고 저리 쌓이는 화물처럼, 지나치게 드물고 낯선 가구들은 겁을 잔뜩 집어먹고 벽 한쪽에 몸을 피해 있었다.

"오늘 저녁 마리노는 일찍 떠났네. 해군기지에 일이 있나? 이리 와 앉아. 겁먹지 말고." 빈방을 가로지르기를 주저하는 나를 보고 웃으며 바네사가 말했다.

나는 압도되어 그녀의 맞은편에 앉았다. 램프가 베일에 싸여 있는 까닭에 낮은 긴 의자에 비스듬히 누운 그녀는 거의 완전히 어둠에 잠겨 있었다. 예기치 않은 벽의 울림이 나를 혼란에 빠뜨리며 침실 램프와 포근하고 깊숙한 쿠션의 일시적인 내밀함을 깨뜨렸다. 내 뒤의 빈 공간이 몸을 뻣뻣하게 하며 빈 극장처럼 어깨를 짓눌렀다.

"아니, 전혀 그렇지 않아. 대위의 동정에 진짜 관심이 많군."

바네사는 신경질적이고 거북해 보였다.

"말하지 않았지? 그렇지? 자기의 사그라 방문에 대해서 말이야."

"물론 안 했지. 미쳤어? 심지어 내가 보여준 품격에 대해 모종의 대가를 기대하고 있는걸. 여하튼 방금 전 해군기지에서는 아무 말도 안 하다니, 너무했지. 내가 화를 낼 수도 있는 일이야."

바네사는 진지했다.

"마리노가 그 배를 발견하면 나로서는 큰일이야."

"큰 비밀이라도 되나?"

바네사는 골똘하고 뿌루퉁한 태도로 어깨를 으쓱했다.

"유치한 장난일 뿐이야. 하지만 마리노는 그렇게 생각하지 않을 거야."

"아마도 거기엔 분명한 이유가 있을 수 있겠지. 나는 그 배가 사그라에서 멀리 떨어진 곳에서 항해하는 것을 본 것 같아. 그것도 규정에 어긋난 상태에서 말이야. 이렇게 말하는 것도 약과지."

바네사는 놀랐다기보다 호기심 어린 눈빛으로 나를 쏘아보았다.

"거기에 대해 어떻게 생각하는데?"

"마리노에게 알렸어. 다음 날 저녁 우리는 바다를 순찰했지. 당신한테 분명히 말하지만, 우리가 아무것도 발견하지 못한 것은 당신이 운이 좋았기 때문이야."

바네사는 눈을 내리깔았다.

"바다에서 드라이브하는 것은 금지되어 있지 않아. 그 규칙은 순전히 부조리해. 마렘마는 배가 많이 드나드는 해변이 되어가고 있고, 해군기지는 좀 눈을 감아줄 필요가 있어. 마리노도 이제는 그것을 깨달을 때가 되었다고 생각해."

"당신이 설득해 보지."

바네사는 잠시 머뭇대며 골똘히 말을 찾았다.

"대위는 괜찮은 사람이야. 하지만 그다지 영리하지가 못해."

"당신이 말하는 종류의 쾌락에 대해 관대함을 보이기에는 충분하지. 그는 뱃사람이야. 아마도 직접적이고 솔직한 태도가……."

바네사는 가볍게 눈썹을 찌푸리면서 진지한 표정으로 나를 바라보았다.

"알도, 멜로드라마 풍의 그런 암시는 그만 해둬. 자기는 아마도 마렘마를 밀수꾼들의 소굴 정도로 생각하나 봐?"

"아니."

이번에는 내가 그녀를 정면으로 바라보았다.

"……그러나 당신이 정 원한다면 말하지. 적어도 나는 마렘마가 전혀 예상치 못한 휴양지라고 생각하고 있어. 내 생각에 마리노 또한 나처럼 당신이 정확히 여기에 무엇을 하러 왔는지 묻고 있어."

잠시 침묵이 흘렀고, 나는 번민에 찬 해방감에서 문득 내가 질문에 얹은 모든 무게를 실감했다. 바네사는 꾸민 야유를 그만두고 열린 창문을 향해 눈을 돌리며 내게 자신의 얼굴을 감추었다.

"내가 여기에 무엇을 하러 왔냐고? 그런 거 없어, 알도. 맹세해. 오르세나에서는 더 이상 견딜 수가 없었어. 그런데 우리에겐 이 오랜 폐허가 있었지. 나는 이리로 왔어. 그리고 작정했던 것보다 좀 더 오래 머무르고 있어. 그것뿐이야."

그녀의 목소리에는 회의적인 진지함의 억양이 담겨 있었다. 각각의 단어는 진실을 말했지만, 그것은 마치 꿈꾼 사람의 이야기가 말하는 꿈의 진실 같은 것이었다.

"이 사막 같은 곳이 그토록 매력적이던가?"

"사막은 보이지 않아. 나는 궁전에서 꼼짝도 않거든."

바네사는 나를 향해 몸을 돌렸다. 희고 색깔 없는 그녀의 목소리는 어슴푸레한 어둠의 열정적인 중얼거림 같았다.

"……나는 기다리고 있어."

"수수께끼 같군, 바네사. 내게 말하고 싶지 않은 건가……?"

나는 이상하게 동요된 느낌이 들었다. 나도 모르게 내 억양에 병자의 머리맡에서 취하게 되는 부드러운 친절의 뉘앙스가 배어드는 것을 느꼈다. 이번에는 바네사의 목소리가 다정한 신뢰를 품고 내게 기대어왔다.

"설명하기 어려운 문제야, 알도. 무엇인가 일어나야만 돼. 이 점에 대해 나는 확신을 갖고 있어. 언제까지고 이런 식으로 있을 수는 없어. 나는 오르세나에 돌아왔지. 자기도 알다시피, 나는 오랫동안 그곳을 떠나 있었어. 사람과 길과 집 들을 보았어. 나는 충격을 받았지. 그것은 마치 몇 년 만에 다시 보는, 그런데 죽음이 얼굴 위로 백일하에 모습을 드러내는 사람과도 같았어. 마치 아무 일도 없었던 것처럼 사람들은 주위에서 웃고 일하고 가고 오지. 하지만 그것이 보이고, 또 알아. 혼자서. 두렵지."

"그것을 받아들일 수도 있어."

"나는 변하지 않았거든. 자기도 아는 것처럼 나는 오르세나를 증오해. 그 만족감, 지혜, 안락, 잠을. 그런데 나 또한 그것들로 살고 있는 거야. 나는 두려움을 느꼈어."

바네사는 꿈꾸는 듯한 표정이 되었다.

"……우리 집안이 오르세나에 산 지는 오래되었어. 오르세나는 자기 살을 내밀어 우리 집안이 발톱과 이빨을 갈게 해주었지. 그런데 처음으로 나는 그 끝을 보고 현기증을 느낀 거야. 자기 사과를 다 먹어버린 벌레를 생각했지. 사과가 언제까지고 지속될 수 없다는 사실을 깨달은 거지."

"이런 생각을 하기 위해 마렘마에 오셨다? 그저 말고 다른 이야기는 없고?"

"무슨 말을 하려는 거야?"

"내가 보기에 마렘마에서 생각만 하는 게 아닌 것 같은데. 말도 하는 것 같아. 그것도 아주 많이."

"벨센차가 자기와 맞닥뜨리고 싶어 하는 걸 눈치 챘지. 자기는 업무를 소홀히 하지 않는 사람이란 걸 알겠어." 하고 바네사가 비웃음 담긴 시선으로 던지듯 말했다.

"벨센차는 여기에 소문들이 모여든다는 사실에 매우 놀라고 있어. 그의 말이 사실이라면 놀라는 것도 무리가 아니지. 그런 소문은 없애는 게 좋을 거야."

바네사의 얼굴이 굳어졌다.

"내게는 그 소문을 근절시킬 방도가 없어. 또 그러고 싶지도 않아."

"조심해, 바네사. 벨센차는 의심하고 있어. 조만간 정청에서 이 장난질에 관심을 보일 수도 있어. 알다시피 정청은 의심이 많아. 알도브란디 궁전은 아무나 드나드는 주막이 아니야. 다른 데서는 쑥덕공론에 불과한 것이 여기서는 훨씬 심각한 문제가 될 수 있어."

"뭔가 오해하고 있어, 알도. 이 문제에서는 모두가 공범이야. 그것을 단죄하면서도 그것에 대해 자기한테 말하고 싶어 안달하는 벨센차야말로 첫 번째 공범이라고 할 수 있지."

"바네사, 도대체 이 이야기 뒤에 뭐가 있는 거야?"

"몰라. 알고 싶지도 않아. 내가 관심 있는 건 뒤에 있는 것이 아니라…… 앞에 있는 거야."

"앞에? 내가 정청을 잘못 알고 있는 게 아니라면 아마도 수다쟁이들에 대한 대대적인 검거가 있을 거야."

반쯤 감긴 바네사의 눈이 나를 벗어났다.

"아니야. 자기는 나를 이해하게 될 거야. 여름에 마렘마의 사막은 아주 더워. 공기가 어찌나 고요하고 무거운지 숨 쉬기가 힘든 날들이 있어. 숨이 콱콱 막히지. 그러다가 태양이 작열하는 텅 빈 오후의 고요 속에서 별안간 사구(砂丘) 위로 아주 작은 회오리가 생겨나지. 먼지는 다발처럼 솟아오르고 한 무더기의 잡초가 공중에 날지만 사람들은 그 이유를 모르지. 불과 10미터 떨어진 곳에서조차 아무것도 느끼지 못해. 바람 한 점 없지. 그것은 재채기만큼이나 엉뚱하고 예측하기 어려워. 그리고 폭풍우가 와. 이 기괴한 돌풍을 비웃을 수도 있어. 하지만 가장 잘 이해하는 것은 소용돌이 자신이지. 그는 소용돌이치기 때문에 알아. 보이지 않게 공기가 희박해졌고 무엇이든 빨아들이는 공동이 생겨났다는 사실을."

"제일 먼저 경박한 머리와 텅 빈 골통들을 빨아들이겠지."

바네사는 아이러니컬하게 미소 지었다.

"잠깐. 내 이야기는 끝나지 않았어. 조약돌이 생각할 줄 안다면 그것은 분명 바람도 없는데 공중에서 춤을 추는 먼지를 비웃을 거야."

조금 기분이 상한 나는 어색하게 미소 지었다.

"이미지가 매력적인데. 대위한테도 맛 보였나?"

"마리노는 문제를 자기보다 더 심각하게 받아들여."

"그에게 말했어?"

"아니야, 알도. 그 문제에 대해 말하는 것은 마리노야. 나는 그에게 여기서 들리는 것들을 보고할 뿐이야. 그는 결코 지겨워하는 법이 없어. 몇 시간이고 듣는다고."

"전혀 그답지 않은데."

"여하튼 그는 다시 와. 자기도 마찬가지일 거야."

바네사는 무심하게 허리띠의 버클을 매만지기 시작했다.

"물론이야, 바네사. 나로서는 이 문제를 명확히 할 필요가 있을 것 같아."

나는 미소 지으며 부드럽게 그녀의 손을 잡았으나 그 손은 생기를 띠지 않았다.

"마리노가 정보를 얻기 위해 여기에 온다고는 생각하지 않아. 자기한테 분명히 말할 수 있어. 그는 일종의 약을 구하러 오는 거야. 그것이 필요하기 때문에. 보았겠지만 오르세나에서도 와."

"무슨 약을 구한다는 거야?"

"자기가 지도로 가득 찬 방에 찾으러 가는 것과 같은 약이지. 대위는 자신이 왜 마렘마에 오는지 몰라. 나는 그에게 말해 줄 수 있어. 그가 여기에 오는 것은 너무 오래 자서 구역질이 나기 때문이라고. 너무 무거운 잠에서는 덜 물렁물렁하고 덜 들어가는 자리를 찾아 몸을 뒤척이기 마련이야. 그 역시 살기 위해서는 오르세나 해군이 언제까지고 감자 밭의 풀이나 뽑고 있지는 않을 거라는 사실을 환기할 필요가 있는 거야."

바네사의 목소리가 그쳤고 침묵이 흘렀다. 나는 가슴이 이상하게 뻐근해 오는 것을 느꼈다. 해군기지의 성벽과 그것의 도약하는 자세가 허공에 던지는 부름이 떠올랐다. 나는 너무 많은 어둠을 거두는 바네사의 목소리가 이제 멈추길 원했다. 문득 나 자신이 무서웠다.

희미하고 깊은 중얼거림이 창문을 통해 들어와 어느덧 되돌아온 침묵을 메우며 우리 주위의 빈방을 은밀하게 살아 숨 쉬게 했다. 내 뒤에 파이는 듯 느껴지는 공간이 나를 짓눌렀다. 나는 신경질적인 동작으로 일어나 드높이 열린 창문 가운데 하나를 향해 걸어갔다. 달이 떠올라 있었다. 궁륭 모양의 수증기가 석호 위로 올랐다. 바다 전면으로 희끄무레하고 빽빽한 마렘마의 건물들이 어둠으로부터 희미하게 고개를 내밀었다. 살롱의 음악은 그쳤고, 먼 웅성거림이 돌로 된 건물의 얼굴들을 고정시켰다. 모래톱이 검은 막대기처럼 수평선을 막아서고 있었다. 열린 수로를 통해, 밀물로 부푼 롤러 같은 파도들이 거품 이는 눈(雪)의 인광(燐光)처럼 빛나는 층계 또는 터무니없이 커다란 계단을 이루고 부서지며 밤의 심장부로부터 발작적으로 거창하게 허물어져 내리는 것 같았다. 장엄한 마찰음이 모래사장에서 올라왔고, 꿈의 계단을 범람하는 양탄자의 술 장식처럼 눈부신 파도 자락이 내 발치의 죽은 물 위로 와서 주름을 폈다.

어깨에 가벼운 감촉이 느껴졌고, 고개를 돌리기도 전에 바네사의 손이 거기 얹혀 있음을 알았다. 나는 움직이지 않았다. 나를 스치는 팔은 열기로 떨렸고, 바네사가 겁에 질려 있음을 깨달았다.

"이리 와." 하고 그녀가 긴장한 목소리로 갑자기 말했다. "밤이 차가워."

나는 어두운 방을 향해 돌아섰다. 내 맞은편의 벽이 석호의 산광(散光) 속에 부유하는 듯했고, 곧 불분명한 원경 위로 모습을 드러내는 실루엣 같은 초상화가 강렬하게 내 주의를 끌었다. 방에 들어오면서 내가 등졌던 그 초상화는, 거의 뻔뻔스러운 현전(現前)과 거북하고 예기치 못한 가까움의 느낌을 통해, 내가 한눈파는 사이 불현듯 그 달빛 어린 벽면에 솟아올랐다는 인상을 자아냈다. 그림은 매우 어두웠고, 처음엔 망막 가장자리로 희미한 그림자처럼 지나갔지만 난생처음 본다는 격렬한 느낌이 내 어깨를 파고들며, 장막 뒤의 스파이를 발각해 낼 때의 거친 손으로 불을 켜게 만들었다. 들어오면서부터, 그리고 바네사와 이야기를 나누는 내내 나를 짓눌렀던 거북함의 정체를 나는 알 수 있었다. 제삼자가 우리 사이에 있었던 것이다. 창문을 통해 보이는 바다나 눈 덮인 산봉우리의 원경이 시선을 자화(磁化)하듯, 크게 벌어진 두 눈이 헐벗은 벽 위에 나타나 닻을 올리고 전망을 뒤집으면서 갑판 위의 선장처럼 방을 이끌고 있었다.

나는 이 유명한 작품을 알고 있었다. 그것은 롱곤이 깊은 고뇌에 환희의 터치를 더한 것으로 통하는 초상화 가운데 하나였다. 그에게서 최고의 필치로 간주되는 이 기법은 종종 말년의 작품들에서 아주 가벼운 사시(斜視)나, 미소 속에 간신히 드러나는 미망(迷妄)의 뉘앙스에 의해 구체화되었고, 이는 사람들로 하여금—롱곤이 여든 살에 그린—행정 장관 오르세올로의 초상화에서 최고의 걸작을 보게 했다. 오르세나의 보안평의회 미술관에 소장되어 있으며, 그 기억이 오르세나의 살에 오래 박혀 있는 배반자에 대한 증오의 표시로 그 앞에서는 관례적으로 모자를 벗지 않게 되어 있는 옛 복제화를 볼 때마다 나는 어떤 마법에라도 걸린 듯 나도 모르게 걸음을 멈추곤 했다. 그것은 자국의 군대에 맞서 라게스의 파르게스탄 요새 농성을 지원한 오르세나의 변절자 피에로 알도브란디의 초상화로서 문제의 농성의 가장 치열한 공방을 재현하고 있었다. 하지만 이번에 내가 눈앞에 두고 있는 것은 벗겨낸 피부 아래 번들대는 근육만큼이나 파렴치하게 뽑아놓은 것 같은, 그리고 그만큼 새로워 보이는 원본이었다. 그림은 피부를 벗긴 살아 있는 인체가 보기 좋은 누드를 닮은 만큼 복제화와 닮은 듯 여겨졌다.

나무로 덮인 탱그리 화산의 마지막 경사가 완만하게 바다에 이르며 그림의 원경을 이루고 있었다. 매우 가파르고 소박한 부감 투시도법(俯瞰透視圖法)에 의해 산봉우리는 잘려 있었지만, 낮은 산등성이의 합류하는 선들이 산봉우리의 임박함과 살아 있는 거대함을 암시했다. 마치 거대한 발의 위압적인 짓누름이 그림틀 가장자리에서 바다로 뛰어들며 무게를 더하는 것처럼 말이다. 물가에 원형극장 모양으로 늘어선 도시의 집과 성벽 들은 찬란한 오후의 태양 아래 열기를 품은 채 바다에 떠오른 신기루처럼 빛나고 있었다. 라게스는 낮잠의 관능적인 마비 상태에서 급습을 당한 듯 보였다. 노대(露臺)에는 하품하듯 사람들이 오가고, 몽유병자처럼 부드럽게 움직이는 미세한 인물들이 여기저기 길을 걷고 있었다. 풍성한 모피 모양의 소용돌이 장식 비슷한 화염들은 포위된 도시의 가두리 장식처럼 보였다. 살육을 담은 이 그림이 주는 혼란스러운 느낌은 롱곤의 평온한 잔인함이 붓질에 부여한 예사롭지 않게 자연스러울뿐더러 안식마저 느끼게 하는 성격에 기인했다. 라게스는 마치 한 송이 꽃이 열리듯, 아무런 아픔도 심각함도 없이 불타고 있었다. 화재라기보다 그것은 차라리 게걸스러운 식물의 평온한 펼침이나 고요한 삼킴, 도시를 둘러싸며 관(冠)을 씌우는 떨기나무 불꽃, 또는 닫힌 화심(花心)의 우글대는 벌레들 둘레에 덧댄 장미의 소용돌이 장식에 가까웠다. 오르세나 함대는 도시 앞 바다에 반원을 그리며 정렬해 있었지만 바다에서 무거운 깃털 모양으로 솟아오르는 고요한 연기의 벽은 귀를 찢는 대포의 폭음보다 구경거리가 될 만한 어떤 정취 있는 지각변동을, 아니면 다시 한 번 용암으로 바다를 지글거리게 하는 탱그리 화산의 분출을 생각게 했다.

거리를 취함으로써만 전쟁의 광경에 줄 수 있는 시니컬하게 자연스러운 모든 것이 한데 모여 결코 잊을 수 없는 미소를 고양하고 있었다. 그 미소가 감도는 얼굴은 내뻗은 주먹처럼 캔버스에서 솟아올라 그림의 전면을 찢는 듯했다. 피에로 알도브란디는 투구를 쓰지 않은 채 검은 갑옷에 사령관의 지휘봉을 들고 붉은 현장(懸章)을 걸쳤는데, 이것들은 그를 살육의 장면에 영원히 결합시키고 있었다. 하지만 실루엣은 전장으로부터 등을 돌리며 단숨에 그것을 풍경 속에 용해했다. 비밀스러운 비전에 의해 긴장된 얼굴은 초자연적인 해탈의 상징이었다. 이상한 내면의 시선을 담은 반쯤 감은 눈은 무거운 황홀 속에 떠돌았다. 바다보다 더 먼 곳에서 온 바람이 그의 곱슬머리를 흔들며 얼굴 전체를 야성적인 순결로 젊어지게 했다. 어두운 반영이 어른대는 번쩍이는 강철 팔은 무엇인가에 빨려 들어간 듯한 동작으로 손을 얼굴 높이까지 들어 올리고 있었다. 천둥 같은 포성에 귀를 닫은 채 벌름대는 콧구멍으로 지고의 향기를 빨아들이기라도 하려는 듯, 그는 변태스럽고 반쯤 관능적인 우아한 몸짓으로, 키틴질의 단단한 갑각(甲殼)으로 되어 있으며 잔인하고도 우아한 관절이 돋보이는 전시용 장갑을 낀 손가락 끝을 들어 묵직하고 선혈 낭자한 한 송이 꽃을, 오르세나의 상징인 붉은 장미를 으깨고 있었다.

방이 날아오르고 있었다. 내 눈은 새로 생긴 히드라와 잘린 목의 인광(燐光) 가운데 갑옷의 칼날 같은 깃으로부터 솟아오른, 검은 태양의 눈부신 현시(顯示)와도 흡사한 그 얼굴에 고정되었다. 그 빛은 머나먼 삶의 이름 없는 저편에서 솟아오르며 내 속에 약속의 어두운 새벽이 태어나게 했다.

"피에로 알도브란디야." 하고 스스로에게 하듯 바네사가 높은 목소리로 말했다. "초상화가 마렘마에 있는지 몰랐어?"

그녀가 변한 목소리로 덧붙였다.

"이 그림을 좋아하지, 그렇지? 경이로운 작품이야. 이 방에서는 시선 아래 사는 것 같아."

6 발열

삶에는 고지(告知)가 우리에게까지 전달되는 특권적인 아침이 있다. 잠에서 깨어나면서부터 평소보다 길어지는 한가로운 서성임을 통해 한층 더 위중한 어떤 음이 울리는 것이다. 마치 장도에 오르는 순간 혼란스러운 마음으로 자기 방의 친밀한 물건들을 만지작거리며 지체할 때처럼 말이다. 꿈보다 더 많은 징조로 가득 찬 이 아침의 청명한 공허 속에서 머나먼 곳으로부터의 경보 같은 어떤 것이 우리에게 다가온다. 아마도 그것은 골목길 포석을 울리는 외딴 발소리거나 마지막 잠을 가로질러 희미하게 도달하는 새의 첫 울음소리이다. 하지만 그 발소리는 빈 성당 같은 울림을 영혼 속에 일깨우고, 새의 울음소리는 난바다의 공간을 가르듯 지나간다. 귀는 침묵 속에서 문득 바다처럼 메아리 없는 우리 안의 공허를 향해 열린다. 우리의 영혼은 그것에 깃든 소음과 떠들썩함을 비웠고, 어떤 근본적인 음이 그 속에서 기뻐하며 그 정확한 폭을 잠 깨우는 것이다. 우리에게 되돌려진 삶의 내밀한 규모 속에서 우리는 우리의 힘, 우리의 기쁨과 더불어 다시 태어난다. 그러나 그 음은 종종 위중하고, 동굴을 울리는 산책자의 발소리처럼 우리를 소스라치며 놀라게 한다. 우리가 잠자는 동안 틈이 열린 것이다. 우리 꿈의 압력으로 새로운 벽이 무너져 내린 것이다. 이제 우리는 오래도록, 동굴을 향해 느닷없이 문이 펄럭이는 친숙한 방에서처럼 살아야 하리라.

다음 날 아침 내가 마렘마에서 잠을 깬 것은 바로 이 같은 이유 모를 경보 상태 속에서였다. 도시 전체가 궁전의 늦잠에 기상 시각을 맞추기라도 한 듯 간석지에는 아직 모든 것이 잠들어 있었다. 태양은 염전의 풍경에서 볼 수 있는 메마름으로 빈 운하와 죽은 모래사장을 불태우며 가난한 동네의 창문에 걸린 빨래를 흰빛으로 지글대게 했다. 어선 한 척이 황막한 물 위에서 수로를 향해 조용히 미끄러지고 있었다. 먼 거리 때문에 잘 들리지 않는 목소리가 바네사의 살롱에서 올라왔다. 해독할 수 없으나 분명히 구분되는 웅성거림이 간밤의 내 꿈에 뒤섞이며, 벨센차의 말을 통해 울리던 폭풍우의 머나먼 윙윙거림과 합류했다. 마렘마에서는 벌써 말하고 있었다. 그 불분명한 목소리들과 더불어 가벼운 미열을 띤 맥박이 잠든 도시를 가로지르며 잠을 깼다. 나는 그 맥박이 내 손목에서도 뛰는 것을 느꼈다.

나는 작별을 고하러 갔다. 바네사 주위에는 벌써 많은 사람들이 모여 있었지만 내가 문을 열고 들어가자 갑자기 침묵이 흘렀다. 나는 불편했다. 불면과 거르지 않은 빛이 얼굴들을 수척하게 하고 있었다. 우아한 의복과 미소에도 불구하고 이 야릇한 시각에 붐비는 살롱은 야외에 임시로 설치한 야영 숙소에서, 혹은 새벽에 피난민들이 도착하는 데서 관찰되는 경계와 불확실성을 연상시켰다. 방을 나오려 할 때, 바네사는 빠른 몸짓으로 나를 한쪽으로 데려갔다.

"나는 내일 오르세나로 떠나…… 월말에 돌아올 거야. 돌아오는 대로 봤으면 좋겠어, 알도. 그때는 아침에 이곳으로 와줘. 동이 틀 무렵에 말이야……."

그녀는 낮은 목소리로 덧붙였다.

"우리는 꽤 먼 곳에 가야 하거든."

"탐험이라도 떠나는 거야?"

"그렇기도 하고 아니기도 하고. 어쨌거나, 바라건대 재미있을 거야. 돌아오자마자 기별할게."

조금 열기를 띤 목소리는 밀담을 상기시켰고, 나는 즉시 약간의 난처함을 느끼며 마리노를 생각했다.

"대위에게 말해야 할까?"

바네사는 못마땅한 표정을 지었다.

"혼자 와. 마렘마에 볼일이 있다고 해."

고장 때문에 차가 늦어졌다. 나는 낮잠 시간에야 해군기지에 도착했다. 늦여름의 불타는 태양 아래 출입문과 창문을 꽁꽁 닫은 해군기지는 버려진 듯 보였다. 격납고에서 뜸하게 들려오는 망치 소리는 성채 위의 열기의 떨림을 한층 더 날카로워지게 하고 있었다. 찌는 듯한 공터를 향해 활짝 열린 내 방은 도저히 견딜 수가 없었다. 나는 내가 가끔 일하는, 마리노 사무실 곁의 시원한 방으로 피신했다. 우편물이 와 있었고, 나는 별 감흥 없이 문서들을 분류하기 시작했다. 죽음 같은 침묵 속에서 펜이 종이를 긁는 소리만이 가볍게 윙윙대는 파리 소리에 맞서 싸웠다. 나는 문득 졸음이 밀려오는 것을 느꼈고, 야전침대에 몸을 던지자마자 무거운 잠에 빠져 들었다.

나는 무거운 머리로 잠을 깨었다. 붉은 포석 위의 빛줄기는 거의 움직이지 않고 있었다. 옆방에서 말하는 소리가 들려왔다. 단조롭고 한결같은 목소리가 끈을 다시 이으며, 불면으로 끊긴 꿈으로 이끌듯 그날 아침 깨어나던 순간으로 나를 데려갔다. 나는 혹시 더 잘 수 있을지도 모른다는 생각에 투덜대는 표정으로 몸을 웅크렸다. 그러나 농부의 대화처럼 느리고 무미건조한 평온함을 지닌 마를 줄 모르는 부드러운 목소리는 계속해서 문을 넘어왔다. 연극에서처럼 어조를 늦출 줄 아는 마리노의 목소리를 이제 나는 분명하게 알아들었다. 재미를 느낀 나는 그 주제가 대강 짐작되는 이야기의 미로를 목소리의 현학적인 굴곡만으로 따라가려 했다. 착각의 여지라고는 조금도 없이 그것은 파브리치오가 잘 흉내 내는, 마리노가 '소작 계약'을 할 때 취하는 목소리였다. 대위의 무거운 발소리가 서두름 없이 포석을 울리고 문이 열렸다.

"아! 일어났군, 알도. 밤이 짧았지……."

마리노의 눈짓에는 짓궂음이 곁여되어 있었다. 그는 고민거리를 안고 있는 듯했다.

"……와서 나 좀 도와줘. 골치 아픈 일이 생겼어."

대위의 사무실에서는, 농경대 반장으로 일하는 갑판장

가운데 하나인 베포가 난처한 표정으로 모자의 리본을 만지작거리고 있었다.

"베포가 내게 전하는 걸 이해할 수 있겠나?" 하고 믿어지지 않는다는 어조로 마리노가 내게 말했다. "오르텔로 영지에서 우리와의 계약 갱신을 거부한다는 거야."

나는 잠이 덜 깬 눈을 들어 베포를 바라보았다. 사실 그것은 이상한 소식이자 커다란 골칫거리였다. 오르텔로는 시르트에서 가장 넓은 땅을 보유하고 있었고, 해군기지의 가장 오래되고 가장 튼실한 고객이었다. 엄청난 규모의 몰이사냥과 호사스러운 환대로 이름난 이 영지는 마리노의 장자(長子)이자 자부심이었으며, 마리노 또한 이 궁벽한 고장의 족장 또는 양부를 자처했다. 오르텔로는 마리노 덕분에 컸고, 마리노는 이 영지에 모든 정성을 기울였다. 그가 이 영지에 대해 말할 때면 마치 자기 손으로 그것을 직접 가꾸는 것 같았다.

"무엇이 문제입니까?"

"직접 설명해 줄 거야." 하고 몹시 화가 난 마리노가 말했다. "나로서는 도무지 이해할 수가 없어."

아무런 감흥 없이 베포는 목소리를 가다듬기 위해 기침을 했다. 마리노의 반응이 차가운 물벼락 같았음을 알 수 있었다.

"사령관님께서는 제 말을 믿으려 하지 않으시지만, 그들은 우리 사람들의 일에 문제가 있어서가 아니라는 사실을 분명히 전해 달라고 했습니다. 상황 때문이라고 그들은 거듭 말했습니다."

"자네 변명이겠지. 상황이라니!" 하고 격분한 마리노가 베포의 말을 끊었다. "그게 도대체 무슨 뜻인가? 무엇이 변했다는 건가? 말해 봐."

기가 꺾인 목소리의 베포는 설득을 포기한 듯 보였다.

"아! 그건요, 사령관님! ……그들은 이 년치 봉급을 선불할 수 없다고, 그토록 긴 계약을 맺을 수 없다고 합니다."

"땅을 팔겠대?"

베포는 기회는 이때다 생각하고, 마리노가 기뻐하리라 기대하며 말했다.

"그건 아닙니다, 사령관님. 절대 아닙니다! 그런 땅을 팔다니요. 그들은 길을 다시 만들었고, 작년에는 사구의 땅을 올리브 밭으로 개간하기도 했습니다."

"그렇다면 그들이 어디서 일손을 구할 것인지 말해 봐."

"그것은, 사령관님……!"

베포의 목소리가 다시 난처해졌다.

"……자기들끼리 이럭저럭 해나가겠답니다."

"거기에 무엇인가 있단 말이야." 하고 그를 정면으로 바라보며 마리노가 으르렁댔다. "자네는 무엇인가 실수를 했어. 문제는 바로 그거야."

"맹세합니다, 사령관님!" 하고 울음을 터뜨리기 직전의 베포가 딸꾹질하듯 말했다.

갑자기 베포가 마음에 걸렸다. 그의 난처한 목소리 속의 무엇인가가 순간적으로 벨센차를 연상시켰기 때문이다. 마리노의 차가운 분노는 그를 마비시켰고, 나는 그가 하고픈 말을 다 하지 않았음을 눈치 챌 수 있었다. 나는 목소리에 가능한 한 깊은 관심을 담으려고 애쓰며 물었다.

"그들이 말하는 상황이 무엇을 의미하는지 자네는 생각해 봤나?"

구명 튜브에 매달리듯 베포는 내게 들러붙었다.

"정확히 말하기가 힘듭니다, 감찰장교님. 그들은 노인들입니다, 아시겠습니까? 이빨 사이로 뭐라고 중얼대는데, 알지만 말하고 싶어 하지는 않는 눈치입니다."

베포는 눈썹을 찡그리며 생각하려 애썼다.

"……그들에 따르면 시절이 확실치 않답니다. 예, 그들이 말하는 건 바로 그것입니다."

"확실치 않다고?"

"변화가 있을 거라고, 이제 더 이상 선불을 줄 수 없다고 합니다."

"그게 무슨 뜻인가?"

마리노의 목소리가 가볍게 떨렸다.

"변화란, 사령관님, 나쁜 어떤 것이겠지요. 전쟁 말입니다. 그들이 말하는 건 바로 이런 것들입니다."

베포의 목소리가 마치 부끄러운 병을 고백하듯 낮아졌다. 한순간 무거운 침묵이 흘렀다. 나는 침착하려 애썼다. 내 뒤에서 마리노의 시선이 나를 겁나게 했다. 그러나 그의 목소리가 스스로를 가다듬으며 높아졌고, 그 순간 나는 그에 대해 경탄했다.

"카를로도 많이 늙었군. 이제 가보게, 베포. 내가 직접 오르텔로에 가서 일을 해결해야겠어."

베포가 떠나고 이제 남은 것은 나뿐이었다. 고개를 숙이고 뒷짐을 진 마리노는 골똘한 자세로 방을 왔다 갔다 했다. 침묵이 어찌나 숨 막혔던지 나는 기계적인 동작으로 창문을 열었다. 오후가 끝날 무렵의 공허한 권태가 냄새처럼 방 안으로 밀려들었다. 발소리가 멈추고, 마리노의 목소리가 이상하도록 부드럽게, 마치 큰 부상을 입은 사람의 목소리처럼 내 뒤에서 높아졌다.

"골치 아픈 일이야, 알도."

가능한 한 가벼운 태도로 나는 어깨를 움찔했다.

"믿을 수가 없군요. 카를로는 생각을 고쳐먹을 겁니다. 우리 사람들 없이 오르텔로가 무얼 할 수 있겠습니까."

"그렇겠지?"

갑작스럽게 의존적인 그는 늙어 보였다. 거의 헐떡이며 마치 손처럼 내게 매달리는 그의 목소리에 나는 연민을 느꼈다.

"……나를 불안하게 하는 것은 바로 그거야." 스스로에게 말하듯 지친 목소리로 그가 계속했다. "그들은 우리 없이 일을 해나갈 수 없고, 이런 사실을 그들은 알아."

"직접 가보셔야 할 것 같은데요. 그들은 사령관님만 믿으니까요."

병자의 방으로부터 도망치려 하듯 나는 문득 그로부터 멀어지고 싶었다. 게다가 그는 내 동의만 기다리고 있었다.

"그래, 자네가 옳아. 당장 떠나야겠어……."

그는 불분명한 태도로 멈추어 섰다.

"그런데, 알도……."

그는 거의 부끄러워하는 표정이었다.

"……어쨌거나 자네 일이니, 자네가 하고 싶은 대로 하도록 해. 방금 전에 베포가 말하는 것 들었지? 아마도 자네와 관계되는 게 있을 듯싶은데."

"저 역시 그렇게 생각합니다."

마리노는 홀가분해진 것 같았다. 창문을 통해 나는 한동안 간석지로 난 길 위의 그의 말을 눈으로 좇았다. 평평한 지평선 위의 가냘픈 검은 실루엣. 간석지로부터 한 줌의 바람이 불어오는 듯했다. 나쁜 흥분이 관자놀이를 조이는 가운데, 나는 내 방으로 달려갔다. 마리노가 침착해지기 전에 문제를 돌이킬 수 없는 것으로 만들기 위해 나는 서둘렀다.

한 시간 뒤, 오르세나에 보내는 보고서를 봉투에 넣기 전에 다시 한 번 읽은 나는 서명한 종이를 책상 위에 놓고 공터를 향한 창문을 열었다. 성채의 길어진 그림자가 공터를 어둡게 했다. 땅에서 올라온 차가운 기운이 머리를 식혀주기라도 하듯, 나는 차가워진 유리에 이마를 댄 채 한동안 가만히 있었다. 처음으로 불안의 느낌이 내 흥분 속으로 스며드는 것을 느꼈다.

보고서 그 자체는 나무랄 점이 없었다. 아무리 해도 완전히 차가워지지는 않는 머리로 다시 읽으며 나는 그것이 신중함과 명쾌함 그 자체라고 생각했다. 벨센차의 말이 저절로, 그리고 아주 세부적인 것까지 생각났다. 그와 나눈 대화의 명확하지 않은 부분조차 기이한 민활함을 띠고 저절로 되살아났다. 하지만 나는 혼란스러웠는데, 그 진부한 종이쪽들의 대수롭지 않은 내용 때문이 아니라 그것을 쓰면서 느꼈던 비정상적인 수월함 때문이었다. 그 느낌은 오랜 병에서 일어난 거장이 악기 앞에 앉아, 문득 손가락이 그를 벗어나 친숙한 악기 위를 제멋대로 춤추는 것을 보면서 갖게 되는 느낌과 흡사했다. 해군기지 차가 내 창문 아래에서 멈추었다. 우편물이 출발하는 시각이었다. 나는 서둘러 편지를 봉인했고, 마렘마로 가는 자동차가 흐린 하늘 아래 간석지 한가운데의 길 위에서 덜컹대는 것을 오랫동안 눈으로 좇았다. 더위는 수그러들고 저무는 오후의 하늘은 온통 회색이었다. 해산한 여인처럼 나는 가벼움과 허탈함을 느꼈다.

그날 저녁 마리노는 아주 늦게서야 돌아왔다. 저녁 식탁에 둘러앉은 우리는 벌써 빈 잔 앞에서 오래도록 그를 기다렸다. 어두워진 방 주위로 이야기는 어색하게 이어졌고, 사이사이의 침묵은 좀처럼 가시지 않았다. 마리노의 빈자리 앞에 놓인 가득 채운 잔은 지신(地神)에게 바쳤다가 거부당한 봉헌물처럼 시선을 잡아끌었다. 그가 없는 자리로 열린 창문을 통해 적막이 밀려들고 있었다. 공터를 울리는 그의 말발굽 소리가 우리를 활기 띠게 했고, 방 둘레로 부드러운 불꽃이 물결치게 만들었다. 마리노는 아무 말 없이 들어와 앉아 기계적으로 군복 상의의 단추를 확인했다. 그에게 그것은 중요한 신호였다. 나는 협상이 잘 진행되지 않았음을 알았다. 빛의 밝기가 갑작스레 낮아지는 것 같았고, 관자놀이가 가볍게 수축되는 것을 느꼈다. 무엇인가 시작되려 하고 있었다.

그날 식사는 아주 빨리 끝났다. 나는 대위로부터 눈을

뗄 수가 없었다. 그의 느린 몸짓에는 크고 갑작스러운 피로가 있었다. 나는 그가 힘겹게 호흡하며, 평소보다 더 자주 내 시선을 찾고 있음을 알아차렸다. 그 눈은 내게 일대일로 말하고 있었고, 내 눈과 마주칠 때마다 잠시 무거운 피로의 안개를 흔들어 벗는 것이었다. 그 순간 나는 마리노가 주저하고 있음을, 하지만 이미 너무 늦었음을 느꼈다. 파브리치오, 로베르토, 지오반니는 차례로 입을 다물었고, 완전한 침묵이 차차 식탁 주위에 자리 잡았다. 그리고 게걸스러운 침묵의 흡입 가운데, 소식은 벌써 폭발하고 있었다.

우리들만 남자 마리노는 급작스러운 동작으로 시가에 불을 붙이며 성냥의 불꽃 뒤에서 웅얼대었다.

"알도, 사람들에게 설명해 주었나?"

"아무 말도 하지 않았습니다……. 문제의 해결을 바라지 않으셨습니까." 하고 나는 약간 잔인하게 덧붙였다.

마리노의 손이 체념 섞인 무기력의 몸짓을 했다. 그러나 불현듯 얼굴은 다시 살아나고, 청회색 눈은 결연하게 앞을 바라보았다. 또렷하고 평온한 목소리가 모두를 향해 말했다. 나는 다시 한 번 그의 기이하고 베일에 싸인 권위에, 그가 결코 자주 행사하지 않는 권위에 놀랐다.

"모두들 잠시 남아주게. 해군기지에 어려움이 생겼고 자네들에게 알려줘야 할 것 같아……. 파브리치오, 그 창문 좀 닫아주겠나. 우리끼리 이야기할 게 있어."

파브리치오는 우스꽝스러운 엄숙함을 가장하며 일어섰다. 분위기를 맞추는 그의 재주가 얼굴 위로 태양처럼 빛났다. 저녁 식사가 끝날 때면 대위는 그런 그를 골리기를 좋아했다.

"분부대로 거행하겠습니다, 사령관님. 군사 회의는 날마다 있는 게 아니니까요."

군사 회의란 말이 돌연한 침묵 한가운데 떨어졌다. 마리노의 입 언저리가 가볍게 떨리기 시작했다.

"생각이 지나치군. 얼간이 같은 말이야……."

얼굴이 급작스럽게 빨개진 파브리치오는 소리 없이 자기 자리로 갔다. 침묵 가운데 거북한 기침 소리가 두세 번 들렸다.

마리노는 간략하게 오르텔로 문제를 설명했다. 그것은 더 이상 막연한 소문이 아니었고, 계약 중단의 동기는 수수께끼로 남아 있었다. 마리노는 해군기지의 병력이 만족스러운 일을 제공하지 않았음을 납득시키려 애썼다. 그가 말을 하는 내내 나를 적대적으로, 거의 도발적으로 주시하고 있다는 사실을 나는 깨달았다. 보이지 않게 나를 난타하는 목소리는 내게 엄중히 경고하며 최종 결정된 공식 입장을 한 음절, 한 음절 강조했다. 이제는 일체의 협상이 부질없다는, 그날 오후에 얻은 확신을 빠르게 암시하며 그는 말을 맺었다. 그의 이야기는 무뚝뚝하고 간략했다. 여러 얼굴에 나타나는 어리둥절함을 무시한 채 서둘러 이야기를 끝내고 싶어 함이 확연했다.

"자, 이제 우리가 무얼 해야 하는지가 중요해……."

걸레로 훔치는 듯이, 사건에 대한 일체의 논평을 배제하는 세찬 동작으로 그는 고개를 쳐들었다.

로베르토는 창문에 시선을 고정한 채 골똘한 표정으로 시가를 빨았다. 밖이 어두워지기 시작했다. 맞은편에 있는 성채의 혼미한 몸체가 스스로를 드러내고 확장하며 저녁 안개를 자기 주위로 모았다.

"오르텔로에 있는 우리 사람이 얼마나 됩니까, 사령관님?"

"여든…… 베포와 마리오를 합해서 여든둘."

"그들을 다른 농장에 배치하는 것은 불가능합니까?"

파브리치오가 수줍게 손짓하며 발언권을 요구했다. 마리노는 귀찮은 듯 턱을 끄덕이며 발언권을 주었다.

"쉽지 않을 것입니다. 사령관님, 저는 어제 대금을 수령하러 그론조에 다녀왔습니다. 처음에는 별로 중요하게 생각하지 않았는데, 그들 또한 내년에는 우리 사람들을 돌려보낼 거라고 말하고 있었습니다."

지오반니가 가볍게 눈을 찌푸렸다.

"여하튼 이상한 일이야."

시선이 오고 가며 서로에게서 떠오르지 않는 답을 찾았다. 조금씩 조금씩 방은 아주 어두워졌고, 모두들 처음으로 이 부동의 황혼과 더불어 불안이 실내로 미끄러져 들어오고 있음을 느꼈다.

마리노가 다시 한 번 퉁명스러운 목소리로 침묵을 깼다.

"문제는 거기에 있지 않아. 어찌되었건 간에 노는 인력을 활용해야 해. 당장 내일부터 그들을 떠안게 될 거야. 오르세나는 아무것도 하지 않는 그들을 먹여 살리게 내버려두지 않을 거고……. 무슨 생각이 있는 것 같은데, 로베르토?"

마리노의 목소리가 부드러워지면서 기댈 곳을 찾았다. 로베르토는 해군기지의 고참이었고, 대위는 자신을 안심시키며 자신의 평온을 받쳐주는, 느리고 묵직할뿐더러 인내심 많은 매복의 밤 속에 마비된 이 정신을 좋아했다.

"예. 제 생각은 우리가 원하기만 하면 일이 없지도 않다는 것입니다."

"기지에?"

로베르토의 목소리가 확고해지며 눈에 보이는 만족감과 함께 상식의 자명함 그 자체로 울렸다.

"기지에요."

그가 창문을 향해 몸짓을 했다.

"저 건물이 우리의 명예를 해친다고 생각하지 않으십니까? 완전히 허물어져 내리고 있어요……. 우리 병사들은 수년 동안 농투성이 노릇을 했습니다……. 그들은 목수 노릇도 잘할 것입니다……."

"성채를 수리하자는 건가?"

마리노의 목소리에 불현듯 날카로운 음이, 걷잡을 수 없는 경련이 일었고, 목구멍의 수축이 그것을 간단히 끊었다. 하지만 그것은 어찌나 뚜렷하고, 어찌나 마리노의 내밀한 공포를 적나라하게 드러냈던지 무표정한 로베르토조차 놀란 나머지 어안이 벙벙해 한동안 잠자코 있었다.

"수리한다고 말할 수는 없지요. 그것은 엄청난 일이고, 우리는 그것을 감당할 능력이 없어요. 하지만 청소할 수는 있습니다. 저것은 유명한 건물이었어요." 로베르토는 다시

한 번 창문에 시선을 고정하며 덧붙였다. "지금으로서는 옛 모습을 찾아볼 수가 없습니다. 가시덤불로, 정글로 전락해 버렸지요."

뜨거운 동의의 물결이 소리 없이 방을 감싸며 흘렀고, 눈들이 빛났다. 로베르토의 어눌한 말이 해빙의 기운처럼 공기를 데웠다.

"그렇습니다. 저런 모습은 병사들의 사기를 저하시킵니다. 이 폐허에는 다가가기도 싫어요. 이런 돌무더기에 살다 보면 꼴이 우스워지기 마련입니다……. 차라리 사그라에 움막을 짓고 발굴이나 하는 게 나을 정도입니다." 하고 지오반니가 언짢은 기분으로 덧붙였다.

"제게 오르텔로의 병력을 주십시오, 사령관님."

몹시 흥분한 파브리치오가 일어났다.

"……두 달 안에 성채를 새것으로 만들어놓겠습니다. 대포는 번쩍번쩍 빛나게 닦고요."

모든 것이 분명했다. 작은 돌풍이, 내밀한 진짜 반란이 해군기지에 일어나고 있었다. 마리노의 눈길이 믿기지 않는다는 듯 이 얼굴 저 얼굴을 떠돌았다. 엇갈리는 목소리의 충격과 갑작스러운 에너지의 깨어남에 백치처럼 순종하는 그 시선은 벌써 일방적으로 이끌리며 희망 없는 수세에 몰려 있었다. 그는 심호흡을 한 뒤 식탁 위로 눈을 내리깐 채 천천히 말을 찾았다.

"모든 게 좋고 멋있어. 하지만 유치해. 성채는 용도가 변경되었고, 정청은 불필요한 작업에 단 한 푼도 지출하려 하지 않을 거야."

얼굴들이 문을 닫으며 대뜸 적대적인 빛을 띠었다. 마리노의 응수는 너무 늦은 감이 있었다. 빠끔히 열린 문을 통해 빛이 미끄러져 들어왔고, 모두의 어깨가 합세하여 이 문이 닫히는 것을 막고 있었다.

"계산을, 모든 계산을 따지고 든다면 오르세나가 오히려 사령관님께 빚을 진 셈이 될걸요."

"이건 청결의 문제입니다. 설비 유지를 위해 마련된 예산이 있습니다."

"지금껏 아낄 만큼 아꼈습니다, 사령관님. 성채는 여전히 화력을 보유하고 있고, 이참에 정청의 위신을 세울 수도 있을 것입니다."

심각한 동의와 상처 받은 자존심이 뒤섞인, 문득 조금 우스꽝스러운 수근거림이 지나갔다. 마리노가 흘깃 나를 쳐다보았다. 도박사의 차가운 흥분 속에서 나는 속임수 카드들이 넘겨지는 것을 바라보았다. 이 카드들에 맞서 마리노는 혼자였다. 그것은 정정당당한 승부가 아니었다.

"자……! 자……!"

마리노가 식탁을 쳤고 일순에 조용해졌다.

"모두들 조금 흥분한 것 같아. 오르세나가 우리를 바라보고 또 듣고 있네." 불가해한 시선을 내게로 쳐들며 그가 덧붙였다. "……명심하게. 알도는 우리의 친구야. 하지만 한계가 있어. 게다가 그는 아직까지 말을 하지 않은 것 같은데."

마리노가 마지막 카드를 던지고 있다는 사실을 나는 가슴 저리게 느꼈고, 약간 창백해진 얼굴로 자리에서 일어났다. 나는 다시 한 번 그를 배반하려 하고 있었다.

"로베르토의 제안이 합리적이라고 생각합니다. 여하튼 오르텔로의 병력이 우리 책임으로 떨어지는 만큼 그것을 유용하게 사용하는 데 오르세나는 반대하지 않을 것입니다."

마리노의 눈에 섬광 같은 것이 지나가는 게 보였다. 그가 거칠게 일어섰다.

"좋아. 자네에게 백지위임장을 준다, 파브리치오. 내일 나와 함께 성채를 돌아보기로 하지."

야간 경비원처럼 무거운 발걸음으로 그는 방을 떠났다. 문지방 위에서 주저하듯 멈춘 그는 손으로 무슨 신호를 하려다 그만두었다. 머리는 그 어느 때보다 무겁게 어깨를 파고들었고, 시선은 단번에 흐려졌다. 문득 해도실에서 램프를 쳐들던 저녁의 그가 떠올랐다. 노인의 느릿한 동작으로 그는 불쌍하게 고개를 저었다.

"커다란 변화야……."

모두들 놀라 눈을 들었지만 말은 거기서 그쳤다. 머리는 기계적으로 도리질을 계속했다. 시선은 또다시 기이하게 내부로 향한 채 고정되지 않고 떠돌았다. 그것은 마치 어두운 육체의 모호한 신호를 탐색하는 병자의 시선과도 같았다. 그는 모자를 눌러쓰고 무거운 발걸음으로 멀어져 갔다.

이날부터 대위에게 현저한 변화가 일어났다. 생명의 뿌리에 닿는 무엇인가가 그의 속에서 동요하고 있었다. 저녁 식사를 위해 그가 무거운 군용 외투를 벗을 때면 그의 실루엣이 하루하루 얇아지고 쇠약해지는 것이 보이는 듯했다. 매일 아침 침묵이 감도는 사무실에서 그 실루엣은 긴 복도가 이루는 틀 안에 끼워진 채 미동도 하지 않았다. 돌로 된 좁은 길이 경직된 영원의 천에 감긴 미라를 보호해 주듯 그 긴 복도는 액을 쫓으며 마리노의 실루엣을 시간으로부터 지켜주고 있었다. 하지만 이제 얼굴은 정신과 아무런 관련도 없는 일종의 음산하고 기계적인 깨어남으로 끔찍하게 살고 있었다. 모든 선이 미모사처럼 긴장된 부동성 속에서 이상하게, 비의도적으로 수축했고, 이는 청각의 날카로워진 떨림을 확장하고 강화하는 것 같았다. 점점 가까워지는 어깨 아래 그 어느 때보다 무겁고 땅딸막한 몸의 덩어리는 무기력하게 내려앉았다. 업무는 표면적으로 평소와 다름없이 계속되었고, 모래시계를 뒤집듯 아침에 그의 왼쪽에 쌓였다가 저녁이면 오른쪽으로 자리를 옮기는 서류 더미는 해군기지에서 흐르는 나날의 변화 없는 시간의 형상 그 자체였다. 그러나 움직이는 두 손 위로 몸뚱이와 분리된 듯 보이는 얼굴은 무의식적인 경련과 떨림으로 일그러져 있었다. 마리노는 듣고 있었던 것이다. 이제 아침부터 저녁까지 무거운 장화들이 깨우고 뒤흔드는 성채의 깊은 곳으로부터 격통(激痛)이, 구멍을 뚫는 듯한 아픔이 그에게 전해져 왔다. 눈은 대낮의 빛 속에서, 밖으로 내몰린 두더지의 맹목적인 시선을 담고 있었다. 나는 가끔 그의 곁에서 일을 하게 될 때면 나도 모르게 그의 얼굴을 훔쳐보았고, 그때마다 가벼운 충격과 함께 그의 불안하고 갑작스러운 동물성을 느끼곤 했다. 마리노는 늙었다고 해야겠지만 이 동물성은 노인의 것이 아니었다. 그것이 지성보다 못하다면 이는 오로지 그것이 더 깊은 곳에서 산다는 그 이유 하나 때문이다. 그것은 오히려 전적인 주의에서 오는 현명한 우둔함을 연상시켰고 가끔씩 나로 하여금, 깊은 유기적 질문에 집중된 생명이 얼굴에 나타내는 매혹적인 표현, 예컨대 청진하는 의사, 부른 배를 살피는 임신부, 무더운 밤 태풍이나 해일의 어렴풋한 징조를 엿보는 겁먹은 짐승의 표정을 생각게 했다. 금단의 이 긴장 앞에서 우리는 신성모독적인 어떤 것을 감히 바라보는 듯한 느낌마저 든다. 저기 우리 앞에서 매 순간 더 깊은 곳을 향해 웅크리는 정신이, 무엇인가가 움직이는 금지된 중심에 너무 위험하게 다가가고 있다는 사실을 일종의 본능 같은 것이 우리에게 일깨워 주는 것이다. 마리노의 얼굴에 팬 희미한 주름은 문득 다른 곳의 거대한 압력과 균형을 이루는 것처럼 보였다. 나는 얼른 눈을 돌렸고, 가슴이 급박하게 뛰는 것만 같았다.

그러나 해군기지는 잠에서 깨어나고 있었다. 작은 항구의 방파제 위에서, 평지 위에서, 공터 위에서, 뜻하지 않은 움직임이 침묵을 몰아냈고, 벌써 겨울이 가까워오고 있었지만 시르트의 날씨 때문에 관행이 된 낮잠 시간에야 겨우 조용해졌다. 건물들이 오래전에 용도 변경되어 허물어지기 직전인 까닭에 오르텔로의 병력이 기거할 자리가 부족했으므로 파브리치오는 성채 뒤 공터의 가시덤불을 치우게 했다. 그곳에 줄지어 선 천막과 저녁 식사를 위해 연기를 올리는 규칙적인 모닥불은 이제껏 해군기지에서 볼 수 있었던 그 어떤 것보다 더 엄격하고 더 군사적인 무엇인가를 상기시켰다. 마리노는 그가 경멸적인 어조로 '포장마

차'라 부르는 것 쪽으로 좀처럼 가지 않았고, 파브리치오와 '난민들'에 대해 말할 때 취하는 아이러니컬한 어조로 미루어, 이 원하지 않았을뿐더러 쓰라린 기억을 불러일으키는 증원 병력이 그에게 큰 부담으로 남아 있음을 알 수 있었다. 하지만 총열이 엇갈리거나 금속이 맞부딪치며 내는 소리와 서로를 부르는 외침으로 가득한 야단법석과, 야외인지라 한층 높아진 떠들썩한 목소리들은 우리를 기쁘게 했다. 그곳은 해군기지에서 가장 살아 있는 지점이 되었다. 폐허의 허리춤에 잡초처럼 갑작스레 돋아난 이 야영지는 스텝에 예기치 않게 솟아오른 수액과도 같았다. 그것의 잠정적인 모습은 미래를 부르고 있었다. 저녁 식사가 끝나고 발걸음이 우리도 모르는 사이에, 어둠 속에 붉게 빛나는 모닥불의 한풀 꺾인 연기가 간석지의 안개와 뒤섞이는 공터로 우리를 이끌면, 보이지 않는 천막 주위로 서로를 부르는 즐겁고 강렬한 목소리들이 마치 집결한 군대나 출범 직전의 여객선 위에 떠도는 것 같은 자유와 야만의 예기치 못한 음조를 공중에 떠돌게 하는 것을 보았고, 문득 우리 안에 모험의 가벼운 취기가 오르는 것이 느껴졌다. 마리노는 제대로 보았다. 그것은 커다란 변화였다. 사방으로 뿌리를 뻗는 어린 나무처럼 이 무정부적인, 그러나 살아 있는 세포는 해군기지의 잠들고 벌레 먹은 몸체를 향해 사방팔방으로 뻗어나갔고, 우지끈하는 소리를 내며 대위의 졸음을 방해했다. 거의 매일 즉흥적으로 해결해야 하는 새로운 문제들이 생겨났다. 부족한 보급품, 마렘마로 사러 가야 하는 야영용품, 그리고 모자라는 연장은 갑자기 스스로의 중요성을 확신하게 된 파브리치오를 광분케 했다. 그것은 사실 사소한 문제들이었지만 이를 두고 각자는 자기에게 맡겨진 영역을 넘어서면서까지 분주하게 움직였다. 이 과도하게 넘쳐흐르는 열심과 선의에는 얼마간의 유희와 함께 순수한 활동의 취기가 섞여 들고 있었지만, 이는 열기의 필요가 해군기지를 사로잡았음을 더욱 잘 드러낼 뿐이었다. 성채에서의 점심과 저녁은 이제 계획과 결정, 그리고 견적 수치와 업무에 관한 논의로 잉잉댔고, 피곤한 마리노는 파리 떼를 쫓을 때의 기계적인 동작으로 이따금 고개를 젓곤 했다. 지나치게 활기 띤 저녁 식사가 끝날 무렵 그는 때때로 식탁 한쪽에서 가만히 졸거나 조는 척했는데—적어도 나는 그렇게 의심했다—이 졸음은 그를 보호하는 동시에 분명한 얼굴들만이 드나드는 어둠의 구석으로 그가 돌아가도록 도와주는 것 같았다. 언제나처럼 그가 받아왔던 깊은 존경이 그를 둘러싸고 있었다. 하지만 일을 명확히 하기 위해 그가 준비하고 연출했으며 항상 브레이크 역할을 해왔던 그의 느림은 가끔씩 초조함을 유발했고, 이 초조함은 이제 절반밖에 제어되지 않았다. 급박해진 해군기지의 생활 리듬은 모르는 사이에 그를 모래밭에 던졌고, 그는 저항하지 않았다. 아마도 훗날을 위해 힘을 아끼고 있는 것인지도 몰랐다. 나는 일을 처리하는 데 그를 건너뛰는 일종의 쇼트서킷이 생겨나고 있다는 사실을 발견했다. 가령 성채 수리의 책임을 맡은 파브리치오가 자재를 담당한 지오반니와 직접 만나 일을 처리하기도 했다. 거의 매일 저녁 두세 사람이 낮은 목소리로 주고받는 비공식 회의

가 식탁 한쪽에서 이루어지곤 했다. 이에 대해 마리노는 무심하지도 않았고 그것을 오해하지도 않았다. 반쯤 감은 그의 눈이 뿌루퉁한 얼굴과 함께 나를 향해 깜빡이며 그렇듯 엄청난 열심에 대한, 그리고 그토록 복잡하고 야릇한 일들이 그처럼 신속하게 처리될 수 있다는 기적적인 사실에 대한 그의 아이러니컬한 경탄을 나타냈다. 그럴 때마다 그의 시선은 깊은 꾀 같은 것을 드러냈다. 나로서는 도무지 그 내막을 알 수 없었고, 그것이 묘하도록 비개인적이라는 사실로 인해 그조차도 그것에 아연해졌을 것이다. 마리노의 시선은 다른 이에게 미소 짓는 것 같았다. 사실 약간 잔인한 그 미소는 그와 어울리지 않는 것이었다. 마치 무한히 더 단단하고 무한히 더 오래된 어떤 것이 문득 아득한 세월을 머금은 그 안구의 갈라진 틈에서 공모를 구하는 눈의 깜빡임을, 피를 얼어붙게 만드는 웃음처럼 차갑고 날카로운 반영으로 바꾸어놓은 것 같았다.

권태는 해군기지에서 사라진 듯했다. 파브리치오의 활동은 경이로웠다. 그는 자기가 하는 일에 흠뻑 빠져 있었다. 외양간의 썩은 지푸라기 위에서 잠을 자는 것처럼 보이던 사람들에게서 그는 구사일생으로 살아난 이들한테서나 볼 수 있는 약간 미친 듯한 동요와 원기의 도약을 발견했다. 위험한 작업을 맡은 팀들은 문득 돛대를 기억하며 달려드는 지원자들을 되돌려 보내기에 바빴다. 그리하여 어떤 날은 한 떼의 원숭이가 그 준엄한 폐허에 기어올라 공격하는 것처럼 보였다. 겨울과 더불어 시르트에 도래하는 우기를 근심하는 파브리치오는 벌어진 틈으로 물이 폭포처럼 흘러

들어 포곽을 잠기게 하는 위쪽의 테라스와 순시로 수리를 끝내기 위해 서둘렀다. 내부 수리는 악천후가 하염없이 계속되어 어쩔 수 없이 실내에 있어야 하는 때로 미뤘다. 불과 며칠 만에 성채를 뒤덮고 있던 가시덤불은 사라졌고, 이제 보이는 것은 성채밖에 없었다. 하루하루 그것은 누더기를 내던지며 완벽한 근육의 자명함 속에서, 고정된 동작 또는 신호의 단순함 속에서 평평한 바다와 대비되는 헐벗고 비극적인 모습으로 분출했다. 그것의 날카로운 모서리들은 사방에서 빈 수평선을 물어뜯었다. 이렇듯 흙에서 꺼내는 조상(彫像)처럼 차츰차츰 때를 벗고 솟아오르는 성채를 보니 문득 해군기지에 감도는 공기는 한결 자유롭고, 갑주를 걸친 처녀 같은 높은 성벽은 난바다 바람이 씻어주기를 고대하는 듯 여겨졌다. 아침부터 저녁까지 열기 띤 눈은 마치 금방 깨진 이의 날카로운 부분을 촉감하는 혀처럼 베일 듯 예리한 그 실루엣 위로 향하곤 했다. 그토록 미미한 변화가 그런 엄청난 동요를 부르고, 우리가 호흡하는 공기의 냄새와 맛 자체를 바꾸며, 우리의 피를 더 빨리 고동치게 한다는 것은 이해하기 힘들었다. 하지만 피할 수 없는 것이라는 사실을 나는 느끼고 있었다. 성채는 이제 우리들 한가운데로 새 이처럼 아프게 솟아올랐고, 그것으로 휴식은 끝이었다. 그것은—굳게 자리 잡은, 지배적인, 불편한, 이해할 수 없는—거슬림의 이미지 자체로서, 그리고 날카로운 끝이 낸 가볍고 지속적인 상처로서 미묘한 자극의 불안을 신경 말단에까지 이르게 하며 거기에 있었다.

해군기지의 운영과 내부 업무는 나의 직접적인 관할을

벗어났지만 나는 이 새로운 활동의 소용돌이에 휘말렸고 해도실에 가는 것이 뜸해졌다. 그곳은 이제 더 이상 차갑고 눅눅한 숨결이 지하 분묘처럼 목덜미를 죄는 침묵의 수조(水槽)가 아니었다. 덤불을 벗은 창문은 검은 탁자 위로 한층 생생한 빛이 아른거리게 했고, 시간과 함께 먼지기둥을 천천히 움직이는 태양 광선은 이따금 빛의 손가락처럼 흩어진 지도 위를 노닐며 잠에 취한 듯 이리저리 더듬다가 이방의 지명(地名)이나 미지의 기슭의 윤곽을 어둠에서 끌어내기도 했다. 안뜰의 깊은 메아리는 이 포안에서 저 포안으로 뛰어다니며 이따금 유리창 위로 그림자극처럼 별안간 나타나는 토목 인부들의 외침 소리에 한동안 잠을 깨곤 했다. 외치고 부르는 소리들과 열기 띤 소란은 켜켜이 앉은 먼지 아래 깊이 잠든 이 닫힌 은신처까지 파고들면서 낯설고 생생한 성격을 잃었다. 암실 벽에 그려지는 풍경이 삶의 다채로운 광채를 잃는 대신 광물적인 안정성을 얻으며, 무거움 속에서의 휴식과 정적에 대한 어두운 몽상을 나타내는 사물을 미묘하게 선별해 내는 듯 보이는 것처럼 말이다. 거기서 음성과 소리는 눈〔雪〕에 거른 듯 맑아지고 친숙한 의미를 잃어버리면서 하나의 깊고 불분명한 웅얼거림을 부풀렸고, 이는 되돌아온 삶의 웅얼거림으로 귀에 다가왔다. 그리하여 연장과 목소리의 친숙한 음향은 이 고요한 미광(微光) 깊은 곳에서 마치 폐허를 점령한 철새 떼의 시끄럽고 전조(前兆)로 가득한 울음처럼 울려 퍼졌다. 때가 온 것처럼—비밀스러운 계절, 겨울의 슬픈 도래를 부인하는 계절이 세월의 먼지 밑에서 오래 품어진 끝에 성채 위에 깨어나 마치 해빙같이 그것에 생기를 불어넣는 것처럼 말이다.

파브리치오는 이제 자기가 성채를 짓기라도 한 듯 '나의' 성채라고 했다. 사실을 말하자면, 그는 성채 이외의 것에 대해 말하기를 거부했다. 성채는 커다란 아이의 손에 쥐어진 거대한 장난감과도 같았고, 그것과 관련하여 그의 머리를 스쳐 지나가는 별난 생각들은 불안하기까지 했다. 그에게 '말은 곧 행위'였다. 그는 가장 괴상한 열광(熱狂)조차 그 자리에서 부하들에게 전염시키는 재주를 갖고 있었고, 그의 계획의 바로크적 즉흥성에 매료된 부하들은 내일 할 일을 오늘 전혀 알지 못하는 것을 무엇보다 좋아했다. 한편 이러한 즉흥적인 일 처리는 예측 불가능한 바다 생활을 연상시키는 면이 없지 않았다. 일종의 팀 정신 같은 것이 생겨났고, 정규 병력의 갇힌 생활을 점점 더 경멸하기에 이르렀다. 공사 팀에 배치해 줄 것을 요구하는 청원이 대위에게 날아들지 않는 날이 없었다. 마리노를 특히 짜증나게 하는 이 편지들은 차례차례 휴지통으로 향했고, 직접 찾아온 대담한 청원자들은 결코 따뜻한 대접을 받지 못했다.

"빌어먹을 건물 같으니라고!" 하며 화가 난 대위는 이따금 중얼거렸다. "원하던 게 이거였나. 파브리치오는 내 부하들을 죄다 망가뜨릴 거야. 해군기지의 군기가 해이해지고 있어……."

그의 눈빛이 어찌나 침통하고 어두웠던지 나는 우스갯소리를 할 수가 없었다. 하지만 마리노는 거기서 멈추었다.

뿐만 아니라 끝내 이상해 보이기까지 하는 세심함을 가지고 자신의 약속을 지켰다. 파브리치오는 전권을 행사했고, 공사에 대해 대위는 그 어떤 지적도 하지 않았다.

어느 날 저녁 우리는 이제 관례가 된 저녁 식사 뒤의 산책에서 돌아오고 있었다. 순시로를 따라가는 이 산책 때마다 이야깃거리로 가득한 파브리치오는 마치 전장의 사령관처럼 다음 날 작업을 우리에게 설명해 주곤 했다. 파브리치오가 나를 한쪽으로 잡아끌었다. 그의 눈이 평소보다 더 반짝이고 있었다.

"마리노는 내게 백지수표를 주었어. 그는 별로 잘한 결정이라고 생각하는 것 같지 않아. 그런 그가 오르세나에 며칠 다녀올 것이거든. 돌아오면 깜짝 놀라게 해줘야겠어."

"우리 모두는 놀라움에 놀라움을 거듭하고 있어, 파브리치오. 자네는 대단해."

"나를 비웃는군. 하지만 이번에는 마리노가 내 성채를 보고 넋을 잃게 만들겠어."

"걱정되는데. 혹시 공중 정원으로 탈바꿈시키려는 건 아니겠지? 간석지로 진수(進水)시키려는 것도 아닐 테고?"

파브리치오는 내 어깨에 손을 얹고 찌푸린 눈으로 성채를 가늠하며 소유하는 듯한, 그리고 모든 것을 잘 아는 듯한 태도를 취했다.

"지금까지의 작업만으로도 꽤 괜찮아. 인정해." 겸손한 어조로 그가 시작했다. "하지만 예술가의 터치가 결여되어 있어. 자네는 내 말을 이해할 수 있을 거야. 성채는 세수를 했다고 할 수 있어. 좋아. 하지만 여전히 오래된 검은 바위일 뿐이야. 자, 이걸 봐."

그는 벽 아래에서 검은 때를 뒤집어쓴 돌 하나를 집어 들었다. 금방 깨진 부분이 수정처럼 찬란히 빛나고 있었다.

"빛나는 멋진 돌이야! ……설탕 조각 같아. 하지만 삼 세기의 때가, 수 세기의 찌꺼기가 그것을 뒤덮고 있어. 이 때를 긁어서 벗겨낼 테야. 때를 제거해 버리겠어. 보름 뒤면 번쩍번쩍 빛나는 성채를 마리노에게 선물할 수 있을 거야. 그거야말로 나의 승리가 될 거야!"

그는 승리를 벌써 맛보는 목소리로 덧붙였다.

"그가 놀랄까……?"

예정보다 길어진 마리노의 부재가 일을 수월하게 했다. 마치 둑이 터진 것 같았다. 너무 오랫동안 억눌려 있던 젊음의 노도에 처음으로 휩쓸린 해군기지는 그야말로 재갈을 물어뜯으며 날뛰었다. 마리노 모르게 하는 이 작업에서 모두가 파브리치오의 공모자였고, 그는 예비 병력을 마음껏 활용했다. 개미집의 흰개미들처럼 해군기지 전체가 벽에 기어올랐다. 마치 어떤 축제를 준비하기라도 하듯 성채는 하루 종일, 그리고 달 밝은 밤이면 해가 진 다음에도 미친 듯한 열기로 들끓었다.

오르세나로부터 우편물 수송차가 마리노를 실어 온 늦은 시각, 사방은 벌써 어두웠다. 대위는 걱정거리가 있는 듯했다. 몇 주 전부터 너무 친밀한 접근을 막는 음울한 생각과 무관심의 그늘은 한층 짙어진 것 같았다. 오르세나에 관해 으레 쏟아지는 관례적인 질문은 점점 더 짧고 성의 없는 대답에 부딪혔고, 나는 행여 파브리치오가 자신이 기대하는 열광을 불러일으키려 하지나 않을까 심각하게 걱정했다. 식사가 끝나기 전에 달이 떠올랐고, 몰래 창문 쪽을 살피던 파브리치오는 마리노가 파이프에 불을 댕기자마자 아무렇지도 않은 듯 저녁 산책에 나서는 작은 무리의 선두에 섰다.

불은 벌써 꺼졌지만 한데 뒤섞인 목소리들이 야영지로부터 고요한 어둠을 가로질러 왔다. 잠든 공터를 우리가 지나감에 따라 그것은 넓게 울려 퍼지는 졸음 겨운 간석지의 숨소리에 조금씩 조금씩 녹아들었다. 지휘부 건물 모퉁이를 돌아섰을 때였다. 우리는 별안간 넋을 잃고 그 자리에 멈추어 섰다. 한번도 본 적이 없는, 그러나 헛된 매복의 하염없는 시간 뒤 표시된 바로 그 자리에 기다림 자체로부터 떠올라 미동도 하지 않는 괴물 같은 어떤 것, 어둠 속에서 오래 품어진 어떤 것이 간석지 가장자리에서 마침내 거대한 밤의 알〔卵〕처럼 부식된 껍질을 뚫고 솟아오른 것 같았다. 성채가 우리 앞에 있었다.

테라스와 상부에 수직으로 내리꽂히는 달빛은 해자와 성벽 아랫부분을 투명한 어둠 속에 빠뜨리며 건물 전체를 지면과 유리되게 하고 가볍게 만들어 부드럽게 위쪽으로 빨아들이는 것처럼 보였다. 그리하여 빛이 흘러넘치는 간석지 가장자리에 닻을 내린 성채는 문득 진수되어 액체 원소 위에 둥둥 떠 있는 것 같았고, 이 원소는 성채로 하여금 풍경의 무기력한 바탕 위로, 정박 중인 배에서나 볼 수 있는 편안함의 가볍고 깊은 떨림으로 살아 숨 쉬게 했다. 이렇듯 꿈같은 부동성 한가운데 있다가 들킨 성채는 무한한 편안함 속에서 부르르 몸을 털었는데, 그것은 마치 밤에 숲 속의 빈터에서 벌어지는 침묵의 유희와도 같았다. 한결 장엄한 손가락으로 가장 높은 정수리를 건드리는 첫눈과 마찬가지로, 비현실적인 흰색은 성채를 신비롭게 축성하고, 달밤을 향해 연기를 내며 오르는 떨리는 가벼운 수증기로 감싸고, 이글대는 숯의 백열(白熱)로 낙인을 찍었다.

"유령 같아." 하고 길어지는 침묵을 깨며 로베르토가 마침내 말했다. "수의를 걸친 유령."

"파브리치오가 섭섭해하겠는데. 차라리 혼례복이라는 게 좋겠어." 하고 지오반니가 맞받았다. 그러나 별안간 침묵이 자리 잡았고, 맑은 밤의 모든 추위가 우리 위로 내려오는 게 느껴졌다.

7 베차노 섬

"자네 앞으로 우편물이 와 있어." 다음 날 아침 사무실에 들어가자 마리노가 퉁명스러운 어조로 내게 말했다. "정청에서 우리 쪽을 신경 쓰는 것 같아."

그가 가장하는 뿌루퉁한 무관심에도 불구하고 그의 목소리에는 불안한 물음 같은 것이 있었다. 그는 내게 봉인된 두 개의 봉투를 내밀었다. 나는 오르세나에서 고급 경찰 업무를 관장하는 보안평의회 소인을 알아보았다. 무엇인가 심각한 일의 조짐이 느껴졌다. 나는 마리노가 내민 인수증에 말없이 서명을 한 뒤 봉투를 열기 위해 혼자가 되기를 기다렸다.

나는 정청에서 사용하는 행정적인 문구에 별로 익숙하지 않았다. 꽤 길고 유별나게 수다스러운 일종의 지침을 읽고 났을 때 내게 든 첫 느낌은 일부가 누락된 고문서를 대하고 있다는 것이었다. 이런 고문서의 수수께끼 같고 집요하게 암시적인 어투는 친숙하되 우리에게는 그 열쇠가 없는 참조 한가운데 그것이 위치한다는 사실에서 온다. 하나하나 떼어놓고 보면 그 문서의 모든 어휘는 명확했다. 하지만 전체의 의미는 모호한 상태로 남아 있었다. 설명하기 힘든 문장 표현들과, 전혀 예상치 않은 지점에서 불필요하게 중첩시키는 신중한 어휘들로 미루어 나는 여기저기 진부해 보이는 몇몇 단어들에 내포된 의미가 문서 작성자와 나에게 반드시 같지만은 않으리라는 사실을 예감했다. 문득 예전에 오를란도가 내게 했던 이야기가 떠올랐다. 우리는 외교법학원에 다니고 있었는데, 당시에 지나치게 낭만적으로 들리던 그 이야기는 오르세나의 '비밀'에 관한 것이었다. 오를란도에 따르면, 수 세기에 걸친 정치적 안정은 오르세나로 하여금 거의 유례없는 경험을 누리게 했는데, 그것은 바로 오랜 기간에 걸친 섬세한 침전이었다. 국가적 대사에 대한 몇몇 가문의 지속적이고도 세습적인 독점은 결국 정체 상태의 사회 최상층부에 끈질긴 화학작용의 결과인 양, 태고의 늪에 다름 아닌 도시의 심층부에서 형성된 휘발성분이 응집되게 했다. 그러나 오를란도의 꽤나 난해한 말에서 나를 놀라게 한 것은, 그 살아 있는 성분의 느린 체화에서 귀족의 권리를 정당화시켜 주는 의식과 힘의 보완물을 보기는커녕 그것을 수상쩍고 위험천만한 행태로 본다는 점이었다. 이를테면 오르세나가 자신의 심오한 요청의 정점에서 취한 날카로운 의식은 드높은 정치적 예지의 정수와 함께 잠재적인 와해의 위험을 축적했다는 것이다. 오를란도에 따르면 오르세나 및 그것의 생명과 미래에 관련되는 근본적인 요소들에 대해 도시의 가장 오래된 가문에 속하는 중요한 인물들(이들은 한결같이 명예로운 고위직에 있지 않고 겉보기에는 낮으나, 정치라는 육중한 기계를 실질적으로 통제하는 자리에 있었다.)이 생각하는 바는 해수면의 맑은 물에 사는 물고기들의 눈에 비친 심해의 세계처럼 마침내 일반 국민들에게 근본적으로 불가해한 것이 되어버리고 말았다. 그는 또 생각이 있는 사람이라면 오르세나라는 생명체의 기관들이 나무의 잎과 뿌리만큼이나 서로 멀어졌다는 사실을 쉽게 알 수 있다고 주장했다. "나뭇잎은 나무의 아름다움이지." 하고 그는 되풀이해서 말하곤 했다. "폭발하고 흘러넘치는 생명의 지출이랄까. 그것은 빛 속에서 호흡하며 가장 미세한 바람의 결조차 알고 있어. 그것은 매 순간 빛과 공기로부터 받는 섬세한 느낌에 따라 줄기의 성장을 방향 짓지. 그러나 더 깊은 차원에 자리 잡는 나무의 진실은 아마도 뿌리의 맹목적 흡수와 그것의 영양 풍부한 어둠 속에 있다고 보아야 할 거야. 오르세나는 매우 거대하고 늙은 나무야. 그는 긴긴 뿌리들을 내렸어. 어째서 시르트 지방에서는 나무가 자라지 못하는지 알아? 거기에서는 봄이 3월부터 마치 돌풍처럼 폭발해. 해빙은 거칠기 이를 데 없지. 폭동이 일어난 듯한 들판 위로 신록은 마치 깃발처럼 펼쳐지며, 젖을 빠는 젖먹이같이 수액을 빨아들여. 하지만 해빙은 땅속 깊은 데까지 미치지 못하는지라 뿌리는 여전히 얼음 속에 잠자고, 그 결과 맥관이 터져버린 까닭에 나무는 꽃이 피어오르는 초원 한가운데에서 죽게 되는 거야. 나로서는 너무 힘을 쓰지 않는 게 좋을 때 찾아온 오르세나의 이 지나치게 푸릇푸릇한 노년을, 그리고 그가 넉넉히 조는 걸 방해하는 그 안의 모든 것을 좋아하지 않는다네." 우리의 마지막 대화 가운데 하나에서 그는 모험심 강하고 위험할 정도로 냉철한 정신을 소유한 당파가 오르세나를 장악했다는 사실을 집요하게 암시했다. 그는 또 이 당파가 최근의 상원 의원 임명을 통해 일반 국민이 알지 못하는 사이에 권력을 굳혔고, 자신이 보기에 이는 명백히 불안한 방식으로 진행되었다는 점을 강조했다. "마치," 하고 그는 덧붙였다. "그림자 하나가 도시를 뒤덮듯 말이야." 현명한 관찰자의 눈에 오르세나의 균형의 뿌리 깊은 변화를 뜻하는 알도브란디 옹의 복권은 나로 하여금 오를란도의 음울한 견해를 좀 더 주의 깊게 받아들이도록 만들었다. 기이한 것은 알도브란디 옹이 유발할 것으로 의당 기대되는 정치적 격동이 부재한다는 사실이었다. 이 부재는 그의 복권이 권력의 모든 단계에서 전제하는 이런저런 공모들이 오랜 시간에 걸쳐 준비되었으며 기막힌 솜씨로 다루어지고 있음을 뜻했다. 오를란도의 충고는 이렇게 소리 없이 나에게 다가왔고, 나는 이제 복잡한 흔적들이 엇갈리는 지점에 이른 사냥꾼의 열기를 느끼며 문서에 대해 질문했다. 나는 나에게 제시된 행동 지침을 명확히 하려고 애쓰기보다, 아마도 내 안에서 일깨우기를 희망하는 동감이 혼란스러운 반영처럼 흔들리도록 내버려두었다.

오르세나에서 태고의 어둠까지 ── 필경 각각의 문서에 대해 사본을 만들어 보존하는 절차가 미처 시행되지 않던 무렵까지—거슬러 올라가는 관례에 따라 문서는 내 보고서가 정리한 사항들을 자세히 요약하면서 시작하고 있었다. 이어서 내게 통고된 지침이 세 가지로 정리되어 있었는데, 문서는 이 세 가지 사항을 철저히 구분해 줄 것을 요구하고 있었다.

소문의 기원과 관련하여, 지침은 공허한 문구를 유별나게 많이 동원하면서 모호한 태도를 견지했다. 생각해 보면 이는 놀라운 일이 아닐 수 없었다. 그 진원지가 밝혀지는 것은 분명 '매우 바람직하다'고 지침은 천명하고 있었다. 하지만 그 결과가 실망스러울 것이 벌써부터 뻔할뿐더러 그 대상이 한마디로 미천할 수밖에 없는 진부한 경찰 수사의 세부적인 부분에 간여하는 것은 해군기지에서 내가 수행하는 기능에 위배된다고(이 부분에서 글쓰기는 마치 모래 속으로 빠져 들어가듯 완곡어법과 경어법의 미로 속으로 들어갔다.) 지침은 지적했다. 어지러운 그림 같은 이 산문에서 풍겨 나오는 느낌, 정확히 가늠하기 어려운 전체적인 의미보다 그것이 웅변적으로 표현하는 매끈하고 치밀한 권태에 기인하는 느낌에 따르면, 글을 쓴 사람은 예의 명확한 주제와 관련하여 나에게 어떤 방향을 제시해 주기보다 순전히 형식적인 암시를 통해 무엇인가 누락할 위험으로부터 스스로를 보호하는 데 골몰하는 듯했다. 그는 이런저런 이유를 들어가면서, 이 부분에서만큼은 '통상적 절차'를 지키지 않는 것이 오히려 현명하다고, 천천히 서두르는 편이 더 신중하다고 예의를 다하여 암시하고 있었다.

문서 작성자의 관심은 소문이 얼마만큼이나 사실인지에

쏠려 있는 듯했다. 이 대목에서 나는 내가 작성한 보고서와 그 모호한 문서 사이에 미묘한 시각 차이가 있다는 사실을 처음으로 깨달았다. 나는 그토록 과장된 이야기가 어떤 사실성을 지닐 수 있다는 생각을 심각하게 받아들여 본 적이 없었다. 혹은 그런 생각을 나는 애초부터 정청에서 내 신용이 떨어질 수 있는 실수로 간주하고 스스로 억눌렀는지도 모르겠다. 그런데 놀랍게도 내 보고서의 내용 가운데 정청의 기분을 거스른 것은 내가 짐짓 꾸며낸 회의적인 태도, 바로 그것이었다. 문제의 소문을 기댈 수 있는 하나의 확고한 자료로 간주하며 별다른 확인 없이 그것에 근거와 미래를 부여하는 조급한 태도에서 나는 오랫동안 금지되어 온 어떤 새로운 국면으로 접어들고자 하는, 그리고 거기에 원경 또는 피안을 상정하고자 하는 의지를 보는 것 같았다. 그 원경과 피안의 가능성은 내게 미묘하고 주의 깊게 제시되고 있었다. 문서 작성자는 문득 움직이는 문을, 열리기를 오랫동안 은밀히 기다려온 문을 내가 너무 빨리 닫아버리지나 않을까 특히 걱정하는 듯했다. "정청은," 하며 이 점과 관련하여 지침은 결론을 맺었다. "이 핵심적인 사안을 규명하기 위해 귀관이 기울일 노력에 커다란 관심을 갖고 있습니다. 시르트 해상에서의 항해와 관련하여 극도로 엄격하게 적용되고 있는 규정(현재와는 다른 정황에서 기안된 이 규정은 해상에서의 위험한 충돌을 피하려는 즉각적인 필요에 근거하거니와, 그것이 염두에 두지 않은 정확한 정보의 필요성은 시간이 지나면서 점점 더 중요해졌고 때로는 그것을 완화하는 것이 요망되기도 했습니다.)이 혹여 귀관의 조사를 어렵게 하고 불완전하게 만들 수도 있을 테지만, 귀관에게 명시된 권한에 걸맞은 규모와 정확함을 조사에 부여하는 것은 전적으로 귀관의 지혜와 열성에 달려 있다고 봅니다."

성채의 방어 시설 보수와 관련하여 (여기서 나는 눈을 크게 떴다. 해군기지에서 잠시라도 군사적 조처가 문제된 적은 없었다는 점 이외에 내 보고서는 로베르토의 제안 이전에 작성된 까닭에 성채에 대해서는 침묵할 수밖에 없었기 때문이다. 이 점에 대해 공문은 첨부한 서류를 참조할 것을 권하고 있었다.) 정청은 이토록 중요한 조처를 간접적으로밖에 인지할 수 없었다는 사실에 놀라움을 금할 수 없습니다. 이 사안에 대해 정청의 의견을 구하지 않았다는 사실은 매우 유감스러운 일이며, 아래에 붙인 서류를 통해 드러나는 이유들 때문에 그 조처를 재고한다는 것은 더욱 위중하다 하겠습니다. 이 결정이 현장에서 안보에 대한 정당한 배려에 따라 취해졌으며 그것이 종국적으로는 상황의 필요에 부응한다는 사실을 정청은 전적으로 인정하는 바이지만, 차제에 국가정책 전반에 관련되는 그런 중대한 결정이 가장 짧은 시일 내에 정청에 보고됨이 없이 취해지지 않기를 바라마지않습니다."

공식적인 지침은 거기서 끝나고 있었다. 그것은 나를 오래도록 생각하게 만들고 또 놀라게 했다. 하지만 이제 누군가 자신의 이름으로 말을 시작하고 있었다. 해독할 수 없는 그의 서명이 종이 아래쪽에 새겨져 있었다. 한번도 들어본 적은 없으나 충만한 울림과 고풍스럽게 부드러운 힘을 통해 기이한 방식으로 식별되는 듯한 목소리가 나를 한쪽으로 잡아끌었다. 그 목소리는 이제 공식적인 문구들을 뚫고 홀로 솟아오르고 있었다. 실망스러운 말의 물결보다 어떤 음색의 거의 최면적인 깊은 암시로 내 귀를 이끄는 것이 무엇보다 중요한 것처럼 말이다.

"내가 기쁘게 생각하는 것은," 하고 목소리는 말했다. "귀관이 작성한 보고서의 명쾌함에 더하여, 귀관에게는 그 중요성에 대한 정확한 평가가 어려울 수밖에 없는 사안을 보안평의회에 주저 없이 보고함으로써 매우 훌륭한 판단력을 보여주었다는 점입니다. 하지만 이제 본인으로서는 귀관에게 어떤 경박함을 경계하도록 요청해야겠습니다. 이 경박함과 관련하여 나는 아쉽게도 몇 가지를 지적해야 하는바 귀관의 젊은 나이는 그것을 정당화시켜 주지 못합니다. 이제 귀관에게 비밀리에 상기하건대 정청 집행부와의 완전한 사유의 소통을 전제로 하는 감찰장교의 직분은 귀관에게 언제나 정청의 눈으로 바라볼 것, 그리고 여론의 시사에 대해 각별한 거리를 취할 것을 요구합니다. 누구에게나 — 일정한 한도 내에서 — 말하는 것이 허용됩니다. 그러나 아는 것은 일부에게 제한되어 있습니다. 특정 외국 세력에 대한 정청의 공식적인 적대 관계는 세월과 함께 국민들의 의식 속에서 실종되어 끝내 농담이나 조롱거리가 되기에 이르렀습니다. 그러나 귀관은 한번도 존재하기를 그치지 않은 무서운 진리를 상기하고, 어떤 상황에서건 그것이 요구하는 것을 감당할 수 있어야 합니다. 이 진리는 귀관을 통해, 그리고 그것의 유일한 담지자(擔持者)로 남아 있는 몇몇 사람을 통해 존속됩니다. 환멸스러운 상황에서는 오로지 그들만이 국가를 체현(體現)한다고 주장할 수 있거니와 국가가 명철한 봉사 가운데 살아남는 것은 그들에게, 그리고 귀관에게 달려 있습니다. 오르세나의 표어를 성찰해 보길 권합니다. 이는 정청에 영광을 가져다준 이들이 피력했던 견해인데, 국가는 어떤 감추어진 진실과의 뿌리 깊은 접촉을 통해 살아남는바, 세대의 연속만이 담보할 수 있는 이 진실은 상기하기 어려울뿐더러 살아내기 위험하고, 그런 만큼 일반 국민들은 망각하기 쉽습니다. 선각자들은 이 진리를 동맹 협약이라 명명하면서 도시가 한시적인 위험이나 재난에 처한다 해도 선택받은 영원한 도시의 가시적인 현현으로 자신들이 빛나는 모든 상황을 기뻐했습니다. 상황에 따라 언젠가 귀관 또한 도시가 죽기 전에는 결코 파기할 수 없는 이 협약을 담지하는 경우가 발생할 수 있습니다. 오르세나가 귀관에게 기대하는 것은 귀관이 시르트 지방에서 위험에 대한 오르세나의 의식 자체가 되는 것입니다. 그렇지 못할 경우 귀관은 해임될 것입니다."

첨부한 서류는 벨센차의 보고서였다. 그 역시 침묵으로부터 벗어나기로 작정한 모양이었다. 온 마렘마가 매일 오페라글라스를 들이대는 성채(성채의 육중한 몸집은 평평한 모래톱 위로 아주 멀리서도 보였다.)의 '방어 시설 보수'(그토록 멀리 떨어진 곳에 있는 사람의 말만으로 서둘러 기정사실화 해버리는 조급함이 약간 의아하다는 생각이 언뜻 뇌리를 스쳤다.)는 민심을 어지럽히는 소문을 승인하면서 도시를 들끓게 하는 열기의 온도를 눈에 띄게 높인 듯했다. 오죽하면 벨센차가 겁을 집어먹었을까. 그는 심지어(그의 소심하고도 완곡한 표현이 그렇게 생각하게 했다.) 공공장소에서 도가 지나치게 떠들어대는 몇 명을 조용히 잡아들인 것 같았다. 극도의 주저와 신중 속에서 작성된 보고서는 사태를 바라보는 벨센차의 망설임을 잘 드러내고 있었다. 직무 유기에 대한 비난을 피하기 위해 공황의 확산을 막기로 작정했음을 알리는 한편, 성채의 '보수'가 정말로 심각한 사건의 전조라고 말함으로써 혹시라도 강성(强性)으로 비치지나 않을까 불안해하는 듯했다.

벨센차의 노트를 훑어본 나는 번역할 텍스트처럼 주의 깊고 세심하게 보안평의회의 지침을 처음부터 끝까지 다시 한 번 읽었다. 나는 깊은 곤혹감을 느끼며 문서를 책상 위에 놓았다. 바다로 미끄러지는 용골의 감지되지 않는 맨 처음 떨림처럼, 차마 믿지 못하는 내 눈 아래에서 무엇인가 움직이는 것만 같았다. 내 뒤에서 시선 하나가 일어서고 있었다. 땅에 완고하게 고정되어 있는 것으로 여겨졌던 그것은 수평선으로 향하며 나의 시야를 바꾸었다. 돛대에서 떨어지는 파수꾼의 장엄한 목소리처럼 내 안의 예감은 그 시선과 더불어 "육지다!"를 외치며 진작부터 나를 매혹하고 있던 환영에 형태와 일관성을 부여했다.

모터 소리가 잠든 오후를 깨웠다. 열린 유리창의 반영이 내 문 앞에 조용히 멈추어 서는 마렘마의 차를 보여주었다. 내게 온 편지가 있었다. 다음 날 아침 일찍 와달라는 바네사의 부탁이었다. 알도브란디 궁전에서는 많은 것을 알고 있는 듯했다. 마리노는 르두타블과 함께 이틀 예정으로 해군기지를 떠났다. 그는 해면 밀집 지역을 순회하며 경비 병력을 교대시킬 예정이었다. 이는 보란 듯이 나를 편하게 해주는 처사인지라 나는 불쾌함마저 느꼈다. 일을 틀어쥐는 바네사 특유의 방식 또한 마음에 들지 않았다. 그녀가 마리노를 오쟁이 진 남편처럼 속이고 있다는 생각을 뿌리칠 수 없었고, 그를 대신하여 모멸감을 느끼지 않을 수 없었다. 나를 끌어들이려 애쓰는 그녀의 밀담(蜜談)은 나를 본능적으로 대위 편으로 기울게 했다. 그녀가 자신의 요청과 호불호(好不好)를 조금도 거리낌 없이 드러내는 그 순간만큼 내가 마리노에 대해 강렬한 우애를 느낀 적은 결코 없었다.

추운 새벽 마렘마를 향해 차를 타고 가면서 나는 첫 번째 시르트 여행 당시 맛보았던 순수한 기다림의 매력을 되찾았다. 바네사가 그토록 커다란 신비로 감싸는 그 출정이 나를 어디로 이끌지 구태여 짐작하려 애쓰지 않았다. 해가 떠오르는 가운데 시르트 지방 새들의 구슬픈 노랫소리가 그곳의 나날처럼 둔탁하고 단조롭게 솟아올랐다가는 경계 없는 공간 위로 마치 모래처럼 흩어졌다. 아침이면 늘 안개로 축축한 회색 평원의 고요는 폭풍우 말미에 기진맥진하게 끌리는 나른한 여름 새벽과도 흡사했다. 이따금 나는 내 뒤의 성채를 보기 위해 고개를 돌렸다. 그것은 안개를 피륙처럼 두른 채 해골 같은 납빛을 띠고 있었다. 내 앞 먼 곳에서는 석호의 수은 빛 반영이 수평선 위의 검고 들쭉날쭉한 가는 선을 물어뜯고 있었다. 벌써 무겁게 느껴지는 그 아침, 동요하는 내 삶의 두 극점은 안개의 베일 아래에서 미묘한 전기로 충전되는 것 같았다. 벨센차의 보고서가 한층 더 호소력 있게 머리에 떠올랐다. 나는 바다 위로 길게 누운 석호의 어두운 가두리에 시선을 고정했다. 강력하고도 묵직하게 발산되는 내음이 잠든 바람에 간헐적으로 실려 왔다. 언덕 위에서 먼 도시의 연기를 내려다볼 때처럼, 나도 모르는 사이에 나는 폭풍우 몰아치는 저녁 늪처럼 웅크린 도시가 기억 속에 만들어내는 낮고도 집요한 웅얼거림에 귀를 기울였다. 무거운 대기에 양분을 공급하며 안개로 이루어진 고치를 희미하게 고동치게 하는 그 웅얼거림은 포근하게 감싼 심장처럼 안개 뒤에서 박동하고 있었다.

석호의 춤추는 반영을 향해 커다란 문들을 활짝 열어젖힌 궁전은 완전히 잠든 것처럼 보였다. 내 부름에 아무도 대답하지 않았다. 확신 없이 주저하며 나는 낯설고 헐벗은 방들이 기묘하게 늘어선 복도를 나아갔다. 얼음처럼 차가운 무관심의 기운이 궁륭에서 떨어져 내렸다. 갑작스레 나쁜 기분이 밀려오는 게 느껴졌다. 무엇을 할지 모르는 나는 이 방 저 방을 천천히 돌아다니며 박물관 관람객처럼 천장과 벽화의 얼어붙은 사라반드*를 향해 무료한 눈길을 들어 올렸다. 그러다가 나는 다리와 헐벗은 정원을 연달아 보여주는 외딴 회랑으로 접어들게 되었다. 정원은 고인 물

* 무용에서는 12세기 스페인에서 시작된 활발하고 선정적인 춤을, 음악에서는 17세기에 유행한 3박자의 우아한 무곡을 가리킨다. 여기서는 물론 현란한 춤을 의미한다.

줄기를 사이에 두고 궁전과 연결되어 있었고, 나는 문득 건너편 지붕 덮인 산책로에 바네사가 서 있는 것을 보았다.

분명히 그녀는 혼자인 줄 알고 있었다. 방금 목욕을 마친 그녀는 선원들이 입는 헐렁한 바지에, 벗은 팔을 드러낸 짧은 브이넥 윗도리만을 걸친 차림이었다. 그녀는 축축한 머리를 비틀어댔다. 두 팔오금에서는 갈색 머리채가, 젖가슴 사이에서는 어두운 주름이 움직였다. 그녀는 입에 머리핀들을 물고 있었고, 이는 팽팽히 긴장된 얼굴에 돌연한 유년의 물결이 흘러 넘치게 했다. 모호한 순진함과 초등학생 같은 편집광적인 전념 속에서 자신이 하는 일에 그토록 생경하게 스스로를 내맡긴 그 입은 갈구하고 있었다. 혹은 잡아채는 단 하나의 맹목적인 동작 속에 모든 것을 집중하는 육식성 꽃의 강렬함으로 살아 있었다.

순수한 동물성의 혼란스러운 자태에 문득 자신을 내맡긴 이 낯선 여인 앞에서 나는 가슴이 뛰는 것을 느끼며 잠자코 숨을 죽였다. 손가락은 유연한 머리 다발 속에 지체하며 구부러졌고, 머리를 뒤로 젖히는 순간 목덜미는 별안간 창백한 소나기로 변하며 젖가슴은 비수 손잡이 둘레에서처럼 부드럽게 뒤틀렸다. 그녀는 마치 뜨거운 불꽃 위에 맴도는 공기의 떨림 같았다. 처음으로 바네사는 육체적인 존재가 되었다. 열에 들뜬 내 상념의 썰물로부터 그녀는 발과 손바닥을 위해 만들어진 모래사장처럼, 채찍질하듯 쏟아지는 머리 다발 아래 부드러워지는 대지처럼 단단하고 유연하게 솟아올랐다.

나는 유리문을 두드렸다. 바네사는 나를 알아보고 작은

다리를 건너 내게로 왔다.

"하인들을 모두 휴가 보냈어. 궁전은 텅 비었지. 오늘 하루는 우리 둘뿐이야. 자기를 납치할 거야."

"바다로 가는 것 같은데."

"응, 아주 멀리. 하루가 꼬박 소요될 거야. 우리는 베차노로 가."

그 이름은 내 속에 아주 가까운 기억을 되살아나게 했고, 나는 호기심을 느꼈다. 내가 해도실에서 그토록 자주 머릿속으로 항해했던 푸른 바탕의 종이 위에 외따로 찍힌 검은 점의 이미지가 떠올랐다. 베차노는 작은 섬에 불과했다. 내가 해군기지에서 뒤적인 항해 규정은 그것에 대해 짧은 언급으로 만족하고 있었다. 특히 깎아지른 듯한 해변과, 절반쯤 물에 잠긴 간석지 모래톱 맞은편에 드리워진 절벽의 기이함을 강조했는데, 이는 남부 지방 겨울의 돌풍에 기습당한 배들에게 피난처를 제공해 주었다. 인근 해역에서 해적들이 극성을 부리던 시절, 베차노는 바다의 도적들에게 선적항과 무기 창고 역할을 해주었다. 바람이 들지 않는 내포(內浦) 이외에도 섬을 여기저기 관통하는 넓은 동굴들을 지닌 데다가, 대륙이 가까워 밤이면 간단한 거룻배만으로도 물건을 해변까지 실어 나를 수 있는 까닭에 베차노는 해적들에게 인기가 높았다. 그러나 얼룩진 피와 야만적인 부의 과거는 나의 관심을 끌지 못했다. 지도 위에 찍힌 그 검은 점에는 별의 가장 빛나는 부분에 결부되는 것 이상의 기억이나 풍경이 결부되지 않았다. 그것은 나의 별들 가운데 하나였다. 내 별자리의 빛나는 점이었다. 라게스를 기준으로 컴퍼스를 돌리면 베차노는 오르세나 영토의 모든 점 가운데 가장 작은 원에 들어갔다.

태양이 석호 위를 비출 때 우리는 궁전을 떠났다. 화창한 날씨가 약속된 날이었다. 바람이 헐렁한 옷 속을 사람의 손처럼 관능적으로 파고들었다. 궁전을 떠나기에 앞서 바네사는 나에게 그녀처럼 선원용 윗도리와 바지를 입을 것을 요구했다.

"사람들이 배 위의 자기를 알아보지 못하는 게 좋아. 왜 그런지 알게 될 거야. 게다가 더 편하잖아." 내 벗은 발에서 눈을 돌리며 그녀가 약간 어색한 목소리로 덧붙였다.

그런 옷 속에서 바네사와 마찬가지로 자유로운 사지를 느끼는 것은 나와 바네사를 약혼(約婚)시키며 마치 잠옷처럼 우리를 가까워지게 했다. 나는 바람이 그녀와 나의 살갗 위를 미끄러지면서 그녀의 숨결을 내 입에 포개듯 우리를 결합시키는 것을 느꼈다. 우리는 얌전히 마주 앉아 아무 말도 하지 않고 미소 지으며 서로를 바라보았다. 우리는 초등학생의 것 같은 이 가출이, 그녀의 머리를 흐트러뜨리는 장난스러운 바람이 행복했다. 새로운 옷차림은 작은 내밀한 몸짓들에 핑계를 제공했다. 그것은 나를 곤혹스럽게 하고 말을 입술 위에서 얼어붙게 만들었다. 그만큼 나는 수축된 목소리가 내 감정을 드러내지나 않을까 두려워했다. 내 목을 가볍게 애무하는 그녀의 손가락이 불에 덴 상처처럼 화끈거렸다. 갑자기 배가 흔들리며 내 발 위에 그녀의 발이 포개졌다. 그녀는 다소 급한 웃음을 터뜨리며 뜨거운 팔로 내 허리를 감았다. 나는 무슨 말이고 할 수 있는 상태가 아니었다. 다만 축축한 뱃전 위에서 그 차가운 벗은 발에 내 발을 밀착시킬 따름이었다. 그녀의 팔이 잠시 내 둘레에 지체했고, 나는 그녀의 머리칼에서 유년과 숲의 냄새를 맡았다. 그 순간 나는 더 이상 그녀를 욕망하지 않고 있었다. 단지 거친 날갯짓으로 우리의 뺨을 때리는 건강한 바람을, 신뢰의 어둠 속에서 무수한 팔을 벌리는, 그리고 부드러운 온기 위로 그 팔이 닫힐 것을 믿어 의심치 않는 다정함만을 느낄 뿐이었다.

배는 이제 간석지 수로를 미끄러지며 우리를 난바다로 데려갔다. 그 순간 아무것도—심지어 그 작은 거룻배를 타고 베차노까지 가는 것조차—나를 놀라게 할 수 없었다. 내가 바네사를 향해 돌아서면서 어찌나 결연하고 또 어찌나 우스꽝스럽게 의아한 표정을 지었던지 바네사는 그만 폭소를 터뜨리고 말았다. 그 웃음은 첫날 밤 방파제 옆에서 그녀가 터뜨렸던 바로 그 웃음이었다.

"알다시피 베차노는 좀 멀어, 알도. 더 큰 배가 우리를 기다리고 있어."

그녀는 망설임 때문에 약간 딱딱해진 불안한 목소리로 덧붙였다.

"……저 배를 알아보겠어?"

나는 그 배를 잘 알고 있었다. 난바다 쪽 모래톱에 정박해 있는 그 실루엣은 이물을 이쪽으로 돌리고 있는 까닭에 날씬해 보일 뿐 아니라 반짝이는 바다와 태양 빛 속에 오그라들어 있었다. 그것은 바로 사그라에서 보았던 의문의 배였다.

"일러둘 게 있는데, 알도. 배를 등록하는 걸 깜빡했어. 비난받아 마땅한 일이지, 안 그래? 그래도 너무 까다롭게 굴지 않고 이 불법 선박을 타줄 거지?"

그녀의 진지한 목소리에 의도하지 않은 거만한 억양이 스쳐 지나갔다. 그녀의 민망스러운 눈이 다른 쪽을 향했다. 하지만 나는 그 눈의 독촉과 공격적인 난폭함을 놓치지 않았다. 나는 포로로 배에 오를 것이었다. 그 순간 나는 무엇인가 결정되려 한다는 사실을 느끼며 바네사의 눈을 찾았다. 그것은 이제 내 위에서 별처럼 고정된 채 빛나고 있었다. 그것은 나를 가로지르며 내가 알지 못하는 먼 곳을 향했다. 그 순간 바네사는 나를 바라보지도 않았다. 그녀는 아무 말 없이 묵직한 밤의 무게처럼 팽팽히 긴장한 채 내게 몸을 기대고 있었다. 스웨터 아래 아무것도 걸치지 않은 단단한 젖가슴은 냉기로 인해 한껏 줄을 당긴 돛처럼 팽팽했다. 내 눈은 젖가슴이 막 생겨나는 지점으로 미끄러졌다. 그러나 무례한 숨결이 젖가슴을 들어 올렸고, 일종의 구름 같은 것이 모든 것을 어지럽혔다. 나는 아무 말 없이 고개를 숙였다. 입이 말랐다. 손바닥이 축축해지는 게 느껴졌다.

"이리 와." 그녀가 짤막한 목소리로 말했다. 나는 자리에서 일어나 그녀를 따라갔다.

이 항해에 대해 내가 간직하고 있는 것은 어떤 충만한 날의 기억이다. 이런 날에는 우리 안에 살아 있는 기쁨의 뜨거운 불꽃이 온갖 것을 평온하게 삼키고 요약하면서, 마치 거대한 렌즈의 중심에 위치한 것처럼 하늘과 바다의 유일한 투명함으로 타오른다. 햇볕과 함께 안개는 사라져버렸다. 감미로운 대지의 발한(發汗)처럼 여겨지는 늦가을의 고요한 호박색 온기는 한여름의 열기에 비하면 베어 무는 과일의 뜨거운 피부에 견준 미지근한 살이었다. 시르트 해는 까슬까슬하고 춤추는 듯한 파도로 도처에 이는 거품 소용돌이를 부수고 있었다. 무리를 이룬 우리 주위의 바닷새들은 끊임없이 모양을 바꾸는 드넓고 다채로운 평원 위를 쉴 새 없이 뛰놀며 날아올랐다. 바다는 평온한 저녁의 갈아놓은 대지와도 같았다. 우리 둘레의 모든 것이 개화하는 깃털의 낙원을 향해 부드럽게 부풀며 날아올랐다. 쉰 울음소리들이 갈매기의 길고 둔탁한 날갯짓에 점을 찍었고, 떨어져 나온 보드라운 깃털이 거품 위를 떠돌았다. 바람의 깃이 얼굴을 두드리고, 배를 들어 올리는 물결이 백조의 등처럼 미끄러지듯 사라졌다.

방수포와 밧줄 뭉치와 승강구를 가린 낮은 칸막이에 의해 분리된 배의 앞부분은 사방이 바다를 향해 열린 좁은 은신처를 이루고 있었다. 우리는 그곳에 방석을 가져다 놓았다. 바네사 옆에 길게 누운 나는 손가락으로 맥박이 부드럽게 뛰는 그녀의 팔오금을 어루만지며, 배의 말 없는 요동에 따라 내 머리 위에 일렁이는 거대한 구름의 항해를 눈으로 좇았다. 배에 오르는 순간 나를 사로잡았던 짧지만 커다란 불안은 멀리 사라졌다. 모든 것이 완성되고, 모든 것이 아무런 서두름 없이 우애 어린 피의 박동에 맞추어 배열되고 작동하는 것 같았다. 바네사는 풀어진 듯 행복해 보였다. 내가 그녀의 차가운 손바닥에 입술을 댔을 때, 그녀의 손은 잠든 무게를 다해 내 입에 밀착해 왔다. 그 잘린 듯한 손의 구부러진 죽은 손가락들은 내 눈꺼풀을 덮으며 그녀의 하늘을 향해 내 눈을 열었다. 베차노라는 불안한 이름이 바람에 실려 사막이나 설원을 지나는 종소리처럼 내 안에서 윙윙댔다. 그것은 우리의 만남이자 결합이었다. 그 부름에 우리가 누운 가벼운 널빤지들은 파도 위로 날아오르고, 이물을 향해 다가오는 수평선은 신비롭게 방향을 잡으며 고랑을 파는 것처럼 보였다.

아주 하얀 절벽이 반짝이는 먼 바다에서 떨어져 나오며 문득 베차노가 의아하리만치 가깝게 여겨졌다. 그것은 일종의 빙산처럼 생긴 것으로서 도처에 구멍이 뚫렸고 커다랗게 무너져 내린 부분으로는 파도가 들이쳤다. 바다에서 수직으로 솟아오른 그 바위 덩어리는 찬란히 빛나는 흰 갑주(甲冑) 때문에 거의 비현실적인 양상을 띠었다. 섬 상단을 덮으며 협곡들 속으로 지그재그 흘러드는 얇은 풀밭 띠만 아니었다면 그것은 모든 돛을 활짝 펼친 범선처럼 가벼워 보였으리라. 눈 같은 반영은 흰 절벽을 은빛으로 물들이는가 하면 화창한 날에 으레 있기 마련인 가벼운 망사 같은 안개 속에 그것을 녹였다. 우리는 아직도 오래 항해해야 했고, 마침내 고요한 바다에서 허물어져 내리는 이 빠진 망루가 솟아오르는 것을 보았다. 더러운 회색빛을 띤 그것은 파도 위 까마득한 높이에 찌푸린 듯한 코니스*를 이고 있었다. 바닷새의 빽빽한 구름은 화살처럼 솟구쳤다

* 벽이나 기둥 꼭대기에 얹힌 수평 돌출부.

가 무른 소용돌이 모양으로 바위 위에 떨어져 내리며, 그것을 깃털 달린 간헐온천처럼 숨 쉬게 했다. 잘린 목에서 나는 것과 흡사한 그 울음은 바람을 면도칼처럼 날카롭게 벼리면서 절벽의 단단한 메아리 속으로 길게 울려 퍼졌다. 그것은 섬을 심술궂고 악의 가득한 고독 속에 빠뜨리는 한편 그곳에 난공불락의 절벽보다 더 높은 담을 둘러쳤다.

바다 위로 일시적 평온과 지하실의 냉기를 감돌게 하는 가파른 절벽 아래 배가 정박했다. 바다에 보트가 내려졌다. 바네사는 그것에 옮겨 타자는 신호를 했다.

"보트로 가고 싶어 하지 않았어?" 그녀가 애매한 미소를 띤 채 변명처럼 내 귀에 속삭였다. "화내지 마, 선장님. 아무도 이곳에 오지 않고, 육지에 어떻게 접근해야 하는지도 모르니까. 다만 물에 빠지지 않게만 해줘."

나는 빠른 속도로 노를 저어 보트가 나아가게 했다. 등골을 얼어붙게 만드는 그늘 속으로 들어감에 따라 섬의 고독과 적의가 내 안에 파고드는 것을 억누를 길이 없었다. 나는 음산한 시테라*로 바네사를 데려가고 있었다. 섬을 뒤덮으며 유령 같은 그림자에 냉기가 감돌게 하는 바닷새들의 야성적이고 황량한 울음소리, 해골 같은 회색빛을 띤 헐벗은 바위들, 그리고 음산한 과거의 기억은 축제의 바다 위로 예기치 않은 먹구름을 드리웠다. 바위틈 아주 높은 곳에 둥지를 튼 새들마저 겁을 집어먹게 만드는 미끄러운

* 그리스 반도 남쪽의 작은 섬으로 신화에 따르면 그곳의 바다에서 사랑의 여신 아프로디테가 탄생했다고 한다.

벽을 따라 우리는 마치 성당의 궁륭 아래를 가듯 말없이 꽤 오랫동안 미끄러졌다. 그 놀라운 벽에는 아무런 틈도 열려 있지 않은 듯했다. 문득 절벽에 부딪치며 가볍게 찰랑이는 파도 소리에 맑은 물소리가 섞였고, 동시에 우리는 작은 만으로 밀려 들어갔다. 그것의 폭은 겨우 몇 미터밖에 안 되었지만, 어찌나 깊은지 고원의 바위 덩어리에 난 톱자국처럼 보였다. 만 안쪽에 이르자 협곡은 넓어지고, 작은 시내 하나가 졸졸거리며 자갈 위로 흘러내렸다.

우리는 자갈밭으로 뛰어내렸다. 바위의 내장 속에 열린 협곡은 매우 어두웠다. 액체성의 투명하고 어스름한 빛이 시냇물 소리를 거르고 있었다. 파도의 웅얼거림이 억눌린 구김 소리처럼 전해져 왔다. 우리 위에 열린 아주 맑은 하늘은 어두운 청색으로 바뀌고 있었다. 빛이 빨려드는 협곡 쪽으로 외딴 나무 한 그루가 우리 머리 위 아주 높은 곳에서 햇빛에 푹 담근 실루엣을 드러내며, 어서 위로 올라오라고 손짓하는 듯했다. 협곡의 어슴푸레한 빛과 내밀한 침묵은 전혀 예기치 못한 것이어서 우리는 한동안 아무 말도 하지 않았다. 우리는 다만 약간의 어색함을 느끼면서 금지된 지하실에 들어온 아이들처럼 서로를 바라보고 웃을 뿐이었다. 하지만 그 닫힌 납골당에 숨겨진 비밀이 어찌나 공모(共謀)적인 것이었던지, 닫히는 덫 앞에서 본의 아닌 불안을 느낀 바네사는 도망치듯 비틀거리며 자갈밭 위로 불분명한 걸음을 몇 발짝 떼어놓았다. 나는 너무나도 급박하고 마치 풀어헤쳐진 듯한 그녀의 숨소리를 느꼈다. 나를 감미롭게 관통하는 그 약함의 고백 앞에서 거친 피가 약동하는 것을 느낀 나는 그녀의 뒤쪽에서 겨드랑이 사이로 팔을 두르고는 내 어깨 위로 그녀의 얼굴을 젖혔다. 순식간에 그녀는 사방으로 흩어지며 무거워졌다. 풀어진 채 내 입 위로 전복된 그녀는 이제 뜨겁고 물렁물렁한 하나의 무게에 불과할 뿐이었다.

망각과 수면의 그 우물 속에서 우리는 오랜 시간을 보냈음이 분명했다. 하나가 된 우리 머리 위의 바위 협곡은 매우 좁고 그것을 통해 보이는 하늘은 몹시 멀고 고요한 까닭에, 또 그림자들의 유희가 없는 까닭에 시간의 흐름은 우리에게 전해지지 않았다. 우리는 마치 깊은 물속처럼 그림자가 내려와 묽어지는 납골당의 빛 속에서 와상(臥像)의 안락함을 느끼며 온몸의 무게로 누워 있었다. 우리 주위의 가벼운 소리들, 예컨대 자갈 위의 맑은 물소리, 그리고 바위틈으로 밀물이 차오르며 내는 감지될 듯 말 듯한 핥는 소리와 미세한 꾸르륵거림은 정지된 듯한 긴 간격과 갑작스러운 되풀이를 통해 시간의 흐름에 유동적인 불명확함을 주었다. 그것은 짧은 잠들에 의해 끊겼는데, 우리 안에 이따금 떠오르는 가벼운 의식은 상승 속에서 아주 작은 무게를 얻어내기라도 하듯 금세 짤막한 잠 속으로 다시 빠져들곤 했다. 나는 바네사를 시냇가로 옮겼다. 물과 바위 사이에는 검고 깊은 풀이 무성한, 좁은 걸상만 한 공간이 있었다. 그녀의 한쪽 젖가슴에 손을 얹은 나는 그녀가 평온 속에서 어두운 힘의 증대 안에 온 존재를 집중하고 있음을 느꼈다. 대지의 깊은 내음 위로 부드럽게 부풀어 오르는 젖가슴은 깊은 회복의 징조인 단잠의 원기 돋우는 소식을 내게 전해 주었다. 그녀를 향한 나의 과도한 애정이 잠을 깼다. 열정적인 입맞춤이 사방에서 마치 우박처럼 그 풀린 육체 위로 쏟아졌다. 나는 흙 위의 풀에 뒤섞인 그녀의 머리칼을 깨물었다. 바네사는 반쯤 잠을 깼다. 과도한 나른함 속에 눈을 감은 그녀는 반쯤 벌어진 입으로 웃을 뿐이었다. 그녀의 더듬는 손이 나를 향했다. 하지만 나를 찾자마자 신뢰의 확신에 마비된 그녀는 안락함의 한숨과 함께 또다시 잠에 빠져 들었다.

해가 눈에 띄게 기울었다. 협곡의 벽이 회색으로 변하고, 우리를 굽어보는 바위의 입술 윗부분만이 빛의 좁은 띠로 불타오르고 있었다. 파도 소리는 졸음에 빠져 드는 듯했고, 실재의 것이 아닌 듯 보이는 몇 개의 별이 창백하게 푸른 하늘 위로 희미하게 반짝였다. 그것은 빛을 받은 보석 안에 깨어나는 순간적인 불꽃과도 흡사했다. 축축한 풀에서 냉기가 올랐다. 나는 바네사가 일어서는 것을 부축했다. 내 손을 가득 채우는 따뜻하고 잘 휘는 무게를 나는 오랫동안 하염없이 껴안았다.

"배로 돌아갈까?" 졸린 목소리로 내가 그녀에게 말했다. "벌써 늦었어."

"아니야. 이리 와."

이제 완전히 생기가 돌아온 열띤 표정의 그녀가 내가 익히 잘 아는, 다른 곳의 시선으로 나를 바라보며 협곡 위를 가리켰다.

"……배는 어둠이 내린 뒤에야 우리를 데리러 올 거야. 무슨 이유로 내가 자기를 여기까지 데려왔다고 생각해?"

하고 그녀가 베는 듯 오만한 태도로 던지듯 물었다. 그녀의 그런 태도는 나를 상처 입히는 동시에 고양했다. 여왕에 의해 학대당하는 느낌이 들었기 때문이다. 하지만 그녀는 금방 눈을 내리깔고 부드러운 동작으로 내 어깨에 손을 얹었다.

"적어도 우리 왕국은 둘러보아야 하지 않겠어? 생각해 봐, 알도. 이 섬에는 우리뿐이야. 그런데 벌써 떠나고 싶어 하다니."

우리는 작은 시내의 하상(河床)을 이루는, 허물어져 내리는 돌 아궁이 같은 협곡을 어렵사리 기어 올라갔다. 바네사는 나를 잡고 미끄러운 자갈 위를 걸었다. 그녀의 벗은 발은 금세 피투성이가 되었다. 나는 취기에서 갑자기 깨어나는 듯한 느낌이 들었다. 벌써 어두운 하늘은 나쁜 징조처럼 보였고, 평판 나쁜 섬은 막연히 수상쩍게 여겨졌다. 나는 다시 한 번 바네사에게 돌아가자고 제안했다. 하지만 그녀는 짤막한 목소리로 대답할 뿐이었다.

"저 위에 가서 쉬도록 해."

조금씩 조금씩 협곡이 넓어지며 평평해졌다. 우리는 협곡을 나갔다. 그리고 섬의 높은 고원에 가 닿는 짧은 계곡 안쪽의 풀밭 위를 소리 없이 걸어갔다. 밖으로 나오니 아직 날은 환했다. 여전히 뜨거운 높은 곳의 빛 속으로 나오며 우리는 감미롭게 숨 쉬었다. 섬 정상은 아무것도 없는 탁자와도 같았다. 계곡들이 방사형으로 섬 가장자리를 가르고 있었다. 바람이 빠르고 급작스러운 물결을 이루며 마른 풀 위를 달렸다. 절벽 팬 곳에서 부서지는 보이지 않는 파도의 둔한 폭발음은 바람결에 먼 폭풍우 소리처럼 들려왔다. 저녁의 한기(寒氣)와 함께 흰 구름 덩어리들이 겁에 질린 양 떼처럼 여기저기 지면을 스치듯 달리면서 서로를 밀쳐댔다—섬에서는 벌써 날이 저물고 있었다—마치 채 시간이 되기도 전에 저녁의 망령이 황야를 점령하기 위해 서두르는 것 같았다. 이제 바네사는 꽤 가파른 구릉을 향해 서둘러 나를 이끌었다. 그것은 평평한 고원의 유일한 돌출부였고, 동쪽을 보며 절벽 앞으로 뻗어 있었다. 그쪽에서 섬은 좁아졌고, 치켜세운 이물처럼 동쪽을 가리켰다. 우리 양쪽의 계곡은 가운데로 구불대는 모서리만을 남겨둔 채 아주 가까워져 있었다. 바네사는 아무 말도 하지 않은 채 내 앞을 걸어갔다. 숨결은 짧고 걸음은 급했다. 한순간 섬에는 사람이 살며, 바위들에서 실루엣 하나가 솟아올라 그녀의 열정과 내 불안을 구체화시켜 줄지도 모른다는 생각이 들었다.

구릉의 정상에 도착한 그녀는 걸음을 멈추었다. 섬은 우리 앞에서 가파른 낭떠러지로 끝나고 있었다. 바람이 그녀를 맹렬하게 채찍질했다. 절벽 아래쪽으로부터 마치 성(城)을 공격하는 듯한 지속적인 파도 소리가 올라왔다. 하지만 바네사는 조금도 신경 쓰지 않았다. 심지어 그녀는 내가 옆에 있다는 사실조차 모르고 있는 듯했다. 그녀는 부서진 바위 위에 앉아 수평선에 눈을 고정했다. 높은 곳에 서서 돛이 돌아오길 하염없이 기다리는 서글픈 실루엣처럼, 외따로 떨어진 암초 위에서 그녀는 문득 불침번을 서고 있었다.

내 눈은 나도 모르게 그녀의 시선을 좇았다. 망토 같은 안개 가운데 박힌 구릉 돌출부에는 여전히 꽤 강렬한 빛이 남아 있었다. 우리 앞에서 수평선은 깊어진 황혼의 가장자리에 더욱 창백하고 놀랍도록 투명한 띠를 두르고 있었다. 그것은 수증기의 궁륭과 수면 사이로 파이는, 폭풍우의 끝을 알리는 밝은 틈과도 같았다. 내 눈은 적막한 수평선을 훑어보다가 어느 한순간 원뿔 모양으로 생긴 아주 작은 구름의 윤곽에 가서 멈추었다. 그것은 수평선의 감소된 빛 속에 떠도는 듯 보였고, 청명한 저녁 속에 그것이 보여주는 기이하게 고립된 모양과 묵직한 형태는 내 머릿속에서 어떤 먼 위협 혹은 바다 위로 오르는 폭풍우의 두려움에 혼미하게 결부되었다. 이제 갑작스러운 한기가 섬을 뒤덮었다. 바람이 차가워졌다. 밤이 가까워오면서 바닷새들은 울음을 그쳤다. 불현듯 나는 그 서글프고 야성적인 섬, 침몰하는 배처럼 텅 빈 섬을 한시라도 빨리 떠나고 싶었다. 나는 바네사의 어깨를 짧게 건드렸다.

"늦었어. 가. 돌아가자고."

"아니야, 아직. 봤어?" 하고 그녀는 어둠 속에서 크게 열린 눈을 내게로 돌리며 말했다.

서서히 포화 상태에 이른 물처럼, 낮의 하늘이 대번에 밤하늘로 바뀌었다. 수평선은 우윳빛의 불투명한 벽이 되더니, 여전히 희미하게 빛나는 바다 위에서 보랏빛으로 변했다. 돌연한 예감에 사로잡힌 나는 비로소 이상한 구름 쪽으로 눈을 가져갔다. 그리고 문득 나는 보았다.

산 하나가 바다에서 나오고 있었다. 그것은 어두워진 하늘을 배경으로 이제 또렷이 보였다. 눈처럼 하얀 원추 하나가, 그것을 수평선 위로 들어 올리는 가벼운 접시꽃 빛깔의 베일 위에서 마치 떠오르는 달처럼 부유하고 있었다. 외롭고 눈처럼 순수하며 완벽한 대칭 가운데 솟구치는 그것은 차가운 바다의 문턱에서 다이아몬드처럼 빛나는 등대와도 같았다. 수평선 위로 별처럼 떠오르는 그것은 지상에 대해 말하지 않았다. 차라리 한밤의 태양을 말했다. 그것이 따라가는 고요한 궤도는 정해진 시각에 그것을 씻긴 깊이로부터 바다의 숙명적 표면에 옮겨놓은 듯했다. 그것은 거기 있었다. 그것의 차가운 빛은 침묵의 샘처럼, 별 모양의 적막한 처녀성(處女性)처럼 퍼져 나갔다.

"탱그리야." 바네사가 고개도 돌리지 않은 채 말했다. 그녀는 자신에게 말하고 있는 것 같았고, 내가 옆에 있다는 것을 그녀가 과연 의식하고 있는지 나는 다시 한 번 의심했다.

우리는 바다에 두 눈을 고정한 채 깊어진 어둠 속에서 아무 말도 하지 않고 오랫동안 가만히 있었다. 내게 시간의 느낌은 사라져버렸다. 달빛이 어둠으로부터 수수께끼 같은 봉우리를 끄집어냈다가 금세 다시 빠뜨리며, 지워진 바다 위로 비현실적인 형체가 고동치게 했다. 매혹된 우리의 눈은 그것이 사그라지며 펼치는 모양을 지치도록 바라보았다. 그것은 수상쩍고 신비스러운 오로라의 마지막 빛과 흡사했다. 마침내 완전히 밤이 되었고 냉기가 우리 속을 파고들었다. 나는 아무 말 없이 바네사를 일으켰다. 그녀는 잔뜩 무거워진 몸을 내 팔에 기대어 왔다. 우리는 머리가 텅 빈 채 걸었다. 눈은 너무 오래 한군데만 응시한 탓에 고통스러웠고, 다리에는 힘이 없었다. 어둠 속이라 걷기가 한결 힘들어진 미끄럽고 위험한 길을 가며 나는 바네사를 가까이 끌어안았다. 그러나 그 순간의 내 부축은 기계적인 반사 행위에 불과한 것으로서 조금의 애정도 없었다. 부드럽고 애무하는 듯한 열기의 날 위로 설원에서 내려온 바람이 휩쓸고 지나간 것만 같았다. 그것은 어찌나 깨끗하고 또 어찌나 야성적인지 그것에 물어뜯긴 내 폐부는 치명적인 순수함을 절대로 소진시킬 수 없을 것처럼 여겨졌다. 그 빛을 내 눈에 고이 간직하려는 듯, 그리고 그 차가운 맛을 내 입속에 영원히 담아두려는 듯, 나는 허물어져 내리는 좁은 길을 가며 나도 모르게 별들 가득한 하늘을 향해 머리를 젖혔다.

8 성탄절

나는 이제 종종 마렘마에 갔다. 성채 수리 때문에 끊임없이 도시를 드나드는 자동차를 이용했다. 점심을 먹고 해군기지를 떠나는 나는 짧은 길이나마 조바심이 났다. 마렘마의 첫 번째 집들이 나타날 때쯤이면 자동차에 나부끼는 친숙한 해군기지의 작은 삼각기가 호기심 많은 사람들을 우리 주위에 끌어 모으고, 우리가 지나갈 때면 행인들의 눈이 한순간 더욱 밝게 빛나는 것을 관찰할 수 있었다. 자동차가 지나가는 것만 해도 그들의 하루를 밝히기에 충분한 하나의 소식이고, 우리의 존재는 하나의 기호이자 무엇인가 진행된다는 사실의 증거라는 게 느껴졌다. 심지어 내가 지나갈 때면 이따금, 오르세나에서 대개 장엄한 의식 때나 행하는, 팔을 높이 쳐드는 인사를 하는 사람들마저 볼 수 있었다. 각자 비밀에 조금이라도 더 가까이 접촉하고 있는 듯 여겨지는 사람에게 본능적으로 몸을 밀착하려는 것 같았다. 나는 '해군기지 차가 또 왔다.'는 소문이 삽시간에 이 거리, 저 거리로 퍼져나가는 것을 알 수 있었다. 차에서 나가기 위해서는 파리 떼처럼 달려드는 구경꾼들을 뚫고 지나가야 했다. 시선들은 마치 공기를 찾는 입처럼 탐욕스럽게 오랫동안 내 등에 들러붙어 떨어질 줄 몰랐다.

마렘마에서 일어난 변화는 그것 말고도 또 있었다. 갈증을 유발하는 과열된 서류 냄새로 가득한, 빈민가 한가운데 위치한 곰팡이 슨 사무실로 벨센차를 찾아갈 때면 나는 매번 더욱 수심에 찬 그를 발견하곤 했다. 그는 아무 말 없이 내게 보고서들을 내밀었다. 그것들을 읽은 탓에 눈썹이 더욱 찌푸려진 그는 입가에 담배를 문 채 고개를 뒤로 젖히며 반쯤 감은 눈으로 재빨리 나를 훑어봤다. 도시를 좀먹어 들어가는 열의 상승 곡선은 더러운 손가락 자국이 묻은 그 기록들 위에 가차 없이 새겨져 있었다. 청소부의 꼬챙이에 찍히는 기름 묻은 종이들처럼 내 눈 아래 쌓여 있는 그 수상쩍은 단서들로 미루어볼 때, 열은 이제 고름으로 변하고 있다고 말할 수 있을 것 같았다. 경찰의 통계는 매일 매일 이상한 도덕적 해이의 사례를 보고했다. 특히 증인들의 암묵적인 공모 때문에 경찰로서는 종종 색출해내기가 매우 힘든 노출과 방종의 경우들이 증가하는 듯 보였다. 벨센차는 염증을 느끼는 사람의 거친 웃음을 터뜨리며 몇몇 자극적인 디테일을 내게 소개했다. 그러나 내가 보기에 그것은 병 자체라기보다 하나의 임상 징후였다. 나는 알도브란디 궁전에서 엿본 것에 대해 오래 생각했다.

경찰은 적발된 사례들을 공개하는 데 세심한 주의를 기울였다.

“이렇게 해야 사람들이 딴생각을 못합니다.” 벨센차는 즐거워진 눈을 찡긋하며 내게 말했다. “어느 시대고 경찰은 이를 잘 압니다. 제 부하들이 간혹 일에 연루되어 있다 해도 저는 조금도 놀라지 않을 것입니다.”

하지만 마렘마는 딴생각을 그치지 않았음이 분명했다. 묵시록적인 예언을 하는 카드 점쟁이나 터부룩한 머리의 ‘사도’(이는 사람들이 붙여준 별명이다.)가 끌려오면 (이런 일은 자주 있었다.) 벨센차의 즐거움은 금세 가셨다. 회피하는 시선에 비천한 생김새를 지닌 그들은 해 질 무렵 부두에서 예언을 하며 가난한 어부들을 끌어 모았다.

“저들은 나쁜 징조를 알리는 새들에 불과해요. 배후에 무엇인가 혹은 누군가 있습니다. 저들에게 돈을 주는 자를 잡기만 한다면!” 하고 벨센차는 이를 악물고 중얼거리며 분노와 무기력의 휘파람 소리를 냈다.

그들의 태도는 어김없이 똑같았다. 그것의 특징은 권력의 표지와 대표자들에 대한 과장된 존경이었는데, 그 존경은 꾸민 것 같지가 않았다. 경찰서에 끌려오면 그들은 거창하고 고양된 허풍을 곁들여 직무와 계급에 따른 순서대로 돌아가며 인사를 했다. 그런 다음에는 벽에 등을 기대고 바닥에 시선을 고정한 채 꼼짝도 하지 않았다. 이 순간부터 그들에게서 무엇이고 끌어내는 것은 불가능했다. 벨센차가 거칠게 대하며 몽둥이로 위협해 보았자 소용없는 일이었다. 그들은 이미 준비된 문장의 몇몇 부스러기를 자신 없이 주워섬기기 위해서만 입을 열 뿐이었다. 그 부스러기 말들은 거친 예언의 어리석은 라이트모티프를 구성하면서 막연히 묵시록적인 역할을, 거꾸로 된 이상한 신의 사명을 파르게스탄에 부여하고 있었다.

"때가 왔다……. 우리는 모두 그곳에 약속되었다……. 말씀은 이미 선포되었다……. 그것은 우리를 처음부터 마지막까지 헤아렸다……."

텅 빈 광장이나 야외에 어울리는, 시편을 송독하는 듯한 날카로운 목소리는 헐벗은 벽의 회의적인 무관심 속에서 어찌나 낯설게 울렸던지, 금방 제풀에 말을 멈춘 그들은 스스로의 목소리에 놀라 겁에 질린 구슬픈 밤새처럼 어깨에 머리를 파묻으며 덫에 걸린 짐승처럼 벌벌 떨었다. 벨센차는 어깨를 움찔하며 그때의 기분에 따라 발길질을 날리거나 도시의 감옥에 그들을 며칠 가두었다. 그들을 보낼 때는 몸을 수색했다. 하지만 이상한 것은 벨센차의 말이 무색하게 그들의 주머니에서 금붙이 따위는 결코 나오지 않는다는 사실이었다.

그 같은 취조는 나를 불편하게 만들었다. 유치한 악몽 위로 불현듯 열린 그 검은 입들은 어떤 알지 못할 불길한 느낌을 남겼다. 거의 외설적으로 떨리는 축 늘어진 아랫입술의 방임이 특히 내게 충격을 주었다. 속에 있는 생명의 마지막 저항이 무너지고, 무엇인가 말을 하기 위해 인간의 깊은 붕괴를 음험하게 이용하는 것 같았다. 더 낮은 곳에서 오는 난파당한 목소리, 모여 앉은 경찰들 사이로 갑작스러운 침묵의 물결이 지나가게 만드는, 목덜미를 잡는 듯한 그 목소리는 공황(恐慌)을 불렀다. 때 끼고 졸린 그 사무실에서, 폐허의 부동성 가운데 다시 굽혀 미라가 된 그 도시의 잔해 안에서 그것은 한낮에 틈을 벌린 어둠의 균열 같았다. 혹은 어둠을 찢고 우리 앞에 일어나 계단을 내려오는, 수 세기의 수면으로 부패된 악몽 같았다.

에벌레들처럼 들끓는 무리 가운데에는 유달리 자부심 강한 실루엣들이 있었다. 내가 방문한 어느 날 처녀 하나가 잡혀 왔는데 (매우 가난한 인상이었지만 섬세하고 거의 귀족적인 얼굴선을 지니고 있었다.) 그녀는 야채 시장 한구석에서 재 속에 드러난 미래를 읽고 있었다. 심문은 잘 진행되지 않았다. 그녀의 고집스러운 침묵이 어찌나 방자하고, 또 그녀의 경멸적인 먼 시선이 어찌나 도발적이었던지 평소보다 더 신경질적인, 아니면 무엇인가 혼란스러운 저의 같은 것을 엿본 벨센차가 얼굴 위로 차가운 분노를 터뜨렸다.

"말하지 않겠다? 오냐, 어디 한번 보자. 정녕 이걸 원한단 말이지!" 낮은 목쉰 소리로 그가 던지듯 말했다. "채찍질해."

실내의 어스름한 빛 속에서 나는 처녀의 눈이 어두워지는 것을 본 듯했다. 경찰 하나가 등 뒤로 손을 묶고 벽 아래쪽에 고정된 둥근 끈에 목을 고정시킨 후 뒤쪽에서 치마를 걷어 올려 머리를 덮었다. 열띤 호기심과 즐거운 기운이 실내에 맴돌았다. 오르세나에서는 워낙 사법 당국의 조사 방식이 혹독하고 또 전통적으로 매질이 익숙한 까닭에 사람들은 그것을 야유 섞인 친밀함과 함께 받아들였지만,

벨센차는 결코 그런 심심풀이를 남용하지 않았다. 하지만 무덤 같은 침묵 속에 감도는 야릇한 무엇인가가 평소의 농담을 멈추게 했다.

"마음의 준비는 되었겠지?" 하고 벨센차가 이를 악물고 말했다.

걷어 올린 속옷 아래에서 단속적으로 오열하는 소리가 들려왔고, 나는 이제 그녀가 말하지 않으리라는 사실을 알았다. 그녀에게 최악의 순간은 지나갔다. 이제는 경매에 붙인 짐승을 묶는 굴레와 건강으로 부풀어 올라 외설적으로 피어난, 흰 속옷에서 솟아오른 엉덩이가 기름진 웃음처럼 야유를 던지고 있었다.

엉덩이는 붉은 대리석 같은 줄무늬가 새겨지며 가죽 끈 아래에서 단조롭게 떨렸다. 거북한 따분함이 실내를 엄습했다. 사람을 잘못짚은 것 같았다. 그것은 흡사 죽은 여자를 매질하는 것과도 같았다.

"그만!" 하고 불편함을 느낀 벨센차가 말했다. 그 장면이 나를 불쾌하게 한다는 사실을 그는 어렴풋이 느끼고 있었던 것이다. "꺼져. 그리고 다시는 잡혀 오지 마."

아직도 얼굴이 벌건 그녀는 치마를 토닥인 뒤 재빨리 머리를 매만졌다. 하지만 유치한 무심함을 가장한 그 같은 도발은 그녀의 마르고 불타는 듯한 두 눈과 도무지 어울리지 않는 것이었다. 그것은 견딜 수 없는 고통이라도 느끼는 듯, 혹은 방 전체가 벌겋게 가열되기라도 한 듯 여기저기를 부단히 옮겨 다녔다.

"자, 오늘 일은 잊어버리도록 해. 이런 건 아무것도 아니야!" 하고 갑자기 투박하게 다정스러워진 벨센차가 그녀의 어깨를 건드리며 말했다. "이제부터는 좀 더 장밋빛 미래를 보도록 해. 그러지 않으면 단단히 혼날 줄 알아."

그녀의 시선이 그에게 멈추었다. 검고 불타는 듯한 그 시선은 눈물 뒤에서 갑작스러운 승리의 빛으로 번득였다.

"무서운 거죠……! 무서운 거죠……! 무서운 거죠……! 무서우니까 나를 때리는 거죠."

벨센차는 그녀를 밖으로 내보냈고, 그녀는 도망쳤다. 하지만 여전히 과도하게 신경질적인 웃음 사이사이로 포석에 부딪는 맨발 소리가 들려왔다. 처녀의 날카롭고 고집스러운 목소리는 한 마리 말벌처럼 여전히 공중을 맴돌았다. 무서운 거죠! 무서운 거죠! 무서운 거죠! 그녀가 지나가자 햇살이 지나갈 때의 조가비처럼 창문들이 소리 없이 열리며 빈민가의 적막을 깨뜨리는 외침을 하나하나 빨아들였다. 우리는 기분이 더러워졌다.

이보다 더 불안한 징후들도 있었다. 벌써 우기가 눈앞에 와 있었지만 외지인들의 작은 식민지는 마렘마를 떠날 생각을 안 한다는 점이었다. 도시 안에 있는 몇몇 궁전의 경우 벽에 금이 가면서 생긴 틈으로 바람이 제집처럼 드나들어 거주가 매우 불편했지만 많은 사람들이 바네사의 예를 좇아 거기서 겨울을 날 준비를 하고 있었다. 예상치 못한 인구 증가는 벌써 지역의 빈약한 자원을 축내어 식량 부족의 어려움을 예견케 했다. 이는 벨센차에게 또 다른 고민거리를 제공했고, 그는 한층 음울한 기분으로 이 할 일 없는 떠돌이들을 한겨울까지 잡아두는 동기가 무엇일까 질문했다. 그들의 일과 계획에 대해 그의 첩자들은 별다른 것을 알아내지 못했다. 그 이름들은 오르세나의 소리 그 자체이며 정청에서의 영향력이 분명한 사람들의 왕래에 대해 너무 관심을 보이는 것은 경찰에게는 매우 미묘한 사안이었다. 게다가 그들은 연회로 흥청대는 생활을 했기 때문에 가장 자연스러운 방식으로 만날 기회가 얼마든지 있었다. 다만 연회 가운데 알도브란디 궁전의 저녁은 더욱 도발적인 광채로 빛났고, 만천하에 즐겨 제공되는 그 수수께끼 앞에서 벨센차는 우롱당한 기분을 느끼며 어쩔 줄을 몰랐다.

"글쎄 말입니다." 하고 예의 연회들 가운데 하나에 대해 이야기하며 어느 날 그가 말했다. 당황할 때면 언제나 그렇듯 반쯤 감은 눈꺼풀 사이로 시선이 동전처럼 인색하게 미끄러졌다. "어제저녁에는 페르조네 백작, 몬티 상원 의원 부인, 그리고 합동 참모회의 사무총장이 있었습니다. 거기에 음모가 있다면 그것은 오르세나가 스스로에 대해 모반을 꾸미는 것과 다름없지요. 경찰이 정확히 누구를 위해 일하는지 의문입니다. 그들이 제일 먼저 제 보고서를 읽지 않는다고 누가 말할 수 있겠습니까?"

매복 중인 그의 시선은 집요하게 내 시선을 찾았다. 바네사와 내가 친한 사이라는 점이 우리 사이를 거북하게 만든다는 것을 나는 잘 알고 있었다. 그 꾀바른 눈은 동맹이 가능한지 탐색하며 나를 통해 일종의 평화적 우호 관계를 수립하려는 듯했다. 그의 묵직한 어깨를 피로와 낙담이 짓누르고 있었다.

"……저를 불안하게 하는 것은," 하고 그가 계속했다.

"오르세나로부터 아무런 말도 없다는 사실입니다. 우리가 여기서 하는 일은 별 소용이 없어요. 처녀들에게 매질이나 하는 게 즐거울 리 있겠습니까. 그리고……."

그는 환멸 섞인 몸짓을 하며 창문 쪽으로 눈을 돌렸다.

"……어쩌면 그들이 말하는 게 사실인지도 모르지요. 안 좋게 끝날 수도 있어요……."

실내에 침묵이 감돌았다. 잠든 오후 속에 잊힌 끌리는 발소리가 운하를 따라갔다. 내 몸 아래에서 무엇인가 유사(流砂)처럼 가라앉는 것을 느꼈고, 나는 기계적으로 문 쪽을 향했다. 벨센차가 잠에서 깨어나는 사람처럼 가볍게 소스라쳤다.

"……궁전에 가시지요. 공주님께서 돌아오셨으니. 행복한 분이십니다! 저는 원하는 만큼 그곳에 갈 수가 없습니다."

그는 빈틈없는 태도로 나를 바라보며 진지한 목소리로 말을 이었다.

"……이따금 두려운 것은 제가 특별 근무 서는 것을 도와주기 위해 공주님께서 저를 초대하시는 게 아닌가 하는 겁니다. 제 편에서는 아무런 귀찮은 일도 없을 거라고 공주님께 말씀드려 주십시오."

이렇게 불안은 확산되었다. 하루하루 예기치 못한 방식으로 새로운 방어선이 무너지는 것을 볼 수 있었다. 안개에 몸을 숨긴 채 전진하는 군대처럼, 상대방의 미묘한 방향감각 상실이 발걸음을 결정하고 재촉했다. 오르세나로부터 받은 지침과, 마렘마를 열에 들뜨게 만드는 소문과 관련하여 들은 호의적인 메아리에 대해 생각할 때면, 오르세나는 이제 잠에 취한 건강에 무료함을 느끼고 있으며, 차마 내놓고 말하지는 못한다 할지라도 바야흐로 심층부를 잠식하기 시작한 은밀한 불안 속에서 완전히 깨어나 살아 있음을 느끼게 되길 탐욕스레 기다리고 있다는 생각이 들었다. 바다를 향해 사방으로 세력을 확장하며 수많은 정력적인 인물과 모험적인 정신들을 통해 자신의 지칠 줄 모르는 심장을 그토록 오랫동안 고동치게 했던 행복한 도시는 이제 인색한 노년의 한가운데에서 더욱 짜릿한 신경의 떨림을 생각하며 나쁜 소식을 부르고 있었다.

벨센차와 헤어진 나는 나룻배가 기다리는 부두로 가기 위해 어부들이 사는 동네의 미로 같은 가난한 거리로 들어섰다. 한시라도 빨리 바네사를 보고 싶었지만, 건물의 눈먼 전면과 모래 위에 조성된 슬픈 정원들 사이를 지그재그로 나아가는 그 골목에서 늑장을 부리는 것이 내게는 이따금 매력적으로 느껴졌다. 그곳은 오후가 시작될 무렵부터 차가운 냉기로 뒤덮였다. 그것은 육지의 윤곽을 이루는 모래언덕의 물결 위에 되는대로 던져진 음울하고 혼란스러운 교외였다. 방치된 채 나병에 걸린 것처럼 보이며 오래되어 벽이 허물어져 내리는 그곳은 그을린 정원의 식물군(群)이 더 이상 막아내지 못하는 모래 때문에 더욱 황량한 모습을 띠었다. 이따금 바닷바람이 불 때면 빛나는 가느다란 갈기들이 담 너머로 비처럼 하염없이 내리며 무수한 침묵의 폭포처럼 좁은 포석을 덮는 게 보였다. 그러나 담 위로 고개를 들면 바다의 집요한 웅성거림과 바람 소리가 별안간 뺨을 후려치곤 했다. 나는 깊고 거대한 아우성 위에 정지된 듯한 그 위협받는 침묵과 어두운 이면을 좋아했다. 나는 숱한 폭풍우에 의해 키질되고, 지금은 도시를 잠 속에 재갈 물리는 모래를 손가락 사이로 흘러내리게 했다. 나는 마렘마가 모래에 묻히는 것을 바라보았다. 모래를 기관총처럼 뿌려대는 맹렬한 바람에 뺨을 얻어맞아 눈은 쓰렸지만 생명은 관자놀이에서 더욱 야성적으로 고동치고 무엇인가 모래 바람 뒤에서 몸을 일으키는 것처럼 느껴졌다. 가끔 길모퉁이에서 항아리나 생선 광주리를 머리에 인 어부 아낙네가 모습을 나타내곤 했다. 그녀는 마렘마의 모든 일행을 장례 행렬처럼 보이게 만드는 검은 베일을 쓴 채 모래 돌풍으로부터 얼굴을 보호하기 위해 베일 한쪽 끝을 입에 물고 있었다. 그녀는 죽은 도시의 떠도는 유령처럼 조용히 내 곁을 지나가면서 바다와 사막의 냄새를 가져다주었다. 사람이 살 수 없는 지하 공동묘지에서 나타난 듯한 그녀는, 죽음으로 포화된 땅 위에 희미하게 떠올라 가물대는 음산한 불꽃 같았다. 이 변두리 끝에 떠도는 생명은 더욱 헐벗고 더욱 상처 받기 쉬운 것이었다. 소금과 모래의 지평 위에 지친 기호처럼 실루엣을 드리운 그녀는 한낮에 잊힌 어둠의 조각처럼 지워진 길들을 펄럭이고 다녔다. 바다 위로 해가 이울고 있었다. 그러나 그 짧은 날들마저 단축하려는 끔찍하도록 집요한 욕구가 내 안에 올라오는 것이 느껴지는 듯했다. 그것은 최후의 날이 오기를, 수상쩍은 마지막 싸움의 시간이 도래하기를 바라는 욕구였다. 두꺼워진 벽 같은 바다를 향해 눈을 크게 뜬 도시는, 어둠이 파도처럼 밀려와 부서지는 가운데 숨을 죽이고 밤의 가장 깊은 지점을 응시하는 파수꾼처럼 암흑 속에서 나와 더불어 숨 쉬었다.

바네사는 어떤 때는 축 늘어져 있었고, 어떤 때는 몹시 신경질적이었다. 그녀가 자기 둘레에 즐겨 유지하는 부산한 생활 한중간에 나만을 위해 할애한 그 오후들은 일종의 공전(空轉) 상태처럼 그녀를 곤혹스럽게 했다. 이따금 그녀는 아주 다정하고 명랑해 보이기도 했지만 침묵과 텅 빈 평온함은 그녀를 당황하게 하고 불확실하게 만들었다. 그녀가 겁내는 것은 내가 아니라, 내 존재에 의해 그녀 안에 일깨워진 그녀 자신의 이미지와의 너무 오랜 대면인 듯싶었다. 날씨가 좋을 때면 그녀는 종종, 베차노 섬에 가던 날 아침 내가 그녀를 보았던 버려진 정원의 운하 건너편에서 손짓을 했다. 계절에 따라 잦아진 흐린 날에는 빈 살롱에서 나를 기다렸다. 이 살롱은 언제나처럼 내게 위압감을 주었다. 고요한 수면에서 오르는 냉기가 조용한 궁전을 적시고 있었다. 운하를 향해 열린 커다란 문을 통해, 죽은 물속에 출렁이는 평온한 노 소리가 간헐적으로 들려왔다. 그 시간에는 바네사 이외에 아무도 없다는 사실을 확신할 수 있었다. 나는 포석을 밟는 내 발소리가 울려 퍼지는 차가운 궁륭 아래를 얼마 동안 서성거렸다. 내 존재는 잠자는 성(城)을 깨우는 것 같았다. 안뜰 쪽 창을 통해 보이는 겨울 정원의 움직임 잃은 나뭇가지는 투명한 크리스털 안에 사로잡혀 있는 듯했다. 누적된 세월은 그곳의 모서리들을 하나 둘 마모시키고 빛을 거르면서 감지되지 않는 먼지로 모든 것의 소리를 죽여 정적과 수면의 걸작을 만들어냈다. 수 세기의 나이를 먹은 그 처소만큼이나, 사물들로부터 지나치게 강렬한 암시의 힘을 제거하고 결국에는 일상생활의 배경 자체에 풍경의 부드럽게 진정시키는 힘과 깊은 무의미성을 부여하는 도시의 뿌리 깊은 중화(中化) 재능이 잘 드러나는 곳은 없었다. 나는 사그라 방문과 예전에 오를란도가 했던 말을 생각했다. 침묵 속에서 스스로를 드러내는 궁전의 방들을 서성이며, 마비된 운하와 죽은 거울의 물속에 잠겨 들며, 가을의 액체 같은 투명성을 호흡하며, 삐걱대는 나무판자 소리가 정지된 침묵과 섬세하게 맞물리는 소리에 귀를 기울이며, 나는 무엇인가 자신의 매력과 함께 돌이킬 수 없는 저주를 누설하는 것을 느끼는 듯했다. 마치 수 세기에 걸친 오르세나의 온갖 노력과 오르세나가 삶에 즐겨 부여했던 모든 이미지가 거의 끔찍할 정도의 전압강하를, 다시 말해 모든 존재와 사물이 그들의 거슬리는 현존의 긍정과 위험한 전기를 포기하게 되는 종국적 균등화(均等化)를 지향하는 것처럼 여겨졌다. 삶과 더불어 영속화된 지속적인 마찰을 통해 너무 오랫동안 마모된, 그리하여 지나치게 인간화된 형태들은 오르세나에게 점점 더 깊은 무의식의 의복 같은 것이 되었고, 결국 그 너머의 어떤 접촉도 그를 잠 깨우지 못할 지경에 이르렀다. 매일 아침 오르세나는 잠에서 깨어나며 자신에게 맞춰지고 또 오래 걸쳐온 타이츠 같은 세상을 입었고, 이렇듯 안락한 친밀함의 과잉 속에서 국경의 개념조차 잊혔다. 오르세나가 스스로에 대해 지닌 희미한 의식은 인간이 한데 섞여 반죽된 대지에 서서히 뿌리를 내렸고, 결국 대지는 오르세나를 완전히 흡수해 버렸다. 이렇게 사물들의 중심에 자기 스스로 새긴 자국 속으로 영혼이 옮겨 간 결과 오르세나는 공허 위에서 동요하게 되었다. 움직임 잃은 운하들에서 오르는 너무 똑같은 이미지 위로 몸을 기울여 그것과 합쳐지기에 이른 오르세나는 거울의 반대편으로 천천히 미끄러져 들어가는 것을 느끼는 사람과도 같았다.

단조롭고 한결같은, 그러나 기다림과 각성으로 가득 찬 임신한 여인의 메스꺼운 나른함을 연상시키는 이 나날을 돌이킬 때면, 나는 바네사와 내가 얼마나 서로 할 말이 없었는가 생각하며 놀라게 된다. 그녀를 향해 나를 내던지는 열정은 오후의 석호에 오르는 슬픈 열기처럼 빠르게 충족되고 소진되었다. 문들이 끝없이 펄럭이며 교회의 울림과 미광이 감도는 그 궁전, 일렁이는 물의 반영이 벽을 따라 하염없이 움직이는, 한마디로 사람이 살기에 부적합한 그 궁전은 우리에게 일종의 불안정한 야영지와도 같았다. 그것은 움직임 잃은 무거운 그늘 아래 열린 숲으로서 사람이 사는 그곳에서는 언제나처럼 눈 하나가 배회하는 듯 여겨졌다. 나는 바네사와 단둘이라고 느껴본 적이 결코 없었다. 오히려 그녀 옆에 누워 있을 때면 해체된 피로 속에서 침대 가장자리에 늘어진 내 손가락을 통해 이따금 급류의 끊임없는 유출이 느껴지는 것 같았다. 베차노로 데려가듯 바네사는 나를 어디론가 데려가고 있었다. 그녀는 무거운 궁전을 죽은 물 위로 천천히 움직이게 했다. 빠르고 열띤 사랑의 오후는, 벌써 먼 곳에서부터 장렬하고 종국적으로 쏟아져 내리는 폭포 소리를 듣기 때문에 더욱 고요하고 더욱 한결같은 것으로 여겨지는 커다란 강물에 실려 나아가는 듯했다. 이따금 나는 그녀가 내 옆에서 잠드는 것을 보았다. 강둑에서 멀어지듯 부지불식간에 나에게서 떨어져 나가 더욱 커다란 숨결로 달아나는 그녀는 행복한 피로의 물결에 휘감긴 것 같았다. 이런 순간 그녀는 결코 벗은 몸이 아니었다. 나로부터 떨어져 나간 그녀는 언제나 추위를 타는 빠른 몸짓으로 시트를 목까지 끌어올리곤 했다. 시트를 들어 올리는, 물에 빠진 여인처럼 머리칼이 흘러내리는 그녀의 어깨는 임박한 거대한 덩어리를 그녀로부터 떼어놓는 듯 보였다. 장엄한 긴 침대는 그녀를 묻으며, 그녀와 함께 침묵의 흰 천으로 미끄러졌다. 그녀 옆에 팔꿈치를 괴고 몸을 세운 나는 물결과 물결 사이로 그녀의 무거운 머리가 표류하며 이따금 모습을 드러내는 것을 보았는데, 그 머리는 점점 더 멀고 점점 더 길을 잃은 듯 여겨졌다. 운하의 반영과 함께 실내에 떠도는 슬픈 스테인드글라스 같은 잿빛 아래 나는 불현듯 외로움과 추위를 느끼며 사방으로 눈길을 던졌다. 나를 실어 나르던 물결이 빠지며 가장 낮은 곳을 드러내는 듯했고, 나쁜 꿈들이 드나드는 잠의 검은 구멍을 통해 방은 서서히 속을 비우는 것 같았다. 수치(羞恥)를 모르는 오만과 왕자(王者)의 무심함을 지닌 바네사는 자기 방의 높은 문들을 언제나 열어놓고 지냈다. 불타버린 짧은 나날로부터 가는 재〔灰〕처럼 떨어져 내리는 어스름 속에서 사지가 풀리고 가슴이 무거워진 나는 줄지어 선 황량한 높은 방들에서 밀려오는 차가운 숨결을 벗은 피부 위로 느끼는 듯싶었다. 그것은 마치 수그러든 약탈의 소용돌이가 우리를 그 구석에 묻은 뒤 잊어버리고 떠난 것과도 같았다. 나도 모르는 사이에 어둠 가운데 곤두선 내 귀는 멀리, 포위된 도시를 망보는 침묵 깊은 곳에서 야만적인 사냥의 돌풍 소리를 감지하려 애쓰는 것 같았다. 그럴 때면 어떤 불안이 방 한가운데에 있는 내 몸을 일으켜 세우곤 했다. 물체들과 나 사이의 거리는 감지하기 어려울 정도로 약간 멀어진 듯 느껴졌다. 그것들은 스스로를 닫아건 슬픈 적대감을 나타내며 가볍게 뒤로 물러서는 것처럼 보였다. 나는 문득 균형을 잃은 듯한 기분을 느끼며 친숙한 지탱점을 찾았다. 그것은 마치 우리 앞에 서 있는, 우리와 관련된 나쁜 소식을 이미 알고 있는 친구들 한가운데로 공허가 패는 것과도 같았다. 나도 모르는 사이에 내 손은 바네사의 어깨를 쥐었다. 그녀는 무겁게 깨어났다. 잠들고 음울한 호기심 깊은 곳에 도사린 듯한 창백한 회색 눈이 뒤로 젖힌 그녀의 얼굴에 떠돌았다. 그 눈은 내게 끈끈하게 달라붙으며 그 깊은 물의 점착성 반영을 향해 잠수부처럼 나를 이끌었다. 그녀의 팔이 열리더니 어둠 속을 더듬어 나를 결박했다. 나는 그녀와 더불어 슬픈 연못의 납봉된 물속에 빠져 들었다. 목에 돌덩이를 맨 채.

한쪽 끝이—검은 물이 부풀어 오르는 아침의 간석지 필로티처럼—나른한 물결의 공동 속으로 빠져 들어가는, 바네사 곁에서 보낸 그 밤들로부터 나는 음산한 환희를 느꼈다. 나를 지치고 텅 빈 상태 속에 빠뜨리는 어떤 체액의 소실 같은 것이 풍경의 열기 어린 패배에, 복종에, 의기소침에 나를 조율하는 듯했다. 이 물 많은 고장의 포화된 대기 때문에 창문 너머 하늘에는 별도 반짝이지 않았다. 탈진한 대지에서는 이제 파열된 허파에서 새어 나오는 듯한 가녀린 숨결조차도 일지 않았다. 무겁고 뜨거운 짐승의 움푹 파인 처소에 누운 것 같은 그 대지를 밤이 온 무게를 다하여 짓누르고 있었다. 이따금 석호의 모랫둑 뒤에서 끈적끈적한 물을 너듬는 간헐적인 노깃 소리가 들리기도 했고, 쥐나 납골당 주변을 맴도는 하찮은 동물의 생기 없고 외설스러운 울음이 바로 옆에서 질식하기도 했다. 숨 막힐 듯한 그 어둠 아래에서 나는 마치 기름 찌든 양모 안에 갇힌 듯 재갈 물리고 고립된 채 질식할 것 같은 끈끈함 속에서 공기를 찾으며 몸을 뒤척였다. 내 옆의 바네사는 내 손 아래에서 휴식을 취했다. 더욱 무겁고 더욱 닫힌 어둠이 발육하는 것 같았다. 밀폐되고 납봉되고 내 손바닥 아래에서 눈먼 그녀는 내가 들어가지 못하는 어둠이었다. 그녀는 또한 뿌리 깊은 매몰(埋沒)이자 더욱 멀고 뜨거우며, 머리칼을 통해 방사상으로 퍼져 나가는 암흑이었고, 풀어진 채 제공된, 그러나 그 무거운 핵심 주위로 단단하게 모여든 커다란 검은 장미였다. 지나치게 축축한 부드러움을 지닌 그 밤들은 무르익고 싶어 하지 않는 폭풍우를 하염없이 부화하는 것 같았다. 희미하게 퍼덕이는 묵직한 무엇인가가 내게 손짓을 하는 동시에 곰팡이 슨 드높은 회랑의 정체된 공기를 가로질러 문에서 문으로 달아나는 듯했고, 나는 자리에서 일어나 마치 숲 한가운데 버려진 것처럼 줄지어 선 방들 옆을 옷도 입지 않은 채 걸었다. 한밤중에 먼 곳에서 발생한 화재의 불빛과 웅성거림이 우리를 깨울 때처럼 긴장된 내 귀에 잠은 다시 찾아오지 않았다. 돌아오는 길에 나는 이따금 멀리 바닥 위로 그림자가 움직이는 것을 보았다. 잠에서 깨어나면서 헝클어진 머리칼을 들어 올리는 바네사의 손이 램프의 불빛에 모습을 드러내며 벽 위로 커다란 밤나방들이 날아오르게 했다. 약간 수척해진 얼굴을 불빛에 드러낸 그녀는 창백하고 지친 표정이었다. 심각한 표정의 그녀는 생각할 여지가 너무 많은 꿈에 휩싸인 듯했다. 조용한 램프의 불빛은 나를 안심시키지 못했다. 언젠가 한번은 그녀의 목소리가 들려왔다. 기이하게 비인격적인 그 목소리, 영매(靈媒) 혹은 몽유병자의 것 같은 그 목소리는 조용한 착란의 확실성에 사로잡힌 듯 여겨졌다.

"나를 혼자 내버려두었어, 알도. 어째서 나를 어둠 속에 혼자 내버려두는 거야? 자기가 떠나버린 것 같았어. 슬픈 꿈을 꾸었는데……."

그녀가 나를 향해 졸음에 겨운 눈을 쳐들었다.

"……잘 아는 것처럼 궁전에는 유령이 없어. 이리 와. 나를 혼자 내버려두지 마."

어린애 같은 목소리에 다정함으로 기분이 누그러진 나는 그녀의 이마와 머리가 시작되는 부드러운 부분을 쓰다듬었다.

"무서운 거야, 바네사? 성채 한가운데에서 밤을 무서워하다니…… 이게 어떤 성채인데! ……우리 방에까지 갑주가 있고, 열네 명의 알도브란디가 초상화 속에서 보초를 서고 있어."

그녀는 눈을 감은 채 어린 소녀처럼 뾰로통하게 부푼 입과 따뜻한 팔을 내밀었고, 나는 부드러운 사과의 볼을 깨물듯 그녀에게 열정적인 입맞춤을 퍼부었다. 그러나 가벼운 바람만 느껴도 그녀는 소스라치듯 몸을 떨고 이를 딱딱 부딪치면서 침대에 몸을 던졌다.

"아! 추워."

그녀는 내 손을 잡았다. 신경질적이면서도 진지한 그녀의 시선은 숲 속 먼 곳을 바라보듯 열린 회랑을 떠돌았다.

"여기는 슬퍼, 알도! 어째서 내가 이곳에 왔지? 나는 이 헐벗은 벽들이 싫어. 언제나 파도와 안개만 바라봐야 하고."

그녀의 목소리는 내 귀 바로 옆에서 속삭였다.

"수문이 파괴된 약탈당한 항구에 와 있는 것 같아. 너무 큰 이 방들 안에서는 마치 표류하는 듯한 기분이 들어. 잘못 매인 배 안에 있는 것 같아."

"하지만 문들을 열어놓고 싶어 하는 건 바로 당신이잖아, 바네사. 나는 언제나 우리가 한길에 누워 있다는 생각이 들곤 해."

"불쌍한 알도!"

그녀는 넋이 나간 듯한 손길로 내 머리칼을 쓰다듬었다.

"……착하고 얌전하기도 하지. 어찌나 말을 잘 듣는 아이인지……!"

막연한 그늘 같은 것이 그녀의 얼굴 위로 지나갔다. 그녀는 얼굴을 돌렸다.

"……우리가 한길에 누워 있다고 해. 사람들이 이리로, 이 방으로 지나간다고 해. 하지만 무슨 상관이야, 알도……. 그렇게 해서 무슨 일이 일어나는데? 누가 우리를 보는데?"

가위눌린 슬픈 고백처럼 목소리가 높아졌다.

"……여기에서 누구에게 정말로 볼일이 있을 거라고 생각해? 내가 여기에 왔을 때 나는 권태로 죽을 지경이었어. 더 이상 견딜 수가 없어진 나는 무정하고 빡빡했지. 나는 나를 딱딱하게 반죽하고 싶었어. 내 손으로 돌처럼 억세고 단단하게 만들고 싶었어. 사람들의 얼굴에 던질 돌처럼 말이야. 나는 정말이지 무엇인가에 부딪치고 싶었어. 그 갑갑함 속에서 마치 유리창을 깨듯이 무엇인가를 부수고 싶었어. 자기한테 분명히 말하지만, 스캔들과 도발에 있어 이곳에서는 정도를 벗어난 것들이 있었지. 하지만 알도, 그것은 우스운 게 절대 아니었어. 그것은 위중한 것이었어. 그래, 위중한 것이었어."

그녀는 지친 표정으로 어깨를 움찔했다.

"……그것은 마치 석호에 던지는 돌 같았어. 나른한 호기심의 물결이 잠깐 이는가 싶었지만 무거운 물은 금세 잔잔해졌지. 내가 잘못 겨냥한 것은 결코 아니었어. 문제는 자신에게 날아드는 돌까지 소화하는 짐승이 있다는 사실이었지. 거대한 소화 그 자체인 짐승, 다시 말해 하나의 주머니 혹은 위(胃) 같은 짐승 말이야. 나마저도 소화당한 듯한 느낌이었지. 순응적으로, 알겠어? 그리고 동화되어서. 끔찍해. 먹이 속에서 다른 것들과 똑같아지고, 마치 알곡처럼 위 속으로 굴러 떨어지는 것은 소름 끼쳐. 먹이 속에 모래라도 몇 알 있으면 그것은 오히려 소화를 도울 뿐이야. 그것 역시 하나의 기여지……."

그녀는 절망적으로 머리를 흔들었다.

"……우리가 길에 있고, 사람들이 보는 앞에서 자기가 나를 안는다 해도 그게 무슨 반응을 불러일으킬 수 있을 것 같아? 그게 무슨 효과를 낳을 수 있다고 생각해? 이곳에는 자기를 향하는 눈들이 있어, 알도. 하지만 자기도 알다시피 거기서 더 나아가지 못해. 거기에는 시선이라는 게 없어. 그런데 나는 시선이 필요했지. 오, 그래! 바라보는 것. 바라봄의 대상이 되는 것. 단 두 눈을 똑바로 뜨고. 그리고 제대로. 한마디로 현존하는 것……."

나는 그녀 위로 몸을 기울인 채 공황의 외침이, 흩뿌려진 피처럼 격렬한 물결이 그녀에게서 빠져나오는 소리에 귀를 기울였다. 문득 그녀는 놀랍도록 아름다워 보였다. 그것은 파멸의 아름다움이었다. 묵직한 머리 다발 아래로 순결한 동시에 갑주를 두른 듯한 준엄함을 드러내는 그녀는 파괴된 도시 위로 불 칼을 휘두르는 잔인하고 음산한 천사와도 같았다. 그녀는 팔꿈치를 짚고 천천히 몸을 일으킨 뒤 내 눈에 자기 눈을 고정한 채 고요한 목소리로 말했다.

"내가 생각하는 것을 자기 역시 생각하고 있어. 안 그래, 알도? 나는 자기가 내 말을 이해한다고 확신해."

이번에는 내가 그녀의 눈을 바라보았다.

"당신을 이해하는 것 같아, 바네사. 하지만 당신은 그 시선의 실체를 모르지 않아. 마렘마는 감히 그 이름을 부르지. 그것은 호의적이지 않아. 그게 무엇을 의미하는지 당신은, 아니 당신과 당신네 집안사람들은 오래전부터 익히 잘 알고 있어."

그녀는 평온하고 밤 같은 손으로 내 팔을 잡았다.

"그래. 하지만 자기 역시 잘 알고 있어. 이곳에 온 이래로 자기는 오로지 그것을 위해서만 살았어. 바로 그렇기 때문에 나는 자기를 보러 해도실로 갔던 거고, 바로 그렇기 때문에 자기를 베차노로 데려갔던 거야. 이제 자기가 해야 할 일, 자기는 그것이 무엇인지 잘 알고 있어."

그날 밤 나는 다시 잠들지 않았다. 그 밤은 첫 번째 사랑의 밤처럼 끔찍하도록 신경질적인 흥분과 동요 속에서 지나갔다. 바네사는 온몸의 피가 빠져버린 듯 꿈도 없는 잠으로 머리가 꺾인 채 내 곁에 누워 있었다. 해산한 여인처럼 사지를 펼친 그녀의 몸으로 무거워진 침대는 금방이라도 휠 듯했다. 그녀는 부패와 정체된 발효의 극단에 발아한 꽃과도 같았다. 그녀는 또한 응결되고 분리되어 죽음의 하품 가운데 공기를 찾는, 그리고 늪 표면에 탁탁 튀는 유독성 입맞춤들처럼 끈적끈적한 파열 속에서 닫히고 격앙된 영혼을 내주는 기포와도 같았다.

아침 빛이 방 안으로 스며들었다. 바네사는 벌써 일어나 있었다. 서둘러 옷을 입은 그녀는 방 안을 오갔다. 나는 반쯤 감은 눈꺼풀 사이로 내가 잠 깨길 기다리는 그녀를 관찰했다. 물결치는 듯한 긴 회색빛 실내복을 입은 그녀는 잠에서 깨어나면서 자신이 처한 장소의 의미와 방향을 묻는, 동굴에 피해 들어온 철새에게서 관찰되는 것 같은 불확실한 종종거림과 서툰 파닥임을 보였다. 그녀는 나에게로 와서 부드러운 몸짓으로 침대 가장자리에 꿇어앉았다. 그녀는 바닷바람으로 차가워진 두 팔로 나를 감쌌다. 그녀의 입술에서는 소금 맛이 나는 것 같았다.

"며칠 동안 자기 혼자 두어야겠어, 알도. 알다시피 나는 오르세나로 돌아가야 해."

"벌써, 바네사?"

그녀는 대답하지 않았다. 대신 내 가슴에 머리를 기댔다. 나는 지금도 이해되지 않는 열정으로 그녀를 꼭 껴안았다.

"오래 걸리지 않을 거야. 간밤을 기억하겠지……?"

그녀는 혼란스러운 얼굴을 숙이며 덧붙였다.

"……위대한 밤이었어. 알지, 알도……."

그러고는 별안간 열정적이고도 서툰 몸짓으로 내 손에 입을 맞추었다.

"……자기는 강한 손을 갖고 있어. 아주 강력하고, 아주 억센……."

그녀는 내 손에 자기 뺨을 짧고 부드럽게 부벼댔다.

"……환희와 파멸을 동시에 쥐고 있는 손. 나를 맡기고 위탁하고 싶은 손. 설사 죽이기 위해서일지언정, 파괴하기 위해서일지언정, 심지어 끝내기 위해서일지언정."

"하지만 끝내는 것과는 아무런 상관도 없어, 바네사. 당신은 나를 행복하게 해. 당신은 행복하지 않아?"

그녀는 고정된 커다란 눈으로 나를 응시했다.

"오! 행복해, 자기. 행복해. 다만 자기한테 말하고 싶어. 나는 용기 있는 사람이고, 그 손이 무엇을 가져오건 두려워하지 않는다고. 설사 그것이 끝내는 것이라 해도 말이야……."

그녀는 몸을 흔들며 먹구름처럼 머리칼을 흐트러뜨렸다.

나는 다정함을 다해 불안정한 아늑함 가운데 몸을 웅크리며 따뜻한 머리칼 속으로 손을 집어넣었다. 가슴이 무거워진 나는, 이불 속에 도사린 채 늑장을 부리며 얼음처럼 차가운 기상의 순간을 미루는 초등학생처럼 일각일각 시간이 흐르는 것을 느꼈다.

"……그런데 마리노를 오르세나까지 태워줄 거야. 차에 자리가 남는지 묻더라고. 정청에서는 그에 대해 관심이 많아." 그녀가 암시로 무거워진 목소리로 덧붙였다. "여하튼 자기는 며칠 동안 해군기지에서 혼자 있어야 할 거야……."

그리고 그녀는 기이한 어조로 덧붙였는데, 그것은 내 귀에 반쯤 아이러니컬하게 들렸다.

"……신(神) 다음으로 최고의 지배자야, 알도. ……그런 식으로 말하지 않나?"

바네사가 떠난 뒤 나는 무료하고 서글픈 기분을 느꼈다. 나는 마렘마에서 하루를 더 보내기로 했다. 그날은 크리스마스이브였다. 그런 날 저녁 해군기지의 음습한 벽들 사이에 칩거하는 것은 문득 너무나도 갑갑하게 여겨졌다. 거리에는 군중이 있을 것이었다. 일종의 본능이 나로 하여금 마지막으로 군중 가운데 깊이 섞여 들도록 충동했다. 비틀거리는 도시의 영혼이 느껴지는 그 모호한 날에 그 본능은 용골 위로 배가 몸을 떨고 거대한 충격이 깊이의 전율 속에서 우리에게로 오르는 바로 그 순간 갑판으로 나아가 아직도 살아 있는 팽팽한 뺨들에 우리의 뺨을 부비게 했다.

마렘마의 몇몇 번화가를 거닐어보니, 오래 기다린 축제 전야를 맞아 그 작은 도시의 맥박은 한층 열띠게 뛰는 듯했다. 오르세나 영토에서는 크리스마스이브에 사막을 연상시키는 강렬한 빛깔의 의복과 울긋불긋한 양모 망토를 걸침으로써 먼 동방에서 일어났던 그리스도의 탄생을 그 모래땅 변두리에서까지 기념하는 것이 전통으로 되어 있었다. 하지만 올해에는 그 경건한 가장이 많은 사람들의 눈에 이중의 의미 혹은 특별한 의미의 트릭을 함축하고 있는 것으로 비치는 듯했다. 거리를 휩쓸고 다니는 행렬이 여기저기 빈약한 조명 아래 붉게 물드는 가운데, 나는 지나가는 실루엣들이 천 년 전 동방보다는 오히려 지금도 파르게스탄에서 일반적으로 사용되는 회색과 붉은색 천으로 만든 의복이나 사막 토착민 특유의 긴 줄무늬가 있는 헐렁한 양모 옷을 연상시킨다는 점을 포착했다. 아이들에게 들려주는 전설에 나오는 식인귀(食人鬼)가 옛날부터 그런 야단스러운 모습을 하고 있는 것으로 되어 있었으므로 행렬이 지나갈 때면 아이들이 떠들썩하게 술렁거렸다. 미심쩍은 것은 그 가면들이 과연 아이들에게만 공포를 불어넣으려 했겠느냐는 점이었다. 도처의 시선들이 문득 빛을 내며 실루엣들에 들러붙곤 했다. 아니면 미리부터 그것을 기다리고 있었는지도 몰랐다. 분명한 점은 어떤 것보다도 그 수상쩍은 가장행렬이 긴장된 분위기를 특히 날카롭게 자극했고, 마치 가벼운 열병의 첫 오한에서 민감한 매혹 또는 불안한 자기의식의 감정을 발견하듯, 사람들은 거기서 건강치 못한 쾌감을 느낀다는 사실이었다. 어쩌면 군중은 열기와 일관성을 전해 주는 거울에 그리하듯 그 유령에 몸을 부벼대고 있는지도 몰랐다.

"이 베두인 사람들의 방임에 대해 어떻게 생각하십니까, 감찰장교님?" 하고 길모퉁이에서 맞닥뜨린 벨센차가 내게 던지듯 말했다.

그는 기분이 나빴고 퉁명스러웠다.

"어째서 제가 저 때 묻은 베일들 가운데 하나를 걷어 올리지 않는지 모르겠습니다. 그 뒤에는 불과 얼마 전 저에게 혼난 조무래기들의 얼굴이 숨어 있을지도 모른다는 생각이 드는군요."

나는 약간 무뚝뚝하게 대꾸했다.

"그렇게 하지 마시기 바랍니다. 사람들은 신경이 날카로워요. 경찰이 나설 만한 날이 아닙니다."

"잠자코 있어야 할 다른 더 좋은 이유가 있으니 안심하시지요."

수수께끼 같은 태도로 벨센차는 구석으로 내 소매를 잡아끌었다.

"……사람들이 뭐라고 하는지 아세요? 사람들은 이 축복받은 가장행렬이 몇몇 인간에게 자유로이 활보할 핑계를 제공한다고, 오늘 저녁 저 방충망을 쓰고 바람을 쐬러 나온 자들 가운데에는 이곳과 전혀 상관없는 얼굴들이 있다고 말합니다."

"설마!"

분명 벨센차는 그날 저녁 술 냄새를 풍기고 있었다.

"신중히 행동하라는 명령을 받았습니다, 좋아요. 명령을 듣는 것은 곧 복종을 뜻합니다. 직업의 요구에 따라야지요. 그러나 분명히 말씀드리지만, 감찰장교님, 저 파리한 얼굴들이 그렇게 오래 저를 엿 먹이지는 못할 겁니다. 어쨌거나 우리를 너무 쉽게 생각하는 것 같아요. 저쪽에서는……."

그는 내 팔을 잡고는 점점 더 열렬해지는 연극적인 몸짓으로 나를 한쪽으로 잡아끌었다.

"……우리는, 감찰장교님, 모욕을 받을 만큼 받았습니다. 잘 아시지 않습니까. 하지만 됐어요, 충분합니다. 저는 자리를 잃을 수도 있겠지요, 그래요. 하지만 오늘 저녁 시의회 대표에게 다시 한 번 말했지요. 참는 데도 한도가 있다고……. 오르세나는 사막의 벌레가 서식하기에 알맞은 낡은 매트가 아니에요……. 싸움을 걸면 상대해 줘야지요.(몸짓은 단호하고 고귀했다.) ……오늘 저녁 성 다마즈 교회에 와보세요." 하고 그가 눈을 찡긋하며 끈적거리는 빠른 목소리로 덧붙였다.

나는 멀어져 가는 그를 바라보았다. 나는 그가 어느 정도까지 연기를 하고 있을까 자문했다. 그는 기분 전환을 위해 알코올을 이용하고 있었다. 하지만 허세를 부리는 거친 언어의 의미는 분명했다. 벨센차는 결국 혼자인 게 너무 힘들다고 생각했던 것이다. 궤도를 벗어난 통속적인 영혼의 기계적 표류는 이제 수위(水位)가 한계점에 도달했음을 알리고 있었다.

나는 궁전으로 돌아와 무료하게 식사를 했다. 전기가 느껴지는 군중과의 접촉은 고독을 더욱 의기소침한 것으로 만들었다. 밤 예배를 알리는 첫 번째 종소리가 울렸을 때 나는 벨센차가 일러준 약속 장소인 성 다마즈 교회의 드높은 페르시아 양식 둥근 지붕 앞에 나도 모르는 사이에 와 있었다. 무료함이 유일한 이유는 아니었다. 장소 자체가 나의 호기심을 끌었다.

남쪽 지방에서 그보다 더 유명한 교회는 없었다. 충적형(蟲跡形) 무늬의 금빛 둥근 지붕에서 드러나는 동양 건축의 매우 인상적인 영향보다 교회의 예전(禮典)과 의식에 따라 붙는 매우 끈질긴 혐의 때문이었다. 지난날 이 지역의 공식 교회는 북쪽 지방보다 훨씬 더 깊이 동방 기독교 내부의 논쟁 및 이단과 야합해야만 했고, 성 다마즈 교회의 둥근 지붕은 수 세기 동안 오르세나의 종교적 사유에서 솟아오르는 소란스럽고 모험적인 모든 것의 절충적 규합을 표상했다. 이 교회는 여행을 통해 동방의 네스토리우스 교회와 인연을 맺은 크지 않은 시르트 상인 공동체의 오랜 중심이었고, 뒤이어 이슬람 땅의 비밀결사인 '청렴 형제단'과의 관계로 의심받는 한 비의(秘儀)적 종파의 본거지였다. 이 지역은 드높은 검은 궁륭과 무어 식 둥근 지붕이 가려주었던 비밀 회합들에 대한 많은 전설을 보유하고 있었다. 지하실처럼 습기가 배어 나오는 그 궁륭 아래의 불가해한 신의 발치에서는 조아킴 다 플로레와 콜라 디 리엔치가 기도를 드린 바 있다. 결국 성무 집행 금지처분을 받은 그 구제 불능의 반항적인 교회는 오랫동안 폐쇄되고 말았다. 그러나 이상한 민중적 존경심이 조금씩 조금씩 그것을 에워쌌다. 그것은 아마도 건물의 형태와 제대로 이해되지 못한 이국적인 장식에, 그리고 또 은밀한 호감으로 가득 찬 민중의 정서를 깊숙이 들여다볼 때 확인되는, 지배적이고 공식적인 신에 맞서 암암리에 취하는 재보험과 경계의 필요에 근거했으리라. 시르트를 잘 아는 마리노는 이를 두고 기분이 날 때마다 묘한 어조로 말하곤 했다. "마렘마는 신 앞에서 성 비탈리스 대성당과 결혼하는 한편 몰래 성 다마즈를 취했지." 결국 교회 당국은 너무 매력적이고 너무 노골적으로 어둠에 봉인된 그 상속자 없는 건물 위로 집적되는 꿈의 더미보다는 이단의 위험이 낫다고 판단했다. 그리하여 몇 년 전 교회는 속죄 의식을 치른 후 다시 예배를 시작했다. 악에의 끌림을 공식적으로 구마(驅魔)해 준 것에 대해 타협을 모르는 수도회 측은 위장된 항복이라고 부르길 서슴지 않았다. 사태의 추이는 이 말이 옳음을 보여주었다. 현재 마렘마에 감도는 특별한 분위기 속에서 성 다마즈 교회는 소요자와 소문 유포자들에게 감시하기 힘든 좋은 집결지를 제공해 주고 있음이(이에 대해 벨센차가 수집한 자료는 추호의 의심도 허락하지 않았다.) 명백했기 때문이다. 동시에 그곳은 도시에 증가하고 있는 부유한 회의주의 피한객들에게 인기 좋은 약속 장소이기도 했다. 바네사는 신을 믿지 않았지만 그곳을 집요하게 드나들었고, 이에 대해 막연한 변명을 둘러댈 뿐이었다. 그녀는 교회 성직자단의 보호자로 통했는데, 이들 사이에서는 마치 마술에 의한 것처럼 계시론적 경향이 뿌리내린 참이었다. 마렘마에 지펴진 모호한 불씨에 오르세나의 높은 곳에서 오는 상위의 허가의 효과가 미치는 것은 아마도 그녀의 중재에 따른 것이 아닐까 하는 느낌이 들었다. 얼마 전에 정청에서 받은 지침은 내게 그 상위의 허가를 내밀한 방식으로 상기시켜 준 바 있다. 성 다마즈 교회는 하나의 틈으로서, 그리로 들어온 수상쩍은 기체가 거리를 엄습하고 있었다. 유황 냄새가 나는 그 납골당을 한번 둘러보는 것이 부질없는 짓만은 아닐 거라는 생각이 들었다.

교회는 모래톱이 해안에 와서 박히는 부근에 위치한 가난한 어부들의 동네 한가운데에 있었다. 그 엄숙한 날에도 교회 내부 장식의 소박하고 또 의도적으로 가난한 요소들은 그것이 위치한 구역을 상기시켰다. 기운 그물들이 벽을 장식하고 있는 가운데 시르트 선원들의 해묵은 관행에 따라 바퀴로 제단 앞까지 끌어온 고기잡이배 한 척이 모든 선구(船具)와 함께 구유를 대신하고 있었다. 촛불로 이루어진 떨기나무 아래 움푹 파인 흔들리는 요람은 그 투박한 광경을 매우 기이한 방식으로 다른 풍경 속에 옮겨놓으며 위협받는 성탄, 바다의 위험에 노출된 탄생을 연출하고 있었다. 궁륭에서 수직으로 떨어지는 강렬한 빛을 에워싸고 있는 신랑(身廊)의 나머지 부분은 몹시 어두웠다. 하지만 거기에서는 극도의 열광 가운데 일체가 된 군중으로부터 솟아오르는, 마치 작열하는 길 위에 빨려 들어와 흔들리는 공기처럼 거의 만질 수 있을 것 같은 자화된 교통(交通) 상태가 시작되고 있었다. 이 열광은 머릿수가 헤아려진 가축의 안락함만을 표현할 따름인, 자신의 체취에 코를 박은 오르세나의 일요일의 그 유명한 되새김질과는 조금도 닮은 바가 없었는데, 불현듯 콧구멍을 채우는 이국적인 향기들처럼 거리 여기저기에서 흔적의 형태로 냄새 맡을 수 있는 것이 여기에서는 벼락같은 주먹질이 되어 얼굴을 강타하고 있었다. 어떤 강력한 효모가 군중을 휘저어 그 위의 높은 궁륭을 부풀렸다. 서로서로 얼굴을 밀착한 군중 위를 신비의 배가 항해하고, 군중은 어깨로 그 배를 지탱했다. 배는 되찾은 깊은 노랫가락에 맞춰 단조롭게 일렁거렸다. 밤의 알〔卵〕처럼 겨울의 가장 공허한 지점에 옮겨진 그 밤 나는 잠에서 깨어난 뜨거운 목소리들의 숨결 한가운데에서 내 발아래로 얼음이 깨지고 녹는 것을, 가슴이 뛰는 가운데 땅 아래로부터 나쁜 열기가 솟아오르는 것을 느끼는 듯했다. 너무 급작스러운 해빙 혹은 선고받은 봄이라고나 할까. 낙엽을 소용돌이치게 하는 돌풍처럼 마니교의 옛 송가가 바다에서 온 바람처럼 군중 위로 솟아올랐다.

내 두 눈이 갈급하는 이,
깊은 어둠 속에서 오시도다.
그의 죽음은 약속이고
그의 십자가는 내 의지(依支)여라.
오 무서운 대가,
오 내 두려움의 표지,
배〔腹〕는 고통의 탄생을 위한
무덤과도 같도다.

시간 깊은 곳에서 오는, 기쁨의 축제 위로 검은 베일처럼 펄럭이는 그 기이하고 음산한 송가를 부르는 목소리는 폐부를 찌르는 듯했다. 창자에서 나오는 듯한 그 목소리는 깊은 과거의 불길한 음조 속에 순진하게 자리 잡는 것처럼 보였다. 그것이 드러내는 은연의 공황(恐惶) 때문에 나는 들으면서 소스라치지 않을 수 없었다. 죽음의 위험 앞에서 어머니의 이름이 입술에 오르는 사람처럼 어두운 위험의 그 순간 오르세나는 자신의 가장 깊은 어머니들 속으로 몸을 감추고 있었다. 광풍 속의 배가 거대한 파도 앞에서 본능적으로 선체를 곧추세우듯 도시는 한마디 외침 속에 그의 긴 역사를 투입하며 그것을 통합하고 있었다. 무(無)에 직면한 도시는 단숨에 그의 드높은 규모와 내밀한 차이를 되찾았고, 아마도 처음으로 나는 끔찍한 격렬함 속에 몸을 맡긴 채 깊은 곳으로부터 내 목소리의 헐벗은 음색이 올라오는 소리를 들었다.

송가가 그쳤다. 더욱 주의 깊은 침묵이 군중의 감동은 이제 이해 가능한 표지 속에서 완결되기를 기다린다는 것, 즉 설교자가 말을 시작하려 한다는 것을 알려주었다. 나는 날카로운 주의 속에서 그를 바라보았다. 그는 남부 수도원의 흰옷을 걸치고 있었다. 그의 무엇인가가—아득한 부드러움과 편집증적인 집중력을 생각나게 하는 베일에 싸인 듯한 근시가—오르세나의 사막 언저리에서 자주 나타나는, 신기루의 화염과 모래의 불에 반쯤 타들어 간 숯과도 흡사한 저 두려운 환시가들을 연상시켰다. 강단을 향해 걸어가면서 그는 열 사이를 하얀 불꽃처럼 너울거렸다. 이윽고 그가 계단을 오르자 아래쪽에 빛나는 촛대가 그의 턱으로부터 육식동물의 억센 그림자가 솟아나게 했으며, 얼굴 전체가 밤의 불분명한 표면에 와 스치는 듯했다. 회중들 사이에는 서로 맞닿는 손만큼이나 내밀한, 감지하기 어려운 어떤 죔 같은 것이 있었고, 나는 바야흐로 예언자들의 시대가 돌아왔음을 깨달았다.

그는 우선 망설임 또는 권태 같은 것이 느껴지는 중립적인 어조로 교회 예전이 성탄 축제에 부여하는 매우 중요한 의미를 지적한 뒤, 올해에는 그것을 전통적 찬란함 가운데 성 다마즈에서 거행할 수 있게 된 사실을 신이 베푸는 은혜의 각별한 표지인 양 기꺼워했다. 그에 따르면 성 다마즈는 '이 밤 투쟁하는 교회의 합창 속에 결합된 목소리 중의 목소리로서 언제나 특별한 울림을 낳고 또 우리 민중의 가슴을 향해 항상 빛나는 효과를 발휘해 왔다.' 이 색깔 없는 모두(冒頭)를 끝내고 목소리는 잠시 휴지부를 두더니 칼집에서 천천히 끄집어내는 검처럼 점점 더 단호하고 점점 더 명료한 어조로 높아졌다.

"성취된 기다림과 희망을 향한 신성한 고양의 이 축제를 올해에는 잠도 휴식도 없는 땅에서, 나쁜 꿈들로 잠식된 하늘 아래에서, 그리고 성서에 무시무시하게 예고된 징표들의 임박함 때문에 지치고 번민에 찬 마음으로 기리게 되었다는 사실을 생각하면 극도로 불안한 어떤 것을 느끼게 됩니다. 여러분 가운데 몇몇은 쓰린 조소 같은 것을 생각할지도 모르겠습니다. 하지만 우리의 가슴과는 아무런 상관도 없는 이 정신의 스캔들 속에서 나는 형제자매 여러분이 숨은 의미를 읽도록, 또한 떨림 속에서 우리가 예감할 수 있는 탄생의 심오한 비밀을 되찾도록 권고합니다. 우리에게 우리 희망의 보증이 주어진 것은 겨울의 가장 어두운 시점, 밤의 핵심 속에서였습니다. 우리 구원의 장미가 피어난 것은 사막에서였습니다. 지금 우리가 다시 살고 있는 그날, 창조 전체는 낙담한 채 침묵했습니다. 말은 더 이상 솟아오르지 못하고, 목소리는 메아리를 찾을 수 없었습니다. 별들이 운행의 가장 낮은 지점에 기우는 그 밤 잠의 정령은 만물에 깃들고, 대지는 사람의 가슴속에서 스스로의 무게에 기뻐하는 듯했습니다. 마지막에는 창조 자체가 돌덩이 같은 온몸으로 창조자의 봉인된 숨결을 짓누르는 것처럼 보였습니다. 어둠 속을 더듬어 잠자리를 찾듯 사람은 그 돌덩이 위에 길게 누운 것 같았습니다. 이불을 머리까지 끌어올리는 것은 사람에게 달콤한 일이기 때문입니다. 우리 가운데 누가 허망한 꿈의 뒤를 쫓아가지 않았습니까? 우리 가운데 누가 몸으로는 편안한 잠자리를, 머리통으로는 베개를 만들면 한결 잠자기 좋을 거라는 생각을 하지 않았습니까? 정신을 위한 닫힌 침대도 있습니다. 오늘 밤 이곳에서 나는 여러분 안의 매몰을 저주합니다. 자신이 이룬 것들에 얽매인 인간을 저주합니다. 그의 만족과 그의 동의를 저주합니다. 너무 무거운 대지를, 자신의 과업에 들러붙은 손을, 스스로 만든 반죽 속에 마비된 팔을 저주합니다. 기다림과 떨림의 이 밤, 세상이 가장 불확실하고 가장 크게 입을 벌린 이 밤, 나는 여러분의 잠을 고발하고 여러분의 안전을 고발합니다.”

회중 사이에 주의 깊은 전율이 일었고 기침 소리가 어둠 속 여기저기에서 잦아들었다.

“……떨림과 희망을 안고 마음으로 달려가 봅시다. 이것은 다른 사람들에 비하면 우리에게는 쉬운 일입니다. 낮과

다를 바 없이 매우 실망스러운 그 밤을 향해. 창조되지 않은 빛을 여전히 베일처럼 감싸고 있는 그 새벽을 향해. 땅은 벌써 예감된 탄생으로 충만해 있었습니다. 하지만 그 탄생은 혼란스러운 조언과 나쁜 전조의 밤을 택하여 몸을 숨겼습니다. 그 앞을 걸어가며 군대 앞의 먼지처럼 그것을 예고하는 것은 불길한 소문과 뿌려진 피, 그리고 파괴와 죽음의 전조였습니다. 여러 세기 전 이 밤 사람들은 잠을 자지 않고 감시했습니다. 불안이 그들의 관자놀이를 옥죄었습니다. 그들은 이 문 저 문을 다니며 어머니의 태(胎)에서 갓 나온 아기들의 목을 졸랐습니다. 기다림이 성취되지 않기를 바랐던 그들은 휴식이 방해받지 않고 돌이 열리지 않도록 하기 위해 아무것도 그냥 내버려두지 않았습니다. 탄생이란 게 언제나 반갑지만은 않은 사람들이 항상 있기 때문입니다. 그것은 몰락과 혼란을 가져오고, 피이자 외침이며, 고통이자 빈약해짐입니다. 끔찍한 소동입니다. 정해지지 않은 시간, 그것이 포함하는 계획들, 끝나버린 휴식, 하얗게 지새우는 밤들, 그야말로 작은 상자 둘레로 우연의 회오리가 휘몰아칩니다. 설화에 나오는 바람을 가둔 가죽부대가 터져버린 꼴입니다. (사실 탄생은 죽음을, 죽음의 전조를 가져옵니다. 하지만 그것은 의미입니다.) 나는 여러분에게 아직 죽지 않은 인간의 부류에 대하여, 문을 닫은 종족에 대하여, 대지는 이제 충만이고 만족이길 바라는 자들에 대하여 말하고자 합니다. 나는 여러분에게 영원한 휴식의 파수꾼들을 고발하고자 합니다.

오 형제자매 여러분, 그 무서운 불확실성의 밤, 마음 깊이 탄생을 축하하는 사람들은 많지 않습니다. 그들은 동방으로부터 옵니다. 그들은 자신들에게 요구된 것이 무엇인지 알지 못합니다. 그들을 안내하는 것이라고는 포도송이의 피든 재난의 피든 아무튼 피가 뿌려질 때면 매번 하늘에 빛나는 불의 표지뿐입니다. 그들은 전설적인 부(富)의 왕국을 다스리는 사람들입니다. 지하실 깊은 곳에서 가치를 헤아리기 힘든 보화 더미가 무너져 내리는 것을 볼 때처럼, 깊은 밤 그들의 의복 위에는 여전히 광채가 감도는 듯합니다. 하지만 그들은 떠났습니다. 그들 뒤로 모든 것을 버린 채 금고의 가장 귀한 보배를 지니고 떠났습니다. 그들은 그것을 누구에게 바쳐야 할지 몰랐습니다. 이제 사막 한가운데를 나아가는 이 맹목적인 순례와 순수한 강림에의 봉헌을 하나의 위대하고도 끔찍한 상징으로 생각해 봅시다. 순수한 기다림과 심오한 일탈 가운데 말없이 움직이는 별을 따라 그들과 함께 어두운 길을 걷는 것은 우리 안에 있는 왕자(王者)의 부분입니다. 그 깊은 밤 그들은 벌써 길 위를 나아가고 있었습니다. 그들의 의미 속으로 들어갈 것을, 그들과 더불어 장차 성취되려는 바를 희망할 것을 나는 여러분께 권합니다. 모든 것이 유예되고 시간조차 주저하는 듯 보이는 그 불확실한 순간 속에서 그들의 종국적 탈주(脫走)에 참여할 것을 나는 여러분께 권합니다. 밤 한가운데에서 그것이 무엇인가를 잉태한 밤이라는 사실을 아는 것만으로도 기뻐할 줄 아는 자는 복이 있나니, 어둠이 그에게 결실을 가져다주고 빛이 충만할 것이기 때문입니다. 모든 것을 버리고 아무런 보증 없이 몸을 던지는 자, 가슴 깊은 곳에서, 뱃속 깊은 곳에서 어두운 해방의 부름을 듣는 자는 복이 있나니, 그의 시선 아래에서 메마른 세상이 다시 태어날 것이기 때문입니다. 세찬 급류 한가운데에서 배를 버리는 자는 복이 있나니, 그는 맞은편 기슭에 닿을 것이기 때문입니다. 스스로를 버리고 스스로를 포기하는 자, 어둠 한가운데에서 깊은 성취만을 경배하는 자는 복이 있나니…….”

다시 한 번 설교자는 휴지부를 두었다. 그의 목소리는 이제 엄숙함을 띤 채 더욱 느리게 고조되었다.

“……나는 여러분에게 아무도 기대하지 않았던 이, 밤도둑처럼 오신 이에 대해 말하고자 합니다. 나는 오늘 여기 어둠의 시간, 단죄된 땅에서 그에 대해 말하고자 합니다. 나는 잠들어서는 안 되는 밤에 대해 말하고자 합니다. 나는 여러분에게 어두운 탄생의 소식을 전해 주고자 합니다. 나는 여러분에게 다시 한 번 땅 전체가 그의 손에 가늠될 때가 이제 도래했음을, 여러분 또한 선택해야 할 순간이 가까웠음을 알리고자 합니다. 오, 깊은 밤 한가운데 빛나는 별에 우리 시선을 거절하지 않을 수 있기를! 오, 욕망의 억누를 수 없는 목소리는 깊은 고뇌의 바닥으로부터 어두운 길을 거쳐 고뇌보다 더욱 강하게 솟아오른다는 사실을 우리가 이해할 수 있기를! 내 사념은 여러분과 함께 깊은 신비로 향하듯 사막 깊은 곳에서 오는 이들에게로 나아갑니다. 그들은 평화 대신 칼을 가져오는 왕을 구유 속에서 경배하기 위해 오는 것입니다. 어찌나 무거운지 대지조차 그 무게 아래 소스라친 짐을 부드럽게 흔들어 재우기 위해

서입니다. 나는 그들과 함께 꿇어 엎드려 어머니의 품에 안긴 아들을 경배합니다. 나는 고뇌에 찬 이행(移行)의 시간을 경배합니다. 나는 아침의 문과 열린 길을 경배합니다."

휘두르는 낫 아래 서두름 없이, 그리고 거의 게으르게 함몰되는 밀처럼 군중은 문득 무릎을 꿇으며 물결쳤고, 교회 깊은 곳으로부터 밀려온 강력하고 야만적인 기도의 중얼거림이 뺨을 치듯 내 얼굴을 강타했다. 군중은 높은 궁륭 아래의 공간을 한 덩어리로 응고시키는 놀라운 부동성 속에서 어깨와 어깨를 맞대고 기도했다. 그 덩어리는 어찌나 치밀했던지 나는 관자놀이가 옥죄고 폐에 공기가 부족한 것처럼 느껴졌다. 양초 연기가 갑자기 내 눈을 찔렀다. 나는 양어깨 사이의 무거움과 함께, 피를 흘리는 사람을 응시하면서 겪는 것 같은 눈부신 구토를 느꼈다.

나는 군중 속에서 벨센차를 찾지 않았다. 목을 죄는 감동 속에서, 나는 허벅지의 약한 부분을 더듬는 칼날처럼 나를 훑어보는 그의 느린 근시안을 떠올리며 역겨움(그것은 형언할 수 없는 역겨움이었다.)을 느꼈다. 나는 배로 뛰어올랐다. 무겁고 축축한 밤이 나를 매혹했다. 궁전으로 돌아가는 대신 나는 석호를 가로질렀다.

소금기가 느껴지는 추운 밤은 좋았다. 내 앞에는 모든 불을 끈 알도브란디 궁전이 잔잔한 물 위로 빙산처럼 일렁거렸다. 왼쪽으로는 마렘마의 드문 불빛이 바다에까지 빈약한 별자리를 담그고 있었다. 마치 대지가 삼켜지고 난 뒤 우글대며 물어뜯는 별들 앞에서 수평선마저 뒷걸음질하는 듯했다. 마렘마는 밤의 덩어리 안에서 녹으며 희석되고 있었다고나 할까. 이를테면 그것은 스스로의 시간과 형상 안에 용해되고, 미세한 못 같은 불빛들로 이루어진 경표(警標) 아래 함몰되어 있었다.

나는 그 약속된 밤 속을 오랫동안 헤매었다. 나는 그것의 불확실함과 멀어짐 속으로 달아났다. 습기가 내 외투에 차가운 물방울들이 듣게 했다. 배의 전조등이 던지는 희미한 빛의 원 안에서 뱃전에 부딪치는 석호의 물이 끊임없이 찰랑댔다. 나도 모르게 잠 속으로 빠져들었다. 해군기지 사무실에 앉은 마리노의 모습이 그의 영리하고 무엇인가를 아는 듯한 이상한 미소와 함께 이따금 내 눈앞을 지나갔다. 그는 물 위를 걷는 사람처럼, 그리고 하찮은 꼭두각시처럼 배의 리듬에 맞추어 내 앞에서 흔들렸다. 그러더니 흔들림의 폭이 줄어들었다. 한순간 그의 얼굴이 묵직한 부동성 속에서 내 앞에 고정되었다. 나는 그의 음울하고 고정된 눈이 내 눈 속에 잠겨 드는 것을 느꼈다. 나는 금세 잠이 들었다.

축제 다음 날인데도 해군기지는 의외로 활기를 유지하고 있었다. 르두타블은 부두에 정박해 있었고, 갑판에서는 평소의 무질서를 찾아볼 수가 없었다. 석탄 더미 근처에는 사람들의 움직임이 분주했다. 큰 방에서 나오던 파브리치오가 나를 보자마자 얼른 되돌아 들어갔다. 제독이 만함식(滿艦飾)을 한 함대에 오를 때처럼 안으로부터 느닷없이 요란스러운 휘파람 합주 소리가 터져 나왔다.

"전원 갑판으로. 함장님이 오셨다!" 하고 파브리치오가 외쳤다.

나는 그 장난이 치밀하게 준비된 것임을 알아차렸다. 세 명의 공범자는 음험한 정렬 가운데 부동자세를 하고 칼을 뽑아 든 채 나를 기다렸다. 심지어 공식적 음악의 몇 소절이 들리기도 했다. 환호에 대한 답례로 나는 음료 지급을 명령했다. 손바닥들이 내 어깨를 철썩철썩 때렸다. 기이하게 감동된 나는 그 솔직한 우정에 흠씬 젖어 들었다. 우리 넷은 모두 젊었다. 우리는 가뿐하고 힘이 넘치는 가운데 건조하고 청명한 아침 햇살을 받고 있었다. 나는 그들을 얼싸안고 싶은 욕구를 느꼈다.

"……그가 배를 지휘할 거야……." 파브리치오가 존경의 휘파람 소리를 내며 말했다. "우리끼리 얘기지만 이제 때가 되었어. 우선 성하(聖下)의 교서를 전달해야지." 하고 장난을 그친 그가 봉투를 하나 내밀며 덧붙였다. 성하는 늙은 족장처럼 느린 동작과 절대로 움직이기 싫어하는 성격 때문에 우리가 종종 재미 삼아 마리노에게 부여하는 칭호였다.

마리노의 편지는 서둘러 쓴 듯 짧았다. 우리 사이의 우애는 미묘한 것이었지만, 그는 나와의 관계에서 형식적인 면에 전혀 구애받지 않았다. 이런 사실을 생각하자 그의 선의와 신뢰가 왠지 모를 따뜻한 기운처럼 내 얼굴에 올랐다. 그것은 어찌나 갑작스럽고 또 어찌나 생생한 것이었던지 나는 얼굴이 다 빨개졌다. 나는 다시 한 번 강렬하게 그의 기이한 능력을 느꼈다. 그것은 단 한 차례의 접촉만으로도 사물에 영향을 미치고, 그의 음성을 닮은 단순한 문장으로 음악 자체(그렇다, 그의 손가락은 무엇을 건드리든 가장 단순하고 가장 당혹스러운 화음만을 연주하는 양, 매사에 그의 거동은 일종의 서툴고도 감동적인 멜로디였다.)를 기억의 표면에 떠오르게 하는 능력이었다. 그는 내게 해군기지를 맡기면서 이미 야간 순찰을 지시해 두었고, 내가 잘 해내리라는 것을 믿어 의심치 않는다는 점을 알리고 있었다. “르두디블을 잘 돌봐주게.” 하고 그는 덧붙였다. “나는 언제나 그 망할 여울이 걱정이라네. 우리 배는 더 이상 젊지 않아. 모래가 쌓이는 수로에 들어서기 전에 교대를 시키도록 하게. 지난번에 파브리치오는 나를 곤경에 빠뜨렸지. 그 젊은 친구들은 항해할 줄 안다고 믿는 얼치기들이라네. 하지만 자네가 있으니, 나는 마음 놓고 잠잘 수 있네. 잊지 말아야 할 것은—자네의 경우는 알아서 하면 되겠지만—브랜디는 야간 당직이 끝난 다음에 지급해야 한다는 점이네. 파브리치오의 요구를 들어주어서는 안 돼. 그럼 성 비탈리스(이 성인은 마리노가 숭배하는 성인이자 인근 해역의 수호신인 듯했다.)께서 바다 위의 자네를 보호해 주시길 빌겠네.”

“나를 데려가 줄 거지, 알도, 약속해.” 하고 파브리치오가 내 등 뒤에서 손을 확성기처럼 모으고 외쳤다. “의리를 지켜주길 바라. 우리 셋이서 제비를 뽑았어. 내가 르두타블을 좌로 우로…… 아무튼 자네가 원하는 대로 모시지.”

아침 시간은 열띤 분주함 속에서 지나갔다. 나는 긴 여행이라도 준비하는 것처럼, 금세 뒤죽박죽이 된 방과 열린 서랍 한가운데 있는 자신을 발견했다. 이 분주함은 헤엄치는 동작이 사람을 물에 떠 있게 하듯 나를 붕 떠 있게 했다. 그런 움직임을 멈추지 않으려고 특히 애쓰던 나는 내 아래로 움푹 패는 것을 시야에서 반쯤 놓치고 있었다. 나는 문득 수줍음과 거북함을 느끼면서 내가 마리노의 선실을 사용할 거라는 사실에 생각이 미쳤다. 몽유병자의 것 같은 그 동요와 뒤죽박죽이 된 서랍들은 내가 즉시 배에 올라야 한다는 사실을 속일 뿐이었다. 나는 사이렌이 우는 소리를 듣는 지체된 승객 같았다. 나는 배가 나를 태우지도 않고 떠날까 봐 겁이 났다. 나는 진작에 배에 올라가 있었으면 하고 바랐다. 나는 급한 걸음으로 잔교(棧橋)까지 걸어갔다. 떨리는 밝은 연기 아래 부드럽게 진동하는, 마치 잠에서 깨어난 짐승 같은 르두타블을 눈앞에 두고 본다는 경이로운 확실성에 충만해 있던 나는 그러나 그것이 몹시 작고 졸렬한 것을 발견하고는 꿈에서 깨어난 아이처럼 슬퍼졌다.

르두타블에는 아무도 없었다. 그것은 불길한 전조의 커다란 곤충 같았다. 거기에는 늪 같은 졸림 가운데 바닥에서 올라온 갉아먹는 듯한 미세한 진동만이 감돌고 있었다. 나는 배를 거의 알지 못했다. 지난번 야간 순찰 때 나는 함교에서 거의 꼼짝도 하지 않았다. 나는 손을 대기가 두려운 장치처럼 까다로워 보이는 기계에 압도된 채 난간의 쇠가 벌써 손에 뜨겁게 느껴지는, 햇볕에 씻긴 갑판 위를 막연한 기분으로 서성댔다. 나는 몇 개의 문에 마리노의 열쇠를 돌려보았다. 발에 밟히는 강판의 삐걱이는 쇳소리가 침묵 가운데 거슬렸고, 어두운 통로의 공기는 갑갑했다. 짜증이 난 내가 막 포기하려 할 때 작은 철문 하나가 열렸다. 그 방은 어찌나 작았던지 반대편 벽에 걸린, 내가 익히 잘 아는 낡은 모자에 코가 부딪칠 뻔했다.

뒤쪽에 난 현창을 통해 제법 강렬한 빛이 선실로 들어오고 있었다. 그러나 작은 디테일들을 분별해 내기도 전에 마리노의 존재가 밀려왔고, 나는 차가운 담배와 마른 꽃 냄새 속에서 눈을 감았다. 그것은 해군기지에 있는 그의 사무실에서처럼, 붕대를 벗겨내는 미라의 존재만큼이나 놀랍도록 내밀하게 나를 향해 튀어 올랐다. 마리노의 면전에서 나를 얼어붙게 만드는 비범하게 강력한 존재의 느낌에 다시 한 번 놀란 나는 어안이 벙벙하여 주위를 둘러보았다. 방이 그의 이미지 그대로라고 말하는 것으로는 부족할 듯싶었다. 벽이 분신(分身)들로 장식된 이집트의 지하 분묘나, 빈 석관(石棺) 둘레에 정지된 험상궂은 몸짓들의 띠와 같은 방식으로 방은 마리노를 닮았다고 해야 옳을 듯했다. 협소한 방에는 그러나 물건이 별로 없었다. 규정에 따른 무기 받침대에는 눈에 익은 마리노의 파이프가 매달려 있었다. 작은 탁자 위의 목 좁은 시르트 산(產) 녹색 자기 꽃병에는 시든 꽃 몇 송이가 꽂혀 있었고, 축축한 이끼로 푸르스름해진 두꺼운 『항해지침』이 꽃병 넘어지는 것을 막아주고 있었다. 나는 다리를 쳐든 뿔테 안경 곁에 펼쳐진 장부로 눈길을 던졌다. 마리노는 임차 내역을 바다까지 가져가서 검토하곤 했다. 문득 밀폐된 평온이 느껴졌다. 여러 세기 묵은 꽃가루가 희미하게 코를 간질이는 식물 표본의 것과도 흡사하며, 닻보다 더욱 단단하게 배를 육지에 매어놓는 이 평온은 그 느낌이 어찌나 날카로웠던지 나는 숨

쉴 공기라도 찾는 양 급격한 동작으로 현창을 열었다. 나는 가까운 벽에 걸린 유리를 끼운 작은 액자를 한동안 훑어보았다. 거기에는 날짜가 기입된 빛바랜 항해 학교 졸업증서가 있었고, 그것을 마리노의 훈장들이 둘러싸고 있었다. 훈장 가운데에는 붉은 그물 장식이 들어간 청색 시르트 메달(사막에서 십오 년 동안 충성스럽게 복무한 사람에게 수여하는 것이다.), 해상 구조 약장, 그리고 오로지 피의 대가를 치름으로써만 얻을 수 있음을 오르세나 사람이라면 누구나 다 아는 고귀한 붉은색 성 유다 메달이 포함되어 있었다. 나는 사념에 잠긴 채 한동안 그 훈장들을 바라보았다. 그것들은 유리 함 안에 보존된 메마른 종이처럼 놀랍도록 바래 있었다. 나는, 까다로운 주의를 나타내는 그만의 순진한 주름살과 함께 유리 너머의 메달들을 흘끗 바라보는 그를 상상해 보려 애썼다. 자기 자신에 대한 그런 멀어짐, 거의 현기증이 느껴지는 거리 두기는 언제나 나를 아연실색게 했다. 그 몽상적인 방에서 약간 거북함을 느낀 나는 좁은 침대에 잠시 몸을 눕혔다. 천장의 가벼운 움직임이 나를 소스라치게 했다. 그것은 마리노가 침대에 누워 바라보는 나침반 바늘로서 내 머리 위를 잠에서 깨어난 짐승처럼 움직였다. 방은 나를 내쫓고 있었다. 나는 자리에서 일어나 무료한 기분으로 한동안 『항해지침』을 뒤적였다. 가느다란 바늘 같은 이끼가 눅눅한 냄새를 풍기는 축축한 책장들에 들러붙어 있었다. 마리노는 분명히 오래전부터 짐작으로 항해하고 있었다. 책장들이 붙어버린 그 책으로부터 다시 한 번 그가 솟아 나왔다. 무겁고 둔한 동작으로 대지에 평온의 씨앗을 뿌리는 그의 눈은 가까이 있는 것에 고정되어 있었으나, 거기에서는 환자들에게서 볼 수 있는 신비스럽고 불안한 이상한 광채가 빛나고 있었다. 발소리 하나가 갑자기 내 머리 위의 강판을 울렸다. 내가 거기 있는 것을 누가 본다는 사실이 나를 언짢게 했다. 나는 매무새를 바로잡기 위해 거울로 다가갔다. 한순간 시선을 사로잡힌 나는 거울의 회색빛 물속에 눈을 담갔고, 아주 비슷한 영상들, 정확하게 겹쳐지는 무한한 영상들이 책장들처럼, 손에 쥔 『항해지침』의 단면처럼 차례차례 빠른 속도로 꽃잎처럼 떨어지며 미끄러지는 것 같았다. 나는 눈을 감고, 너무 강한 빛 위로 현창의 덧문을 내려뜨렸다. 그리고 잠시 망설인 뒤, 죽은 사람의 방문을 닫을 때처럼 조심스럽게 시든 꽃 냄새 위로 문을 잠갔다.

나는 해군기지의 사무실에 들러 몇 가지 명령을 하달했다. 나는 파브리치오를 데려가기로 했다. 그것은 오래전부터 결정된 일이었다. 나는 식량과 탄약이 규정대로 완비되어 있는지 확인하게 했다. 농장에서 해고된 이래 갑판장이 된 베포는 보일 듯 말 듯 눈썹을 찌푸렸다. 그것은 예기치 않은, 그리고 불필요한 명령이었던 것이다. 나는 곧 그것을 알아차리고는 입술을 깨물었다. 르두타블에서는 아무것도 건드리지 않는 게 관행이 되어 있었다. 나는 푸르스름한 곰팡이를 뒤집어쓴 채 정렬되어 있는, 손도 대지 않은 상자들을 상상했다. 머리맡 탁자 서랍 깊은 곳의 서류들 뒤에 잊힌 장전된 권총 같다고나 할까.

“한판 붙어보겠다는 거지?” 하고 카드놀이건 무엇이건

준비라면 흥분하며 사방으로 나대는 파브리치오가 웃으면서 말했다.

"바보 같으니……!" 하고 나는 그를 툭 쳤다. "지난번과 달리 이번에 수로를 잘 통과하게 되면 자네는 너무나도 만족스럽겠지." 하고 내가 음험하게 덧붙였다.

"쳇! 수로…… 걱정 말라고. 저렇게 좋은 항로표지가 있는데……."

파브리치오가 언짢은 표정으로 어깨를 움찔하며 새하얀 성채를 가리켰다.

"이제는 밤이라도 어린애 장난에 불과해. 마리노는 들으려고 하지 않지. 나한테 최소한 해상 재난 메달은 줘야 하는데 말이야. 이건 부당해! ……어떻든 상관없어. 오늘 저녁 잠잠한 바다(이 '잠잠한 바다'는 병영의 은어로 시르트 해를 가리켰다.)는 괜찮을 거야."

파브리치오는 손을 비비면서 저 유명한 마리노의 고갯짓과 함께 비스듬한 눈길로 하늘을 훑어보았다. 그의 태도에는 오래 기다린 축제 전날 어린아이들에게서 볼 수 있는 약간 비정상적인, 억제된 환희가 있었다.

정오에 모든 준비는 끝났다. 세세한 마지막 부분까지 정리되었다. 얼마 안 되는 일거리는 기이한 힘에 의해 걷잡을 수 없이 풀려 나가면서 순식간에 바닥났다. 작살을 쏘는 사람의 손가락 사이로 빠져나가는 한 뭉치의 줄 같다고나 할까. 출발은 매우 늦은 시각으로 정해졌다. 바다의 수면은 어둠이 내린 이후에나 높아지기 때문이었다. 나는 갑자기 견딜 수 없는 공허 앞에 서 있는 자신을 발견했다.

나는 말에 안장을 얹게 했다. 신경이 날카로웠고, 그것은 혼자가 되기 위한 편리한 핑계였다.

공기는 이제 매우 맑고 건조했다. 서리처럼 부서지는 햇살이 모래와 마른 갯골풀 위로 흘러넘쳤다. 나는 마침 오르텔로에 받아야 할 약간의 돈이 남아 있다는 사실을 생각해 냈다. 해군기지로 들어온 병력에 대한 급료의 잔액이었다. 그것은 긴 산보를 할 수 있는 핑계를 주었다. 회색 길은 대지 깊은 곳을 향해 들어가고 있었다. 바닷바람이 부는 갯골풀 덮인 비탈 사이에 위치한 그 길은 텅 빈 풍경 속에서 이상하도록 깔끔했다. 뜨거워진 대지로부터 귀를 멍하게 하는 곤충들의 울음소리가 들려왔다. 첫 번째 모래 언덕을 오른 나는 몸을 돌려 바다를 바라보았다. 말이 발걸음을 떼어놓을 때마다 잉크처럼 파란 반원이 창백한 모래사장을 더욱 좁게 조여들고 있었다. 아래쪽으로 벌써 작아진 해군기지가 보였다. 부화되는 알처럼 열기 속에 웅크린 그것은 염전에서 보는 것 같은 잔인한 반사 속에 녹아 있었다. 작열하는 백색의 거대한 번쩍임이 검은 사각형 그림자 위의 생석회 덩어리 같은 성채를 잠식하고 있었다. 르두타블은 손가락 같은 방파제에 반지의 보석처럼 붙어 누워 있었다. 모든 것이 석화된 부동성 속에 있었다. 벌써 풍경은 사람을 색깔 다른 모래알처럼 흡수해 버린 참이었다. 오로지 깃털 달린 자루처럼 작은 군함의 굴뚝에 솟는 무거운 연기만이 그 적막 속에 감지하기 어려운 경보음과 함께 고약한 부엌 냄새를 퍼뜨리고 있었다. 풍경은 그러나 모래 주름 뒤로 사라졌다. 한동안 가벼운 연기만이 수평선

위 고요한 하늘로 피어올랐다. 나는 딱딱한 지면 위로 말을 달렸다. 투명한 공기 속에서 나는 마른나무처럼 타오르는 것 같았다. 앞으로 나아가는 내 육체는 머리에서 발끝까지 강렬하게, 위험하게 살아 있었다.

오르텔로 농장이 멀리 올리브와 덤불로 둘러싸인 가파른 언덕 허리춤에 모습을 드러냈다. 돌로 된 긴 건물들은 커다란 회색 계단처럼 비탈에 걸쳐 있었다. 입구 앞의 먼지 덮인 타작 마당은 텅 비어 있었다. 흙 묻은 무거운 양피를 말리는 곳으로서, 사냥에 이은 향연에 나도 몇 번 참석했던 헛간 역시 비어 있었다. 내가 입은 군복은 친숙한 것이었는데도 큰 마당의 좁은 그늘에서 졸던 하인들 사이에서는 존경과 공포가 깃든 동요가 일었다. 마치 그 마모된 표지가 의미와 충만함을 되찾고, 보이지 않는 때를 씻어낸 것 같았다.

"이렇게 와주시다니 주인님께서 좋아하실 겁니다." 집사가 고삐를 잡으며 말했다. "이곳에서는 도통 소식을 듣지 못해서……."

그는 거북스러워하면서 말을 멈춘 뒤 내 도착을 알리기 위해 걸음을 서둘렀다.

카를로 노인은 바다 쪽을 바라보는 베란다에 있었다. 포도 덩굴이 기어오르는 격자로 된 처마가 그것에 그늘을 만들어주고 있었다. 낮은 벽 너머로는 군데군데 점이 박힌 사각형의 야성적인 눈부신 대지가 태양 아래 타오르며 눈을 따갑게 했다. 멀리 사구가 어깨를 겹치는 곳에서는 광물 같은 파란빛 바다가 약간 굵은, 그러나 이상야릇하게 날카로운 번득이는 선을 드러내고 있었다. 총안(銃眼)에 자리 잡은 파수꾼의 가늘게 뜬 눈 같다고나 할까. 꼬부라진 카를로 노인은 그늘진 한쪽 구석의 버드나무 안락의자에 누워 있었다. 그는 극단적인 늙음의 이미지 그 자체였다. 무기력한 커다란 육체 위로 느슨하게 타오르는 가볍고도 끈질긴 숨결은 화덕의 재 위에 얹힌 잉걸불 같았다. 그의 곁에 있는 에스파르트로 짠 낮은 탁자 위에는 물방울이 스며 나오는 남부 지방의 유약 바른 물병과 잔이 놓여 있었다. 이 물병은 오후 내내 차가움을 유지한다고 했다. 이따금 바닷새들의 울음소리가 목쉰 돌풍처럼 지나갔는데, 그것은 다른 곳보다 이 잿빛 평원에서 더욱 쓸쓸하게 느껴졌다.

"혼자 왔는가, 알도?"

노인은 환영의 표시로 눈을 찌푸렸다. 그는 식은 항성(恒星) 같았고, 어떤 균열이나 피부 표면을 스치는 주름으로만 반응했다.

그는 내 대답을 기다리지도 않은 채 손가락을 들어 내 뒤로 가벼운 신호를 보냈다. 잠시 후 집사가 나타나 아무 말 없이 탁자 위에 금화 주머니를 놓았다. 약간 당황한 나는 노인을 향해 몸을 돌린 뒤 미소 지으려고 애쓰며 그의 손을 잡았다. 하지만 미소는 얼음이라도 만난 듯 도중에 굳어지고 말았다. 그 얼굴은 벌써 죽음의 오만한 무관심으로써 시선을 되돌려 보내고 있었다.

"저는 빚쟁이로 온 게 아니에요, 카를로." 하고 내가 부드럽게 말했다.

"물론이야, 알도, 물론이지……!" 노인은 다정하게 내 손등을 두드렸다. “하지만 보다시피 미리 준비되어 있었어. 정산을 해야 할 때야.” 하고 그는 가죽 벗긴 벌판의 반사광이 상처라도 입힌 듯 눈을 약간 돌리며 기이한 어조로 덧붙였다.

문득 그는 몸을 돌려 탐색하는 듯한 태도로 내 눈을 응시했다. 그의 손은 계속해서 침묵 가운데 내 손등을 두드렸다. 그는 마치 도중에 지체되는 소식을 위해 길을 고르며 내 얼굴에서 그것의 도착을 엿보는 것 같았다.

“내 시간이 다가오고 있어. 어쩌겠나.” 하고 잠시 후에 그가 말했다. “알도, 사막은 인간을 지치게 해.”

마지막 문장을 발음하는 그의 눈에는 번득이는 짓궂음 같은 것이 있었다. 그는 자기 말을 믿어주기를 바라지 않는 듯했다.

“……내 시간이 다가오고 있어.” 하고 노인은 사념에 잠긴 쓰린 목소리로 되풀이했다. “그런데 너무 빨라.”

“십 년 후 이야기예요, 카를로. 십 년 후에 다시 이야기하도록 하지요. ‘올리브 나무가 자란 뒤에.’ 아시다시피 시르트 속담입니다. 베포가 말하길, 영감님께서는 최근에 올리브 나무를 심으셨다고요.”

그러나 노인의 목소리가 내 꾸민 웃음을 단숨에 얼어붙게 만들었다.

“아니야, 알도, 지금이야. 그리고 너무 빨라.”

노인은 아무 말 없이 물을 한 모금 마셨다. 바닷새들의 울음소리가 모래 계곡을 거슬러 올라왔다. 바다의 수면이 차오르고 있었다.

"카를로 영감님, 그렇다 해도 상관없습니다……." 내 목소리가 변한 것이 느껴졌다. 나는 진지한 우정의 태도로 그의 어깨를 잡았다. "……이곳의 모든 게 제자리에 있지 않습니까?"

그의 얼굴이 모래 지평선 쪽을 향했다.

"모든 게 제자리에 있지. 다만 나는 질서가 피곤하다네, 알도. 이게 문제야."

그는 거의 무의식적인 동작으로 내 손을 잡았다.

"보다시피 알도, 나의 모든 것이 완성되었네. 사람들이 말하는 것처럼 내 일은 축복을 받았어. 이 모든 것은 보다시피 잘 가꾼 토지로부터 온다네. 나는 정당하게 얻은 재산에 짓눌린 채 세상을 뜬다네."

그는 내 눈을 날카롭게 바라보았다.

"……그 안에 결박되어 있는 게 어떤 것인지 자네가 안다면! 나는 도처에 내 거미줄을 쳤고, 결국에는 내가 만든 고치 속에 갇혔다네. 이게 내 모습이야. 매이고 결박되고 포장되었지. 이제 나는 더 이상 팔도 다리도 움직일 수 없다네. 이게 병이라고 생각하는가, 알도? 불과 보름 전까지만 해도 나는 토끼를 잡았네. 하지만 나는 너무 많은 것을 이룬 까닭에 이제는 할 일이 아무것도 남아 있지 않아. 이게 내 모습이야. 한번 그걸 깨닫게 되면 이야기는 끝난 거지. 용수철이 끊어진 것 같다고나 할까. 늙는다는 것은 바로 이런 거라네, 알도. 내가 내 앞에 떨어지게 한 것, 나는 더 이상 그것을 들어 올릴 수가 없어……."

그는 확신에 찬 태도로 되풀이했다.

"……자신이 이룬 것을 들어 올릴 수가 없을 때, 그것은 곧 무덤 덮개지."

하녀 하나가 마실 것을 가지고 왔다. 그녀는 사소한 구실로 노인 곁을 떠나려 하지 않았다. 집사와 마찬가지로 아무 말 없이 지체하는 하녀의 수작에는 무엇인가 수상쩍은 데가 있었다. 사람들은 노인에게서 너무 오랫동안 눈을 떼려 하지 않는 듯했고, 그 순간 나는 고독한 노인이 처녀의 목덜미에 겨누는 살의에 찬 눈빛을 보았다.

하녀는 물러갔다. 카를로는 이제 부동의 침묵을 지켰고, 그 거대한 육체의 숨결은 더욱 가빠진 듯싶었다. 불안해진 나는 반쯤 몸을 일으켜 그의 귀 가까이에 입을 대고 말했다.

"어디 안 좋으십니까?"

"좋지도 나쁘지도 않아, 알도. 내게 남은 일을 위해서는 아직 충분해. 보다시피 여기서는 숨 쉬기가 힘들어. 여기에는 공기가 없어."

"이보다 더 바다 가까이에 계실 수는 없잖습니까."

노인은 아무리 해도 이해시킬 수 없다는 듯 쓰리고 고집스러운 표정으로 어깨를 움찔했다.

"아니야, 아니야, 공기가 부족해. 공기가 있은 적은 한 번도 없었어. 마리노는 그 반대라고 주장하지만."

"어째서 그의 부하들을 돌려보내셨습니까?"

그 질문은 미처 잡아둘 겨를도 없이 화살처럼 나에게서 튀어 나갔다. 노인은 생명이 되돌아온 날카로운 눈으로 나를 응시했다. 분명히 나는 그에게 좋은 기억을 되살리고 있었다.

"그는 불만스러웠을 거야, 안 그래, 알도? 그는 당장에 나를 찾아왔지. 그는 큰 충격을 받은 것 같았어."

"왜 그분에게 그렇게 하셨습니까?"

"왜……?"

얼굴빛이 갑자기 어두워지더니 일종의 얼빠짐 속에 잠긴 듯했다.

"……설명하기 힘든 이야기야."

그는 생각하려 애썼다.

"……내가 마리노를 좋아하지 않는다고는 생각하지 말게. 그는 내 가장 오랜 친구야. 설명하지. 내가 어렸을 때 우리 집 늙은 하인은 등(燈)도 없는 헛간에서 잠을 잤어. 그것은 습관이 되어 있었던지라 그는 어둠 속을 대낮에 길을 걷는 만큼이나 빠르게 손도 더듬지 않고 걸어다녔다네. 그런데 어쩌겠나. 나는 결국 유혹에 넘어가고 말았지. 그가 다니는 길목에는 뚜껑문이 있었는데, 나는 그걸 열어놓았던 거야……."

노인은 힘겹게 생각하는 듯했다.

"……짜증 나는 존재들인 것 같아. 세상이 언제나 있는 그대로일 거라고 굳게 믿는 사람들 말이야."

그는 눈을 반쯤 감고는 마치 잠이 들려는 것처럼 머리를 끄덕이기 시작했다.

"……아마도 좋은 것은 아닐 거야. 세상이 언제나 있는 그대로인 것은."

얼마 전부터 집사는 회랑 끝에서 말 없는 감시를 다시 시작한 참이었다. 나는 허용된 시간을 넘기고 있다는 사실을 깨달았다. 나는 이상하게 동요되어 노인과 작별했다.

"……잘 가게, 알도. 우리는 다시 볼 수 없을 거야." 그는 내 어깨에 오래도록 손을 얹고 말했다. "마리노 말을 너무 듣지 말게." 그는 즐거운 표정으로 고개를 끄덕이며 덧붙였다. "마리노는 한번도 예라고 말할 줄 몰랐던 사람이네."

그는 계속해서 고개를 끄덕이며 눈으로 한동안 나를 좇았다.

……마리노는 한번도 예라고 말할 줄 몰랐던 사람이네.

집사가 고삐를 쥐고 내 말을 데려왔다. 그는 방문해 준데 감사하며 노인이 얻은 기쁨을 유난스레 강조했다. 그것은 마치 아이나 불구자를 대신해서 예의를 차리는 것과도 같았다. 나는 놀라고 충격을 받은 듯한 기분이 들었다. 카를로는 분명히 그 정도는 아니었다.

"영감님에 대해서 신경을 많이 쓰시는군요." 하고 내가 안장에 몸을 올리며 약간 무뚝뚝하게 말했다.

"주인님을 지켜보고 있어야만 합니다. 많이 안 좋아지셨어요. 정신이 좀……."

그는 내 귀에 입을 대고 죄의식이 느껴지는 눌린 목소리로 말했다.

"그저께 밤에는 농장에 불을 지를 뻔했지요."

해군기지로 가는 길 위에 올라섰을 때 해는 이미 기울고 있었다. 저녁이 오면서 초원에는 침묵이 감돌았다. 강력한 수평성 위로 빠르게 잦아든 움직임들은 짧고 지리멸렬하게 동요했다. 그것은 침대의 무게에 등을 붙이고 잠자는 사람의 몸짓처럼 무의미했다. 때때로 사막에 사는 쥐가 지그재그로 깡총거리면서 길을 가로질렀다. 그것은 갯골풀 속으로 뛰어들며 종려나무 잎사귀처럼 가는 먼지를 일으켰다. 새들이 사라진 빈 하늘 아래에서 소리 없이 잔존하는 그 생명은 풀을 스치고, 움직임 잃은 저녁을 폭풍우 직전의 저녁으로 만들며, 보이지 않는 공포의 궁륭 아래 납작 엎드리는 듯했다. 오르텔로에서 돌아오는 나는 음울한 기분이었다. 너무 심각한 말을 듣는 순간 본능적으로 눈을 들어 해를 가린 구름이나 바람에 흔들리는 꽃 같은 어떤 안심시켜 주는 부인(否認)의 표지를 찾는 것처럼, 나도 모르는 사이에 나는 그 벌판에서 하나의 신호를 찾고 있었다. 그러나 그 저녁이 잉태한 무거운 확인에 맞닥뜨린 나는 늙은 카를로가 죽을 것이란 사실을 알 수 있을 듯했다.

저녁 식사는 무척 조용했다. 지오반니와 로베르토는 뭍에 올려놓은 배처럼 따분해했다. 마지막 출항 준비에 여념이 없는 파브리치오는 바람처럼 들락날락했다. 그것은 작별의 만찬이었다. 파브리치오가 잘게 조각내는 그 평온한 순간을 나는 조금이라도 더 붙잡아 두고 싶었다. 우정과 습관에 가슴이 무거워진 나는 그 평범하고 따뜻한 공동체로부터 벌써 이탈된 듯한 기분이 들었다. 나는 벌써 그 만찬이 마지막이 되리라는 사실을 알았다. 식사가 끝나자마자 나는 램프를 켜 들고 항해일지와 문서들을 가지러 해도실로 갔다. 그 평범한 절차는 나를 불편하게 했다. 애초부터 나는 그것을 마지막 순간에 하리라는 사실을 알고 있었다.

거의 지하에 가까운 해도실은 매우 어두웠다. 문을 닫자

겨울과 고독의 냉기가 얼어붙은 심장으로부터 나를 향해 몰려왔다. 그러나 춥고 편치 않은 그 닫힌 방의 적대적인 태도에도 불구하고, 아가리를 팽팽하게 벌린 덫을 자갈과 구별짓는 임박한 현존으로 그것이—세상의 그 어떤 것보다 더—가득한 채 거기 있다는 언제나 새롭고 또 언제나 압도적인 느낌 속에서 모든 것은 소멸되었다. 동굴처럼 얼룩덜룩한 벽의 낄낄대는 웃음은 나를 두렵게 했다. 나는 램프의 불빛을 바닥 가까이 유지했다. 나는 재빨리 움직였다. 옥죄는 관자놀이와 신경질적인 손놀림 속에서 나는 벽 위의 무엇인가가 갑자기 얼굴을 찌푸리기라도 한 듯, 입을 벌리고 나를 삼키는 것 같은 공허를 향해 이따금 나도 모르게 고개를 돌리곤 했다. 나는 서둘러 지도를 모았다. 생쥐의 생기 없는 종종걸음 같은 내 은밀한 몸짓이 더럽히는 그 다가갈 수 없는 침묵 속에서 나는 치욕을 느꼈다. 그것은 누구 앞에서도 느껴보지 못한 치욕이었다. 나는 이제 돌이킬 수 없는 모독에 참여하고 있었다. 헐벗은 허기에 떠밀려 꿈같은 보석들이 손가락 아래로 흐르는 것을 느끼는, 그리고 벌써 신성모독의 힘이 서서히 피를 응고시키는 것을 느끼는 도굴꾼처럼 나는 지도 두루마리들을 꼭 껴안은 채 창백한 얼굴로 뒷걸음질하여 방을 나왔다. 평지로 나가자 밤이 오면서 불기 시작한 바닷바람이 커다랗고 차가운 보자기처럼 나를 감쌌다. 나는 해상 외투를 단단히 여몄다. 방파제 끝에서는 불을 지피는 르두타블 주위로 작은 불빛들이 분주히 오가고 있었다. 화덕의 붉은 섬광이 뭉게뭉게 피어오르는 연기 아래로 이따금 불타오르면서 석탄 더미 위로 차갑고 검은 반영들을 저주받은 새벽처럼 달리게 했다. 나는 어둠 속에서 로베르토, 그리고 지오반니와 서둘러 악수했다. 얼굴들이 분별되지 않는 까닭에 목소리는 더욱 짧고 더욱 심각하게 느껴졌다. 누군가 날씨 안 좋은 밤의 차가운 바람에 꺼지는 횃불 같은 목소리로 "잘 다녀오십시오!" 하고 외쳤다. 함교 위는 깜깜했다. 나는 발아래로 가벼운 배의 진동과 함께 벌써 어둠을 뚫고 나아가는 맹목적인 힘을 느꼈다. 크두타블의 고물이 천천히 움직였다. 평온하고 불분명한 물의 반영이 부두 앞에서 넓어졌고, 쇠사슬 소리가 방파제의 포석 위로 맑게 울려 퍼졌다. 벌써 부두에서는 한갓진 목소리들이 우리를 떠나가고 있었다. 이물을 바라보는 내 앞쪽에서 짙은 어둠 덩어리 하나가 호기심을 끌었다. 커다란 방수 외투에 목을 파묻고 갑판에 선 채 주의 깊은 긴장 속에 굳어버린 파브리치오를 나는 미처 알아보지 못했던 것이다. 검고 차가운 석탄 냄새가 바람에 실려 왔다. 그러더니 거친 소나기가 커튼을 치듯 드문 빛을 꺼뜨리고, 캄캄한 밤이 우리를 에워쌌다.

9 항해

폭풍우가 올 듯한 그날 저녁 시르트 바다는 거의 알아볼 수 없었다. 모래톱 뒤인데도 파도는 벌써 검고 긴 호흡으로 부풀어 오르고 있었다. 그것은 먼 곳으로부터 와서 헝클어진 갈대 사이의 평온을 위협했다. 차갑고 순결한 바람은 마치 눈 위를 지나온 것처럼 시시각각 차가워지면서 그 억센 손아귀로 배의 옆구리를 후려쳤다. 쉰 휘파람 소리, 온갖 일렁임, 거친 마찰음의 정글 속에서 배의 검은 그림자는 침묵이 감도는 숲 속의 빈 터처럼 미끄러졌다. 바다 속처럼 희미한 빛이 함교를 적시고 있었다. 물기 어린 두터운 공기 속에서 둔해 보이는 병사들의 움직임은 잠에 빠져 드는 것 같았다. 파브리치오는 내 곁에서 조상(彫像) 같은 침묵을 지키며 이따금 피아니스트 같은 손가락으로 복잡한 장비를 건드렸다. 그의 이해할 수 없는 정확한 몸짓은 그 혼란스러운 어둠 속에서, 흰 천 위를 떠돌며 아라베

스크를 그리는 외과 의사의 손처럼 내 눈을 사로잡았다. 문득 그가 고개를 돌리며 내게 말을 했다. 그의 목소리에는 마치 얼굴에 혈색이 돌듯 생동감 넘치는 투박한 우애가 되살아나고 있었다. 나는 한참 뒤에야 비로소 땀에 젖은 그의 얼굴이 나를 향해 웃고 있다는 사실을 깨달았다.

"이제 수로야. 무섭지는 않았어, 일도? 그래도 마리노가 한번 데려와 주지 않았더라면 나는 헤엄도 칠 줄 모르면서 물로 뛰어들었을 거야."

나는 어이없는 표정으로 그를 바라보았다.

"새 운하는 처음이었단 말이야?"

그는 내 팔에 손을 얹었다.

"이제 와서 얘기지만…… 자네한테 말하고 싶지 않았어." 그는 낮은 목소리로 덧붙였다. "오고 싶었거든."

나는 바람에 눈을 찌푸린 채 고개를 돌리는 그를 다시 한 번 호기심을 갖고 바라보았다. 해군기지는 문득 아주 먼 곳으로 물러나며 더러운 때 같은 안개 뒤 수평선으로 사라지고 있었다.

"이제 가서 쉬어도 좋아." 하고 그가 긴장된 목소리로 덧붙였다.

그는 내 팔을 가볍게 잡았다. 나는 그가 어둠 속에서 미소 짓고 있음을 알았다.

"……내가 알아서 할게. 모든 게 잘될 거야."

마리노의 선실은 춥고 눅눅했다. 나는 손을 더듬어 램프를 켰고, 그것은 천장 위로 희미하게 일렁거렸다. 그림자들이 작은 방 안에서 몽롱하고 기계적으로 움직였다. 나는 옷을 벗지 않은 채 간이침대에 누웠다. 부서지는 가벼운 물소리가 내 귀에까지 전해져 왔다. 그것은 매우 먼 곳으로부터 와서 닫힌 내밀함 가운데 소멸되는 듯했다. 하지만 그것은 유리창을 긁어대는 손가락처럼 내 잠을 방해했다. 마리노의 해상 외투가 칸막이에 단조롭게 부딪쳤다. 천장의 나침반 바늘을 통해 나는 수로를 나아가는 르두타블의 구불구불한 항로를 기계적으로 좇았다. 먼 곳의 기계들은 야간열차처럼 부단히 멈추었다가 천천히 다시 돌기 시작하면서 희미한 고동을 계속했다. 근처에 펼쳐진 움직임 잃은 초원들의 공허와 권태가 빈 바다로, 그리고 협소함과 부드러운 석유 냄새가 버려진 램프 공장을 연상시키는 먼지투성이의 헐벗은 선실로 옮아가고 있었다. 한순간 습기 찬 밤을 향해 문을 열어놓은 알도브란디 궁전의 기억이 어둠 속의 꽃 내음처럼 되살아났고, 나는 밀물이 미역 다발을 부풀리듯 밤이 침대 위로 부풀리는 바네사의 야성적인 머리칼에 입술을 댔다. 나는 외투를 몸에 감은 채 어두운 밤샘을 시작했다.

나는 작은 탁자 위의 마른 꽃다발과 『항해지침』을 밀치고 지도 꾸러미를 펼쳤다. 선실의 누렇고 더러운 빛 아래 그토록 친숙한 윤곽이 되살아나는 것을 보니 어떤 비현실적인 느낌이 들었다. 지하의 방에서 그토록 오랫동안 질문하던 무장(武裝)한 상징들이 이제는 거기에 펼쳐져 봉사하려 한다는 사실이 내게 무척이나 기이하게 여겨졌다. 파브리치오는 해안의 수로를 따라가고 있었다. 나는 손목시계를 보았다. 배의 속도를 가늠하며 우리가 도달했을 것 같은 지도의 지점을 손가락으로 짚었다. 거의 정확히 마렘마 근처를 지나가고 있었다. 나는 아이가 장난감의 메커니즘을 시험하면서 느끼는, 믿어지지 않는 환희로 충만하여 선실의 현창을 밀어젖혔다. 한 줄기 헝클어진 바닷바람이 마치 문 뒤에서 서로 밀쳐대는 사냥개 무리처럼 내 얼굴과 어깨로 달려들었다. 빛나는 흙넝이를 쏟아내는 거대한 잉크 빛 이랑 너머의 수평선 끝에서는 평온한 빛의 불규칙한 반원이 어망의 부표들처럼 그 안에 갇힌 물을 둘러치고 있었다. 죽은 사람의 열린 눈처럼 부드럽고 평화로운 오르세나의 빛들은 길들여진 바다를 위해 잠든 상태로 파수를 서고 있었다. 프로펠러는 한층 희미하게 돌아갔다. 내 머리 위에서 르두타블의 사이렌 소리가 울려 퍼졌다. 검은 공허 속의 그것은 숲 속의 빈터에서 긴 코를 들어 올린 채 울어대는 코끼리처럼 두렵고도 우스꽝스러웠다. 배가 천천히 방향을 바꾸었다. 오른쪽에 보이던 마렘마의 불빛이 점점 빠른 속도로 사라졌다. 이제 바다와, 그것의 검은 물 위로 약간 더 밝은 하늘뿐이었다.

나는 새벽이 녹아든 하늘을 바라보았다. 고동치는 희미한 빛의 부챗살이 수평선 너머 하늘의 가장자리를 스치는 듯했다. 처음으로 시르트에 떠올랐던 밤이 기억에 되살아났다. 산과 계곡을 고르게 만드는 안개처럼 불분명한 주름들이 대지의 굴곡을 감추었다. 오르세나는 파브리치오가 우리의 길을 읽는 무수히 많은 별들 속으로 이주하며 증발되고 있었다. 그토록 많은 밤 뒤에 온 새로운 밤에 오르세나는 별들의 침상 위에서 뒹굴며, 신비한 유체(流體)의 내밀함과 무기력에 죽은 혹성처럼 몸을 맡긴 채, 별들의 형상 안에 안온하게 용해되었다. 나는 오르세나 성벽 순시로에서 바람을 쐬던 어느 무더운 저녁에 오를란도가 했던 기이한 말이 생각났다. 외국의 평온한 밤에는 짐승이 뜨겁게 숨 쉬고 심장 박동이 기이하게 무거워지는 소리가 들리는데 반해, 오르세나의 맑은 밤에는 아이가 어머니의 배 속으로 돌아가는 기적이 의식되고 세상들의 웅성거림이 목도되는 것 같다는 이야기였다. 강한 요동에 마리노의 외투가 내 옆 바닥으로 미끄러져 떨어졌고, 나는 웃기 시작했다. 이 밤 대위가 얼마나 종국(終局)적으로 잠자고 있을지 나는 알 수 있을 듯했다.

르두타블은 잠든 것 같은 규칙적인 항해를 시작했다. 고물 가까운 곳에 열린 현창 아래에서는 이제 쟁기 날처럼 물과 분리된 용골 밑으로 깊은 고랑이 파이고 있었다. 어둠이 평평한 대지를 가렸다. 그것은 여전히 가까이 있었기 때문에 맑은 밤하늘을 오르는 개 짖는 소리가 들려왔다. 이따금 목동들은 높은 갯골풀 속에서 개를 잃곤 했다. 고독은 그들을 반(半)야생 상태로 만들었고, 바다 모래사장을 따라 방황하는 그들의 모습이 발견되곤 했다. 고요한 밤 처량한 개 짖는 소리는 아주 높이 올랐다. 길이가 일정하지 않은 침묵이 그것을 군데군데 끊었다. 그 외침은 고독 깊은 곳에서 하나의 대답을, 하나의 오지 않는 메아리를 절망적으로 기다리는 것 같았다. 나는 그 외침을 알아보았다. 알도브란디 궁전의 벽이 내게 그것을 되돌려 보낸 적이 있다. 그것은 두려움의 외침이 아니었다. 그것은 구조 요청이 아니었다. 그것은 머리 위로 지나갔고, 바다는 그것을 미약하게 만들지 않을 것이었다. 그것은 순수한 공허 가장자리에서 실신하는 존재의 드높은 탄식이었다. 그것은 모든 사막의 끝에 오르는 벌거벗은 도발이었다. 방황하는 그 비탄의 억양들이 바네사의 미소를, 현기증 위로 떠도는 검은 전사의 미소를 불현듯 내 앞에 그렸다. 내가 해야 하는 것, 나는 이제 그것을 수행할 것이었다.

나는 다시 탁자에 앉아 정성스럽게, 그리고 꼼꼼하게 해도를 검토하며 몇 군데 거리를 쟀다. 일상적이고 자동적인 방식으로 그 일을 했지만 나는 측정한 거리가 그토록 보잘것없다는 사실에 어안이 벙벙했다. 마치 그 닫힌 바다의 맞은편 해안이 우리 배를 향해 반원을 그리며 문득 손에 닿을 듯 가까이 달려 나오는 것만 같았다. 해도실의 몽상을 회상하면서 나는 오르세나의 잠과 풀린 손이 결국에는 가장 가까운 국경마저 먼 안개 속에 빠뜨려 버렸다는 사실을 깨달았다. 행위의 척도는 결연한 눈빛 앞에 펼쳐진, 꿈에 의해 이완된 공간을 거칠게 축소한다. 파르게스탄은 일찍이 내 앞에 꿈의 암초들을, 금지된 바다의 전설적 피안을 드리웠다. 그러나 그것은 이제 오르세나에서 바닷길로 이틀 거리에 있는, 깎아지른 바위 절벽 해안일 따름이었다. 마지막 유혹, 치유할 수 없는 유혹이 그 붙잡을 수 있는 환영 안에서, 벌써 열린 손아귀 아래 잠자고 있는 포획물 안에서 형태를 얻고 있었다.

그토록 많은 것이 유예되어 있던 그날로—붉게 타오르는 파괴된 조국으로부터 내 눈앞에 솟아오르는 악몽의 베일을 한순간 들어올리며—기억이 나를 데려갈 때면 그때의 일분일초를 불사르는 듯 보이던 놀랍고 또 도취하게 하는 정신적 속도가 아직도 나를 매혹하며, 영감 받은 사람들로 하여금 스스로를 발견하게 하는 순간의 비밀을 꿰뚫어 볼 은총—혹은 그것의 얼굴 찡그린 희화(戱畵)—이 잠시 내게 베풀어졌다는 기이한 확신이 언제나 들곤 한다. 오늘날에도, 나의 가증스러운 이야기 속에서 모든 것이 거부하는 합리화는 아닐지언정 최소한 모범적 불행을 미화해 줄 하나의 핑계를 찾을 때면, 이따금 한 국민의 역사에는 검은 돌 같은 어둠의 인물들이 여기저기 박혀 있다는 생각이 나를 스쳐간다. 그들이 각별한 증오의 대상이 되는 것은 불충과 배신보다는 오히려 시간이 흐르면서 그들에게 부여되는 듯 보이는, 공공의 불행 혹은 돌이킬 수 없는 행위와 한 몸을 이루는 그들의 능력 때문이다. 이 불행 혹은 행위를 그들은 보통 인간에게 주어진 차원을 넘어 모두의 상상 속에서 완전하고 충일하게 완수해 낸다. 다른 사람들보다 더 빨리 흘러가는 시간이 개인적인 윤곽과 기이함을 강력하게 침식하는 그 어둠 띤 인물들을 부인(否認)하는 보편적인 폭력은 그것이—역사 교과서가 열의 없이 늘어놓는 무미건조한 공민적 비난보다—날카로운 후회의 성격을 띠며 내밀하게 경험된 공모 의식의 열린 상처를 되살린다는 점을 우리에게 일러준다. 그것은 빛이 비스듬히 떨어지는 역사의 변경으로 이 강박적 인물들을 내모는 힘이, 병(病)으로부터 해방될 필요를 어떤 차가운 도덕적 의무로서가 아니라 피를 갉아먹는 열(熱)의 물어뜯는 듯한 아픔으로서 느끼는, 악몽에 시달리는 환자를 내모는 힘에 가깝기 때문이다. 이런 사람들에게 죄가 있다면 그것은 아마도 그들 안에 죄의 무기를 두고 왔다는 사실에 뒤늦게 놀란 국민 전체가 한때 그들을 통해 열망했던, 하지만 이제는 인정하길 거부하는 어떤 것에 그들이 특별히 순응적이었다는 사실에 있을 것이다. 그들을 고립시키는 자발적인 거리 두기는 그들의 개인적인 불명예보다 그들을 한순간 발사체로 바꾸어 놓았던 에너지의 다양한 근원을 드러낸다. 국민 전체의 그림자이기보다 그 실체(實體)로 긴밀하게 직조된 그 인물들은 그야말로 국민의 저주받은 영혼들이다. 그들을 실제보다 더 거대하게 만드는 반쯤 종교적인 공포는 그들이 운반하는 계시에 근거하거니와, 이 계시는 고백되지 않은 수많은 흩어진 욕망들이 매 순간 일종의 축전기를 통해 괴물 같은 의지로 표출될 수 있음을 말해 준다. 이 실루엣들을 가로지르는 시선은 사람들이 차마 읽기 두려워하는 깊이 속으로 멀어진다. 그들이 행사하는 매혹은 그들에게 주어진 특권적 소통이—비록 그것이 최악을 위한 것이라 할지라도—정말로 존재할 만한 가치가 있는 순간들 속에서 그들을 삶의 종국적 심급(審級)으로 끌어올린 것은 아닐까 하는 생각에서 온다. 매 순간 우리는 우리를 추월하는 미친 파도의 대양 위에서 코르크처럼 춤추지만, 세계의 한순간은 의식의 충일한 빛 속에서 그들에게 가 닿는다. 한순간 빛을 잃은 가능성의 고뇌가 그들 안에 밤을 만든다. 수백만의 흩어진 전하(電荷)들로 휘몰아치는 세계가 그들 안에서 거대한 섬광으로 방사(放射)된다. 깊은 안도감이 고뇌와 얽히는 하나의 통로를 중심으로 사방에서 그들을 향해 밀려든 우주가 한순간 총구 속 탄환의 우주로 탈바꿈한다.

배가 갑자기 방향을 바꾼 듯, 열려 있던 현창이 벽을 때렸다. 그것을 닫기 위해 몸을 돌린 나는 바다 위의 하늘 빛깔이 가볍게 퇴색한 것을 느꼈다. 바람이 거의 완전히 그쳐서 바다는 평온했으며 커다란 검은 가마우지가 전함 가까이에서 파도 위 여기저기를 일렁거렸다. 빽빽한 바닷새의 무리가 울음소리를 내며 마치 돌 세례처럼 내 머리 위쪽 내벽 위를 넘쳐났다. 고개를 숙인 나는 수평선 위로 높다란 검은 이빨이 희미한 윤곽을 드러내는 것을 보았다. 우리는 베차노 섬 근처에 와 있었다. 그곳이 바로 마리노가 정해 놓은 초계 한계선이었다. 함교 위의 파브리치오를 보러 가야 할 때였다. 이른 새벽 시간—육지의 도시처럼—미궁 같은 배의 좁은 통로는 놀랄 만큼 텅 비어 있었다. 금속판에서 새어 나오는 듯한 모호하고 창백한 빛은 켜놓은 램프의 희미한 훈륜을 축소시켰다. 새벽의 음울한 게조(憩潮) 속에서 의기소침해진 나는 회색 전함, 회색 하늘, 회색 물 한가운데 부유하는 듯한 느낌이 들었다.

파브리치오는 함교 위에 혼자 있었다. 그의 작은 머리와 아이 같은 얼굴이 해상 외투의 커다란 모자 안에서 좌우로 요동하는 것처럼 보였다. 밤을 샌 탓에 초췌해진 얼굴은 그를 더욱 젊어 보이게 했다. 계단 삐걱거리는 소리에 고개를 돌린 그는 내가 트랩에서 나타나는 모습을 아무 말 없이 바라보았다. 그는 서투르게 놀라는 척하며 이마를 찌푸렸다. 나는 그가 나를 기다렸음을 짐작했다.

"의자 밑 상자에 뜨거운 커피가 있어." 내가 가까이 가자 그는 고개도 돌리지 않은 채 말했다. "마셔두는 게 좋을 거야." 내가 꼼짝도 하지 않자 덧붙였다. "시르트의 새벽은 쌀쌀해……. 그런데 잘 잤어?"

그는 매우 의식적으로 배 앞의 수평선을 응시했다. 침묵을 메우려는 그의 목소리는 빨랐다. 그는 사랑 고백을 두려워하는 동시에 희망하는 소녀와 흡사했다. 나는 문득 편한 기분이 들었다.

나는 서두름 없이 커피를 홀짝이며 그를 향해 보이지 않게 시선을 던졌다. 그는 별로 눈썹을 찌푸리지 않은 채 수평선을 바라보았다. 하지만 그의 목에는 응어리가 맺히고, 신경질적인 손은 그의 심리 상태를 드러내고 있었다.

"……베차노……!" 하고 그가 빠른 몸짓으로 섬을 가리키며 긴장된 목소리로 말했다.

바다에 떠도는 가벼운 안개 위로 섬의 정상부가 얼굴을 내밀고 있었다. 밝아오는 하늘을 배경으로 그것은 이제 날카로운 톱니처럼 보였다.

"평판이 안 좋지……!"

나는 여유를 부리며 커피 한 모금을 천천히 마셨다.

"하지만 저 위에서는 전망이 좋다던대."

나는 다시 한 번 곁눈질로 파브리치오를 바라보았다. 그의 얼굴이 약간 붉어지는 것 같았다. 배는 기름을 칠한 듯 가벼운 물결 위를 나아갔다. 언제나처럼 빽빽한 구름을 이루며 베차노 둘레를 나는 바닷새들의 울음소리가 새벽의 속을 후벼 파며 동이 트는 바다를 장악하고 있었다.

"가능한 얘기야. 하지만 오늘 아침은 아닐 거야. 이 날아다니는 때 묻은 천들 때문에."

파브리치오가 미풍에 실처럼 풀리는 안개를 턱으로 가리켰다.

"……저기 가봤어?" 하고 그가 서투르게 연기된 무심한 어조로 덧붙였다.

"그랬다면 자네가 알겠지. 나는 자가용 포함(砲艦)이라고는 없으니까. 하지만 내 생각에 자네는 아마도……."

"아니, 전혀."

"나는 자네가 바다를 유랑하는 취미를 갖고 있다고 생각했는데?"

"시르트 해를 함교보다 더 높은 곳에서 바라본 적은 없어. 마리노는 전망에 대해 아무런 관심도 없거든." 하고 내가 익히 잘 아는 공모의 눈길을 처음으로 던지며 그가 말했다. 이 눈짓은 마리노가 졸기 시작할 때 포곽의 식탁 위로 주고받는 밀담의 서곡이었다.

"오르세나의 모든 사람이 반드시 그처럼 생각하지는 않아." 나는 어조에 숨은 의미를 싣기 위해 애쓰며 말했다. "내가 알기로 비밀 서한이 왔다는 사실을 모르는 사람은 해군기지에 단 한 사람도 없어."

다시 한 번 파브리치오는 나를 향해 빠른 눈길을 던졌다. 침묵이 맴돌았다. 파브리치오의 숨소리가 빨라졌다. 나는 그가 속으로 그 중대한 뉴스의 무게를 재고 있음을 짐작했다. 바닷새의 울음소리가 아침을 가득 메우며 탁 트인 바다의 야성적인 내음처럼 솟아올랐다.

“뱃머리를 돌려야겠군.” 하고 파브리치오가 마리노의 사투리를 흉내 내며 이 사이로 빠르게 중얼거렸다. 그는 이 의식(儀式)적인 말에서 서둘러 액운을 쫓아내고 또 그 효력을 제거하고 싶어 하는 듯했다.

문장은 침묵 속으로 게으르게 늘어졌다. 그것은 한 줌 연기처럼 무의미했다. 파브리치오의 손은 아예 그것을 완전히 무시했다. 그의 손은 키를 떠나 느긋하게 담뱃불을 붙였다.

“알도, 이처럼 차가운 새벽에 바다로 나오니 좋지…….”

그는 기분 좋게 기지개를 켰다.

“기지는 답답해……. 지도를 가지고 있군?” 하고 전혀 서두름 없이 내가 팔 아래 끼고 있는 두루마리를 가리키며 그가 덧붙였다.

나는 아무 말 없이 그에게 두루마리를 내밀었다.

“……초계 한계선이라…….” 그가 손가락으로 점선을 따라가며 현학적인 어조로 힘주어 말했다. “이것을 벗어나지 않기는 상당히 힘들어, 알도. 짐작이 가지?” 그가 과장된 손짓으로 빈 바다를 쓸며 덧붙였다. 베차노는 벌써 우리 뒤로 제법 멀어지고 있었다. “마리노는 느낌으로 알아. 무슨 말인지 알겠어? 거의 저절로 안다고나 할까. 하지만 나는 지표를 찾아야 해.”

“지표가 될 만한 것은 별로 없어.”

“아! 나와 같은 생각이군……. 사실 이 모든 것은 다 허구적이야.” 그가 전문가의 뿌루퉁한 표정으로 단언했다. 그의 입에서 그런 말이 나오니 어쩌나 우스꽝스럽게 낯설었던지 나를 사로잡고 있던 극도의 동요가 하마터면 커다란 웃음으로 터져 나올 뻔했다.

다시 침묵이 형성되었다.

"여하튼 뱃머리를 돌려야 해." 파브리치오가 소스라치게 놀라는 척하며 재차 말했다. 그는 베차노에서 멀리 가고 있다는 사실을 이제야 알아차린 듯한 표정을 지었다.

"서두를 것 없어." 하고 이번에는 내가 담배에 불을 붙이며 느슨한 어조로 말했다.

배는 언제나처럼 정동으로 달리고 있었다. 아침이 우리 앞에 펼쳐진 바다에서 더욱 밝은 빛의 화살로 솟아오르고 있었다.

"그래, 서두를 것 없어……."

파브리치오는 외투 주머니에 손을 집어넣고 칸막이에 기댄 채 신경질적으로 담배를 빨아대기 시작했다.

"전혀 그럴 필요가 없지." 하고 내가 잠시 침묵한 뒤 결론지었다. 나는 파브리치오 옆에 있는 칸막이에 몸을 기댔다. 우리 안에서 순간들이 매몰되고 시간이 돌이킬 수 없는 비탈을 질주하는 것을 느끼며 우리는 멍청한 표정으로 서투르게 웃었다. 바다에서 올라오는 빛이 우리 눈을 깜빡이게 했다. 배는 잔잔한 바다 위를 거침없이 나아갔다. 송이송이 사라지는 안개는 화창한 하루를 약속하고 있었다. 우리는 방금 꿈속에서 넘나드는 문들 가운데 하나를 밀어젖힌 것 같은 기분이 들었다. 어린 시절 이후 잊혔던 숨막히는 경쾌함이 나를 사로잡았다. 우리 앞의 수평선은 영광 속에서 찢어지고 있었다. 기슭 없는 강 물결에 떠밀려가듯 이제야 나는 나의 모든 부분을 되찾은 듯했다. 자유와 기적적인 소박함이 세계를 씻어내고 있었다. 난생처음으로 나는 아침이 태어나는 것을 보았다.

"나는 자네가 허튼짓을 하리라는 걸 확신하고 있었어." 하고 일이 일어나고야 말았다는 사실에 더 이상 의심의 여지가 없을 때 시간은 일 분 일 분 수심 측량기의 눈금처럼 심연 속으로 빨려 들고 있었다——파브리치오가 내 어깨를 감싸 쥐며 말했다. "하늘에 맡기자!" 그가 열광적인 어조로 덧붙였다. "내가 이걸 놓쳤으면 몹시 안타까워했을 거야."

아침 시간은 빨리 지나갔다. 10시경 베포의 졸린 얼굴이 이물 쪽 승강구에 느른하게 모습을 드러냈다. 그의 얼빠진 시선은 빈 수평선을 오랫동안 둘러보다가 어린아이 같은 우울한 호기심과 망연함을 나타내며 우리에게 멈추었다. 그는 무엇인가 말하려는 듯했다. 그러나 빛에 눈이 먼 땅속 짐승처럼 그의 머리는 다시 어둠 속으로 사라지고, 새로운 소식이 배 아래쪽 깊은 곳으로 말없이 퍼져 나갔다. 파브리치오는 온 정신을 집중한 채 지도 읽기에 몰두했다. 잠든 함교가 태양 아래 서서히 뜨거워졌다. 이제 열두 개 가량의 머리통이 강렬한 부동성 가운데 눈을 비비며 승강구 가장자리를 장식하고 있었다.

파브리치오의 계산은 내 것과 일치했다. 르두타블이 현재의 속도를 유지한다면 우리는 밤 늦은 시각에 탱그리가 보이는 지점에 도착할 것이었다. 파브리치오의 흥분은 매 순간 더욱 커졌다. 명령이 소나기처럼 쏟아졌다. 그는 이

물의 마스트에 망보는 병사를 배치했다. 그의 망원경은 수평선을 떠날 줄 몰랐다.

"텅 빈 바다보다 더 속기 쉬운 것은 없어." 하고 그는 내가 던지는 농담에 여유 있는 어조로 답했다. "더구나 이런 상황에서는 보여지기에 앞서 보는 게 더 좋지. 어쨌거나 뒤에 올 상황을 생각해야 해."

"뒤에 올 상황을 생각한다고?" 하고 나는 장난치듯 눈빛으로 그를 도발하며 대답했다.

흰 이빨을 커다랗게 드러내고 웃는 약간 육식성의 젊은 웃음이 터져 나왔다. 그것은 철야식의 웃음이었다. 우리는 점심을 먹으러 내려갔다.

우리는 거의 광기에 가까운 상태에서 오후를 보냈다. 비정상적으로 흥분한 파브리치오는 일단의 방드르디를 거느린, 달리는 섬 위의 로빈슨*을 연상시켰다. 마리노와 해군기지는 안개 속으로 물러났다. 조금만 더했으면 파브리치오는 조기(弔旗)라도 게양했을 것이다. 전함 곳곳을 뛰어다니며 명랑한 목소리로 갑판을 휘모는 그의 모습은, 초원에서 몸을 흔들며 콧바람을 내는 어린 망아지의 모습을 연상시켰다. 모든 병사들은 그의 목소리에 따라 이상한, 그리고 거의 불안한 신속함을 갖고 움직였다. 갑판에서 마스트까지 세차고 경쾌한 목소리들의 떨림이 합창하듯 화답하며

* 로빈슨과 방드르디는 영국 작가 다니엘 디포가 1719년에 발표한 장편소설 『로빈슨 크루소』에 나오는 인물들이다. 원작에서 방드르디의 이름은 프라이데이이지만 프랑스에서는 불어로 금요일을 뜻하는 방드르디로 표기한다.

짓궂은 격려와 기분 좋은 외침을 용해했다. 전기로 가득 찬 전함 전체가, 감옥의 폭동이나 다른 배와의 충돌을 연상시키는 무정부적 에너지의 파열로 뒤덮였다. 이 파열은 마치 술처럼 머리에 오르고, 물결 위로 우리의 궤적이 날아가게 하며, 배의 용골까지 까닭 없는 환희로 전율하게 했다. 예고 없이 뚜껑을 들어 올린 솥이 내 아래에서 비등하고 있었다.

그러나 이 열띤 동요는 나에게까지 전해지지 않았다. 그것은 얼마간 떨어진 곳에서 소용돌이치는 웅성거림처럼 윙윙대고, 나는 그 위 아주 높은 곳의 평온한 법열 가운데 부유하고 있는 듯한 느낌이 들었다. 문득, 돌파하는 힘이, 취기와 떨림으로 재충전된 세계로 들어가는 힘이 내게 주어진 것 같았다. 세계는 예전과 같은 세계이고, 시선이 절망적으로 길을 찾는 적막한 물의 평원은 도처에서 그 모습 그대로였다. 하지만 이제 침묵의 은총이 그 위에 찬란히 빛나고 있었다. 어린 시절 이후로 내 삶의 끈을 팽팽하게 조이던 내밀한 느낌은 점점 더 깊어지기만 하는 방황의 느낌이었다. 삶 전체가 따뜻한 묶음처럼 주위를 감싸던 어린 시절의 드넓은 길 이후로, 나는 보이지 않게 접촉을 잃으며 하루하루 더욱 외로운 길로 분기되어 나간다는 생각이 들었다. 그리하여 이따금 망연자실한 가운데 잠시 발걸음을 멈추고 귀를 기울이기도 했지만 들리는 것이라고는 비어가는 밤길의 인색하고 황량한 메아리뿐이었다. 나는 부재 속을 나아가며 점점 더 음울한 벌판으로 빠져 들어갔다. 계속해서 멀어지는 본질적인 웅성거림의 대하(大河) 같은 아우성은 지평선 뒤에서 폭포처럼 으르렁댔다. 그러나 이제 설명하기 어려운 바른길의 느낌이 내 둘레의 소금물 사막을 만발한 꽃으로 뒤덮고 있었다. 지평선 뒤 어둠 속에 감춰진 도시로 다가갈 때처럼 사방에 떠도는 미광(微光)이 안테나를 교차시켰다. 열기로 떨리는 수평선은 깜빡이는 식별 표지들로 빛났다. 대관식의 양탄자처럼 빛이 깔린 바다 위로 왕자(王者)의 길이 열리고 있었다. 육안이 달의 이면을 볼 수 없는 것처럼 우리의 내밀한 감각이 다가가기 힘든 다른 극점과, 감각적 시선에 대립하는 효과적인 정신의 시선이 내게 계시되고 약속된 듯했는데, 이른바 다른 극점에서는 길들이 분기하는 대신 합류하고 효과적인 정신의 시선은 지구의 구체를 눈〔眼〕처럼 받아들인다. 고요한 수면에서 올라오는 뜨거운 수증기가 바네사 얼굴의 덧없는 아름다움을 그렸다—눈을 멀게 하는 바다의 빛이 내가 서 있는 수많은 시선의 되찾은 중심에서 불타올랐다—그 모험의 사막에서 나와 만나기로 약속된 것은 다른 곳의 목소리들이거니와, 그 음색이 어느 날 내 귀에 침묵이 자리 잡게 만들었다면 이제는 그 중얼거림이 문 뒤에 밀집한 군중의 웅성거림처럼 내 안에 섞여 들고 있었다.

오후는 벌써 끝나가고 있었다. 더운 날 시르트 하늘을 뿌옇게 만드는 가벼운 흰 천 같은 구름이 수그러들고 사라지며 하늘에 경이로운 투명성을 돌려주었다. 느리고 부드럽게 일렁이는 비단 같은 바다에 비스듬한 햇살이 광택을 냈다. 마법에 걸린 듯한 잔잔함이 수면 위로 숄처럼 끌리며 파도 위로 우리 길을 닦는 것 같았다. 그 저녁 배는 대

축제를 위해 장식된 듯한 바다 위를 나아갔다. 넓은 수면의 거대한 반사 속에 용해된 것처럼 보이는 미세한 그것은 그토록 오랜 세월이 흐른 뒤 마침내 바다에서 오르는 연기(그것은 폭풍우 같은 소용돌이를 하늘 위로 게으르게 풀어놓는 유연하고 부드러운 긴 깃털 같았다.)의 기이한 신호 속으로, 해독하기 어려운 예감 속으로 거의 사라진 것처럼 보였다.

"불을 줄여야겠어." 파브리치오가 근심스럽게 말했다. "이 커다란 깃털 같은 연기는 도발에 가까워. 밤이 되기까지는 저쪽으로부터 충분히 떨어져 있는 게 좋아. 만약……."

그의 시선이 나를 살폈다. 오후가 끝날 무렵의 유령 같은 장엄함이 그를 미망에서 깨어나게 하고 있었다. 처음으로 나는 그의 목소리에서 일종의 심각한 침잠 같은 것을 느꼈다.

"그래." 하고 나는 굳은 목소리로 그에게 대답했다. "내가 가지."

"저기 좀 봐!" 하고 그가 갑자기 내 팔을 잡으며 거의 눌린 듯한 억양 없는 목소리로 말했다.

한 줄기 연기가 우리 앞 수평선에서 피어오르고 있었다. 그것은 동쪽으로 벌써 어두워지는 하늘에서 분명하게 구별되었다. 동쪽 하늘에 달라붙은 듯 움직이지 않는 그 기이한 연기는 밑 부분이 길게 잡아 늘인 가늘고 곧은 실과 흡사했고, 위로 올라가면서 점점 굵어지다가 갑자기 납작하고 거무스름한 일종의 꽃부리 모양으로 부서지고 있었다. 공기 위로 부드럽게 고동치는 그것에 바람은 보이지 않는 테두리를 둘러쳤다. 끈적끈적하고 질긴 연기는 배와는 아무런 상관도 없어 보였다. 그것은 고요한 저녁 꺼져가는 불 위로 높게 오르는 가물거리는 연기와 흡사했다. 하지만 기이하도록 강한 어떤 것이라는 예감이 들었다. 몇몇 독버섯에서 볼 수 있는 것처럼, 끝이 뾰족하고 위아래가 전도된 원뿔 위에 뒤집혀 얹힌 산형화(繖形花) 같은 그 형태에서 어떤 알 수 없는 불길한 느낌이 배어 나왔다. 독버섯과 마찬가지로 그것은 무성하게 자라나 기이한 신속함으로 수평선을 장악한 듯했다. 그것은 문득 거기 있었다. 움직이지 않는 데다가 회색빛 저녁 하늘을 배경으로 하고 있어서 그것은 오랫동안 눈에 띄지 않았던 듯했다. 수평선의 연기가 피어오르는 지점을 주의 깊게 바라보던 나는 불현듯 깔리기 시작한 안개의 가장자리 위로 감지하기 어려운 이중의 속눈썹, 어둠의 속눈썹을 포착했다. 나는 가슴이 뛰는 가운데 그것을 알아보았다.

"탱그리야……. 저기……!" 나는 파브리치오에게 거의 외치듯 말했다. 내 감정의 동요가 어찌나 급격했던지 나는 손가락으로 그의 어깨를 꽉 움켜잡았다.

그는 지도 위로 열띤 시선을 던졌다. 그러고는 회의적인 호기심을 나타내며 수평선을 바라보았다.

"그래." 하고 그가 잠깐 동안의 침묵 뒤에 말했다. 감히 사실을 받아들일 수 없는 듯 보이는 그의 목소리는 이제 서서히 얼떨떨함에서 벗어나고 있었다. "탱그리야. 하지만 연기는 뭐지?"

그의 목소리에는 내 안에 둔탁한 경보음을 울리게 만드

는 것과 동일한 종류의 불안이 실려 있었다. 그렇다. 그것은 자연스럽고 또 쉽게 설명할 수 있는 것이었지만, 그토록 오랫동안 꺼져 있던 화산에서 예기치 않은 연기가 솟아오르는 모습을 보는 것은 곤혹스러웠다. 이제 차가워지는 미풍에 너울대며 그 속에 녹아드는 커다란 깃털 모양의 연기는 폭풍우의 하늘을 어둡보다 더 음침하게 만들면서 미지의 바다에 저주의 그늘을 던지는 듯했다. 그것은 수많은 분출 가운데 하나를 연상시키기보다 피의 비, 조상(彫像)의 땀, 페스트나 대홍수 전야에 거대한 깃대에 게양된 검은 깃발을 생각하게 했다.

"하지만 꺼진 화산이잖아." 파브리치오가 자신을 넘어서는 수수께끼를 앞에 둔 것처럼 혼자 중얼거렸다. 모든 활기가 일시에 잦아들었다. 저녁과 함께 이는 바람이 가녀린 첫 숨결을 우리에게까지 전해 왔다. 문득 함교 위로 냉기가 느껴졌다. 서쪽으로 달아나는 마지막 바닷새 무리가 울음소리를 내며 우리 위를 지나갔다. 신비스러운 연기 둘레의 적막한 하늘은 벌써 어두워져 있었다.

"더 멀리 가지는 말자." 파브리치오가 급하게 내 손목을 잡으며 말했다. "우리의 방문을 환영하기 위해 애쓰는 저 화산이 불길해 보여……. 우리가 지금 어디 와 있는지 알아?" 하고 그가 내게 지도를 내밀며 겁에 질린 목소리로 덧붙였다. 지도 위에 얹힌 손가락은 붉은 선을 훨씬 넘어선 지점을 가리켰다. 그 음산한 전위(前衛) 너머로 파르게스탄 해안이 침묵의 파도처럼 사방에서 우리를 향해 달려오고 있었다.

나는 그를 정면으로 바라보았다. 한순간 나는 주저했다. 그 불길한 밤의 문턱에 드리워진 징조들이 문득 어둠으로 가득 찬 파브리치오의 목소리를 통해 더욱 위중한 경고처럼 울려왔기 때문이다. 오후의 열기는 사라지고 나는 불확실성 속에 빠졌다. 가슴이 무거웠다. 베일이 찢어진 것 같았다. 파브리치오의 회피는 나를 모험의 벗은 광기와 맞대면하게 했다.

"……뭐라고 할까?"

"……마리노가 말이지, 아냐?" 하고 나는 너무나도 부드러운 목소리로 파브리치오의 말을 마무리했다.

갑자기 내 안에서 차가운 분노가 올라오는 게 느껴졌다. 파브리치오가 금구(禁句)를 입에 올린 것이다. 나는 문득 얼마나 끈질긴 술책으로 밤새도록 이 이름을 쫓았는지 깨달았다.

"……따분하군." 하고 나는 이 사이로 바람 소리를 내며 말했다. "겁이 날 때마다 마리노의 이름 뒤로 숨는 것 말이야."

이제 나는 그를 부인했다. 모든 것이 말해진 지금, 길은 자유롭고 밤은 열려 있었다. 파브리치오는 모든 것을 이해했고, 기이한 일이 일어났다. 그는 잠시 키의 손잡이를 놓더니 혼자 있는 것처럼 성호를 그었다. 마치 신성모독적인 언사를 속죄하듯 말이다.

"마리노는 두려움을 몰라……." 하고 그는 창백한 목소리로 중얼거렸다.

"동쪽을 향해! 전속력으로." 나는 거세지는 바람 속에서 파브리치오의 귀에 대고 소리쳤다. "어둠 때문에 우리는 보이지 않아. 열심히 불을 때면 아침이 되기 전에 가시거리 밖으로 벗어날 수 있을 거야……." 하지만 내 목소리가 중도에 소실되었거나 그의 반사 신경이 느려진 것 같았다. 그는 반쯤 잠든 상태에서 걷는 사람과 흡사했다.

"일도, 자네가 지금 무슨 짓을 하고 있는지 알지?" 하고 그는 공포와 애틋함이 섞여 드는 어린아이 같은 목소리로 말했다. "하지만 이제는 문제가 달라." 그는 결연한 어조로 자리에서 일어나며 덧붙였다. "가서 명령을 내려야겠어."

어둠이 내리는 가운데 병사들은 전투태세를 취했다. 희미한 랜턴의 흔들리는 빛 아래로 지나가는 얼굴들은 친숙지 않은 의식(儀式) 앞에서 서투른 품위를 갖추려 애썼다. 파브리치오는 그들을 하나하나 불러 신중한 목소리로 임무를 맡겼다. 르두타블 위에서 그런 움직임이 있었던 것은 아득한 옛날이었다. 정확히 어떤 태도를 취해야 할지 기억에 없었다.

"심각한 일인 것 같아, 베포?" 내 아래쪽에서 당황한 실루엣 하나가 중얼거리듯 말했다.

"걱정 마." 하고 비웃는 듯한 목소리가 잘라 말했다. "마구간 지키는 일은 끝났고, 이제는 맞은편이 어떤지 가 봐야 해."

"다소 늦은 감마저 있어. 저쪽은 너무 부산한 것 같아. 바다는 누구의 것도 아니야. 정청에서 그랬잖아. 늙은 르두타블도 얼마간 바람을 쐴 필요가 있어."

확신에 찬 동의의 웅얼거림이 있었다.

"아니, 먼저 뒤쪽을 열어야지, 촌놈아!" 누군가 앞쪽에서 억눌린 웃음과 분명히 구별되는 목소리로 투덜댔다.

다시 침묵이 감돌았다.

"쟤들이 어떻게 파이프에 불을 붙였는지 봤지?" 하고 먼 쪽의 목소리가 결론지었다. "화끈하겠는걸."

파브리치오는 함교 위 내 옆 자리로 돌아왔다. 그는 밤에 용기를 얻기 위해 그리하듯 휘파람을 불었다. 그러나 나는 그토록 젊고 태평한 존재에게서 새로운 바람이 부는 것을 감지했다. 그는 가능한 위험 앞에서 르두타블을 지휘하고 있었고, 병사들의 열정과 유쾌한 기분이 그의 힘을 북돋아 주었다.

"저들은 내가 맡지." 하고 그가 내게 말했다. "눈을 똑바로 떠야겠어. 다행히 오늘 밤은 몹시 어두울 것 같아." 그는 점차 안도감을 느끼며 말을 이었다. "어둡기 때문에 위험은 크지 않아. 그리고—우리의 가장 큰 행운이지만—저들은 호기심 갖는 습관을 약간 잃어버렸을 거야."

한참 전부터 연기는 검은 하늘에 용해되어 보이지 않았다. 폭풍우를 예고하는 커다란 구름이 무거운 소용돌이를 이루며 수평선 위로 솟아올랐다. 구름의 가장자리는 바다 수면에 잔존하는 푸르스름한 빛에 녹아들고 있었다.

"자, 이제 말해 봐, 알도." 파브리치오가 망설이는 목소리로 말을 이었다. "아마도 나와 아무런 상관없는 일이겠지만, 저쪽에 그토록 가까이 가서 보고 싶은 게 도대체 뭐야?"

나는 대답하려는 것처럼 입을 열었다. 하지만 목소리는

도중에 멈추었고 나는 어둠 속에서 건성으로 웃었다. 그토록 가까이 있는 내 형제에게, 마리노나 사랑에 빠진 여인 같으면 눈빛만으로도 이해할 수 있는 것을 전해 줄 말이 없었다. 내가 원하는 것을 가리키는 이름은 그 어떤 언어에도 없었다. 좀 더 가까이 있는 것. 떨어져 있지 않는 것. 그 빛에 나를 불사르는 것. 만지는 것.

"아무것도 없어." 하고 나는 그에게 말했다. "단지 확인하고 싶을 뿐이야."

배는 이제 모든 불을 끈 채 두터운 어둠 속을 질주했다. 하늘 높은 곳에서 움직이는 구름들이 달을 가렸다. 파브리치오의 판단은 옳았다. 행운은 우리 편이었다. 내 사념은 잉크 빛 벽을 뚫는 광란의 배보다도 앞서 나아갔다. 지워진 화산의 정상이 수상쩍은 어둠 뒤편으로부터 전속력으로 커지면서 달려오는 것 같았다. 매 순간 나의 신경질적인 손은 나를 벗어나며 앞으로 나아가는 듯한 동작을 취했다. 마치 어둠 속에서 벽을 더듬는 사람처럼.

"앞으로 두 시간 더 가야 해." 하고 파브리치오가 졸린 목소리로 내게 말했다. "제대로 들여다볼 수 없을 것 같아 유감이야. 보름달이 떠 있다 보니……."

나는 그의 꾸민 침착함 뒤로 나만큼이나 긴장한 그를 짐작했다. 우리 아래쪽 어둠 속에서는 전투태세를 갖춘 병사들이 깊은 침묵을 지켰다. 하지만 커다랗게 열린 그들의 눈이 어둠을 자화하고 있었다. 밤에 미지의 것을 향해 접근하는 배는 미묘한 전기를 띠었다.

파브리치오는 골똘한 표정으로 지도에 빠져 들었다. 항

해의 마지막 부분이 그에게 어려운 문제를 안겨주었다. 지도에 제대로 표시되어 있지 않은 일련의 불규칙한 암초들이 탱그리에 접근하는 것을 멀찌감치 막아서고 있었다. 오르세나에서는 보복 원정에서 돌아오던 함대들이 겪었던 손실에 대한 기억이 아직도 생생했다. 나는 앞쪽의 인원을 보강하기 위해 이물로 갔다. 병사 하나가 수심 측량 준비를 끝낸 채 대기하고 있었다. 오랫동안 나는 이물 위로 몸을 기울이고 있어야 했다. 닿을 수 없는 봉우리의 빙하로부터 내려온 것처럼, 눈과 별의 내음을 풍기는 차가운 바람이 내 얼굴을 후려쳤다. 나는 콧구멍으로 가까운 땅의 지표들을 질문했다. 그러나 밤은 영원히 끝나지 않을 것만 같았다. 감지되는 것이라고는 이물에서 하염없이 부글대는 물거품과 다른 세계에서 온 바람, 그리고 설원의 마찰음을 실어 나르는 날카로운 추위의 흐름뿐이었다. 이 떠도는 항해의 막연함은 나를 몽롱하게 했다. 나는 고요와 순수한 기다림의 마지막 순간 속에서 부드럽게 흔들렸다. 텅 빈 정신은 문득 미묘한 합주(合奏)와 불가해한 일치를 이상하리만치 쉽게 받아들였다. 지상의 친숙한 지표들은 멀리 물러난 듯했다. 그러나 거대한 신호들이 맑은 밤 속에 서로 교차하고 있었다. 오르세나를 떠난 이후의 내 모든 삶이 무엇인가에 의해 인도된 듯 여겨졌다. 그것은 이 밤의 질주 속에서 상징들로 재구성되었고, 이 상징들은 어둠 깊은 곳으로부터 내게 말을 건넸다. 알도브란디 궁전의 방들이, 그들의 오만한 기다림이, 그리고 불현듯 깨어난 곰팡이 슨 공허가 눈앞에 떠올랐다. 내 뒤에서는 굴뚝이 토해 내는 연기가 검은 베일처럼 어둠 속에서 찢어지고 있었다. 성채가 문득 물 위에 그리던 환영 같은 몸짓이 떠올랐다. 나는 또한 신비스럽게 되살아난 화산을 생각했다. 윤곽을 용해시키는 밤의 한가운데에서 차가운 순수함에 얼굴을 씻은 나는 스스로를 집중하고, 나의 눈먼 존재 전체를 나의 시간과 일치시키며, 형언할 수 없는 안도감에 나 자신을 방임했다.

새벽 1시경 사방이 갑자기 조용해졌다. 우리는 화산의 바람 아래 있었던 것이다. 무겁고 정체된 축축함이 우리를 감쌌고, 배는 기름 같은 바다 위를 소리 없이 미끄러졌다. 밤의 중심에 그림자를 던지는 듯한 그 숨 막히는 침묵 속에서 화산의 거대한 몸집은 대낮보다 더욱 위압적으로 우리를 향해 다가왔다.

"철저히 경계하라!" 파브리치오의 긴장된 목소리가 지나치도록 고요한 어둠 속에서 솟아올랐다.

배는 속도를 낮추었고 이물의 맑은 거품도 잦아들었다. 불현듯 미지근하고 매우 느린 한 줌의 바람이 우리 위로 달콤하고 야수적인 내음을 펼쳐놓았다. 그것은 검게 탄 사막의 공기에 용해된 오아시스의 냄새 같았다. 밤은 눈에 띄지 않게 밝아졌다. 우리 위에서는 구름 덩어리들이 신속하게 풀어지는 듯했다. 달이 젖빛 훈륜으로 가두리를 장식하는, 구름이 찢어진 검은 자리에서는 몇 개의 별이 아득히 멀고 순수하게 빛났다.

"알도!" 파브리치오가 낮은 목소리로 불렀다.

나는 함교 위에 있는 그에게로 다가갔다.

"……폭풍우가 가시고 있어." 그가 벌써 한결 맑아진 하늘을 가리키며 속삭였다. "달이 구름을 벗어나면 금방 대낮처럼 밝아질 거야. 오렌지 냄새를 맡았어?" 그가 목을 잡아 빼며 말했다. "우리는 육지에 거의 닿을 듯한 지점에 와 있어……. 더 가고 싶어?"

나는 간단한 고갯짓으로 질문을 잘랐다. 그 순간 어둠 속에서 하나씩 하나씩 베일을 벗는 욕망하는 육체를 앞에 둔 것처럼, 목마름 속에서 허기진 기다림에 내 모든 신경을 밀착시킨 나는 더 이상 말도 할 수 없었다.

"좋아!" 하고 파브리치오가 해방된, 그리고 자신도 모르는 사이에 쾌활함이 깃드는 목소리로 결론지었다. "이건 자살 기도야. 진작에 자네한테 경고했어야 하는 건데. 우리에게 신의 가호가 있기를……."

그는 한 번 더 속도를 늦추게 했다. 그러고는 단정하고 꼼꼼하게 마지막 몇 가지 수치를 확인했다. 나는 이따금 곁눈으로 그를 바라보았다. 위중함과 그에 따른 집중으로 이마를 찌푸린 그는 아주 어린 소년들처럼 혀를 내밀고 있었다. 피로와 불면으로 주름살이 팬 지친 표정으로부터 놀라운 유년이 스며 나오는 것 같았다. 승리의 고양된 느낌이 나를 엄습했다. 내가 꿈으로 데려가는 그 얼굴은 지금까지와는 전혀 다른 방식으로 살고 있었다.

"파브리치오, 이제 돌아가고 싶어?" 나는 배의 앞쪽을 응시한 채 부드럽게 그의 팔을 잡으며 말했다.

"더 이상 모르겠어." 그는 극도로 신경질적인 동요가 느껴지는 웃음을 지으며 말했다. "자네는 별난 인간이야!"*

하고 그가 눈을 돌리며 덧붙였다. 나는 고개를 들지 않았지만 그가 어떤 미소를 짓고 있는지 알았다. 채찍 같은 돌풍이 금속판을 울리고 함교를 후려치며 우리 눈을 가렸다. 그러나 그 거친 돌풍 속에서도 어둠은 용해되고 있었다. 그것은 마치 어둠 뒤쪽 아주 높은 곳에 매달린 램프의 반사경이 재와 같은 빛을 가늘게 흩뿌리는 것과도 같았다. 비는 그쳤다. 배는 맑게 갠 공기 속에서 기지개를 켜며 가벼운 증기를 깃털처럼 뿜어댔다. 불현듯 캄캄한 밤이 여명을 향해 열리는 듯했다. 이물 앞쪽의 구름들이 무대의 막처럼 전속력으로 갈라졌다.

"화산이다! 화산이다!" 충돌이나 매복에서 오르는 것 같은 외침 속에서 서른 개의 질식할 듯한 목청이 한목소리로 부르짖었다.

우리 앞의 바다에서 환영이 벽처럼 솟아오르고 있었다. 그 무시무시한 정상을 바라보기 위해 뒤로 젖혀지는 머리의 움직임 탓에 그것은 손에 닿을 듯 가까워 보였다. 달은 이제 한껏 광채를 발했다. 오른쪽에서 라게스의 빛의 숲이 움직임 잃은 반짝임으로 잠든 물 가장자리를 장식하고 있었다. 우리 앞에서는 침몰하기 직전 고물을 돛대처럼 들어 올리는, 모든 불을 환하게 밝힌 대형 여객선 같은 세상의 한 조각이 마치 뚜껑처럼 들어 올려진 채 바다 위 아득한 꿈의 높이에 매달려 있었다. 그것은 불의 덤불과 빛의 송

* 사실 파브리치오는 여기서 "자네는 악마야.(Tu es le diable.)"라고 말하고 있다. 악마라는 표현 자체는 소설의 맥락을 고려할 때 매우 의미심장한 것이지만 서술의 연속성을 위해 '별난 인간'으로 옮긴다.

이들이 마치 흩어져 고정된 별처럼 체질되고 겹쳐지고 점점이 뿌려진, 수직으로 치솟은 라게스 교외(郊外)였다. 비에 젖어 빛나는 도로 위로 고요하게, 그러나 구름의 높이까지 반사되는 건물 전면의 불빛들처럼, 아주 가깝고, 또 깨끗하게 씻긴 공기 속에 아주 또렷이 구분되는 만큼 밤 정원의 냄새와 젖은 길의 반짝이는 신선함이 금방이라도 느껴질 것만 같은 대로(大路), 빌라, 궁전, 교차로의 찬란한 빛, 그리고 용암 비탈에 매달린 현기증 나는 촌락의 듬성듬성한 불빛들은 주근깨가 박힌 듯한 어둠 속에서 층계와 낭떠러지와 발코니들을 거쳐 부드럽게 발광(發光)하는 바다 위로 솟아오르며 수평으로 떠도는 안개에 이르고 있었다. 이 안개는 누렇게 변색되며 마지막 빛을 어지럽히는 한편, 빙하 돌출부에 잠시 가려졌다가 다시 망원경 시야에 나타나는 등산가처럼, 이따금 전혀 있을 법하지 않은 높은 빛을 내비치기도 했다. 좌대(座臺)처럼 혹은 어렴풋한 빛 속에 신의 얼굴이 솟아오르게 하는 윗부분이 잘려 나간 피라미드 모양의 타오르는 제단처럼, 빛의 과수원은 그 불규칙한 경계에 이르러 끝나고 있었다. 그리고 아주 높은 곳, 수직으로 드리워져 목덜미를 무겁게 짓누르며 추잡하고 게걸스러운 흡반(吸盤)을 통해 하늘에 들러붙은 검은 공허 위 아주 먼 곳에서 무(無)의 거품으로부터 일종의 시간의 종말의 표지가, 푸르스름한 뿔이 떠오르고 있었다. 우유 같은 물질로 되어 있으면서 가볍게 빛나는 그 뿔은 마치 기이한 공기의 응고물처럼 움직임 없이, 영원히 낯설게, 종국적으로 부유하는 듯했다. 공기가 갑자기 소리를 전달하지 않게 된 것처럼, 비명을 부르는 그 환영 둘레의 침묵은 귀를 아프게 했다. 혹은 별들이 총총히 박힌 벽 앞에서 그 침묵은, 세계가 전복되는 가운데 우리 위에 하염없이 열린 입의 비명이 우리에게 미처 와 닿지 않는 악몽의 물렁물렁하고 메스꺼운 추락을 연상시켰다.

"탱그리다!" 밀랍처럼 창백해진 파브리치오가 그 이름 자체가 기도이고, 다만 그것을 확인하고 명명하는 것만이 허락된 매우 드문 어떤 힘을 앞에 둔 것처럼 내 손목에 손톱을 박으며 부드럽게 말했다.

"정면으로 돌진! 더 가까이!" 나는 이상하리만치 딱딱하고 목청을 울리는 듯한 목소리로 그의 귀에 중얼거렸다.

하지만 파브리치오는 배의 방향을 돌릴 생각조차 하지 않고 있었다. 때는 이미 늦어 있었다. 더할 수 없이 늦어 있었다. 어떤 매혹이 우리를 그 자성 띤 산으로 끌어당기고 있었다. 계시 받은 특별한 기다림이, 마지막 베일이 곧 벗겨지리라는 확신이 그 사나운 순간을 유예시키고 있었다. 팽팽하게 긴장된 우리의 모든 신경으로 검은 화살 같은 배는 환하게 빛나는 거인을 향해 질주했다.

"전속력으로!" 흥분한 파브리치오가 부르짖었다.

배의 모든 금속판이 전율했다. 수평선 위에 솟아오르는 뱃머리가 가까워지는 빛 위로 검은 실루엣을 드리우는 가운데, 우리를 향해 다가오는 해안이 충각(衝角)으로 공격하는 적함처럼 아무런 움직임 없이 점점 커지기만 했다. 아니다, 아무것도 우리를 공격할 수 없었다. 행운은 우리 편이었다. 바다는 비어 있었다. 깊이 잠든 것처럼 보이는 라게스 앞 바다에서는 빛 하나 꼼짝하지 않았다. 해안을 눈부시게 만드는 빛의 장막이 우리를 가려주며 우리의 검은 그림자를 어둠 속에 용해했다. 수 세기가 응축되어 있는 일 분 또 일 분, 급행열차와 같은 마지막 도약에 접합되어 우리의 허기를 보고 만지는 것, 눈부신 접근 속에 용해되는 것, 바다에서 나온 그 빛에 우리를 불사르는 것, 그것뿐이었다.

불현듯 우리 오른쪽에 있는 라게스 방향의 해안이 뜨거운 섬광들로 빠르게 깜빡거렸다. 무거우면서도 음악적인 마찰음이 배 위쪽 하늘을 찢으며 계곡처럼 굵고 낮게 울리는 천둥소리를 잠깨웠고, 우리는 세 발의 대포 소리를 들었다.

10 사자

새벽의 신선함을 보다 잘 호흡하기 위해 뱃머리 근처에 선 나는 새벽빛 속에서 시르트 해안이 커지는 것을 바라보았다. 누런 모래사장 위로 채 걷히지 않은 안개들이 끌리는 가운데 수평선 위에 납작 엎드린 해안은 음울하고 서글픈 미명 속에서 평소보다 더욱 불우해 보일뿐더러 내 돌연한 각성으로 마치 납덩이처럼 무겁게 느껴졌다. 나는 마음이 무거웠다. 심지어 르두타블마저도 전에 없이 둔해져서 그 평평한 바다 위를 굼뜨게 나아가는 듯했다. 마치 선창에 여러 톤의 물이라도 실은 것 같았다. 다행히 배는 아무런 피해도 입지 않았다. 본능적으로 키를 돌림으로써 파브리치오는 포탄을 용케 피했고, 갑작스러운 구름이 우리를 가려주었다. 우리 포수들의 예상치 못했던 침착함 혹은 어리둥절함이 응수를 막았고, 덕분에 최악의 사태는 피할 수 있었다. 하지만 이 짧은 교전에는 어딘가 앞뒤가 안 맞는 부분이 있어 미심쩍은 생각이 그치지 않았다. 놀라운 것은—이쪽에서 오르세나의 태만이 필경 도를 넘고 있었다면—맞은편 해안에서 그토록 집요하고 그토록 주의 깊게 감시하고 있다는 사실이었다. 마찬가지로 놀라운 것은 그 깜깜한 밤에 수상한 실루엣의 정체를 확인할 필요를 느끼지 않았다는 점이다. 마치 처음부터 사정을 훤히 알고 있기라도 한 듯 말이다. 발포에 앞서 그 어떤 확인 신호도 없었다. 그리고 생각할수록 더욱 이상하게 느껴지는 점은 그토록 가까운 거리에서 겨냥한 포격이 그토록 비효율적이었다는 것이다. 곰곰이 생각해 보면 파브리치오의 능숙한 솜씨는 상황을 설명하기에 턱없이 부족했다. 너무나도 친절하게 강조된 그 훈계 속에는 경멸과 조소의 뉘앙스가 들어 있었고, 병사들에게서 안도의 웃음을 자아낸 이 위협사격에 대해 나는 결코 안심할 수 없었다. 라게스에서 진행 중인 음모와 관련하여 마렘마에 떠도는 소문들이 나도 모르는 사이에 이 결과 없는 포격에 결부되었다. 결과가 없다? 나는 고개를 젓고 있는 스스로를 발견했다. 내가 알고 싶은 것은 맞은편에서 원하는 게 정확히 무엇인가 하는 점이었다.

일찌감치 보낸 우리의 귀환 신호가 방파제 위에 모아놓은 작은 무리를 나는 불안한 시선으로 훑어보았다. 그 순간 나는 마리노와의 대면이 그 무엇보다 두려웠다. 그는 거기에 없었다. 나는 갑자기 안도감이 들었다.

“키를 암초 위로 잘못 꺾지는 않았나, 애송이 친구?” 밧줄이 떨어지는 동안 입에서 파이프를 거두며 지오반니가 파브리치오에게 기분 좋게 외쳤다.

그 농담은 의례적인 것이었다. 아주 이른 아침이었지만 그의 어깨에는 이미 사냥총이 매달려 있었다. 해군기지 생활의 형언할 수 없는 단조로움이 단숨에 밀려왔다.

"문제가 좀 있었어." 파브리치오가 부하들이 보는 앞인지라 당혹스럽고 어색한 표정으로 말했다. "나중에 설명할세."

행렬이 길게 늘어졌다. 모두들 방파제를 따라 맥없고 멍청한 태도로 한가롭게 나아가며 물에 돌멩이를 던지기도 했다. 우리 그룹은 선두에서 걸었다. 나는 우리 병사들이 섞여 있는 무리에서 들려오는 소리에 나도 모르게 귀를 곤두세웠다. 그들은 난처한 표정으로 말을 아끼며, 서둘러 소식을 전하는 대신 잠자코 있었다. 그들은 이 귀환에서 낯선 느낌을 받는 듯했다. 지오반니와 로베르토는 우리의 침묵에 놀라 입을 다물고 있었다. 침묵은 점점 더 무거워지기만 했다.

"저쪽에 갔다 왔어." 내가 갑작스러운 어조로 느닷없이 말했다. "우리를 향해 발포했지."

지오반니와 로베르토는 입을 딱 벌린 채 그 자리에 멈추어 서서는 나를 향해 잠이 덜 깬 눈을 들었다.

"저쪽이라고……?" 지오반니가 밤에 매복할 때 보여주던 그의 유명한 냉정을 되찾으며 거의 자연스러운 목소리로 되물었다. 그러나 파브리치오가 나를 거들었다.

"알도에겐 그럴 만한 이유가 있었어." 하고 그는 설명을 자르며 딱딱하게 덧붙였다.

외교적 신중함의 물결이 검게 탄 얼굴들 위로 순진하게

지나갔다. 수도와 시르트의 시차(時差)가 문득 그 얼굴들 위에 나타났다. 정청이 취급하는 국가적 사안은 여전히 온전한 존경을 자아냈던 것이다.

"나쁜 놈들!" 하고 지오반니가 입에서 파이프를 거두며 이빨 사이로 으르렁댔다.

그의 목소리에는 적당한 근심의 억양이 배어 있었지만 내가 생각했던 것보다 경악의 정도가 훨씬 약한 것을 보며 나는 놀라는 동시에 기운을 되찾았다.

"저쪽에 갔다 왔단 말이지……?" 로베르토가 믿어지지 않는다는 듯이 되물었다. "얘기해 봐!" 그는 마치 공모자와 같은 태도로 내 팔을 잡으며 덧붙이더니 문득 흥분하며 휴게실 문을 밀었다.

이야기와 질문은 끝이 없었다. 나는 이상하게도 편안함을 느꼈다. 이유 같은 것은 지오반니나 로베르토의 관심을 끌지 못한다는 점, 그리고 그들은 내게 해명을 요구할 생각이 조금도 없다는 점이 금방 분명해졌다. 나는 그들을 데리고 동화 속으로 빠져 들어갔다. 서둘러 경험하고 싶은 마음에 시초의 행위는 생략되었다. 로베르토와 지오반니는 이야기의 마법을 풀기보다 오히려 이야기에 가담하고 게임에 들어와 우리와 합류하기를 원했다. 마리노에 대한 모든 암시는 흥을 깨뜨리는 행위로서 일체 배제되었다. 그는 해군기지에 한번도 발을 디딘 적이 없는 사람과도 같았다. 힘을 합하여 우리는 비탈 위의 장애물과 거북스러운 이미지들을 슬며시 치우고 그 위를 즐거이 미끄러져 내려갔다. 탱그리라는 이름이 나오자 그들의 눈이 전혀 새로운 호기심으로 빛났다. 로베르토는 포격의 방식과 관련하여 몇 가지 비판적인 고찰을 제시했다. 특히 아무런 경고도 하지 않은 채 우리에게 발포한 것은 '유례 없는' 일이라는 사실에 모두들 동의하며 확신에 찬 고갯짓을 했다. 더 이상 걱정할 필요가 없음을 깨달은 파브리치오는 전혀 예상치 못한 천재적 필치로 우리의 승리에 화룡점정을 찍었다.

"성채를 수리해야 한다는 자네의 아이디어 말이야, 로베르토. 자네는 뭔가 앞일을 예견했던 것 같아."

"나는 저들을 항상 경계해 왔지." 하고 예언자 같은 목소리로 로베르토가 수긍했다. 그는 파이프를 빠는 척하며 겸손한 만족감으로 얼굴을 붉혔다. 나는 누명을 벗은 몸으로, 아니 오히려 찬미 가운데 방을 나가게 될 것이라는 사실을 깨달았다.

"그래! 병을 땄으니 마셔야지." 지오반니가 쾌활하게 잔을 들며 말했다. "저들은 원하던 것을 얻었어. 그러나 분명히 말하지만 저들은 이걸로 만족하지 않을 거야!"

로베르토의 파이프가 주피터의 구름으로 그를 둘러쌌다. 눈을 반쯤 감은 채 창문 너머 바다 쪽의 수평선을 관찰하는 그는 먼 앞날을 내다보는 예언력과 예리한 지혜로 빛나는 듯했다. 마리노가 부재하는 상태에서 해군기지의 군사 지휘권은 그에게 위임되어 있었다.

"……오늘 밤 그들이 우리를 잠깐 방문한다 해도 나는 그다지 심하게 놀라지 않을 것 같아." 그가 비밀 정보를 알려주는 듯한 우쭐한 어조로 말했다. "날이 흐릴 거야. 하늘이 맑을 가능성은 희박해……. 지금부터 몇 가지 조처를 취해 놓아야겠어."

"그래야 할 거야." 하고 동의의 침묵 속에서 지오반니가 결론지었다. "해군기지는 물레방앗간처럼 열려 있어……." 우리는 우리가 제대로 방어되지 않고 있다는 사실을 절감했다.

즉석에서 전쟁 회의가 열렸다. 나는 아무 말 없이 지켜보기만 했다. 모든 것이 음험하게 모양을 갖춰가는 것을 보면서 비현실적인 느낌은 커지기만 했고 심지어 의식이 마비되는 느낌마저 들었다. 로베르토는 긴급조치들을 제안했다. 파브리치오는 규정들을 살폈다. 내가 끄트머리에 추를 매단 실타래는 이제 내 손을 빠져나가 혼자서 술술 풀려 나가고 있었다.

언제든 출항할 수 있도록 르두타블의 시동을 밤에도 켜두기로 했다. 그리고 야간 감시초소를 성채 위에 설치하기로 했다. 오후부터 로베르토는 수로 입구를 지키는 해안의—어지간히 노후한—오래된 포대(砲臺)를 조용히 돌아보고 (성채의 대포는 오래전부터 사용이 불가능한 상태였다.) 포탄 재고를 점검하기로 했다. 또 개펄 위에 썩고 있는 보트들 가운데 하나를 물에 띄워 야간에 수로 근방을 감시하는 데 사용하기로 했다. 마음이 없지는 않았지만 열광적인 분위기에 찬물을 끼얹는 마리노의 복귀에 대한 두려움이 눈에 띄는 다른 조처들을 포기하게 했다. 필요한 경우 (이는 모두의 마음에 도사리고 있던 생각이었다.) 비상조치들은 취소해 버리면 그만이었다. 이렇듯 우리 넷 사이의 암묵적인 공모는 시시각각 결속력을 더해 갔다.

"나머지는 대위가 알아서 하겠지." 하고 로베르토가 위선적인 태도로 결론지었다. "나는 야간 순찰을 돌겠어. 오리들이나 망보는 대신에 말이야!"

성채에서 방파제로, 또 포대로 끊임없이 오가는 사이에 하루는 빨리 지나갔다. 해군기지는 더 이상 권태롭지 않았다. 흥분이 병사들을 사로잡고 있었다. 여기저기서 듣게 되는 생각의 단편들(장교들이 지나갈 때 병사들은 암시로 가득 찬 태도로 평소보다 더욱 공손하게 입을 다물었다.)은 한창 신용을 얻고 있는 과장된 소문들이 어떤 것인지 짐작하게 해주었다. 마치 단조로운 삶 속에 오래 잠복해 있던, 예기치 못한 것과 전대미문의 것에 대한 욕구가 별안간 그들의 잠든 머리 안에서 폭발한 듯했다. 심지어 지나가는 우리를 향해 질문이 쏟아진 것도 두세 번은 되었다. 그러나 로베르토는 신비로 가득 찬 눈꺼풀로 그것을 물리쳤다. 병사들은 이상한 동물적 후각을 통해 하늘에 폭풍우가 일어나는 것을 느끼고 있었다. 생기를 되찾은 그들의 얼굴은 좋든 나쁘든 새로운 소식을 기다렸다. 마치 오랜 가뭄 끝의 대지가 비를 기다리듯이 말이다.

그러나 그날 밤과 이어진 사흘 밤은 조용히 지나갔다. 흥분은 가라앉았다. 마리노가 주말에 돌아온다는 소식을 보내왔다. 부질없는 경계 임무를 끝내고 돌아오는 지오반니는 더욱더 실망한 표정이었다.

"이럴 줄 알았어." 그는 편지가 개봉되지도 않은 채 되돌아오는 것을 보는 구애자(求愛者)처럼 화가 나서 말했다. "저쪽 친구들의 피부는 검기만 한 게 아니야. 두껍기도

해. 저런 인간들은 상대가 무얼 하건 꿈적도 않는다니까."
하고 그는 역겨운 어조로 덧붙였다.

그의 상상력은 이런 식의 답례(答禮)를 넘어서지 못했다. 해군기지의 모두가 그러하듯 지오반니는 즉흥적이고 피상적인 삶을 살고 있었다. 오르세나의 해묵은 반수 상태는 책임 의식과 예측의 필요를 오랫동안 끈질기게 좌절시키면서 노인들의 전지전능한 후견 아래 애늙은이들을 만들어냈다. 이들에게는 아무것도 실제로 일어날 수 없을뿐더러, 그것이 어떤 것이든 중대한 결과를 가져오는 것 또한 불가능했다. 기분 전환은 언제든 환영이었다. 하지만 결국에는 다시 오리 사냥으로 되돌아가고야 마는 것이었다.

이 흥분된 나날 내내 전혀 다른 걱정거리가 나를 사로잡고 있었다. 마리노가 없는 동안 내가 사용하는 마리노의 집무실에서 일상적인 서류 더미를 뒤적이기 시작하자마자 최근 며칠을 들끓게 했던 열기가 별안간 가라앉으면서 내 무모한 행위가—나의 기소실(起訴室)이 될 이 방으로 돌아오는 마리노의 얼굴만큼이나 뚜렷하고 분명히 지각할 수 있는 형태로—내 앞에 우뚝 일어서는 것만 같았다. 그것은 어찌나 눈이 부셨던지 한순간 나는 가슴이 멎는 듯했다. 이 방의 숨죽인 침묵은 문득 내 귀에 바닷소리가 들리게 했다. 광기 속에서 보낸 그 밤 이후 나의 행위는 나에게서 영원히 떨어져 나갔다. 어딘가 아주 먼 곳에서 가볍고 섬세한, 편안한 부르릉거림과 함께 기계가 작동을 시작했고, 이제 아무도 그것을 멈추게 할 수 없을 것 같았다. 멀리서 들려오는 엔진의 윙윙거림이 닫힌 방으로 들어와 마치 꿀벌 소리처럼 그 밀폐된 침묵을 잠 깨웠다.

"병을 땄으니 마셔야지." 하고 끔찍하게 취기가 가신 나는 고개를 흔들며 되뇌었다. 내 눈이 책상 위에 놓인, 아직 봉인을 뜯지 않은 우편물들에 가 닿았다. 나는 문득 한시라도 빨리 결정을 내려야 한다고 생각했다.

그처럼 명백한 규정 위반을 정청에 보고하는 것은 자살행위나 다름없었다. 사건이 거기서 끝난다고 해도 그냥 덮어둔다면 언젠가는 처벌을 받을 게 분명했다. 해군기지의 모든 사람이 사건을 알고 있으니 말이다. 한순간 상황이 어찌나 절망적으로 보였던지 나는 현기증을 느끼며 책상에 팔꿈치를 기대었다. 두 손에 머리를 묻은 채 나는 마치 어린아이처럼 그 밤을 악몽으로 바꾸어줄 잠과 망각을 불렀다. 나는 악몽이 곧 사라질 것이라고 스스로를 설득하려 애썼다. 불현듯 한 가지 방책이 떠올랐다. 해결은 아니지만 적어도 이해가 가능할지도 모른다는 희망을 나는 엿보았던 것이다. 나는 보안평의회에 회견을 요청하기로 했다. 중대한 사안을 직접 설명하겠다는 것이다.

그날 저녁 식사가 끝나자마자 나는 곧장 내 방으로 갔다. 아침이 되기 전에 어려운 글쓰기를 끝내야 했다. 그것은 나의 마지막 카드였고, 나는 그것을 그날 밤 던진다는 사실을 분명히 의식하고 있었다. 불행한 한마디로 인해 파멸할 수 있었기 때문에 내 마음은 결코 편치 못했고, 일은 진척되지 않았다. 내 둘레의 해군기지는 이미 잠든 지 오래였다. 가벼운 펜 소리만이 느린 시간을 꿰맸고, 이따금 한두 차례 종이 찢는 소리만이 들릴 뿐이었다. 밤 11시쯤

되었을까, 고요한 밤 위로 조용히 방문이 열렸고, 내가 채 머리를 들기도 전에 누군가 문득 내 앞에 서 있었다.

"매우 늦었습니다, 감찰장교님. 더구나 면담을 청하기엔 한없이 늦은 시각이겠지요." 하고 꽤 음악적인 낯선 목소리가 말했다.

램프의 역광 때문에 나는 그의 얼굴 윤곽을 분별하기가 힘들었다. 내 앞의 실루엣은 건장했지만 제법 가냘프기도 했다. 책상으로 다가오는 그의 동작에서는 사막 생활에서 오는 조용하고 탄력적인 민첩함이 배어났다. 극도로 단순하고 거의 불결하기까지 한 옷은 일요일에 석호의 유람객들을 실어 나르는 뱃사공의 복장이었다. 이런 차림새는 극도로 기품 있는 목소리에 하찮은 무엇인가를 가미했다.

"정말로 늦었습니다." 그가 책상 위에 놓인 시계를 거꾸로 들여다보며 느긋함이 가득 찬 몸짓과 함께 말했다. 순간 나는 그가 일부러 자신의 프로필을 비스듬한 불빛 아래 보여준다는 사실을 깨달았다. 문득 기억이 되살아났고 나는 가슴이 뛰기 시작했다. 어두운 피부색, 날카로우면서도 고정된 듯한 눈빛, 그는 사그라에서 배를 지키던 사내였다.

"……이걸 보시면 제가 누구의 이름으로 왔는지 아실 겁니다." 그는 내 눈빛을 읽고 난 뒤 문득 어조를 바꾸어 말했다. 그러고는 내가 권하지 않았는데도 피로의 긴 한숨을 내쉬며 무례하지 않은 품위 있고 편한 동작으로 의자에 앉았다.

나는 그가 내민 종이를 펼쳤다. 문득 내 눈이 고정되었다. 외교 아카데미의 오래된 먼지투성이 협정서들에서 종종 보았던, 키마이라*에 뱀이 얽힌 모양을 한 라게스 사무국 문장이 오른쪽 가장자리에 별처럼 빛나고 있었다. 문서는 그것을 소지한 이의 임무가 평화적인 것임을 보증하면서, 전쟁 협상자들에게 주어지는 공식적인 처우와 존중을 부여해 줄 것을 그에게 간곡히 요청하고 있었다. 내 눈 아래에서 글자들은 흐려졌지만 나는 문서를 다시 읽는 척했다. 알지 못할 기쁨과 경이로운 희열의 감정이 나를 엄습했다. '안부를 전한다.'**라는 말의 의미를 비로소 이해할 수 있을 듯했다.

"그렇다면 당신을 체포해야겠군." 내가 종이를 접으며 일부러 모호한 어조로 말했다. "내 생각에 협상자의 새로운 신분이 당신의 스파이 활동을 감춰주지는 못할 테니 말이오."

예기치 않은 방문을 받고 난감해하던 나는 유리한 위치를 점하기 위해 서투른 시도를 하고 있었다.

"……부인할 생각은 마시오!"

나는 몸짓으로 그의 말을 가로막았다.

"우린 이미 다른 곳에서 만난 적이 있소. 내 기억으로 당신은 유니폼을 입고 있지 않았소. 무장을 했는데도 말이오."

"더 정확히 말하면 알도브란디 공주님 댁 하인 복장이겠

---

* 사자의 머리에 양의 몸과 용의 꼬리를 한 그리스 신화의 괴물.

** 불어에서 '안부를 전한다.'라는 의미로 사용되는 'donner signe de vie'는 직역하면 '살아 있음을 신호한다.'이다. 여기서는 원래의 의미가 부각되고 있지만 우리말에 마땅한 표현이 없어 부득이하게 '안부를 전한다.'로 옮긴다.

지요.” 하고 가볍게 고개를 숙이며 공손한 목소리로 그가 바로잡았다.

나는 눈살을 찌푸렸다.

“……그 일은 접어두시지요.” 하고 변명하듯 그가 즉각 덧붙였다.

분명히 그는 내 기분을 상하게 하는 걸 피하고 싶은 눈치였다.

“허심탄회하게 이야기해 보는 게 어떨까요?” 하고 그가 기분 좋은 미소를 지으며 말했다.

내가 무슨 뜻인지 모르겠다는 듯 그를 쳐다보고 있는 동안 그는 자리에서 일어나 주머니에서 침착하게 권총을 꺼내어 내 가까운 쪽 책상 위에 놓았다.

“정 원하신다면 저는 장교님의 포로입니다. 안심하셨습니까. 이 문제는 잠시 후로 미루고 이제 진지하게 이야기해 보도록 하지요.”

문득 나는 내가 더 이상 좋은 기분이 아니라는 사실을 깨달았다. 미지의 사내는 그의 절제된 무례함과 나의 우아하지 못한 반응 덕분에 이중의 우위를 점하고 있었다. 나는 잠시 뿌루퉁한 얼굴로 권총을 만지작거렸다.

“그래서요?” 하고 나는 마지못한 눈길을 그에게 보내며 말했다.

그는 잠시 생각하는 것처럼 보였다.

“분명히 말씀드립니다만, 감찰장교님,” 묘하게 매력을 더하는 목소리로 그가 주저하며 말을 시작했다. “제 임무는 그리 쉬운 게 아닙니다. 우리 나라와 귀국은 개인 사이에서와 마찬가지로 국가 간에도 기이한 형태의 애매한 상황이 생겨날 수 있다는 사실을 보여주고 있습니다. 보기 드문…… 장수(長壽) 때문인데, 이런 상황은 한없이 오래 계속될 수도 있습니다."

그는 신중한 난처함의 한숨을 내쉬었다.

"……그토록…… 오랜 이별 뒤에 다시 만나게 되면 도대체 무얼 어떻게 해야 하는지 어렴풋한 형태로도 알지 못하는 경우가 있지요."

"나는 외교관이 아니오." 하고 나는 약간 무뚝뚝하게 말했다. "정청은 필경 스스로의 정책에 대해 나름의 평가를 내리고 있을 거요. 그 결과를 나한테까지 알려주지는 않소. 나는 당신의 서류를 의심하지 않아요. 그러나 당신은 상대를 잘못 선택한 듯하오."

나는 그의 일을 편하게 해줄 마음이 없었다. 망설이는 것 같은 모호한 어조와 더듬는 듯한 접근에서 어떤 은밀한 쾌감을 느꼈던 것이다. 어쩌면 그가 내게 말하려는 내용보다 그런 태도에서 나는 더 큰 편안함을 느끼고 있는지도 몰랐다.

"사람을 잘못 찾아온 것은 아닙니다." 그가 잠시 눈을 내리깔며 말을 이었다. "장교님은 분명 우리가 찾는 사람입니다." 하고 갑자기 시선을 들며 그가 말했다. 그는 마리노에게서 가끔 볼 수 있는, 모든 것을 잘 아는 듯한 아득한 미소를 지었다.

"말하는 방식이 꽤나 특이하군."

나는 내가 원하는 것보다 화가 덜 나 있음을 느꼈다. 그는 꾸민 게 드러나는 몸짓으로 사과했다.

"아마도 저는 장교님 나라 말을 완벽하게 구사하지는 못하는 것 같습니다. 제 말은 예의 '애매한 상황'을 어떻게 판단하든 간에 지난주에 새로운 사건이 발생했다는 겁니다. 장교님은 이 사건과 무관하지 않습니다. 어느 누구보다도 말입니다."

그가 반응을 기다렸지만 나는 잠자코 있었다. 잠시 침묵을 지키던 그는 결심한 듯 말했다.

"그럼 이 회견의 동기가 된 사건을 요약해 보겠습니다. 오르세나와 파르게스탄은 전쟁 중입니다……."

그는 표현력이 풍부한 손가락으로 말을 매만지며 그것의 무게를 재는 것 같더니, 베일에 가린 듯하면서도 어딘가 즐기는 듯한 시선을 다시금 내게 던졌다.

"……그렇지 않습니까, 감찰장교님? 양국에게 있어 상태로서의 전쟁과 사실로서의 전쟁 사이에는 커다란 차이가 있습니다. 분쟁은 해묵은 것입니다. 시간은—흔히 말하듯—친절한 존재이지요. 시르트 해는 넓습니다. 아시는 것처럼 두 나라는 오래전부터 충돌을 피해 왔습니다. 전쟁은 졸고 있다고나 할까요. 아예 완전히 잠을 자는 듯 보인다고 해도 지나치지 않을 겁니다."

다시 한 번 시선은 대답을 얻지 못했다. 그는 호의적인 태도로 잠시 뜸을 들였다.

"깊이 잠든 상태를 가리키는 '두 귀를 붙이고 잠을 잔다.'라는 속담이 있지 않습니까? 그런데 이제 전쟁이 더 이상 잠을 자지 못할지도 모른다는 우려를 하게 된 겁니다."

"말을 분명히 해주시겠소?"

"말씀드리지요. 목요일에서 금요일로 넘어가는 밤에 수상한 배 한 척이 우리 해안 근접한 지점을 항해하는 것이 목격되었습니다. 그 배는 오르세나에서 온 것이었습니다. 전함이었고, 장교님께서 지휘하고 계셨습니다."

"정보가 빠르고 정확하군." 내가 언짢은 기분으로 대꾸했다. "밤은 몹시 어두웠소. 하지만 이 일은 그쪽을 놀라게 하지는 못한 것 같은데. 내가 당신에게 개인적인 축하라도 해야 하겠소?" 하고 나는 최대한 모욕적인 어조로 덧붙였다.

그는 다시 한 번 느긋한 미소를 지었다.

"저는 지금 사실관계를 말씀드리고 있습니다. 사실을 부인하지 않으시니 다행이군요. 문제는 그것을 매우 중대한 일로 간주하지 않을 수 없다는 점입니다. 다른 경우라면 오해 내지는…… 하찮은 실수 정도로 지나갈 수 있는 일이 여기에서는 계산된 도발의 성격을 띨 수밖에 없고, 양국이 처해 있는 상황에서 그것의 의미는 분명합니다."

"상황이라! 그토록 오래되었는데……." 하고 내가 아이러니컬한 어조로 그의 말을 가로막았다.

"역사에 시효란 없습니다. 장교님의 방문은 아주 오래된 기억을 되살렸지요. 이 기억은 평온하지 않습니다. 그것은 다시 한 번…… 불타오를 수 있습니다."

그는 집요하게 나를 바라보았다. 처음으로 나는 그의 목소리에서 심각한 음색이, 예기치 못한 고양(高揚)된 음색이 드러나는 것을 발견했다.

“하고 싶은 말이 도대체 무엇이오?” 하고 나는 그에게 자신 없는 목소리로 물었다.

“장교님께 전달해야 하는 메시지가 있습니다.” 마치 자신은 한낱 대변인에 지나지 않는다는 사실을 강조하듯 중립적인 어조로 그가 말했다. “라게스 정부는 양측에서 그토록 오랫동안 지속시켜 온 사실상의 평화가 결국에는 휴전에 대한 진정한 암묵의 약속을 구성한 것으로 간주합니다. 그런데 이 약속이 엄격하게 준수되지 않은 것은, 그의 이름으로 분명히 강조합니다만, 라게스의 책임이 아닙니다. 오르세나의 실제적 행위로 말미암아 평화는 종결되고 엄연한 전쟁의 국면이 시작되었습니다. 원칙의 차원에서는 벌써부터 그러했지만, 이제는 실제의 차원에서도 라게스는 더 이상 단호한 자제의 태도를 견지할 이유가 없어졌다고 보고 있습니다…….”

그는 잠시 입을 다물었다가 단어 하나하나를 더욱 분명하게 힘주어 발음하며 말을 이었다.

“……그러나 라게스는 통제 불가능한 사건들이 촉발되기에 앞서 잠시 심사숙고할 시간을 갖는 것이 지금까지 그토록 지속적으로 보여주었던 지혜로운 태도를 견지하는 것이라고 판단하고 있습니다. 그는 평화를 위한 확고한 자세를 잃지 않고 있음을 선언하고자 합니다. 나아가 그는—문제의 침입으로 인해 어떠한 물질적 피해도 초래되지 않았으므로—합리적인 해결의 여지 또한 충분히 남아 있다는 점에도 동의하는 바입니다. 다만…….”

그의 목소리가 호의를 베풀듯 마지막 단어 위에 멈췄다.

"……다만 그…… 실수의 배후에는 그 어떤 실질적인 적의도 없었다는 사실이 정식으로 입증되어야만 합니다."

"어떤 형태의 '입증'을 생각하고 있소?"

"라게스 정부의 인내심은 극단적입니다." 그가 문을 닫아거는 듯한 미소를 지으며 떨어뜨리듯 말했다.(나는 자신이 대표하는 정부를 지칭하는 그의 비인칭적인 방식에 다소 마음이 쓰이기 시작했다.) "귀국을 언짢게 하는 모종의 형식이라든가 어떤 보상의 요구와는 아무런 상관도 없습니다. 라게스의 불안은 큽니다." 그가 약간 어색한 열의를 보이며 설명했다. "사건은 무의미한 것일 수 있습니다. 하지만 그렇지 않고 무엇을 의미한다면 그것은 삼 세기에 걸친 안전을, 아니면 평화를 파기하게 되겠지요. 그러니, 감찰장교님, 약간 걱정스러운 이 상황 앞에서, 제가 방금 전에 말씀드린 것처럼, 도대체 어떻게 해야 하는지 한번 물어보는 것은 당연한 일이 아니겠습니까?"

"그래서 원하는 게 정확히 무엇이오?"

"부인(否認)입니다." 그가 분명한 목소리로 떨어뜨리듯 말했다. "우리 해역에 대한 침범은 고의가 아닌 우발적인 것이며, 따라서 아무런 의미도 없는 것임을 명시적으로 확인해 주는 것입니다. 공동의 안녕에 해가 될 수 있는 그런 사건이 다시는 일어나지 않을 거라고 약속해 주는 것입니다. 당연한 이야기입니다만," 하고 그가 아무렇지도 않게 덧붙였다. "정청의 재가를 얻는 데 필요한 말미는 충분히 주어질 것입니다. 즉," 그가 빠른 목소리로 말을 이었다.

"오늘 저녁부터 시작해서 삼십 일의 시간을 드립니다."

한순간 어색한 침묵이 흘렀다. 나는 공식적인 통지가 끝났음을 깨달았다.

"당신이 와서 질문하는 것보다 우리가 당신들에게 답변을 전달하는 일이 아마도 더 힘들 것 같은데." 하고 나는 시간을 벌기 위해 말했다. "파르게스탄은 접근이 녹록지 않아 보이니 말이오."

"상상력이 아마도 도움이 될 겁니다." 그가 장난기 섞인 아이러니를 곁들여 대꾸했다. "저 자신 다소 무례하게 장교님의 방문을 밀고 들어오지 않았습니까. 라게스가 받을 것으로 믿어 의심치 않는 위로의 형식과 경로에 대해서는 장교님께서 직접 선택하시기 바랍니다."

다시 침묵이 이어졌다. 무거운 시선을 담은 약간 째진 눈이 탐욕스럽게 답변을 기다렸다. 그는 무심하고 빠른 어조로 묘하게 최소화시키던 거추장스러운 임무에서 벗어나 무척 홀가분한 것 같았다. 그는 이제 내 시선 아래에서 생기를 되찾고 있었다. 내 호기심 어린 눈길에 여지없이 노출된 그의 얼굴은 갑작스러운 활력의 광채로 빛나는 듯했다. 대변인으로서의 역할은 끝났지만 그는 이 공식적인 임무에서 특이한 종류의 서곡(序曲)을, 이제 막 시작되는 대면의 핑계를 찾고 있었던 것처럼 여겨졌다.

그렇다. 그는 두려워할 필요가 없었다. 나는 그를 당장 보내지 않을 것이었다. 나는 그가 단지 거기에 있다는 사실만으로도 표현할 길 없는 안도감을, 경이로운 서스펜스를 느꼈다. 그는 내 램프의 빛나는 동그라미 안에 붙들리고 매혹된 하나의 말 없는 환영이었다. 다른 세계로부터 미끄러져 들어와 한밤중 방문(訪問)의 내밀함 가운데 내 책상 가장자리에 앉아 있는 실루엣, 그것은 문득 내가 거기에 불러낸 실루엣인 것 같았다. 내 위에 얹힌 그의 눈은 모든 말 이상의 것을 내게 말하고 있었다. 나는 확인되고 인정받은 듯한 느낌이 들었다.

"그렇게 하지 않는다면?" 하고 내가 이상하게 차분할뿐더러 마치 잠든 것 같은 목소리로 말했다.

"그렇게 하지 않는다고요?"

"당신들이 기다리는 답변이 전달되지 않는다면?"

낯선 사내의 시선이 고정되었다. 눈동자가 엷은 각막백반 같은 것으로 뒤덮이는 듯했다. 그러나 실루엣은 조금의 흔들림도 없었다.

"제가 받은 지침에는 그 문제에 대한 설명이 없습니다." 하고 그는 잠깐 침묵한 뒤 말했다.

그는 눈을 들어 나를 보며 눈썹을 약간 찌푸렸다.

"저는 공식적인 통지를 마쳤습니다. 우리끼리…… 사적인 대화를 나누어보는 것도 쓸모없는 일만은 아닐 듯싶군요. 거기에서는 제 개인적인 의견만이 문제되겠지만 말입니다. 그나저나 너무 늦은 게 아닌지 걱정되는군요." 하고 그가 정중히 양해를 구하는 태도로 주저하며 말했다.

나는 그에게 시가 상자를 내민 뒤 무심함을 가장하며 의자에 팔꿈치를 기댔다.

"해군기지의 밤은 깁니다." 하고 나는 말했다. 그에게 거의 우정 어린 눈길을 보내는 자신에게 나는 놀라지 않을 수 없었다. "삼 세기…… 만의 방문인데, 괜찮아요."

나는 약간 잔인한 그의 미소가 무척 매력적이라는 사실을 발견했다. 나도 모르게 흉내 내기에 이른 그의 주저하는 듯한 목소리는 우리에게 여유를 주었고, 우리는 갑자기 무한한 편안함을 느꼈다. 그 두서없는 대화를 자르는 침묵 속에는 문득 반 마디만 들어도 말이 통하는 기이한 소통 관계가 형성되어 있었다.

"그렇게 하지 않는다면?" 나는 침착한 목소리로 되풀이하고는 그를 정면으로 바라보았다.

"마렘마에는, 감찰장교님, 소문이 한창입니다. 장교님도 분명 시내에 떠도는 소문들에 관심을 가지셨을 겁니다."

마지막 문장에서 목소리는 길게 늘어졌고, 미소는 또다시 문장이 담고 있는 의도적으로 거슬리는 부분을 강조했다. 나는 별안간 (그러나 화를 내기보다 공모의 호기심 같은 것을 느꼈다.) 벨센차의 경찰이 왜 그토록 줄기차게 허탕만 쳤는지를 깨달았다.

"경찰 또한 거기에 관심을 갖고 있고, 이 점을 당신에게 경고하는 것이 불필요하다고는 생각지 않소. 그들의 순진함을 과장하면 오산이오. 언젠가 경찰은 소문을 퍼뜨리는 자들을 붙잡을 것이고, 그렇게 되면 모든 것은 끝나오."

"이 점에 대해 장교님께서는 그릇된 판단을 하고 계십니다." 그가 목이 거북한 듯 잔기침을 하며 말했다. "장교님께서 단순한 경찰처럼 생각하시다니, 믿을 수가 없군요."

"천만에. 경찰은 제대로 생각하고 있소." 하고 나는 냉정하게 말했다. "점점 더 확실해 보이는 소문의 진원지를 거슬러 올라가 공중에게 해독을 끼치는 자들을 정신이 번쩍 들도록 혼내주는 게 언제쯤이면 적당할지 제대로 판단하고 있단 말이오. 당신네 정부가 늘어놓는 감정에 대해 우리 정청이 합당한 평가를 내릴 것이라는 점을 나는 의심치 않소. 그러나 나는 정청이 제대로 볼 수 있도록 약간의 설명을 제공할 것이고, 그렇게 되면 의도와 행위 사이에 커다란 차이가 있다는 사실을 정청에서도 알게 될 것이오. 당신들이 여론을 달구기 위해 그토록 집요한 노력을 기울이지 않았더라면 우리도 당신들의 기분을 그토록 상하게 만드는 예방책의 필요를 생각하지 않았을 거요."

미지의 사내는 공손하되 실망한 듯한 태도로 멍하니 창문 쪽을 바라보았다.

"서로를 이해하기란 정말로 힘든 것 같군요." 하고 체념이 깃든 인내심을 가지고 그가 말했다.

"사실 도발자를 마주 대하고 있는 나도 그리 편한 기분은 아니오."

그는 한순간 침묵을 지켰다. 모욕보다 놀라움에 기인한 그 침묵은 커다란 접시가 지나치게 큰 소리를 내며 깨진 뒤에 오는 충격 받은 예절의 침묵과도 흡사했다.

"그 말을 해주시다니 고맙습니다." 그가 가차 없는 냉정함이 드러나는 어조로 말했다. "사태가 악화되는 것을 우려해 온 라게스로서는 그 말을 피하기 위해 지나친 노력을 기울였던 것 같군요."

다시 한 번 그는 말을 끝내는 손짓을 하면서 열의 없이 사과했다. 점점 더 신경을 거스르는 그의 표정은 손에 쥔 카드를 한 장 한 장 신중하게 뒤집는 도박사의 것이었다.

"그 이야기는 그만두지요." 하고 그가 난처한 목소리로 말했다. "우리가 엉뚱한 언쟁이나 벌이지 않을까 염려되는군요."

그는 마치 토라진 아이를 달래려고 애쓰는 사람처럼 또다시 솔직하고도 천진난만한 미소를 지으며 나를 바라보았다.

"우리는 상황의 주목할 만한 특수성을 간과하고 있는 것 같습니다." 창문 쪽으로 눈을 돌리며 그가 말했다. "우리가 서로를 이해할 수만 있다면, 꾸민 적의라고 부를 수 있는 것에 지나치게 집착하지 않는 게 득이 될 겁니다. 아니, 아니에요, 부탁입니다, 들어보세요! (그의 목소리에는 갑작스레 서두르는 기색이 있었다. 내가 다시 한 번 화제를 돌리지나 않을까 두려워하는 눈치였다.) 제가 하려는 말은 이것입니다. 즉 경찰과 사무국의 관례적인 말을 그대로 되풀이한다면 우리는 새로운 국면이라는 것을 제대로 설명할 수 없을 거라는 사실입니다."

그는 또다시 나의 반응을 살폈다. 나는 잠자코 침묵을 지켰다. 그의 표정이 갑자기 느긋하고 섬세하며 매력 가득한 미소로 밝아졌다. 그러나 주름 하나가 그의 입 가장자리를 깊이 가르고 있는 것이 눈에 들어왔다. 칼자국처럼 경직되고 준엄한 그것은 미소에 약간의 잔인함을 주었다.

"……아시다시피, 감찰장교님." 하고 그가 말을 이었다. "공식적인 표현과 기존 상황에 반하여 말하고 생각하는 것은 어렵습니다. 이것은 '도발'과 '정탐'으로 불리고 저것은 '전쟁'으로 간주됩니다. 장교님께서는 조금 전에 감정과 행동 사이에는 큰 차이가 있다고 약간 짜증을 내며 말씀하셨지요. 그러나 그 말을 듣고 난 지금, 때로는 말과…… 감정 사이에도 큰 차이가 있다는 생각을 제 편에서 하게 되는군요." 그는 재미있는 듯한 표정으로 내 눈을 들여다보며 결론지었다.

"무슨 뜻인지 설명해 주겠소?"

"장교님께서는 오늘 밤 이곳에서 저를 맞아주셨습니다."

미지인의 시선이 실내를 천천히 둘러보다가 램프 불빛에 어렴풋이 흔들리는 그늘진 구석에 가서 머물렀다. 해군기지는 잠들어 있었고, 우리를 둘러싼 정적은 깊어만 갔다. 공모의 침묵이 스며드는 밤늦은 시간의 훈훈한 내밀함이 방 안에 내려와 자리 잡은 것처럼 느껴졌다. 그것은 마지막 시가를 위해 아주 친한 두 친구를 램프 아래 모으는 그런 내밀함이었다. 성채 뒤 먼 곳에서 수탉이 울었다. 종종 그러하듯 시르트의 눈부신 달빛에 착각한 때문이었다. 문득 시간이 매우 늦은 것 같았고, 졸린 목소리는 태고의 어둠 속으로 자취를 감추면서, 사막의 밤을 가볍게 진동시키는 꿈의 윙윙거림에 합류하는 듯했다.

"그걸로 우쭐할 것은 없소." 나도 모르게 미소를 지으며 말했다. "시르트에서는 말 상대 찾기가 쉽지 않지."

나는 내 말이 침묵 속으로 떨어지는 것을 들으면서 거북함을 느꼈다. '말 상대 찾기'라는 말에 표현된 모호함에 나 자신 문득 놀랐던 것이다. 모르는 사람을 향한 이 말은 미끄러운 비탈 가장자리에서 망설이는 듯했다. 그것은 너무나도 많은 것을 이야기할 준비가 되어 있는 것 같았다.

"'새로운 국면'이란 무얼 뜻하오?"

"그 표현은 어쩌면 지나친 것일지도 모르겠습니다. 제 생각에, 감찰장교님(그는 다시 한 번 만족스럽게 내 직함을 강조했다.), 양국 관계에 생겨난 변화를 판단함에 있어 단지 사실의 측면에만 관심을 국한시킨다면 매우 실망스러운 결과를 얻게 될 것입니다. 그런 측면에서 본다면 라게스 정부가 상황에 의해 정당화되지 않은 몇 가지 방어 조치에 신경을 곤두세우는 것이 불가능한 일은 아니에요……. 실제로 최근 들어 해군기지에서는 공사가 한창이었지요." 그는 미소를 지으며 설명했다. "그러나 제가 그렇게 할 수 있었던 것처럼 이쪽에서 보면 오히려 방어선들이 하나하나 무너지고 있다는 생각을 하게 됩니다."

눈꺼풀 사이의 그의 시선이 칼날처럼 나를 향해 미끄러졌다.

"당신의 진단에 오르세나는 감사해야겠군." 나는 거북한 표정으로 비꼬았다. "그리고 최상의 건강 상태가 아닌 점에 대해 당신에게 사과해야겠소."

그는 나의 빈정거림을 무시했다.

"저는 이 나라에서 살았습니다, 감찰장교님." 그가 더 이상 속임수를 찾지 않는 심각하고도 슬픈 목소리로 말했다. "그리고 이 나라를 좋아했습니다. 좋아한 만큼 저는 이 나라 국민이 행복한 노년을 누리기를, 다시 말해 지나친 상상력을 발휘하지 않기를 바랐습니다. 너무 늙은 국민에게 상상력은 그리 좋은 것이 아니니까요."

"마렘마에서 너무 오래 산 거겠지요." 내가 다시 한 번 웃으려고 애쓰면서 말했다. "나는 우리 도시가 작은 열병을 앓았던 걸 알고 있소. 내 생각에 그런 터무니없는 소문들을 곧이 믿는 사람은 당신 말고 아무도 없을 것 같군요."

"그 터무니없는 소문들이 곧 근거를 얻게 될 위험이 있습니다. 그리고 바로 여기에 장교님의 '그렇게 하지 않는다면?'에 대한 대답이 있습니다. 열기는 번져나갈 수 있습니다." 그는 말의 무게를 재는 한편 나를 향해 천천히 눈을 들며 말했다. "공정한 관찰자 같으면 그런…… 강박관념을 단순히 의아한 일로만 생각할 수 있겠지요. 하지만 실제로…… 선택받은 대상이 될 경우 더 이상 편안함을 느끼기란 어려운 일입니다."

"통제할 수 없는 소문을 근거로 우리를 비난하는 거요?"

미지의 사내는 천천히 고개를 저었다.

"저는 누구를 비난하려는 게 아닙니다." 그는 또렷하고 공들인 어조로 단어를 하나하나 떼어서 발음했다. "저는 예상해 보고 싶을 뿐입니다. 장교님과 더불어 양쪽 국민 사이에 생겨날 수 있는 새로운 관계를 점쳐보고 싶을 뿐입니다. 이 관계가 격정적일 거라는 점에 대해선 아마 장교님도 동의하시겠지요."

"미쳤소!" 하고 내가 그에게 소리쳤다. 나는 두 뺨이 붉게 상기되는 것을 느꼈다.

"저는 장교님의 수고를 덜어드리고 싶을 뿐입니다." 그가 자신 있는 느긋한 태도로 눈을 내리깔며 말했다. "저는 장교님에 대해 커다란 호감을 갖고 있습니다. ……그것을 하는 게 경우에 따라서는 얼마나 곤란한 일인지 저는 잘 압니다."

번득이는 시선이 째진 눈의 열린 틈을 통해 다시 한 번 나를 향했다.

"선언 말입니다. 저는 라게스 정부가 오해하고 있다는 것을 잘 알고 있습니다." 그가 서둘러 내 말을 끊으며 덧붙였다. "우리 회견의 발단이 된 사건을 평가함에 있어서 말입니다."

그의 영리하고 아이러니컬한 시선이 아무리 쫓아도 떨어지지 않는 파리처럼 나를 떠날 줄 몰랐다.

"……저는 그 침입 행위가…… 적대적인 것이 아니었다고 확신합니다."

"그렇소." 하고 나도 모르게 목이 멘 목소리로 말했다.

그는 시선을 떨어뜨리고 생각에 잠긴 듯했다. 달빛이 창문을 하얗게 비추며 램프 빛을 창백하게 만들었다. 숲 속의 빈 터처럼 열린 밤은, 불면이 연장시키는 시간처럼 핏기 없는 시간 위를 부유했다. 새벽으로 착각되는 너무나도 고요한 빛 깊은 곳으로부터 또다시 닭 울음소리가 솟아올랐다.

"라게스에 그것을 말씀하시겠습니까?" 하고 이방인이 중립적인 목소리로 말했다.

"그렇게 한다면?"

"그렇게 하신다면?"

그가 기계적으로 질문을 되뇌었다.

"……그렇게 하신다면…… 예! 의심의 여지없이 문제가 해결될 거라 생각합니다. 우리는 단지 오르세나가 일종의…… 불면증으로 일시적인 고통을 겪고 있는 것으로 생각할 겁니다.” 하고 그가 말했다. 그의 과장되고 냉정한 예의에는 이제 모멸적인 어떤 것이 있었다. “관계가 다시 잠에 빠지는 것에 반대할 합당한 이유는 어디에서도 찾을 수 없을 겁니다. 모두가 비극적인 최후를 맞아야 하는 건 아니니까요.” 하고 불쾌하게 전단하는 바람 소리가 담긴 목소리로 그가 덧붙였다.

“최후?” 하고 내가 얼빠진 듯한 목소리로 되풀이했다. 나는 머리가 마비되는 것 같았다. ‘최후’라는 말이 마치 문을 두드리는 손가락처럼 둔한 충격을 주며 멍한 내 귀에 와 부딪쳤던 것이다.

“장교님은 잘 알고 계십니다.” 그가 의자에서 반쯤 일어나 자신의 입을 내 귀에 바짝 갖다 대고 속삭이듯 말했다. “저는 장교님께서 그것을 깨닫는 걸 돕기 위해 왔습니다. 이렇게 좋은 기회를 놓쳐서는 안 됩니다……. 저는 성 다마즈 교회의 설교를 상당히 높이 평가합니다.” 그는 번득이는 고정된 시선으로 나를 응시하며 말했다. 매혹된 나는 마치 벙어리의 입술에서 말을 읽듯 그의 정확하고 섬세한 입술의 움직임 하나하나를 눈으로 좇았다. “이쪽에서는 단호한 말이 좀 부족한 게 아닌가 하는 생각이 드는군요.”

“도대체 어디로 가고 싶은 거요?” 이번에는 내가 몸을 일으키며 던지듯 말했다. 나는 몹시 창백했다.

“장교님께서 가고 계신 곳으로요.” 그가 아무런 동요도 느껴지지 않는 약간 음악적인 목소리로 대답했다. “우리가 서두름 없이 장교님을 기다리고 있는 곳으로요. 장교님께서 이곳에 오신 이후로 장교님과 우리가 만나기로 약속된 곳으로요. 언젠가 장교님께서는 장교님의 행운에 대해 제게 감사하셔야 할 겁니다. 장교님께서는 두 눈을 똑바로 뜨고 그곳에 가실 겁니다."

그는 가볍게 머리를 숙였고, 나는 그가 작별을 고하려 한다는 사실을 깨달았다.

"이 점을 잘 기억하세요, 감찰장교님. 달빛 아래의 그 항해를 생각할 때 도움이 될 겁니다. 국민 사이에는 단 하나의…… 내밀한 관계밖에 없습니다."

"대답은 어디로 보내야 하오?" 이미 그가 유연한 긴 동작으로 문을 향해 미끄러지는 동안 나는 갑자기 잠에서 깨어난 듯 소리쳤다.

좁은 눈이 어둠 속에서 잠시 나를 바라보았다.

"장교님께서는 스스로를 정당하게 평가하지 않고 계십니다. 대답은 없을 겁니다." 그는 침착한 목소리로 말했고, 문은 다시 한 번 어둠 위로 조용히 닫혔다.

나는 오랫동안 꼼짝도 하지 않고 책상 앞에 앉아 있었다. 어둠에서 나와 어둠으로 사라지며 그가 보여준 파충류처럼 느리고 조용한 일렁임, 그의 시선과 목소리가 내게 불러일으킨 매혹, 그리고 매우 늦은 밤 시간 때문에, 만약 라게스의 국새가 붉게 찍힌 통행증이 피로 서명하는 악마의 계약서처럼 내 책상 위에 놓여 있지 않았더라면, 나는 그를 일종의 환영(幻影)으로 착각했을 것이다. 음산한 음(音) 하나가 낯선 사내의 마지막 말과 함께 텅 빈 머릿속을 울렸다. 내 평생 경험했던 그 어떤 존재보다 더 충일한 존재가 내 곁을 떠나간 그 시각, 문이 제대로 닫히지 않은 내 방 안으로 밤이 끝나가는 시르트의 칠흑 같은 추위가 미끄러져 들어오는 것만 같았다. 기계적인 걸음으로 나는 지그시 열린 창문을 향해 걸어갔다. 내 앞에 보이는 것은 달빛 아래 하얗게 부서지는 황야뿐이었다. 석호의 제방 위로 멀어지는 말발굽 소리가 많은 밤을 넘어 나에게까지 전해졌다. 낯선 사내를 다시 부르고 싶은 마음이 어찌나 갑작스럽게 솟구쳤던지 나는 그 외침을 억눌러야만 했다. 말발굽 소리는 벌써 분별할 수 없는 밤 속으로 사라지고 있었다. 나에게 작별을 고하던 칼날 같은 목소리가 다시 한 번 내 귀를 얼어붙게 했다. 어둠 속으로 그토록 빨리 사라져버린 그 실루엣은 뒤따라가 보아야 소용없는 것이었다. 나는 얼굴 위로 손을 가져갔다. 그것은 식은땀으로 젖어 있었다. 현기증을 느낀 나는 침대에 몸을 눕혔다. 머리는 텅 비어 있었다. 내 안에 남은 생각은 움직임을 잃은 밤 속에서 미지인의 발자국을 좇았다. 나는 다음 날 아침 일찍 바네사를 만나야겠다고 생각했다.

살을 에는 듯한 아침 공기 속에 차에서 내려, 선착장 주변에 항시 대기하고 있는 궁전의 뱃사공들 가운데 하나를 부르면서, 그날따라 마렘마가 평소보다 일찍 잠에서 깬 것 같다는 생각을 했다. 나는 거의 잠을 자지 못했다. 원기를 돋우는 차가운 아침 바다의 공기와 빠른 질주는 한순간 내 머리에서 전날 밤의 회견에 대한 생각을 쫓아주었다. 바네사를 보고 싶은 열띤 욕구는 너무나 배타적이고 너무나 맹목적인 것이 되어버린 나머지, 그녀에게 가장 파렴치한 의혹을 씻어달라는 요구를 하려는 순간 나는 불확실성으로 인해 어떤 불안을 느끼기보다, 오히려 우리가 함께 나눈 그 많은 수상쩍은 비밀들에 한 가지를 더 보탬으로써 내가 그녀에게 더욱 없어서는 안 될 존재가 된다는 사실에 커다란 기쁨을 느꼈다. 그날은 마렘마에 장이 서는 날이었다. 나는 벌써 여러 번 새벽에 궁전을 나와 채소 조각들로 어지러운 탁한 물 위를 잠에 취해 흔들리면서, 부두 한 모퉁이에 피라미드 모양으로 쌓아놓은, 안개 피어오르는 시르트 수박의 들큼하고 강렬한 냄새를 맡는 한편 젖은 포석을 울리는 농민들의 맨발 소리를 들은 적이 있었다. 그러나 그날 아침 자주 끊기는 낮은 목소리들의 웅성거림은 왁자지껄한 외침보다 심각한 사고 현장에 모여든 군중들의 웅성거림에 더 가까웠다. 부두 위에 세워둔 해군기지의 자동차는 평소보다 더 많은 호기심을 불러일으키는 듯했다. 빈약한 좌판들이 버려지고 순식간에 무리가 형성되었다. 근심에 찬 호기심과 존경이 뒤섞인 그들의 얼굴은 굳어진 것처럼 보였다. 그들을 문득 늙어 보이게 만드는 심각한 표정에서 나는 우리의 야간 원정에 대한 소문이 이미 새어 나갔음을 눈치 챘다.

"별일 없나, 벨트란?" 나는 부두 가장자리를 메운 채 눈으로 우리를 집요하게 따라오는 불안한 얼굴들을 턱으로 가리키며 뱃사공에게 물었다.

"불행이에요, 나리." 그는 눈을 내리깔며, 비탄에 빠진 가난한 백성의 목구멍에서 솟아오르는 농사꾼처럼 체념한 억양으로 말하고는, 시르트 어부들이 끈에 매어 가슴에 걸고 다니는 십자가에 입을 맞추었다. “모든 것이 예언되었습니다.” 하고 그는 늙은이처럼 고개를 끄덕이며 덧붙였다. “하느님이 그걸 원하시는 게지요. 지난주부터 성 다마즈 교회에서는 밤낮으로 기도하고 있습니다.”

이미 예상했던 대로 도시를 지배하는 흥분에 알도브란디 궁전이 단단히 휩싸이고 있음이 분명했다. 내가 가로지르는 복도와 방들은 벌써부터 소란스러운 문소리와 다급한 발걸음, 그리고 구석에서의 밀담들로 가득 차 있었다. 그것은 포위된 도시의 사령부를 연상시키는 한편 접골 치료와 섭정 구상 사이에서 요동치는, 죽어가는 군주의 소란스러운 궁전을 생각하게 했다. 나는 무리들 사이로 걸음을 재촉했다. 거기에서의 삶은 다른 곳보다 더욱 빨리 타오른다는 친숙한 느낌이 다시 한 번 내 가슴을 채웠다. 바네사는 외출하지 않은 상태였다. 그녀의 하녀가 닫힌 문 앞에서 피로한 듯 졸고 있었다.

“일찍 왔어, 비올라.” 하고 말하며 나는 미소와 함께 그녀의 어깨에 손을 얹었다. “공주께서 이런 시각에도 나를 맞아주실까?”

“오, 고마우신 하느님.” 그녀가 흥분한 몸짓으로 내 손을 잡으며 말했다. “벌써 이틀 전부터 나리를 기다리고 계세요.”

내가 방에 들어갔을 때 바네사는 막 옷 입기를 마친 참이었다. 나는 그녀의 창백함에 놀랐다. 그것은 거의 과시적인 창백함으로서, 오래전부터 잠을 자지 못한 것은 분명했지만, 그렇다고 피로나 병에 의한 것은 아니었다. 그 창백함은 오히려 엄숙한 시간의 은총으로서 그녀에게 내려진 것처럼 보였다. 상황에 따른 복장처럼 그것을 입었다고나 할까. 그녀는 엄격한 간결함이 돋보이는 길게 주름 진 검은색 드레스를 입고 있었다. 풀어 내린 긴 머리 다발, 드레스 위로 하얗게 솟아오른 목과 어깨, 그녀는 여배우의 덧없는 미(美)로, 동시에 재난의 종국적 미로 아름다웠다. 그녀는 단두대 발치에 선 여왕 같았다.

"오늘의 영웅이 오셨군요." 그녀가 억누른 흥분의 미소를 머금고 너울대는 긴 걸음으로 나를 맞아 방을 가로질러 오며 말했다. "왜 이렇게 늦었어!" 그녀는 손으로 내 머리를 감싸고 내 눈을 자신의 눈을 향해 들어 올리며 나지막한 숨결로 말했다. 그 눈은 나를 보증하고, 또 모든 것을 고백하는 눈이었다. "밤낮으로 자기를 기다렸어."

나는 짜증 난 몸짓으로 그녀에게서 조금 물러섰다. 바네사는 자신의 무기를 모르지 않았고, 너무 갑작스러운 그 접촉은 내게 거부감을 불러일으켰다.

"여행을 했지." 나는 약간 무뚝뚝한 목소리로 말하며 침대 가장자리에 걸터앉았다. 바네사도 아무 말 없이 내 곁에 앉았다. 첫날 저녁 그토록 강한 인상을 주었던 그림에 내 시선이 가 닿았다.

"라게스의 당신 친구들에게는 아직도 대포가 있어. 알고 있었어?" 나는 눈으로 그림을 가리키며 거침없고 여유 만만한 태도로 말했다. "그들이 조금만 더 조준을 잘했더라면 당신은 여기서 아주 오랫동안 나를 기다려야 했을 거야."

바네사는 아무 말 없이 가만히 있었다.

"……저쪽에 갔다 왔어. 당신이 만족할 만하지." 나는 불쾌한 심기를 드러내며 말을 이었다. "당신 손님들에게 흥미진진한 이야깃거리를 제공한 듯싶은데."

"나는 만족한 정도가 아니야. 나는 행복해." 하고 그녀가 말했다. 그러더니 그녀는 갑자기 내 손을 잡고 그 위에 격정적으로 입을 맞추었다.

"……오르세나는 자신의 무기를 기억해 냈어. 나는 자기가 자랑스러워." 하고 온전히 납득하기 어려운 열렬한 어조로 그녀가 덧붙였다. 거기에는 평소의 그녀답지 않은 과장이 섞여 있었다. 아니 어쩌면 나는 여자들이 애국심을 표현할 때 항상 나타나는 약간의 어색함에 유독 민감했는지도 모른다.

"누가 무기를 든다고 했지? 여기선 지나치게 당신의 상상력에 따라 살고 있는 것 같아, 바네사." 나는 싸늘한 어조로 덧붙였다. "분명히 말하지만, 알도브란디 궁전의 살롱은 이야기를 넘겨짚은 거야. 소규모 충돌조차도 없었어. 내가 응사하지 못하게 했거든."

내 말은 약간 과장된 것이었다. 하지만 나는 갑자기 재갈을 물고 날뛰는 말을 탄 사람과도 같았다.

바네사는 나를 두 번이나 거듭 쳐다보며 마치 자기 눈을 믿을 수 없다는 듯 의혹에 찬 놀란 표정을 지었다.

"물론이야, 알도. 자기는 이 일에서 참으로 신중했어……. 자기는 현명함 그 자체였지." 그녀는 까탈스러운 아이의 자존심을 어루만져 주듯 서글서글한 태도로 말을 이었다. "자기한테 말하지만 이곳의 모두가 자기에게 감탄을 금치 못하고 있어. 그토록 침착하다니 말이야."

"모두라고?" 나는 아연실색한 목소리로 되물었다. 통념에 호소하는 이 뜻밖의 태도는 그녀와 너무나도 어울리지 않았기 때문이다. "모두라고? 하지만 바네사, 그게 무슨 의미가 있어? 마렘마에서 듣는 말 중에 당신이 암시하지 않은 것은 한마디도 없는데."

바네사는 상한 기분으로 일어나 문득 바람을 잡았다. 이 말은 우리 둘만의 내밀한 시간에 그녀가 보이곤 하던, 갑자기 바람을 끌어 모으는 듯한 모습에 내가 농담 삼아 사용하던 표현이었다. 그녀는 암사자처럼 탄력적인 커다란 걸음으로 방 안을 이리저리 걸어 다니기 시작했고, 방은 갑자기 작아진 듯한 느낌이 들었다. 내가 방 안에 들어온 이후로 그녀가 단 한순간도 연기를 그친 적이 없다는 느낌이 다시 한 번 강하게 들었다.

"자기는 잘못 생각하고 있어, 알도." 마침내 그녀가 말했다. "어제까지는 그럴 수 있었지만, 오늘부터는 안 돼. 이 모든 것은 이제 우리 손을 벗어났어." 하고 그녀는 평온한 어조로 덧붙였다.

"이 모든 것 가운데 지금까지 당신의 손을 크게 벗어난 건 아무것도 없는 듯하군. 당신은 내가 저쪽으로 가기를 바랐어. 나로 하여금 그걸 납득하게 만들었지."

바네사는 창문 곁에 멈춰 서서 생각에 잠긴 표정으로 잠시 운하 쪽을 바라보았다.

"그럴지도 모르지." 그녀가 무심한 표정으로 어깨를 으쓱하며 말했다. "하지만 그것은 이제 더 이상 중요하지 않아."

"중요하지 않다고……! 이틀 후면 대위가 돌아올 거야. 여러 가지 일에 대해 대답해야 해." 내가 변색된 목소리로 말했다. "그가 그리 쉽게 모든 걸 없었던 일로 해줄 것 같아?"

"자기는 스스로를 무척 중요한 인물로 착각하고 있어, 알도." 그녀가 아득한 목소리로 말했다. "자기는 겸손하지 않아. 하지만 자기도 나도 이 사건에서 그다지 중요한 존재가 아니야." 하고 그녀가 분명한 어조로 덧붙였다.

"나는 저쪽에 갔다 왔어, 바네사. 당신은 그걸 바랐지." 내가 그녀 쪽으로 몸을 기울이며 마치 잠드는 사람의 주의를 일깨우듯 나지막하고 참을성 있는 목소리로 말했다.

"아니야, 알도. 누군가 저쪽으로 간 거야. 다른 해결책이 없기 때문이지. 그럴 때가 되었기 때문이지. 누군가 그곳에 가야만 했기 때문이지……."

"……그거 알아?" 하고 그녀가 내 손목을 잡으며 낮은 목소리로 말했다. "어떤 것이 생겨날 때는 모든 것이 갑자기 방향을 바꿔버린다는 거? ……마리노가 어떻게 난파를 겪었는지 자기한테 이야기해 주지 않았어?"

그녀는 나에게 곁눈질을 했다. 다시 한 번 그녀의 목소리에는 그녀가 대위에 대해 말할 때면 본능적으로 되돌아오는 친밀함과 아이러니의 어조가 들어 있었다.

"상상하기 힘든 일이야, 알도. 그렇지 않아? 농사일에 그런 열정을 갖고 있는 사람이 말이야. 하지만 사람을 겉모습만으로 판단해서는 안 되는 것 같아. 그리고 이건 어쩌면 전생에서였는지도 몰라. 그가 이 사건 당시 손가락 두 개를 잃어버린 손을 보여줄 때면 나도 모르게—뭐랄까—성흔(聖痕)을 입은 어떤 사람을 생각하게 된다니까."

그녀가 낭랑한 웃음을 터뜨렸다.

"시르트에서 복무 경력에 있어 마리노와 견줄 수 있는 사람은 아무도 없어." 하고 내가 무뚝뚝하게 대꾸했다.

"화내지 마, 알도……." 약간 잔인한 가벼운 웃음이 다시 한 번 나를 비웃는 듯했다. "내가 그를 얼마나 좋아하는지 알잖아. 그는 오랜 친구야. 아무튼 침몰하는 와중에도…… 알도! 침몰하는 배의 갑판에서 팔짱을 끼고 서 있는 풍운아 마리노의 모습이 상상이 돼?" 하고 가당치 않은 우스꽝스러운 광경에 자신도 모르게 놀란 것처럼 그녀가 던지듯 말했다.

"'여자와 아이들 먼저…….' 물론이지, 눈에 선해." 하며 이번에는 내가 웃었다. 대화에 들어가는 것이 덜 거북하게 느껴졌던 것이다. "그에게는 당신이 모르는 자연스러운 위엄이 있어."

"여자도 없고 아이도 없고 병사들뿐이었지. 그것은 전함이었어. 바닷물은 오르고, 수병들은 물 앞에서 한 걸음, 한 걸음 물러서며 난파선의 잔해에 매달렸어. 도끼로 내리쳐도 놓지 않을 정도였다고 대위는 말했지. 물은 아주 서서히 차올랐고, 배는 천천히 가라앉았어. 잔잔한 바다를 항해하다가 미처 확인하지 못한 암초에 부딪쳤던 거야. 아무 소리도 듣지 못했던 것 같아. 마리노에 따르면 그것은 전혀 엄청난 광경이 아니었고, 오히려 평온했다고 해. 항구를 봉쇄하기 위해 썩은 배를 가라앉힐 때처럼 말이야. 그런데 갑자기 거대한 '풍덩' 소리가 나더래. 마리노가 뒤돌아보니 난파선 위엔 아무도 없고, 수병들이 주위에서 첨벙대거나 허우적거리고 있더라는 거야. 그래서 그도 단숨에 물로 뛰어들었대." 그녀는 환영에 빨려 든 것처럼 강렬한 열망이 담긴 목소리로 이야기를 마쳤다.

"침몰을 앞둔 배에서는 쥐들도 뛰어내리지." 어깨를 으쓱하며 내가 말했다. "그것은 단지 인간이 재난을 예감할 줄 모른다는 사실을 입증할 뿐이야."

"정말 그럴까? ……하지만 상관없어. 이 사건에서 이상해 보이는 건 그게 아니야. 나를 놀라게 만든 건," 그녀가 창문 쪽으로 느긋하게 시선을 옮기며 덧붙였다. "신호 변화가 일어났다는 거야. 어느 순간에는 여전히 매달려 있지만, 어느 순간에는 양 떼를 이끌고 바다로 뛰어내린단 말이지. 그래." 그녀는 마치 자기 안에서 고요한 자명함을 관조하듯 계속했다. "모두가 뛰어내리는 순간이 오게 되어 있어. 그것은 공포 때문도 계산 때문도 아니고, 심지어 생존 욕구 때문도 아니야. 그것은 세상 그 어떤 목소리보다 더 내밀한 목소리가 우리에게 말하기 때문이야. 설사 죽는다 해도 배와 함께 가라앉는 것은 엄연히 다르기 때문이야. 그 어떤 것도 산 채로 시체에 묶이는 것보다는 낫기 때문이야. 죽음의 냄새를 풍기는 가망 없는 물체에 사로잡혀 있는 것에 비해서는 모든 것이 문득 더 낫게 여겨지기 때문이야……. 차오르는 물은 인내심이 있어." 그녀는 꿈꾸듯 말했다. "그것은 기다릴 줄 알아. 먹이는 항상 그의 길을 단축시켜 줄 거거든."

"바로 그걸 하기 위해 당신은 이곳에 온 거야." 하고 급격한 동작으로 일어서며 내가 외쳤다. 내게 분명한 것은 아무것도 없었다. 그녀의 입에서 나오는 말은 마치 내가 한마디, 한마디 발음하는 것 같았다. 그러나 그것은 내 안에 혐오와 분노를 치밀어 오르게 했다. 말을 통해 전달되는 바네사의 파렴치함이 마치 대담한 손처럼 내 위에 얹히며 내 속의 난폭함을 새로이 격화시켰다. 하지만 이 난폭함은 결국 우박 같은 애정으로 그녀를 덮쳤다.

"자기도 같은 걸 하기 위해 여기 온 듯한데. 심지어 자기는 나보다 한술 더 떴지." 그녀는 자랑스러운 미소를 띠며 내게 눈을 들었고, 나도 모르는 사이에 나는 그 촉촉한 미소의 감미로운 소나기를 맞으며 마음이 밝아지는 것을 느꼈다.

"이 모든 일이 어떻게 될지는 아무도 몰라." 나는 생각에 잠겨 그녀를 바라보며 말했다. "우리 둘 모두 미친 짓을 한 게 아닐까 걱정이야." 하고 이번에는 내가 그녀의 손을 잡으며 덧붙였다. 나는 그녀가 나를 버리지 않으리라는 것을 확인하고 싶었던 것이다.

바네사는 어깨를 으쓱하며 성가신 생각을 떨쳐버리려는 듯했다.

"내가 후회하길 바라?"

그녀가 나를 바라보았다. 그녀의 눈이 차분히 빛나고 있었다.

"……그래도 오르세나는 우리를 아는 법을 배웠어." 그녀는 이를 악물고 말했다. "우리 일족은 오르세나의 살에 박힌 박차였어. 오르세나는 우리가 올라타고 마지막 질주를 뽑아내는 지친 말이었지. 우리에게 중요한 건 아무것도 없었어! 결코 아무것도! 마지막 몸부림 외에는 말이야. 매 순간의 가장 드높은 가능성 외에는 말이야……. 이럴진대 자기는 기수가 말에게 사과하길 바라는 거야?" 그녀는 잔인한 아이러니와 함께 덧붙였다. "짐승이 뱃속에 품은 모든 힘을 쏟아 부을 수 있게 해준 데 대해 사과하라는 거야."

"진절한 비유는 아닌데." 하고 내가 차갑게 지적했다. "게다가 죽은 말에겐 채찍질하지 말라는 속담도 있어. 오르세나는 편안히 잠자고 있어. 그가 무엇 때문에 잊어버린 일을 다시 기억해야 하지?"

"가! 가서 구유에 그의 코를 처박아 줘." 하고 그녀가 지극히 경멸적인 미소와 함께 말했다. "마리노가 도와줄 거야."

그녀는 성난 천사와 같은 얼굴을 내게서 돌리더니 또다시 여전사의 긴 걸음으로 마룻바닥을 울렸다.

"미친 짓……?" 하고 그녀가 갑자기 걸음을 멈추며 마치 혼잣말을 하듯 말했다. "악몽 한가운데에서 벽을 향해 깜깜한 어둠 속을 더듬는 게 미친 짓일까? 사람들이 말하는 듯하니까 말이지만, 당신 생각에 메아리가 없어서 현기증을 느끼는 일이 없다면 사람들이 그토록 떠들어댈 것 같아?"

"당신은 바로 그 부분에서 잘못 생각하고 있어. 그리고 내가 이야기하고 싶은 것도 바로 그 점이야. 벽은 더 이상 메아리가 없지도 않은 듯해. 알고 싶어 할 것 같아 말하지만, 나에게 이미 메아리가 하나 돌아왔으니까.”

바네사의 시선이 고정되었고 눈꺼풀은 가볍게 수축되었다. 강렬한 호기심 때문에 무방비 상태가 되어버린 그 얼굴을 보자 나는 갑자기 마음이 편해짐을 느꼈다.

“메아리?” 하고 그녀가 미심쩍은 목소리로 말했다.

“당신은 요즘도 배를 타고 바다를 산책하나?” 하고 나는 무심한 어조로 그녀에게 물었다.

“무슨 말이야?”

“특별한 건 아니고, 그냥 당신 승무원 가운데 결원은 없는지 알고 싶은 것뿐이야.”

잠시 침묵이 흘렀다.

“그걸 어떻게 알았어?” 하고 바네사가 마침내 어리둥절한 목소리로 물었다.

“그가 어디로 갔는지 알고 싶겠지? 그 점과 관련해서 좀 아는 바가 있어.”

바네사는 망연하고 당혹스러운 표정으로 나를 바라보았다.

“갔다고?” 그녀가 믿을 수 없다는 듯이 되물었다. “설마?”

갑작스러운 생각이 떠오른 듯 그녀가 소스라치게 놀랐다.

“저쪽으로. 그래!” 나는 던지듯 말하고는 초조하게 그녀의 안색을 살폈다. 그러나 내가 예상하던 놀라움은 일어나지 않았다. 바네사의 눈이 다시 한 번 가볍게 찌푸려졌고, 그로부터 즐거운 공모의 교활함이 위험스럽게 배어났다. 그러나 그 눈은 한 줄기 미광과 함께 다시 밝아졌다.

"바네사!" 하고 소리치며 나는 마치 미친 여자에게 하듯 그녀의 손을 붙들고 거칠게 흔들어댔다. "바네사! 무슨 뜻인 줄 알겠어? 당신이 누굴 보호하고 숨겨주었는지 이해하겠어?"

"나한테 책임을 물으러 온 거야?" 그녀가 멸시하는 듯한 냉정한 태도로 나를 응시하며 말했다. "난 물론 아무것도 몰랐어……." 하고 그녀는 어깨를 으쓱하며 말했다. "내 말 믿어주겠지."

"당신은 물론 몰랐겠지. 당신은 몰랐어. 그러나 아마 의심은 하고 있었을걸."

바네사는 무례한 웃음을 터뜨렸다.

"'의심은 하고 있었을걸……!'" 그녀가 오만한 태도로 내 목소리를 흉내 내며 되풀이했다. "'의심은 하고 있었을걸…….' 정말이지, 알도, 이건 심문이야. 심문관 역할을 하는 당신이 얼마나 내 맘에 드는지 당신은 모를 거야."

"대답해 봐." 하고 내가 차가운 분노의 몸짓과 함께 자리에서 일어서며 말했다. 나는 그녀의 손목을 거칠게 잡아챘다. "정말이야, 바네사, 난 웃을 기분이 아니야. 당신은 의심하고 있었지?"

바네사가 나를 향해 고개를 쳐들었다.

"그랬다면?" 그녀가 낮고 분명한 목소리로 말했다. "굳이 알고 싶어 하니까 말하는데, 그랬어."

나는 꽉 쥐고 있던 손을 놓았다. 그리고 의자 위로 무겁게 떨어지는 나를 느꼈다. 머리가 빙빙 돌았다. 내가 느끼는 것은 염증도 분노도 아니었다. 그것은 오히려 바다 위를 걷고 있는 사람 앞에서 느끼는 듯한 어떤 두렵고도 혼란스러운 경이였다.

"익숙해져야 해, 알도." 바네사가 분명한 목소리로 내 뒤에서 말했다. "완전히 준비되어 저절로 손아귀에 들어오는 일이란 없어."

"당신이 어떻게 그런 일을?" 하고 내가 믿을 수 없다는 듯한 목소리로 물었다.

나는 그녀의 침묵에 놀라 별안간 뒤를 돌아보았다. 바네사는 내 말을 듣지 않고 있었다. 내 머리 위로 그녀는 벽에 걸린 그림을 바라보고 있었다.

"종종 바라보았겠지, 아니야?" 하고 내가 독기 어린 목소리로 계속했다. 나는 자리에서 일어나 그녀 쪽으로 한 걸음 나아갔다. 그러나 서투르게 멈춰 서고 말았다. 바네사는 나를 보지 않고 있었다. 나는 침묵을 부과하는 그 초상화의 주술에 나도 모르게 빠져 들었다.

"이분은 무얼 생각하고 계실까 궁금해." 바네사가 깊은 방심의 어조로 마침내 말했다. "그래, 종종 생각하곤 했어. 무슨 말인지 알겠지, 알도." 그녀가 홀린 듯 한 발짝 앞으로 다가서며 말했다. "심지어 가끔 밤에 일어나 그림을 본 적도 있어. 자기와 내가 그만큼 내밀했던 때가 과연 있었나 싶을 정도야." 그녀는 내 목을 움켜쥐는 듯한 목소리로 말을 이었다.

"자기도 알다시피 여름에는 밤이 낮보다 더 더워. 마치 몸이 땀에 젖듯 시르트도 여름밤에 젖는 것 같지. 나는 자리에서 일어나 당신이 좋아하는 하얀색 나이트가운을 입고 맨발로 차가운 타일 위를 걷곤 했어. (그녀는 눈에 도발적인 빛을 띠고 나를 향해 돌아섰다.) 나는 종종 자기 몰래 바람을 피우곤 했어, 알도. 그것은 밀회 같은 것이었지. 그 시각 마렘마는 죽은 듯했어. 그것은 잠자는 도시가 아니라 심장의 박동이 멈춘 도시, 약탈로 쑥밭이 된 도시였어. 창틀에서 바라보면 석호는 마치 딱딱한 소금 껍질을 뒤집어쓴 것 같아. 달의 바다라도 보고 있는 듯한 느낌이 들지. 잠자는 사이에 지구가 식어버린 것도 같고, 세월 저편 한밤중에 깨어난 것도 같지. 그리고 미래의 어느 날을 보는 듯한 느낌도 들어." 그녀는 계시라도 받은 듯 고양된 태도로 말을 이었다. "더 이상 마렘마도 오르세나도, 그리고 그 폐허마저도 없고, 석호와 모래와 별이 빛나는 사막의 바람만이 있는 미래의 어느 날 말이야. 혼자서 여러 세기를 지나온 것 같고, 수백만의 썩은 숨결이 꺼져버린 덕분에 더 크고 더 장엄하게 호흡하는 것 같아. 알도, 자기는 이런 꿈 꾼 적 없어? 지구가 홀연 자기 한 사람만을 위해, 그리고 더욱 빠른 속도로 도는 꿈 말이야. 이 광란의 질주 속에서 폐가 약한 짐승들은 그 자리에 낙오되어 버리지. 이들은 미래를 좋아하지 않는 짐승들이야. 그러나 숨쉬기조차 힘든 속도를 견디는 심장이 자기 안에 있다고 느끼는 사람에게 있어서 그의 시선과 본능에 죄와 파멸로 보이는 것, 그것은 바로 이러한 도약을 방해하는 것이야. 단지 옆에 있기 때문에 함께 산다고 생각하는 사람은 눈이 미치는 먼 곳을 한번도 제대로 바라보지 않은 사람일 게 분명해. 어떤 사람들의 눈에는 저주받은 것으로밖에는 보이지 않는 도시들이 있는데, 그것은 그들이 살 수 있도록 해주는 먼 곳을 차단하기 위해 그 도시들이 탄생하고 건설된 것처럼 여겨진다는 이유 때문이지. 이런 도시들은 편안한 도시들이야. 하지만 어디에서도 세계는 보이지 않고 오로지 쳇바퀴 속의 다람쥐처럼 자신의 바퀴만을 돌리고 있을 뿐이지. 나는 거리에서 사막의 바람이 느껴지는 도시만을 좋아해. 어떤 날은, 알도." 바네사가 내 쪽으로 몸을 돌려 날카로운 시선으로 나를 바라보며 말했다. "오르세나를 심하게 원망하기도 했어. 거기엔 늪의 냄새밖에 없어. 나는 이따금 도시가 지구의 자전을 방해한다고 생각하기도 했어."

"밤에 촛불을 들고 초상화를 바라보는 데는 무엇인가 혼란스러운 게 있어. 혼돈의 바닥으로부터, 온갖 것을 해체시킨 어둠의 바닥으로부터 읽을 수 있는 형상이 서둘러 밀려 나와 희미한 불빛 아래 재구성되고 있는 것처럼 보여. 불빛은 흑암과 빛을 다시 가르고 있다고나 할까. 절망적으로 호소하는 것 같기도 하고, 인정받기 위해 최후의 시도를 하는 것 같기도 해. 이런 광경을 본 사람이라면 적어도 한 번은 이른바 어둠이 존재들로 가득 차는 것을, 밤이 형상을 취하는 것을 보았다고 할 수 있겠지. 거기서 나를 부르는 이는 나의 피, 나의 족속에 속했어. 치욕을 넘어, 그리고 사람들이 질서를 위해 전시(戰時)의 훈장처럼 아무런 보증도 없이 분배하는 불명예를 넘어, 나는 그의 미소 짓는 방식이 나를 평온한 비밀로, 다시 말해 도시의 안온한 의식으로서는 아무런 결정도 이유도 제시하지 못하는 하나의 비밀로 더욱 깊이 끌어당기는 것을 느꼈어."

"자기한테 중요한 걸 이해시켜 주고 싶어, 알도. 내가 아직 어렸을 때 아버지가 들려주신 이야기인데, 나는 많이 놀랐지. 아버지는 그것을 내 종조부인 독신자(瀆神者) 자코모로부터 들으셨대. 길드 봉기 당시 산 도메니코의 폭동을 이끈 장본인이야. 어쩌겠어, 아!" 바네사는 말을 끊고 나를 향해 농담기 어린 오만한 미소를 지어 보였다 "역사책에도 쓰여 있는 것처럼 알도브란디 집안의 족보는 고백하기 부끄러운 배신자 도당의 연감이야. 기억하겠지만, 자코모가 무장한 부대를 이끌고 의사당 건물을 점령했을 때 그들은 불과 몇 시간밖에 버티지 못했지. 하지만 경찰 문서를 손에 넣는 데 성공했고, 정청이 인민당 내부에 유지하던 스파이들의 명단을 발견했어. 즉석에서 총살해 버리기 위해 당장에 그들을 찾았지. 생각나는지 모르겠지만, 이 격렬한 사건 당시 쌍방은 그야말로 가차 없는 싸움을 벌였어. 그런데 그들을 어디서 찾아냈는지 알아? 맞히기 쉽지 않을 거야……. 바리케이드야. 그들은 정청의 군대에 대항하여 용감히 총을 쏘고 있었대. 그중 여럿은 이미 죽은 다음이었고, 남은 자들을 벽 아래로 끌어내려 포도(鋪道)에 대고 총살을 했대. '크나큰 실수!' 뒤늦게 이를 안 종조부는 두 손으로 얼굴을 감싸고 탄식했어.(어쩌겠어, 그는 자기보다 덜 민감한걸.) '한 번 사용했다고 포도원 주인이 술통을 깨는가?' 그를 용서해 주기 바라, 알도." 바네사는 어린 악마의 것 같은 날카로운 시선으로 나를 곁눈질하며 말을 이었다. "쉽게 짐작할 수 있는 것처럼 그는 시니컬한 사람이었어. 결국, 뭐랄까…… 그런 말을 하는 걸 보면 고

결한 인격을 지닌 열정적인 인간이 아니라는 사실은 분명하지. 그는 힘의 낭비만을 보았을 뿐이고, 아마도 그의 관점에서 본다면 전적으로 틀린 말은 아닐 거야. 하지만 좀 더…… 관조적인 관점에서 접근하면, 그리고 미덕에 대한 우리의 감정과 관련하여 그 같은 행위에 따라붙는 극도의 불명예스러운 의미를 차치하면 (바네사는 다시 한 번 나를 향해 수수께끼 같은 곁눈질을 했다.) 그토록 기이한 인물도 약간 다른 조명 아래 바라보는 것이 가능할 거야. 그 같은 경우에 흔히 하듯 '생래적 배신자'라고 부르는 것은, 알도, 너무 성급한 말이야."

바네사의 목소리가 갑자기 심각해졌다.

"……아마도 그들은 행동에 정통한 성숙하고 사려 깊은 사람들이거나, 필요한 경우 위험을 무릅쓰고 사물을 둘러보는 사람들이거나, 아니면 극심한 고독을 겁내지만 않는다면 사소한 의지의 출구 없는 밤에 끈질기게 따라붙는 어리석고도 맹목적인 흥분 너머에는 거의 신적(神的)인 환희가 마련되어 있다는 사실을 남들보다 먼저 깨달았기 때문에 충분히 대담할 수 있는 정신을 지닌 사람들일 거야. 중요한 것은 반대쪽으로도 역시 넘어가는 것이며, 힘과 저항을 동시에 느끼는 것이지. 오르세나가 순진한 마음에서(언제나 그렇게 순진하기만 한 건 아냐.) 아무런 분별도 없이 변절자니 배신자니 하는 사람들을, 이따금 나는 마음속으로 사건의 시인들이라고 불렀어. 나는 자기가 이것을 제대로 이해했으면 좋겠어, 알도. 우리가 계속 좋은 관계로 남길 원한다면 말이야. 그리고 자기의 사소한 까다로움이 어느 정도까지 양해될 수 있는지 알았으면 좋겠어. 자기한테 하고 싶은 말이 또 있어. 자기가 계속 고집을 부리기 때문인데, 내가 막 오르세나에서 돌아온 참이니까 말이지만." 그녀가 진지한 목소리로 덧붙였다. "모든 게 자기가 상상하는 대로 굴러가고 있지 않아. 그리고 이젠 아마 그곳에서도 문제를 덜 한가하게 받아들일 것 같아."

"당신 아버지가 다시 신임을 얻게 되었다는 건 나도 알고 있어." 하고 주도면밀한 어조로 내가 말했다. "당신한테 말하지만 나는 그것이 안도감을 주는 뉴스는 아니라고 판단했지."

바네사는 내 암시를 무시하는 것처럼 보였다.

"자기는 커다란 변화가 일어났다는 사실을 알게 될 거야." 바네사는 가볍게 눈살을 찌푸리며 말했다. "그것은 아마도 자기가 생각하는 변화들이 아니야……. 도시는 내가 생각했던 것 이상으로 깨어 있어." 하고 그녀는 잠시 침묵했다가 덧붙였다. 그녀는 표현하기 힘든 무엇인가를 전달하기 위해 애써 말을 찾는 것처럼 보였다.

"정말로?"

"그렇게 가시적으로 드러나는 건 아니야. 알아채려면 상당히 좋은 눈을 갖고 있어야 해." 바네사가 계속했다. "오랫동안 기다려온 시선이 남들보다 먼저 해독하는 징조들이 있어."

"기억하기로는 지금까지 오르세나에선 한번도 징조라는 것을 해독한 적이 없는 걸로 아는데." 비꼬는 투로 내가 말했다. "당신도 알다시피, 우리에겐 징조라는 게 없어.

기념일만 있을 뿐이지."

"내가 읽은 징조들을 자기가 읽지 못한다면 나는 놀랄 거야." 바네사가 생각에 잠긴 표정으로 말했다. "분명한 건 아무것도 없지만 말이야."

그녀는 또다시 이리저리 걷다가 어떤 순간적인 인상을 붙잡으려는 듯 이따금 멈추어 서곤 했다.

"……사람들은 일이 손에 잡히지 않는 듯했어. 변한 건 바로 이거야. 흔히 말하듯, 마음이 다른 곳에 가 있는 것 같아. 계속해서 다른 걸 생각하는 거야. 거리에서 마주치는 얼굴들은—기억하겠지만, 알도, 예전의 그 얼굴들은 충만하고 살아 숨 쉬는, 현존하는 생명들이어서 마치 이른 아침 정원의 오솔길을 걷는 것 같았잖아—이따금 정연한 순서를 유지하기 위해 놔두는 낡은 빈집의 전면 같은 느낌을 주었어. 요즈음 오르세나를 산책해 보면 마치 금방 이사 나갈 집 안에 있는 기분이 든다니까."

"그런데 싫지가 않았어." 그녀가 웃으면서 덧붙였다. "골목길이 넓어지고 그리로 넓은 곳에서 온 바람이 지나가는 듯한 느낌이 드는 날도 있었거든."

"오르세나에서 열심히도 쏘다녔나 보군." 하고 나는 화를 내며 그녀의 말을 끊었다.

"아직 일어나지 않은 어떤 일을 위해 사람들은 본능적으로 그들 안에 자리를 마련하고 있는 것처럼 보였어." 그녀는 마치 내 말을 듣지 못한 것처럼 계속했다. "진지하게 말하지만 오르세나의 살롱들로서는 좋을 게 없을 것 같아. 그렇게 지겨운 대화는 여태껏 들어본 적이 없거든. 거기서 대개 무슨 이야기들을 하는지 자기도 잘 알잖아. 그런데 의사당의 11월 무도회나 곧 있을 성 유다 훈장 수여에 대한 이야기들이 어찌나 활기를 띠지 못하는지 어안이 벙벙할 정도였다니까."

"마렘마엔 잘된 일이네. 내 짐작에 당신은 분명 이곳에는 이야깃거리가 많다고 사람들에게 허풍을 떨었을 거야."

바네사는 빈정대는 듯 뾰루퉁한 얼굴로 나를 바라보았다.

"기분이 나쁜 모양이지, 알도. 이야깃거리에 관한 한 오르세나는 곧 우리를 부러워할 게 전혀 없을 거라고 나는 확신해. 당신은 요즘 새로운 뉴스들이 얼마나 빨리 퍼져 나가는지 모를 거야."

"설마 사람들이 이미 알고 있다는 말은 아니겠지." 하고 자리에서 일어서며 내가 말했다. 나는 갑자기 얼굴이 창백해지는 것을 느꼈다. "방금 보고서를 발송하고 오는 길인데."

"자기는 어린애 같아, 알도. 마렘마에선 이튿날 알았고, 나는 그보다 겨우 하루 늦게 알았어. 무슨 일이 있는 듯하기에 알아보도록 손을 썼지. 어쩌겠어, 알도, 나는 아는 걸 좋아하는데." 하고 그녀가 날카로운 눈으로 나를 응시하며 말했다. "나로서는 조만간 퍼지고 말 뉴스를 비밀에 부쳐둘 하등의 이유가 없었어. 여자들은 정보에 빠른 듯 보이는 게 얼마나 가슴 뿌듯한 일인지 몰라." 그녀가 음산한 쾌활함으로 미소 지으며 말을 이었다. "그것은 순진한 기벽(奇癖) 같은 거야."

나는 손을 이마로 가져갔다. 그러나 거기엔 땀도 나지

않았다. 눈부신 프로젝터의 빛 속에 헐벗고 얼어붙은 채로 포착된 것 같았다. 앞으로 일어날 일에 대해서는 아무런 생각도 들지 않았다. 내가 오로지 느끼고 있던 것은 거의 신체적인 접촉이 주는 생경한 끔찍함이었다. 저쪽으로부터 나를 향해 집중된 수천 개의 눈이 이미 알고 있는 것이다.

"끝났어!" 하고 나는 질린 목소리로 바보처럼 말했다. 나는 그 말이 확인보다는 오히려 바람에 더 가깝다는 사실을 느꼈다. 금방이라도 실신할 것 같은 그 순간 나는 발밑의 땅이 입을 벌려주길 바랐다. 그 순간, 오직 그 순간에야 나는 모든 것을 이해했다. 먼 곳의 눈동자들을 밝히는 빛에서 나는 비로소 내가 무슨 일을 저질렀는지 깨달았다.

"자기는 내 말을 이해하지 못하고 있어." 바네사가 탐욕스러운 목소리로 계속했다. "내가 선수를 친 거야. 나는 자기에게 가장 유리한 방향으로 그것을 제시했어. 물론 내가 조금 손을 보긴 했지. 저쪽 사람들은 죄다 자기가 바다에서 비열하게 공격을 당한 줄 알고 있어."

나는 한순간 잠이 덜 깬 듯한 눈으로 그녀를 바라보았다. 그녀의 엉큼함이 믿어지지 않았던 것이다.

"나는 저쪽으로부터 중대한 통고를 받았어." 내가 낮은 목소리로 말을 이었다. "당신은 알고 있었어, 그렇지? 아니면 의심하고 있었거나……. 당신은 모든 정보를 갖고 있으니까. 당신은 오르세나가 물러서지 않기를 바라지. 안 그래, 바네사?" 나는 그녀의 침묵 앞에서 극도로 흥분한 나머지 자리에서 벌떡 일어서며 말했다. 이를 악문 채 그녀의 얼굴에 대고 소리쳤다. "바로 그렇기 때문에 당신은 미리 여론을 들쑤셔 놓은 거야. 바로 그렇기 때문에 당신은 내 뒤로 문을 닫아버린 거야. 거짓말할 생각 마!" 나는 그녀에게 거칠게 소리쳤다. "당신이 했어. 당신이 원했어. 난 아니야. 하느님 앞에서 맹세할 수 있어. 당신도 알잖아, 바네사. 당신은 이 모든 게 무얼 의미하는지 알고 있어."

"전쟁?" 하고 그녀가 잠시 후 담담한 목소리로 말했다. 그녀는 나를 향해 천천히 눈을 들었으나 거기에는 바라보는 시선이 없었다. "내가 알기로 전쟁은 한번도 멈춘 적이 없어. 어째서 전쟁이란 말을 그토록 두려워하지? 하느님일랑 조용히 내버려두시지. 자기는 비겁해, 알도." 하고 그녀가 극도의 경멸이 섞인 미소를 지으며 말했다.

"당신이 원했어! 난 아니야……."

나는 저주를 떨쳐버리기라도 하듯 어설프게 손을 내저었다. 갑자기 나도 모르게 눈물이 한가득 소리 없이 흘러내렸다. 나는 수치도 모른 채 바네사를 향해 맨얼굴을 드러내고 울었다. 어두운 구석에 곧게 선 그녀는 내 눈물이 흐르는 것을 조용히 바라보았다.

"네가 그랬느니…… 내가 그랬느니……." 마침내 그녀가 어색한 몸짓으로 어깨를 으쓱하며 말했다. "할 말이 그것밖에 없어?"

그녀는 다가와 내 어깨에 부드럽게 손을 얹으며 시선을 떨어뜨렸다.

"……나는 오르세나에 자기보다 더 깊이 연결되어 있어, 알도. 그것은 내 피 속에 들어 있다고, 알겠어? 자기보다 내가 더 순종적이고 더 유순하지. 그의 모든 의지에 자기보다 내가 더 빨리 따르지. 자기가 여자라면 덜 오만할 텐데.” 하고 그녀는 설복하는 부드러움이 깃든 목소리로 덧붙였는데, 마치 다른 누군가가—명징과 흑암의 영(靈)이—그녀의 입을 통해 말하고 있는 것 같았다. “그리고 더 잘 이해할 수 있을 텐데. 아이를 낳아본 여자는 이걸 알아. 누군가—누구인지는 몰라, 정말 몰라—자기를 통해 무엇인가 원하는 일이 일어날 수 있다는 사실을 말이야. 앞으로 존재할 것이 자기의 몸을 지나가는 걸 느끼는 건…… 자기가 이걸 알 수 있으면 얼마나 좋을까, 무시무시하기도 하지만 더없이 편안한 일이기도 해. 들어봐!” 하고 매혹된 집중의 몸짓으로 손을 들며 그녀가 문득 말했다.

소리 하나가 방 안으로 새어 들고 있었다. 숨을 죽였으나 분명한 그 소리는 고요한 밤에 멀리서 들려오는 바닷소리처럼 동시에 사방에서 스며 오르는 듯했다. 문 뒤에서 마렘마가 이야기하고 있었다. 노곤한 아침의 졸음 속에서 열에 들뜬 궁전의 소음이 먼 곳의 호우처럼 혹은 메뚜기 구름처럼 해로운 윙윙거림을 침묵 위로 퍼져 나가게 했다. 마치 수백만 곤충의 아가리가 무엇인가를 하염없이 갉아먹고 있는 것 같았다.

“들었어?” 바네사가 자기 손으로 내 손을 스치며 말했다. “사람들의 삶이 이제 어디로 넘어가고 있는지 알겠지……. 나를 사면(赦免)해 주는 것은 바로 그들이야. 그들은 더 이상 나를 필요로 하지 않고 또 나를 필요로 한 적도 없어. 무엇인가가 왔어, 그게 전부야—내가 무얼 어쩌겠어?—꽃 위에 꽃가루를 실어다 준 건 우연히 분 바람이지만 자라나는 열매 속에는 바람을 무시하는 무엇인가가 있어. 세상에 바람이라는 건 결코 존재한 적이 없다는 평온한 확신이 있단 말이야. 왜냐하면 열매가 거기 있기 때문이지. 사람들은 결코 나를 필요로 한 적이 없고, 나는 결코 자기를 필요로 한 적이 없어, 알도. 그런 거야." 그녀는 일종의 깊은 안도감 속에서 말을 이어갔다. "무엇인가가 정말로 세상에 나타날 때 그것은 '생겨나지' 않아. 문득 다른 눈이 아닌 그의 눈만으로 볼 수 있을 따름이고, 그가 존재하지 않는 것은 더 이상 가능하지 않지. 모든 게 좋을 뿐이야."

11 마지막 순찰

"카를로 노인이 죽었어." 내가 해군기지 사무실로 들어설 때 파브리치오가 황급히 말했다. "오늘 오후 3시에 장례식을 치른대. 군인 묘지에서. 지오반니는 자네가 동의할 걸로 생각했어. 여기선 그게 관습이라는 것 알고 있겠지?" 그는 침울한 목소리로 덧붙였다. "마리노는 그를 무척 좋아했지……."

파브리치오의 말은 기다리고 있던 그 소식에 대하여 예상하던 것보다 훨씬 더 무거운 침묵 위에 떨어졌다. 나는 궁전으로부터 마음이 차분해져서 돌아온 터였다. 바네사의 이해할 수 없는 확신과 안온함으로부터 다시 한 번 평정이 내 안에 전해진 듯했다. 그 소식은 나의 환한 아침을 어둡게 했다. 나는 번민에 빠져 있었던 최근 며칠 동안 오르텔로나 방문해 볼까 생각했던 것을 기억했다. 노인이 곁에 있다는 사실만으로도 내 동요와 불확실함은 진정되고, 그 어떤 말이나 노력도 필요 없이 걱정거리가 내게서 그에게로 전이될 것 같았다. 그런 그가 죽은 것이다. 그의 마지막 말이 잡지 않은 손처럼 감동적으로 내 귓가에 되살아났다. 어쩌면, 아니 틀림없이 그는 알지 못한 채 죽었을 것이라는 생각이 갑자기 들었다. "지금이 때야, 하지만 너무 일러." 하고 그는 내게 말했었다. 이후에 일어난 일들에 비추어볼 때 카를로 노인의 말은 어떤 예언적인 강세와 울림을 지니고 있었다는 생각이 나도 모르게 들었다. 마지막 순간에 소식은 그것을 이해할 수 있는 유일한 인물을 심술궂게 피해 갔으며, 시므온 노인보다 복이 없었던 그의 눈은 기다리던 신호를 보지 못한 채 아직도 열려 있을 것만 같았다. 갑자기 무덤의 남루한 익명성 위에 평평하게 얹힌 모래가 떠올랐다. 연민이 북받쳐 오르고 가슴이 죄어드는 가운데 나는 우리가 지금 묻으려 하는 사람, 관 속에 있어도 짧고 빳빳한 턱수염이 여전히 자라고 있을 이 사람이 이미 수 세기 전에 부패가 끝난 자들보다도 더욱 깊이 죽었다는 느낌이 들었다.

인근 대농장의 주인들을 군인 묘지에 안장하는 것은 시르트의 관습이었다. 그토록 오랫동안 해군기지 병력은 군무보다 농장 일에 더 열심이었던 것이다. 그것은 사실 정당한 일이기도 했다. 그들 대부분은 오르세나의 피로한 평화가 이 땅을 짓누르기 전, 사막의 마지막 약탈자들에 맞서 총을 쏘았던 사람들이다. 이 강인한 둔전(屯田) 족속은 오랫동안 남쪽 변방을 다스렸다. 하급 장교들에게 큰 소리로 잘라 말하며, 마리노에 이르기까지 해군기지를 거쳐 갔던 창백한 회계원들보다 훨씬 군인다운 그들은, 그 변경에서는 마치 죽은 나무 그루터기로부터 멀찌감치 떨어진 땅에 움을 틔우는 최후의 푸른 새싹들과도 같은 존재였다. 오르세나에서 드높은 혈통을 자랑하는 가문들이 이미 오래전에 꺼져버린 것처럼, 이 종족 역시 명을 다했다. 오늘 우리는 그 마지막 인물을 묻을 것이라는 사실을 잘 알고 있었다. 익숙한 길을 나아가는 우리의 작은 무리는 평소보다 조용했다. 고요한 회색 오후가 잿빛 하늘에서 시르트로 내려왔다. 잠에 취한 듯한 자잘한 파도 소리는 적막을 깨지 못했다. 때로 여러 날에 걸쳐 해안을 따라 흐르는 차가운 해류는 바다 위로 물렁물렁하고 기만적인 안개를 응축시켰다. 비를 약속하되 결코 뿌리는 법이 없는 그 안개는 연안을 춥고 축축한 사막이 되게 했고, 병자의 습한 입김을 풍기는 것 같은 그 사막은 근육을 무기력하게 만들고 머릿속을 음울하게 했다.

"카를로 노인은 죽을 때를 제대로 골랐어." 지오반니가 외투를 여미면서 무심한 어조로 말했다. "진짜 만성절 날씨야."

그는 텅 빈 해안 쪽으로 권태에 찬 눈길을 보냈다.

"……시르트는 지상낙원이 아니지, 이런 계절엔."

우리 넷 모두 아무 생각 없이 회색 길을 걸어갔다. 시선 없는 하늘은 온 땅을 고요한 명부(冥府)로 만들고 있었다. 우리 앞의 묘지는 권태, 검은 부재, 음산한 무관심으로 더욱 어둡고 더욱 음울해 보이는 일종의 구덩이 같았다.

"대단한 사람이었지, 카를로 노인은." 하고 파브리치오가 확신에 찬 목소리로 말했다. 지난가을 오르텔로 농장이 우리에게 베풀어주었던 성대한 사냥 파티를 생각하고 있음을 짐작한 나는 본의 아니게 미소를 지었다.

"그랬지." 로베르토가 고개를 끄덕이며 동의했다. "여기에 오지 못해 마리노가 섭섭해할 거야. 곧 돌아온다고는 했는데." 그가 변색된 목소리로 계속했다. "어쩌면……."

우리 모두 그가 무엇을 생각하는지 알았다. 내가 돌아왔을 때 해군기지는 잔뜩 풀이 죽어 있었다. 순찰과 야간 경계는 중단된 참이었다. 성채 안의 모든 것은 마법에 의한 것처럼 질서를 되찾았으며 또 한 번의 겨우살이를 위해 서둘러 덮개를 뒤집어쓴 듯했다. 각자는 자신의 조가비 속으로 돌아갔다. 마치 아무 일도 일어나지 않은 것 같았다. 대위가 곧 돌아올 것이기 때문이었다.

"가족들을 저녁 식사에 붙들어 두는 게 좋겠어." 로베르토가 망설이는 목소리로 말했다. "오르텔로는 멀어. 대위도 틀림없이 그렇게 했을 거야." 이어진 침묵에서 우리는 우리의 작은 무리가 그동안 얼마나 고아 같았던가를 절감했다.

우리는 묘지 입구에서 모자를 벗은 채 잠시 기다렸다. 얼마 지나지 않아 모래밭을 지나갈 때 사용하는, 바퀴가 유난히 높은 긴 짐수레 한 대가 길모퉁이에 모습을 드러냈다. 관은 그 위에 뉘어 있었고, 시르트의 관습에 따라 활짝 열려 있었다. 관을 땅에 내려놓을 때는 남부 지방 베란다의 격자 곳곳에 얽혀 있는 향기롭고 철 늦은 등꽃이 관 가장자리까지 가득 채워져 있는 게 보였다. 양피지만큼이나 주름이 많고 나무꾼처럼 커다란 몸이 연약한 꽃들로 이루어진 거품의 소용돌이 위에 얹혀 있었다. 유족과 하인들은 말을 탄 채 관을 실은 수레를 따라오고 있었다. 긴 간격을 두고 시르트의 외딴 예배당들을 돌며 미사를 집전하는 순회 신부 한 사람이 흰 예복을 입고 장남 뒤에 걸터앉아 있었다. 문득 내 눈앞에 펼쳐지는 그 광경이 아주 오래된 것처럼 여겨졌다. 긴 행렬이 방랑자들의 무거운 몸짓과 함께 말을 타고 무심하게 평평한 땅 위로 지나가는 것을 보니, 그리고 오랜 사막 생활로 인해 나이와 표정이 분간되지 않는 구릿빛 얼굴들을 보니, 멀리 떨어진 샘물가 목초지로 우두머리의 시체를 운반하는 야만적인 유목민의 행렬이 떠올랐다. 작별의 표시로 우리는 한 사람, 한 사람 오른손 끝을 노인의 이마에 댔다. 내가 지나갈 때 억센 곱슬머리 거인인 장남이 내게 서투른 수인사를 했다. 나는 그가 내게 뭔가 이야기하고 싶어 한다는 것을 눈치 챘다.

"아버님께서는 오르세나의 흙 속에 잠드시게 되었습니다. 여러분께 큰 은혜를 입었습니다."

그는 어색한 태도로 사냥용 허리띠의 버클을 돌렸다. 처음에 무슨 말인지 몰랐던 그 말을 나는 이해할 수 있었다. 예전에 오르세나의 모든 군인 묘지에서는 흙에다가 수도에서 가져온 진흙을 조금씩 섞었던 것이다. 문득 그의 손이 소심한 갑작스러움과 함께 내 손을 잡았다.

"말씀드리고 싶은 게 있습니다……. 저희 남부 사람들은 소수에 불과합니다. 하느님 뜻대로 되겠지요. 그러나 여기 있는 저희 모두는 충직한 사람들입니다. 저희를 믿으셔도

됩니다. 때가 올 경우 말입니다."

모래 구덩이 속으로 관이 내려졌다. 부스러지는 모서리 부분이 이미 사막의 미풍에 허물어져 내리고 있었다. 그것은 그치지 않는 가느다란 흐름이 되어 소리 없이 구덩이 속으로 흘러내렸다. 한 사람씩 번갈아 관 위로 한 줌의 모래를 흩뿌리는 틀에 박힌 몸짓에는 무엇인가 지리멸렬한 데가 있었다. 그토록 여러 번 바람에 뒤섞인 그 흙은 세상 어느 곳에서보다 더 먼지에 가까웠다. 나는 노인이 그의 위태로운 유택을 좋아할 거라고 생각했다. 모래 주름 아래 사구처럼 움직이는 그 흙은 결코 먹이를 영원히 붙들어 두는 법이 없었다. 내가 보기에, 그토록 많은 뿌리들을 통해 땅에 달라붙었다가 최후의 순간에—그토록 초탈하고 그토록 가볍게—신비스러운 숨결에 불려 간 그 질기고 말없는 생명에는 한없이 혼란스러운 상징이 있었다. 그것은 유목민 같은 행렬에, 그리고 부지불식간에 다시 움직임 속에 몸을 맡기는 땅에 결부된 상징이었다. 그곳의 어떤 것도 마지막 안식에 대해 말하지 않았다. 오히려 모든 것은 우연 속으로 영원히 돌아가며, 적당해 보이는 곳에 예정되어 있지 않고 다른 곳에 예정되어 있다는 경쾌한 확신이 있을 뿐이었다. 나는 연민을 거부하는 노인의 느긋한 미소를 떠올렸으며, 이해되고 용서받는 느낌이 들었다. 그날 오후 묘지에 있는 것은 좋았다. 마치 초겨울 아침 길 위로 낙엽을 몰고 다니는 마른바람 속에 서 있을 때처럼.

사제가 마지막 라틴어 기도를 끝냈다. 구덩이 주위로 어색하고 지루한 침묵이 맴돌았다. 말들이 묘지 담장 뒤에서 울음소리를 냈고, 짐을 부리고 난 수레의 삐거덕거리는 소리가 먼 길로부터 들려왔다. 미지근한 회색 안개로 둔탁해진 하찮은 소음들이 그 작은 땅 한 귀퉁이를 문득 놀랍도록 한가로운 장소로 만들고 있었다. 내 뒤에서 철문이 열리는 소리가 들렸고, 나는 신경질적인 몸짓으로 뒤를 돌아보았다. 마리노가 묘지 안으로 들어오고 있었다.

나는 이 귀환을 가장 중대한 시련의 시간처럼 기다렸고 또 두려워했다. 그러나 그가 무겁고 느린 발걸음으로 내 뒤쪽 모랫길을 걸어오는 소리를 들으면서 내가 느낀 것은 두려움과는 전혀 동떨어진 감정이었다. 그것은 샘물에 몸을 담그면서 느끼는 것과도 같은 신경의 깊은 이완, 혹은 설명할 길 없는 홀가분함이었다.

그가 농사꾼처럼 느린 목소리로 유족들에게 위로의 말을 건네는 동안 나는 그를 몰래 훔쳐보았다. 바다에서 불어오는 미풍이 놀랍도록 육중한 얼굴 위로 회색 머리카락을 흔들어댔다. 뻣뻣한 주름이 잡힌 누렇고 긴 군용 외투를 입은 그는 마치 흙덩이처럼 대지와 한 몸을 이루는 듯 보였다. 그 땅 귀퉁이가 맹인의 것 같은 어떤 더듬는 재능에 의해 그의 내면에서 완성되고 성취된다는 것, 그는 농노가 경작지에 소속되는 방식과는 다른 보다 순수하고 보다 내밀한 방식으로 마치 풍경의 한 요소인 양 그 땅에 속한다는 것을 내가 그 오랜 부재 이후만큼이나 절실히 느꼈던 적은 결코 없었다. 음울한 묘지 한가운데서 그는 그곳에 모인 그 어떤 젊은이보다 더 생기가 있었다. 그는 식물과 겨우살이의 불멸로 살아 있었다. 그는 기진맥진한 땅의 마지막 남은 수액을 자기에게로 빨아들이고, 땅처럼 계절과 일기, 가뭄과 우박에 대해 술책을 부리며, 무너져 내리는 모래에 엉겨 붙는 갯골풀의 모래 빛 줄기처럼 땅과 더불어 일체를 이루는 것 같았다. 그는 벽을 따라 늘어선 오르세나의 묘석(墓石) 이상으로 사물에 서서히 얽혀 든, 그리고 세대가 끊임없이 유출(流出)되는 가운데 종국에는, 증발 작용이 사막의 돌에 남긴 광택처럼, 희미한 대지를 감싸게 된 존재의 상징이었다. 마치 그의 안에서 깨어 있는 상태의 가장 낮은 바닥을 건드린 것처럼, 기억도 주름도 없는 삶과 순진한 비어 있음과 어두운 무관심의 황량한 영역이 그의 얼굴 위로 모습을 드러내는 듯했다. 하지만 그 얼굴은 변해 있었다. 나는 잠시 후 일어날 일들이 나와 무관한 것처럼 일종의 초연한 공평함을 갖고 그를 바라보았다. 그러다가 문득 나는—마치 거울 속에서 충격적인 모습을 처음 발견하는 여자처럼 그것이 내게 일어난 일이라도 되는 양—그가 급격히 늙었다는 사실을 깨달았다. 나는 마리노가 더 이상 젊지 않다는 것을 익히 알고 있었다. 그러나 이 흙빛의 얼굴과 움직임 없는 육중한 마스크를 앞에 둔 내 몸에서 올라오는 경고는 다른 것을 간파해 내고 있었다. 그것은 평온한 노년의 도래와는 거리가 먼 것이었다. 그는 수 세기 동안 동굴 속에 누워 잠자다가 마법의 잠에서 깨어나는 순간 먼지로 허물어져 내리며 사라지는 전설 속의 왕들 같았다. 마치 시간이 그를 관통하며 리듬과 속도를 바꾸기라도 한 듯 갑자기 내 눈앞에서 그의 육중한 몸집이 흔들린 것처럼 여겨졌다. 이제 주름 진 그 얼굴은 언젠가 우리의 길이 사라져버릴 안개 덮인 먼 곳으로서가 아니라, 지진이 길 한가운데에 열어놓은 균열처럼 시선을 빨아들이고 있었다.

얼마 안 되는 사람들이 묘지를 빠져나가는 동안 나를 기다리는 듯 내 앞쪽 무덤 사이를 서성대는 대위가 눈에 들어왔다. 문 앞에서 그는 나와 합류했다. 우리 두 사람뿐이었다. 우리 뒤의 빈 묘지 안에서는 벌써 무심한 바람이 모래를 휘젓기 시작했다.

"모래사장으로 해서 가지, 알도, 어떤가?" 하고 그가 친숙한 몸짓으로 내 팔을 잡으며 말했다. "다리가 좀 약해졌어. (그는 내게 눈을 꿈쩍했으나 나는 그것에 속지 않았다.) 말을 오래 타서 그렇지. 말 탄 해군은 좋지 않아."

우리는 한동안 말없이 걸었다. 모래가 비를 흡수하듯, 적막이 소음을 흡수하는 것 같았다. 장례 행렬은 이미 마른 풀밭 속으로 사라지고 없었다. 오래지 않아 우리 앞으로 파도와 거의 같은 높이의 황량한 모래사장이 활 모양으로 펼쳐졌다. 가벼운 안개 같은 바닷새 떼가 멀리 떨어진 젖은 모래 비탈 위를 내려앉았다 다시 날아올랐다 하며 너울댔다. 그 마비된 땅에서 움직이는 것이라곤 미약한 박동 같은 이 바닷새의 움직임밖에 없었다. 물에 씻긴 그 적막한 모래사장을 내가 얼마나 좋아하는지 마리노는 잘 알고 있었다. 하지만 그날 오후에는 그곳의 헐벗음마저도 나의 마음을 달래주지 못했다. 나는 오직 한 가지에만 주의를 기울일 뿐이었다. 그것은 지금 내 팔을 무겁게 짓누르는 그의 무거운 팔이었다. 나는 입 안이 마르고 목구멍이 아프도록 죄어드는 것을 느꼈다. 마리노는 고통스러워하고 있었다. 그것은 우리에게 오기 위해 다른 세계의 공간을 뚫고 지나온 듯 보이는 말 못하는 짐승의 놀라운 고통이었다. 고뇌의 느낌은 그의 팔을 통해 전해졌다. 때로는 방임하는 듯하다가 불현듯 거북함으로 미묘하게 경직되는 그 팔은 내 팔에 기댄 채 어안적인 동물성으로 살아 있었다.

"여행은 잘했나, 알도?" 하고 그가 마침내 거의 수줍은 목소리로 내게 물었다.

"예정보다 좀 길었던 것 같아 염려됩니다……. 그다지 달갑지 않은 소식을 전해 드려야겠습니다." 하고 나는 굳은 목소리로 덧붙였다. "항로를 지키지 않았습니다. 저희는 건너편 해안까지 갔다 왔습니다."

마리노가 느닷없이 내 쪽으로 몸을 돌렸다. 그 순간 나는 그가 이미 알고 있다는 것을 깨달았다. 하지만 그의 시선이 본의 아니게 내 눈에 와서 꽂혔고, 일종의 갑작스러운 긴장 이완 같은 것이 있었다.

"저쪽, 그래, 알고 있어." 그가 무거운 목소리로 애써 말했다. "포격을 당했지."

"설명해 드릴까요?" 하고 내가 신경질적으로 입술을 깨물며 물었다. 나는 마치 차려 자세를 요구당한 사람처럼 나도 모르게 목덜미가 뻣뻣해지는 것을 느꼈다. 나는 내 잘못으로 인해 얼마나 대화가 어렵게 되었는가를 깨달으며 절망감을 느꼈다. 마리노도 그것을 느꼈는지 어깨를 흔들며 모든 격식을 떨쳐버렸다.

"다른 사람들 같으면 그것이 필요하다고 볼 수도 있겠

지. 하지만 무슨 소용이 있겠나?" 그가 시선으로 나를 지우는 장님 같은 이상한 얼굴로 말을 이었다. "나는 자네가 저쪽으로 가리라는 걸 처음부터 알고 있었어."

"커다란 불행이야……." 하고 잠시 침묵을 지키던 그가 억양 없는 난처한 목소리로 말했다. 나는 다시 한 번 문득 그의 노인 같은 태도에 놀랐다. 노인처럼 기탄없는 그 입은 이제 더 이상 스스로가 한 말에 대해 책임을 지지 않을 것처럼 보였다.

"어째서 초계를 허락하셨습니까?"

마리노는 한동안 애써 생각하는 듯했다.

"나는 자네에게 떠나라고 요구했네." 그가 거의 변명하는 듯한 목소리로 말했다. "기억하지?"

"제가 틀림없이 저쪽으로 갈 줄 아셨다면 저보다 먼저 아신 거지요. 문제의 소문들을 접했을 때 사령관님은 제게 오르세나에 보고서를 쓰라고 권유하셨습니다……. 아니, 허락하셨습니다. 예, 저는 그렇게 생각했습니다, 확신합니다."

다시 한 번 마리노는 애써 기억 속을 뒤지는 듯 보였다.

"그랬지, 아마도." 하고 그가 마침내 생각에 잠긴 목소리로 말했다. "나는 이 일에서 큰 오류를 범했어. 내가 바랐던 것은……."

그는 손으로 하릴없는 몸짓을, 어린아이처럼 낙심한 몸짓을 했다.

"……나는 자네를 적당히 진정시켜 줄 거라고 생각했네. 도움을 기대했지. 병이 그 정도로 퍼져 나갔을 거라곤 미처 생각하지 못했어."

"무슨 말씀이십니까?" 하고 나는 빠른 목소리로 말하다가 그의 마지막 말에서 느껴지는 희미한 고통의 억양에 놀라 갑자기 말을 멈추었다.

"나는 쫓겨났어." 그가 고개를 돌리며 말했다. "모레를 마지막으로 해군기지를 떠난다네."

그 말은 우선 빈 상자에 돌멩이를 넣고 흔드는 것처럼 아무런 의미 없이 내 머릿속에 울려 퍼졌다. 그러더니 명치 아래쪽으로 공동이 느껴지며 마치 꿈속에서 깊은 심연 가장자리의 난간이 손가락 아래에서 한 치, 한 치 무너질 때처럼 구역질 나는 느낌이 엄습했다.

"말도 안 됩니다." 하고 말하며 나는 얼굴이 창백해지는 것을 느꼈다.

"잠시 앉을까? 바람이 잦아드는군." 하고 대위가 말했다. 그는 다소 원기를 되찾은 듯했다.

오후가 끝나가고 있었으나 미지근한 모래는 여전히 쾌적했다. 자리에 앉자마자 주위의 풍경은 마치 참호 속에서 목을 움츠리기라도 한 듯 사라져버렸다. 우리 위쪽에서는 조수와 함께 날아오르는 바닷새 무리가 한소리로 귀가 멍멍하도록 울며 지나갔다. 파도에 갇힌 제방에 앉아 있으려니 정말로 그보다 더 외롭기란 불가능할 것 같았다. 처음으로 나는 이 엉뚱한 산책이 마리노의 평소 습관과 얼마나 동떨어진 것인가 생각했다. 지나치게 주의 깊은 그의 거동에는 평소와 다른 어색함과 함께 눈에 드러나지 않는 차용한 무엇인가가 있는 듯 느껴졌다. 대위는 하나의 역할을 연기하고 있었다고나 할까. 모자챙을 눈썹 위로 푹 눌러쓴 그는 멍한 눈으로 바다를 바라보았다. 그는 기계적인 동작으로 모래를 손가락 사이로 흘려보냈다.

"시르트의 항해 규정은 알고 있었지?" 마침내 대위가 목소리를 가다듬기 위해 기침을 하면서 말했다. "나는 지금 단순한 요식 절차를 행하고 있을 뿐이야." 하고 그는 서둘러 덧붙였다. "하지만 이제 정리가 필요한 시점이네. 나 역시 보고서를 제출해야 하거든."

"사령관님은 이 사건에 대해 아무런 책임도 없음을 저는 문서로 확인할 준비가 되어 있습니다." 하고 나는 정중한 어조로 말했다. "저는 모든 것을 전후 사정을 잘 아는 상태에서 했습니다."

마리노는 마치 용수철에 튕긴 듯 나를 향해 고개를 돌렸다.

"전후 사정을 잘 아는 상태에서……?" 그가 생각에 잠겨 되풀이했다. 나는 그가 어렵게 숨 쉬고 있다는 사실을 알아차렸다. "자넨 지금 자네가 무슨 말을 하고 있는지 모르는 것 같아." 하고 그는 덧붙인 뒤 씁쓸한 표정으로 머리를 흔들었다.

"예전에 파브리치오에게 그렇게 말씀하신 적이 있지요. 그렇게 생각하고 계셨고요." 하고 내가 부드럽게 말했다. 그의 목소리에 배어 있는 고통스러운 슬픔이 나를 연민으로 가득 채웠기 때문이다. "파브리치오는 아직 어린애였습니다. 그러나 제겐 진심으로 하시는 말씀이 아닙니다."

노인은 맑은 물 같은 눈을 들어 나를 바라보았다.

"난 자네를 무척 좋아하네, 알도." 그가 약간 혼란스러워하며 말했다. “그걸 모르겠나? 나는 자네가 생각하는 것보다 자네를 더 잘 알기 때문에 자네를 좋아하는 거라네. 자네 나이엔 변명을 찾고 싶어 하지 않아. 자신이 하는 일 속에 원하는 만큼 깊숙이 참여하고 있다는 확신이 결코 서지 않기 때문이야. 나는 자네가 심판받을 위험에 처해 있는 순간 부디 겸손하게 말하길 바라네.”

“누가 판단한다는 겁니까?” 내가 확신 없이 어깨를 으쓱하며 말했다. 마리노의 어조가 갑자기 기이하게 단호해졌기 때문이다. “저는 물론 제 행위에 대해 다른 사람들에게 해명해야 합니다.” 나는 고개를 돌리며 덧붙였다. “하지만 우리가 헤어지려고 하는 지금 처음으로 그것을 인정해야 하다니 유감이군요.”

마리노의 얼굴이 약간 창백해졌다. 그의 시선이 오만하고 엄격한 빛을 띠며 내 눈을 똑바로 쳐다보았다.

“나는 정청에 대해 말하는 게 아니야. 정청은 자기 일이 있고, 그것에 대해서는 나보다 정청이 더 잘 설명해 줄 거라고 생각하네. 더구나 나는 그것에 대해 자네에게 말해 줄 게 있어. 그건 조금 이따 이야기하지. 나는 지금 오르세나에 대해 말하고 있어.”

“오르세나를 대변하고 계시다는 말씀입니까?”

노인은 한동안 어찌나 강렬하게 집중했던지 그의 손은 마치 버려진 노처럼 끌리며 모래 위에 기계적으로 작은 고랑을 팠다.

“혈통이 전부가 아니야, 알도.” 그가 느리고 진중한 목소리로 말했다. “자네의 피는 쉽게 끓어오르지. 이곳에서 자네가 명문가 출신이라는 사실을 모르는 사람은 아무도 없네. 하지만 나는 여기서 나이를 먹었어." 그는 아득하고 마치 안개가 낀 것 같은 눈빛으로 말을 이었다. "여기는 내 땅이야. 난 눈을 감고도 걸어 다닐 수 있고, 모든 언덕의 이름을 알아. 그리고 바로 이런 연유로 나는 오늘 자네에게 이야기해 줄 게 있어. 오르세나는 도박사의 손에 쥐어진 카드가 아니네."

"르두타블에 저 혼자만 있었던 게 아닙니다." 나는 잠시 침묵을 지키다가 말했다. "일이 이 지경에 이르고 보니 사령관님께서도 저 못지않게 잘 알고 계실 테지만, 어떻든 일은 일어났을 겁니다. 사령관님께선 숙명에 속하는 일을 제 탓으로 돌리고 계십니다." 나는 약간 호언장담 조로 덧붙인 뒤 나도 모르게 금세 얼굴이 붉어지는 것을 느꼈다.

"목매달아 마땅한 숙명들이 있지." 노인이 기이하게 격한 어조로 잘라 말했다. "아직 시간이 있다면 말이야. 나는 자네를 생각하고 말하는 게 아니야, 알도." 그가 혼란스러운 목소리로 덧붙였다. "자네도 잘 알 거야."

그는 변명하는 듯한 손짓으로 나를 진정시켰다.

"자네는 여기서 살 수 없었나?" 하고 강렬하면서도 소심한 호기심이 깃든 표정으로 나를 뚫어지게 바라보며 그가 말했다. 서투르고 절망적이나마 그는 난생처음으로 닫힌 문을 두드려보기로 마음먹고, 다른 빛을 향해 열린 틈에 그의 근시안을 맞추려 애쓰는 것처럼 보였다.

"그렇습니다." 하고 내가 대답했다. "저는 그럴 수 없었습니다. 마렘마도 카를로 노인도 마찬가지였습니다."

나는 노인의 이마가 어두워지는 것을 보았다.

"카를로 노인…… 그래." 그는 별안간 생각에 잠긴 표정으로 말했다. "그날부터 나는 두려웠어. 바로 그날 무엇인가가 무너졌어. 마치 붕괴되듯 말이야. 그런데 이유가 무엇이었을까?"

그는 나를 향해 멍한 시선을 쳐들었다. 그것은 이해할 수 없는 주인의 손짓에 충실하고자 하는 개의 순종적이고도 필사적인 시선이었다.

"뭐라고 말씀드리기가 힘들군요……."

나는 시선을 돌려 무심히 바다 쪽을 바라보았다. 그 신뢰와 겸손함에 대해 말할 수 없는 거북함을 느꼈던 것이다.

"……사령관님은 어떻게 여기서 그토록 오랜 세월을 사실 수 있었습니까. 맞은편에…… 그것이 있다는 걸 알면서 말입니다. 마치 아무 일도 없는 것처럼."

"나는 아득하고 의심스러운 일에는 취미가 없어." 마리노가 확고한 어조로 말했다. "줄이 끊어졌지. 끊어진 게 잘된 일이었지. 모든 것은 나에 앞서 일어났고, 모든 것은 내 뒤에도 지속될 수 있었어. 그랬어. 오르세나가 있고, 해군기지가 있고, 그다음엔 바다가 있었어. 빈 바다……." 하고 노인은 마치 혼잣말을 하듯 소금기 섞인 바람에 눈살을 찌푸리며 말했다.

"그다음에는요……. 그다음에는 아무것도 없었습니까?"

"그다음엔 아무것도 없었지." 그가 내 쪽으로 몸을 돌려 말한 뒤 내 눈을 똑바로 쳐다보았다. "어떤 것이 자네한테 아무것도 기대하지 않는데 왜 자꾸 그것을 생각하려는 거지?"

"해군기지, 바다, 그리고 아무것도……." 하고 나는 되풀이하며 그에게 난감한 눈길을 던졌다. "어제, 그리고 오늘, 그리고 오늘 저녁…… 그다음엔 아무것도 없단 말입니까?"

"자네에겐 부조리할 거야. 자네는 젊기 때문이지." 이상한 강렬함이 느껴지는 목소리로 마리노가 말을 이었다. "나는 늙었고, 수도 또한 매우 늙었네. 행복이라는 것, 평온이라는 것, 그것은 너무나도 문질러댄—너무나도 생각한—결과, 둘레의 많은 것들을 올이 보이도록 마멸시킨 것에 다름 아닌 때가 오지. 이게 바로 늙은이들의 이기심이라는 거네." 그는 모호한 미소와 함께 덧붙였다. "그들 주위의 많은 것들이 얇아진 만큼 그들은 두꺼워졌을 뿐이야. 그들 자신은 마모되지 않아. (대위는 완고한 표정으로 고개를 끄덕였다.) 주위의 것들이 그들에 의해 마모되지."

"오르세나는 머리를 모래 속에 파묻은 채 영원히 살 수 없었습니다." 하고 나는 격정적인 어조로 외쳤다. "갑갑함을 느끼지 않은 채 여기서 살 수 있었던 것은 오로지 사령관님뿐입니다." 나는 일종의 증오와 함께 계속했다. "파브리치오마저도 기회가 오자 떠났습니다. 그는 이유를 몰랐지요. 하지만 떠났습니다. 카를로 노인도 그렇게 했을 겁니다. 아실 테지만 말입니다. 더는 불가능했으니까요."

"그렇지 않아, 알도." 그가 명민한 평온함이 감도는 어조로 말했다. "가능했어. 자네가 그걸 이해할 수 없는 건 자네가 이곳 사람이 아니고, 또 앞으로도 이곳 사람이 아닐 것이기 때문이야. 하지만 오르세나로부터 피를 물려받은 사람들에게는 단지 존재한다는 사실만으로도 다른 곳에 있는 것, 그리고 나중에 있을 것에 대한 하나의 중대한 이의 제기가 된다네. 여기. 지금. 중요한 건 바로 이것이지. 오르세나는 모든 것이 도달한 자리에 있어." 마리노는 무겁고 어색한 확신의 몸짓으로 고개를 끄덕이며 말을 이었다. "오르세나는 더 이상 생각할 거리를 주지 않았어. 그것은 눈을 뜨고 생존할 뿐이었지."

"가까스로요." 하고 내가 씁쓸히 대꾸했다. "사령관님께선 오르세나에 대한 신뢰가 지나치십니다. 죽은 사람들도 손을 대지 않으면 눈을 뜬 채로 누워 있어요. 오르세나는 눈을 뜬 채로 잠자고 있었습니다."

"하지만 그 잠은 영원히 계속되었을 거야." 노인은 기원 또는 기도의 어조로 말하며, 사념에 잠긴 시선을 바다 위로 흘려보냈다. "자넨 해방이라는 것을 몰라. 그건 그 너머에 아무것도 없는 상태를 뜻한다네."

그는 손으로 모래사장을 가리켰다. 바닷물이 차올랐다. 그것은 우리 가까운 곳 모래 위로 스치는 소리를 내며 침을 흘리는 듯한 모양의 납작한 물거품 띠를 매끈하게 다듬었다.

"누워 잠자기 좋은 땅이지." 하고 그가 무겁고 거의 유기적인 몽상에 빠진 채 말했다. 그런 상태는 그가 극도로 주의를 집중하는 것처럼 보였다. 그는 일종의 미망 상태에서 말을 이었다.

"……여기 묻히는 날이 온다면 얼굴 위에 내 두 손으로 흙을 덮어도 그다지 무거울 것 같지 않아. 내가 그것에서 가져온 무게만큼 가벼워졌을 테니까."

나는 고갯짓으로 마리노에게 묘지를 가리켰다. 낮은 지평선 위에서 그것은 돌담 안의 모래 위에 그려진 가느다란 검은 선에 지나지 않았다.

"오르세나는 저기 있어요!" 내가 그의 팔을 잡으며 말했다. "묘지 흙을 뿌려놓은 곳이라면 어디에나 있지요. 보호하고자 하시는 게 저것입니까?"

"오르세나는 지속해 왔다네." 하고 노인이 종교적인 떨림이 깃든 목소리로 말했다.

그는 불안한 장님의 시선을 내게로 돌렸다.

"……여기에서는 시체 하나가 구덩이에 떨어지면 수억의 해골들이 모랫바닥까지 전율하며 생기를 되찾는다네. 마치 죽은 아이가 내려와 누르는 것을 땅속의 어머니가 자기 위로 느끼는 것처럼 말이야. 이것 말고 다른 형태의 영원한 삶이란 없어."

"아닙니다." 하고 나는 얼굴이 창백해지면서 그에게 말했다. "다른 게 있습니다. 하지만 너무 늙은 도시에서 마지막으로 태어난 자들에게는 저주가 걸려 있습니다."

"오르세나는 늙지 않았어." 하고 노인이 음색 없는 목소리로 잘라 말했다. "그것은 나이가 없을 뿐이야. 나처럼."

그는 혼잣말을 하듯 이 사이로 수도의 표어를 중얼거렸다. 순간 나는 눈부심을 느끼며 눈을 깜빡거렸다. 한순간 그의 말이 사실로 느껴졌고, 내가 보는 앞에서 그의 육중한 실루엣이 놀라운 부동성 가운데 마비되고 굳어지는 듯했다.

"더 이상 할 이야기가 없는 것 같군요." 하고 나는 자리에서 일어나 신경질적으로 몸을 흔들었다.

우리는 침묵 속에서 다시 걷기 시작했다. 해는 벌써 맑은 하늘 낮은 곳에 내려와 있었다. 내륙 쪽에서는 안개가 붉은 지평선을 뒤덮고 있었다. 가끔 여러 주에 걸쳐 사막의 숨결을 실어 오는, 유리처럼 맑고 건조한 바람이 예고되는 날들 가운데 하나였다. 밀물이 사구 밭치에 남겨놓은 좁은 모래 띠 위에서 우리는 아무 말 없이 걸음을 서둘렀다. 어서 빨리 대화를 끝내고 싶은 마음뿐이었다.

"성채에 들렀다 갈까." 마리노가 짤막한 어조로 내게 말했다. "손보아야 할 부분과 관련해서 자네에게 지적해 두고 싶은 게 있어. 내 생각에는 후임자가 올 때까지 자네가 이곳을 책임지게 될 것 같아. 전력 보강이 이루어질 거야." 그는 완벽하게 중립적인 어조로 덧붙였다. "내가 통보받은 바에 따르면 일주일 안에 두 척의 포함이 도착할 테고, 해안의 포대가 정비될 거야. 이를 위해서는 육지에서도 몇 가지 조치를 취해야 하겠지. 식량 재고품을 채우고, 정비하는 동안 사람들을 재울 임시 거처를 마련해야 해."

"전력 보강이라고요……." 하고 내가 마리노를 향해 미심쩍은 눈을 쳐들며 말했다. "무엇인가를 예상하고 있는 겁니까……?"

"모르겠네." 하고 그는 무거운 목소리로 잘랐다. "나는 아무 말도 못 들었어. 오르세나에서 무엇인가 일어난 게 분명해……. 전혀 모르는 사람들과 이야기한다는 느낌이 들었어."

"그게 무슨 말인가요?"

나는 걸음을 멈추었다. 가련한 목소리에서 감지되는 어떤 고뇌가 내게 신호를 보내며, 마리노가 혼란 속에서 어렴풋이 내게 구조를 요청하고 있다는 사실을 알려주었다.

"오르세나의 무엇인가가 변했어." 하고 노인은 말했다.

그는 가련하고 허약한 몸짓으로 천천히 어깨를 흔들었다.

"머리 쪽에서요?"

"아니, 머리는 아니야, 알도. 내가 아는 한에서는……."

그는 고개를 숙이며 가슴 위로 턱을 무겁게 떨어뜨렸다.

"……심장이야. 폭풍우에 앞서 나쁜 바람이 불기 시작할 때처럼 심장이 위축되고 있어. 자네는 모래 폭풍이 일기 시작할 때의 사막을 모르지……. 눈이 따가워지고 충혈되어 아무것도 분명하게 보이지 않네. 신경은 긴장되고 목은 마르는 가운데 지평선을 뚫어져라 응시하면서 폭풍이 벌써 자네 위에 와 있길 바라지."

기계적인 동작으로 노인은 안개 낀 지평선을 탐색하는 것처럼 바람에 눈을 찌푸렸다.

"……때가 좋지 않아." 하고 그는 말을 이었다. "시르트 농장들에 임대된 우리 병사들은 그것을 모래의 요동이라 불렀지."

마리노는 한숨을 쉬고 나서 잠시 침묵했다.

"……하지만 자네는 아마 알 수 있을 거야." 하고 마침내 그가 공손한 수줍음의 뉘앙스가 감도는 어조로 말했다. "정청에서 자네의 말을 듣고 싶어 해. 우편물과 함께 자네에 대한 소환장도 가지고 왔어."

"무엇에 대한 소환이랍니까?"

"자네가 알고 있는 것에 대한 소환이지. 자네를 소환하는 것은 보안평의회야."

마리노의 입술에서 떨어지는 그 이름에는 오르세나에서 두려운 미지의 권력을 상기시킬 때 거의 의례적으로 따라붙는 어떤 그늘진 뉘앙스가 배어 있었다.

"그렇다면 심각하군요?" 하고 나는 그에게 눈빛으로 질문을 던지며 고뇌에 찬 목소리로 말했다.

"그렇다네." 그가 걸음을 멈추고 나를 향해 천천히 눈을 들며 말했다. 그는 마치 램프 불빛에 내 얼굴 선을 하나하나 뜯어보는 듯했다. "자네가 어떤 사람인지 알고 있는데도 자네를 소환한다는 사실에 나는 몹시 놀랐어. 평의회는 서면으로만 심의하는데 말이지. 아무튼 모든 건 그날 결정될 거야."

마리노의 눈에 한층 심각한 어떤 빛이 지나가는 게 보였다. 거기에는 온갖 혼란스러운 감정들이 담겨 있었다. 그것은 미지의 힘 앞에서의 공포, 공황에 가까운 공포의 감정인 동시에, 그 힘과 마주하게 될 사람과 함께 있으면서 느끼는 일종의 불안한 경의(敬意) 같은 것이었다. 마치 나를 통해 도시의 마지막 심급(審級), 그것의 검은 심장을 맹목적인 경배 가운데 접촉하기라도 하는 것처럼 말이다.

"……자네가 그들에게 말할 게 더 이상 아무것도 없을까?" 그가 자신도 모르게 질식하는 목소리로 덧붙였다. "아직 모든 것이 결정된 건 아니야……. 제발……." 하고 그는 마침내 눈을 내리깔며 말했다.

"무슨 말을 한단 말입니까?"

나도 모르게 나는 어깨를 올렸다.

"……일에 끼어들어야 하는 때가 있고, 그냥 내버려두어야 하는 때가 있습니다. 최근에 일어난 일은 저를 매개로 삼았습니다만 이제 제 손을 떠났습니다. 모든 것은 저 없이 이루어질 겁니다."

우리는 다시 걷기 시작했다. 대위는 또 한 번 침묵 속에 빠졌다. 그는 마치 침묵하기로 작정한 사람 같았다.

겨울날 오후 늦은 시간이면 성채의 통로는 벌써 어두웠다. 줄곧 침묵을 지키던 마리노는 경비실에 걸려 있는 램프에 불을 붙였다. 누런 수증기를 겨우 통과하는 빛에 비친 그의 얼굴과 라이터를 켜는 열에 들뜬 듯한 손동작에서 나는 평소와 다른 신경 상태의 징후를 읽는 것 같은 느낌이 들었다. 파브리치오의 수리 작업에도 불구하고 겨울이면 언제나 벽 위로 차가운 습기가 흘러내렸고, 나는 마리노의 어깨가 무거운 군용 외투 아래서 파르르 떠는 것을 한 번인가 두 번 분명히 보았다.

"내일 다시 오시지요." 하고 내가 그에게 말했다. "급할 것 없습니다. 저녁 날씨가 쌀쌀하군요."

"아니야." 하고 대위는 고개도 돌리지 않은 채 이 사이로 말했다. "금방 끝날 거야."

램프의 불빛은 희끄무레한 어둠을 겨우 뚫었다. 하지만 유리 깨지는 소리처럼 울려 퍼지는 공허한 목소리의 진동 속에서 문득 궁륭의 높이가 어둠을 가로질러 우리에게 밀려왔다.

"오늘 저녁이라고 해서 특별히 마음을 끄는 장소처럼 보이기 때문은 아니네…….” 하고 그가 관광객에게 방들을 보여주기라도 하듯 호의적으로 울리는 목소리로 덧붙였다. 그는 좋은 기분으로 돌아온 듯했는데, 그것은 팽창적인 동시에 거의 불안해 보였다. “하지만 이건 내 마지막 순찰이야. 게다가,” 하고 그는 램프를 일렁이는 한편 나를 흘끗 곁눈질하며 덧붙였다. “자네도 좋아하는 것 같아서.”

그는 문득 걸음을 멈추었다. 그의 램프가 궁륭에 조각된 두루마리 장식을 희미하게 비추었다.

“……인 산기네 비보…….(In sanguine vivo…….)” 하고 그가 박자에 맞추어 음절을 해독하듯 한 자 한 자 더듬거리며 읽었다. 나머지 구절은 불명료하게 연장된 중얼거림 속으로 사라졌다. 이러한 그의 태도에는 확실히 비정상적인 무엇인가가 있어 나는 짜증이 나기 일보 직전이었다.

“그런데요?” 하고 나는 거의 무례한 조바심을 드러내고 그를 바라보며 말했다.

“의미가 분명하지 않아, 알도.” 하고 그가 내 팔을 건드리며 목구멍에서 나오는 목소리로 말했다. “그렇게 생각해 본 적 없어? 두 가지 의미가 똑같이 가능해. ‘도시는 국민 속에서 살아남는다.’도 되고 ‘도시는 필요에 따라 국민에게 피의 희생을 요구한다.’도 돼.”

“그런 주석이나 달 때가 아니지 않습니까, 안 그래요?” 나는 점점 더 조바심을 느끼며 잘라 말했다. 일각일각 나는 마음이 더욱 불편해지기만 했다. 마리노의 눈에는—그것은 유령 같은 조명의 반영이었던가?—그 우스꽝스러운 대화를 부인하는 불길하고도 고정된 무엇인가가 있었다.

우리들 사이의 바닥에 놓인 램프는 입김의 훈륜으로부터 얼굴을 겨우 끄집어냈다. 길게 늘어난 우리의 그림자는 높은 궁륭 쪽으로 사라지며 활처럼 구부러졌다. 외투 깃과 목 사이로 돌에서 하나 둘 떨어지는 차가운 물방울들이 흘러들었다.

“좋을 대로 하게나.” 노인은 더 이상 고집을 피우지 않았다. 그는 다시 램프를 집어 들고는 엉덩이가 빠진 긴 걸음으로 걷기 시작했다.(음습한 날이면 대위는 옛 상처의 통증이 되살아나곤 했다.) 우리의 그림자가 다시 한 번 일렁였다. 마리노는 금속이 부딪치는 요란하고 차가운 소리와 함께 아무 말 없이 녹슨 자물쇠를 돌리며 하나씩 하나씩 문을 열었다. 수 세기 만에 문이 열린 포곽들로부터 곰팡이 슨 이끼와 썩은 쇠붙이의 밀도 높은 냄새가 얼굴을 향해 튀어 올랐다. 여러 세기에 걸친 유독성 부패가 가미된, 발효되지 않은 그 차가운 냄새는 구역질을 일으켰다. 나는 아무 말 없이 이 방에서 저 방으로 마리노를 좇았다. 우리의 묵직한 장화가 악취 풍기는 짚 더미를 스펀지처럼 눌러댔다. 무거운 침묵이 흘렀다. 램프의 불꽃이 구역질 나는 공기 속에서 탁탁 소리를 내고 타오르며 검은 그을음을 냈고, 더러운 궁륭에서는 수상쩍은 그림자들이 들끓었다. 무거운 잠자리에서 동요된 거인이 내밀한 관(棺) 냄새를 그토록 공격적으로 발산한다는 사실에는 어떤 음산한 전조 같은 게 있었다.

“오르세나의 냄새로군요.” 하고 내가 적대적인 어조로 던지듯 말했다.

마리노는 아무 말 없이 램프를 일렁였고, 문득 이상한 미소가 그의 입술에 떠올랐다. 그것은 해도실에서 보았던 바로 그 미소였다.

"포상(砲床)의 대포를 보는 일이 남았군." 하고 그가 졸린 목소리로 말했다. "교체할 것들이지."

일단 건물 내부로 들어오게 되면 미궁을 방불케 하는 성채의 수많은 경사면과 계단들 때문에 정확히 몇 층에 와 있는지 알기가 매우 어려웠다. 그러나 놀랍게도 문득 외투 자락이 바닷바람에 펄럭였다. 포곽의 입구들로 생각했던 왼쪽의 움푹 들어간 불투명한 어둠이 사실은 더 이상 사용하지 않는 일련의 포안(砲眼)들이었던 것이다. 마리노는 가로놓인 어둠 덩어리 위에 램프를 놓았다. 바다에서 온 바람이 갑자기 불꽃을 요동치게 했고, 한 줄기 빛이 불룩한 금속 표면을 화살처럼 미끄러졌다. 대포와 포좌(砲座)를 채 알아보기도 전에 나는 그 많은 모퉁이를 돌아 대위가 나를 데려온 곳이 어디인지 알 수 있었다.

"오늘 밤은 잠잠할 거야. 하지만 내일은 바람이 불겠군." 하고 마리노가—반박을 허용하지 않는 어조로—포안에 머리를 내민 채 자신도 모르는 사이에 공기의 냄새를 들이마시며 기계적으로 말했다. 그러나 때와 장소가 미소 짓고픈 욕구를 얼어붙게 했다.

어둠이 완전히 내려 사방은 이제 무척 어두웠다. 우리 아래쪽의 푸르스름한 안개 너머에서 포플러 잎사귀 소리와도 같은, 가볍게 스치는 고요한 물소리와 살갗을 파고드는 습기 찬 바람이 올라왔다. 포안에 머리를 내밀면서 나는 오른쪽으로 미동도 않는 방파제의 빛을 볼 수 있었다. 이따금 날카로운 빛이 석탄 더미에 들러붙으며 한적한 밤을 관통했다. 밤은 끝나지 않을 것 같았다. 모든 사물이 암흑의 덮개가 마련해 주는 검은 내밀함 속에서 휴식을 취하고 있었다. 잠든 불빛들은 별 같은 고요와 고정성 가운데 안개 속을 항해했다. 변한 건 아무것도 없었다. 해군기지는 닻을 내리는 사물의, 혹은 악몽에서 깨어나기 위해 더듬는 벽의 이루 형언할 수 없는 평온을 되찾고 있었다.

"내가 해도실에 있는 자네를 발견했던 날 저녁을 기억하나?" 하고 마리노가 낮고 맑은 목소리로 말했다.

"저를 이곳에 데려오셨던 날과 마찬가지로 생생히 기억합니다……."

나는 마리노를 향해 돌아섰다. 어스름한 미광 속에서 그의 모습은 잘 분간되지 않았다.

"……아직도 이해할 수 없는 게 하나 있습니다. 그날 저녁 무엇 때문에 그토록 놀라셨는지요?"

"자네의 시선 때문이었어." 하고 마리노가 분명한 목소리로 말했다. "그 시선은 너무 많은 것을 잠 깨웠지. 나는 자네의 바라보는 방식을 좋아하지 않았어."

"하지만 나는 자네를 좋아했네, 알도." 하고 그가 증언이라도 하듯, 문득 이상하게 심각한 어조로 말했다.

마음이 흔들린 나는 눈을 돌려 바다 쪽을 바라보았다.

"맞습니다." 하고 내가 말했다. "이곳에 우리 둘을 위한 자리는 없었습니다."

"그래." 그가 억눌린 목소리로 말했다. "자리가 없었어."

잠시 침묵이 흘렀다. 갑자기 목덜미에, 그리고 이어서 양쪽 어깨에 누가 총구를 들이대기라도 한 것처럼 뻣뻣한 느낌이 들었다. 동시에 절박하고 난폭한 위험의 감정에 내 가슴이 멎는 듯했다. 나는 순간적인 탄력으로 허공 가장자리의 낮은 테두리 돌을 움켜쥐며 바닥에 엎드렸다. 그때 무거운 숨결과 함께 무엇인가 내 다리에 걸려 비틀거리더니 테두리 돌을 긁으며 내 위로 넘어졌다. 나는 돌 위에 웅크린 채 어깨 사이에 머리를 파묻었다. 초자연적인 침묵이 흐르는 일순간 나는 심장이 멎는 것만 같았고, 이내 둔한 소리와 함께 몸뚱이 하나가 고요한 물을 무겁게 때렸다.

나는 한동안 꼼짝도 하지 않고 그대로 있었다. 덫처럼 잠겨버린 절대적인 공허의 침묵과 머리를 마비시키는 열기 앞에서 심연 위로 몸을 기울인 나는 기계적인 동작으로 손을 머리로 가져갔다. 마치 그것이 천들로 뒤덮여 있기라도 한 것처럼 말이다. 이윽고 나는 서두르지 않고 천천히 몸을 세운 뒤 부조리한 의혹의 몸짓으로 서서히 램프를 들어 올렸다. 누런 빛이 물에 젖은 돌 위를 미끄러지며 어둠 위로 텅 빈 포안의 윤곽을 거칠게 드러냈다. 그 공허가 어찌나 마음에 걸렸던지 나는 액자 뒤 벽에 난 구멍을 더듬듯 맹목적인 동작으로 돌의 가장자리를 더듬었다. 그러나 거기에는 아무도 없었다.

수색 작업은 밤늦게까지 계속되었다. 선착장에 있던 보트를 비롯하여 해군기지의 사용 가능한 모든 선박, 심지어 르두타블의 구명보트들까지 동원되었다. 해안의 소란에 놀란 당직병들이 자진해서 그것을 물 위로 내렸던 것이다.

무거운 습기 속에 탁탁 소리를 내며 타오르는 횃불을 들고 배 앞쪽 끝에 버티고 선 사내가 이따금 안개로부터 출현하여 기름을 바른 듯한 고요한 물 위를 환영처럼 미끄러지곤 했다. 목구멍에서 나오는 외침들이 오랫동안 고요한 어둠 속을 교차했다. 그러나 고뇌는 점차 아직 채 믿어지지 않는 체념에 자리를 내어주고 있었다. 시체는 다시 떠오르지 않았다. 지오반니는, 그리고 수색 작업의 덧없음이 점점 분명해짐에 따라 거의 모두는, 대위가 의식을 잃자마자 무거운 의복과 장화가 그를 석호의 끈적끈적한 진흙 밑바닥까지 끌고 내려갔을 것이라고 생각했다. 지금까지 알려진 바에 따르면 거기에서는 어떤 시체도 다시 떠오른 적이 없었다. 사고에 대한 내 설명, 즉 대위가 대포의 앞부분을 돌아가려다 습기 찬 돌 위에서 미끄러졌다는 말을 의심하는 사람은 아무도 없는 듯했다. 그러나 내게는 하나의 감춰진 의미가 이 흔적 없는 실종에 결부되고 있었다. 내가 보기에 해군기지에서 살았다기보다 잠자는 대지의 정령처럼 그것을 깊이 사로잡았던 대위는 잠든 석호의 품으로, 검은 밤의 품으로 이행(移行)한 것 같았는데, 그 방식이 어찌나 수상쩍은 것이었는지 해군기지에서의 삶이 내게 그 의미를 반쯤 열어 보여준 징후들의 가치에 그것을 결부시키지 않을 수 없었다. 그것은 무거운 물과 곰팡이 슨 돌의 정령 자체가, 다시 말해 시간이 그 고동을 마비시켜 버린 정령이 정해진 시각, 정해진 장소에서 검은 심연의 도피처로 되돌아가 자기 위로 동의(同意)와 잠을 봉인해 버린 것과도 같았다.

12 도시의 숨은 뜻

나는 음울한 저녁이 끝나갈 무렵 오르세나에 도착했다. 덜컹대는 젖은 길이 내 기분을 고약하게 했다. 이번에는 낮에 여러 시간 동안 차를 타고 가로지른, 황량하고 고독한 텅 빈 벌판이 내게 불길한 예감을 불어넣었다. 오르세나가 임종을 향해 다가가는 그 순간, 비 내리는 적막한 길의 회색 하늘과 양 우리들이 무너지는 초췌한 모습에서 나는 그것이 얼마나 가난하고 허약한지 읽을 수 있을 듯했다. 나는 또한 추위에 떠는 초원을 휩쓰는 바람에서 도시 위를 지나가는 파괴의 날개를 느끼는 것만 같았다. 내 시선이 바뀌었다고 말할 수도 있으리라. 풍경들을 통해 시선을 놀라게 하는 것은 이제 더 이상 물렁물렁한 대지에 묵직하게 박힌 도시의 움직임 잃은 발톱도, 대지의 닳고 닳은 얼굴이 영원의 사념을 내비치게 하는 모든 덧없고 예기치 않은 것의 지움도 아니었다. 오늘 대지는 불길한 구름

낀 하늘 아래 겁을 집어먹은 채 얇아지고 있었다. 하늘은 문득 모든 자리를 차지한 것 같았고, 고독에 탈진한 삶은 자신의 너무 오랜 기억 속에 묻혀 호기심이 잠든 빈 시선을 마침내 산발(散髮)한 형태들을 향해, 대지 위를 바람과 함께 달려가는 전조들을 향해 돌리고 있었다. 우편물을 싣기 위해 멈춘 초라한 우편역(郵便驛) 건물 근처에는 이따금 작은 무리들이 모여 있었다. 초원 목동들 특유의 무기력한 반추에 몰입한 그들은 외투 구실을 해주는 무거운 모포를 감은 채 줄줄 흘러내리는 소나기조차 아랑곳하지 않고 거기서 밤을 지샜음이 분명했다. 그들은 말하지도 않고 바라보지도 않았다. 가느다란 물줄기가 마치 분수의 대리석 위를 흘러내리듯 모자에서 코로 흘러내렸다. 우리가 탄 자동차가 천천히 움직이기 시작할 때 그들은 비로소 조금의 서두름도 없이 멍한 눈동자를 우리 쪽으로 돌렸다.

"저 사람들은 무얼 하고 있는 겁니까?" 하고 내가 자루들을 싣는 동안──거의 그들만큼이나 허름한 몰골을 하고 있는──역장에게 물었다.

그는 진력난 표정으로 어깨를 올렸다.

"오! 소문들! 소문들 때문이지요! ……죄다 바보 같은 말들뿐입니다!" 그가 손으로 허리춤을 짚고 화난 표정으로 무리를 노려보며 큰 소리로 덧붙였다. "저 불쌍한 머리들 속에서 무슨 생각이 생겨나는지 상상하기란 매우 어렵습니다." 그는 비밀 얘기를 하는 듯한 어조로 내 귀에 속삭였다. "그들은 이곳에서 외롭게 살지요……. 보시다시피 저들은 세상의 종말, 아니면 그와 비슷한 무엇인가를 기다리고 있습니다. 아! 일이 도무지 손에 잡히지 않는 눈치입니다. 저들이 달에서 징조들을 보았다고 한다면 믿으시겠습니까? 안 그런가, 파우스토?"

그는 내 쪽을 향해 동정 어린 눈을 깜빡여 보이며 한 목동의 어깨를 토닥였다. 목동은 신중한 표정으로 고개를 끄덕였다.

"그래요, 징조들……." 하고 그가 녹슨 자물쇠 같은 목소리로 말했다. "나쁜 징조들이지요……. 죽음은 (그는 머리를 설레설레 흔들며 더욱 높은 늙은 목소리로 흥얼거리듯 말했다.) 죽음은 물 위로 오는 화염 속에 있도다. 오르세나의 명운은 칠칠 사십구 일 안에 끝날 것이다."

"여기서 꺼져, 망나니들 같으니!" 하고 흥분한 역장이 소리쳤다. 그는 목동들을 향해 돌을 던지기 시작했다. 그러나 단지 비가 좀 더 강해진 것처럼 무리는 느릿느릿한 걸음으로 몇 발짝 물러서더니 다시 한 번 얼빠진 기다림 속에 굳어졌다.

"저들을 길에서 쫓아낼 수가 없어요!"

역장은 벌겋게 달아오른 이마의 땀을 훔쳤다.

"늙은 까마귀 같은 놈들아!" 하고 그는 몹시 화가 나서 외쳤다. "'죽음은 물 위로 오는 화염 속에 있도다.' 한마디로 소름 끼칩니다." 그가 문득 불편함을 느끼며 말을 이었다. "저는 여기서 아무 일도 일어나지 않고, 또 아무도 지나가지 않는다는 사실을 잘 압니다. 하지만 그런 저 자신조차도 부지불식간에 길모퉁이를 바라보는 때가 있어요."

차는 출발했다. 나는 내 뒤에서 역장이 한 번 더 맥 빠진 손으로 두세 개의 돌을 습관처럼 던지는 것을 보았다. 긴 외투들은 거의 움직이지 않았다. 나는 그런 실랑이가 어제오늘의 것이 아님을 깨달았다. 역장 역시 자신의 마약을 찾은 셈이었다.

나는 저녁 늦게 오르세나에 도착했다. 나뭇잎 궁륭 아래의 큰길들은 적막하고 추워 보였다. 도시는 평소보다 빨리 문을 닫아거는 듯 여겨졌다. 낮은 구역에서는 저녁 이른 시간부터 늪지에서 오르는 안개가 길을 뒤덮고 있었다. 친숙한 썩은 내음이 무의식적인 손의 접촉처럼 내 얼굴 위로 지나가며 가슴을 저리게 했다. 나는 돌아온 것이었다. 차가 집 앞에 도착하자마자 아버지와 오를란도가 대문에 나타났고, 이웃의 몇몇 덧문이 지그시 열렸다. 두 사람의 날카로운 시선과 자물쇠를 더듬는 아버지의 열띤 손동작을 보며 나는 그들이 얼마나 절박하게 나를 기다렸는지 깨달았다. 내 기억에 아버지가 방문객에게 몸소 문을 열어준 적은 한번도 없었다.

"왔구나! 드디어." 그가 주체하지 못하는 감정으로 내 손을 잡으며 말했다. 그는 나를 성큼성큼 집 쪽으로 데려갔다. 오를란도는 본능적으로 우리 뒤에 서 있었다. 위압당한 그는 주역에게 자리를 내주는 것처럼 보였다. 나는 내 뒤에서 어색함과 존경심, 그리고 신중함으로 가득 찬 그의 시선이 내 목덜미를 누르는 것을 느꼈다.

도시가 가까워짐에 따라 나는 아버지와의 대면을 무척 두려워했다. 그의 격한 성격과 도시의 무위(無爲) 정책에 대한 각별한 애착을 잘 알고 있던 나는 내 일탈적 행위를 훤히 알고 있을 그가 맹렬한 비난을 쏟아 붓지나 않을까 겁이 났던 것이다. 그가 훈계 속에 즐겨 섞어 넣는 약간 연극적인 비장함은 미리부터 내 이를 시큰대게 했다. 나와의 관계 속에서 그는 언제나 (하지만 내가 그에 대해 어떤 친밀함을 갖는 걸 이만큼 방해한 것은 없다.) 연출하기를 좋아했다. 돌아온 탕자를 맞는 아버지의 역할이 지닐 수 있는 모든 솔깃한 측면을 나는 진작부터 너무나도 잘 느끼고 있었다. 나는 온 신경이 경직된 채 폭풍우를 기다렸다. 하지만 그것은 폭발하지 않았다. 간단한 저녁 식사를 마친 뒤 우리 셋은 불 옆에 앉았다. 약간 심각한 침묵이 감돌았다. 아버지는 시가에 불을 붙였다. 내가 예상하지 못했던 그 몸짓은 주체하기 힘든 달가운 흥분의 표지였다. 나는 푸른 눈에 감도는, 거의 불편할 정도의 생기가 그를 젊어지게 하고 있음을 보았다. 매 순간 그는 급격하고 다소 광적인 몸짓을 가까스로 자제하고 있는 듯했다. 나는 그의 조바심을 오해했음을 깨달았다. 그는 나를 보아서 대만족이었던 것이다. 이따금 나를 훑어보는 그의 독점욕 강한 눈빛에는 감미로운 만족감마저 감돌고 있었다. 마치 귀중한 소장품이 다시 유리 장식장 안으로 돌아오기라도 한 것처럼 말이다.

“알도, 요즈음 너와 관련하여 많은 이야기들이 오가고 있는 듯하구나.” 그가 마침내 운을 떼었다. 찌푸린 그의 눈은 아이 같은 기쁨을 가까스로 억누르고 있었다. “넌 이곳의 다소 공상적인 머리들에 불을 지폈어. 안 그런가, 오를란도?” 하고 입에서 시가를 거두며 그가 말했다. 그의 눈은 미소를 지었고, 오를란도는 점잔을 빼며 동의했다. 여론에 따라 생각하며, 멋진 저음의 목소리는 시대의 음정에 오르간의 울림을 주기 위한 것이라고 해도 과언이 아닌 아버지인 만큼 그 같은 환영은 여러 가지를 생각하게 했다. 나는 도시에 부는 바람과 관련하여 바네사가 했던 말을 상기했다.

"여기서는 사건에 대해 정확히 어떤 생각들을 하고 있습니까?" 하고 내가 좀 더 분명한 어조로 말했다. 게임에 들어가기로 작정한 나는 한숨을 쉬었다. 그것은 하얗게 지샌 불면의 밤들을 말했다. 아버지는 당신보다 의당 상황을 더 잘 파악하고 있어야 하지만 그렇지 못한 사람들에게 그것을 설명해 주는 일을 제일 좋아했다. "해군기지에는 상황을 제대로 파악하고 있는 사람이 아무도 없어요."

노인은 기침을 하며 목소리를 가다듬은 뒤 예언자 같은 자세를 취했다. 즉 수줍게 피하는 시선으로 천장의 코니스를 바라보며 외교적 명민함과 절제를 나타냈다.

"해군기지는 집행기관으로서 (그는 사물을 제자리로 되돌려 놓는 관대한 아이러니를 약간 곁들여 말했다.) 아무도 생각할 것을 요구하지 않지. 매우 보잘것없던 내 직무가 공식적으로 종료된 이후 나는 더 이상 평의회의 비밀에 관여하고 있지 않다.(과도하게 친밀한 어조와 줄임말은 절대로 친밀하지 않음을 암시했지만, 이 암시는 잘못된 것이었다.) 내가 너에게 줄 수 있는 것은 일에 얼마간 통달하고 또 숱한 격동을 헤쳐온 한 정신의 독립적이고 자유로운 —분명히 말하지만, 절대적으로 자유로우며 아무하고도 연루되지 않는(그의 목소리에는 전원으로 돌아온 신시나투스*의 쓰리면서도 정력적인 울림이 있었다.) 생각밖에는 없단다."

새로운 대화 상대자를 확신하지 못하는 그는 오를란도 쪽으로 고개를 돌렸다. 나는 체념한 듯한 친구의 표정에서 그가 일주일 전부터 아버지 연설의 시험대 역할을 했음을 알아차렸다.

"……네 친구 오를란도는 장차 우리 도시의 동량이 될 재목이다. 그러나 이따금 늙은이의 경험에서도 기꺼이 교훈을 얻을 준비가 되어 있지. 오를란도는 이번 사건에 대해 내가 어떻게 생각하는지 잘 안다. 요는 암초들 사이에서 중용을 찾아야 한다는 점이다. 그런데 내가 보기에는 정청의 행보에 불안한 데가 없지 않아. 그렇다, 알도." 하고 그가 수심에 찬 솔직함을 내보이며 말했다. "전통은 필경 존중할 만한 것이다. 하지만 그것이 정청으로 하여금 너무나도 자주 신중함을 무기력과 혼동하게 하는 것은 아닌지 내가 개탄하는 건 어제오늘의 일이 아니야. 오르세나에는 새로운 시대가 오고 있다." 그는 미래를 훤히 읽는 듯한 확고한 어조로 말을 이었다. "도시는 불필요하게 흥분함 없이, 그러나 모든 합당한 주도권을 갖고——신중함이 수반된다는 조건하에 나는 이것에 찬성한다——그것에 맞서야 해. 젊되 노련한 혈기가 필요하다. 착각하지 말도록

---

* Lucius Quinctius Cincinnatus. 5세기경에 살았던 로마의 국민 영웅. 밭을 갈다가 전시 독재자로 임명된 그는 전쟁을 승리로 이끈 뒤 다시 전원으로 돌아갔다고 한다.

하자. 상황은 심각하나 위급하지는 않다. 내가 두려워하는 것은 다른 시대의 관행에 길들여진 인물들이 과연 지금의 상황이 의심할 여지없는 분명함으로 부과하는 과업을 감당해 낼 수 있는가 하는 점이야. 그 과업이란 새로운 현실에 비추어 상황을 다시 고려하는 것이다. 네 친구 오를란도에게 여러 번 말한 것처럼, 날개 속에 얼굴을 묻고 잠자면서 새로운 현실이 하염없는 기다림의 대상으로만 남아 있을 거라고 생각한 것은 유치한 태도였어. '이웃의 우칼레곤 궁전도 이미 불타버렸다.'*라는 말을 사람들은 제때 들으려 하지 않았던 거지." 하고 그는 조소 섞인 표정으로 입을 비죽거리며 말했다. "나로서는 이런 상황이 올 것을 늘 예견해 왔다. 결정의 때가 와야만 했다. 지금이 바로 그때야. 그러나 우리는 무엇을 보고 있는가?"

그는 자신에게 유리하도록 뜸을 들였다.

"……우리 정원에 돌멩이 하나가 떨어졌다. 개구리들이 늪지처럼 울어대고 있어. 모든 외교의 기본인 '예비하기 위해 알고, 수행하기 위해 예비한다.'라는 규칙은 어디로 갔는가. 무기력은 경박함이 되어버린 게 아닌가?"

웅변의 물결이 아직도 한참 쏟아져 나올 것을 예감한 나는 피로를 핑계 삼아 대강 일어섰다. 오를란도는 서둘러 나를 좇았다. 노인은 잠시 주저하더니 수줍은 태도로 내 팔을 잡았다. 오를란도는 자신이 불편한 존재임을 눈치 채

* 베르길리우스의 서사시 『아이네이스』 2권 311~312행에 나오는 구절로서 아이네이스가 디도에게 트로이의 몰락을 묘사하는 문장 가운데 하나이다.

고 먼저 복도로 나갔다.

"……네 소환장이 와 있다. 보안평의회는 너에 대한 심문을 모레로 예정하고 있어." 하고 아버지가 빠른 목소리로 내게 말했다.

그는 쑥스러운 표정으로 기침을 했다. 그의 시선은 내 눈길을 피했고, 목소리는 갑자기 조급하게 더듬거렸다.

"……너한테 할 이야기가 있다, 알도. 너는 아마도 거기서 내 오래 친구인 다니엘로를 만나게 될 것이다……. 삼십 년 지기지……. 하지만 최근 들어서는 별로 볼 기회가 없었어……. 너에게 기꺼이 허락하고 싶은 것은—음……! 어조를 완화하고 필요한 만큼 조심하면서 말이야—오늘 저녁의 대화를 그에게 전해도 좋다는 것이다. 그리고 그에게 말해 주려무나. 다시 말해…… 모든 의기에 찬 사람들이 정청 곁에 있다는 사실을 상기시켜 주어라……. 한마디로, 내가 말하고 싶은 것은…… 나 또한 이 심각하나…… 위급하지는 않은 상황 속에서 도시를 위해 봉사할 준비가 되어 있다는 사실이다. 상황은 염려할 만하나 위급하지는 않다는 사실을 명심해라. 필요한 것은 용기, 냉정, 균형…… 경험이다. 그리고 대담함!" 하고 그가 잠시 멈추었다가 말했다.

나는 복도의 오를란도에게로 갔다.

"기력이 많이 약해지셨어." 하고 그가 객관적인 어조로 말했다. "하지만 보다시피 방향은 정확하게 간파하고 계셔."

"그런가……?" 하고 나는 그의 팔을 잡으며 말했다. 오랜 습관이 된 그 동작은 아버지의 갑작스러운 노쇠에 끔찍한 불안을 느끼던 나에게 커다란 위안이 되었다.

"그래." 하고 오를란도가 말했다. "'오르세나에 새로운 시대가 오고 있다.' 아버님은 이 말에서 당신의 두 번째 경력을 보고 계시지. 하지만 내가 보기에는 무엇인가 궤도에서 벗어나고 있는 것 같아."

"이 사건과 관련하여 사람들이 심각한 발전을 고려하고 있다는 말인가?"

내 가슴이 더욱 빠르게 뛰는 것이 느껴졌다. 오를란도는 잠시 말을 멈추고 곰곰이 나를 바라보았다. 어둠이 완전히 내려와 있었다. 게으른 바람이 정원의 나무를 휘저었다. 나뭇가지로부터 묵직한 물방울들이 떨어져 내렸다. 정중하고 우애 넘치는 그의 목소리는 차가운 억양을 유지했다. 나는 그가 망설이고 있음을 느꼈다.

"자네의 행위가 누군가에 의해 지시된 것인지 아닌지 나로서는 알 수가 없지만," 하고 그는 단정한 어조로 말을 이었다. "그 교전은 그것 자체만을 놓고 냉정하게 고려할 때 아무런 중요성도 지닐 수 없는 하찮은 것이야. 나는 정청의 의도에 대해서는 정확히 아는 바가 아무것도 없어. 비록, 누가 알아, 이곳의 모든 사람들이 그것을 주워섬겨 대지만 말이야. 하지만 분위기가 안 좋아……. 야릇하고 불안한 것은," 그가 눈을 내리깔고 시곗줄을 만지작거리며 계속했다. "처음으로 소식을 접했을 때 문제를 냉정하게 바라보는 사람이 거의 없었다는 사실, 바로 그거야."

"오르세나는 권태에 빠져 있지, 나도 알아." 하고 내가 어깨를 올리며 확신 없이 말했다.

"좀 이상한 말이긴 하지만 소식은 사람들에게 복음과도 같은 것이었어." 하고 오를란도가 생각에 잠긴 어조로 말했다. "그거 알아?" 그는 미소를 지으려고 애쓰며 내게 말했다. "해군기지 구석에 처박힌 채 자네는 유명 인사가 되었어. 아버님이 자네를 통해 정청에 당신을 천거한 것도 무리가 아니야."

"예전에," 하고 나는 아이러니컬하게 말했다. "자네는 거리의 여론을 그다지 중요하게 생각하지 않았던 것 같은데. 자네의 이론을 기억해. 방수벽…… 상층부로 몰려드는 민감한 의식……."

"나를 불안하게 만드는 것은 바로 그 상층부야." 생각에 잠긴 오를란도가 말을 이었다. "대개 정청에서 일어나는 일에 대해서는 얼마간 소문이 새어 나오기 마련이야. 나는 다른 사람들보다 그것을 거둬들이기 좋은 위치에 있지. 생각해 보게. 국가 기밀은 우리에게 대수롭지 않은 것이 되지 않았었나—알다시피 아카데미에서 우리는 그것을 비웃기까지 했어—그러나 모든 게 변했어. 얼마 전부터 일종의 고립이, 위축이 진행되고 있는 것 같아……. 자네도 보았지만 아버님은 다니엘로 옹에게 다가갈 수 없어 기분이 몹시 상하셨지."

"모레 그를 보게 될 거야."

오를란도는 생각에 잠긴 표정으로 나를 뚫어지게 쳐다보았다.

"내가 권세를 필요 이상으로 중요하게 생각하지 않는다

는 것은 분명한 사실이야. 하지만 나는 그를 만나는 자네가 부러워. 자네를 부러워할 사람은 나 말고도 얼마든지 있어."

"우상숭배로 돌아선 오를란도라?"

"정확히 말하자면 그런 것은 아니야." 오를란도는 눈썹을 찌푸리며 말했다. "농담은 아직도 여전해. 하지만 의미는 더 이상 같지가 않아. 스스로의 힘을 의식하며 농담을 하는 날이 있는가 하면, 어둠 속에서 자신을 안심시키기 위해 농담을 하는 날도 있는 법이야. 방금 내가 권세에 대해 말했지. 어쩌면 우리는 지금 권력이라는 게 정확히 무엇인지 배우고 있는지도 몰라."

오를란도는 말을 멈추고 내 어깨에 손을 얹었다. 나는 우리가 거기서 헤어질 것이란 사실을 알았다.

"네 주위를 잘 둘러봐. 며칠 동안 도시에 머무를 테니 말이야. 아무것도 변하지 않았어. 하지만 조명이 바뀌었다고나 할까. 폭풍우가 다가올 때의 피뢰침 끝처럼, 한번도 본 적 없는 빛이 몇몇 높은 지점에서 관찰되고 있어. 대지 전체는 자신이 보유한 에너지의 휘발성 강한 요소들을 응집하고 그것으로부터 빛이 뿜어져 나오는 것 같아. 사람과 사물들은 그대로야. 하지만 모든 게 변했어. 잘 봐."

나는 다음 날과 그다음 날 거의 온종일 시내를 돌아다녔다. 내가 돌아왔다는 소식은 빠르게 퍼져 있었다. 친구들이 나를 찾는 것은 말할 것도 없고 심지어—나는 놀랐다—전통적으로 우리 집안과 왕래가 없는 파벌들까지도 나를 초대했다. 오르세나에서는 몇몇 사회적 금기가 엄격함을 잃어버리고 있는 중이었다. 모두의 호기심은 나의 머나먼 원정에 집중되었다. 나는 정청에 먼저 제출해야 할 보고서 핑계를 대며 말을 아꼈다. 내가 살롱에 들어갈 때면 대개 갑작스러운 침묵이 감돌곤 했다. 사람들의 얼굴에서 읽을 수 있는 흥분의 표정으로 미루어볼 때 일종의 오르가슴에 가까운 그 불설은 시원한 바람처럼 환영받고 있음이 역력했다. 내가 떠날 때쯤이면 나를 초대했던 사람들은 까닭 모르게 진정된 눈치였다. 이따금 나는 내 말에 귀를 기울이는 얼굴들에서 전대미문의 표정을 발견하기도 했다. 눈동자들은 이례적인 적응을 위해 팽팽히 긴장된 것 같았다. 정상적인 시계(視界)에서 아주 멀리 떨어진 지점을 향하는 그 눈동자들은 극도의 피로 속에서 무장을 해제한 듯한 예외적인 표정을 드러냈다. 특히 여자들은 조금의 자제도 없이 그것에 자신들을 방임했다. 내 이야기의 진행에 귀를 기울이는 그들의 자화된 눈의 반짝임과, 남자들의 눈에서 드러나는 나에 대한 반감을 보면서 나는 여자에게 더 큰 감동과 열광의 저장고가 있음을 알 수 있었다. 평범한 삶은 이 저장고에 출구를 제공하지 못한다. 오로지 가슴을 변화시키는 심오한 혁명만이, 다시 말해 세상에 도래하기 위해서는 산모의 맹목적인 열기에 스스로를 오랫동안 적실 필요가 있는 혁명만이 그것을 해방한다. 지고한 역사적 탄생을 둘러싸는 아우라가 제일 먼저 여자들의 선택된 눈동자에서 읽히는 것도 바로 이런 이유에 근거한다. 이제 나는 어째서 바네사가 한 사람의 안내자로서 내게 주어졌는지, 그리고 일단 그녀의 그림자 속에 들어간 뒤 어째서 내 정신의 명료한 부분이 별 가치를 지니지 못하게 되었는지 알 것 같았다. 그녀는 자신의 온 무게로 고뇌의 문을 누르는, 재난과 어둠 너머로 예고되는 무엇인가에 지극히 신비스러운 방식으로 일단 동의하고 복종하는 성(性)에 속했던 것이다.

시르트 해의 사건과 관련하여 지금까지 — 매우 부정확하고 매우 불완전하게(바네사가 퍼뜨린 버전은 정설이 되어 있었다.) — 알려진 바에 대해 얼마나 보잘것없는 비판적 성찰이 이루어지고 있으며, 그에 대한 책임을 불공평하게 나누는 것에 사람들이 얼마나 무관심한지를(이는 나를 놀라게 하기보다 마음을 가볍게 했다.) 여기저기서 우연히 맞닥뜨린 대화들을 통해 확인한 나는 적이 놀라지 않을 수 없었다. 위계와 과거 공적에 대한 세심하고 좀스러운 숙고는 그때까지 우리에게 정치적 성찰의 공통된 기초를 이루었다. 비할 데 없는 양의 부와 경험이 축적된 세기들의 거의 물질적인 무게에 짓눌린 사람들은 다소 본능적으로 그것의 상속자를 자처하고 또 그것을 바탕으로 행동했다. 조상들의 오랜 혈통에 대한 — 다른 곳에서보다 더욱 생생하게 느껴지는 — 친근감 혹은 공모 의식은 모든 자발적인 변화를 향한 시선을 석화시키면서, 고정되고 비옥한 지속에 대한 고려가 품어내지 않은 온갖 추론을 의미 없는 것으로 만들었다. 각자에게 진정한 중요성을 부여하는 것은 그러한 지속의 연장뿐이었다. 그리고 이런 연유로 오르세나의 모든 정당들은 예외 없이 역사적 권리를 내세웠다. 오랫동안 자리를 비웠던 나는 당시의 전망이 제시하는 음험하게 다른 어떤 것에 특히 놀랐다. 이제 세심한 정산의 시대가 아니라 열린 융자의 시대였다. 새롭고 심지어 불안하기까지 한 대담한 연설가들이 도시의 가장 폐쇄적인 동아리에 모습을 드러냈다. 그들에게 사교계의 통행권을 요구하는 사람은 아무도 없었다. 정청의 것이라고 주장하는—조악하고 부정확한—결정들을 거리낌 없이 누설하고 토의하면서 그들이 얻어내는 신용을 보게 되면 불안을 느끼지 않을 수 없었다. 그 결정들이 상상력을 자극하기만 하면 그만이었다. 전대미문의 것에 대한 필요가 사람들을 사로잡은 듯했다. 오래되고 회의적인 수도에서 그것은 마렘마를 뒤덮는 높은 감정적 물결에 더욱 건조하고 더욱 간결한 울림을 제공했다. 마치 높은 산의 공기 속에 들어갈 때처럼, 행동이 더욱 자유롭고 상상력이 생각 이상으로 민첩함을 느끼는 데서 각자 나름의 즐거움을 발견하는 것 같았다. 시시각각 도시를 휩쓰는 환상적인 소식과 관련하여 사람들은 결코 그것의 근원을 물으려 하지 않았다. 수백 개의 입을 통해 순식간에 퍼져나가는 전달의 신속함은 그것만으로도 소식들에 견고한 일관성을 주었고, 사람들은 그것을 검증할 꿈도 꾸지 않았다. 그것들은 사람이 걸어 다닐 수 있을 정도로 단단해지는 연못의 얼음처럼 시시각각 응고되었다. 이러한 현상은 사실 기이한 온도 변화를 증명했다. 오르세나의 중독된 정신은 일정한 함량의 하루분 변화를 숨쉬는 공기처럼 요구하고 있었다. 변화의 부재는 정신에 금단증상을 유발할 수도 있었을 테지만 그렇다고 불안을 야기하는 데까지 이르지는 못했다. 마약 공급자가 얼마든지 있었기 때문이다. 그들은 특히—이는 나를 놀라게 하지 못했다—알도브란디 옹 주변에서 자주 발견되었다. 사교계에서 이 인물의 위상은 당시 절정에 달해 있었다. 아무도 추방과 음모로 얼룩진 거추장스러운 그의 과거를 기억하려 하지 않았다. 닻을 올리는 여객선처럼 밧줄을 끊고 모든 것을 재정비하던 그 사회에서 기대와 신뢰는 항해를 이끌어주길 희망하는 이들에게로 집중되었고, 마침내 자신의 원소(元素) 안에 잠겨야 한다는 사실을 각자 예감하는 그 순간, 수상쩍은 해적의 불안하고 결함 많은 과거는 오히려 안정된 명망보다 더욱 큰 위신을 부여했다. 나는 짧은 방문을 위해 들른 오를란도 어머니의 살롱에서 그를 잠시 바라볼 기회가 있었다. 그의 풍모는 나를 놀라게 했다. 그것은 성공의 어리석은 바람을 뿜어대는 대신 문득 자기의 시대가—미리 표시되어 있는 문자반 위에—도래했다는 사실을 위급하고도 열띠게 의식하는 사람의 풍모였다. 그는 놀라우리만치 젊어 보였고, 손으로는 짧고 검은 턱수염을 발작적으로 어루만졌다. 음울한 늑대의 번득이는 눈은 토론의 와중에도 펜싱 선수에게서 볼 수 있는 민첩함과 메마른 부동성을 잃지 않았다. 그는 이제 주위 사람들이 자기가 떨어뜨리는 부스러기를 다투어 줍는 데 익숙해진 사람답게 아무런 망설임 없이 가파르고도 느긋한 짧은 문장들로 말했다. 그의 주변에는 쉴 새 없이 사람들이 들락거렸다. 그는 하던 말을 중단하지 않고 이따금 쪽지 위에 몇 마디 끄적여 그들에게 건네주곤 했다. 굽실거리는 작은 궁정 비슷한 것에 둘러싸인 그의 몸짓들 하나하나로부터 실루엣이 마술처럼 솟아올라 개화하는 듯했다. 그의 몸집이 갑자기 커지고, 그를 둘러싼 도시는 서로서로 밀착하며 작아지는 것 같았다. 마치 벽 너머에 있는 도시의 살아 있는 지점들 각각과 즉각적으로, 그리고 직접적으로 접촉하고 있기라도 한 것처럼 말이다. 그의 몸짓과 말이 기이해 보였다면, 그것은 보통 오르세나에서 통용되는 것과는 완전히 다른 차원의 존경과 경멸, 그리고 희망과 공포에 관련되었기 때문이다. 그의 시선과 억양은 새로움을 낳고 있었다. 그것은 마치 동로마제국 군대에 복무하는 야만인의 눈앞에 펼쳐진 변함없는 오랜 흙덩이로부터 그 누구도 생각해 보지 못한 새로운 풍경이, 곧 파괴될 도시, 방목지로 되돌아갈 경작지, 그리고 자기의 부족이 숙영(宿營)할 땅으로 이어지는 전대미문의 풍경이 태어나는 것과도 흡사했다. 그의 시선 아래에서는 새로운 사회 계급의 분화가 진행되고 있었다. 그는 비의(秘儀) 전수자, 작전 중인 군대의 지휘관, 장외 증권 거래인을 동시에 연상시켰다. 그의 무리는 이제 도시의 가장 준엄한 구역을 한 집 한 집 점령해 나가고 있었다.

권력의 표면적 중심에 더 가까운 오르세나는 파르게스탄에 대해 마렘마만큼 신경 쓰지 않았다. 열정적인 논쟁의 핵심은 정청이 군사적 응징을 시도할 것인지 아니면 전통적인 정책이 여전히 우세를 보일 것인지, 그도 아니면 이번 사건을 계기로 접촉를 재개하고 해묵은 분쟁을 종결할 것인지 하는 문제였다. 사막이라는 벽 뒤에 고립된 도시는 스스로를 일종의 중화제국(中華帝國)으로 재현하기에 이르렀고, 그런 가운데 자신이 품을 수 있는 의도—의도 같은 것을 갖지 않게 된 지는 벌써 오래되었지만──와는 상관없는 자율적인 방식으로 상대방이 판단하고 결정할 수 있다는 생각은 아무에게도 들지 않는 것처럼 보였다. 그리하여 마렘마의 공황에 가까운 두려움의 분위기와는 달리 이곳의 정신은 비현실적일뿐더러 거의 정신 나간 듯한 안온함 속에서 움직이는 듯했다. 온전하고 케케묵은 도시의 친숙함이 만들어놓은 주름은 모두에게 기호(記號)가 권위를 유지하고, 의미된 사물보다 더 오래 살아남도록 했다. 주위에서 접하게 되는 추론들은 겉으로 보기에는 그럴듯한 설득력을, 내가 열쇠를 잃어버린 일종의 대수식으로부터 끌어내고 있는 듯했다. 나는 귀에 익숙한 말들 뒤로 미지수의 흔적을 끊임없이 추적했는데, 내게 그것의 관념을 부과해주는 것은 그것에 대한 공통적인 동의였다. 대표적인 예로 지나치게 확신하는 입들에서 그 온전한 무게가 막대한 중요성으로 부풀어 오르는 '시르트 함대'와 우리 항구에서 썩고 있는 진흙투성이 모터보트들 사이의 간극, 그리고 이성의 곁으로 이끌어야 하는, 방만하게 던지듯 말하는 '야만인'이라는 별명과, 한밤중에 나를 방문했던 아이러니컬하면서도 스스로를 자신하는 불안한 실루엣 사이의 간극은 매우 큰 것이었다. 도시를 장악한 동요의 열기를 고조시킨 것은 외부의 지탱점이 아니었다──퇴화된 상상력은 그것을 마련해 낼 능력이 없었다──살롱의 흥분에서 드러나는 유치한 점은 오르세나가 스스로에게 두려움을 불어넣고 있다는 사실에 있었다. 그만큼 권태에서 벗어날 다른 방법이 없었던 것이다. 원정이나 전쟁의 가능성은 그것이 거의 모두의 머릿속에서 추상적이고 색깔 없으며 심지어 막연하게 환상적인 모습만을 불러일으키다 보니 더욱 기꺼이 요동쳐 댔다. 오랫동안 힘차게 가격했던 오르세나의 주먹의 이미지는 국경 둘레로 끊임없이 두터워져 온 짙은 안개를 뚫어 보았댔자 그것을 바라보고 살게 해줄 눈을 더 이상 발견할 수 없었다. 그리하여 사건이 국내 상황에 미칠 영향만이 열정적인 방식으로 계산되고 과장되었다. 중대한 외부적 위기의 어지러운 가능성은 사실상 인사이동의 가능성으로서만 고려되었다. 이는 쇠약해진 백 세 노인이 자신이 지구의 리듬 자체와 어긋나기 시작했다는 사실은 잊어버린 채 새로운 간장 치료 광고에 우스꽝스러운 관심을 보이는 것과도 같았다. 그것은 또한 벌써 사분의 삼가량의 영토를 점령당한 몰락하는 제국이(국가는 항상 자신이 서서 죽는다고 생각한다.) 요란스러운 내각의 교체로써 스스로의 근본적인 무기력에 대응하는 것과도 같았다. 간단히 말해, 나는 오르세나에서 비극적으로 사유할 줄 모르는 국민을 발견하고 있었다. 평소의 시각으로부터 멀리 떨어진 곳에 위치하며 미지의 부분이 주어진 자료를 훨씬 압도하는 문제 앞에서 오르세나는 극심한 노쇠의 근시안을 갖고 반응했다. 나이가 들어감에 따라 죽음이나 영원 같은 절박하고 중요한 문제들을 점점 더 능란하게 괄호 안에 넣어버리면서 한 사람의 '자연인'으로 살아 움직이는 것을 자랑스러워하는 노인처럼, 도시는 오래전부터 스스로를 '괄호 안에' 넣어버렸다는 사실은 잊은 채 어떤 나쁜 바람이 사막 너머로부터 불었는지, 그리고 자기에게 관계되는 모든 것이 편리하게 형상화되어 있어 언제든지 그것을 읽을 수 있다는 특유의 행복한 확신 속에서 구역질이 나도록 뒤섞어 온, 너무나도 잘 알려져 있고 늘 그대로인 카드를 잡는 자신의 손이 왜 떨리는지 도대체 물으려 하지 않았다. 오랜 지적 유희는 그것의 규칙에 정신을 굴절시키며, 그 견고함은 결코 문제되지 않으리라고 무의식적으로 납득시킨다. 정신이 규칙에 너무 많은 것을 희생했을뿐더러 규칙이 실제로 존재하기 때문이고, 또 규칙이 정신을 나무나 돌처럼 변형시켰기 때문이다. 오르세나에서 조합(組合)은 바뀔 수 있었다. 하지만 그것을 주재하는 규칙을 바꾼다는 생각은 오래전부터 더 이상 가능하지 않았다. 그런데 이제 문제가 되는 것은 규칙이었다.

살롱과, 사교적 허식에 얽매인 허풍 섞인 대화를 떠나 거리를 배회하면서 나는 그곳에 감도는 새로운 공기로 폐를 가득 채우고 또 그것에 젖어보려고 애썼다. 내가 느낀 것은 오르세나에서 아직도 유일하게 받아들여지고 있는 관념들의 명료한 부분이 더 이상 가장 의미 있는 것이기를 그쳤으며, 매일의 삶은 벌써 그 어떤 어휘도 설명하지 못하는 언어를 더듬거리고 있다는 사실이었다. 그 뜨거운 흙의 도시에서 삶의 외양은 그것을 키운 옛날의 군대식 규율을 반영하면서 언제나 엄격하고 차가운 성격을 지녀왔다. 일반적으로 어둡고 간소한 의복, 여자들의 오만한 절제, 밖에서 대화를 한다거나 거리의 군중에 섞여 들기 싫어하는 성격은, 그 같은 차가운 품위에 놀란 남부 지방의 외향적인 주민들로 하여금 오르세나를 공국의 '얼음 심장'으로 간주하게 했다. 그 어떤 수도보다 권력의 뿌리 깊은 근접성이 쉽게 감지되는 그곳에서 주민이라기보다 시민인 각각의 사람들은 자기들 안에 있는 권력의 작은 조각을 존중받고 싶어 하는 듯했다. 하지만 놀랍게도 오르세나의 거리는 이제 활기를 띠고 있었다. 거기에는 평소보다 더 많은 사람들이 모여들었다. 사람들은 서로 알지도 못하면서 말을 걸었고, 누군가 기이한 방법으로 목소리를 높이기만 하면 무심한 오고 감의 무질서 속에 문득 하나의 자기(磁氣)가 형성되는 것 같았다. 검은 실루엣들은 서로 엉겨 붙으며 귀를 곤두세웠고, 마치 그 입을 통해 먼 곳에서 오는 목소리, 신탁의 웅얼거림, 혹은 그들 안에 있되 읽을 수 없고 어쩌면 어렴풋이 그들을 해방했는지도 모르는 무엇인가로 통하는 하나의 출구를 발견하길 희망하는 듯했다. 무리는 금세 흩어졌다. 멀어지는 얼굴들은 닫히고 실망한 표정을 지었다. 누군가 저녁의 거리를 내려다본다면 작고 검은 점들의 움직임은 이제 황혼 녘 곤충의 산발적이고 일관성 없는 움직임 대신에, 보이지 않는 자석들이 쉴 새 없이 지나가며 빗고 묶는 가는 쇳가루를 연상시킬 것이었다. 다가오는 숙명으로 무거워진 그 시간, 역사를 통해 오르세나의 땅에 새겨진 거대한 역선(力線)들은 활발한 전기로 충전되며, 오랫동안 무심했던, 그러나 이제 자신도 모르는 사이에 통념의 지대(地帶)보다 더 먼 곳에서 오는 웅얼거림에 주의를 기울이는 그림자들을 배열할 힘을 되찾고 있었다. 오르세나의 늪지 한가운데에 깎아지른 듯 솟아오른 언덕은 도시의 원시적 중심이었다. 성 유다 대성당과 봉건시대풍의 준엄한 보안평의회 궁전 둘레로 빽빽하게 형성된 그 높은 구역에서는 이제 저녁이면 구불구불한 골목길에서 군중이 스며 나오는 것을 볼 수 있었다. 그들은 벌써 오래전에 중심 상권(商圈)이 옮겨 간 늪지의 더 넓고 더 활기찬 구역으로 떠났었다. 수 세기 동안의 마비 상태 이후 신비롭게 피가 다시 돌기 시작한 도시의 되살아난 심장은 일이 끝난 저녁 시간이면 다시 고동치는 것 같았다. 그곳에 와서 저녁 늦은 시간까지 노닥이는 변두리의 하층민들은 소리가 잘 울리는 눈먼 건물들이 줄지어 선 어두운 골목길들을 일종의 소식 거래소, 연병장 혹은 장외 연설가들을 위한 극장으로 탈바꿈시켰다. 함성과 애국적인 도발이, 그 옛날 치켜든 길드의 깃발이 폭동의 개시를 알리던 교차로와 건물 입구에서 울려 퍼졌고, 외침 속에 벌어진 입들은 문득 어둠으로 가득 찬 것처럼 보였다. 그것은 마치 도시의 무덤들 속에 묻힌 과거의 어둠이 그 입들을 통해 흘러나오는 것과도 같았다. 성전 그늘에 악명 높은 장소들이 몸을 웅크리듯, 알도브란디 옹은 그곳에 자신의 소굴을 갖고 있었다. 그는 보르고의 그늘진 궁전을 떠나 그곳의 시내 저택에 와 있었고, 군중 소요의 어떤 특별함이 골목 한가운데에서도 그것의 가까움을 알렸다. 그곳에서 화제는 더욱 거칠어지고, 입은 더욱 단호해졌다. 거리의 연설가들이 이러쿵저러쿵 부연하는 구호들의 대부분이 발원하는 곳도 바로 거기였으며, 주먹질도 곧잘 벌어졌다. 사람들에 따르면 어둠과 함께 별로 고상치 못한 논지들이 준비되고, 돈과 술이 다량으로 분배된다고 했다. 그러나 내게 특히 불안해 보이는 표지는 순찰 중인 경찰이 궁전 근처에 접근하기를 집요하게 게을리 한다는 점이었다. 거기에서는 벌써—공권력이 느슨해질 때면 언제나 그렇듯—두려움과 계산, 그리고 무기력이 복합적으로 얽히면서 일종의 조계(租界) 지구 혹은 자유 지역이 형성되었고, 본능적으로 몰려든 도둑 패거리들은 기름 얼룩처럼 퍼져나가는 거점지리를 더욱 확장시켰다. 펼쳐 들면 군데군데 얇아진 곧 찢어질 부분이 드러나는 낡은 피륙처럼, 아무도 인정하려 하지 않았지만 우르세나에는 벌써 통제되지 않는 섬들이 생겨나고 있었다. 낮에는 그곳에서 도발에 대한 정청의 무기력을 비판했다. 그러나 밤에는 빈 가게들을 부수고 손목시계를 훔침으로써 그것을 입증했는데, 두 가지 모두 증거로서의 효력이 아주 없는 것은 아니었다.

하지만 아무도 그것에 대해 불안해하지 않았다. 심지어 도시의 치안을 책임진 관리들조차도 그런 징후들을 기분 좋게 받아들인다는 것, 그리고 선동가들은 거기에서조차 공모 의식 비슷한 것을 발견한다는 사실은 특기할 만했다. 일종의 가속(加速)이 도시를 장악했다. 앞서 나가는 듯 보이는 모든 것, 더욱 빨리 전진하는 듯한 모든 것에 은밀한 시샘과 고백되지 않는 찬탄이 따라붙었다. 이제 알도브란디는 가장 폐쇄적인 살롱에까지 자유로이 드나들었다. 거기에서는 바야흐로 새로운 편견이 지배했는데, 그는 노련한 견유적 언사로 그 편견의 작용을 포장했다. 그의 패거리의 거동에 대한 가장 가벼운 비난도 악취미 또는 치유할 수 없으리만치 뒤떨어진 정신의 표지로 통했고, '시대가 변했다.'는 견해가 대세를 이루는 지금 그것은 돌이킬 수 없는 단죄가 될 수 있었다. 시대가 왜 변했는가 하는 문제는 아무도 정확히 말할 수 없는 것이었다. 어쩌면 거기서 보아야 하는 것은 유행 중인 문구보다, 혹은 사물의 질서의 변화에 대한 정확한 확인보다 우리를 바람의 형성과 보이지 않게 증대된 공기의 무게에 연결하고 모든 물질적 증거의 부재 속에서도 전혀 주저함 없이 '시대의 변화'를 우리에게 알려주는 하염없이 민감한 감촉의 요구였는지도 모른다. 새로워 보이는 것은—마치 열기를 가미하는 선글라스를 통해 미래를 읽기라도 한 것처럼 각자의 정신적 풍경을 어둡게 만드는—감지할 수 없을 정도로 조금 더 격렬한 빛깔뿐만이 아니었다. 오르세나에서는 시간의 리듬 자체가 바뀐 듯했다. 어떤 때는 중세의 헐벗음 위로 닫혀 있고, 어떤 때는 호사와 즐거운 다툼의 세기들이 축제 날 밤의 장식처럼 건물의 전면에 던져놓은 광적인 기퓌르를 걸치고 있는 높다란 벽들 사이로, 저녁이면 이는 해로운 바람이 거리의 마지막 낙엽을 휩쓸어 가고 이따금 묵직한 문들이 닫히는 가운데 낮은 구역의 마지막 행인이 걸음을 재촉할 때면—새로운 군중의 걸음과 새날의 태양 앞에 놓여 있는, 저녁에 의해 넓어진 금방 쓸어놓은 듯한 넓은 길들을 따라가 보면—시간 자체가 피처럼 흐른다는, 길들을 가로질러 급류처럼 흐른다는 한번도 느껴보지 못한 느낌이 들곤 했다. 마치 난바다에 첫 바람이 불 때처럼 각자 거기서 힘과 희망을 마시고 있었다고나 할까. 계급과 부의 차이를 넘어서는, 거리에서 생겨난 일종의 자발적인 우애는 같은 배에 탄 사람들의 우애와도 흡사했다. 그것은 배가 출항하는 가운데 '죽음' 또는 '질병' 같은 단어가 상상 속에서 '태풍'이나 '난파' 같은 단어로 대체되는 순간, 승무원들의 반사적인 동작에서 생겨나는 유대에 의해 결합된 사람들의 우애에 가까웠다. 공유되는 거대한 특권이 질투와 시기의 용수철을 이완시키고 서열을 평준화하며 가용성(可溶性) 높아진 대중의 소용돌이를 휘저었다. 그것은 대지에 몸을 붙이고 심오한 귀를 통해 고지(告知)를 받은 국민, 도래한 시대가 무대 위로 떠미는 국민, 혼잡한 가운데 골목과 지하실을 버리고 무질서 속에서 자신을 불태울 가치가 있는 유일한 날, 곧 위대한 날을 향해 본능적으로 앞 다투어 나아가는 국민의 특권이었다.

이런 생각에 잠겨 있던 나는 짧은 겨울 저녁의 벌써 어둑어둑한 황혼 속에서 높은 구역의 골목을 가로질러 오래된 보안평의회 궁전으로 향했다. 불현듯 걷고 싶은 욕구를 느낀 나는, 그 문턱을 넘는 것이 허용된 드문 실루엣을 사람들이 뜯어보는 것을 결코 좋아하지 않는 보안평의회가 소환한 사람에게 의례적으로 보내는 창문 닫힌 차를 돌려보냈다. 날씨는 맑고 추웠다. 마른 북풍이 늪지의 안개를 휩쓸어 갔고, 빙빙 돌아가는 미로 같은 골목길은 여울처럼 쏟아져 내리는 구덩이 모양의 좁은 전망을 납작하고 푸르스름한 낮은 구역을 향해, 가까운 숲의 검은 반점 가두리를 장식하는, 구름 낀 하늘에서 보는 별 같은 첫 번째 불빛들을 향해, 그리고 병영으로부터 맑은 하늘을 향해 오르는, 거리에 의해 정화된 청명한 트럼펫의 길게 끌리는 음정을 향해 열어놓고 있었다. 독수리 둥지에 자리를 틀고 앉은 옛적의 행정 장관들 시절부터 벌써 무겁게 내려앉는 도시는 사방을 향해 납작하게 매복한 채 묵직하게 땅속에 스며들면서 각각의 생각이 그리는 먼 풍경 위로 자신의 프로필을 드리웠다. 먼 숲 가장자리에 외따로 떨어진 집들로부터 연기들이 피어올랐는데, 한데 모여드는 그것들은 망루와 종탑들이 비죽비죽 솟아오른 중심지를 부드러운 수증기 속에 잠기게 했다. 북쪽의 불분명한 지평선은 국경이 구불대는 드높은 숲에 의해 막혀 있었다. 남쪽으로 달려 내려가는 골목 너머에서는 아직도 원경 위로 밝은 흔적 같은 것들이 희미해지고 있는 중이었다. 그것은 메르칸차 너머에서 시작되는 남부 지방의 초목 없는 스텝이었다. 오래된 상인들의 길이 젖은 포석을 희미하게 빛내며 잠든 벌판의 멀어지는 전망에 여기저기 깊은 상처를 내고 있었다. 시장, 성채, 창고, 전쟁터 등은 별이 빛나는 하늘의 고요한 명징성 가운데 그 죽은 달의 상처 위에 배열되어 있었다. 그것을 읽을 줄 아는 사람이 보기에 이 시각 오르세나는 하늘을 향해 손바닥을 내보이고 있었다고나 할까. 벨 듯 날카로운 지붕이 이어지는 바람 많은 골목길과, 단단한 돌을 갑주처럼 걸친 채 건물 전면들에 의해 둘러싸여 마치 우물처럼 보이는 작은 광장들을 그 시간에 걸어가면서, 명료한 윤곽을 지닌 꾸밈없는 블록들이 배열된, 수도원이나 성채에 가까운 도시의 높은 구역을 나아가면서 나는 준엄한 권력과 음울한 엄격함을 절감했다. 유리같이 딱딱한 하늘 아래 건조하고 소박한 선을 드리운 그 관측소에서는 주위의 주름 진 대지 위를 달리는 물렁물렁한 그림자들을 마치 군함의 함교에서처럼 내려다보고 있었다. 거기에는 헐벗은 높은 돌무더기 주위에 감도는 맛도 향도 없는 공기를 먹고 사는 높음과 메마름의 정신이 거주함에 틀림없었는데, 이 정신은 정밀하고 비밀스러운 측정 도구를 너무 오래 바라본 까닭에 물기도 깜빡임도 없어진 눈꺼풀과, 오르세나가 눈앞에 그려 보이는 헐벗은 도면과 수많은 점과 선으로 이루어진 스펙트럼을 해독하기 위해 만들어진 단단한 눈동자를 지니고 있을 것이었다.

내가 보안평의회에 소환된 것은 얼마 전에 보낸 보고서에 대해 보충 설명을 하기 위해서이고, 보잘것없는 내 위치에서는 어떤 식으로든 비밀을 접촉하는 것이 전혀 문제되지 않는다는 사실을 아무리 상기해 보았자 소용없는 일이었다. 궁전이 점점 가까워짐에 따라 강렬한 흥분과 호기심이 나를 엄습했다. 전날 나는 오를란도와 평소보다 더 자세한 대화를 나누었다. 그는 평소와 마찬가지로 권력의 상층부에서 일어나는 권력투쟁과 균형 변화에 대해 잘 알고 있었다. 권력의 가장자리에 위치해 있으면서 그 반영이 자신들에게까지 와 닿도록 그 광채를 본능적으로 과장하는 사람들이 그러하듯, 오를란도가 언제나 정치 문제에 색깔과 열정을 부여하기 위해 동원하는 신비와 낭만주의적 후광을 감안한다 하더라도, 최근 들어 도시에 사는 누구도 그것을 주목하지 않는 사이에 새로운 실루엣이 보안평의회의 전권을 장악했다는 사실이 그의 이야기로부터 선명하게 부각되었다. 이 실루엣은 바로 아버지의 내밀한 '친구였던' 다니엘로 옹이었다. 오를란도가 내 앞에서 행한 증명에 따르면 지배적인 당파가 그를 전면에 내세우고자 하는 태도는 최근 몇 달 동안 평의회 의원 교체를 위해 시행된 몇 차례의 '손질된' 추첨을 퍼즐 조각처럼 맞춰보면 분명히 드러났다. 그것들은 죄다 그의 입지를 직접적으로 강화시켜 주는 방향으로 이루어졌다. 하지만 어떤 눈에 띄는 변화가 사람들의 주의를 끄는 일은 없었다. 나는 오래전부터 아버지를 통해 이 '조합'의 관행을 알고 있었다. 요리의 기술보다 더 섬세한 그 기술을 통해 선거에서 승리한 당파는 언뜻 보기에 절대로 동화가 불가능한 요소들을 극히 작은 조각들로 나누어 정치기구에 흡수하곤 했는데(이를 위한 방법은 정청에 무수히 많았다.) 나는 오를란도와 마찬가지로 그러한 조작이 주도면밀하게 이루어질수록 더 큰 효과를 지니리라는 사실을 믿어 의심치 않았다. 그에 의하면 알도브란디를 중심으로 이루어진 도발적 소요는 이 파괴 작업을 용의주도하게 은폐하는 역할을 수행하면서 예상되는 저항을 그것이 마땅히 향해야 하는 지점이 아닌 다른 곳으로 유도했다. 그는 이 자리 배치의 조작이 이미 거지반 끝났으며, 그가 확보한 정보들만을 고려할 경우 '완벽하게 성공한' 일이라는 점을 암시했다. 그에 따르면 다니엘로 옹의 의견은 의결을 위한 투표에서 벌써 일곱 표를 자동적으로 확보하게 되어 있었고, 이는 보안평의회의 '긴급 결의에 필요한 다수'를 구성하는 수치로서 소수파의 유보를 사실상 무효로 만들기에 충분한 것이었다. 이런 연유로 다니엘로 옹이라는 인물은 전날부터 내 정신을 사로잡고 있었다. 무엇인가 내가 해군기지에서 받았던, 정청의 맥 빠진 서류 나부랭이와 극명하게 구별되는 지침에서 그의 손을 느끼게 했다. 나는 아버지의 노인 같은 수다를 덜 가볍게 받아들이고픈 욕구마저 느꼈다. 다니엘로 옹을 곧 볼 것이라는, 나를 우쭐하게 하는 생각을 당연한 사실로서 제시했기 때문이다. 나는 머릿속으로 아버지와의 대화를 통해 알게 된 것들을 긁어모았다. 이제 와서 애석한 것은 아버지의 말을 무심한 귀로 들었다는 점이었다. 기억에 남아 있는 얼마 안 되는 것들이 불연속성 속에서 강렬하게 부각되었다. 그러나 유년기의 안개를 넘어 되살아오는 기억처럼, 그것은 정돈되지 않은 그림 같은 디테일들에 불과했다. 그의 경력에서 특기할 점은 젊은 시절부터 순전히 객관적이고 사변적인 연구에만 전념했다가 (그는 『기원의 역사』의 저자이거니와 이 책은 오르세나의 건국 시기에 대한 권위서로 통한다.) 육십을 넘긴 나이에, 다시 말해 정치가들이 아가토클레스나 마르쿠스 안토니우스 같은 사람들의 전기를 통해 자신의 과거 행적을 합리화하려고 애쓰는 나이에 도시의 정치적 음모에 간여하기 시작했다는 사실이다. 학자에게 으레 따라붙기 마련인 느림과 무기력의 편견이 한동안 작용하여 그의 두 번째 경력에 장애를 초래하기도 했다. 그러나 그는 오래지 않아 자신의 날카로운 의지와 고집을 증명했다. 음울한 성격 때문에 그는 친구가 별로 없었다. 공무로 도시에 잡혀 있는 때를 제외한 나머지 시간을 그는 보르데가 전원에 있는 저택 서재에서 혼자 보냈다. 아버지가 내게 해준 이야기와 도시에 떠도는 몇몇 일화들로부터 드러나는 것은 인간에 대한 강력한 혐오 및 경멸과 함께 가파르고 거의 광적인 어떤 것이었다. 하지만 지나치게 의례적인 살롱의 웃음에 이어 그의 '성격'을 확인하기 위해 조율되는 목소리에는 마치 강력한 발톱을 지닌 맹금의 그림자가 불현듯 양 떼 위를 맴돌 때처럼 언제나 위축되고 조심스러운 어떤 것이 지나갔다. 기이한 것은 오르세나에서 별로 잡고 흔들 만한 곳이 없는 사람에게 권력의 마지막 단계를 오르도록 허용했다는 사실이다.(거기에서 권력을 꿈꾸는 사람에게 요구되는 최소한의 것은 혼인, 다소간의 비밀스러운 약점, 그리고 파벌들과의 밀약을 통해 거의 모든 당파에게 일종의 저당을 제공하는 것이었다.) 아내도 정부(情婦)도 친구도 없고, 알려진 약점도 복잡한 과거도 없는 그는 다소 무기력한 정치인들의 촉각이 스스로를 안심시키면서 자신의 친근하고도 불량스러운 장악력을 강화하는 데 필요한 피부의 상처 같은 것을 전혀 갖고 있지 않았다. 그 매끈매끈하고 헐벗은 힘, 그러나 정성스레 싸여 오랫동안 보호된 힘은, 오를란도에 따르면, 칼집에 든 칼을 연상시켰다. 하지만 다니엘로는 늙었다—그는 자기 위로 도시의 저주를 짊어지고 있었다—그는 오르세나 안에서 늙었다. 나는 쇠약한 실루엣과 부서질 듯 마른 손, 그리고 평의회의 길고 검은 옷 아래로 끌리는 추위를 잘 타는 발을 상상했다. 오르세나가 소모한 것은 그뿐만이 아니었다. 마르고 존엄한 그림자가 되고자 독립성, 의지, 희망 등 권력의 단계에 자리가 없는 모든 것을 포기한 인간에게 남는 것이 무엇인지 나는 잘 알고 있었다.

보안평의회 인근에는 비상시 도시의 중추적 장소를 가리키는 동요와 왕래의 흔적이 전혀 없었다. 직원과 하급 관리들이 벌써 퇴근한 그 시각 궁전은 거의 적막해 보였다. 복도 어귀에서 마주친 몇몇 실루엣은 정규 근무시간이 끝난지라 위압적인 무례함과 비밀결사에서 볼 수 있는 방종 가운데 움직이고 있었다. 오랜 관례에 따라 굳어진 그 동료 의식은 자기로서의 나와 주인으로서의 나 사이 어느 지점에 위치하는 것이었다. 수차례에 걸쳐 고명한 이름을 확인할 수 있었던 그림자들, 서로 이름을 부르며 친숙한 감탄사에다가 내 이해를 벗어나는 암호와 짧은 일상적 표현을 사용하는 그 그림자들은 나를 더욱 불편하게 했다. 나는 닫힌 세계로 들어간다는 사실을 절감했다. 휑하고 경직된 실내(불투명한 창문의 마름모꼴 창살 때문에 극도로 어두운 그곳에는 어찌나 빨리 밤이 찾아왔던지 잠든 공간을 돌아다니는 발자국은 자신도 모르는 사이에 숨을 죽였다.)에 감도는 공기 자체에는 일종의 휘발성 에센스가 희미하게 배어 있었는데, 그것은 흔적의 상태로 존재하는 듯했다. 주의를 환기시키되 그 주의에서 벗어나는 에센스의 섬세한 증류 속에서 시간은(삼켜지는 대신 오래된 포도주 찌끼처럼 침전되며 두터워지는 그 시간은 혓바닥 위로 연륜을 폭발시키는 무척 고귀한 포도주처럼 거의 정신적인 풍미를 갖고 있었다.) 거의 전부라고 해도 과언이 아니었다. 공기는 오래된 벽에 갇히기보다 나무 말뚝에 돌의 영원성을 부여하는 썩은 늪처럼 그 벽을 보존하고 있었다. 빛바랜 천장의 금박 장식, 벽 위에서 비늘처럼 벗겨져 나가는 무거운 가죽, 두꺼운 목질의 네모난 탁자, 천연 떡갈나무로 만든 야만적인 분위기의 고딕식 의자들은 오래된 비물질적인 정수(精髓)로써 계속해서 벽의 마모된 광택에 보이지 않는 양분을 공급하며 윤을 내고 있는 것 같았다. 오고 가는 희미한 그림자들을 떠난 생명은 거기서 다시 한 번 겨우살이의 완화된 맥박으로 고동쳤다. 폴립보다 더 많은 구멍이 나 있으며 세기(世紀)들이 유기적으로 축적되어 있는 매우 오래된 도시의 기념물들에서 도시의 생존 자체가 구체적인 형태 아래 유지되고 있음을 본능적으로 느끼는 것처럼, 거기에서는 오르세나의 심연, 혹은 끊김 없이 연쇄되는 지층을 거의 물질적으로 접촉했다. 이를테면 일종의 자양분의 층(層)이, 아니면 희미하게 숨 쉬는 세기들의 산호초가 홀로 살찌며 그 거대한 몸집을 수면 위로 밀어 올리고 있었다고나 할까.

궁전에 들어가자 안내를 맡은 수위가(보안평의회의 궁전 복도를 혼자 걸어 다니는 것은 금지되어 있었다.) 마지막 층에 있는 어둡고 천장이 낮은 방으로 나를 인도했다. 무겁고 오래된 긴 탁자가 한구석을 차지하고 있었다. 기이하게 육중하되 세심하게 공들인 귀중한 판들로 장식된 그 탁자는 퇴락한 궁전에 어울리지 않게 오르세나의 야만적인 세기들을, 천연 보석을 박은 철제 왕관들을, 롬바르디아 시대의 젊고 호사스러운 야만성을 상기시켰다. 벽은 궁전 도처가 그러하듯 바닥에서 천장까지 어두운 가죽으로 뒤덮여 있었다. 좁은 창살에 불투명한 유리가 끼워진 창문에서는 희미하고 무료한 빛만이 들어와 궁전은 마치 닫힌 안뜰에 면해 있는 것처럼 느껴졌다. 창문 가운데 하나는 그러나 살며시 열려 있어 좁은 장방형 틀 안에서는 아주 맑은 하늘이 벌써 밤으로 기울고 있었고, 죄수의 시선처럼 그리로 빨려 드는 시선은 문득 먼 숲을 향해 달려 내려가는 도시 위로 뛰어들었다. 차츰차츰 탁자 근처 콘솔 위에 놓인 램프의 약한 불빛이 남은 햇빛을 깨뜨리며 작은 예배당에 감도는 듯한 익명적인 내밀함과 고요한 각성의 분위기를 실내에 부여했다. 설명할 수 없는 안온함과 함께 누군가 나를 기다린다는 무한한 신뢰의 느낌이 불현듯 나를 파고들었다. 나는 가까운 곳에서 끌리는 듯한 둔한 발소리를 들었다. 그것은 예배가 끝나고 교회를 가로지르는 사제의 발걸음처럼 준엄하되 형언할 수 없는 가벼움으로 가득 찬 발걸음이었다. 손이 내 어깨를 짚었다. 아니 오히려 스쳤다고 해야 옳았다. 하지만 거기에는 호의에 찬 절제된 편안함의 뉘앙스(그것은 건반을 누르는 것만큼이나 섬세하게 표현되었다.)가 스며 있었고, 고개를 돌리기도 전에 나는 내 뒤에 선 얼굴이 어떻게 미소 짓는지 알 수 있었다.

"자네군……." 하고 목소리가 말했다. 그것의 매력은 표현할 길 없는 편안함에 있거니와 귀에 스치는 음절들은 또렷하고 새롭고 선명하며 투명한 용액에 하나하나 씻어낸 것 같았다.

다니엘로 옹은 내 어깨를 쓰다듬었다. 그는 서두름 없이 내 의자를 한 바퀴 돌고 나더니 한동안 말없이 나를 마주 보았다. 갑작스러운 날카로움이 잠시 그의 호의에 찬 미소를 가로지르는 듯했다. 내가 일어나려 하자 그의 손이 다시 내 어깨를 짚었다. 거기에는 부드러움 이외에 손가락이나 눈빛만으로도 복종을 유발하는 사람의 동작에서 확인되는 진정시키는 힘 같은 것이 있었다.

그는 결코 서둘러 앉고 싶어 하는 눈치가 아니었다. 이제 완전히 희미해진 창문의 역광 속에 움직임 없이 버티어 선 그는 자신의 작은 유리함도 절대 소홀히 하지 않는 사람으로서, 나를 내려다보는 기이하게 드높은 스스로의 실루엣을 은근히 즐기고 있는 듯했다. 얼굴 윤곽은 거의 불투명한 어둠 속으로 사라지고 있었다. 하지만 부동성 속에서 나를 뜯어보는, 그럼에도 유연할 뿐 아니라 평의회의 긴 옷 덕분에 우아하기까지 한 얼굴의 긴장에는 무엇인가 압박감을 주는 것이 있었다. 이러한 문제 접근에서 확인되는 보이지 않는 연출적 요소 앞에서, 나는 비밀경찰의 미묘한 전통과 국가적 사건을 친숙하게 다루는 태도가 한데 얽혀 드는 그곳에서 게임은 아무런 제한 없이 사람에 훨씬 가까운 방식으로, 다시 말해 끔찍하도록 구체적인 의미와 너무나도 자주 연결되었던 맞대면 속에서 이루어지리라는 느낌을 받았다.

"나는 자네 아버지를 무척 좋아했네, 알도. 오래전부터 자네를 만나고 싶었어……."

램프의 불빛이 자리에 앉는 노인의 얼굴을 비스듬히 스치며 다니엘로 일족 특유의 맹렬한 코에서 빛나는 잔등을 끄집어냈다. 그토록 도발적으로 식별되는 그 코를 보며 나는 동전에 새겨진 프로필에서 익명으로 거리를 산책하는 왕을 알아보기라도 한 듯 일종의 충격을 느꼈다. 수증기

같은 것이 회색 눈 주위에 감돌았다. 흐리지만 묵직한 휴식 속에서 망을 보는 듯한 그 눈은 맹수 사냥꾼과 백일몽에 빠진 사람을 동시에 연상시켰다. 그것은 거친 열정과 무거운 지상의 욕구로 가득 찬 묵직한 피가 흐르는 사람의 얼굴이었다. 어떤 격정이 가문 전체의 견디기 힘든 상흔을 안으로부터 갉아먹고 있는 듯했다. 이를테면 수년간이 야만적인 전쟁 뒤에 개종한 용병의 얼굴에 오랜 수도원 생활이 부여하는 세련됨—환영받지 못했던 사람이었기에 더욱 초자연적인—혹은 어색하고 거의 무뚝뚝한 부드러움을 연상시킨다고나 할까.

"……유감스러운 것은 이토록 어려운 상황에서 보게 되었다는 점이야."

그는 민첩하게 얼굴을 들며 나를 향해 회색 눈을 치켜떴다. 의자에 앉은 내 몸이 팽팽하게 긴장했다. 하지만 이어지는 말은 얼마간 나를 아연실색게 했다.

"……들리는 말이 마리노 대위의 시체를 찾지 못했다고. 우리의 아픔은 컸네. 뛰어난 장교이자 충성스러운 공복(公僕)이었어."

좁은 틈으로 손톱을 밀어 넣듯 목소리가 조율되면서 가늘어졌다.

"……두 사람이 친구였다는 사실은 나도 알아."

"대위는 강직하고 흠 없는 사람이었습니다. 실제로 저는 그를 좋아했고, 기지에서의 제 임무를 수월하게 만들어준 점이 고맙습니다."

"나는 그가 오르세나 땅에 묻히고 싶어 했다는 걸 알

아." 목소리가 문득 심각함을 띠며 말을 이었다. "누구보다도 그는 그럴 권리가 있지. 부탁하건대 기지에 돌아가게 되면 수색 작업에 박차를 가해 주게."

손가락들이 망설이듯 무료히 탁자를 가볍게 두드렸다. 한순간 나는 회견이 금방 끝날 거라고 생각했다. 회색 눈에 피곤하고 졸린 듯한 표정이 스쳐 지나갔다. 나는 문득 불편함을 느꼈다.

"잠은 잘 자는가, 감찰장교?"

질문은 중립적인 정중함의 어조였다. 한동안 나는 멍청하게 있었다. 그러고 나서 얼굴이 핼쑥해지는 것을 느꼈다. 내 손가락들이 의자의 팔걸이를 움켜쥐었다.

"저는 생각하길……." 하고 나는 군데군데 끊긴 목소리로 말을 시작했다. 입 안이 말랐다. "분명히 말씀드리지만, 저는 생각하길……."

나는 갑작스러운 공황에 사로잡혀 의자에서 반쯤 일어났다.

"……제가 받은 지침은 제 생각에…… 아니, 저로 하여금 생각하게 했습니다……. 내놓고 말은 안 해도 제가 저쪽에 가보길 원한다고 저는 생각했습니다." 하고 나는 억눌린 목소리로 그에게 던지듯 말했다.

회색 눈은 깜빡이지 않았다. 하지만 미소 같은 것이 반쯤 밝아진 얼굴 위로 지나갔다.

"진정하게, 그리고 앉게……. 자네 피는 격렬해. 젊은 사람의 것이지. 자! 자!" 그는 나를 향해 가볍게 몸을 기울이며 거의 우아한 부드러움과 아이러니가 느껴지는 어조로 덧붙였다. "나는 잠을 잘 잔다고 말한 적이 없네."

거대한 무게가 갑자기 가슴에서 미끄러져 내렸고, 나는 오래전부터 숨도 제대로 쉬지 못하고 있었다는 사실을 깨달았다. 내 앞에 있는 이는 묶는 동시에 풀 수 있는 존재였다. 미친 듯한 욕구 하나가 나를 가로질렀다. 그것은 내 앞쪽 어둔 속이 안라이자 가장자리에 매달려 있는 미르고 긴 손에 입을 맞추는 것이었다.

"현재 해군기지 관할 병력은 얼마나 되는가?" 하고 다니엘로 옹이 고개를 쳐들며 짧고 정확한 어조로 갑자기 물었다.

그는 손에 든 연필 끝으로 책상을 가볍게 두드렸다.

"해변의 포대(砲臺) 수리를 위해 차출된 인원을 제하고 200명입니다."

"두 척의 포함이 곧 도착할 것이라는 사실은 마리노에게 들어서 알고 있겠지. 갓 건조한 두 척의 소형 쾌속 전투함 또한 최소한의 인원과 함께 배치될 거야. 필요한 인원은 그곳에서 보충하도록 하고."

"하지만……."

"알아." 하고 검은 실루엣이 긴장 풀린 약간 낮은 목소리로, 문득 은밀하게 피로한 목소리로 잘라 말했다. "표면적으로 그것은 자네의 권한을 벗어나지. 하지만 상황이 그걸 요구한다네. 지금으로서는 마리노 대위의 후임이 정해지지 않았어. 자네는 경험 많은 장교들의 도움을 받을 수 있지 않나."

호의적인 목소리 속의 무엇인가가 임명은 당분간 이루어

지지 않으리라는 점을 암시했다. 나는 약간 경직된 공손한 자세로 몸을 숙였다.

"제가 정청의 신임을 받을 수 있다면 최선을 다하겠습니다."

"자네는 '우리의' 신임을 받고 있지 않아." 하고 목소리가 말을 이었다. 거기에는 치명적인 아이러니가 배어 있었다. "자네는 그럴 만하지도 않고, 그럴 만한 적도 없어. 우리가 자네에게 주는 것은 우리의…… 고백이야. 혼란한 상황에 던져져 우연에 자신을 맡긴 국가가 할 수 있는 것은 그것뿐이라는."

그는 잠시 피로로 경련했고, 갑자기 아주 늙어 보였다.

"……자네한테 통치의 비밀을 하나 알려주지. 이것은 명령 집행자들은 모르는 게 좋은 그런 비밀이야." 그가 고개를 들고 희미하게 미소 지으며 말을 이었다. "어쩔 수 없는 비밀이라고나 할까. 예기치 못한 일이 발생하여 사정이 나쁘게 돌아갈 때는 언제나 그것을 촉발시킨 장본인을 일단 자리에 유지한다네. 이상하지 않은가?" 하고 그는 갑자기 내 시선을 찾으며 말했다.

"거기에는 제가 모르는 어떤 이유가 있겠지요." 하고 나는 어색하면서도 용의주도하게 대답했다.

"여러 가지 이유가 있어." 그가 느리고 명료한 목소리로 말했다. "우선 좋은 정부가 자연스레 지니기 마련인 정신의 게으름을 들 수 있지. 고삐를 너무 빨리 당길 때면 언제나 '그냥 내버려두었으면.' 하고 생각하는 여론에 대해 스스로를 보호하려는 일종의 본능이라고나 할까. 하지만 일이 결정적으로 잘못될 경우에는 그것에 확실하게 검은 희생양을 던져주어야만 해. 자네를 염두에 두고 하는 말은 아니야……." 동의하는 대신 이마를 찌푸리는 나를 보고 그가 미소를 지었다.

그는 잠시 막연하고 거의 부재하는 듯한 표정으로 생각에 잠기는 듯했다. 강인한 턱을 지닌 그의 얼굴에 이따금 나타나는 그 표정은 내게 강한 인상을 주었다.

"……그리고 훨씬 모호하고 설명하기 어려운 이유가 하나 있어. 어떤 사람이 그에게는 너무나도 크며 그를 멀찌감치 넘어서는 하나의 행위와 정말로 얽히게 되면, 그 행위가 그에게서 나온 만큼 그에게는 알려지지 않은 어떤 부분이 있고, 따라서 사건이 얽어놓은 것을 떼어놓는 일은 신성모독이라는 확신이 생겨나게 되지. 어떤 행위에 속하는 사람들이 있다고 생각하지 않는가, 감찰장교. 그것에 접근하기란 특히 어렵고, 그것을 이해하는 것 또한 쉽지 않은데, 왜냐하면 사다리를 거두었기 때문이지. 즉 사람들로 하여금 그들과 행위를 연결할 수 있게 해주는 사다리가 없기 때문이야."

"설령 제가 그런 행위에 속한다고 해도 저는 그것에 혼자 속할 수 없습니다." 하고 내가 창백한 목소리로 말했다. "정청에서 분명한 한마디만 해주었더라면 모든 것을 막을 수 있었습니다. 저는 그런 것을 읽을 기회가 없었다고 생각합니다."

별안간 통제를 벗어나는 듯 보이는 동작으로 다니엘로옹이 의자에서 일어나 느린 걸음으로 방 안을 거닐기 시작했다. 그는 매우 조용히 걸었다. 그가 몸을 돌릴 때면 가벼운 비단 소리가 검은 옷 위로 퍼져나갔고 램프의 불빛이 희미하게 흔들렸다. 그는 밤중에 일어나 무거운 사념의 무게 아래 방 안을 거니는 사람과도 흡사했다. 그는 내가 옆에 있다는 사실을 잊은 듯했다.

"그래, 자네는 제대로 보았어." 그가 마침내 울림 없는 목소리로 말했다. "그걸 부정하는 것은 부질없는 일이지. 원인은 제공되었고 허가는 내려졌네. 나는 자네가 과연 그곳에 갈지는 알 수 없었어. 하지만 그게 가능하다는 건 알았지. 나는 내가 문을 열어놓고 있다는 사실을 알고 있었네."

"어째서 그것을 허락하셨습니까?" 하고 내가 그를 향해 머리를 숙이며 부드럽게 말했다.

그는 오만으로 가득 찬 의심의 눈길로, 문득 방심하고 있다가 들킨 권력자의 눈길로 나를 쏘아보았다. 나는 그에게 질문을 던졌고, 그는 권력자로서 대답하기를 망설이는 것처럼 느껴졌다. 하지만 그는 보일 듯 말 듯 고개를 떨어뜨렸다.

"여기는 아무 질문이나 하는 곳이 아니야. 하지만 나는 자네를 증인 없이 불렀네……."

그는 마치 소매 안에 무기를 감춘 채 공손한 대화를 이어가는 사람처럼, 다시 한 번 다른 데 정신이 팔린 듯한 미소로 웃음 지었다. 한순간 보안평의회 감옥과 비밀 처형 이야기가 뇌리를 스치고 지나갔다. 하지만 나는 이제 공포와는 전혀 다른 것에 정신이 팔려 있었다. 날카롭고 거의 고통스러운 호기심이 모든 두려움을 덮었다.

"이해할 수 있는 사람 말고 누구한테 설명을 하겠나?" 하고 그가 극도로 내밀한 미소를 띠며 문득 말했다. "지금부터 내가 자네에게 말하는 것, 그걸 들을 사람은 여기에 아무도 없다. 그리고 아무도 자네로부터 그것을 들어서는 안 돼." 그는 엄하고 빠른 어조로 덧붙였다. "나는 이곳의 주인이라는 사실을 명심하게, 알도. 만약 자네가 내 말을 다른 사람 앞에서 되풀이할 경우 자네는 그 대가를 치러야 할 거야. 오늘 서녁 나는 자네와 인간 대 인간으로 이야기를 나누고 싶었어. 자네는 나와 가까운 사람이고, 나는 자네를 시시각각 지켜보고 있었으며 자네를 지지하고 떠미는 힘이었기 때문이야. 나는 자네와 함께 배 위에 있었기 때문이지……."

그는 다시 느린 걸음으로 이리저리 걷기 시작했다.

"……권력은 좋은 것이야." 그가 마치 잠꼬대를 하는 사람처럼, 방의 크기와 울림에 맞지 않는 까닭에 귀를 곤두서게 하는 꽤 높은 어조로 말을 이었다. "나는 내가 좋아하는 것에 대해 불평하고 싶지 않아……. 그것은 수년 동안 나를 즐겁게 해주었지. 권력이란 막대한 것이야, 알도. 자네 또한 높은 자리에 오를 수 있기 때문에 하는 말이지만, 권력에 대해 염증을 느끼게 하는 사람들을 믿지 말게. 지의(地衣)처럼 폐허 위에 사는 철학자들이 있어. 그들은 공기의 정수(精髓)를 찬양하며 기름진 땅에 자라는 모든 것을 배척하지. 그들은 경험의 허영을 경계할 것을 요구하고, 메마름 속에 태어나지 않은 모든 것을 조심하라고 이르지. 하지만 나를 믿게. 뿌리를 박는 것은 가치 있는 일이야. 몰락하는 국가나마 통치하는 것은 충분히 보람 있는 일이지. 허리를 굽히고 줄지어 선 사람들 사이를 나아가는 것. 인간에 대해 관심이 많은 사람이라면 허리를 굽힌 사람을 관찰해 볼 필요가 있지. 시간을 벌 수 있다네. 또 사람들은 그런 상태에서만 그들 고유의 향기를 내뿜는다네. 그것은 마치 가지를 꺾어 내밀한 냄새를 맡음으로써 본질을 가장 빨리 알 수 있는 이치와도 같아. 바로 이런 방법으로 나는 자네 부친을 제대로 알게 되었다네. 아주 최근이야, 알도. 나는 그에 대해 아무것도 몰랐어. 우리는 이십 년 지기일 뿐이야. 제대로 알기 위해서는 그가 나한테 자리를 얻으러 와야 했어. 거기엔 강렬한 즐거움이 있지. 그리고 내게는 다른 요구가 있었어. 나는 삼십 년 동안 책과 더불어 살았네. 나는 역사의 진행에 관한 모든 것을 상세히 이해했지. 사건들의 연쇄, 필연성, 메커니즘 등 모든 것을. 단 한 가지만 제외하고. 그것은 커다란 비밀로서—실은 유치한 비밀이지만—그것을 알기 위해서는 스스로 나서야만 해. 이 비밀은 수월함이네. 사물이 운용되는 데서 확인되는 거의 황당한 수월함이네. 그리고 또 단추만 누르면 기계가 작동하면서 수많은 톱니바퀴들이 움직이고 기능하는 것을 확인하는 즐거움이 있었지. 처음에는 거의 믿어지지 않을 정도로 즐거웠어. 끝없이 작동하는 단추들 앞에 서는 것, 이것은 약간의 현기증마저 느끼게 하지. 다른 재미도 있어. 그것은 서로 다른 몇 가지 경로를 통해 동일한 목적을 달성하는 재미야. 싫증이 안 나. 톱니바퀴들이 서로 맞물려 돌아가는 모양은 아무리 봐도 싫증이 안 나. 인간을 뒤섞은 데서 나는 냄새는, 자네한테 분명히 말하지만, 코를 매혹하는 향기야. 그것은 물레방아의 기능을 이해하는 것과는 전혀 다른 문제지. 한마디로 나는 맞물리지 않은 톱니바퀴에서만 시끄러운 소리가 나는 이 메커니즘에서 커다란 즐거움은 얻은 수 있었네. 좋은 시간을 보냈고, 나는 그것을 후회하지 않아. 다만 다른 게 왔지……."

그는 잠시 말을 멈춘 채 이마의 주름 속에서 귀찮은 생각을 뒤쫓는 듯했다.

"……그것은 빨리 오지 않아, 알도. 그것은 아주 멀리서 간헐적으로—내 삶은 말하자면 충만한 삶이었으니까—약간 더 밝을까 말까 한 일종의 빠른 깜빡임을 통해 예고된다네. 그것은 여름날 저녁 무렵의 첫 마른번개와도 같아. 시간이 걸리는 문제야. 조급할 게 없는, 혼자서 살찌는, 기다릴 줄 아는, 모든 것이 자기에게 이익이 된다는 사실을 아는 문제지. 그것은 강박관념이 아닌, 혹은 아직 강박관념이 아닌 강박관념으로서 다른 것들보다 더 큰 유예를, 더 많은 유예를 주네. 하지만 다른 것들과 섞이길 집요하게 거부하며 무시하고, 스스로를 숨기고, 다른 것과 영합하는 대신 사라져버리지. 그러나 그에게 중요한 것은 어떤 시간, 아무것도 그것에 값할 수 없는 시간이라는 점은 예상할 수 있어. 그 시간은 그것이 자네 위로 뛰어드는, 자네의 모든 것이 달린 시간이야. 한 사람의 일생을 파멸시키는 여인은 종종 나른한 공백들을 통해 예고된다네. 이따금 창문을 두드리는 작은 소리가 들리지. 그것은 거의 감지될 듯 말 듯한, 그러나 또렷하고 간단하며 가볍게 소스라치도록 하되 그 어떤 소리와도 섞이지 않는 부딪침의 강세를 지니고 있다고나 할까. 그녀가 자네 앞으로 지나간 거야. 스스로의 가장 깊은 곳에서 그것을 알지. 그게 전부야. 그러고는 아마도 기다려야 할 거야. 그것도 오래. 하지만 우리 안에는 긴장된 어떤 신경이 웅크리고 있어서 오로지 그 소리에만 귀를 기울이지. 그것 말고는 아무것도 이 신경을 자극하지 못해. 그것, 그것은 내게 파르게스탄이었지. 나는 파르게스탄이 구부린 손가락으로 창문을 두드리길 기다렸던 거야. 분주한 일들이 내 둘레로 직조하는 소란이 잠시 가라앉을 때면 불현듯 의아한 침묵이, 거의 무례한 침묵이 미끄러져 들어오곤 했지. 그것은 열띤 대화 도중에 틈을 벌리며 자네를 당혹스럽게 하는 구멍 같은 거야. 그것이 속을 파내는 공허에 자신을 내맡기게 되면 자네는 미처 생각지도 못하는 사이에 열린 두 눈 앞에 이르게 되지. 아무 말 없이 자네를 바라보는 두 눈. 자기 둘레로 침묵을 조성할 줄 알았던 두 눈. 나는 바로 그 침묵에게 볼일이 있었던 거야. 그 뒤로 수없이 우회하며 나아가는 것은 내게 신호를 보냈고, 이따금 멀어지는 듯했으나 결코 시야에서 사라지지는 않았어. 나는 그것과의 위협적인 대면이 약속되어 있었지. 그것에 다가갈 때는 내 힘에 대한 느낌이 기이하게 고양되기도 했어. 즉 모든 행위 가운데 내가 엿보기 시작하는 행위, 아무도 더 이상 생각하지 않는 행위는 바로 내가 할 수 있는 행위라는 생각이 들었지. 그것은 세계에 세례를 주는 행위였어. 그건 하나의 결과이기보다는 모든 것이 그로부터 새롭게 출발하는 지점이었지. 그건 무서운 것이었어. 그건 경솔한 것이었어. 인간의 지혜와 도시의 안전을 생각하면 그것을 해서는 안 되었지……. 세계란, 알도, 존재와 시간들을 통해 자신의 젊음이 복원되길 기대한다네. 혼란스러운 격동이 문 뒤에서 서둘러대고, 문은 열리기 위해 온 영혼이 몸을 적시는 승인만을 기다리지. 오래되고 썩은 도시의 안전을 내가 잠시라도 생각할 수 있었겠나? 그것은 관 속에서 뻣뻣해진 채 무기력한 돌 안에 갇혀버리고 말았어. 이럴진대 여울 바닥으로 되돌아가는 것이 아니라면 무기력한 돌이 즐거워할 게 무엇이겠나?"

다니엘로 옹은 지친 몸짓으로 팔꿈치를 기대고 손으로 이마를 감싼 채 잠시 침묵을 지켰다. 불현듯 그 침묵이 깊어진 것 같았다. 이제 적막해진 궁전의 먼 소음은 그친 지 오래였다. 귀에 감지되는 시계추 소리가 곤충의 발처럼 가벼운 타격으로 매끄러운 침묵을 긁어댔다. 나는 창문이 잘라낸, 이제 완전히 검은 사각형 하늘을 바라보았다. 거기에 희미하게 반짝이는 몇 개의 별빛이 우물 속처럼 답답한 방 안으로 미끄러져 들어왔다. 나는 문득 그 어떤 것도 오늘 저녁처럼 휴식을 취한 적은 없었을 거라는 생각을 했다. 미지근한 방의 고르고 희미한 빛이 마술 같은 침묵으로 잠든 도시를 매혹하고 있었다.

"……어째서 나는 자네한테 이런 얘기를 할 필요를 느꼈을까? 자네한테 말이야……?" 다니엘로가 사념에 잠긴 고른 어조로 말을 이었다. "기이한 행위—우리 삶에서 가장 기이한 행위—의 의미가 우리와 더불어 영영 잊힌다는 사실이 견딜 수 없어지는 시간이 있어. 나는 내가 증언을 할 때가 되었다고 생각해." 하고 그는 잠시 후 이상한 미소를 지으며 말했다.

나는 침묵을 지켰다. 대답할 것이라곤 아무것도 없었다. 노인 자신도 그것을 기대하지 않았다. 얼마 전부터 나는 그에게 나의 존재는 막연한 것이 되었으며, 그가 마치 침대에 누운 죽은 사람을 향해 말하듯 내 태도와 몸짓에 기이한 주의를 기울이면서 자기 앞에 대고 말한다는 느낌이 들었다.

"……도시……." 일종의 차가운 빛이 대화재(大火災)의 먼 반영처럼 그의 얼굴 위로 지나가는 동안 그가 말했다. "나는 도시에 대해 말할 수 있을 것 같아. 그들에게 그것은 권리 계승자에게 고스란히 물려주는 유산이거나 경영하다가 양도하는 한 조각의 땅이었지. 그러나 내게 그것은 내 횃불을 위해 준비된 장작더미였어. 나에게서 의미와 성취를 기대하는 어떤 것이었지. 내 생각에, 나와 그것의 관계는 훨씬 가까웠어.

알도, 나는 멀리서 자네를 좇았네. 나는 자네의 머릿속에 무슨 생각이 있는지 알았고, 고삐를 늦추는 것만으로도 충분하다는 사실을 확신했지. 내 앞에는 그 행위가—행위가 아니라 허락 또는 동의라고나 할까—그리고 그것을 통해 눈사태처럼 쏟아져 내리는 가능성이, 내가 그것을 하지 않으면 세상이 덜 충만해지는 모든 것이 있었어. 내가 그것을 하지 않으면 영원히 덜 충만할 거란 말이야. 그 뒤로는 모호한 환영의 미라 같은 휴식 외에, 외설스러운 하품과 관(棺)의 내밀한 삐걱거림이 대지 위로 날카롭게 벼리는 공허 외에 아무것도 없었어. 한 인간에게 둑이 되는 것, 빈 곳을 막는 것, 자신의 의지를 급류를 거슬러 던져진 돌멩이로 바꾸어놓는 것은 끔찍한 일이야. 나는 진지하게 생각할 여유가 있었어. 그러니 더 이상 시간 비는 것을 원하지 않게 되었지. 이제 문제는 그것의 도래를 앞당기는 것이었어……. 세상이란, 알도, 유혹에 굴복하는 사람들에 의해 번영한다네. 세상은 스스로의 안전을 영원히 희생시킴으로써만 합리화될 수 있어. 내가 자네에게 말하고 싶었던 건 일이 어떻게 진행되었던가 하는 것이었네." 그는 정중한 대화의 어조를 한번도 벗어나 본 적이 없는 지금까지의 이야기보다 다소 편한 어조로 말을 이어갔다. "그리고 또 오늘 저녁 우리가 이곳에서 만나도록 한 것이 무엇이었는지."

"그럼 이제는 어떻게 되는 겁니까?" 하고 내가 확신 없이 말했다. 그 말을 한 것은 사실 무거운 침묵을 깨기 위해서였다. 그만큼 나는 노인의 정중하고 편한 고백을 어떻게 받아들여야 할지 몰라 당혹스러워하고 있었다. 나는 그가 처음부터 끝까지 나를 다른 누군가로 착각하고 있지 않았나 하는 생각마저 들었다.

"이제는?" 하고 다니엘로가 놀란 듯한 표정으로 눈썹을 올리며 말했다. "자네가 그…… 항해를 위해 떠났을 때, 자네는 자네 뒤에 누가 있는지 묻지 않았을 거야. 안 그런가, 알도. 이곳에서도 그것을 묻는 사람은 아무도 없다네. 그보다 더 위급한 일이 있어."

"더 위급한 일이요?"

다니엘로가 눈살을 찌푸렸다. 그의 얼굴은 날카롭고 거의 고통스러운 표정을 띠었다.

"생명의 보전보다 더 중요한 문제가 있어. 안 그런가, 알도. 만약 오르세나가 아직도 살아 있다면 말이야. 그것은 오르세나를 구하는 일이야. 모든 것이 자네가 생각하는 문턱에서 끝나는 건 아니야."

노인의 눈이 탁자에 반점을 그리고 있는 출입 허가증의 붉은 소인 위에 잠시 머물렀다. 그의 시선에는 증오도 공포도 없었다. 거기 있는 것은 차라리 정화된 응시의 눈빛이었다. 불현듯 내 머릿속에서 이상한 비교가 이루어졌다. 나는 마렘마 전체가 현재 라게스를 지배한다고 믿고 있는 '비밀결사'를 생각했다. 그리고 오르세나에 새로운 정신이 들어오게 만든 '조합'에 대한 오를란도의 말을 떠올렸다. 그림자를 넓혀가는 이 두 힘 사이에 문득 사자(使者)의 얼굴이 예기치 않은 연결선을 그었다. 그날 밤 지표가 없는 까닭에 내가 제대로 따라갈 수 없었고, 따라서 나를 혼란스럽게 했던 대화의 끈을 다니엘로 옹이 흐릿한 눈동자 뒤에서 다시 조이며 그 비밀스러운 의미를 챙기고 있는 듯했다.

"그것이 바로 전하가 천명하시던 동맹 협약입니까?" 하고 불현듯 기억이 되살아난 내가 그에게 외치듯 말했다. "도시를 결속한다는 그 협약입니까? ……전하가 도시의 운명을 결정했으며 최악을 선택했다고 저는 믿어야 하는 겁니까?"

노인은 어깨를 움찔했다.

"선택한다…… 결정한다…… 내가 그것을 할 수 있었을까? 도시가 현재 가지고 있는 것, 그것을 준 건 도시 자신이야. 협약에 힘을 부여할 수 있는 것은 도시밖에 없어. 필요한 건 도시가 그걸 믿는 것이었지. 이건 세상 아무에게도 귀속되는 문제가 아니었어."

"도시가 가지고 있는 것이라고요?"

"숙명(宿命)이지." 하고 다니엘로가 불치를 선고하는 의사처럼 고개를 돌리며 말했다. "징조들을 보지 못했나? 그리고 발견하지 못했나?" 그는 꿈꾸는 듯한 아이러니와 함께 말을 이었다. "이곳의 모든 것이 기적적으로 젊어졌다는 사실을."

"말도 안 됩니다." 하고 내가 열정적인 목소리로 그에게 외쳤다. "살아남는 것을 거부하는 숙명이란 있을 수 없습니다."

"자네는 오해하고 있어, 알도. 살아남는 게 문제가 아니야." 하고 노인이 차갑게 말했다. "나는 정치인이 아니야. 정치인들을 위한 때가 있지. 암초 사이를 이리저리 나아가야 하는 때가 있는가 하면 어둠 속에서 끈을 꼭 쥐고 있어야 하는 때가 있어. 자네가 쥐고 있었고, 자네가 간 곳으로 자네를 인도한 끈이 바로 그 끈이지."

"저는 집행할 뿐이었습니다." 하고 내가 굳은 어조로 말했다. "적어도 그렇게 믿고 있었습니다. 도시를 책임지는 사람은 제가 아니었습니다. 도시에 대한 책임을 지고 있던 사람은 전하였습니다."

다니엘로는 무료하고 짜증스러운 표정으로 어깨를 올렸다.

"정말로 그렇게 생각하는가?"

그는 한동안 깊이 생각하는 듯했다. 이마의 주름은 다시 한 번 강박적인 생각을 뒤쫓는 것처럼 보였다.

"……통치를 함에 있어서 가장 나쁜 것은, 알겠나, 손을 놓는 것이야. 내게 그것이 오고 나서 발견했던 이상한 점은 오르세나가 오로지 그것을 통해서만 잡힐 데를 준다는 사실이었어. 시르트를 주목하게 만드는 모든 것, 사건을 발전시키게 하는 모든 것은 거의 비현실적인 수월함으로 낡은 톱니바퀴가 돌아가게 했지. 반면 그것에 관계되지 않는 일체의 것은 무기력과 무관심의 벽에 교묘하게 부딪치곤 했어. 그것은 모든 것—그것을 가속화하는 몸짓은 물론 제어하는 몸짓까지도—을 이용했네. 가파른 지붕을 미끄러져 내려가는 사람처럼 말이야. 그것이 문제되자마자—자네한테 어떻게 이야기해야 할까?—모든 것이 저절로 동원되었네. 평의회 심의 도중 갑자기 아무런 이유도 없이 문장 한 귀퉁이에서, 혹은 횡설수설하는 말장난 가운데 전혀 엉뚱한 방식으로 그것은 생기 없는 입 위에 돌아와 앉아 손으로 쫓아도 소용없는 파리처럼 머물렀어. 그러면 꺼진 얼굴들은 문득 되살아나는 불씨처럼 밝아졌지! 통치를 할 때는 언제나 가장 급한 일을 해야 해. 그런데 가장 급한 일은 언제나—믿어지지 않는 바이지만—말 없는 외침—이는 다른 모든 소리보다 더 강한데, 왜냐하면 그것은 순수한 목소리 같은 것이기 때문이야—을 내지르고, 미리 자기 자리를 만들며, 모든 것을 왜곡시키는 존재하지 않는 그것이었네. 즉 도시가 잉태한, 배 속에 끔찍한 미래의 공동(空

洞)을 만드는 잠자고 있는 그것이었지. 그것에 대해서는 우리 모두에게 책임이 있었어……."

"그래." 하며 다니엘로가 말을 계속했다. 다시 한 번 그는 자기 앞을 멍하니 바라보는 듯했다. "이 일에 대해서는 모두가 공범이었어. 모두가 협력했지. 심지어 그 반대로 행동한다고 생각할 때조차도."

"제가 보기에 알도브란디 옹을 비롯한 몇몇 인사들은 그렇게 생각하는 것 같지 않습니다."

다니엘로는 다시 한 번 어깨를 올렸다.

"알도브란디와 그의 패거리는 자발적으로 생겨난 세대라고 생각하는 날도 있긴 해. 하지만 그가 없었더라면 오르세나는 그를 만들어냈을 거야……. 자네도 마찬가지고." 그가 시선 없는 눈을 내게로 돌리며 말을 이었다. "자네가 없었으면 도시가 자네를 만들어냈겠지."

"그럴 수도 있겠지요." 내가 잠시 생각에 잠겨 침묵했다가 말했다. "하지만 이곳에서는요! 정말 아무도 검토를 안 했단 말입니까? 미리 그…… 위험을 계산하지 않았단 말입니까?"

"아무것도, 알도. 그러는 척했지. 혹은 날조된 자료와 허위 수치를 갖고 계산했지. 그것은 누구를 속이려는 게 아니라 다만 체면을 세우기 위한 것이었어. 제대로 된 계산은 위험을 무릅쓰는 것을 방해했을 테니까. 사람들을 빨아들이는 것은 바로 위험이었네. 심지어 위험조차도 아니었어……." 그가 음색 없는 목소리로 덧붙였다. "불난 곳을 향해 가듯 지리멸렬하게 미래를 향해 뛰어가는 순간이 있지. 이럴 때면 미래는 마치 마약처럼 중독시키고, 쇠약한 육체마저도 그것에 저항하지 못한다네."

"압니다." 하고 나는 간신히 말했다. "저는 마렘마가 그 병에 걸리는 것을 보았습니다. 어쩌면 저 자신도 그 병에 걸렸는지 모릅니다……. 하지만 다행히도 아직 시간이 있습니다. 전하께서는 모든 걸 잠재울 방도를 갖고 계십니다."

노인은 천천히 몸을 곧추세운 뒤 차갑고 거의 비인간적인 결연함으로 내 눈을 직시했다.

"착각이야, 알도. 이제 너무 늦었네."

"너무 늦었다고요……?"

나는 창백해진 얼굴로 나도 모르게 자리에서 일어났다.

"너무 늦었어, 알도. 결정하는 사람은 이제 더 이상 내가 아니야. 오르세나는 이제 무대에 입장했어. 오르세나는 물러서지 않을 거야."

"그럼 전하께서 원하셨던 것은……."

"앞으로 일어날 일이지, 맞아. 우리에게 신의 가호가 있기를. 우리는 신의 도움이 필요할 거야."

"이건 미친 짓입니다."

다니엘로는 아무런 놀라움이나 적개심도 없이 나를 향해 천천히 눈을 들었다. 그 눈은 눈꺼풀의 깜빡임을 통해 내가 알지 못하는 깊고 차가운 물에 스스로를 적시는 것처럼 보였고, 문득 비상하도록 멀게 느껴졌다.

"자네는 내가 이 자리에 있는 것이 무엇을 의미하는지를 이상한 방식으로 오해하고 있네, 알도." 그가 차갑고 고요한 목소리로 말을 이었다. "내가 여기 있는 것은 우연이 아니야. 자네는 아직도 오르세나가 사소한 게임이나 하고 있는 줄 아나?"

"전하의 게임이 어디로 향하는지 저는 이제 분명히 안다고 생각합니다. 이 게임에는 각 나라마다 이름이 있습니다."

"말해 보게나……." 하고 노인이 아까와 같은 기이하고도 고유한 어조로 말했다. "애, 못하겠니?"

그는 간단한 동작으로 탁자 위의 서류들을 멀찌감치 밀어냈다.

"내 말 잘 듣게, 알도. 지금 여기서 자네에게 하는 말은 그 누구도 들어서는 안 돼. 어떤 순간에는 혼자임을 느끼는 게 끔찍하다네. 그런데 누구보다 나와 가까우며 그곳에 갔던 사람 말고 누구한테 말하겠나. 모든 것은 완벽한 형식을 갖추어—반론의 여지 없이—제시될 거고, 판자에 물감을 칠한 것 같은 고귀한 가발들은 내 보고서에 대한 상원의 독회에서 앞 다투어 고개를 끄덕일 거야. 마치 다른 일을 하는 것은 절대 불가능한 것처럼 말이야. 조국의 목소리를 회피할 수 있겠나? 조국의 목소리를 말이야……. 위급한 필요 없이 위험을 무릅쓸 때 이 목소리는 가장 높지. 그것이 어떤 종류의 언어를 사용할지 자네에게 알려주는 일은 조금도 힘들지 않아. 죽은 자들로 하여금 적당하고 분별 있게 말하도록 하는 것, 이것은 통치술의 기초야. 오르세나—직설법 현재로 말하는 것을 도시는 언제나 몰상식하게 생각하지—의 작은 흠은 거기에 귀를 기울인다는 점이야……. '오르세나의 명예…… 이교도들의 무례한 도발…… 수 세기 전에 신이 결정한 만큼 우리가 구태여 일깨울 필요가 없는 대의명분…… 위협받는 시르트 개척자들의 안전…… 정당한 권리에 대한 평온한 확신이 부풀리는 우리의 군사력.(이런 측면이 필요하기도 하지.) 더 위급한 열 가지 이유가 없다면 그것만으로도 강경 대응을 유발하기에 충분한, 수도에서 멀리 떨어진 남부 지방들의 분리 위협…….'"

또다시 그는 목구멍을 울리는 이상한 웃음을 터뜨렸고, 다시 한 번 날카롭고 슬픈 그 웃음은 질식하듯 뚝 그쳤다.

"……아니야. 내가 그 정도로 시니컬하다고는 생각하지 말게. 지금까지 말한 것, 앞으로 말할 모든 것은 절반쯤 사실이야. 언제나 그런 것처럼 말이지. 미리부터 완전히 패한 전쟁이란 없어. 의문의 여지없이 그보다 더 문제가 되는 것은 불리한 경우에 처한 국가가 양보하는 거야. 절반쯤 합리적인 이런 이유들을 현재 사무국에서 주무르고 있지. 그들에게는 장식적일 것, 구멍을 틀어막을 것 이상을 요구하지 않아. 그 이유들은 허위일 수도 있겠지. 하지만 그것들이 허위라면 그건 다른 것을 대신하고 있기 때문이야."

"다른 것이란 받아들일 수 없는 이유들이겠지요?"

"받아들여지지 않은 이유들이네. 환자가 주치의에게 하듯, 비틀거리는 국가가 자신의 내밀한 불안을 털어놓을 수 있는 언어란 존재하지 않아. 언어가 없으니 유감이지. 사람들은 오래된 국가의 지도자들을 천성적으로 음흉하고 위선적인 인간들로 간주하는 경향이 있어. 그것은 마치 내부의 모든 것이 붕괴되고 있는 노인에게 여전히 꿋꿋하길 요구하면서 그를 위선 속에 가둔다고는 생각하지 않는 것과 도 같아! 그리고 그가 작은 불편함들에 대해 말하는 것을 막기 위해 모든 사람들이—다른 사람들보다 가족들이 더욱 혹독하게—결속하고 있다는 사실을 인정하지 않는 것과도 같아. 노인은 그 작은 불편함들로 인해 곧 죽을 것인데도 말이야. 하지만 그에게는 말하고 싶은 욕구가 있어. 이따금 그럴 필요를 느낀단 말이지. 그것은 꾀병이 아니야. 그의 주변에서는 사람들이 자기들끼리 떠들어대고, 마치 아무 일도 없는 것처럼 그에게 말을 건네지. 상속, 격정거리, 유산, 결혼, 진행 중인 소송, 사업 등에 대해서 말이야. 마치 이런 일들이 그에게도 계속될 수 있는 것처럼, 그가 어디를 가든 따라붙을 수 있는 것처럼! 이따금—그리고 점점 더 자주—분주함 가운데 일시적인 고요함이 찾아오고, 이제 그의 귀가 유일하게 관심을 기울이는 어떤 소리가 올라오지. 그것은 난바다로 나가는 배 뒤에서 전속력으로 달아나는 파도가 제방에 와 부딪치는 소리 같은 거야. 자네에게 이런 이야기를 하는 것은 내가 늙었기 때문이야. 그리고 내가 전후 사정을 잘 알면서도 자네에게 이런 이야기를 해주는 것은 나만 늙은 게 아니기 때문이야."

"종말 사상인가요?" 하고 나도 모르게 어깨를 올리며 내가 말했다. "어리석지 않습니까?"

"사상이 아니야, 알도. 자네는 여러 가지를 제대로 이해했네. 하지만 이 문제를 이해하기엔 너무 젊어. 이것은 고정관념조차도 아니야. 일종의 유언이지."

"그럴 리가 있겠습니까……."

그의 확신에 찬 어조에 나는 내가 인정하고 싶은 것보다 훨씬 더 크게 동요했다.

"……오르세나에서는 아무도 자살 취미를 갖고 있지 않습니다. 확신을 갖고 말씀드릴 수 있습니다. 제가 아는 한 아무도요. 이 모든 것은 도를 벗어났습니다."

"자네의 말은 자네의 생각과 일치하지 않네, 알도. '자살'이란 단어는 성급해. 국가는 죽지 않아. 다만 형태가 해체될 뿐이지. 그것은 풀어지는 묶음과도 같아. 묶였던 것이 풀어지고 너무 명확한 형태가 불분명함 속으로 돌아가기를 열망하는 때가 오기 마련이야. 그 순간이 도래할 때, 나는 그것이 좋고 바람직한 것이라고 보네. 그것은 천수(天壽)를 다하는 것이야."

"오르세나가 해체된다고요? 누가 그것을 강요합니까?"

"고독이지." 하고 사념에 잠긴 다니엘로가 말했다. "너무나도 오랫동안, 그리고 너무나도 배타적으로 결속되어 있었음을 느끼는 모든 것에 찾아오기 마련인 자신에 대한 권태이지. 그것은 경계에 형성되는 공허야. 촉각을, 접촉을 잃어버려 마비된 표면에 나타나는 무감각의 일종이야. 오르세나는 자기 둘레에 사막을 만들었지. 세상은, 자기 얼굴을 찾지만 그것이 보이지 않는 거울과도 같아. 벌써 여러 해 전부터, 알도, 나는 그의 심장에 귀를 붙이고 살아왔네. 그는 이제 음산한 말의 질주와 자기를 뒤덮어 버릴 검은 물결 이외에는 아무것도 기다리지 않아. 오르세나는 너무 오랫동안 우연에 몸을 맡기지 않았어. 너무 오랫동안 게임에 스스로를 내던지지 않았단 말이야. 살아 있는 육체 둘레의 피부는 촉각이고 호흡이지. 하지만 하나의 국가가 너무 많은 세기를 살게 되면 두꺼워진 피부는 벽이, 만리장성이 되기 마련이야. 그러면 때가 된 거지. 그러면 트럼펫이 울리고 벽이 무너지며 세기들이 완료되고 기병들이 벌어진 성벽의 틈으로 들어올 때가 된 거지. 다른 곳의 시선을 빛내며 바람에 망토를 펄럭이는, 야생초의 신선한 밤 내음을 풍기는 잘생긴 기병들."

"그럴지도 모르지요." 하고 내가 흥분하여 말했다. "그리고 얼마 후면 창끝에서 머리들이 꽃처럼 피어나겠지요. 그런 광경은 한 걸음 물러나서 보면 좋을 겁니다."

다니엘로는 잠시 침묵을 지키더니 오만한 태도로 나를 바라보았다.

"내 몸에는 도시의 피가 흐르고 있네." 하고 그가 차가운 결연함이 감도는 억양으로 말했다. 하지만 그의 목소리는 떨리고 있었다. "나는 도시에 봉사를 했을 뿐이야. 고백하기 어려운 방식으로. 사태가 여기까지 왔는데 자네는 내가 도시를 딛고 살아남을 수 있을 거라고 생각하는가?"

"여기까지라고요! ……하지만 누가 전하로 하여금 그리 하도록 강요한단 말입니까?" 하고 내가 일종의 절망적인 분노 속에서 외치듯 그에게 말했다. "제스처 하나면, 전하의 자존심을 상하게 하지도 않을 제스처 하나면 모든 것이 진정될 겁니다. 전하께서는 이 제스처를 하실 수 있습니다. 아니 전하께서는 그것 또한 하실 수 있습니다. 이곳의 모두가 전하의 명령에 복종하니까요."

노인은 잠시 망설이는 듯하더니 서랍을 열고 종이 두루

마리 하나를 내게 내밀었다.

"읽어보게." 하고 그가 짤막한 목소리로 말했다.

서류는 엔가디에서 발송된 경찰 보고서였다. 거기는 시르트 내륙의 가난한 촌락으로서 남쪽 끝에서 오는 대상(隊商)들이 보급품을 확보하는 곳이었다. 보고서는 짧고 명료했다. 그것은 엔가디에 막 도착한 일단의 대상들이 앞서 머물렀던 사렙다의 오아시스에서 무장해제된 가잔 족(族) 유목민 사적(砂賊) 부대와 접촉했다는 사실을 알리고 있었다. 이들 부족은 날씨가 따뜻해지기 전에는 좀처럼 그 지역에(그곳에는 순전히 이론적인 국경이 구불대고 있었다.) 나타나는 일이 없었다. 보고서는 거기서 동쪽으로 멀리 떨어진 곳에 위치한 방목지에서 무장한 파르게스탄 분견대들이 가잔 족의 가축들을 쫓아내는 한편 군마를 보충하기 위해 말을 징발했다는 사실을 전했다. 목격자들에 의해 제공된 수많은 정보들을 종합하면 정확히 파악되지 않은, 하지만 '상당한' 병력의 파르게스탄 군대가 분견대와 며칠간의 거리를 두고 동쪽으로 시르트 해를 우회하며 국경 쪽으로 전진하고 있었다. 가잔 족 사람들이 언제 그들의 방목지로 되돌아갈 수 있는지 물었을 때, 분견대 지휘관은 웃으면서, 산 채로 운반하는 가축과 수송에 사용되는 말들은 거기에 잠깐만 머무를 것인바, '모두가 아는 것처럼 좋은 겨울 방목지는 국경 반대편에도 있다.'라고 대답했다. 이 소식이 퍼지자 엔가디 주민들은 공황 상태에 빠졌고, 경찰은 과열된 분위기를 진정시키기 위해 여자와 아이들을 마렘마로 급히 피난시키는 한편 건강한 남자들에게 무기를 지급해야 했다. 경찰 책임자는 '새로운 상황에 맞서' 어떤 조치를 취해야 하는지 그 지침을 시급히 하달해 줄 것을 요청하며 보고서를 맺고 있었다.

"이렇게, 그들이 오는군요!" 하고 나는 말했다. 내 모든 분노는 갑자기 사라지고 대신에 확신과 경이로운 평온의 느낌이 자리 잡았다. 그것은 마치 찌는 듯한 모래밭을 불현듯 수많은 샘물 소리가 관통하는 것과도 같았다. 혹은 수백만에 달하는 신비스러운 군대의 발소리와 함께 내 둘레로 무한한 사막이 개화하는 것과도 같았다.

"그래." 하고 다니엘로 옹이 말했다. 그의 얼굴은 문득 빛으로 충만한 듯했다. 그는 골똘한 표정으로 자리에서 일어나 창문 쪽으로 걸어갔다. 동일한 검은 하늘 조각이 어두운 사각형 안에 투사되고, 동일한 별들이 그곳에서 고요하게 빛났다. 정지된 듯한 평온한 밤은 어찌나 깊고 또 어찌나 내밀했던지 누군가 걸어가는 소리가 들리는 것만 같았다.

나는 매우 늦게 평의회 궁전을 떠났다. 다니엘로 옹은 보안평의회에 배속된 연락장교를 사무실로 불렀고, 우리는 해군기지에서 시급히 취해야 할 군사적 조처들에 대해 꽤 오랫동안 이야기했다. 초계를 일상화하는 것은 물론, 이제부터 난바다 쪽으로 그 항로를 제한하는 규정 '한계선'을 일체 고려하지 않기로 결정했다. 시시각각 긴장이 고조되는 듯 보이는 상황에서 해군기지에 대한 무자비한 습격을 허용할 수도 있는, 신중함에서 비롯된 규정을 지키는 것은 분명 우스꽝스러운 일이었다. 특히 베차노 해역은 빈틈없이 감시되어야 했다. 도시 전체가 흥분에 사로잡혀 있는 중에 엔가디 피난민이 도착하면서 위험한 소요가 일어날 소지가 있는 마렘마에는 즉시 계엄령을 선포하기로 했다. 해군기지에서 파견될 병력에게 질서 유지의 책임이 부과되었다. 그리고 전함 이외의 모든 선박은 항구를 이탈하는 것이 금지되었다. 해군기지에 배치된 모든 포대에는 시급히 인원을 보충하기로 했다. 전투를 위한 선박들은(보강된 부분을 감안하면 그 수는 넷으로 불어났다.) 두 시간 이내에 출항할 준비를 갖추고 있어야만 했다. 계엄령을 선포하는 포고문이 작성되고 봉인되자 다니엘로는 장교를 보내고 나만 남게 했다.

"이렇게, 알도, 우리는 헤어지는군. 내일 아침 일찍 자네는 시르트로 출발하게. 언제 어떻게 우리가 다시 보게 될지는 아무도 몰라."

"아무도 모릅니다." 하고 나는 마른 손을 잡으며 말했다. 그 손은 가볍게 떨리고 있었다. 불현듯 차가운 밤기운이 열린 창문을 통해 방 안으로 내려오는 듯했다. "아직 아무것도 결정되지 않았습니다." 하고 내가 신념 없는 목소리로 덧붙였다. "군대는 아직 국경을 넘지 않았으니까요. 어쩌면 그들은 멈출지도 모릅니다."

"아니야, 알도."

노인은 무거운 동작으로 고개를 저었다.

"……저 별들이 운행을 멈추지 않는 것처럼, 사랑의 몸짓을 시작하는 두 육체가 멈추지 않는 것처럼 그들은 멈추지 않아. 공포, 분노, 영합, 회피는 이제 더 이상 약속되고 제공된 것으로부터 오르세나를 구하지 못해. 그를 바라보는 열린 눈 아래에서 그는 이 약속되고 제공된 것이 되었던 거야. 오르세나 스스로도 거기서 구원되는 것을 원하지 않아. 내 기억은 아마도 저주받은 것이 될 거야. 내게 기억이 있을 거라면 말이야……."

다니엘루는 힘겹게 어깨를 올렸다.

"……모래톱에서 썩는 배, 그것을 다시 파도 위로 던지는 사람…… 그는 그것의 파멸에 무심하다고 할 수 있겠지. 하지만 적어도 배의 본분에 대해 무심하다고 말할 수는 없을 거야."

"……아무것도 후회하지 말게." 하고 그가 갑자기 마음에 동요를 느끼는 듯 다시 한 번 내 손을 잡으며 말했다. "나는 아무것도 후회하지 않네. 판단되는 것은 중요하지 않아. 좋은 정치, 나쁜 정치의 문제가 아니었어. 문제는 질문에, 위협적인 질문에, 지금껏 이 세상을 살았던 사람이라면 누구든지 마지막 숨이 다하기 전에는 반드시 대답해야만 했던 질문에 답하는 것이었네."

"어떤 질문입니까?"

"'누구냐?'" 하고 노인이 문득 그의 고정된 시선을 내 눈 속에 빠뜨리며 말했다.

적막한 궁전을 나왔을 때 밤은 맑고 낭랑했다. 광물성의 차가운 미광(微光)이 단단한 귀돌 윤곽을 씻어내며, 도시 높은 구역의 작은 광장 한가운데 열린 오래된 우물의 철제 구조물 그림자를 잉크로 그린 격자 모양으로 지면 위에 던지고 있었다. 밤의 침묵 속에서 도시 낮은 구역으로부터 간간이 오르는 가벼운 소리들, 이를테면 흐르는 물소리라든가 먼 곳의 자동차 소리 같은 것이 헐벗은 벽을 넘어왔다. 또렷한 그 소리들은 그러나 어지러운 꿈에 빠진 사람의 몸짓과 한숨처럼, 혹은 밤 추위가 수축시키는 바위 사막의 불규칙한 균열 음처럼 마음에 걸렸다. 하지만 높이와 메마름을 먹고 사는 이 높은 구역에서, 냉엄하게 재단된 푸르스름하고 희끄무레한 빛의 자락들은 돌 위에 페인트처럼 달라붙어 눈도 깜빡하지 않았다. 걷고 있던 나는 가슴이 뛰고 목이 말랐다. 나를 둘러싼 돌의 침묵이 어찌나 완벽했던지, 그 푸른 밤의 무미건조하고 낭랑한 결빙(結氷)이 어찌나 단단했던지, 또 길의 표면에 감지될 듯 말 듯 얹히는 내 발자국이 어찌나 마음에 걸렸던지, 나는 텅 빈 극장의 이상한 무대장치와 혼란스러운 각광들 한가운데를 걷고 있는 것만 같은 생각이 들었다. 그러나 단단한 메아리 하나가 나의 길을 길게 밝히며 건물 전면에서 튀어 오르는 가운데, 발자국 하나가 마침내 그 공허한 밤의 기다림에 부응했고, 나는 이제 그 무대장치가 무엇을 위해 설치되었는지 알 수 있었다.

작품 해설

휴머니즘, 낭만주의 그리고 현대성

I 쥘리앙 그라크

I-1 작가의 실루엣

대중적 인기와 미디어를 통한 떠들썩한 사회적 명성의 부재가 한 작가의 중요성을 오랫동안 일반에게 가리는 경우가 있다. 쥘리앙 그라크가 이 경우에 해당한다. 여기에는 필경 난해한 작품의 성격과 작가의 정신적 귀족주의가 중요하게 작용했을 것이다. 하지만 그라크의 독특한 점은 대중에게는 이렇듯 낯선 존재이되 전문가들 사이에서는 익히 잘 알려져 있고 또 일찍부터 인정을 받아왔다는 사실이다. 그의 작품에 대한 연구는 벌써 전 세계적으로 상당량 축적되었다. 전문가 집단과 일반 대중 사이의 이런 편차는 1989년 그의 전집이 갈리마르 출판사의 '플레야드 총서'로 간행되면서 얼마간 해소되기도 했다. 그의 작품을 현대의 클래식 반열에 올려놓으며 한시적으로나마 언론이 그를 집중 조명하는 계기로 작용했기 때문이다. 하지만 그의 문학과 대중을 가르는 근본적인 거리는 그대로 남았다. 이런 사실에서 우리에게 그려지는 첫 번째 실루엣, 그것은 대중에게서 멀찌감치 떨어진 자리에 은둔하는 대가(大家)의 실루엣이다.

보는 시각에 따라 매번 다르겠지만 20세기는 르네상스 이래 서양이 이룩한 근대에 대해 근본적인 문제 제기가 이루어진 세기이다. 아직도 현재 진행형인 이 물음에서 부각되는 것은 근대의 합리주의 문명을 지배한 휴머니즘의 문제이다. 오랫동안 역사와 표상의 중심에 있던 인간은 마침내 그동안 누려오던 절대적 권위가 부정되는 것을 보기에 이르렀다. 추상미술, 해체주의 철학, 그리고 종래의 전통적 인물을 거부하는 누보로망 등을 통해 쉽게 확인할 수 있듯, 탈(脫)인간 혹은 반(反)인간은 현대의 주된 문화적 경향들을 특징짓는 근본적인 요소로 자리 잡았다.

작품 활동의 주된 부분이 2차 세계대전 이후에 위치하는, 가장 중요한 프랑스 작가 가운데 한 사람인 쥘리앙 그라크는 20세기 문화의 주류를 벗어나는 것처럼 보인다. 모두가 휴머니즘을 비판하고 그것으로부터 탈피하기에 열심인 시대에 그의 문학은 이런 휴머니즘의 가치를 포기하지 않고 있기 때문이다. 하지만 그가 휴머니즘을 고수한다고 해서 현대의 휴머니즘 비판에 담긴 긍정적인 의미까지 거부하는 것은 아니다. 그는 20세기의 다양한 경향과 이론을 잘 알뿐더러 그것의 필요와 중요성을 충분히 의식하고 있는 듯 보인다. 이렇게 결코 간단치 않은 그의 태도로부터 우리 앞에 그려지는 실루엣, 그것은 비판적인 또는 현대적인 휴머니즘 작가의 실루엣이다.

이런 실루엣과 함께 나타나는 쥘리앙 그라크는 과연 어떤 사람인가? 그리고 그의 문학은 어떤 양상 아래 나타나며 어떤 맥락을 지니는가?

I-2 작가의 탄생[1)]

쥘리앙 그라크는 1910년 7월 27일, 프랑스 서쪽 낭트와 앙제 사이에 위치한 소도시 생 플로랑 르 비에이(Saint-Florent-le-Vieil)에서 태어났다. 그의 본명은 루이 푸아리에(Louis Poirier)이다. 그는 첫 번째 소설을 발표하면서 『적과 흑』의 주인공 쥘리앙 소렐에게서 쥘리앙을, 로마의 호민관 그라쿠스 형제에게서 그라크를 취하여 쥘리앙 그라크라는 필명을 지었다. 그의 부모는 잡화 도매상을 경영하는 프티부르주아였다. 평생의 준거점으로 남을 생 플로랑에서(그는 이곳의 고향 집과 파리의 스튜디오 혹은 아파트 사이를 오가며 산다.) 그는 행복한 어린 시절을 보낸다. 이후 그는 낭트에 있는 클레망소 고등학교에 기숙생으로 입학한

1) '1-2 작가의 탄생' 부터 '1-5 낭만주의와 휴머니즘' 까지의 글은 《현대 비평과 이론》 21호(2004년 봄 · 여름)에 「쥘리앙 그락—현대적 낭만주의, 그리고 휴머니즘」의 제목으로 실렸던 것을 일부 수정하여 수록한 것임을 밝혀둔다.

다. 엄격한 규율이 지배하는 이 기숙학교의 담 너머로부터 꿈꾼 낭트, 그가 처음으로 푸치니의 「토스카」를 들은 오페라 극장이 있는 낭트, 그리고 야외 산책 시간에 파편적으로 경험한 낭트는 "그의 도시"가 된다. 이런 낭트에 대해 그는 『도시의 형태 *La Forme d'une ville*』(1985)라는 책을 썼는데, 이는 도시를 통한 일종의 우회적 자서전이다. 그는 낭트가 어떻게 작가로서의 그를 형성했고(그는 작가 쥘리앙 그라크와 시민 루이 푸아리에를 철저히 구분한다.) 또 어떻게 그로 하여금 상상 세계를 구축하도록 자극하고 강요했는지 이야기하면서[2] 낭트가 자신에게 하나의 '거푸집'이었음을,[3] 일종의 '모태'였음을[4] 확인한다. 클레망소 고등학교를 졸업한 그는 1928년 파리에 있는 앙리 IV 고등학교의 파리 고등사범학교 시험 준비반에 들어가고, 이 년 뒤 시험에 합격한다. 그가 낭트 출신의 소설가 쥘 베른을 생각하며 선택한 전공은 당시 막 태동 단계에 있던 지리학이다. 그는 이 분야의 기초를 닦은 에마뉘엘 드 마르톤의 제자가 된다. 1934년 그는 역사·지리학 교수 자격시험에 합격하여 고등학교 교사로 부임한다. 1936년 교사로서 좌파 연합의 선거운동에 적극 참여하고 그해 말 공산당에 입당하지만, 1939년 독일-소비에트 동맹에 환멸을 느껴 탈당한다.

---

2) 『도시의 형태』, Gracq II, 774쪽. 'Gracq I'은 Julien Gracq, *Oeuvres complètes I*, Paris, Gallimard, coll. 『*Bibliotheque de la Pléiade*』, 1989를, 'Gracq II'는 1995년에 나온 같은 책 두 번째 권을 가리킨다.

3) 『도시의 형태』, Gracq II, 870쪽.

4) 『도시의 형태』, Gracq II, 869쪽.

한편 1937년 여름휴가 때 생 플로랑에 돌아온 그는 특별한 준비 없이 『아르골 성에서 *Au Château d'Argol*』를 쓰기 시작하여 가을에 탈고한다. 1938년 초 NRF 출판사에 원고를 보내지만 거절당하고, 같은 해 10월 출판 비용의 일부를 부담하는 조건으로 초현실주의 작품을 출판하는 조제 코르티 출판사에서 소설을 간행한다. 책은 그다지 잘 팔리지 않으나 언론의 반응은 좋은 편이었다. 그러나 이 첫 작품과 관련하여 무엇보다도 중요한 것은 그 이듬해인 1939년 5월 13일 초현실주의 그룹의 수장인 앙드레 브르통(André Breton)으로부터 열렬한 찬사가 담긴 편지를 받았다는 사실이다. 그라크는 이 편지를 받던 순간을 회상하며 이렇게 말한다. "나는 내가 글을 쓸 수 있다는 사실을 확인했다. (……) 어느 날 아침 '공원 호텔'에서 나는 흥분 가운데 브르통의 편지 — 청회색 편지지와 끌로 다듬은 듯 명료한 초록색 글씨는 아직도 나를 감동케 한다 — 를 열었고, 마치 자격증이라도 되는 양 그것을 서랍 속에 꼭꼭 간직했다."[5] 자격증은 물론 작가 자격증을 의미한다. 그를 그토록 감동케 한 것은 다른 사람도 아닌 브르통이, 즉 그가 나중에 러시아 시인 레르몬토프의 소설 제목을 인용하여 '우리 시대의 영웅'[6]이라고 부를 브르통이 그를 작가로서 인정했다는 사실이다. 중요한 두 가지 변화가 이 사건에 수반되며 쥘리앙 그라크의 세상에 대한 관계를 규정한다. "정치는

5) 『여행 수첩 *Carnets du grand chemin*』, Gracq II, 1025쪽.
6) 『앙드레 브르통』, Gracq I, 515쪽.

나로부터 멀어져 갔다. 열네 살 때 라마르틴 풍의 시 쓰기를 멈추었던 것같이, 열여덟 살 때 미사에 가기를 그쳤던 것같이, 아니 차츰차츰 잊었던 것같이, 그것은 마른 나뭇가지처럼 내게서 떨어져 내렸다. 그리고 대학은 내게 있어 손쉽고 편한 밥벌이에 불과할 것이라는 생각이 들었다."[7] 그라크는 작가이되 고등학교 교사 노릇을 하며 밥을 벌 것이고, 정치에 대해서는 무관심할 것이다. 적어도 표면적이고 일상적인 차원에서는 말이다. 공산주의와의 결별에 대해 한마디 덧붙이면, 그것의 직접적인 원인은 이미 말했듯 독일-소비에트 동맹에 있었다. 하지만 보다 근본적인 이유는 자신이 지향하는 문학과 사회주의 리얼리즘 미학의 모순에 있었다. 어쨌거나 작가 쥘리앙 그라크는 이렇게 탄생한다.

I-3 문단 밖으로, 세상 밖으로

쥘리앙 그라크의 문학적 삶에 결정적인 전기를 가져온 커다란 사건이 있다. 그것은 그의 대표작 『시르트의 바닷가』에 수여된 공쿠르 상 거부이다. 1951년 가을 프랑스 언론을 떠들썩하게 했던 이 사건의 전말을 이해하기 위해서는 이 년 전으로 거슬러 올라가야 한다. 1949년 봄 파리의 몽파르나스 극장에서는 그라크가 일 년 전에 발표한 희곡 『어부 왕*Le Roi pêcheur*』이 공연되었다. 마르셀 에랑이 연

---

7) 『여행 수첩』, Gracq II, 1025쪽.

출을 맡고 마리아 카자레스, 장 피에르 모키, 뤼시엥 나트 등이 출연한 이 작품은 그러나 비평가들로부터 심한 혹평을 받았다. 그렇지 않아도 문학계의 이런저런 행태에 불만을 품고 있던 그라크는 수긍할 수 없는 이 혹평을 계기로 한층 더 "손이 근질댐을 느끼고",[8] 그로부터 몇 달 뒤 문학계의 실상을 통박하는 팸플릿 『배식의 문학 *La Littérature à l'estomac*』을 쓴다. 이 도발적인 팸플릿이 겨냥하는 대상은 대형 출판사들이 영리 추구의 차원에서 서로 다투고 나누는 문학상과, 전후의 정신적 공황기에 형이상학의 기치를 앞세워 문학을 점령한 실존주의 유파였다. 그런데 문제는 이렇게 문학상 제도를 비판한 마당에 1951년 9월에 출간한 『시르트의 바닷가』가 프랑스 최고의 문학상인 공쿠르 상의 유력한 후보로 거론된다는 점에 있었다. 그라크는 결국 《피가로 리테레르》에 보낸 서한과 그에 이은 대담을 통해 "수상자로 지명될 경우 수상을 거부하겠다."라는 입장을 밝힌다. 그의 이 같은 반응은 어쩌면 스캔들을 피하기 위한 유일한 방도였는지도 모르겠다. 하지만 12월 1일 공쿠르 아카데미는 『시르트의 바닷가』를 수상작으로 지명하고, 같은 날 그라크는 이미 공언한 대로 수상을 거부한다. 그리고 이는 그라크가 문단에 결정적으로 등을 돌릴 수밖에 없는 계기가 된다.

사실 이때까지 그라크는 적극적으로 지적 논쟁에 참여했다. 초현실주의, 상징주의, 그리고 바그너의 영향을 천명

8) 『장식 문자 *Lettrines*』, Gracq II, 152쪽.

한 『아르골 성에서』, 공감의 차원에서 초현실주의 운동의 기수를 다룬 평론 『앙드레 브르통』(1948),[9] 켈트족의 성배 신화를 기독교적 색채를 제거하여(그에 따르면 성배 신화는 기독교 생성 이전에 성립되었고, 여타의 중세 신화들과 함께 열린 신화로서 닫힌 신화인 그리스 신화에 대립된다.)[10] 초현실주의적 관점에서 재조명하며 당시 쟁점이 되고 있던 성(聖)의 문제를 새롭게 조명한 『어부 왕』, 그리고 방금 이야기한 팸플릿 『뱃심의 문학』이 이때까지의 그의 '참여'를 증명한다.

공산당 탈당 및 문단과의 결별은 그러나 20세기 문화의 언저리에 위치하는 쥘리앙 그라크의 문학적 초상의 표층에 관련된다. 그라크 문학의 주변성은 사실 훨씬 더 깊은 차원에서 형성되거니와, 여기서 핵심적인 역할을 수행하는 것이 바로 앙드레 브르통의 초현실주의이다. 진작부터 말하지만, 그라크 문학이 고유한 색깔과 형태를 얻는 것은 초현실주의와의 연관 속에서이다.

I-4 앙드레 브르통과 초현실주의

1939년 8월 브르통과 그라크가 낭트에서 처음 만났을 때, 브르통은 어려운 입장에 있었다. 브르통 자신은 그것을 받아들이지 않았지만 초현실주의 운동의 황금시대인

9) 많은 비평가들이 이 책에서 그라크 자신의 실루엣을 본다는 사실은 비평의 바탕을 이루는 '공감'이 어느 정도인지를 실감케 한다.

10) 『어부 왕』, Gracq I, 328~329쪽.

1920년대는 벌써 먼 과거였다. 아라공, 수포, 아르토, 데스노스, 프레베르 등이 이미 1930년대 초반에 그룹과 결별했고, 바로 전해인 1938년 말에는 엘뤼아르마저 떠난 참이었다. 그러나 보다 심각한 문제는 히틀러의 나치즘이 급격히 부상하면서 꿈과 비이성의 복권을 부르짖는 초현실주의의 입지가 현격히 위태로워졌다는 사실에 있었다. 이런 마당에 재주 있는 젊은 소설가가 초현실주의를 천명하며 등장했다는 사실은 브르통에게 오랜 가뭄 끝의 단비와도 같은 것이었다. 브르통은 그라크에게 초현실주의 그룹에 가입할 것을 권유했고, 그라크는 이를 거절했다. 그리고 이것으로 초현실주의 그룹과의 관계는 결정되었다. 브르통은 두 번 다시 같은 이야기를 꺼내지 않았고, 두 사람은 서로를 엄격히 존중하는 사이로 남았다. 브르통의 요청으로 그라크는 몇 차례에 걸쳐 초현실주의 전시회의 카탈로그에 글을 쓰기도 했지만 그렇다고 해서 초현실주의 그룹의 일원이 되었다고 할 수는 없다. 초현실주의자가 된다는 것은 그룹 차원의 선언, 행동, 숙청 등에 참여하고 서명하는 것을 의미한다. 그러나 초현실주의에 대해 그라크가 취한 거리는 사실 그룹에 가입하고 안 하고의 형식적인 문제에 국한되지 않는다.

1942년 12월 미국 예일대의 강연에서 브르통이 명시한 것처럼, 1919년 《문학》 지에 『자장(磁場) *Les Champs magnétiques*』의 첫 장들이 발표되면서 출발한 초현실주의

11) 「양차 대전 사이의 초현실주의의 상황 *Situation du Surréalisme entre*

는[11] 무의식의 세계로 향하는 문을 연 프로이트의 정신분석에 자극받아 꿈과 현실, 이성과 비이성, 의식과 무의식을 종합하고자 했다. 합리주의와 실증주의의 전통에 반항하며 현실이 부과하는 경제적·사회적 예속에서 벗어나고자 했던 이 운동은 그러나 무엇보다도 의식과 언어를 바꿈으로써 인간과 삶을 변화시키려 했고, 이 점에서 사회경제적 차원에 역점을 두는 공산주의와 근본적인 차이를 갖는다. 꿈과 현실의 종합을 추구하는 초현실주의의 실천은 글쓰기의 차원에서는 자동기술(écriture automatique)로, 삶의 차원에서는 객관적 우연(hasard objectif)으로 구체화된다. 객관적 우연이란 주관성이 객관성으로 이행하는 것,[12] 다시 말해 꿈 또는 욕망이 현실 속에서 구체화되는 것을 가리키거니와 브르통의 『미친 사랑』(1937) 같은 작품은 꿈, 욕망, 그리고 겉으로 보기에 하찮은 사물, 말, 사건 등이 교향악적으로 상응하며 열정적인 사랑을 향해 경이롭게 수렴되는 과정을 보여준다. 이를테면 우연이 일종의 구체적인 필연으로 이행된다. 이런 점에서 『제2차 초현실주의 선언문 *Second manifeste du Surréalisme*』(1929)이 규정한 "숭고한 지점(point sublime)", 곧 "삶과 죽음, 현실과 상상 세계, 과

---

les deux guerres」, *La Clé des champs*, Paris, Jean-Jacques Pauvert, 1967, 72쪽.

12) 앙드레 브르통, 『미친 사랑 *L'Amour fou*』, Breton II, 753쪽. 'Breton I'은 André Breton, *Oeuvres complètes I*, Paris, Gallimard, coll. 『*Bibliothèque de la Pléiade*』, 1988을, 'Breton II'는 1992년에 나온 같은 책 두 번째 권을 가리킨다.

거와 미래, 소통과 불소통, 높은 곳과 낮은 곳이 모순적으로 지각되기를 그치는 정신의 지점"[13]을 『미친 사랑』이 다시 한 번 이야기하는 것은[14] 당연하다. 초현실주의가 궁극적으로 추구하는 것은 바로 이 숭고한 지점인 까닭이다. "초현실주의의 활동에서 이 지점을 규정하고자 하는 희망 이외에 다른 어떤 동기를 찾는 것은 헛수고이다."[15]라고 브르통은 단언한다. 이 숭고한 지점은 인간과 세상의 온갖 모순이 해소되는 절대적인 자리라는 의미에서 일종의 성(聖)이며, 이 같은 성을 현실의 삶 속에서 규정하고자 하는 초현실주의의 탐색은 인류 역사에 신기원을 열기 위한, 새로운 신화를 창출하기 위한 거대한 노력이 된다.

이러한 초현실주의와 그라크의 차이는 우선 글쓰기에서 확인된다. 그라크는 1940년대 초반에 쓴 시들을 주로 모은 시집 『커다란 자유 *Liberté grande*』(1946)에서 초현실주의적인 이미지들을 풍부하게 활용하는 한편 몇몇 시들 속에서는 자동기술을 채택하기도 한다. 하지만 그 밖의 작품들, 특히 소설에서는 자동기술을 전혀 사용하지 않는다. 자동기술이야말로 초현실주의를 특징짓는 가장 뚜렷한 표지인 만큼 그 같은 사실은 그라크를 초현실주의로부터 구별하는 첫 번째 이유가 된다. 또 다른 중요한 차이는 방금 언급한 성(聖)의 문제에 관련된다.

아라공과 엘뤼아르를 비롯한 주요 구성원들이 그룹을 떠

---

13) Breton I, 781쪽.

14) 『미친 사랑』, Breton II, 780쪽.

15) 『제2차 초현실주의 선언문』, Breton I, 781쪽.

난 뒤 사실상 혼자서 초현실주의 운동을 이끌었던 브르통은 숱한 어려움과 절망 가운데서도 일찍이 『초현실주의 선언문 *Manifeste du Surréalisme*』(1924)을 통해 표명했던 목표에 대한 신념과 희망을 버리지 않았다. 그는 숭고한 지점, 곧 성을 땅 위에서 탐색하고 구현하려 했으며 그것을 보여주는 안내자가 되고자 했다. 이와는 달리 그라크는 애초부터 성의 문제를 현실적 삶으로부터 완전히 독립된 문학 속에, 허구 속에 국한한다. 잘 알려진 것처럼 브르통은 허구를 단죄한다. 『나자 *Nadja*』(1928)에서 그는 자신의 일상과 실재가 환히 드러나는 "유리 집(maison de verre)" 같은 글을 쓰겠다는 의지를 천명한다.[16] 반면에 그라크는 허구를 유일한 발언의 자리로 채택한다. 이런 점에서 그가 문학을 하기 위해 쥘리앙 그라크라는 필명을 채택했다는 사실은 의미심장하다. 그는 소설가 쥘리앙 그라크와 고등학교 교사 루이 푸아리에를 철저히 구분한다. 쥘리앙 그라크는 오로지 문학을 통해서만 존재한다.

그라크에게서 문학 속으로, 책 속으로 들어온 성은 일종의 소실점으로 기능한다. 그라크의 소설은 종국적 진리를 담은 공간 혹은 사건을 중심으로 구성되고 또 그것을 향해 수렴되지만 이 공간 혹은 사건은 결코 모습을 드러내는 법이 없다. 성배 신화를 변용한 희곡 『어부 왕』이 이를 단적으로 보여준다. 장엄한 성배 의식으로 끝나는 바그너의 「파르지팔」과 달리 그라크의 이 희곡에서는 대단원을 구성

16) Breton I, 651쪽.

하는 성배 의식이 칸막이 뒤에서 진행된다. 극의 중심에 위치하되 모습을 드러내지 않은 채 모든 요소들을 하나의 벡터로 수렴하던 성배가 마지막 순간에 이르러 그 모습을 드러내는 대신 차폐막 뒤로 숨어버리는 것이다. 『시르트의 바닷가』 역시 동일한 이야기 구조를 갖는다. 소설은 오르세나와 파르게스탄이라는, 치유할 수 없는 마비 상태에 빠진 두 가상 국가를 설정하며 시작되고, 이야기는 둘 사이의 전쟁을 향해 나아가지만 전쟁이 발발하기 직전에 책은 끝난다. 전쟁은 이른바 소실점으로 기능하고 있는 셈인데, 두 국가 간의 결정적인 만남을 구현할 전쟁은, 거기서 살아남아 글을 쓰는 화자/주인공 알도에 의해 아주 짧게("파괴된 내 조국의 불그스름한 빛"), 너무 짧은 나머지 불완전하고 모호하게 묘사될 뿐이다. 부재하는 현존으로서의 성을 일종의 소실점으로 삼아 스스로를 구축하되 결정적인 순간에 그것을 에워간다는 점은 『시르트의 바닷가』와 『어부 왕』에 국한되지 않는다. 그라크의 모든 작품이 그 같은 구조 위에 축조되어 있다. 하지만 성은 실현되지 않았어도 빈 중심 둘레로 책이 완성된다. 『시르트의 바닷가』에 전쟁은 없지만, 부재하는 그것은 화자 알도의 이야기를 낳는 것이다. 그라크에게 있어 성의 역할은 이렇듯 오로지 이야기를 산출하는 데 그친다. 그것은 허구를 낳는 일종의 핑계로 기능할 따름이다. 다소 역설적인 것은 이러한 성이 함부로 범접할 수 없다는 특징을 갖는 성의 현상학적 위상을 고스란히 유지한다는 점이다.

I-5 낭만주의와 휴머니즘

이렇듯 초현실주의와 명백히 구별되는 쥘리앙 그라크의 문학은 그러나 그것과 근본적인 가치를 공유한다. 인간과 세계에 대한 깊은 신뢰가 바로 그것이다. 1960년 5월, 그러니까 사르트르의 실존주의와 그것에 영향 받은 누보로망이 문단을 지배하던 무렵 파리 고등사범학교에서 행한 강연 중 그라크는 초현실주의에 대해 이렇게 말한다. "이제 나는 결론을 대신하여 나에게 있어 언제나처럼 모범적인 가치를 지니고 있는 운동, 초현실주의라는 이름으로 불렸던 운동에 대해 간단히 말하고자 합니다. 결국은 삶의 것에 다름 아닌 수많은 모순들을 통해 이 운동은 인간의 총체성의 표현을 줄기차게 요구하는 본질적인 미덕을 견지했으니, 이 온전함이란 거부인 동시에 승낙이고, 항구적 결별인 동시에 재통합입니다. 이 운동은 이러한 모순의 한가운데에서 스스로를 보존할 줄 알았습니다. 그것은 카뮈의 경우처럼 절제된 예지에서 오는 약간 맥 빠진 화해의 길을 통해서가 아니라, 우리가 살고 있는 이 세계, 매혹적이지만 살기 힘든 이 세계가 끊임없이 요구하는 동시적인 두 가지 태도, 곧 경탄과 분노를 극단적 긴장 안에 유지하면서였습니다."[17] 그라크가 초현실주의를 통해 보는 것, 그리고 사실은 그의 문학을 기저에서 떠받치는 것은 "인간과

---

17) 「어째서 문학은 제대로 숨 쉬지 못하는가 *Pourquoi la littérature respire mal*」, 『편애 *Préférences*』, Gracq I, 880쪽.

그를 품은 세계 사이의 계쟁(係爭, litige)"이거니와 "이 계쟁은 세계가 객관적으로 느껴지는 한 계속될 수밖에 없는 계쟁이며, 시(詩)가 근본적으로 뿌리내리는 계쟁"[18]이다. 이것은 종국적으로 인간과 세계의 결혼, "필요한 만큼 아니 그 이상의 애정에 의한 결혼, 매일 매 순간 인간과 그를 품은 세상 사이에 맺어지는 어쨌거나 신뢰에 바탕을 둔 끊을 수 없는 결혼"[19]을 지향한다. 그라크의 마지막 소설 가운데 하나인 「반도 *La Presqu'île*」(1970)의 화자는 말한다. "세상은 말하지 않는다. 그러나 가끔 어떤 한 물결이 그 안으로부터 밀려 올라와 어쩔 줄 모르는 모습으로, 사랑에 빠진 모습으로, 아주 가까이에서 자신의 투명함 위로 부서진다. 마치 영혼이 이따금 입술 언저리를 향해 오르듯."[20]

세상에 대한 이런 태도는 실존주의에 관한 입장을 단숨에 결정한다. 우선 "독자에게 있어 숙명적 여인들(femmes fatales), 파멸케 하는 여인들의 목록이 아닌 문학은 상관할 필요가 없다."[21]라고 말하는 작가가 철학을 전면에 내세우는 실존주의 유파를 고운 눈으로 볼 리 만무하다. 그러나 그라크에게 정말로 불만스러운 것은 실존주의가 인간을 스스로에게서(카뮈의 『이방인』), 그리고 세계로부터(사르트르의 『구토』) 분리시키면서 통합의 가치 대신 유형(流刑)의 가치를 부각시킨다는 점이다.[22] 타자와 세계에 대해 적대적

18) 『좁은 강 *Les Eaux etroites*』, Gracq II, 543쪽.
19) 「어째서 문학은 제대로 숨 쉬지 못하는가」, Gracq I, 879쪽.
20) Gracq II, 467쪽.
21) 『읽으며 쓰며 *En lisant en ecrivant*』, Gracq II, 681쪽.

인 태도를 취하며 인간을 잉여로 간주하는 사르트르의 문학은 그라크의 눈에 "아니오의 감정(sentiment du non)"을 대표한다. 물론 그라크 자신은 클로델로 대표되는 "예의 감정" 쪽에 스스로를 위치시킨다.[23]

로브그리예(Alain Robbe-Grillet)로 대변되는 누보로망 역시 동일한 이유에서 비판받는다. 그라크에 따르면 로브그리예는 인간을 방기하고 세상 쪽으로 넘어가 사물들 그 자체만을 그리되 상응과 의미에 대한 인간의 영원한 요구를 도외시한다.[24] 구조주의 비평 또한 누보로망과 동일한 취급을 받는다. "열쇠를 갖고 있다고 믿으며 당신의 작품을 자물쇠 모양으로 만들어대는 이 사람들에게 무슨 말을 할 것인가?"[25]라고 그라크가 말할 때 그가 겨냥하는 것은 롤랑 바르트를 위시한 구조주의 비평가들이다. 그는 또 누보로망과 신비평을 한데 싸잡아 비판하며 이렇게 말한다. "일종의 에너지 보존법칙이 등장했다. 비평의 광도(光度)가 점점 높아짐에 따라 작품의 질량은 감소한다. 그리하여 스스로의 무저항성을 의식한 작품은(누보로망이 그 경우이다.) 자진해서 비평의 해부에 알맞은 형태로, 다시 말해 미리 소화된 형태로 얼굴을 내민다."[26] 그라크가 이토록 혹독하게 20세기 중반의 문학적 흐름을 비판한다면, 그것은 이

---

22) 「어째서 문학은 제대로 숨 쉬지 못하는가」, Gracq I, 874쪽.
23) 「어째서 문학은 제대로 숨 쉬지 못하는가」, Gracq I, 872~873쪽.
24) 「어째서 문학은 제대로 숨 쉬지 못하는가」, Gracq I, 877쪽.
25) 『장식 문자』, Gracq II, 161쪽.
26) 『장식 문자』, Gracq II, 227쪽.

흐름이 문학으로부터, 그리고 언어로부터 인간을 배제하려 애쓴다고 보기 때문이다. 그라크에게 인간의 죽음, 예술의 죽음은 난센스에 불과하다. 그는 언어를 일종의 소여로서 수긍하며, 이렇게 받아들인 언어의 가능성을 적극적으로 탐색한다. 그는 풍부하고 오랜 프랑스 문학 전통에서 글을 가장 잘 쓰는 작가 가운데 한 사람이기도 하다.

인간이 세계와 맺는 계쟁적 관계가 작품의 중심에 위치할뿐더러 이 관계가 궁극적으로 행복한 결혼을 지향한다는 점에서, 그리고 꿈과 상상력이 작품의 전면에 자리한다는 점에서 그라크는 넓은 의미의 낭만주의에 속한다고 할 수 있다. 사실 그라크가 일정한 거리를 유지하며 초현실주의와 공유하는 가치는 낭만주의의 흐름에 속하는 것이려니와, 그는 초현실주의에서 현대적 형태의 낭만주의를 보기도 한다. 초현실주의에 앞서 꿈과 현실을 종합하려 했고, 또 그것에 지대한 영향을 미친 독일 낭만주의, 특히 노발리스의 독일 낭만주의가 초현실주의와 동일한 자격으로 그라크에 의해 수용되는 것은 바로 이런 맥락에 근거한다. 그러나 초현실주의든 독일 낭만주의든, 그라크가 낭만주의의 유구한 흐름에서 보고자 하는 것은 소외와 욕구 불만으로부터 자유로우며 죄의식에서 해방된 완전한 삶, 곧 황금시대에 대한 열망이다. 그라크에게 이 황금시대는 하나의 전범을 갖고 있다. 그것은 독일 낭만주의의 중세이다. 다시 말해 흔히 암흑기로 간주되는 역사 속의 음침한 중세가 아니라 찬란한 르네상스와 혼동되는 상상의 중세, 노발리스가 『하인리히 폰 오프터딩겐』에서 그리고 있듯 진정한 삶 가운데 기쁨과 가능성이 넘쳐흐르는 중세이다. 이 중세는 따라서 시공간적으로 한정된 인간 조건으로부터 해방된 세계이자, "포근하고 부드러운 초시간적 세계"이다.[27] 그라크가 보기에 독일 낭만주의의 본질적인 미덕은 이처럼 전범을 과거에 설정하되 지향하는 황금시대 자체는 미래에 위치시킨다는 점이다. 황금시대에 대한 노발리스의 놀라운 믿음은 이러한 도식을 보증하거니와 이 믿음은 그라크의 찬탄을 자아낸다. 프랑스 낭만주의가 그라크에게 아무런 관심도 유발하지 못하는 것은 그것이 유형과 상실의 문학이기 때문이다. 그에게 있어 진정한 프랑스 낭만주의는 초현실주의이다.

이 같은 그라크의 낭만주의 수용에서 우리는 니체의 숨결을 확인한다. 『비극의 탄생』에 개진된 니체의 낭만주의 철학이 그라크의 문학에서 관찰되는 다양한 낭만주의적 흐름들에 다리를 놓고 있는 듯 보인다. 그라크는 디오니소스적 열정과 힘의 폭발을 기꺼이 승인하고 표현하는 작가이다. 바그너의 오페라와 푸치니의 「토스카」에 대한 그의 변함없는 기호, 그리고 이러한 낭만주의 오페라 미학의 영향을 받은 소설의 극적 구조 및 언어가 그것을 반영한다. 누보로망이 지배하는 시대에 드라마틱한 소설을 쓰는 데 대해, 로브그리예가 언어에서 몰아내고자 하는 의인법을 적극적으로 사용하는 데 대해 사람들이 뭐라고 하건 그는 조

27) 「노발리스와 하인리히 폰 오프터딩겐 *Novalis et Henri d'Ofterdingen*」, 『편애』, Gracq I, 993쪽.

금도 개의치 않는다. 오히려 그 같은 특징들은 그라크 문학의 근본적인 기조를 이룬다.

그라크는 하지만 낭만주의가 내포하는 위험을 냉철하게 의식한다. 그는 자신의 뿌리를 소중하게 생각하는 사람이다. 공간과 주체 사이의 밀접한 관계는 그의 작품의 중요한 토대를 구성한다. 방금 말한 의인법은 이러한 관계의 주조를 이룬다. 그라크가 지향하는 세상과 인간의 행복한 결혼은 그것의 가장 긍정적인 형태이다. 문제는 공간과 주체 사이에서 유기적인 긴밀함 내지는 유착으로 나타나는 이 관계가 자칫 타자의 배제로 이어질 수 있다는 점이다. 지방색이니 국수주의니 인종주의니 하는 것들도 결국은 주체와 공간의 유기적인 관계가 정치 이데올로기로 비화된 경우들에 불과하다. 20세기 초반의 나치즘이 단적인 예이다. 이러한 위험을 예방하기 위해 그라크가 발전시키는 것이 바로 뿌리를 거부하는, 다시 말해 공간과 주체 사이의 지나치게 긴밀한 끈을 거부하는 "정신적 유목주의"이다.[28] 그라크의 세계에서는 유목주의와 농경주의가 대립하는데, 유목민이 농경민보다 더 자유롭고 우월한 존재로 나타난다. 거기서 정신적 유목주의는 정신적 자유 혹은 정신적 귀족주의의 동의어이다. 그것은 작품에 균형을 주면서 그것을 이데올로기적 위험으로부터 보호한다.

그라크는 문화 참조를 풍부하게 활용하는 작가로 유명하다. 중세, 동양, 초현실주의, 그리고 영국의 암흑 소설[29]

28) Michel Murat, *Julien Gracq*, Paris, Pierre Belfond, 1991, 29쪽.

등은 그의 작품에서 중요한 자리를 차지한다. 문학사에서 그가 선호하는 세기는 19세기이다. 샤토브리앙, 발자크, 스탕달, 플로베르, 위고, 보들레르, 랭보, 로트레아몽, 말라르메, 발레리, 프루스트 등이 그의 입에 자주 오르내린다. 그러나 그의 가장 큰 관심은 노발리스, 횔덜린, 네르발, 톨스토이, 에른스트 윙거 등 "계절 및 지구의 리듬에 깊이 조율된 인간의 수액, 우리 속을 흐르며 생명력을 재충전하는 수액에 대한 잃어버린 감정을 우리에게 되돌려주는"[30] 작가들에게로 향한다.[31] 여기에는 물론 브르통이 포함된다. 그는 이들을 "위대한 식물성의 작가들(les grands végétatifs)"[32]이라 부르거니와, 이는 인간에게서 하나의 "식물(plante humaine)", 즉 "지구의 신경섬유 가운데 가장 예민하고 가장 민감한 갓털"[33]을 보고자 하는 그의 낭만적이고도 인간중심주의적인 인간관에 근거한다.

낭만주의와 휴머니즘은 현대의 고전이 된 쥘리앙 그라크의 문학을 떠받치는 두 기둥이다. 이 기둥들은 해묵은 것이다. 그러나 작가 특유의 현대성 덕분에 그것은 결코 낡

---

29) 18세기 후반에서 19세기 초 사이에 영국에서 유행한 이 장르의 원래 이름은 '고딕 소설(Gothic novel)'이지만 브르통과 초현실주의자들이 그것을 '암흑 소설(Roman noir)'이라 부른 이후로 프랑스에서는 주로 이 명칭이 사용된다.

30) 「어째서 문학은 제대로 숨 쉬지 못하는가」, Gracq I, 879쪽.

31) 이 작가들은 모두 「어째서 문학은 제대로 숨 쉬지 못하는가」, Gracq I, 879~880쪽에서 집중적으로 거명된다.

32) 「어째서 문학은 제대로 숨 쉬지 못하는가」, Gracq I, 879쪽.

33) 「두 눈을 똑바로 뜨고 *Les Yeux bien ouverts*」, 『편애』, Gracq I, 844쪽.

은 것이 아니다.

Ⅱ 『시르트의 바닷가』

쥘리앙 그라크는 현재 살아 있다. 하지만 1992년에 내놓은 『여행 수첩』 이후로 그의 작품은 완결되었다고 할 수 있나. 2002년 『대담』이라는 책이 나오기도 했지만 그것은 예전에 이루어진 대담들을 모아놓은 것에 불과하다. 따라서 그의 문학을 단수(單數)로 말하는 것은 진작부터 가능하다. 1938년 『아르골 성에서』부터 출발하여 1992년 『여행 수첩』으로 끝나는 그의 작품은 하인리히 폰 클라이스트의 『펜테질레아』 번역을 포함하여 모두 열아홉 권으로 이루어진다. 소설, 시, 희곡, 에세이 등을 망라하는 이 책들 가운데 가장 중요한 것은 모두 다섯 권을 헤아리는 소설이고, 이 소설 가운데 『시르트의 바닷가』가 단연 최고의 걸작으로 꼽힌다. 가장 유명한 책인 동시에 쥘리앙 그라크의 삶과 문학에서 중요한 전기를 이루기도 하는 이 작품에 대해 간단히 살펴보도록 하자.

Ⅱ-1 작품의 형태

소설을 시작하는 첫 단어는 '나(je)'이다. 즉 소설은 일인칭으로 서술되어 있다. "오르세나의 가장 오랜 가문 출신"으로서 알도(Aldo)라는 이름을 갖고 있는 나는 소설의 화자인 동시에 주인공이다. 『시르트의 바닷가』는 따라서 알도에 의해 서술된 알도의 이야기이다. 이야기의 초점은 알도에게 엄격하게 맞춰져 있다. 독자는 알도를 통해서 보며 알도가 보는 것 이외에는 아무것도 알 수가 없다. 그는 전지적 화자가 아닌 까닭이다. 그는 독자에게 제한된 시야만을 제공한다.

이야기는 허구의 공간에 위치한다. 오르세나, 파르게스탄, 그리고 이 두 나라를 가르는 시르트 해는 모두 그라크의 머릿속에서 이름을 얻은 것들이다. 역사에 실존하는 왕 포르세나(Porsenna)의 이름에서 P를 빼고 만든 오르세나는 동양과 서양의 원형적 대립이 구현되는 소설에서 서양의 축을 구성하고, 이런 오르세나에 관련되는 지명과 인명은 이탈리아를 생각하게 한다. 시르트(Syrtes)는 지중해에 면한 북아프리카 해안의 유사 지대를 이르는 말이다. 시르트 해 너머에 위치하는 가상의 국가 파르게스탄(Farghestan)은 그 이름의 기원을 아랍어와 페르시아어에 두고 있다. 아랍어에서 유래하여 현재 페르시아어에 남아 있는 'fargh'는 '공허' 혹은 '자유'를, 페르시아어에서 온 'stan'은 '나라'를 의미한다. 쥘리앙 그라크에게 있어 동양 중의 동양을 표상하는 중앙아시아 국가들을 연상시키는 이 파르게스탄은 동양과 서양의 대립에서 동양의 축을 점한다.

빛과 어둠처럼 두 부분으로 분명히 대별되는 『시르트의 바닷가』의 공간은 그러나 세부에서는 다양한 이질적인 요소들을 혼합하고 있다. 그것은 파르게스탄의 문화가 그러하듯 모자이크에 가까운 양상을 보인다.

이러한 양상은 시간의 차원에서도 마찬가지로 관찰된다. 소설의 시대적 배경은 그것을 어떤 특정 지점에 위치시키기가 매우 어렵다. 인물들은 자동차를 타고 움직이며 시르트 해군기지의 전함 르두타블호는 석탄으로 운행된다. 그러나 건물 안에서 인물들은 등불을 들고 움직이며, 방을 밝히는 것도 램프이다. 마리노의 시체를 수색할 때는 횃불을 들기도 한다. 전깃불은 아직 없지만 자동차가 있는 만큼 20세기 초쯤에 이야기를 위치시킬 수 있을 것이다. 하지만 이러한 시간적 배경은 소설에 편재하는 여러 요소들에 의해 교란된다. 이 작용을 수행하는 주된 요소는 건축이다. 해군기지의 성채와 알도브란디 궁전, 그리고 보안평의회 궁전은 중세의 숨결이 남아 있는 옛 건물들이다. 현대에도 이런 건물이 사용되는 것에는 그다지 특별할 것이 없으나 그것이 보여주는 돌이킬 수 없는 퇴락의 양상은 귀족들에 의해 주도되는, 옛 베네치아 공화국을 연상시키는 오르세나의 정치, 그리고 옛날로부터 금방 몰려나온 어부들이 회중의 대부분을 이루는 듯 보이는 성 다마즈 교회의 성탄절 미사, 또 작품 후반부에 들어 도처에서 출몰하는 예언자 또는 점쟁이들과 맞물리면서 이야기를 다양한 시대들이 혼동되며 뒤섞이는 모호한 시간 속에 놓는다.

이러한 시간과 공간의 혼합은 언제나 형이상학적이고 궁극적인 소설을 지향하는 그라크 문학의 중요한 특징을 이룬다. 루트 아모시(Ruth Amossy)에 따르면 배경의 혼합은 현실을 재자화(再磁化)시키는 한편 아주 높은 일반성의 차원을 마련함으로써 이야기를 진정한 꿈의 공간에 위치시킨다.[34] 이와 관련하여 그라크는 『읽으며 쓰며』에서 말한다. "『시르트의 바닷가』에서 다른 무엇보다도 내가 하려고 했던 것은 비시간적인 이야기를 하기보다 증류를 통해 어떤 기화하기 쉬운 요소, 다시 말해 '역사의 정수'를 추출해 내는 일이었다."[35]

『시르트의 바닷가』에 등장하는 인물들은 성(姓)과 이름이든(바네사 알도브란디, 줄리오 벨센차) 성이든(마리노, 다니엘로) 이름이든(파브리치오, 지오반니, 로베르토, 오를란도) 거의 모두 이름을 갖고 있다. 이름을 얼마나 완전하게 지니는가 하는 것이 역할의 비중을 반영하지는 않는다. 성 혹은 이름만 있는 마리노나 파브리치오의 역할이 성과 이름을 모두 지닌 줄리오 벨센차보다 훨씬 크기 때문이다. 화자/주인공인 알도의 경우 그의 이름만이 알려져 있다.

알도는 이름을 갖고 있지만 그는 발자크로 대변되는 전통 소설의 주인공과는 확실히 다르다. 독자는 그의 서술을 통해 그의 심리 상태를 알 수 있다. 하지만 그가 어떤 용모를 하고 있는지 알 도리가 없다. 기껏해야 바네사의 입을 통해 그가 "아주 강력하고, 아주 억센" 손을 갖고 있다는 사실을 알 뿐이다. 하지만 이마저도 하나의 메타포로

---

34) Ruth Amossy, *Parcours symboliques chez Julien Gracq*, Paris, SEDES, 1982, 243, 245, 252쪽.

35) 『읽으며 쓰며』, Gracq II, 707쪽.

읽어야 하는 경우이다. 알도 자신이 화자라는 점을 감안한다 하더라도, 즉 자기 입으로 자기 용모를 묘사하는 것이 자연스럽지 않다는 점을 감안한다 하더라도, 확실히 『시르트의 바닷가』에서 인물의 육체 묘사는 최소한으로 나타난다. 이는 발자크의 소설에서처럼 성격과 심리를 반영하는 관상학적 묘사를 보여주는 그라크의 조기 소설들과 비교하면 참으로 커다란 변화이다. 예를 들어 『아르골 성에서』에서 알베르의 밝고 명징한 용모는 그의 밝고 명징한 정신을, 에르미니앵의 어둡고 본능적인 용모는 그의 어둡고 본능적인 정신을 나타낸다. 『시르트의 바닷가』에는 이런 식의 육체 묘사가 등장하지 않는다. 마리노의 "차가운 바다 같은 회색 눈"과 느리고 둔한 몸집, 다니엘로의 "맹렬한 코", 그리고 파르게스탄 사자(使者)의 "째진 눈" 이외에 인물의 육체에 대한 묘사는 비유적 표현이나 거동의 묘사에 한정된다. 오를란도, 파브리치오, 지오반니, 로베르토의 경우, 그들은 소설의 전면에 오래 머무르지만 도대체 어떤 용모를 하고 있는지 우리는 알 수가 없다. 바네사의 경우만 해도 "그녀는 암사자처럼 탄력적인 커다란 걸음으로 방 안을 이리저리 걸어 다니기 시작했고, 방은 갑자기 작아진 듯한 느낌이 들었다."(322쪽) 같은 문장을 통해 그녀의 키가 아마도 클 것이라고 추측할 뿐이다.

사실 이 부분에서 가장 풍부한 묘사를 수반하는 인물은 마리노인데, 그에 대한 묘사는 소설의 주제를 구축하기 위해 전략적으로 조성된 것이다. 그의 "차가운 바다 같은 회색 눈"은 뱃사람의 신분을 나타낸다. 그의 이름 마리노

(Marino)는 뱃사람(marin)을 뜻한다. 그러나 모험과 새로움에 연결된 뱃사람은 장화에 박차를 달고 농장을 순회하며 회계장부 관리에 열심인 농부에게 자리를 내어주게 되거니와, 흙과 무거움의 모티프에 의해 지배되는 그의 육체 묘사는 소설의 중심에 위치하는 이러한 주제의 발전에서 결정적인 역할을 수행한다. 이렇듯 마리노에 대한 묘사는 소설의 주제와 서술의 요청에 따른 것이라는 점에서 전통 소설의 인물 묘사로부터 멀어진다.

『시르트의 바닷가』의 인물들은 뚜렷한 성격을 지닌다. 낭만적인 기조 위에 구축된 이 소설에서 알도는 유혹에 넘어가 모험을 감행하는, "쉽게 끓어오르는 피"를 지닌 젊은 주인공의 역할을, 바네사는 아름답고 치명적인 유혹자의 역할을, 마리노는 법과 전통의 수호자 역할을, 파브리치오는 충동적인 행동가의 역할을 수행하며 각각의 성격을 선명하게 드러낸다. 이 밖에도 소설에 등장하는 여러 부수적인 인물들조차 명확한 역할과 성격을 지니고 있다. 이러한 인물들의 성격은 소설의 상징적인 측면을 강화하는 경향이 있다.

『시르트의 바닷가』의 인물들은 초기 소설의 전통적인 형태와 점점 더 투명한 양상을 띠는 후기 소설의 현대적 형태 사이에 놓인 과도기적 형태로 파악될 수 있다. 혹은 전통적 형태에 현대 문학의 성과를 통합한 경우로 볼 수 있다. 그라크는 2차 세계대전 이후의 실존주의 문학과 누보로망에 대해 거리를 유지했을뿐더러 적대적인 태도마저 취한 작가이다. 하지만 『시르트의 바닷가』의 인물들을 검토하면서 발견하게 되는 것은 주인공의 육체적 두께와 심리적 깊이가 사라져가는 현대 문학의 꾸준한 흐름을 나름의 독특한 방식으로 수용하고 체화하는 모습이다.

쥘리앙 그라크는 훌륭한 글쓰기로 정평이 난 작가이다. 어휘와 문장은 정확하고 단정하다. 어조는 식획하고 호흡은 경쾌하며 문체 전반에 힘이 있다. 단순 과거를 사용하며 일체의 문체적 실험을 삼간다는 점에서 그의 글쓰기에 '전통적'이라는, 우리 시대에 한없이 불리해진 수식어를 붙일 수 있을 것이다. 그러나 프랑스 문학사를 통해 가장 뛰어난 글쓰기를 선보인 작가 가운데 한 사람이라는 점에서 그를 고전적 글쓰기를 구사하는 현대 작가라고 부르는 게 정확할 듯싶다.

이 자리에서 그의 문체에 대해 길게 논할 수는 없고, 다만 두드러지는 몇 가지 측면에 대해서만 말하고자 한다.

첫 번째로 지적해 둘 것은 추상명사의 체계적인 사용이다. 예를 들어 제8장 「성탄절」에는 이런 구절이 나온다.

> 한쪽 끝이—검은 물이 부풀어 오르는 아침의 간석지 필로티처럼—나른한 물결의 공동 속으로 빠져 들어가는, 바네사 곁에서 보낸 그 밤들로부터 나는 음산한 환희를 느꼈다. 나를 지치고 텅 빈 상태 속에 빠뜨리는 어떤 체액의 소실 같은 것이 풍경의 열기 어린 패배에, 복종에, 의기소침에 나를 조율하는 듯했다. (216쪽)

이 구절을 자구에 충실하게 직역하면 '검은 물이 부풀어 오르는 아침의 간석지 필로티처럼'은 '검은 물의 아침의 부풀어 오름 속에 잠긴 간석지의 필로티처럼'으로, '나른한 물결의 공동'은 '나른한 출렁임의 공동'으로 옮겨야 한다. 여기에 '풍경의 열기 어린 패배에, 복종에, 의기소침에'를 더하면 추상명사는 불과 두 문장 사이에 다섯 개나 나온다. 이러한 추상명사의 빈번한 사용은 작품 전체를 지배하거니와, 이러한 문체적 특징은 작품을 막연하고 관념적인 기조 위에 위치시킴으로써 마치 허공 위에 떠 있는 듯한 인상을 준다. 소설을 읽으며 독자가 갖게 되는 무언가 막연한 것을 앞에 두고 있다는 느낌은 상당 부분 이러한 추상명사의 체계적 사용에 기인한다고 볼 수 있다. 우리의 번역에서는 가독성을 방해하지 않는 범위 내에서만 그것을 유지할 수밖에 없었음을 알려둔다.

두 번째로 지적할 것은 잦은 계열체적 발전이다. 즉 그것이 명사이든, 형용사이든, 부사이든, 혹은 이런저런 형태의 상황 보어이든 문장 속에서 동일한 위상을 갖는 구성성분을 여럿 나열하는 경향이 있다. 쉬운 예로 들 수 있는 것이 방금 인용한 구절의 "패배에, 복종에, 의기소침에"이다. 이 경우 텍스트는, 비슷한 그러나 의미와 뉘앙스의 편차가 있는 다양한 스펙트럼의 어휘를 반복적으로 나열하면서 거의 주술적인 리듬의 효과를 산출하는 것 외에 섬세한 의미의 조율과 변주를 행한다. 그라크의 글쓰기가 지극히 세련되고 풍부한 인상을 띠는 것은 바로 이 점에 기인한다고 볼 수 있다.

세 번째로 지적할 것은 수사학적 문채의 과잉이다. 제5장 「방문」에서 알도는 바네사의 파티에서 만난 미지의 얼굴을 이렇게 묘사한다.

> ㄱ. 눈은 깜빡이지도 빛나지도 심지어 바라보지도 않았다. 고르게 빛나는 물기는 시선보다는 오히려 어둠 속에서 크게 입을 벌린 조개를 생각게 했다. 그것은 다만 미역이 휘감긴 희고 이상한 달 같은 바위 위에 떠돌며 거기에 벌어져 있었다. 바람에 곡식이 쓰러진 밭처럼 혼란스러운 머리칼 속에서 그 고요한 덩어리의 움푹 들어간 자리는 마치 별이 빛나는 하늘을 향하듯 열려 있었다. 입 또한 해파리의 작은 분화구처럼 헐벗은 모양을 한 채 마치 손가락 아래서처럼 수축하며 떨었다.(115~116쪽)

이 길지 않은 텍스트는 '물 반 고기 반'이 무색하게 다양한 형태의 수사학적 문채로 가득하다. '어둠 속에서 크게 입을 벌린 조개', '미역이 휘감긴 희고 이상한 달 같은 바위', '바람에 곡식이 쓰러진 밭처럼', '별이 빛나는 하늘을 향하듯', '해파리의 작은 분화구', '손가락 아래서처럼'이 모두 메타포나 비교의 자격으로 동원된 이미지들이다. 특히 '미역이 휘감긴 희고 이상한 달 같은 바위'의 경우 '바위'라는 메타포가 '달'이라는 이미지를 품고 있어 이중의 메타포가 된다. 이러한 메타포는 작품에 깊이와 풍부함을 더해 주며 섬세함과 미묘함의 장식을 제공한다. 문체의 대가로서 그라크의 명성은 이 같은 풍요로운 이미지의 사용에 근거한다고 할 수 있다. 하지만 메타포의 포화 상태는 이따금 텍스트를 무겁게 하며 독서를 난해하게 만드는 역기능을 수행하는 것 또한 사실이다. 심지어 그것은 과잉에 가까워지면서 보다 생생하게 보여준다는 수사학적 본분을 넘어 소통을 교란하고, 나아가 의미 체계 자체를 위협하는 데까지 나아간다. 하지만 그라크 글쓰기의 경이로움은 이 경계를 결코 넘지 않고, 그것 위에서 놀라운 균형을 취한다는 데 있다. 『시르트의 바닷가』는 서술된 이야기와 수사학적 담론 사이의 길항하는 대립 위에 구축되어 있으며, 이는 이편의 오르세나와 저편의 파르게스탄이 대립하는, 지금부터 살펴볼 작품의 내용과 주제를 형식의 차원에서 모방하는 측면이 없지 않다.

Ⅱ-2 작품의 내용

Ⅱ-2.1 열림과 닫힘

소설이 처음부터 상정하는 전시 상태는 이야기를 오르세나와 파르게스탄의 대립 구도 위에 놓는다. 그러나 전쟁은 삼백 년째 계속되고 있으며 마지막 전투는 까마득히 먼 과거로 거슬러 올라가고 두 나라 사이에 일체의 충돌과 접촉이 없다는 사실은 이 대립 구도를 사실상 무화시키기에 이른다. 그리하여 적국인 파르게스탄은 이제 잠재성 너머로 사라진다. 그런데 소설이 그리고 있는 세계에는 오로지 오르세나와 파르게스탄 두 나라만이 존재한다. 따라서 파르게스탄의 사라짐은 오르세나가 유아론적(唯我論的) 세계 속에 홀로 남았음을 의미한다. 이것의 결과는 심각하다. 다니엘로가 말하듯 "세상은, 자기 얼굴을 찾지만 그것이 보이지 않는 거울"(426쪽)과도 같아진다. 즉 타자와의 차이가 부재하다 보니 자아의 경계와 개념 자체가 모호해진다. 이러한 상황은 오르세나의 권태와 쇠락으로 이어진다.

물론 타자로서의 파르게스탄이 완전히 사라진 것은 아니다. 그것은 잠재적인 상태로나마, 왕래가 끊겨 이제는 죽은 바다가 되어버린 시르트 해 너머에 여전히 존재하고 있다. 여기서, 다시 말해 잠재적인 파르게스탄과의 관계 속에서 소설의 진정한 대립 구도가 발생한다. 그것은 파르게스탄을 향해 문을 열어놓은 사람들과, 파르게스탄을 향해 일체의 출구를 막아놓은 채 오르세나의 유아론적 세계를 그대로 유지하고자 하는 사람들의 대립이다.

여기서 한 가지 질문을 던져보자. 열림과 변화를 추구하는 사람들이 많을까 아니면 닫힘과 현상 유지를 원하는 사람들이 더 많을까? 언뜻 생각하면 현상 유지를 선호하는 사람이 다수일 것 같다. 소설 또한 그런 암시 속에 알도의 고독한 모험을 위치시킨다. 그는 보통 사람과는 다른 선택받은 존재로서 중개자의 역할을 자처하는 바네사 알도브란디의 인도에 따라 오르세나 국민 전체의 숨은 열망을 대변하는 행위를 수행한다.

그러나 현상 유지란 의외로 어려운 일이다. 그것은 세상을 균형 속에 유지하는 것을 의미하는데, 균형이란 아무것도 움직이지 않는 것을 뜻하고, "균형의 진실, 그것은 숨결만 더해도 모든 게 움직인다는"(61쪽) 데 있기 때문이다. 결과적으로 시르트 해군기지 사령관인 마리노 대위만이 현상 유지를 대변하는 유일한 인물임이 드러나거니와 그는 자신의 신념을 위해 목숨을 버리기까지 한다. 이렇게 고립된 섬과도 같은 마리노의 맞은편에는 의식적으로든 무의식적으로든 변화를 열망하는 사람들이 있다. 이들의 선두에서 있는 인물은 물론 알도이다. 마리노와 알도의 대립에서 소설의 거의 모든 인물들은 알도의 편에서 그를 돕는 것으로 나타난다. 대표적인 경우가 그의 애인인 바네사와 오르세나의 최고 권력자 다니엘로이다. 이들 외에도 파브리치오는 그의 모험의 동반자로서 충동적 행동의 측면을 담당하며, 성 다마즈 교회의 설교자와 카를로 노인은 조언자의 역할을, 벨센차와 오를란도는 정보 제공자의 역할을 수행한다. 심지어는 마리노조차도 무의식적으로 일종의 마약처럼 파르게스탄을 구하는 것으로 되어 있다. 그것은 해군기지 도서관에 소장된 파르게스탄에 관한 모든 책이 마리노의 방에 가 있다는 파브리치오의 말에서 확인된다. 이는 결국 파르게스탄을 통한 변화에의 열망이 오르세나 국민의 가장 깊은 욕망으로 자리 잡고 있음을 증거한다.

변화를 구현하는 파르게스탄은 소설에서 여러 종류의 형태를 띠고 다가온다. 맨 먼저 그것은 해도실에서 지도의 형태로, 다시 말해 지도상의 기호와 이름으로 나타나거니와 알도는 하염없이 지도를 응시하며 붉은 실선으로 상징되는 금단의 경계를 넘어가는 상상을 한다. "나는 그 위험천만한 이행에 구체적인 기적을 부여하고, 나아가 바다의 균열을, 경보를, 홍해 건너기를 상상할 준비가 되어 있었다. 경계선 너머 아주 멀리, 마법적 금기 저편으로 멀어지는 덕분에 경이로운 빛을 띠게 된 곳에 파르게스탄의 미지의 공간들이 탱그리 화산의 그림자 아래 성지(聖地)처럼 빼곡하게 펼쳐져 있었다."(38쪽)라고 그는 말한다. 여기서 지도라는 상징적 형태로 나타난 파르게스탄은 매혹의 주체로 작용한다.

파르게스탄은 소문의 형태로도, 즉 그것에 대해 떠도는 모호하고 근거 없는 담론의 형태로도 나타난다. 이것을 알도에게 전해 주는 사람은 해군기지 인근에 위치한 도시 마렘마의 비밀경찰 벨센차인데, 그것은 대략 "파르게스탄에서는 커다란 변화가 있었다. 누군가, 아니 오히려 무엇인가 권력을 잡았다. 그런데 (……) 그 누군가는…… 그 무엇인가는…… 그 변화는…… 오르세나에게 결코 좋은 징조가 아니다."(122~123쪽)라는 내용을 담고 있다. 소문의 내용은 막연하기 이를 데 없는 것이지만 그것은 오르세나와의 관계를 상정하고 있다는 점에서 지도보다 훨씬 의미 깊다고 말할 수 있다.

파르게스탄은 또한 정체불명의 작은 배의 형태를 띠기도 한다. 파르게스탄이라는 이름을 말하는 것 자체를 금기시하는 마리노의 법(法)을 깨뜨리는 계기를 마련하는 이 배는 파르게스탄의 사자와 연결되어 있기도 하다. 늦은 밤 해군기지로 알도를 방문하는 그는 파르게스탄을 대변한다. 그를 통해 파르게스탄은 스스로의 이름으로 자신의 의지와 지향을 분명히 말하는 구체적인 존재로 나타나기에 이른다. 사자의 표현대로 파르게스탄은 오르세나와 더불어 전쟁이라는 "격정적인 관계"를 맺을 수 있는 주체이다.

Ⅱ-2.2 알도의 행위

알도는 잠재적인 상태에 머물러 있던 파르게스탄을 명명하고 그것에 구체적인 형태를 부여하며 이를 통해 오르세나에 근본적인 변화를 야기한다. 이러한 그의 행위를 우리는 서로 다른 두 각도에서 접근할 수 있다.

먼저 이 행위는 알도를 한 국민의 역사에 여기저기 박혀 있는 "검은 돌 같은 인물"로 만든다. 그는 각별한 증오의 대상이되 사실은 하나의 필요한 행위를 "보통 인간에게 주어진 차원을 넘어 모두의 상상 속에서 완전하고 충일하게 완수해 낸다."(264쪽) 그가 수행해 낸 것은 "국민 전체가 한때 그들을 통해 열망했던, 하지만 이제는 인정하길 거부하는 어떤 것"(265쪽)이다. 그는 낭만주의적 주인공의 프로필을 지닌다. 나아가 바네사의 표현에 따르면 "사건의 시인"이다. 사건의 시인이란 "행동에 정통한 성숙하고 사려 깊은 사람들이거나, 필요한 경우 위험을 무릅쓰고 사물을 둘러보는 사람들이거나, 아니면 극심한 고독을 겁내지만 않는다면 사소한 의지의 출구 없는 밤에 끈질기게 따라붙는 어리석고도 맹목적인 흥분 너머에는 거의 신적(神的)인 환희가 마련되어 있다는 사실을 남들보다 먼저 깨달았기 때문에 충분히 대담할 수 있는 정신을 지닌 사람"(334쪽)을 가리킨다. 알도는 사건의 시인으로서 "경계 반대쪽으로도 역시 넘어가 힘과 저항을 동시에 느낀다."(334쪽) 그는 예외적 인물로서 궁극의 차원에 위치한다.

그러나 알도의 조언자이자 분신으로 나타나는 다니엘로기, 그리고 그에 앞서 바네사가 확인해 주듯이, 알도는 변화의 발단이 된 행위를 감행하지만 변화의 남시사는 아니다. 한번 시작된 변화의 흐름은 그의 손을 떠난다. 사실 알도가 많은 사람이 주목하는 대상이 된 것은 오르세나 국민 전체의 열망이 목소리를 구체화하고 가다듬기 위해 그를 잠시 빌렸기 때문이다. 알도를 이끌었던 바네사는 알도와의 마지막 만남에서 말한다. "그들은 더 이상 나를 필요로 하지 않고 또 나를 필요로 한 적도 없어. 무엇인가가 왔어, 그게 전부야—내가 무얼 어쩌겠어?—꽃 위에 꽃가루를 실어다 준 건 우연히 분 바람이지만 자라나는 열매 속에는 바람을 무시하는 무엇인가가 있어."(340~341쪽)

이러한 두 가지 측면은 알도의 행위에 신화적 차원을 부여한다. 그는 일반적인 인간이 감당할 수 없는, 한마디로 속(俗)과 일상의 차원에 속하지 않는 어떤 일을 위해 사회가 만들어낸 인물이라는("자네가 없었으면 도시가 자네를 만들어냈겠지."(421쪽) 하고 다니엘로는 알도에게 말한다.) 의미에서 신화의 영웅에 가까워지기 때문이다.

Ⅱ-2.3 알도의 선택

오르세나와 파르게스탄 사이에 전쟁을 일으키는 알도의

행위는 유아론적 세계의 벽을 허물고 대화의 장을 연다는 의미를 갖는다. 그에 앞서 진정한 대화의 부재는 오르세나의 정체성을, 나아가 존재 자체를 위협하고 있었다. 이러한 상황을 알도는 "움직임 잃은 운하들에서 오르는 너무 똑같은 이미지 위로 몸을 기울여 그것과 합쳐지기에 이른 오르세나는 거울의 반대편으로 천천히 미끄러져 들어가는 것을 느끼는 사람과도 같았다."(214쪽)라는 말로 표현한다.

매우 상징적인 성격을 띠는 오르세나와 파르게스탄의 관계에서 우리는 삶과 죽음의 대립 구도를 볼 수 있다. 이 대립에서는 이야기의 화자가 위치하는 공간인 오르세나가 삶의 공간이 된다. 알도는 시르트 해도에서 오르세나와 파르게스탄을 나누는 경계선을 바라보며 "오르세나와 사람이 살 수 있는 세계는 바로 이 경계선에서 끝나고 있다."(38쪽)라고 말한다. 이야기는 다양한 층위와 차원에서 파르게스탄을 죽음으로 형상화한다. 파르게스탄을 소개하는 소설의 서두는 그것을 끝없는 변화와 비정형의 양상 아래 묘사하거니와("국민들은 하나의 파도가 형성되자마자 금방 다른 파도에 의해 뒤덮이고 지워지는 유사(流砂)와 같고, 문명은 동양의 지극한 섬세함이 유목 민족의 야만성과 병존하는 하나의 원시적인 모자이크를 연상시킨다. 이처럼 불안정한 토대 위에서 전개된 정치는 거친 만큼이나 황당한 파동(波動)의 연속이었다."(14쪽)) 오르세나의 논리적이고 이성적이며 형식적인 양상과 극명하게 대조되는 이러한 양상은 죽음의 양상이다. 파르게스탄의 대표적인 상징 가운데 하나인 탱그리 화산은 죽음의 증폭된 형상 그 자체로 나타난다. 그리고 밤에 알도를 찾아오는 사자는 "어둠에서 나와 어둠으로 사라지며 (……) 파충류처럼 느리고 조용한 일렁임"(316쪽)을 보여줌으로써 알도로 하여금 그의 존재 자체를 의심하게 만든다. 이러한 두드러진 예들만큼이나 텍스트 곳곳에 산재하는 '다른 세계'를 지시하는 요소들 또한 파르게스탄을 죽음의 상징으로 만드는 데 적잖이 기여한다.

오르세나는 파르게스탄과 오랜 관계를 맺어왔지만 그것에 대해 잘 알지 못한다고 소설은 밝힌다. 소설 서두의 파르게스탄 소개문은 '오르세나는 파르게스탄에 대해 잘 모른다'는 사실을 두 차례에 걸쳐 강조한다. 예전에 수많은 물리적 충돌이 있었고, 일체의 직접적인 관계가 끊긴 이후로는 시인들의 애국적 웅변에 자주 등장하는 이웃 나라에 대한 말 치고 놀랍지 않을 수 없다. 그러나 이는 작품의 상징적 성격에 말미암은 것인 동시에 그것을 담보한다는 점을 고려하면 그다지 놀랍지만은 않다고 할 수 있다. 다시 말해 오르세나와 파르게스탄의 대립에서 삶과 죽음의 상징을 읽게 되면, 파르게스탄에 대한 오르세나의 무지는 더 이상 무리한 진술로만 비치지는 않는다. 인간은 죽음을 앞에 두고 살지만 그것에 대해서는 아는 바가 별로 없다. 죽음이야말로 근본적인 다름인 까닭이다.

오르세나와 파르게스탄의 대화는 그러므로 죽음 앞에서 눈을 가리기보다 그것을 정면으로 응시할 줄 아는 삶의 긴장과 충일함을 노정한다. 알도가 지향하는 삶은 죽음으로부터 절연된 가운데 권태와 고독 속에서 고사되는 삶이 아니라 죽음과의 관계에 의해 자화되며 생명력을 얻는 삶이다.

죽음은 타자의 일종이다. 다만 그것은 절대적인 타자이고 근본적인 다름이다. 파르게스탄이라는 상징은 죽음뿐 아니라 다른 형태의 타자들에도 적용될 수 있다.

Ⅱ-2.4 타자와 현대성

차이와 다름의 존중을 통한 열림과 공존의 모색이 우리 시대의 화두가 되고 있다. 탈근대 혹은 포스트모더니즘이란 이름 아래 진행되는 최근의 논의에서 비판의 표적으로 떠오르는 것은 데카르트적 코기토(cogito), 곧 근대의 이성적 주체이다. 보편성과 개별성을 아울러 지니는 사유의 확실성에 근거한 데카르트적 코기토가 비판받는 이유는 그것이 모든 타자를 동일자로 환원시켜 버리기 때문이다. 사유하는 주체의 의식은 세계를 표상하며 조직한다. 곧 그는 우주의 중심으로 스스로를 정립하며 그를 둘러싼 모든 존재와 사물을 그를 기준으로 형성되는 공간 속에 배치하고 그의 질서 속에 귀속시킨다. 문제는 이러한 사유하는 주체의 전망에 차이와 타자의 환원과 귀속, 나아가 억압이 개입된다는 점이다. 다시 말해 이성적 주체는 차이를 환원하고 타자를 억압하는 것으로 귀결된다는 점이다. 타자는 나와의 관계를 통해서만 존재하며 의미를 지닐 수 있고, 차이는 내가 정한 가치로 변환되어야만 한다. 나는 세계의 조직자이자 입법자이고 그 유일한 중심이다. 나 이외의 그 어떤 중심도 있을 수 없고, 그런 것이 있다면 억압되고 배제되어야 한다. 이러한 억압과 배제를 넘어서는 것, 여기에 모든 탈근대 논쟁의 핵심이 있다.

쥘리앙 그라크의 『시르트의 바닷가』에서 파르게스탄은 오르세나의 타자이다. 그러나 타자인 파르게스탄은 동일자로 환원되지 않는다. 그것은 독립적이고 자율적인 주체로, 나이가 일종의 대화 관계를 통해 나의 정체성을 정립하는 주체로 나타나며 또 다른 하나의 중심으로 일어선다. 이 모든 것이 가장 잘 관찰되는 것은 알도가 파르게스탄의 사자를 만나는 장면이다.

> 다른 세계로부터 미끄러져 들어와 한밤중 방문(訪問)의 내밀함 가운데 내 책상 가장자리에 앉아 있는 실루엣, 그것은 문득 내가 거기에 불러낸 실루엣인 것 같았다. 내 위에 얹힌 그의 눈은 모든 말 이상의 것을 내게 말하고 있었다. 나는 확인되고 인정받은 듯한 느낌이 들었다.(307쪽)

여기서 우리가 주목해야 할 것은 마침내 관계의 장 속에 들어와 대화하는 타자, 곧 파르게스탄의 사자가 알도에게 미치는 작용이다. 잊지 말아야 할 것은, 알도는 오르세나를 대변하며, 오르세나는 지금껏 유아론적 고독 속에서 자아에 대한 의식을, 주체로서의 위상을 잃어버리는 가운데 있었다는 사실이다. 사자의 실루엣은 현재 알도의 맞은편에 앉아 있고, 그 시선은 알도를 바라보고 있다. 그 시선을 의식하는 알도는 말한다. "나는 확인되고 인정받은 듯한 느낌이 들었다." 확인과 인정, 이것은 여기서 주체의 정립을 의미한다. 중요한 것은 주체의 정립을 표현하는 문장에서 과거분사(confirmé, reconnu)가 알도에게 적용되어 있다는 사실이다. 즉 확인과 인정에 있어 알도는 주체로 작용하지 않는다는 점이다. 주체를 정립하는 일은 사자의 시선에 귀속된다. 곧 독립적이고 자율적인 의지에 따라 움직이는 타자의 시선을 통해 나의 인격적 주체가 정립되고 있는 것이다.

이렇게 『시르트의 바닷가』에서 타자는 동일자로 환원되지 않고 주체로서의 위상을 유지한다. 오히려 그것은 나를 인격적 주체로서 정립하는 능동적 타자로 나타난다.

이런 사실은 중요한 의미를 갖는다. 하나의 억압적인 중심 대신 여러 중심이 자리 잡고, 작품은 이른바 다원주의적 전망 속에 위치하게 되기 때문이다. 휴머니즘과 낭만주의의 가치를 포기하지 않고 있음에도 쥘리앙 그라크의 문학이 진정으로 현대적이라고 말할 수 있는 것은 바로 이런 까닭이다. 휴머니즘과 현대성 사이의 긍정적인 긴장에 그라크 문학의 가장 중요한 특징 가운데 하나가 있고, 바로 이 특징에 그의 문학의 진정한 가치가 있다고 하겠다.

쥘리앙 그라크를 주제로 박사 학위 논문을 쓴 만큼 매우 각별한 의미를 지닌 이 번역은 여러 고마운 분들의 도움이 있었기에 가능했다. 쥘리앙 그라크에 대한 내 첫 번째 작업인 석사 논문을 지도하고 늘 도와주시는 나의 스승 오생근 선생님, 박사 논문을 지도하고 관심과 격려를 아끼지 않는 장 루이 바케스 교수님, 나에게 쥘리앙 그라크와 『시르트의 바닷가』에 대해 처음 알려주신 유호식 형, 이 책의 번역을 제안해 주신 박성창 형, 번역의 진행에 관심을 보여주신 민음사의 박상순 대표이사님, 원고를 꼼꼼히 읽으며 많이 다듬고 개선해 주신 편집부의 김소연 씨, 그리고 마지막으로 이 번역 작업에 커다란 관심을 보이며 여러모로 부족한 옮긴이에게 아낌없는 신뢰를 표시해 주신 줄리앙 그라크에게 이 자리를 빌려 깊은 고마움을 전한다.

2005년 겨울

송진석

작가 연보*

1910년 7월 27일, 프랑스 서쪽 생 플로랑 르 비에이(Saint-Florent-le-Vieil)의 그르니에 아 셀(Grenier-à-Sel) 가(街)에서 루이 푸아리에(Louis Poirier) 출생.

1921년 10월, 낭트의 클레망소 고등학교에 6학년으로 들어감. 행복한 유년에 이은 기숙사 생활은 고통스러운 경험으로 남음. 하지만 모범생으로서 뛰어난 학업 성적을 거둠. 이해에 시작된 기숙사 생활은 파리 고등사범학교를 졸업하는 1935년까지 계속됨.

1930년 7월, 파리 고등사범학교 입학시험에 합격. 당시 태동 단계에 있던 지리학을 전공으로 선택. 이 무렵 브르통의 『나자』와 『초현실주의 선언문』 등을

* 이 연보는 베른힐트 보이으 교수가 프랑스 갈리마르 출판사의 쥘리앙 그라크 플레야드 총서 1권에 붙인 연보를 토대로 한 것임을 밝혀둔다.

통해 초현실주의를 발견.

1931년 여름, 파리 고등사범학교의 교환학생 프로그램의 일환으로 두 명의 학우와 함께 두 달 동안 부다페스트에 머무름. 돌아오는 길에 베네치아를 들르고, 이때 받은 도시의 인상은 『시르트의 바닷가 *Le Rivage des Syrtes*』에 남음. 부다페스트에서는 체스 챔피언을 만나기도 하는데, 이후 체스는 그의 취미가 됨.

1933년 지리학 고등교육 수료증을 취득. 지도교수였던 에마뉘엘 드 마르톤이 그의 논문에서 두 개의 소논문을 발췌하여 지리학 학술지에 실음. 우수논문상을 받고, 상금으로 영국의 콘월 지방을 여행. 1930년부터 다니던 파리 정치학교에서 외교 부문 최종시험을 통과. 합격자 가운데에는 파리 고등사범학교에서 만난 조르주 퐁피두가 있었음.

1934년 역사·지리학 교수 자격시험에 합격. 1935년 9월까지 모든 파리 고등사범학교 졸업생이 그리하듯 '사관후보생'으로 군복무.

1935년 10월, 낭트 고등학교 역사 교사로 임명됨, 1936년 7월까지 가르침.

1936년 인민전선의 선거 운동에 참여. 이해 말 공산당에 입당. 크리미아에 대한 형태지리학적 고찰을 주제로 한 박사논문을 기획하고, 에마뉘엘 드 마르톤이 논문 지도를 수락. 논문 준비를 위해 1936~1937학년도에 휴직을 요청한 뒤 러시아어를 배우기 위해 파리의 동양어학교에 등록.

1937년 기다리던 소련 입국 비자가 나오지 않자 여름을 나기 위해 생 플로랑으로 돌아옴. 바캉스 동안 그는 "별다른 생각 없이" 『아르골 성에서 *Au Château d'Argol*』를 쓰기 시작하고 가을에 탈고. 브르타뉴 지방에 흥미를 느낀 그는 캥페 고등학교 교사 자리를 요청하고 거기서 1939년까지 가르침. 캥페의 체스 서클을 이끄는 한편 정치 활동에 적극 참여. 학교에서 홀로 파업에 참여하며 급여 정지 처분을 받기도 하지만 자신의 문학적 성향과 사회주의 리얼리즘 미학 사이의 괴리에 대해 불편함을 느끼기 시작.

1938년 연초에 『아르골 성에서』를 NRF 출판사에 보내지만 출판을 거절당함. 10월에 조제 코르티가 비용을 일부 부담하는 조건으로 출판을 제안하고, 연말에 책이 나옴. 이후 조제 코르티 출판사는 작가의 모든 책을 간행.

1939년 8월, 『아르골 성에서』를 읽고 찬사를 보냈던 앙드레 브르통을 낭트에서 만남. 비록 초현실주의 그룹에 가입하지 않았지만 브르통이 죽을 때까지 돈독한 관계를 유지. 8월 말 독일-소비에트 동맹 소식이 전해지고 공산당을 탈당. 같은 시기에 보병 중위로 소집됨.

1940년 6월, 독일군의 포로가 되어 실레지아 지방에 위치한 수용소로 감. 가을에 두 번째 소설 『음울한 미남 *Un Beau ténébreux*』을 구상하고 프롤로그를 씀. 가을이 끝날 무렵 심한 호흡기 질환을 앓는데, 폐병으로 의심되어 석방자 명단에 오름.

1941년 2월, 병은 나았지만 마르세유를 통해 프랑스로 송환되고 전역. 4월부터 파리의 앙리 IV 고등학교에 근무. 9월에 아버지 사망. 같은 달 아미앵 고등학교에 배치. 10월, 앙제 고등학교로 자리를 옮겨 이듬해 7월까지 가르침. 이 시기에 왕성한 창작 활동이 이루어져 『커다란 자유 *Liberté grande*』의 시들과 『음울한 미남』의 주요 부분이 집필됨.

1942년 가을, 지도교수 마르톤의 제안으로 새로 창설된 캉 대학교 지리학과의 임시 조교가 됨. 노르망디 지방에 대한 형태지리학적 고찰로 박사논문을 쓸 계획을 세움.

1945년 연초에 『음울한 미남』 출간.

1946년 6월, 캉 대학교 파견 근무 기간이 끝남. 그러나 교사직 신청을 잊는 바람에 이듬해 초까지 자리가 없는 상태가 됨. 이 기간 동안 에세이 『앙드레 브르통 *André Breton*』을 쓰고, 『시르트의 바닷가』를 구상. 연말에 시집 『커다란 자유』 출간.

1947년 1월, 파리의 클로드 베르나르 고등학교에 부임. 안정된 삶의 리듬을 찾은 작가는 정치 활동과 대학교수의 길을 접고 1970년 7월 퇴직할 때까지 이곳에서 가르침. 이해 여름 『시르트의 바닷가』 집필 시작.

1948년 1월, 『앙드레 브르통』 출간. 5월, 『어부 왕 *Le Roi pêcheur*』 출간.

1949년 파리의 몽파르나스 극장에서 『어부 왕』이 공연됨. 마르셀 에랑이 연출하고 마리아 카자레스가 쿤드리 역을 맡은 이 작품은 비평가들로부터 혹평을 받음.

1950년 1월, 팸플릿 『뱃심의 문학 *La Littérature à l'estomac*』이 잡지 《앙페도클》에 게재되었다가 다음 달에 조제 코르티 출판사에서 간행.

1951년 봄, 『시르트의 바닷가』의 마지막 장을 쓰고, 9월에 출간. 공쿠르 상을 거부함.

1952년 7월, 『외국 소녀를 위한 산문 *Prose pour l'étrangère*』이 비매품으로 간행됨. 하인리히 폰 클라이스트의 희곡 『펜테질레아 *Penthesilea*』를 번역.

1953년 새로운 소설을 시작하여 여러 해 동안 매달리지만 미완성으로 남음. 이것의 일부가 1963년 『길 *La Route*』이란 제목으로 잡지에 발표되었다가 1970년에 「반도 *La Presqu'île*」, 「코프튀아 왕 *Le Roi Cophetua*」과 함께 『반도』라는 제목으로 출간.

1954년 3월부터 공책에 여행, 비평, 시사, 독서, 풍경 등에 대한 단상을 적기 시작. 오랫동안 쌓인 공책들로부터 『장식 문자 *Lettrines*』, 『장식 문자 2』, 『좁은 강 *Les Eaux étroites*』, 『읽으며 쓰며 *En lisant en écrivant*』, 『일곱 언덕 주변에서 *Autour des sept collines*』, 『여행 수첩 *Carnets du grand chemin*』이

나옴.

1958년 9월, 『숲 속의 발코니 *Un Balcon en forêt*』 출간.

1961년 9월, 1946~1960년에 쓴 비평 텍스트를 모은 『편애 *Préférences*』 초판 출간.

1967년 3월, 1954~1965년 사이에 쓴 글을 모은 『장식 문자』 출간.

1970년 3월, 「길」, 「반도」, 「코프튀아 왕」을 모은 『반도』 출간. 여름, 퇴직과 함께 클로드 베르나르 고등학교를 떠남.

1971년 2월, 어머니 사망.

1974년 5월, 1965~1973년에 쓴 단상들을 모은 『장식 문자 2』 출간.

1976년 10월, 『좁은 강』 출간.

1980년 12월, 1974~1979년에 쓴 글을 모은 『읽으며 쓰며』 출간. 5월, 앙제에서 쥘리앙 그라크에 대한 대규모 국제 학술대회가 열림.

1985년 2월, 『도시의 형태 *La Forme d'une ville*』 출간.

1988년 11월, 『일곱 언덕 주변에서』 출간.

1989년 그라크의 작품이 베른힐트 보이으 교수의 책임 아래 갈리마르 출판사의 플레야드 총서로 간행됨. 모두 두 권으로 이루어진 그라크 전집의 두 번째 권은 클로드 두르구앵의 도움으로 1995년에 출간.

1992년 『여행 수첩』 출간.

2002년 『대담 *Entretiens*』 출간.

세계문학전집 131

시르트의 바닷가

1판 1쇄 펴냄 2006년 2월 10일
1판 20쇄 펴냄 2024년 1월 12일

지은이 쥘리앙 그라크
옮긴이 송진석
발행인 박근섭, 박상준
펴낸곳 (주)민음사

출판등록 1966. 5. 19. (제 16-490호)
서울특별시 강남구 도산대로1길 62(신사동) 강남출판문화센터 5층 (우편번호 06027)
대표전화 02-515-2000 팩시밀리 02-515-2007
www.minumsa.com

ISBN 978-89-374-6131-6 04800
ISBN 978-89-374-6000-5 (세트)

민음사 세계문학전집

세계문학전집 목록

51·52 **내 이름은 빨강** 파묵 · 이난아 옮김 노벨 문학상 수상 작가
53 **오셀로** 셰익스피어 · 최종철 옮김 서울대 권장도서 100선
54 **조서** 르 클레지오 · 김윤진 옮김 노벨 문학상 수상 작가
55 **모래의 여자** 아베 코보 · 김난주 옮김
56·57 **부덴브로크 가의 사람들** 토마스 만 · 홍성광 옮김 노벨 문학상 수상 작가
58 **싯다르타** 헤세 · 박병덕 옮김 노벨 문학상 수상 작가
59·60 **아들과 연인** 로렌스 · 정상준 옮김 《뉴스위크》 선정 100대 명저
61 **설국** 가와바타 야스나리 · 유숙자 옮김 노벨 문학상 수상 작가 | 서울대 권장도서 100선
62 **벨킨 이야기 · 스페이드 여왕** 푸슈킨 · 최선 옮김
63·64 **넙치** 그라스 · 김재혁 옮김 노벨 문학상 수상 작가
65 **소망 없는 불행** 한트케 · 윤용호 옮김 노벨 문학상 수상 작가
66 **나르치스와 골드문트** 헤세 · 임홍배 옮김 노벨 문학상 수상 작가
67 **황야의 이리** 헤세 · 김누리 옮김 노벨 문학상 수상 작가
68 **페테르부르크 이야기** 고골 · 조주관 옮김
69 **밤으로의 긴 여로** 오닐 · 민승남 옮김 노벨 문학상 수상 작가 | 미국대학위원회 선정 SAT 추천도서
70 **체호프 단편선** 체호프 · 박현섭 옮김
71 **버스 정류장** 가오싱젠 · 오수경 옮김 노벨 문학상 수상 작가
72 **구운몽** 김만중 · 송성욱 옮김 서울대 권장도서 100선 | 국립중앙도서관 선정 청소년 권장도서
73 **대머리 여가수** 이오네스코 · 오세곤 옮김
74 **이솝 우화집** 이솝 · 유종호 옮김 논술 및 수능에 출제된 책(1998~2005)
75 **위대한 개츠비** 피츠제럴드 · 김욱동 옮김 《타임》 선정 현대 100대 영문소설
76 **푸른 꽃** 노발리스 · 김재혁 옮김
77 **1984** 오웰 · 정회성 옮김 《타임》 선정 현대 100대 영문소설 | 《뉴스위크》 선정 100대 명저
78·79 **영혼의 집** 아옌데 · 권미선 옮김
80 **첫사랑** 투르게네프 · 이항재 옮김
81 **내가 죽어 누워 있을 때** 포크너 · 김명주 옮김 노벨 문학상 수상 작가
82 **런던 스케치** 레싱 · 서숙 옮김 노벨 문학상 수상 작가
83 **팡세** 파스칼 · 이환 옮김
84 **질투** 로브그리예 · 박이문, 박희원 옮김
85·86 **채털리 부인의 연인** 로렌스 · 이인규 옮김
87 **그 후** 나쓰메 소세키 · 윤상인 옮김
88 **오만과 편견** 오스틴 · 윤지관, 전승희 옮김 미국대학위원회 선정 SAT 추천도서
89·90 **부활** 톨스토이 · 연진희 옮김 논술 및 수능에 출제된 책(1998~2005)
91 **방드르디, 태평양의 끝** 투르니에 · 김화영 옮김
92 **미겔 스트리트** 나이폴 · 이상옥 옮김 노벨 문학상 수상 작가
93 **페드로 파라모** 룰포 · 정창 옮김
94 **차라투스트라는 이렇게 말했다** 니체 · 장희창 옮김 국립중앙도서관 선정 청소년 권장도서
95·96 **적과 흑** 스탕달 · 이동렬 옮김 국립중앙도서관 선정 청소년 권장도서
97·98 **콜레라 시대의 사랑** 마르케스 · 송병선 옮김 노벨 문학상 수상 작가 | BBC 선정 꼭 읽어야 할 책
99 **맥베스** 셰익스피어 · 최종철 옮김 서울대 권장도서 100선 | 미국대학위원회 선정 SAT 추천도서
100 **춘향전** 작자 미상 · 송성욱 풀어 옮김 서울대 권장도서 100선
101 **페르디두르케** 곰브로비치 · 윤진 옮김
102 **포르노그라피아** 곰브로비치 · 임미경 옮김
103 **인간 실격** 다자이 오사무 · 김춘미 옮김
104 **네루다의 우편배달부** 스카르메타 · 우석균 옮김

105·106 이탈리아 기행 괴테 · 박찬기 외 옮김
107 나무 위의 남작 칼비노 · 이현경 옮김
108 달콤 쌉싸름한 초콜릿 에스키벨 · 권미선 옮김
109·110 제인 에어 C. 브론테 · 유종호 옮김 BBC 선정 꼭 읽어야 할 책
111 크눌프 헤세 · 이노은 옮김 노벨 문학상 수상 작가
112 시계태엽 오렌지 버지스 · 박시영 옮김 《타임》 선정 현대 100대 영문소설 | 《뉴스위크》 선정 100대 명저
113·114 파리의 노트르담 위고 · 정기수 옮김 미국대학위원회 선정 SAT 추천도서
115 새로운 인생 단테 · 박우수 옮김
116·117 로드 짐 콘래드 · 이상옥 옮김 《뉴스위크》 선정 100대 명저
118 폭풍의 언덕 E. 브론테 · 김종길 옮김 미국대학위원회 선정 SAT 추천도서
119 텔크테에서의 만남 그라스 · 안삼환 옮김 노벨 문학상 수상 작가
120 검찰관 고골 · 조주관 옮김
121 안개 우나무노 · 조민현 옮김
122 나사의 회전 제임스 · 최경도 옮김 미국대학위원회 선정 SAT 추천도서
123 피츠제럴드 단편선 1 피츠제럴드 · 김욱동 옮김
124 목화밭의 고독 속에서 콜테스 · 임수현 옮김
125 돼지꿈 황석영
126 라셀라스 존슨 · 이인규 옮김
127 리어 왕 셰익스피어 · 최종철 옮김 서울대 권장도서 100선 | 《뉴스위크》 선정 100대 명저
128·129 쿠오 바디스 시엔키에비츠 · 최성은 옮김 노벨 문학상 수상 작가
130 자기만의 방 · 3기니 울프 · 이미애 옮김
131 시르트의 바닷가 그라크 · 송진석 옮김
132 이성과 감성 오스틴 · 윤지관 옮김
133 바덴바덴에서의 여름 치프킨 · 이장욱 옮김
134 새로운 인생 파묵 · 이난아 옮김 노벨 문학상 수상 작가
135·136 무지개 로렌스 · 김정매 옮김
137 인생의 베일 서머싯 몸 · 황소연 옮김
138 보이지 않는 도시들 칼비노 · 이현경 옮김
139·140·141 연초 도매상 바스 · 이운경 옮김 《타임》 선정 현대 100대 영문소설
142·143 플로스 강의 물방앗간 엘리엇 · 한애경, 이봉지 옮김 미국대학위원회 선정 SAT 추천도서
144 연인 뒤라스 · 김인환 옮김
145·146 이름 없는 주드 하디 · 정종화 옮김
147 제49호 품목의 경매 핀천 · 김성곤 옮김 《타임》 선정 현대 100대 영문소설
148 성역 포크너 · 이진준 옮김 노벨 문학상 수상 작가 | 퓰리처상 수상 작가
149 무진기행 김승옥
150·151·152 신곡(지옥편 · 연옥편 · 천국편) 단테 · 박상진 옮김 《뉴스위크》 선정 100대 명저
153 구덩이 플라토노프 · 정보라 옮김
154·155·156 카라마조프가의 형제들 도스토옙스키 · 김연경 옮김
157 지상의 양식 지드 · 김화영 옮김 노벨 문학상 수상 작가
158 밤의 군대들 메일러 · 권택영 옮김 퓰리처상 수상 작가
159 주홍 글자 호손 · 김욱동 옮김 서울대 권장도서 100선 | 미국대학위원회 선정 SAT 추천도서
160 깊은 강 엔도 슈사쿠 · 유숙자 옮김
161 욕망이라는 이름의 전차 윌리엄스 · 김소임 옮김
162 마사 퀘스트 레싱 · 나영균 옮김 노벨 문학상 수상 작가
163·164 운명의 딸 아옌데 · 권미선 옮김

165 모렐의 발명 비오이 카사레스 · 송병선 옮김
166 삼국유사 일연 · 김원중 옮김 서울대 권장도서 100선
167 풀잎은 노래한다 레싱 · 이태동 옮김 노벨 문학상 수상 작가
168 파리의 우울 보들레르 · 윤영애 옮김
169 포스트맨은 벨을 두 번 울린다 케인 · 이만식 옮김
170 썩은 잎 마르케스 · 송병선 옮김 노벨 문학상 수상 작가
171 모든 것이 산산이 부서지다 아체베 · 조규형 옮김 《타임》 선정 현대 100대 영문소설
172 한여름 밤의 꿈 셰익스피어 · 최종철 옮김 미국대학위원회 선정 SAT 추천도서
173 로미오와 줄리엣 셰익스피어 · 최종철 옮김 미국대학위원회 선정 SAT 추천도서
174·175 분노의 포도 스타인벡 · 김승욱 옮김 노벨 문학상 수상 작가 | 《타임》 선정 현대 100대 영문소설
176·177 괴테와의 대화 에커만 · 장희창 옮김
178 그물을 헤치고 머독 · 유종호 옮김 《타임》 선정 현대 100대 영문소설
179 브람스를 좋아하세요... 사강 · 김남주 옮김
180 카타리나 블룸의 잃어버린 명예 하인리히 뵐 · 김연수 옮김 노벨 문학상 수상 작가
181·182 에덴의 동쪽 스타인벡 · 정회성 옮김 노벨 문학상 수상 작가
183 순수의 시대 워튼 · 송은주 옮김 《뉴스위크》 선정 100대 명저 | 퓰리처상 수상작
184 도둑 일기 주네 · 박형섭 옮김
185 나자 브르통 · 오생근 옮김
186·187 캐치-22 헬러 · 안정효 옮김 《타임》 선정 현대 100대 영문소설
188 숄로호프 단편선 숄로호프 · 이항재 옮김 노벨 문학상 수상 작가
189 말 사르트르 · 정명환 옮김
190·191 보이지 않는 인간 엘리슨 · 조영환 옮김 《타임》 선정 현대 100대 영문소설
192 왑샷 가문 연대기 치버 · 김승욱 옮김 퓰리처상 수상 작가
193 왑샷 가문 몰락기 치버 · 김승욱 옮김 퓰리처상 수상 작가
194 필립과 다른 사람들 노터봄 · 지명숙 옮김
195·196 하드리아누스 황제의 회상록 유르스나르 · 곽광수 옮김
197·198 소피의 선택 스타이런 · 한정아 옮김 퓰리처상 수상 작가
199 피츠제럴드 단편선 2 피츠제럴드 · 한은경 옮김
200 홍길동전 허균 · 김탁환 옮김
201 요술 부지깽이 쿠버 · 양윤희 옮김
202 북호텔 다비 · 원윤수 옮김
203 톰 소여의 모험 트웨인 · 김욱동 옮김
204 금오신화 김시습 · 이지하 옮김
205·206 테스 하디 · 정종화 옮김 미국대학위원회 선정 SAT 추천도서 | BBC 선정 꼭 읽어야 할 책
207 브루스터플레이스의 여자들 네일러 · 이소영 옮김
208 더 이상 평안은 없다 아체베 · 이소영 옮김
209 그레인지 코플랜드의 세 번째 인생 워커 · 김시현 옮김 퓰리처상 수상 작가
210 어느 시골 신부의 일기 베르나노스 · 정영란 옮김
211 타라스 불바 고골 · 조주관 옮김
212·213 위대한 유산 디킨스 · 이인규 옮김 서울대 권장도서 100선 | BBC 선정 꼭 읽어야 할 책
214 면도날 서머싯 몸 · 안진환 옮김
215·216 성채 크로닌 · 이은정 옮김
217 오이디푸스 왕 소포클레스 · 강대진 옮김 서울대 권장도서 100선
218 세일즈맨의 죽음 밀러 · 강유나 옮김
219·220·221 안나 카레니나 톨스토이 · 연진희 옮김 서울대 권장도서 100선

222 **오스카 와일드 작품선** 와일드 · 정영목 옮김
223 **벨아미** 모파상 · 송덕호 옮김
224 **파스쿠알 두아르테 가족** 호세 셀라 · 정동섭 옮김 노벨 문학상 수상 작가
225 **시칠리아에서의 대화** 비토리니 · 김운찬 옮김
226·227 **길 위에서** 케루악 · 이만식 옮김 《타임》 선정 현대 100대 영문소설 | 《뉴스위크》 선정 100대 명저
228 **우리 시대의 영웅** 레르몬토프 · 오정미 옮김
229 **아우라** 푸엔테스 · 송상기 옮김
230 **클링조어의 마지막 여름** 헤세 · 황승환 옮김 노벨 문학상 수상 작가
231 **리스본의 겨울** 무뇨스 몰리나 · 나송주 옮김
232 **뻐꾸기 둥지 위로 날아간 새** 키지 · 정회성 옮김 《타임》 선정 현대 100대 영문소설
233 **페널티킥 앞에 선 골키퍼의 불안** 한트케 · 윤용호 옮김 노벨 문학상 수상 작가
234 **참을 수 없는 존재의 가벼움** 쿤데라 · 이재룡 옮김
235·236 **바다여, 바다여** 머독 · 최옥영 옮김
237 **한 줌의 먼지** 에벌린 워 · 안진환 옮김 《타임》 선정 현대 100대 영문소설
238 **뜨거운 양철 지붕 위의 고양이 · 유리 동물원** 윌리엄스 · 김소임 옮김 퓰리처상 수상작
239 **지하로부터의 수기** 도스토옙스키 · 김연경 옮김
240 **키메라** 바스 · 이운경 옮김
241 **반쪼가리 자작** 칼비노 · 이현경 옮김
242 **벌집** 호세 셀라 · 남진희 옮김 노벨 문학상 수상 작가
243 **불멸** 쿤데라 · 김병욱 옮김
244·245 **파우스트 박사** 토마스 만 · 임홍배, 박병덕 옮김 노벨 문학상 수상 작가
246 **사랑할 때와 죽을 때** 레마르크 · 장희창 옮김
247 **누가 버지니아 울프를 두려워하랴?** 올비 · 강유나 옮김
248 **인형의 집** 입센 · 안미란 옮김
249 **위폐범들** 지드 · 원윤수 옮김 노벨 문학상 수상 작가
250 **무정** 이광수 · 정영훈 책임 편집 서울대 권장도서 100선
251·252 **의지와 운명** 푸엔테스 · 김현철 옮김
253 **폭력적인 삶** 파솔리니 · 이승수 옮김
254 **거장과 마르가리타** 불가코프 · 정보라 옮김
255·256 **경이로운 도시** 멘도사 · 김현철 옮김
257 **야콥을 둘러싼 추측들** 욘존 · 손대영 옮김
258 **왕자와 거지** 트웨인 · 김욱동 옮김
259 **존재하지 않는 기사** 칼비노 · 이현경 옮김
260·261 **눈먼 암살자** 애트우드 · 차은정 옮김 《타임》 선정 현대 100대 영문소설
262 **베니스의 상인** 셰익스피어 · 최종철 옮김
263 **말리나** 바흐만 · 남정애 옮김
264 **사볼타 사건의 진실** 멘도사 · 권미선 옮김
265 **뒤렌마트 희곡선** 뒤렌마트 · 김혜숙 옮김
266 **이방인** 카뮈 · 김화영 옮김 노벨 문학상 수상 작가 | 미국대학위원회 선정 SAT 추천도서
267 **페스트** 카뮈 · 김화영 옮김 노벨 문학상 수상 작가 | 국립중앙도서관 선정 청소년 권장도서
268 **검은 튤립** 뒤마 · 송진석 옮김
269·270 **베를린 알렉산더 광장** 되블린 · 김재혁 옮김
271 **하얀 성** 파묵 · 이난아 옮김 노벨 문학상 수상 작가
272 **푸슈킨 선집** 푸슈킨 · 최선 옮김
273·274 **유리알 유희** 헤세 · 이영임 옮김 노벨 문학상 수상 작가

275 픽션들 보르헤스·송병선 옮김 서울대 권장도서 100선
276 신의 화살 아체베·이소영 옮김
277 빌헬름 텔·간계와 사랑 실러·홍성광 옮김
278 노인과 바다 헤밍웨이·김욱동 옮김 노벨 문학상 수상 작가 | 퓰리처상 수상작
279 무기여 잘 있어라 헤밍웨이·김욱동 옮김 미국대학위원회 선정 SAT 추천도서
280 태양은 다시 떠오른다 헤밍웨이·김욱동 옮김 《타임》 선정 현대 100대 영문 소설
281 알레프 보르헤스·송병선 옮김
282 일곱 박공의 집 호손·정소영 옮김
283 에마 오스틴·윤지관, 김영희 옮김
284·285 죄와 벌 도스토옙스키·김연경 옮김 미국대학위원회 선정 SAT 추천도서
286 시련 밀러·최영 옮김
287 모두가 나의 아들 밀러·최영 옮김
288·289 누구를 위하여 종은 울리나 헤밍웨이·김욱동 옮김 노벨 문학상 수상 작가
290 구르브 연락 없다 멘도사·정창 옮김
291·292·293 데카메론 보카치오·박상진 옮김
294 나누어진 하늘 볼프·전영애 옮김
295·296 제브데트 씨와 아들들 파묵·이난아 옮김 노벨 문학상 수상 작가
297·298 여인의 초상 제임스·최경도 옮김 미국대학위원회 선정 SAT 추천도서
299 압살롬, 압살롬! 포크너·이태동 옮김 노벨 문학상 수상 작가
300 이상 소설 전집 이상·권영민 책임 편집
301·302·303·304·305 레 미제라블 위고·정기수 옮김
306 관객모독 한트케·윤용호 옮김 노벨 문학상 수상 작가
307 더블린 사람들 조이스·이종일 옮김
308 에드거 앨런 포 단편선 앨런 포·전승희 옮김 미국대학위원회 선정 SAT 추천도서
309 보이체크·당통의 죽음 뷔히너·홍성광 옮김
310 노르웨이의 숲 무라카미 하루키·양억관 옮김
311 운명론자 자크와 그의 주인 디드로·김희영 옮김
312·313 헤밍웨이 단편선 헤밍웨이·김욱동 옮김 노벨 문학상 수상 작가
314 피라미드 골딩·안지현 옮김 노벨 문학상 수상 작가
315 닫힌 방·악마와 선한 신 사르트르·지영래 옮김
316 등대로 울프·이미애 옮김 《타임》 선정 현대 100대 영문소설 | 《뉴스위크》 선정 100대 명저
317·318 한국 희곡선 송영 외·양승국 엮음
319 여자의 일생 모파상·이동렬 옮김
320 의식 노터봄·김영중 옮김
321 육체의 악마 라디게·원윤수 옮김
322·323 감정 교육 플로베르·지영화 옮김
324 불타는 평원 룰포·정창 옮김
325 위대한 몬느 알랭푸르니에·박영근 옮김
326 라쇼몬 아쿠타가와 류노스케·서은혜 옮김
327 반바지 당나귀 보스코·정영란 옮김
328 정복자들 말로·최윤주 옮김
329·330 우리 동네 아이들 마흐푸즈·배혜경 옮김 노벨 문학상 수상 작가
331·332 개선문 레마르크·장희창 옮김
333 사바나의 개미 언덕 아체베·이소영 옮김
334 게걸음으로 그라스·장희창 옮김 노벨 문학상 수상 작가

335 **코스모스** 곰브로비치 · 최성은 옮김
336 **좁은 문 · 전원교향곡 · 배덕자** 지드 · 동성식 옮김 노벨 문학상 수상 작가
337·338 **암 병동** 솔제니친 · 이영의 옮김 노벨 문학상 수상 작가
339 **피의 꽃잎들** 응구기 와 시옹오 · 왕은철 옮김
340 **운명** 케르테스 · 유진일 옮김 노벨 문학상 수상 작가
341·342 **벌거벗은 자와 죽은 자** 메일러 · 이운경 옮김 퓰리처상 수상 작가
343 **시지프 신화** 카뮈 · 김화영 옮김 노벨 문학상 수상 작가
344 **뇌우** 차오위 · 오수경 옮김
345 **모옌 중단편선** 모옌 · 심규호, 유소영 옮김 노벨 문학상 수상 작가
346 **일야서** 한사오궁 · 심규호, 유소영 옮김
347 **상속자들** 골딩 · 안지현 옮김 노벨 문학상 수상 작가
348 **설득** 오스틴 · 전승희 옮김
349 **히로시마 내 사랑** 뒤라스 · 방미경 옮김
350 **오 헨리 단편선** 오 헨리 · 김희용 옮김
351·352 **올리버 트위스트** 디킨스 · 이인규 옮김
353·354·355·356 **전쟁과 평화** 톨스토이 · 연진희 옮김
357 **다시 찾은 브라이즈헤드** 에벌린 워 · 백지민 옮김
358 **아무도 대령에게 편지하지 않다** 마르케스 · 송병선 옮김
359 **사양** 다자이 오사무 · 유숙자 옮김
360 **좌절** 케르테스 · 한경민 옮김 노벨 문학상 수상 작가
361·362 **닥터 지바고** 파스테르나크 · 김연경 옮김 노벨 문학상 수상 작가
363 **노생거 사원** 오스틴 · 윤지관 옮김
364 **개구리** 모옌 · 심규호, 유소영 옮김 노벨 문학상 수상 작가
365 **마왕** 투르니에 · 이원복 옮김 공쿠르상 수상 작가
366 **맨스필드 파크** 오스틴 · 김영희 옮김
367 **이선 프롬** 이디스 워튼 · 김욱동 옮김 퓰리처상 수상 작가
368 **여름** 이디스 워튼 · 김욱동 옮김 퓰리처상 수상 작가
369·370·371 **나는 고백한다** 자우메 카브레 · 권가람 옮김
372·373·374 **태엽 감는 새 연대기** 무라카미 하루키 · 김난주 옮김
375·376 **대사들** 제임스 · 정소영 옮김
377 **족장의 가을** 마르케스 · 송병선 옮김 노벨 문학상 수상 작가
378 **핏빛 자오선** 매카시 · 김시현 옮김
379 **모두 다 예쁜 말들** 매카시 · 김시현 옮김
380 **국경을 넘어** 매카시 · 김시현 옮김
381 **평원의 도시들** 매카시 · 김시현 옮김
382 **만년** 다자이 오사무 · 유숙자 옮김
383 **반항하는 인간** 카뮈 · 김화영 옮김 노벨 문학상 수상 작가
384·385·386 **악령** 도스토옙스키 · 김연경 옮김
387 **태평양을 막는 제방** 뒤라스 · 윤진 옮김
388 **남아 있는 나날** 가즈오 이시구로 · 송은경 옮김
389 **앙리 브륄라르의 생애** 스탕달 · 원윤수 옮김
390 **찻집** 라오서 · 오수경 옮김
391 **태어나지 않은 아이를 위한 기도** 케르테스 · 이상동 옮김 노벨 문학상 수상 작가
392·393 **서머싯 몸 단편선** 서머싯 몸 · 황소연 옮김
394 **케이크와 맥주** 서머싯 몸 · 황소연 옮김

395 월든 소로 · 정회성 옮김
396 모래 사나이 E. T. A. 호프만 · 신동화 옮김
397·398 검은 책 오르한 파묵 · 이난아 옮김 노벨 문학상 수상 작가
399 방랑자들 올가 토카르추크 · 최성은 옮김 노벨 문학상 수상 작가
400 시여, 침을 뱉어라 김수영 · 이영준 엮음
401·402 환락의 집 이디스 워튼 · 전승희 옮김
403 달려라 메로스 다자이 오사무 · 유숙자 옮김
404 아버지와 자식 투르게네프 · 연진희 옮김
405 청부 살인자의 성모 바예호 · 송병선 옮김
406 세피아빛 초상 아옌데 · 조영실 옮김
407·408·409·410 사기 열전 사마천 · 김원중 옮김 서울대 권장도서 100선
411 이상 시 전집 이상 · 권영민 책임 편집
412 어둠 속의 사건 발자크 · 이동렬 옮김
413 태평천하 채만식 · 권영민 책임 편집
414·415 노스트로모 콘래드 · 이미애 옮김
416·417 제르미날 졸라 · 강충권 옮김
418 명인 가와바타 야스나리 · 유숙자 옮김 노벨 문학상 수상 작가
419 핀처 마틴 골딩 · 백지민 옮김 노벨 문학상 수상 작가
420 사라진 · 샤베르 대령 발자크 · 선영아 옮김
421 빅 서 케루악 · 김재성 옮김
422 코뿔소 이오네스코 · 박형섭 옮김
423 블랙박스 오즈 · 윤성덕, 김영화 옮김
424·425 고양이 눈 애트우드 · 차은정 옮김
426·427 도둑 신부 애트우드 · 이은선 옮김
428 슈니츨러 작품선 슈니츨러 · 신동화 옮김
429·430 세계의 끝과 하드보일드 원더랜드 무라카미 하루키 · 김난주 옮김
431 멜랑콜리아 I–II 욘 포세 · 손화수 옮김 노벨 문학상 수상 작가
432 도적들 실러 · 홍성광 옮김
433 예브게니 오네긴 · 대위의 딸 푸시킨 · 최선 옮김
434·435 초대받은 여자 보부아르 · 강초롱 옮김
436·437 미들마치 엘리엇 · 이미애 옮김
438 이반 일리치의 죽음 톨스토이 · 김연경 옮김
439·440 캔터베리 이야기 제프리 초서 · 이동일, 이동춘 옮김

세계문학전집은 계속 간행됩니다.